黄裳集

创作卷X

掌上的烟云　春回札记

山东人民出版社·济南
国家一级出版社　全国百佳图书出版单位

黄裳 1996 年在沪寓

1998 年华东师范大学出版社初版封面

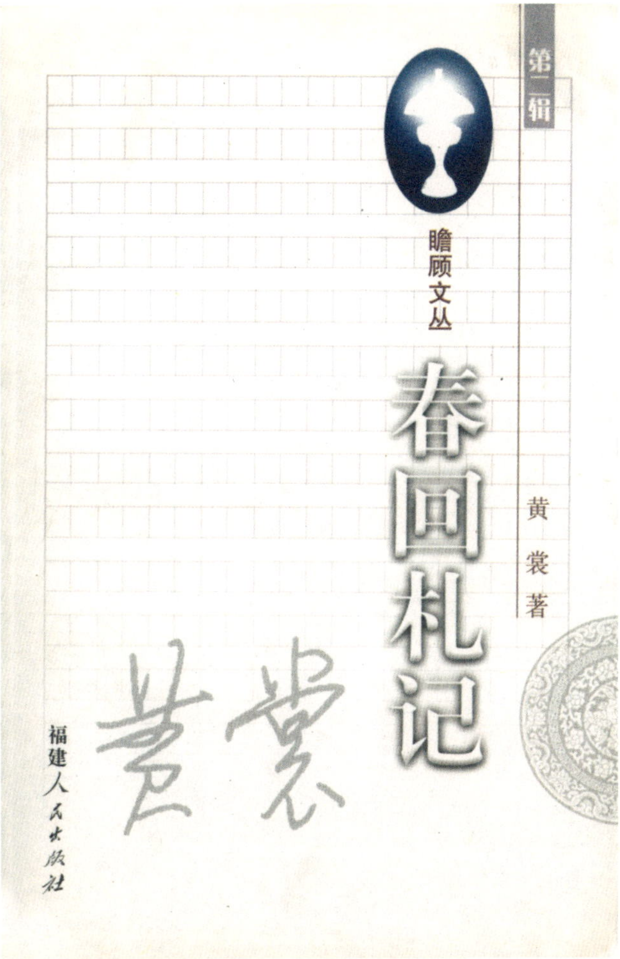

2001 年福建人民出版社初版封面

目 录

掌上的烟云

春回札记

I

Ⅲ

Ⅳ

掌上的烟云

《掌上的烟云》，杂文、题跋集，1998 年 12 月华东师范大学出版社初版。

据初版本编入。

关于杨龙友

好久没有读《桃花扇》了，回想四十多年前接触这部名作时为之颠倒的情景，直到今天也还使人激动。在中学的课堂上第一次读到“余韵”里“哀江南”……（一套曲子）时，语文教员孟志孙先生用浓重的天津口音在讲台上高声朗读，他念到“眼看他起朱楼，眼看他宴宾客，眼看他楼塌了”时，真的是激楚苍凉、声泪俱下。这是不能不使听讲者动容的。因此，这一套曲子不只在当时，就是直至今天我还能背诵得出。当时正是“九·一八”之后，平津几乎已是华北前线，人民的感情和三百年前身处金陵的人的心情是必然会有某些可以沟通之处的。于是《桃花扇》重新成为使大家激励奋发的古典作品。不只是一般的知识分子如此，就连号称国学大师的梁启超也在前不久出版了《桃花扇》的新注本，还用话剧的形式重行排印。这并不是偶然的事，梁启超晚年整理印行了两部古典作品，另一部是《稼轩词》。这就说明，直到晚年，他还保留了尖锐的时代、政治敏感。“桃花扇热”一直延续到抗战和战后的一段日子。这中间，史学界起劲地研究南明史；戏剧界编演了不少以南明历史为题材的戏剧；还出现了与《桃花扇》同样题材的小说。这种“热”到新中国成立以后才逐渐平定下来。一直到1965年，才又掀起了另一个高潮，对《桃花扇》及其作者的无情围攻。孔尚任变成热衷于功名仕进的无耻文人，《桃花扇》也成了适应清朝统治者政治需要的大毒草。这次“批判”带有此后延续十年更为火炽的“大批判”的声势和作风，具有某种预演的性质，只差不曾为马、阮公开翻案。不过不久以后，一大批新马、阮是确实在政治舞台上出现了。

《桃花扇》可以说是中国古典历史剧的一个标本。作者在书前首先介绍了剧本的“本末”“考据”“纲领”，在每出之下还注明了事件发生的年月。可以看出作者是相当注意历史的真实的。“纲领”其实是一张人物表，但用分类排列的方法表明了作家自己的立场、观点。在全剧中，作者花了最多经营力气的人物也许是杨龙友。他被安排在“右部”中“间色”的位置上。作者说，“男有其俦，女有其伍，以左右别之。”“右部”里确实大部是女性，仅有的例外是位于李香君之下的杨龙友，和苏昆生、蓝田叔两个“合色”人物。一个唱曲的，一个画画的。在孔尚任看来，都是只配和娘儿们为伍的角色。这道理是值得想一想的。

杨龙友在《桃花扇》第二出《传歌》里出场。出场之前，先由李贞丽作了简单的介绍，然后龙友自报家门。接下去就是龙友介绍侯方域与李香君相识，并为他们作伐。下面的“眠香”一折中，写龙友“受圆海（阮胡子）嘱托，送来梳笼之物”；不过随即在《却奁》一出中为香君识破、退还了。在作者笔下，侯方域和杨龙友都像糊涂虫，都不及香君的清醒、严正。当然，两个糊涂虫彼此也是很不一样的。接着写复社会文的“闹榭”，则没有杨龙友出场，虽然他确是社盟中人。以下的情节是杨龙友说服侯方域写信给左良玉，阻其发兵东下，这是为马、阮服务的勾当；清议堂议事，杨又赶到媚香楼通风报信，促方域避祸出走，似乎是作了一桩好事，但随即把香君出卖了，让她给田仰做姨太太去。不但建议，还要用强“逼嫁”，同时还说出了四条应该去当姨太太的道理。李香君以死相拒，血溅扇头。后来龙友却利用了这血污，点染成几笔折枝桃花。风雅确是风雅，但在风雅背后隐隐飘来的血腥气是无论如何也掩盖不掉的。孔尚任这一笔写得深刻，构思也奇突新颖。但他还是对这个细节作了反复申明，“此则龙友小史言于方训公（孔尚任的族兄，崇祯末在南京作‘南部曹’）者。虽不见诸别籍，其事则新奇可传。《桃花扇》一剧感此而作也。南朝兴亡，遂系之桃花扇底。”

李香君被弘光掠进宫去。方域来访不遇，只能捧着扇子叹气。此时，杨龙友又在方域面前说了他百般维护香君的经过。

这以后形势急转直下，新任“苏松巡抚”的杨龙友，在选了出行吉日，束装起马之际，却意外地遇见仓皇逃走、被老百姓痛打得半死睡在地下的“马阮二位老爷”。结局当然是各自作“鸟兽散”。杨龙友说了一句“竟回敝乡贵阳去也”，以后就“竟自去了”。其实这是不确的，孔尚任出于戏剧结构的需要，在这里放弃了“历史真实”，就和写侯方域“入道”的并不遵照“历史真实”一样。孔尚任在处理杨、侯的结局时都改变了事实的原貌，但对他们的态度是不同的，从而显示了他的立场和爱憎。综合起来看，孔尚任把杨龙友写成了一个清客、高级篾片、两面派和丑角，有时候也作点“好事”，但总的趋向是坏事有余的。因此我们也就可以明白，孔尚任为什么要把杨龙友安排在“右部”里的真实用意。在作者看来，他是只能与旧院里的娘儿们为伍的。也就是“倡优蓄之”的意思。但毕竟笔下留情，没有把他算在“戾气”里面，还要算是客气的。

杨龙友（文骢）一生的主要成就是绘画，同时他又是一位颇有成就的诗人和散文作者。他本人是一位贵公子，崇祯后期只在江南一带做过几任小官，但是很喜欢交游、结客，朋友多半是社盟中人。只是因为有马士英这样一位阔亲戚，因此在弘光小朝廷里爬到高枝上去了，但高兴了没有多久，就碰上了厄运。他最后是在抗清战争中受了重伤被俘并不屈而死的。这就和马、阮有很大的不同。陈垣在《明季滇黔佛教考》中为文骢立传，多据徐鼒之说，立论持平，简而有法，传文最后说，“文骢跌宕风流，豪迈自憙。好推奖士类，其戚马士英当国，干士英者辄缘以进，故为世所诋；然其不屈也，世亦亟称之。”这些话是说得很好的。关于杨文骢的事迹和他的绘画作品、诗文著作，我们一直知道得很少，那原因也正在这里。

杨文骢的著作，过去我只见过陈夔龙所刻的《洵美堂诗集》九卷，这是按照崇祯原本复刻的，使我们借以得见原本面目。陈筱石是清朝的遗老，对他这位抗清死难的同乡有深厚的感情，他在重刻序中说，“（文骢）徒以与瑶草有连，致为世所诟病。实则侍郎全家殉国，大节孤忠，凛然于南都播迁而后。百世之下，闻者莫不兴起，非乡人所得而私也。”可见他的感情是建筑在超越一切的“孤忠”上面的。《洵美堂诗集》前有吕阳、陈立政、邢昉、史玄的序文，后三人都自称“社晚生”或“社盟弟”。看诗集的酬赠对象：钱牧斋、张天如、陈眉公、张受先、王月生、王烟客、陈卧子、方尔止、顾子方、郑超宗、董玄宰、杨宛叔、吴次尾、夏彝仲……不是东林复社的巨公，就是有名的山人、妓女、画师。约略可以看出他的交游、声气之广。

杨文骢的另一部著作《山水逡》，前不久我才在北京图书馆看到。这也是崇祯刻本，刻法非常秀整，在晚明刊本中要算是很精致的。卷首署名是“夜郎杨文骢龙友著”，这就很特别，很显示了一种特色。书不分卷，内容是《赤城山赋》《台荡日记》《画江行十二幅小记》和《腐侯传》。书前有三篇序，作者是邹嘉生、越其杰和马士英。越其杰是曾在《桃花扇》里出现过的人物，《拒媒》一出开场，杨龙友道白说：“下官杨文骢，因叙迎驾之功，补了礼部主事。盟兄阮大铖，仍以光禄起用。又有同乡越其杰、田仰等，亦皆补官。同日命下，可称一时之盛。”越是贵阳人，能诗文，作过河南巡抚，是货真价实的马党。马序结尾处是“崇祯庚午首夏，题于符离客舍。社弟马士英具草。”三篇序后面是“诸社长送游赠言”，一共有二十五人之多，多半是吴越之间名士。这样，不但杨文骢，就连马士英，原来也是社中朋友了。但这两位，后来自然都被开除了社籍。南陔堂本吴翻《复社姓氏录》里就没有文骢的名字，只在最后“贵州省”项下著录了一个杨鼎卿（爱生），这是文骢的儿子。但在一本黑格旧抄的陆世仪《复社纪略》里，首引张天如的“国表”，那最后一名却正是“贵州杨文骢”。张天如是在甲申以前死去的，他手定“国表”的时候杨龙友还是社盟中间一位活跃分子。从这些小小的变化中间也可以看出，为什么今天我们所能见到的有关杨龙友的记载竟如此之少。他有了马士英那样的阔亲戚，经过弘光一局，许多老朋友连躲还躲不迭，哪里还肯记，恐怕连过去写下的诗文也都赶紧删去了。

不过不肯删削，终于还保留着一鳞片爪的也不是没有。多年来浏览所及，只有邢昉的《石臼前后集》，方文的《涂山集》，杨补、杨炤父子的《怀古堂诗选》里还保留了一些颇为珍贵的材料。

吴梅村在《画中九友歌》中提到杨龙友，那四句诗是：“阿龙北固持戈矛，披图赤壁思曹刘，酒酣洒墨横江楼，蒜山落月空悠悠。”这是说他在弘光中以职方监军京口时的故事。梅村又在《读杨文骢旧题走马诗于邮壁漫次其韵二首》里，更全面地对他进行了回忆、评价：

数卷残编两石弓，书生摇笔壮怀空。南朝子弟夸诸将，北固军营畏阿童。江上画龙图割据，国中指鹿诧成功。可怜曹霸丹青手，衔策无人付朔风。

君是黄骢最少年，骅骝凋丧使人怜。当时只望勋名贵，后日谁知书画传。十载盐车悲道路，一朝天马蹴风烟。军书已报韩擒虎，夜半新林早着鞭。

这两首诗是写得沉痛的。这和他们同属社盟中人一事应当不无关系。诗里讲到南明覆亡的原因，也提到龙友在短暂的一年中飞快地超擢。还提到了他的韬略。旧时代的文人有一种相当普遍的癖好就是谈兵。连只会“锦衣素蟒、临师江上”的阮胡子，也写过什么“谈兵夜雨青油幕，买笑春风锦瑟房”的诗，不知道杨龙友的韬略是否也属于此类。不过邢昉在诗里确也多次谈起他这方面的才能和早在永嘉令任上就在海上用兵中做过监军的经历。这可能就是后来监军京口的张本。不过就邢昉诗中所说：“杨子好文亦好武，乞得闲官一尺组。堂前日日罗众宾，左染丹青右挥麈。……白日腾腾气亘无，杨子拔剑怒起舞。马前止列一健儿，马后更带两强弩，千人一呼城门开，观者如墙声如雷。……”也还差不多是做戏。可以推想，他在弘光防江一战中，也无法有怎样更好的表现。不过也不像吴梅村所说那样的一溜了事，“福王时擢右佥都御史，巡抚常镇，兼督沿海诸军。清兵破南京，命鸿胪丞黄家鼒往苏州安抚，文骢袭杀之于嘉定，遂走处州。”他是袭杀了降敌的说客以后才出走的。这以后，“唐王立，进浙闽总督。顺治三年七月，清兵入闽。文骢急移军卫仙霞关，清兵已间道先入，不能御。负重创，退至浦城，被执，不屈

死。”（陈垣）

清军入闽，阮大铖扮的是投降并带路的角色，最后“鞠躬尽瘁”死于仙霞岭上。杨龙友在这关键时刻是站在他的“盟兄”的对立面上的。

龙友死难的消息，过了很久才传到江南一带。我们今天还能读到不多几篇悼诗，就弥觉珍贵，不只因为这是难得的史料，同时也由于这是出色的诗篇。

长洲杨补字无补，是明末著名的诗人、画家，入清以后则是突出的风骨高峻的遗民、隐士。他和杨龙友是好朋友，龙友在浙东作小官时，杨补和邢昉都是他的亲密诗友、画友和游侣。杨补的诗集《怀古堂诗选》，清初刻，流传很少。我所见的是王乃昭旧藏的一本。杨补的儿子杨炤字明远，有诗集十二卷，康熙刻，名称也是《怀古堂诗选》。在杨明远的诗集里有一首长诗，诗题是“岁丁未（康熙六年）六月二十四日，夜梦少司马杨龙友先生入室。角巾素袍，颜色如平生。余跪而奉其手曰，不意此生复得见先生也。失声一哭而觉，旋睡去，梦呈先生令永嘉时画赠先君子兰卷曰，将持此作西台恸哭。忽而觉，又复梦去。歌载驰之卒章曰，我行其野，芃芃其麦，控于大邦，谁因谁极。歌未竟而又觉。声琅琅犹在耳也。家人闻余寐而哭，哭而歌，屡呼余问故，悲不能答。起而识之，复哭以诗。”诗是五古长篇：

先生贵阳秀，弱冠登贤书。胄既承华膴，身复挟才谞。当时出其技，海内谢不如。人知擅三绝，是以得士誉。谁知抱英略，廿载困公车。头白始监军，社稷将为墟。姻娅虽秉国，志业卒未舒。仅能右正人，缓急借吹嘘。不使挟仇怨，善类肆诛鉏。君子免钩党，小人恨切肤。三江既失险，八闽奉銮舆。督师建宁州，戮力效驰驱。拉拶天柱倾，几见只手扶。成仁惟一死，庶不负心初。被执义不屈，不愧烈丈夫。桐城瘗其首，建宁葬其躯。孙临桐城侠，慷慨捐头颅。挺身认都督，鼎卿遂得逋。两首并函归，实借孙氏奴。化碧垂二纪，血食斩诸孤。魂今千里来，风波越江湖。巾带宛平生，不改颜色腴。江山文藻留，高价重珊瑚。西台越江滨，洒泪迷榛芜。正气公则有，得士皋羽无。小子荷提挈，忆昔在留都。勤学蒙奖借，文会偕凤雏。许附元礼舟，考试还姑苏。率我谒文靖，徒步到吴趋。付托既得所，问讯时双鱼。厚意久衔戢，未尝忘须臾。梦见最分明，昨夜倍欷歔。桐城与建宁，何时抚坟呼。

诗后有双行小字注：“鼎卿，先生长子也。登武进士。历官都督。建宁城陷，先生谓其郎官孙临曰：‘吾受国厚恩，此而不死，非人矣。子可速去。’临曰：‘如此好事，让公一家作耶?’先生被执，复索杨都督。临曰，‘我杨都督也。’亦被害。临给事晋之弟，素善鼎卿，遂代之死。”

这是我所见有关杨龙友结末最详尽的记载。孙临，字克咸，桐城人。也是复社的成员。杨鼎卿，字爱生，文骢子。唐王时加左都督，太子太保。见《复社姓氏传略》。

在杨补的诗集里也有两首悼念龙友的诗。《有美》两首，题下小注“怀杨少司马龙友也”，这是南都倾覆以后，消息未定时所作，在怀念之余还抱有万一的希望：

> 有美春江别，东风又绿波。崎岖遭国难，消息畏人讹。幽愤应如病，贞心洵匪他。莫将青翰舫，徒拥越儿歌。
>
> 未觉桑榆晚，还收浴日勋。勉旃尝胆苦，感激枕戈勤。长夜几时旦，忧心方坐焚。西倾如再起，不死会逢君。

少后，无补“得龙友死节实信，哭而挽之”：

> 擅名君最早，才气实超伦。士论推机岳，时危见远巡。国存犹尽瘁，事去独成仁。大汉恩如海，无多似若人。

方文的诗集里也有“闻杨龙友孙克咸同日死难，诗以哭之”和“高淳晤黄叙百，得杨龙友李卓如死难消息”诗。又有《与程穆倩感旧》诗：

> 万岁楼前司马台（杨龙友先生以职方监军润州——原注），与君觞咏日悠哉。惊沙一起秋风乱，故里重寻晚角哀。湖海相逢犹历落，肝肠不语自崩摧。南徐以后无

知己，薄俗谁怜樗散才。

方文和程穆倩都曾是龙友监军京口时的座上客，此诗最能写出龙友对朋友的热情，不只作县官时如此，在出任方面大员以后也还是如此。“南徐以后无知己”“不死会逢君”这样的句子，都不是敷衍应酬话，而是诗人出诸胸臆的真实感情。杨补和方文都不是作应酬诗的人，他们作这些诗时，龙友已被杀，写这些诗除了可能招来横祸之外，别无好处。这就使我们能借以认识龙友的为人。

在杨补诗集卷前，保存了七篇序文、寿序、行状、墓志、传记、诔。其中徐俟斋枋所撰《隐君杨曰补先生六十寿序》，记录了一段故事：

> 弘光时，权奸构党祸，杀戮名贤。遂煽蜚语染逮先文靖（徐汧），势岌岌殆矣。亲戚交游，畏祸观望。而先生独策蹇至金陵，语所知曰，天下事可见矣，而尚欲杀大贤以快己私耶？先生旧居金陵，金陵之名公贵人，无非先生友者，故其言足重，而事亦寻已。

杨补到南京营救徐汧所访问的“名公贵人”，就是杨龙友，不过徐枋不肯明白说出。在吴门法柄撰的《杨隐君传》里，就记得更为详尽：

> 时贼臣构徐文靖公甚急，而杨文骢为柄国者至亲，

官武部郎，贵用事，所言无不得当于柄国者。隐君闻之曰：“龙友不言，可以绝交矣。”龙友，文骢字也。乃立起如金陵，语文骢曰：“天下以文章声气推君，垂三十年。天下之所以交重君者，以君能右善类、附正人也。君于柄国者为至亲，君言无不得当者，天下莫不闻。徐公负天下苍生之望，天下方倚望之为相，以佐中兴。君居能言之地，而不为推毂，天下故失望。今事急，君固何以谢天下。”语未卒，文骢曰：“子责某是也。微子言吾已谒之相君。此非相君意，寻当解耳。”于是隐君即出金陵而归。

这里的记事不但更详密，也更真实。像杨补那样的旧交，对处身南明小朝廷中的新贵杨龙友，也不能完全没有疑虑。三十年来，杨文骢在清流中的交游、声望，是为马士英所深知、重视，也必然要加以利用的。不过在政治斗争中，起决定作用的并不是个人之间的交游、情愫。杨龙友生活在夹缝中间，心情的矛盾、痛苦，可想而知。他虽然努力作一点调和补救工作，又能有什么作用呢？事实上从迎立福王开始，甚至从更早的《南都防乱公揭》开始，他就已从清流中分化出去了。《桃花扇》中有些复社的集体活动，都不让他参加，是符合历史真实的，但因此也失去了更深刻地刻画这个充满了矛盾的人物的机会。全部《桃花扇》中的人物，论性格的复杂恐怕没有谁超过杨龙友。他既非正生也不是净，“脸谱决定论”者在他面前是会踌躇无策的，只要一看面色就能决定人物好坏，这样“岂不快哉！”的便宜事，可惜这里并没有。

我想杨龙友不可能是个两面派，这从杨补父子的悼念诗篇中可以推知。杨补和龙友是老朋友，但在去南京营救徐汧时曾对龙友产生过疑虑，这也是完全真实的。说了要说的话以后就立即告辞回家。这以后杨补（包括更多的人）必然会密切注视龙友此后的言行。直到得知他殉难的确讯后写了沉痛的悼诗。这说明，即使杨龙友是那样一个复杂的人物，他的一些老朋友最后还是拥抱了他。像杨补那样的人，是不可能热情拥抱一个两面派的。

龙友的死难，自然会给他带来好名誉，不过这也不像是杨补判断事理的唯一根据。应该指出，这一条确曾为某些人奉为检验人物的重要标准。如卓尔堪在选《明遗民诗》的“凡例”中就说：“遗民惟重末路，苛求其他，吾则何敢！”这就是把死难或隐遁作为首要标准的意见。还有一位在弘光小朝廷作礼部主事的黄端伯，不肯迎降清军，后来被豫王捉去，两人之间有一段对话，是很有趣的。“王问，‘弘光何君？’曰：‘圣君。’问：‘何以指昏为圣？’曰：‘子不言父过。’问：‘马士英何相？’曰：‘贤相。’问：‘何指奸为贤？’曰：‘不降即贤。’遂下狱。”（《小腆纪年》卷十六）这个黄端伯是不怕死的，他也是主张只要不怕死、不投降就是好人的。不过他在大是大非的政治问题上死抱着“子为父隐”那样古老的封建教条，就不能不闹出绝大的笑话。人一旦死掉，就会变成一个毫无缺点的完人，何况还是光荣地死于“国事”，这种评价人物的习惯，也确实有了长久的历史。只是到了最近，我们才发现这方法不够妥当。杨补、方文等自然十分看重“死难”，但我相信，这也不会是他们所持的唯一标准。

毛氏汲古阁刊《八唐人集》，前面有文骢一篇序，手书上板，作于崇祯已卯。这是今天所能见到的他仅有的一篇论文。他提出声情、风味之说，补充前人“气格、神韵”论之不足。他认为这是唐诗宋诗之间、唐诗初盛中晚之间，“密移潜换，关纽甚细”“界画分明”的重要原因。

龙友的主要成就是绘画。但作品传世甚少，研究者也几乎没有。只能举出周亮工《读画录》中的一节：

> 杨龙友文骢，一字山子。贵州孝廉，家秣陵。工画，善用墨。初为华亭学博，从董文敏精画理。然负质颇异，不规规云间蹊径也。后贵阳（指马士英）之势渐张，急于功名，不复唱渭城。人有求者，率皆盛伯含、林玉兄弟及施雨咸捉刀。董文敏题册中一幅云：“意欲一洗时习，无心赞毁间作生活者。”……

周亮工指出，龙友从董玄宰学习，但并不墨守家法，又引释无可的评论说：“同辈墨妙，推龙友、超宗、子一，皆以苍秀出入古法，非复仿云间毗陵，以濡弱为文澹也。”也指出了他努力打破云间派的樊篱，跳出濡弱一路。我没有看过他的山水画，只在多年前见过一帧墨兰，真是笔墨纵横，似乎早在百来年前早已开辟了扬州画派的道路。在画苑中他也应该是一位豪杰之士。吴梅村《画中九友歌》中写他“酒酣洒墨”于北固山前、横江楼上的姿态，很能传出画家的风貌。

过去曾写过一篇《贵阳杂记》，根据手头的几本旧书，粗粗勾勒了杨文骢的始末。以后随时注意有关的新史料，荏苒三十年，今天才能写出这一点，算是前文的一个补充。这是不能不使我感到惭愧的。同时回想当年对南明史事人物的热衷，真的也好像是很难追寻的旧梦了。

1980 年 8 月 5 日

陈之遴与吴梅村

1949年的秋天，到南京、镇江、扬州去旅行了一次。归途车过吴门，正当傍晚，下了车，先到观前的玄庙观，再到护龙街上去看书。最后走进古玩店的《集宝斋》，意外地买得了两部书，其中之一就是顺治癸巳刻本、茂苑徐灿湘苹氏著的《拙政园诗余》初集。

徐湘苹是清初著名的女词人，海宁陈之遴（素庵）的夫人，明末著名女诗人、《络纬吟》作者徐小淑的族孙。她的遗集吴兔床后来刻入了《海昌丽则》，原刻是极少见的。刻工疏朗，还是晚明的风格。归车中漫阅一过，词的确写得好，《林下词选》评她的作品说："诗余真得北宋风格，绝去纤佻之习"，也的确不是应酬套语。特别引人注意的是作品中流露的故国之思，像题为《吊古》的《青玉案》词："伤心惧到芜城路，携血泪，无挥处。半月模糊霜几树，紫箫低远，翠翘明灭，隐隐羊车度。鲸波碧浸横江锁，故垒萧萧芦荻浦。烟水不知人事错，戈船千里，降帆一片，莫怨莲花步。"题为《感怀》的《唐多令》："玉笛送清秋，红蕉绿未收。晚香残，莫倚高楼。寒月羁人同是客，偏伴我，住幽州。　小院入边愁，金戈满旧游。问五湖，那有扁舟？梦里江声和泪咽，何不向，故园流？”在充满了无病呻吟、廉价感伤的词人堆里，徐灿的确不愧是独特的作手。《诗余》前面有顺治庚寅素庵居士（陈之遴）的序，也写得缠绵悱恻，十分动人。

拙政园这座名园创自宋代，从明代正嘉以后，才有比较系统的园史。它在各种人物手里一直流转了几百年。不过人们大抵已经不知道它曾经一度是陈之遴的私产了。《拙政园诗余》刻成的顺治十年癸巳，按徐树丕《识小录》卷四《拙政园》条所记，正是陈之遴用了两千两银子从徐姓手里买得此园的那一年，词集的题名大抵就是用来纪念此事。

吴梅村、陈之遴、徐湘苹都是清初出色的诗人，三百年来，他们的笔墨的确俘虏了不少读者。就连熟于明末史事的学者，也往往要受到障眼法的蒙蔽。在谈到吴梅村之流的时候，也不能不说他们“以生动的笔墨，来描写民族英雄可歌可泣的故事；又用迂回曲折的文字，来发抒郁抑不平的情怀，在文学史上也放一异彩。”（谢国桢：《南明史略》）所持的其实也还是传统的习惯看法。

我的开始怀疑这种结论，也还是看了几本野史别集以后的事。有一些名姓不彰、遗著仅存的作者，在这些问题上所持的却是截然不同的看法。山阴沈梅史撰《重麟玉册》，在《李瑛碧传》后有一条附记说：“当时钱牧斋、吴梅村、龚芝麓、陈素庵、曹倦圃为江浙五不肖，皆蒙面灌将人也。”仁和王曾祥的《静便斋集》里，也有两条《书梅村集后》，说得尤为切直：“胜国之际，乾坤何等时乎！梅村甲申以前，无一忧危之辞见于豪牍。其出也，以陈海昌之援。既而陈以权败，遂置不任用。呜呼！天下之恶一也。陈父子负贰於昔，而窃柄于今。他日沈阳之窜，不待智者而可决矣。又足附乎哉！……”这就明白地揭露了吴梅村的出山，并不是什么不得已，正是他的儿女亲家陈之遴把他拉出来的。梅村年谱里所说的什么“荐剡交上，有司敦逼。先生控辞再四，二亲流涕办严摄使就道，难伤老人意，乃扶病出山。……”都不过是一些鬼话。

吴梅村有《病中有感》一词，是人们所熟知的，一向都认为这是他的“绝笔”，《年谱》也拿来编在临终之顷。谈迁的《北游录》，在《纪闻》里已经记下了此词。但谈迁入京晤梅村，是顺治十一年事，正是他“不得已”而出山的第二年。“绝笔”之说靠不住了。大抵是他看到陈之遴的政治势力十分脆弱，大事业怕干不成，于是就提前写下“遗嘱”，作为一种政治姿态的吧。王曾祥是也看到了这一点的，他说：“或犹以病中一词为原心之论，夫梅村惟不用也，斯沮丧无聊作此愧恨语耳。梅村而用，则阳和回斡（梅村颂海宁语——原注）梅村且有以自负矣！抑请发陵寝者为谁？独无一言相正乎？于旧君故国乎何有！”

这里需要做一些疏解，“阳和回斡”见于梅村山茶诗，“近年此地归相公，相公劳苦承明宫。真宰阳和暗回斡，长安日日披薰风。”作此诗时，陈之遴已经遣戍辽左，可是看梅村的语气，对陈素庵的政治手腕还是十分欣赏的。在这种地方，往往就能透露出作者真实的内心活动，王曾祥的批判是严厉的，却也不能说不是深刻的。至于发陵寝的故事，则见于徐树丕的《识小录》卷四："之遴率先投顺，尽变本来面目。丙戌夏秋间北上。先往长干谒洪承畴，承畴渠督学师也。说承畴以掘孝陵，当泄尽明朝秀气。承畴但听人伐松柏，而不遽发掘，可谓犹有人心。……"在遗民眼里，陈之遴是还比不上洪承畴的。虽然是五十步与百步，徐树丕还是实事求是地把两个人比了一比。

陈之遴在多尔衮驾前的积极表现还不止这几条。之遴的父亲是陈祖苞，本来是明朝的蓟州巡抚，因失机下狱。据《识小录》记："之遴探知上无宽典，买毒物陨其父命于刑部福堂。"这已经够奇怪了。不料陈祖苞的自尽后来又成为儿子的政治资本。"（之遴）鼎革后具呈浙督云，伊父以大兵破城论斩，已与明朝为仇矣。"（《厝亭杂记》《虞阳说苑乙编》）这实在是奇妙的逻辑。

《拙政园诗余》卷三收《满庭芳》六调。第一首题云："丁丑春贺素庵及第。时中丞翁抚蓟奏捷，先太翁举万历进士，亦丁丑也。"末三句云："篝灯话，丝纶世掌，何以答尧天。"原书眉上有旧人朱笔批云："读至此，使人不能无憾。"是的，这是使人不能无憾的。这里的中丞翁就指的是陈祖苞，他当时以右佥都御史整饬蓟州边备，巡抚顺天（《国榷》卷九十六）。下面《满庭芳》的第五首《寄素庵》，末三句则云："鹊声喜，传来凤阁，重典旧丝纶。"书眉朱笔批云："可笑！"看来这词是之遴降清后初入翰林，入玉芝宫修史时所作的了。

吴梅村是很善于用笔为自己的政治事业服务的。他写过

“死生已负侯嬴诺”的诗，《贺新郎》词，哀怜动人的遗嘱，还叮嘱在自己的墓碑上写下“诗人吴梅村之墓”字样。他还写过不少历史题材的诗文。在这些作品中，政治目的性一般都是十分鲜明的。奇怪的是另外有些作品就使人感到“感慨惋惜，盖有不能明言之隐”（《消夏闲记摘抄》评《山茶歌》语）。这种比较晦涩的作品所写的人与事往往是和他自己的政治活动密切相关的。梅村生平曾经企图进行过两次政治投机。第一次是在甲申以前，作为张天如麾下的健将，以新探花的身份，曾经在崇祯末期的政争中扮演了并非十分次要的角色，但这次活动终于因周延儒、吴昌时的倒台而失败了。于是在集子里留下了一篇迷离惝恍的《鸳湖曲》。与之相辅而行的是《复社纪略》，也因为态度暧昧，在当时就被计甫草（东）攻击了一通。第二次活动就是顺治十年的应召出山。这次失败得更惨，也在集子里留下了《咏拙政园山茶花》和《赠辽左故人》等诗。他写出了“生儿真悔作公卿”“摩挲老眼千行泪，望断寒云冻不开”这样的诗句，这是他从心底绝望了以后产生的愧悔，比《贺新郎》词里所表现的感情真挚得多。正如王曾祥所批评，他在这里并没有责难吴昌时、陈之遴辈政治道德的败坏，而只是惋惜他们的政治投机没有幸而成功。作为一个诗人，吴梅村的价值和他在政治上的价值是没有什么两样的。

关于“髯参军”

吴梅村的集子传世有好几种刻本。一般都认为武进董氏诵芬室所刻的《梅村家藏稿》是收罗最备、校勘较精的。据董氏的刻书跋，此书原本系于庚戌（1910）在北京买得。其中有朱笔校注，称“先大夫云云”，据此断定这是梅村卒后，后人编校的“家世旧藏”之册。未见原本，不能论断这种推测是否可靠，但《家藏稿》确较通行梅村集多出了七十三首诗，五首诗余，六十一篇杂文和一卷诗话。

但这《家藏稿》也还不能说是梅村集的全豹。年来泛览，曾发现很有不少失收的佚篇。至于诗文中的异文异字，那就更多。推究原因，大抵不外两端。

吴伟业是生活在明清易代之际的一个所谓“两截人”，他在明朝是榜眼出身，官作到庶子和少詹事，又是复社的重要成员。入清后，又“应召入都”，作了“秘书院侍讲”。是参与了陈之遴政治集团的人物。虽然很快就失败了，“归隐田园”，但他一直不曾忘情政治，写了许多诗文，大部分都是以当时的政治事件、政治人物为题材的。在作品中间充分表达了复杂、矛盾的心情。他在下笔的时候，不能不心存顾忌，在编集的时候，尤其不能没有种种考虑。他不可免地要删削一些作品，修改一些字句。到了他的后人手上，文字狱的暗影已经袭来，上述的两种情况就只有变本加厉。

其次，也还有艺术上的原因。有些文字上的差异，可能就出于初稿、定稿之别，是从文字技巧上考虑而进行的修改；也有些酬应诗文或自己认为不满意的作品，也删削了。至于抄写开板中的技术性的错误，那自然也是存在的。

年来读书，每遇此种逸篇，往往加以补录，所积不少。倒不是因为吴梅村是怎样伟大的作家，才替他辑佚，其实往往却是为了以上所说的第一种原因，从这些删而不存的逸篇中，不但保存了一些晚明的史实，而且可以看出某些文化史上的痕迹。自然，有些篇什在艺术性上也是有其价值的。

《吴越诗选》二十二卷，慈溪魏耕、山阴朱士稚、归安钱缵曾同选，顺治中冠山堂刻。这三位选者都是明朝的遗民，死在新朝的屠刀下面的。我怀疑此书之刻也是成于山阴祁氏之手。我所得的一部毛边草订本，即是祁家故物。此书并未入禁网，可见流传之罕。但其中所收，十之八九都是干犯了清朝的忌讳的。《诗选》中颇收吴伟业的作品。卷六七古就有几首诗不见于《家藏稿》。其一首云：

读杨参军悲钜鹿诗

去年敌入王师蹙，黄榆岭下残兵哭。惟有君参幕府谋，长望寒云悲钜鹿。君初出入铜龙楼，烽支火照西山头。上书言事公卿怒，负剑从征关塞愁。是日寒风大雨雪，马蹴层冰冻蹄裂。短衣结带试羊羹，土锉吹灯穿虎穴。横刀高揖卢尚书，参卿军事复何如。宣云士马三秋壮，赵魏山川百战余。岂料多鱼漏师久，谓当独鹿迁营走。神策毬场有赐钱，征东戏下无升酒。此时偏将来秦州，君尚往会军前谋。尚书赠策送君去，滹沱之水东西流。自言我留当尽敌，不尔先登死亦得。眼前戎马饱金缯，异日诸公弄刀笔。君行六日尚书死，独渡漳河泪不止。身虽濩落负知交，天为孤忠留信史。呜呼，美人骑马黄金台，萧萧击筑悲风来，乃知死者士所重，羽声忼慷何为哉。即今看君悲钜鹿，尚书磊落真奇材。君今罢官且归去，死生契阔知何处。

这是一首重要的作品，写作时间当在卢象升殉国以后不久，但今本《家藏稿》却不收。刊落的原因多半是为了它描写了一场轰轰烈烈的抗清战役，很干犯了清朝的忌讳。《吴越诗选》在此诗之后有朱朗诣的按语说：“近年实录未修，尚赖故老遗臣，留信史于辞章。吾闻卢尚书死后，圣主问于执政，而执政以乡人也，不言。嗟乎！使执政有表扬节义之思，则卢尚书岂不能致辍朝赐祭之礼乎。”

朱朗诣的意见是有道理的。有许多文学作品，正是因为保留了许多历史实况，才有其重要意义。有时候文学价值本身倒是次要的。但他所说的执政因为与象升同乡、不置可否一点，可能是记错了。崇祯五十相中，只有周延儒是宜兴人，而此际他并不在北京，也不是首揆。

关于杨廷麟，《梅村诗话》里曾经有过记述。廷麟清江人。崇祯辛未进士。和黄道周是好朋友。是有名的敢说话的。当时满洲入侵的军队眼看就要逼近北京，而兵部尚书杨嗣昌却暗中主和，打击坚决主张抗敌的军事统帅卢象昇。廷麟这时就写了有名的劾杨嗣昌的奏疏，其中的警句有："陛下有挞伐之志，大臣无御侮之才，谋之不臧，以国为戏。嗣昌及蓟辽总督吴阿衡，内外扶同，朋谋误国。倡和款议，武备顿忘，以致于此。……督臣卢象昇以祸国责枢臣，言之痛心！夫南仲在内，李纲无功，潜善秉成，宗泽殒命。乞陛下赫然一怒，明正向者主和之罪，俾将士畏法，无有二心，召见大小诸臣，咨以方略；谕象昇集诸路援师，乘机赴敌，不从中制。此今日之急务也。"几句话完全说出了当时形势的关键所在，尖锐地揭露并斥责了投降派的阴谋。这自然使杨嗣昌大为恼怒，但明里不敢发作，却假意向皇帝推荐廷麟知兵，改官兵部职方主事，要他去给卢象昇做参谋，却暗地设法一网打尽，消灭。

果然，卢象昇在内外夹攻之下终于在贾庄战死了。他死得十分壮烈，他是明知必死，而视死如归的。也正应了杨廷麟在奏疏里的预言，"潜善秉成，宗泽殒命"。他们事先是看到了这种斗争的局势和情况的严重的，他们也进行了斗争，但最后还是失败了。吴伟业当时赠廷麟诗有"诸将自承中尉令，孤臣谁给羽林兵"的句子，也说出了当时这种情势。贾庄会战之前，卢象昇孤军无援，听说太监高起潜的兵就在近处，十分高兴，在真定的野庙里写信给高，约他合军。但高起潜却连夜拔营逃走。卢象昇和他率领的英勇抗敌的战士，就是这样被出卖了。

贾庄溃后，杨嗣昌第一件事是打听杨赞画死了不曾？后来听说他因奉使在外，未及于难，还不高兴了好久。又设法害他，没有得逞。据《梅村诗话》记："卢自谓必死，顾参军书生，徒共死无益，乃以计檄之去。机部不知也。"原来杨廷麟的没有在贾庄一起牺牲，是卢象昇特地把他调开的。

杨嗣昌害死了卢象昇，出卖了英勇抗敌的将士，事情还没有完。事先，杨派了一个姓张的部役到贾庄去侦查，此人回来谈起卢象昇英勇殉国的情状，"流涕动色"。杨嗣昌听了大怒，他原来是希望听到有关卢象昇的坏话，好加以锻炼、入奏。于是就把姓张的部役加以榜笞，"楚毒倍至"，不料这个部役却一口咬定，"死则死耳。卢老爷忠臣，吾侪小人，敢欺天乎！"一直被打死，还是这两句话，始终没有满足杨嗣昌的愿望。这里所据的是《梅村诗话》。《国榷》也记此事，但那个坚持说实话的兵士是姓俞的。又记顺德知府核实的报告，"日从定州城外得其骸，杂中刀矢，血渍麻衣上。"设祭哭，军民莫不雨泣。事始白。这样，才算堵住了杨嗣昌等的悠悠之口。

杨廷麟事后做了一首七言古诗《悲钜鹿》，纪念这个战役及其死者。关于这首诗，《梅村诗话》中说："通首俱妙，而惜佚落不全。"并且说杨廷麟的"集竟散佚不传"。《梅村诗话》不知写于何时，但可以肯定吴伟业在下笔时是很有顾忌的。如他转录自己的《临江参军》一章时就说："凡数十韵，以文多忌，不全录，其略曰……”其实这首诗的全文还是入了集的。至于《读杨参军悲钜鹿诗》，则连提都不曾提起。杨廷麟的遗集，吴伟业并不曾见到过，《诗话》里所选录的一些篇章，也不过是一鳞片爪而已。

杨廷麟的集子有顺治刻本。名《兼山集》。十卷。扉页有“贞斋藏板”字样。前有“南州年姻弟熊文举顿首拜题”的序。十行，廿二字。其第十卷则别题“兼山遗集”，大题下有“乙酉丙戌”四字，次行于作者姓氏下则有“男琦仁叔敬编，孙继祖又震较字”一行。集入禁书目，孙殿起“禁书知见录”著录，只四卷，是不全本。这个十卷全本旧为九峰旧庐藏书。吴梅村所称“佚落不全”的《悲钜鹿》诗就在卷四中，前有小序云：“崇祯十有一年，十二月，卢大司马以阳和朔西之师，遇□贾庄。己亥，馘获殊众，生擒酋首一人。明日，庚子，□数万麇至。日中，司马死之。余哀其事，为作是诗。”诗云：

> 季冬王师临绝谷，蒿水桥边乌啄肉。卫佐犹传捉生手，缚取名□驰马簏。岁星夜半犯东辕，群□鶬鶊穿林宿。木羽飞山昼气昏，日中未食我师覆。尚书白闲落雕儿，奋呼背怒声达目。自言丈夫生不封侯死不辱，握刀袒甲上下逐。血染首巾四镞立，死君旁者一掌牧。书生独死武臣存，赢得将军从杨仆。上谷诸骑喘未定，半学□语入人屋。辽兵南屯五十里，谢使退舍如鼠伏。噫嗟，义军忍饥抟饱狼，十日不得呼麦麹。一炬焦土忠人心，

猛士八千什亡六。苇沙风化魂未归，贾庄夜夜新鬼哭。吾闻宣王中兴年，内有张仲外方叔。他时圣主思李齐，安能一日忘钜鹿。

篇中有许多□字，推想应该是敌、虏、酋、胡等字，是避忌的结果。但也有一句“生擒酋首一人”，酋字并不避。可见避讳未尽之状。

《梅村诗话》说廷麟“诗则好用奇思棘句，不甚合律。然秀异耸拔，往往出人。”这几句评语是确当的。廷麟并不是诗人，然而他确有别的诗人写不出的好句。如梅村所举“春至军中草木冤”，大抵类此，廷麟后来曾经特别到宜兴寻访卢象昇的后人，然后放舟娄中，和张天如、吴梅村会饮十日，画中九友之一的程孟阳还特地为他画了“髯参军图”。《兼山集》卷五有“别宜兴诸子兼呈周太傅”四首，应该即是此时所作。机部诗于奇肆之中，也每有秀句，如“友人约看花，滞江州未归”绝句三首，其第三首云：

钟山树影近湓城，客路吹青一夜生。今日彭郎矶上过，满湖风雨送春声。

又卷九《舟集》诗的第一首：

轻桡载酒晚晴天，随意停舟杨柳边。落日行人江上树，平沙断雁舍南田。麦花已老难逢雨，石斥经时不记年。何必深山深处隐，一帘秋水枕书眠。

乙酉以后，廷麟就一直在江西一带收集散亡，坚持抗战。最后死在赣州之役。他是城破以后，自沉于水中殉国的。吴梅村确是不曾看到过这部《兼山集》，他在《诗话》中所引廷麟的诗，都出自康小范孝廉携来的十几首机部在赣州所作的诗草。这些诗都收在《兼山遗集》卷十里。梅村说："机部诗学素拗折，此竟高浑深丽，军中从容慷慨，戎服赋诗，具见整暇。七年不见，其学问之进益如此。"《诗话》所引廷麟诗，多有误字，覆按原本可证。如所引"此日建昌应拜舞，近臣还解赋凫鹥"一联，"建昌"二字下原注"二字疑"。查原集，此联当作"此日多方欣拜舞，近臣应解赋凫鹥。"其他异字不暇一一注出。这部《兼山集》，不但有其文学价值，同时还保存了不少史事，他日如有机缘，是值得为之付印的。

梅村说"不见机部七年"，从丙戌上推，在崇祯十三年庚辰以后，他们就不曾再见过面了。这几年廷麟的活动多在江南，伟业则多居京师。张尔田有一则梅村集题跋，文云："闻之吾乡邵蕙西先生言，曾见史可法奏报，北都降贼诸臣，有吴伟业名，墓表但云丁嗣父艰；行状云，甲申之变先生里居；梅村年谱于是年事亦语焉未详，若有所讳者。然梅村南中曾登朝一月，解学龙所定逆案亦不及梅村，岂已湔雪欤？当时道路阻隔扰攘之际，相传有误，容或有之。然亦南烬遗闻也。"

吴梅村是否曾投降过李自成的农民起义军？这的确是值

得怀疑的。张尔田指出墓表、行状、年谱都含混其词的情况也确是存在的。即以梅村的诗而论，也不见甲申春日诗。如清初诗人集子里几乎都有一首的“挽大行皇帝诗”，号称“诗史”的梅村诗中就不见。这都是可以怀疑的。其实像吴伟业那样热衷于政治投机的人，完全可能和张缙彦、龚鼎孳一样，先来一个假投降，保住性命，然后再来写什么《绥寇纪略》，大骂农民起义，以表示自己坚决的反动立场。在封建社会里，地主阶级以投降农民起义队伍为奇耻大辱，因此他们就千方百计地涂改历史，掩盖真实。这中间曾经出现过不少笑话和“悲剧”，这是一种特定的历史现象，是很能反映阶级斗争的实际情况的。

关于张宗子

生于明末的山阴张岱（宗子），是一位历史学家、市井诗人，又是一位绝代的散文家，是我平素非常佩服的作者。很久以前就写下这样一个题目了，可是一直踌躇着没有动笔。我总是担心“绝代”两个字是不是有点说“绝”了。后来又想，在他生活的那个时代里，论他在散文上的成就与特色，这样说也许还是可以的。他当然不是空前绝后的，也不可能概括、代表了整整一个时代，这些都用不着多说。

严又陵曾为翻译提出过“信、达、雅”的三字标准，很久以来，人们对文学批评也提出过“才、学、识”三个字，作为衡量的尺度。我觉得直到今天这也还不失为一种比较全面、科学的看法，而且也不只在文学批评中才适用。“才”，包括了才能、文采、写作的本领……这大约是没有什么争论的。“学”就不同，通常只是狭窄地理解为读的书多，其实这是一种误解。“学”不只包含了书本上的知识，还有更重要的生活知识的内容。社会上的一切事物与它们之间的内在联系，这是比起书本来更为丰富、深刻、生动的。“读万卷书，行万里路”，其实司马迁早已说得清清楚楚了。“识”当然是识见，即立场、观点和也受到前面两个条件制约的见解、看法，也不是什么孤立的东西。有了这样三条标准，似乎就要好得多。因为它注意到了生活、实践这两个重要方面，并使三者有机地结合了起来。

如果用这样的标准来衡量一下张岱，就将发现，他最突出的特点还是写作上的才能，他的主要成就也正在这里。他的学问并不怎样了不得，就文化素养来说，大约也不过是封建社会中等文士的水平；不过他的兴趣是很广泛的，平时非常注意社会上的各种人物、动态、人民生活、风俗习惯，以至于食物、蔬果等许多方面，而且有加以欣赏、纪录的兴趣与勇气。这许多，往往正是旧时代的正宗文士所不屑一顾的。说到“识”，恐怕要算最差。只是在生活态度、美学思想等方面多少突破了封建文化的某些习惯势力。至于他的主导思想还不能不是传统的。三百年前发生的那一场翻天覆地的大变化，那一次猛烈的冲击，确曾给像张岱这样的封建知识分子以巨大的震撼，但到底未能给他带来怎样根本性的改变。

张岱出生于一个封建社会的“世家”。看他所写的“家传”，在官僚地主群中，张家还算不得是最阔气的，但他到底是世家子弟，是一位大少爷。他的曾祖张元忭是隆庆辛未科的状元。我曾得到过他所作的《不二斋文选》，不曾细读，只记得前面附有一张小像，是穿了官服的一个精瘦的老头儿。不知怎的，我总想张宗子一定也是这模样。张岱写过一篇《自为墓志铭》，非常坦率地承认他“少为纨绔子弟，极爱繁华。好精舍，好美婢，好娈童，好鲜衣，好美食，好骏马，好华灯，好烟火，好梨园，好鼓吹，好古董，好花鸟。兼以茶淫桔虐，书蠹诗魔，劳碌半生，皆成梦幻”。这简直是极精确地勾勒出了醉生梦死地生活在那个封建末世的一切地主阶级大少爷的形象和他们的精神世界，可以作为我们了解这批高级寄生虫的一把有用的钥匙。曾经做过如此坦率自白的人，在晚明，我还没有看到过第二个。

他的这些“生活经验”，全部写在他的两部著名的回忆录中了。《陶庵梦忆》与《西湖梦寻》。在五十四年前，《梦忆》就曾由俞平伯先生重印，是为“朴社重刊”本，根据的大约是伍崇曜的丛书本，是据乾隆甲寅仁和王文诰刻本重雕的。这原本我在傅惜华家中曾见到过，好像也流传得非常少了。我后来得到的则是道光二年王文诰重刻巾箱本，却也刻得很精。在二十八年之后，王氏又重刻此书，可以看出他对《梦忆》的赏识与珍重。

《梦忆》的主要内容，也就是张岱在《自为墓志铭》中所说的那些内容，是一个地主阶级大少爷的“忏悔录”。它的价值所在，是给后世的读者留下了晚明社会生活一个侧面的真实而生动的速写、纪录。这无论是《武林旧事》，还是《东京梦华录》都无法与之相比的。张岱后来写下了《石匮书》，成为有名的历史学家，但他在写《梦忆》时，却没有写历史或地志的“雄心壮志”，因而挣脱了那些传统的束缚。张岱实在是三百年前一位出色的“新闻记者”。他写的那些速写、通讯、报告，都是很短的。少者几十百字，比较长的如《扬州瘦马》，也不过六七百字，却已将明末扬州的人肉市场的形形色色统统写了出来。他写出了那么一批特意赶到扬州来“娶妾”的大老倌，因而产生了一大批等待选购的“货物”——“瘦马”，这名目在唐诗中就早已出现，可见是一种有长远历史传统的风习了。随之产生的是一大批“牙婆驵侩”“日饮食于瘦马之身者数十百人”。他细写了从挑选、付费、送“货”上门的全过程。从全篇中我们看不出张岱是反对这种人肉买卖的，他似乎并不反对纳妾；但他对这种种的厌恶还是鲜明的。有时候忠实的“客观报道”，就会产生这样的力量。他细写了挑选货色的全过程，用的是白描的方法，还记下了当时所用的口语。

> 至瘦马家，坐定，进茶。牙婆扶瘦马出，曰：“姑娘拜客”，下拜。曰：“姑娘往上走”，走。曰：“姑娘转身”，转身向明立，面出。曰：“姑娘借手睄睄”，尽褫其袂，手出，臂出，肤亦出。曰：“姑娘睄相公”，转眼偷觑，眼出。曰：“姑娘几岁了？”曰：“几岁”，声出。曰：“姑娘再走走”，以手拉其裙，趾出。然看趾有法。凡出门裙幅先响者，必大；高系其裙，人未出而趾先出者，必小。曰：“姑娘请回”，一人进，一人又出。……

这不但介绍了过程，还写出了声口、动作。牙婆录音机似的指挥，“瘦马”宛转顺从的姿态，买主虽不曾正面写，作为背景人物，这一切就全都像活的一样。同样的情形，不是直到解放前夕还在全国许多地方大同小异地存在着吗？张岱还特别介绍了鉴定小脚的“经验”，不只说明他是“内行”，也暴露了他的低级趣味。

晚明出现了一种新的文学流派。在表现形式上是尽量采用新的句法结构、奇奇怪怪的形容词……作者们企图闯出一条新路的努力是值得注意的，但有时就不免流于怪诞、艰涩，如《帝京景物略》中的有些写景文就是一例。但在张宗子这里却并不如此。他力图简洁，但显得平易；苦心铸辞，却不失自然。特别是他用这样短的篇幅，写出如此丰富、生动的内容，是值得佩服的。

同是写伎家生活的还有一篇是写出身于南京低级妓院的“朱市妓”王月生。她虽然出身于“曲中羞与为伍”的朱市，连同辈也看不起，但因品格容貌的出群，终于成为头等的红倌人。张岱写这个女人，只抓住“矜贵寡言笑”这一特点，用两三件小事，就把人物写活了。全篇三百二十字。

这是一位无论费尽了姐妹、帮闲们怎样的心思、手段也无法使之一笑的少女。但她却喜欢吃茶，天天都要到闵老子（一位著名的茶道专家）家“啜茶数壶”，并在那里与知心朋友会晤。如此看来，王月生的“矜贵寡言笑”就并非生来的怪癖。文章结尾说有一位“公子”，和她鬼混了半月之久，“不得其一言。一日，口嗫嚅动。闲客惊喜，走报公子曰：‘月生开言矣。’哄然以为祥瑞。急走伺之。面赪，寻又止。公子力请再三，蹇涩出二字曰：‘家去。’”寥寥五十几个字，公子之恶俗庸愚，帮闲的无聊凑趣，一场果戈理笔下才会出现的闹剧，一霎时开场，一霎时又收了梢。而王月生这人物，却活生生地站在读者面前了。她终于开了口，但只说了“家去”两个字，可这中间包含了多少内容啊！王月生怎么说，又能向谁去说呢？

张岱是秦淮河上的常客，他对这种生活是非常熟悉的。但也只有他能在热闹中看出娴静，喧笑中发现眼泪。他有一双与众不同的敏锐的眼睛。

南京雨花台附近的报恩寺塔久已焚毁了。三十多年前我还看到过扔在废墟上的一角琉璃瓦残余构件，现在恐怕连废墟也将无从寻觅。但张宗子看到的却是完整的原物，他称之为“中国之大古董，永乐之大窑器”。这确是惊人但异常贴切的定义。永乐窑的瓷器现在已经成为宝贝，这塔却正是永乐时烧出的特号琉璃窑器，一座不折不扣的“大”古董。像高明的漫画家一样，他一下子就抓住了事物的本质。从中得出怎样的结论，则是读者自己的事。

有时候他也爽性地说出结论来。《二十四桥风月》篇说扬州夜晚的景色，涂脂抹粉在茶馆酒肆之前“站关”的可怜的卖春妇。“灯前月下，人无正色。所谓‘一白能遮百丑’者，粉之力也。”这些可怜的终于找不到主顾的女人，挨到很晚了，“夜分，不得不去。悄然暗摸如鬼，见老鸨，受饿受笞俱不可知矣”。

张岱有许多写西湖的名篇。他的看西湖，也绝不与别人相同。《湖心亭看雪》一文说：

崇祯五年十二月，余住西湖。大雪三日，湖中人鸟声俱绝。是日，更定矣，余拿一小舟，拥毳衣炉火，独往湖心亭看雪。雾凇沆砀，天与云、与山、与水，上下一白。湖上影子，惟长堤一痕，湖心亭一点，与余舟一芥，舟中人两三粒而已。

湖心亭是许多人都去玩过的，可是有多少人看到过张岱这里描写的景色呢？描写西湖风景的人也可谓多矣。可是谁又曾用精炼至极的笔墨如此凸现地勾画出山水的精灵？

张岱从不花费大量笔墨写风景，他写的风景又总是充满了动态生机的。《闰中秋》篇写他在绍兴与许多朋友夜里在蕺山亭吃酒看戏，直到四鼓方散。“月光泼地如水，人在月中，濯濯如新出浴。夜半白云冉冉起脚下，前山俱失。香炉、鹅鼻、天柱诸峰，仅露髻尖而已。”

张岱说过两句话，他自己非常得意，曾屡次提起。“人无癖不可与交，以其无深情也；人无疵不可与交，以其无真气也。”这话初看似乎有些偏激，但细想却颇有意思。那下半句简直就否定了所谓“足赤”的“完人”，即“伪君子”，可谓“伤心悟道”之言。其实这些也无非是平平常常的道理，谁又没有或多或少一点个人癖好呢？张岱自己是个爱玩的人，已在为自己写的《墓志铭》里做过老实的交代。他喜欢玩的事物真是非常广泛，在这些领域内他是个真正的内行，有很高的欣赏水平。从不同的角度看，这些事物既是封建地主阶级荒唐享乐的表现，同时也是通过劳动者的双手创造出来的封建文化的精华。

张岱喜欢看戏，也深通戏剧艺术的每个方面。他家从祖辈起就养着戏班子，他的亲戚祁彪佳也是爱看戏并收藏了丰富剧本的戏剧评论家。《梦忆》中谈到演剧的文字不下十篇之多，中间有许多珍贵的戏剧史料，奇怪的是一直没有受到研究戏剧史的学者应有的重视。

他记崇祯二年夜半在镇江金山寺演出“韩蕲王金山及长江大战诸剧，锣鼓喧阗，一寺人皆起看”。记一个老地主朱云崃训练家蓄女乐的方式方法。记他祖父自己创建的私家戏班，先后有“可餐班”等六个之多。其中“吴郡班”中演员有王畹生，是与柳如是同时有名的人物，王玉烟的妹妹，李因有赠畹生诗在《竹笑轩吟草》中。《刘晖吉女戏》篇则记录了明末即已出现的舞台布景切末。

> 如唐明皇游月宫，叶法善作（场）。场上一时黑魆地暗。手起剑落，霹雳一声，黑幔忽收，露出一月，其圆如规。四下以羊角染五色云气，中坐常仪，桂树吴刚，白兔捣药。轻纱幔之，内燃赛月明数株，光焰青黎，色如初曙。撒布成梁，遂蹑月窟。境界神奇，忘其为戏也。

这是非常珍贵的早期舞台装置的精确记录。三四十年前我们在舞台上看到的《天香庆节》等戏，大致也不过就是如此，也许还没有这里所写的精妙。而场上多重幕的使用，在明末也早已开始了。

张岱记女演员朱楚生与姚益城“讲究关节、妙入情理”，演出《江天暮雪》《霄光剑》《画中人》等剧，“虽昆山老教师，细细摹拟，断不能加其毫末也”。虽然没有举出具体实例，但艺人进行舞台创造的艰苦，读者是可以领略到的。

《过剑门》篇写他以戏曲行家的身份，在演员中拥有的威望；《冰山记》记魏忠贤败后，他删改重排了一时涌现的“十数本”反映同一斗争题材的剧本，并取得成功的故事。不只显示了当时运用戏剧艺术进行政治斗争的热潮，也说明他自己对上演这种“现代戏”的饱满热情。张岱和阮大铖是朋友，他说：“阮圆海大有才华，恨居心勿静。”这和《续幸存录》的说法有些相近，是带有回护意味的恕词。他对阮大铖训练的“家优”给予了很高的评价。着眼点不只放在剧本上，更着重的是场上的功夫。“讲关目，讲情理，讲筋节”，“余在其家看《十错认》《摩尼珠》《燕子笺》三剧，其串架斗笋、插科打诨，意色眼目，主人细细与之讲明，知其义味，知其指归，故咬嚼吞吐，寻味不尽。”还指出在每本戏中安排了“龙灯”“紫姑”“走解”“猴戏”等不同关目的创造性，实在应该算是一篇有内容、有深度，在戏剧史上有重要史料价值的评论。

这里只是约略触及了张岱有关戏剧的记述与见解，此外还有许多方面，他都观察得细致，领会得深刻，传达得巧妙。他是个市井诗人，他的回忆录不愧是晚明社会文化风俗史的出色评述，同时又是一束绝美的散文。

人们有时会误解张岱只是一位小品文作者，这是不确的。他晚年写下的《石匮书》，是具有一代国史规模的大著作，不必说了。他还有一部《史阙》，皇皇六大册稿本，也不能说是小品。在序文中他说明了自己的史学见解和文艺见解。他认为流传的正史是不完备的，于是“为之上下古今搜集异书，每于正史世纪之外，拾遗补阙。得一语焉，则全传为之生动；得一事焉，则全史为之活现”。他这种为正史“剔牙缝”的工作，是有效的。不只往往能揭出历史真相，也提高了文学感染力。他举出两例说明这种见解：

> 苏子瞻灯下自顾，见其颊影。使人就壁摸（摹）之，不作眉目。见者皆失笑，知其为东坡。盖传神正在阿堵耳。余又尝读唐正史，太宗之敬礼魏徵，备极形至。使后世之拙笔为之，累千百言不能尽者，只以“鹞死怀中”四字尽之。则是千百阙而四字不阙也。

这是很高明的文艺评论见解，他也在自己的创作中努力付诸实践了。这样做需要写作才能，是不待说的；但更重要的是对生活的深刻认识和反映现实的忠实态度。这些张岱也是做得好的。

1981年12月26日

《西湖梦寻》跋

此张宗子《西湖梦寻》之原刻本，凡五卷。半叶九行，行二十字。白口左右双边。写刻甚精。卷首大题次行属“古剑蝶庵张岱著纂；山阴曲辕王雨谦评定；男铎（式宣）、镛（式黼）、镄（式贞）编辑”。原扉页尚存，题《凤嬉堂藏板》。卷前有“武林道隐金堡偶题”序；“古夔旧史李长祥书”序；“社弟查继佐偶书”序；“弟祁豸佳书於蟫仙庐”序；“潞溪白岳王雨谦撰”序；“岁辛亥（康熙十年）七日（疑当作月）既望，古剑蝶庵老人张岱题”序，凡六通。次凡例六条，末属“康熙丁酉年（五十六年）十月望日孙礼谨识”。次目次。于张岱著、王雨谦评之外，别列“虎林道隐金堡定，古夔研斋李长祥阅”两条。

世皆知宗子此书，惟所见往往皆钱塘丁氏丛刻本，改易旧式，书眉评语尽去之，非原貌矣。原刻极少见，只北京图书馆有残本一册，存后三卷。书题收入《中国板刻图录》中。按凤嬉堂为张氏堂名，未必真有是堂也。明亡后张氏中落，至于薪火不继。宗子著作等身，子孙无力刊刻。《梦寻》刻最早，亦藉他人之助始得墨板；《三不朽图赞》刻于乾隆中，亦题“凤嬉堂刻”，则家刻之标识也。《瑯嬛文集》则至清末（光绪丁丑）始刻，《史阙》刻于道光甲申，板刻草草。《梦忆》则有王见大二刻，一在乾隆甲寅（大本）；一在道光壬午（巾箱本）；粤雅堂刻本；砚云甲编本，为最富矣。又有天启刻《古今义烈传》八卷，未见其书。宗子所著曾付刊木者，所知仅此而已。至其《石匮》一书，皇皇巨帙，更不能刻，身后且为人所攘窃；幸抄本流传，不绝如缕，近方由中华书局排印行世。然存目多缺，非完璧也。文人慧业，迍邅若此，可胜浩叹。

辛卯春初，偶过市肆，于案头得道光巾箱本《梦忆》二册，甚以为快。估人见告，尚有张氏他种，皆自桐庐山中挟来者，约翌日更过之；遂更得此《梦寻》五卷。又见有稿本《史阙》六册，状如帐簿。原稿书于墨格竹纸上，剪而贴之，积三百年，几片片欲作蝴蝶飞。前有自序，则精写，且钤三印。意为当日付刊底本。估人要索重直，适囊空如洗，疾走访朋辈，摒挡以付之，不足，犹益以他种旧本一车，始得挟书而归。书生狂态，思之如梦。又明日，乃知其书系以廉直得之书摊者，询之摊主，则数书皆得之浙东山中。信为张氏后人世守之物，虽怒估人之要索，亦殊感其终能以书归我也。更数月，乃更于他肆收得《瑯嬛文集》稿本，为八千卷楼书，未入钵山精舍之物。卷耑有《翁同龢观》小印。丁氏书之流转于虞山者往往有此印，皆精整小册，余所见所得不下七八种。《文集》稿本所用黑格以及手书笔迹与前得《史阙》正同。为之大快。余之得聚宗子著述之稿本、原刻于案头，不能谓非厚幸。尝读旧人题识，每见有“长恩默祐”之语，笑其痴绝。余无所信于命运，然终不能不为此巧遇而激动也。

宗子之卒，不知何年。（《小腆纪传》补逸称卒年八十八。）惟必在康熙十年后，已颇老寿。更四十六年此书始得墨板于粤东。岱孙张礼云：“先王父生平素多撰述。所著如《陶庵文集》《石匮全书》，以及《夜行船》《快园道古》诸本，皆探奇抉奥，成一家言。以卷帙繁多，未能授梓。是集为从弟潗携来岭南，而韶州太守胡公见而称赏，令付剞劂，以张前徽。余小子自顾颛愚，不克仰承先志。而奉兹遗集，益感中怀，爰授之梓人，锓以问世。其家藏诸种，俟有力梓行。庶几先王父未坠之精华，复得表章于当代也已。”是此本刻于韶关也。原刻每卷后列参订姓氏二条，皆为新刻灭去。列名者为张岱孙辈，凡陈书（字通）、礼（立亭）、国鼎（字渊）、濬（字哲）、濂（字清）、瀚（字漉）、潗（若水）七人，又曾孙肇柏（廷坚）一人。此皆考山阴张氏世系所当知也。

为《梦寻》撰序者五人，皆明清易代之际著名人物，亦皆以气节称。无一新朝贵显，其行径亦皆有特立独行之处。祁豸佳字止祥，彪佳从兄，以书画名世，宗子《梦忆》中颇记其逸事。王雨谦与宗子论交尤笃。查继佐则撰《罪惟录》者，固与宗子为史学同志也。金道隐、李研斋皆于乙酉之际结寨浙东，图故国兴复之业。九死不回，而皆幸免于诛戮。当宗子此稿成时，金李亦皆居江南，因为撰序。金堡在永历朝遭严刑遣戍，祝发桂林，仍请葬张同敞、瞿式耜于孔有德。

长祥舟山破后，亡命江淮，被逮，安置江宁。娶闺秀“钟山秀才”以弛监守者意，竟乘间逸去。老居毘陵。长祥序《梦寻》曰：“甲申三月，一梦跷蹊。三十年来，若魇若呓。”陶庵自序云：“余生不辰，阔别西湖二十八载。”盖皆以甲申为断。道隐之言曰：“尔若只以旧梦是寻，尚在杯水浮芥中往来盘礴，何足与于寥廓之观！”长祥之言曰：“何暇寻梦中所有，且寻昔日梦中之所有哉！”皆能于宗子下一针砭。宗子自序则曰：“余梦与李供奉异。供奉之梦天姥也，如神女名姝，梦所未见，其梦也幻；余之梦西湖也，如家园眷属，梦所固有，其梦也真。今余僦居他氏，已二十三载，梦中犹在故居。旧役小傒，今已白头，梦中仍是总角。夙习未除，故态难脱。而今而后，余但向蝶庵岑寂，蘧榻于徐，惟吾旧梦是保。一派西湖景色，犹端然未动也。儿曹诘问，偶为言之，总是梦中说梦，非魇即呓也。”是宗子亦未尝不知说梦之痴，而犹眷恋若此。其文实佳，故国之思，抑何浓挚乃尔！

晚明文章家辈出，若三袁钟谭其最著者也。然公安竟陵之文，非太浓艳，即过峭刻。世人盛赏刘同人《景物略》，然造句诡异，好用奇字。其境甚新，其文则若幽咽流泉，索解不易。若宗子者，实为大家。若云梁卓如笔端常带感情，宗子之笔端则浓蘸感情者也。而状物写情，灵心慧性，跳掷无定。每寥寥数笔，便能勾勒一境，画人风貌，绘人口角。余尝言苟选近代特写，必不能遗此一家也。

宗子之记西泠桥曰：“昔赵王孙孟坚、子固，常客武林。……薄暮入西泠桥，掠孤山，舣舟茂树间，指林麓最幽处，瞪目叫曰：‘此真洪谷子董北苑得意笔也！’鄰舟数十皆惊，骇绝。叹以为真谪仙人，得山水之趣味者。”此不过百字，便记得一段故事，写出一群人物，更捉得西泠神髓，移做他处不得。

又记宋理宗妃阎妃功德院集庆寺曰：“此寺至今有理宗御容两轴。六陵既掘，冬青不生，而帝之遗像竟托阎妃之面皮以存，何可轻诮也。”（案寺成后有人书法堂鼓云，“净慈灵隐三天竺，不及阎妃好面皮。”）岂非三百年前绝妙之杂文乎！

宗子自记少年读书岣嵝，尝碎飞来峰杨髡所凿石像事，盖亦怒其发六陵也。此事在明亡之前，此文撰于明亡之后，其故可思。

《湖心亭小记》有两篇，一宗子自撰，一张京元撰。岱之文曰：“崇祯五年十二月，余住西湖。大雪三日，湖中人鸟声俱绝。是日更定矣。余拏一小舟，拥毳衣炉火，独往湖心亭看雪。雾凇沆砀，天与云、与山、与水，上下一白。湖上影子，惟长堤一痕，湖心亭一点，与余舟一芥，舟中人两三粒而已。”

千百年人记西湖，未有此文；万千人游西湖，亦未必有此游兴。岱文之妙，盖往往类此。

十年前西谛来沪，过敝庐观书，出此示之。知其亦最爱张宗子也。西谛一见大惊赏，欢喜赞叹，以为平生所未见。向余索赠，余则靳而不与，友朋笑谑之语，如在目前。后西谛刊所撰《劫中得书记》，于新序中云：“得书续记第十则，琅嬛文集里，说：张宗子的许多著作，都无较古的刻本。其实不然。近来曾见到清初刻本的西湖梦寻，刻得极精。其他书，恐怕也会有较早的本子，只是没有见到耳。”

即记此事。西谛谢世，瞬已五年。近《西谛书目》已出版，有题跋一卷，读之如见其人。酒酣耳热，大呼叫笑，论旧本源流，辨新刊得失。今乃更无其人。每展《梦寻》，辄兴黄罏之感，因缀篇末，以为纪念。

癸卯十一月半

影园遗事

番禺黎美周以黄牡丹状元驰名明末，《艺林》曾有文记南园诸子送美周北上诗卷，为粤中书画名迹，彰彰在人耳目者。时在崇祯癸酉。黄牡丹诗撰于此后七年。花为广陵郑超宗（元勋）影园中物，崇祯庚辰，园中黄牡丹忽放一枝，一时名士咸来玩赏，赋咏甚富。超宗取原诗糊名易书，如科场弥封故事，送虞山钱牧斋评定甲乙，美周遂为之冠。超宗乃集诸诗作刊之，题曰“瑶华集”，时在崇祯中，原刻今不存矣。元孙开基增辑重梓以行，时在乾隆二十七年。传本亦绝罕。余箧中乃有二本，版式如一，唯一本前有钱谦益序（崇祯庚辰，此序收入《有学集》），一本无钱序而别冠以杭大宗序（乾隆二十八年）为异耳。此虽细事，亦有关板本异同。钱序当从明刻翻得。刻成而有避忌之想，或薄其人，遂抽去之，别倩堇浦补一弁言，已在刻成一年后矣。清初文网之密，在在有迹可循如此！

杭序本白纸初印，为马氏小玲珑山馆藏书，有曰璐藏印五方。曰《马曰璐印》（白文方印）、《佩兮》（朱文方印）、《马佩兮家珍藏》（朱文长印）、《南斋读本》（朱文长印）、

《南斋秘笈》（朱文长印）。佩兮为乾隆中著名藏书家，业鹾，居邗上，家豪富与兄曰琯齐名，一时名士如厉樊榭、陈玉几辈皆主之，有集名《南斋集》，于此书珍重若此，是在当时亦一名物矣。

集凡三卷。上卷刊《咏影园黄牡丹诗》，凡黎遂球、梁云构（眉居，河南兰阳人）、万时华（茂先，江西南昌人）、徐颖（巢友，浙江海盐人）、冒襄、陈名夏、梁应圻（君土）、顾尔迈（不盈，江都人）、梁于涘（饮光，江都人）、王光鲁（汉恭，江都人）、李陈玉（谦庵，吉水人）、程邃、马是龙（通州人）、姜垓、李之本（道生，如皋人）、陈丹衷（旻昭，江宁人）、李之椿（大生，如皋人）、姜承宗（开先，上元人）等十八人作。后刊钱谦益《续咏影园黄牡丹诗》四律，则后来补作者。牧斋名氏已为旧人墨笔涂乙，仅余“常熟人”三字矣。最后附黎美周谢柬一通。中卷录茅元仪《影园记》，黎遂球《影园赋》，郑超宗《影园自记》（崇祯丁丑，后有刘侗、顾尔迈跋）。下卷则题赠诸诗，作者有周正儒（字御清，宜兴人，周玉绳兄弟行）、范景文、徐遵汤等。又有“五日社集影园分韵”诗，作者茅元仪、黎遂球、万时华、冒襄、陈丹衷等五人。最后附刻数诗，皆过影园遗址吊兵部郑超宗者，最晚有陈其年、吴野人作，则开基重梓时所增也。

影园在广陵蜀冈之南，董玄宰以其风景宛在柳影水影山影之间，因题作影园，书额归之。胜流过广陵者必访超宗，吴桥范景文、吉水刘同升往来最密。堇浦序略云：“厥后范刘二公竟殉社稷，而美周毁家纾难，毕命虔州，与职方后先辉映。斯编也，苟无知人论世之识，怀贤振古之才，任率胸臆，信口而读之，则妍辞丽句，嚼征含商，嘤求友之声，写春韶之景，与玉山诸人，无以异也。至若青灯午夜，俯仰伤怀，流涕呜咽而读之，则鬼雄国殇，搏膺披发，挟风霆而暴至，强死之忠魂，呼之欲出，以视玉山诸人，安燕雀之处堂，效蚍蜉之穴树。大厦已倾，瞻乌谁屋。而犹珠盘玉敦，争长于风云月露之场，其轻重大小何如也！”

呜呼，大宗此序，词严义正。故国之思，溢于楮墨。其取元时顾阿瑛玉山雅集与超宗影园并论，亦自有识。范、刘、黎诸君皆殉国难，然同卷倡和诸人，亦有薰莸，牧斋泥首北廷，终遭斥逐，可不论；若陈名夏，固新朝倚为左右手者也。其略胜一筹者，如冒巢民辈，于亡国之后视息人间，诗酒流连，水绘园觞咏之盛，亦何减于玉山草堂。大小轻重，固不待智者而后明。尝见野记，言大宗颇为清帝所嫉。虽老废于杭州，犹切齿不忘。今读此序，可以知其故矣。

堇浦虽以超宗与遂球并论，然二人死法则殊不同。记其事最详者为嘉定张云章所撰《郑超宗传》，收《朴村文集》卷十三。云章之言曰：

> 崇祯十七年三月，京师失守。君闻讳，麻衣恸哭于至圣庙，即出家赀募健勇，训练为兵，欲以助城守。……（史可法）以兵部尚书督师扬州，所陈恢复之方，捍御之略，什不一二施行也。时宁南侯左良玉军号八十万，

> 驻武昌上游，而靖南侯黄得功、兴平、东平、广昌等伯高杰、刘泽清、刘良佐，号为四镇，皆以戴立新主，兵游近界。良玉故与士英隙，闻其柄用，又筑西防以逼己，愤甚。上表清君侧，举兵东向。江南北大震。扬又边江，兵备副使马鸣騄谋籍高杰兵卫扬。以君故有恩于杰，讽君作书招之。君方谋之督师以下，书未发，会杰奉命镇扬，兵已至城外。扬人以杰于四镇尤剽悍，曰，是必将蹂躏我。又传言相喧嚣，以为招之来者必君也。相与关城门，断机桥，数日抑不得进。杰怒曰，我捧玺书来镇尔城，而拒我若是！遂纵兵掠。……城中人益哗言郑进士召杰来害我。鸣騄复至君所，言曰，公若能一出见兴平，必立解。否者如谣诼何！君毅然许之，走白巡抚黄家瑞，单骑突出。仆人有叩马谏者，曰，主宜三思，善自保。君叱曰，尔何知！扬民安，吾元虽丧可也！直入杰营，晓以大义，喻以民情。杰惭且服曰，向者别将杨成为之，即出令禁止，且退舍以待。越日巡抚黄家瑞、兵备马鸣騄、推官汤来贺集议南城楼，君驰往，则数十百人持兵仗环观，声汹汹，或指目君。君下马就坐，从容为言城外事由杨成，语未卒，听者亦不审。众乱升楼直前，刃交下，遂见害。

云章所记超宗死事甚译，盖疑其将翻城应“寇”而见杀也。其死事与超宗相类者为江南顾杲，即“南都防乱公揭”倡首之人。尝疑晚明士大夫每喜说剑谈兵，讲求城守方略，聚乡兵以自保，其甚者有复壁大隧，俨若城堡者。亦往往结纳地方武力。清初江南义师蜂起，大抵皆由于此。洎后乃演化为地主武装，太平天国之役，曾李辈之湘勇、淮勇，皆出一辙。超宗之死，在清军尚未南下之顷，死于小朝廷之内哄。然后之论者往往以之与范、刘、美周并称，列之为国殇鬼雄，亦甚幸事矣。

影园遗址在扬州城南，去古渡桥不半里而近。至清初似即荒圮。汪楫《寻影园旧址》诗有“园废影还留”之句；吴野人诗则言“影园即此地，何处认荆扉？冷落废墟在，一双新燕飞。……”此康熙中影园情状也。超宗身后百余年，其裔孙郑沄（枫人）《玉勾草堂词》卷三，有《扬州慢》词，前有长序，略云：“先高祖职方公，丁明末造，卜筑城南。山光水色，缭白莹青。……迄今百有余年，园已芜废。屡易其主。秋塘仲兄购得之，稍葺旧址，建屋数楹，祀公栗主。沄适以于役北行，道经故里。展拜之余，悲感弥襟。乃依白石自度腔，漫谱此解。”其下片云：

> 旧巢在否？燕飞来，王谢堂前。叹碧血沉沙，丹楼拜影（原注，先从祖掌和公筑拜影楼，存先志也），肠断当年。望极秣陵秋色，移盘远，玉殿荒烟。想云车遥夜，魂归犹认桃源。

枫人尝刻杜陵诗，有名于时，即所谓玉勾草堂本。其词集三卷刻成已在身后。嘉庆八年，其甥戴竹友延介刊于吴中，流传甚罕。余所储为贝简香旧藏。前无陈仲鱼序，后据《简庄文钞》补得，陈序撰于嘉庆九年，在词集刊成一年后，此本初印，乃无此序。仲鱼序言：“忆曾命鳣隶书曹楝亭句作楹帖云，徧心岁月荒唐过，垂老文章幽患成。盖寓感也。”此楝亭诗中佳句，近人多据以研索楝亭织造与康熙帝之间隐秘，不图郑枫人亦激赏于二百年前。枫人以辞赋起家，出守繁郡。迁浙江粮储道。后以失察属吏被议。其间露侘傺无聊之概，自非无故。余别藏《妆台十咏》，亦枫人撰。刊于乾隆乙巳。小册精极。盖拈洞仙歌等十题以谱眉刷、粉扑等闺中十事。词集卷二亦收之，只存其八。其裙带、入月两题已删，盖以侧艳之作而去之。

又按，超宗善画。而画迹流传绝罕。只苏州博物馆有其临石田山水轴，精绝，有董玄宰题，称道甚至。超宗有崇祯辛巳自跋，言此画作于崇祯四年，时方三十四。笔墨澹远，大有云林风致。遗制仅存，最堪珍重。郑开基于刻《瑶华集》外，同时尚刻有《影园诗稿文稿》一卷，题“乾隆二十七年拜影镂刻”，北京图书馆藏吴兔床批点并跋之本，惜未得读。意其中必有晚明史料不少也。癸卯送灶后一日重写竟。

关于金冬心

对于“扬州八怪”之一的金冬心，一直有着颇浓厚的兴趣，比起其他七位来要更浓些。冬心有着许多种身份，画家、书家、诗人、赏鉴家……一直到古董贩子。我对他的兴趣，却正好与这个序列相反。冬心画的成就是高的，是文人画发展到甚高境界的产物。不过这不能与专业画家相提并论。一般地讲，他的画要靠他的题跋才能站立起来。读冬心的画，花在吟味题诗和画跋上的时间，一般要比看画来得多得多。他的题跋，无疑是继承了东坡、山谷的路子的，不过内容与感慨更丰富，更多样，也更新。同是封建社会的士大夫，前者生活在北宋，后者却是生当雍、乾之际——已经到了封建社会末期最后一个“盛世”了。这中间的差异是鲜明的。

冬心的字是有特色的，不过我对他那著名的“漆书”，兴趣也并不太大；倒是那种从《天发神谶碑》出来的行书，别有姿媚，成就甚高。我以为当在其画之上。冬心的诗，照我看来并不能算是怎样了不起的，是一种宋诗的流衍。挤在他的同时侪辈中间——厉樊榭、丁敬身、吴鸥亭、杭堇浦……——也并不显得特别高大。

多年来我搜集冬心集，只偶然得到过一册四卷本的《冬心先生诗集》，是雍正刻本。诗，如上所说，我是不懂的，但那刻工却精绝，大字写刻。每卷后都有“雍正癸丑雕于广陵般若庵”的篆书双行牌记。前有小像，出高翔手，也是“八怪”之一。这书是竹纸印的，已经明丽非常。记得记载中说起冬心有用宋纸、明墨印的本子，那将是怎样的神采，简直不能悬拟。1954 年顷，郑西谛南游，旧书店纷纷搜罗一些书给他看。我在“来青阁”中见到冬心著作数种，一起有五六册。那真是见之眼明，本子大小不一，却都只是薄薄一册，记得有的还是罗纹纸印的。雕刻之工，在清刻中可以说是无与伦比。墨色之佳，使人惊心炫目，如对宋人法书，每种都有冬心自用印记，名目记不得了，大约是“冬心先生续集自序”“冬心先生三体诗”和“画竹题记”等吧。因为是“给郑先生留的”，所以未能买得，多年来一直不能去怀。后来又得到汪启淑的《集古印谱》，每卷前有冬心题签，是木刻，但下面却钤着“寿门”二字白文联珠小印。在记墨的著作中，又见到藏墨家珍重著录“冬心先生五百斤油”的名色，和明墨一起受到重视。不记得从什么地方看到的了，冬心制墨，如何讲求墨法，甚至用前明旧墨碎块杂入和剂。想起儿时写字所用坊间劣墨，也有“五百斤油”的名色，不禁微笑。冬心自制墨已极少见，但那名目却还存于坊间，历百余年而不绝。足证其为头等名牌货无疑。凡此种种，都使我形成一种印象。金冬心此人不只是画家、诗人，实在还是一位最能理解、欣赏，并在某些方面实践、创造了封建文化高峰成果的人物。当然，他玩的都不过是“小玩意”，他没有造什么宫室、楼台……但不要忘记，他不是地主，也不是官僚，甚至连功名都没有。他不过是一个卖画为生的“处士”而已。

我对金冬心发生兴趣，就是从这里开始的。

龚自珍为冬心的诗友杭世骏写过一篇《杭大宗逸事状》。中一节云：“乙酉岁，纯皇帝南巡，大宗迎驾。召见，问汝何以为活？对曰，臣世骏开旧货摊。上曰，何谓开旧货摊？对曰，买破铜烂铁，陈于地卖之。上大笑。手书‘买卖破铜烂铁’六大字赐之。”

杭大宗是在上了一个“朝廷用人，宜泯满汉之见”的奏疏以后，碰了大钉子，差点被杀头，从宽“放归田里”的。这正是吃了鲁迅先生所说的“隔膜”的亏的一例。上面所记的一段君臣对话，却不失为有趣的资料。皇帝的掩盖着杀机的轻薄，杭大宗的隐藏在滑稽后面的严冷，都跃然如见。用白描笔法写出了这一尖锐斗争的龚自珍，不愧是高手，应该称赞为“得太史公衣钵”的。

什么是“买卖破铜烂铁”呢？那当然不是搞什么“废品回收”；更不可误会为前翰林杭大人会在杭州什么地方摆地摊。实际上就是说杭大宗在做古董生意。其实也不只是大宗，丁敬、金农也都是做这生意的，不过不像大宗那么阔气，没有皇帝手写的“招牌”。这三位（当时还可能有其他的人）的贩古董，在当时并不是秘密，也不算“恶行”，无损于他们诗人、高士的身份。不过后来时日既久，情况逐渐变化，人们只记得他们是史学家、金石家、画家，好像高雅得了不得，完全忽视了他们生活中的这一重要侧面。其实任何人必须吃饭才能生存，这是一条古今不易的真理，金冬心不是仙人，不能靠吸风饮露过活，也是十分明白的。我很想就此进行一些研究。曾经收集了一些资料，并从冬心同时人的百来部诗文集中搜寻排比了一部《金冬心年谱稿》。但不幸这些都“迷失”了。但当时的感想却在，还剩下几张资料摘抄的草稿，现在就据此写下些零碎的感想，但距离学者的研究，那可是差得远了。

促使我动笔的另一原因，是最近有机会看到罗两峰《冬心先生蕉阴午睡图》的真迹。这是一张名作，真是神态宛然，曾经有过复印本的。可惜只印出了原画本身，上方的题诗却略去了。而这里就正保留了有关冬心的重要资料。

按《午睡图》上方有沈大成、丁敬两题。沈题是：

冬心先生既化去，弟子罗君两峰以《蕉林午睡图》乞诗，为赋一篇，哀亡友，兼义罗君焉。……乾隆癸未孟冬之月，日在角，沃田学人沈大成。

下钤“臣大成印”（白文方印）、“学子”（朱文方印）两印。诗可能收在《学福斋集》中，今不录。再下面就是丁敬的题，行草书：

老友冬心先生，平生无戏言，无媟语，并无一粗鄙语。吟诗鉴古，绰然古人。独于分桃断袖之爱，则焕漫而不能割也。适见其《蕉林午睡图》，出其诗弟子罗两峰之笔。神态宛然，岂独貌似哉！后有侍史偎蕉根，得鬋鬅状，正先生所称明僮辈已。因以二十八字题而戏之。武帝英主也，东方以俳调咏柏梁，辄受上赏。知吾老友当不重怒耳。

蕉鹿光阴合眼空，休嫌午睡欠惺忪。多情赖有雄神女，慰藉先生一梦中。

砚顽翁丁敬并书于东城僧舍。乾隆壬午七月二日。

下钤“敬身”朱文联珠印。

丁钝丁题诗在乾隆二十七年壬午，东城僧舍可能就在扬州，此题冬心是曾亲见的。转过年来，冬心逝世，就在当年，罗两峰又请沈学子题了诗。丁诗的确开了很大的顽笑，也为冬心生平勾出了另一个侧面，过去人们是很少知道的。这虽然不大光彩，但却是事实，没有法子想。这种事，老朋友公然拿来题在肖像上，本人和弟子罗两峰看了都不以为侮，仅此一端，也可以看出当时的时代风气，老实说和《弁而钗》流行的晚明并无什么两样，那种“世纪末”的风习又复活了。经过了“扬州十日”“嘉定三屠”后不过百十年，生活在“天堂”里的人们就又陷入了醉生梦死之境。这事实委实可惊。只有在苏州、金陵、扬州这种鱼米之乡、财赋重地，而资本主义经济又获得相当发展的地区，才会产生诸如此类的腐朽的生活现象的吧。

云中鲍鉁辛浦，有《道腴堂全集》。这是一个值得注意的人物。他可能是满洲人或汉军旗人，未详。康熙乙未任长兴令，三年后被劾解去。雍正辛亥，再令长兴，在这个地方一直作了二十多年的官。他喜刻书，多与当时名士往来。金农就是他的好友。《道腴堂续杂著》（有乾隆五年自序）中有《跋冬心先生诗集》文，又《金寿门所制镫赞》文。这里所说的镫，是冬心自己设计、制造，非常精致的手工艺品，镫上的书画，可能出于冬心及其他同时名家之手。记得冬心曾托袁枚为他向豪门巨室兜售，此种镫索价颇高，显然含有“打秋风”的性质。鲍鉁又有《与金寿门书》一通：

嘉平十有八日，鉁白寿门足下。乌程筵上一别，瞑息十阅月矣。乏月初有渡江之役，刺促于龛赭两山间，衣不解带者七昼夜。罄一岁养廉所入，委诸胥母之场，仅告无过而已。中秋前复有四安奸尼，挟嫌告密。诬罔罗织三十六人，列以天罡之谶。致使羽书旁午，兜鍪执锐者相望于道。按籍捕捉，逮系郡城。守令会鞫，五旬始定爰书。舟子隶卒、舆台胥靡辈，皆仰食于仆。米日一锺，如填巨壑。薪蔬油烛之费，倍溢中人之产。宦囊羞涩，何堪支此。前承谆谆劝勉，以不朽之事相期，不敢自暴弃，已排纂《诗编》，刊成二十卷，夏秋之作，亦第入焉。自序一篇，略悉端委。异时倘得流播艺林，盖皆足下之赐也。月朔十日，载扬褰裳过从，知足下尚旅食维扬，豪情盛致，自多倾倒。第天宁佛火，萧楼明

> 月，在昔渔洋凭眺怀人之地，今喜风骚接迹，后先辉映。不识画溪漫吏，得一邀雅人注念，如佛壮液仙阿觨诸公否？然颇闻足下，炙毂之次，訾议鄙刻。未审何由即知。谨装辑一帙，附载扬转献。妄冀与巨集竞胜于一时，其如析杨皇荂，难以媲美大雅；兔园字画，殊非说文宋椠之匹。而且帝虎晋豕，舛讹未雠，松液烟煤，工力不敌。虽则夸多斗靡，终不免小巫色沮。奈何，奈何！足下久客名区，著作必日益富。研田当益获良材。传有千金待价者，其信然耶？但恐高赀富人，鲜谙墨稼，卒不肯以盐筴相易耳。朱郎楚材，小臧小鹊，均稔无恙。洪乔便旅，数望惠书，言不尽意。钤白。

这封信写得相当诙诡，但提供了很好的资料。需要说明一下。鲍钤和冬心是旧友，冬心曾经多次到长兴去，得到鲍钤照顾，是他早年“旅食”的座主。后来冬心久居扬州，形迹少疏，两人中间也积累了一些矛盾。信的开始大谈宦囊羞涩，是有用意的。下面说刻诗集，就是鲍钤自己的《道腴堂诗编》，此集有一大叠之多，可惜未曾细读。宋体字刻，是当时的一般刻本，说不上精工。比起冬心的自刻集，那是差得远了。信中所说字画不如宋椠，及松液烟煤云云，都是实指，是就两家集书手、雕工、纸墨的比较而言的。所说冬心曾讥刺鲍钤所刻书，不得其详。恐不只是指摘刻工的优劣。最后提到冬心有“千金待价”的砚材，就明确指出了所贩古董的品种。而且说明买主只有盐商，而盐商又不够风雅，怕不肯以盐筴换石头。话说得很有些波俏了。至于朱郎楚材、小臧小鹊，则是冬心身边的明僮无疑。

鲍钤此信透露，冬心在扬州的古董生意，也并不十分如意。乾隆中杭州诗僧、冬心的朋友明中的《烎虚大师遗集》中，有一首《问寿门疾》，说得更是分明：

> 先生穷且老，况复病扬州。旅巷荒人迹，乡音引客愁。墨梅花鬻尽，高士榻空留（先生藏一榻，自谓云林故物）。握手又分手，何堪在晚秋。

这是烎虚在扬州探视冬心后所作。其贫病之状，灼然如见。所卖古董的品种，我们又多知道了一种未能脱手的所谓倪云林的高士榻。看诗注的语气，这大抵是假古董，连烎虚也不大相信的。

故宫博物院藏有石涛几通手札，谈到他当时卖画的种种，也是可以对比参看的好资料。时代相去虽有三四十年，但扬州画家的卖画生活，大抵相去不远。都是非常可怜的。这些名画家只是在身后，才身价百倍；在当时，则完全是被侮辱、剥削的脑力劳动者。

冬心当时相与的著名盐商，又颇为“风雅”，喜藏书，作诗，刻有诗集的，是马曰琯、曰璐兄弟。当时在他们周围，集合了大量的“名士”，这中间著名的是厉鹗、陈撰，就都是冬心的诗友，都是杭州人。江都是从江南北上京师的“中转站”，名士们都要在马氏兄弟处受到招待、馈赠，再启行赴京，回程也是如此。他们刊刻著作，也从这儿得到资助。当时的杭州，在经济地位上已经比不上维扬。除了南北交通枢纽这一重要地位之外，经营两淮盐业的官商都聚集在扬州。文化照例是最敏感的上层建筑晴雨表，在经济最发达的地区，文化也最为繁荣。不用说，这种高度的封建文化是建筑在被剥削迫害的广大劳动人民的痛苦上面的。

一种非常鲜明而有趣的迹象是，一些著名的江浙文士，都被吸引到扬州来了。像厉鹗，这位第一流的杭州诗人、词人、历史学者，就是被经常吸引到扬州来活动的。像冬心，就索性被吸引到扬州来定居，最后死在这里。像姚世钰（吴兴人，他的《孱守斋遗稿》，是张四科代刻的）、陈皋（杭州词人，《春凫小稿》《查莲坡全集》都是他手书上板的）这些虽然不太知名，但却有相当重要文化活动的文士，也都与扬州有千丝万缕的联系。这只是就记忆所及偶举数例，如果聚集资料，好好研究，是肯定会有更多更重要的发现的。

扬州的经济界上层人士，也不只是马氏兄弟而已。如刻印著名的《笠泽丛书》《南宋诗选》等书的陆钟辉，就又是一个。陆钟辉自己也有诗词集（《放鸭亭小稿》），不过“雅人”是照例不会将如何经商之类的活动写入诗词的，所以他的具体身份还不清楚，我怀疑他可能也是一个盐商。

盐商之外，就是官僚。曹寅、李煦的前例不必说了。在冬心活动的时代，驻节扬州的著名大官有卢雅雨。他写过一组《虹桥修禊诗》，邀请在扬州的大批名士饮酒赋诗，一时和者极众。翻开雍、乾人的集子，往往会发现有一组和诗。

这种“主持风雅”的大官僚在文化上所起的推动作用，也是不容忽视的。他们不但财力雄厚，还掌握着统治权，地位比起盐商来高得多，他们有些人本身就是学者、文士，喜欢以“风雅总持”自命，龚定庵有两句诗：“一事飞腾羡前辈，升平时世读书官”，就是说的这些人。皇帝对这些风雅官僚自然也是满意的。他们鼓吹升平的一套工夫，归根结底是对封建统治者有利的。试想有那样一大批知识分子都在这些能干的官僚率领之下，整日价饮酒赋诗，不再捣乱，该是多么理想的局面。不过也有坏了事的，那是别有原因，与风雅无涉了。龚定庵在《咏史》中所暗指的南城曾宾谷（燠）鹾使，就是一例。“牢盆狎客操全算，团扇才人踞上游。”就活画了围绕在盐政身旁的盐商、胥吏、墨客、骚人熙熙攘攘的气氛。坏了事的原因，“避席”一联说得清楚，不过事实不易确指。

在这一大群熙熙攘攘的各色人等当中，冬心不可能不是寂寞的。《红楼梦》写贾政身边单聘仁、山子野等一大群清客，其中就有冬心的影子在。卢雅雨“虹桥修禊”座上，金寿门是有一个座位的，不过也并不怎样突出，聊备一格耳。板桥题画中曾引了冬心题墨兰的两句诗：“苦被春风勾引出，和葱和蒜卖街头。”确是说出了诗人自己的心事。板桥解释道：“盖伤时不遇，又不能决然自引去也。”又说：“使当事尽如公等爱才，寿门何得出此恨句。”板桥说得不能算不对，他的确了解冬心，正因为他是了解他自己的。不过，郑板桥到底说不清楚生活在 18 世纪的金冬心这两句诗的真正特色。“伤时不遇”，这是不错的，这几乎是封建社会诗人的“永恒”主题。重要的不在指出这一普遍性的主题，而在说明其新的、不同于过去的时代特色。金冬心唱的不是什么“不才明主弃”之类的老调，他将自己比作和葱蒜混在一起摆在街头摊上的兰花。特别是那个“卖”字，他费力地迸出了几千年封建社会诗人藏在牙缝里不肯吐出的字眼，真是确切极了，尤其是在生产关系发生新的变化的那个时代，那个社会。

“浙东畸士”的金农，离开了家乡，离开了杭州，而秀州，而长兴……最后来到了扬州。他多么希望能在这个花花世界里扎下根来，安身立命，用自己的劳动养活自己。他付出了努力，也得到某些部分的成功，但看来到底还是失败了。这是一个漫长的故事，要近二百年才是尾声。冬心只是参加了序幕的演出，不过他是一个十分出色也很有特色的演员。

1978年

关于花之寺僧

七年前重游滇南，曾数过昆明。假寓翠湖之滨。暇辄过市观书，绝无旧本可得，意颇憾之。云瑞公园侧有一肆，主人年五十余，颇能谈。于版本之学亦少窥门径，似于抗战中曾得联大教员之熏染者。然所储亦无异书。坚询之，始导余登其小楼，发箧相示。书皆精整，然大抵清代精刻习见之本。最后始出抄本三册，云更无别种矣。其一即此《白下集》也。展卷惊喜，知为两峰未刻手稿。急论价得之。戋戋七叶之册，索五十金，真计叶论钱。余亦更不吝惜，得此一卷，归装可不俭矣。

《白下集》，竹纸墨格。九行二十字。大题次行“扬州罗聘两峰氏稿”。有二印，《金氏竹簃》（白文方印）、《懒云草堂藏本》（朱文方印）。起《辛丑中秋步月莫愁湖上》，讫“同人饮快霁堂分韵得下字”，凡七叶，存诗二十题，三十一首。小行楷精整瘦劲，间有改字。按辛丑为乾隆四十六年（1781），两峰四十九岁，秋游金陵，洎冬而归，得诗一卷。此其清录底本也。

两峰诗之行世者为《香叶草堂诗存》一卷，刻于乾嘉之交，前有翁方纲序（乾隆六十年）、吴锡麒序（嘉庆元年），更有嘉庆元年桂馥隶书扉叶。集为苏斋所裒次，约存二百余篇。刻成似未广事印行；今所见本卷前更有道光十四年“钱唐后学金楷竹篸父拜跋于懒云草堂”之行书弁首。略云：“扬州罗两峰先生，楷祖妣之从兄也。……楷忆童蒙时，与先生之孙小硐，同侍吕崇如姑祖丈讲席，稍长即爱藏先生书画手迹，不下百余种。今年春，小研出先生香叶草堂诗存藏板见示……爰质裘付坊人装订成书。”是以旧时板片重印以行者。金楷即《白下集》前钤印之金氏竹篸，知此册亦懒云草堂所藏手迹之一，流传有自，不知以何因缘流转昆明，更入余箧而得重归江南也。

取《白下集》与《诗存》对校，知此集可补《诗存》者凡十六首。《辛丑中秋步月莫愁湖上》、《陈古渔以诗见赠即次原韵答之》（二首）、《吴先之以诗画见赠即次原韵》（二首）、《永宁泉上遇杨心传话旧》、《访杨心传昆弟》、《九日赴随园看芙蓉之约赋长歌一篇》、《扫叶楼》、《谢简斋太史馈米》（案此诗及前看芙蓉诗，皆收入《随园同人集》及《续同人集》，颇有异字，殆经袁枚点定者。）、《寄怀吴广文小谷》、《重游普德寺同李瘦人萧湘客分韵》、《圆桌》（此与下题皆有四首，《诗存》俱只存一首）、《暖坑》、《同人饮快霁堂分韵得下字》。

两峰诗笔颇不凡俗，大有宋味。金楷称其深于元白，真皮相之见。画人能诗者，往往皆小章短句，草草品题之属。贤如南田，瓯香馆一集亦不脱此病，读之但觉厚腻，不堪终卷。两峰则能自具标格，脱去甜熟一路，是为特异。推源其故，当与其平生经历有关。两峰游踪甚广，越楚齐豫皆曾亲涉，三入都门，所交皆一时名士。早年曾与扬州马氏小玲珑山馆之盛，得师事金冬心；后乃交翁苏斋、吴谷人、英竹井、余秋室桂未谷等；《鬼趣图》出，题咏几遍天下。然一身道长，半世饥驱。画名日高而疗贫乏术。“青苔及榻，缁尘染衣”，其诗境之清峭兀傲，非无故也。吴锡麒序云：“然而频年作客，半世忧贫。徒以绘事之精，用博名流之玩。活梅花于腕下，生竹树于胸中；春山淡而秋山明，新鬼大而故鬼小，极云烟之变幻，恣粉墨之临摹。”数语颇能勾出两峰面貌。虽交游遍天下，知己更无几人。画师身价，于乾嘉时殊不尊贵，“名流之玩”，殆已直破底蕴，亦不过倡优蓄之耳。当时宫廷所重，四王之余绪也。以冬心之高名，犹赖画宫灯以自活，“八怪”之称，即已明揭世人不屑微旨。今人无不知有八怪，然非能尽知当日诸君子揭画坛之新帜，破守旧之樊篱，其艰巨有如此也。

《白下集》与袁枚有关二诗，罩溪订集时尽为去之。其故亦大可思。夫袁枚者，当时固以斯文宗主自命者也，亦曾赠米于两峰，得其谢诗，即疾纳之《同人集》中，以自标榜。此种人物，于吴敬梓小说中亦可见之。罩谿是以疾去之为快也。今取《谢简斋太史馈米》诗稿本与《同人集》中袁枚点定之本对观，或更能窥得此中消息。

昨（正）报诗粮尽，愁吟对（行厨冷）夕曛。且临乞米帖，不作送穷文。清况谁如（知）我，高情独感君，炊烟看乍起，一缕袅秋云。

括弧中异字，皆经点定后所易。虽只数字，而两峰窘状与感激之情，乃更平添不少。随园平生手法，大抵类此。

“秋日同古渔先之诣鹫峰寺，因至旧院废址，漫成四绝”，《诗存》只录《秋草（刊本误“水”）离离》一首（原第二首），爰补录其删夷之三首：

烟水苍茫画里诗，苑家桥畔立多时。西风吹送人三两，荒寺来寻已卧碑。

月茫春寂是耶非，欲入深林一径微。闻道芳魂都化蝶，三更成队逐人飞。

一抹寒烟绕屋寒，就中曾住马湘兰。国香我亦能描得，翻恨卿卿不及看。

此诗撰后二年，汪容甫乃更撰《经旧院吊马守贞文》，此文此诗，皆可为一代之作。绝世经师与画师，先后二年中皆曾游旧院废址，皆不能忘情于百余年前之老妓。汪氏之言曰：“岁在单阏，客居江宁城南，出入经回光寺，其左有废圃焉。寒流清泚，秋菘满田。室庐皆尽，惟古柏半生，风烟掩抑；怪石数峰，支离草际，明南苑妓马守贞故居也。”所见诸状，殆即两峰所曾见，是可当诗注读。容甫平生身世，亦与两峰大类，其自叙云：“余单家孤子，寸田尺宅，无以治生。老弱之命，悬于十指。一从操翰，数更府主。俯仰异趣，哀乐由人。”是所叹怅，移之两峰亦正恰合。因知虽在乾隆“盛世”，知识阶层之命运，固未必尽皆席丰履厚、快意适志也。容甫续曰：“静言身世，与斯人其何异。只以荣期二乐，幸而为男，差无床箦之辱耳。江上之歌，怜以同病，秋风鸣鸟，闻者生哀。事有伤心，不嫌非偶。”言之痛切，亘古所无。文人为清客，卖其知识；画师为玩偶，卖其笔墨；妇人为娼妓，卖其色相。其事正同，何尝非偶！容甫高明，已悟此理；两峰差钝滞，乃受袁枚馈米，从而谢之。并几而观，遂不能掩其高下。然两峰亦自有其自叹身世之诗，《自叹》云：

> 飘零自叹鬓成丝，此夕心情减昔时。楚女春衫曾拭酒，洛妃罗袜旧题诗。黄花篱外身同瘦，红烛风前泪共垂。多谢当罏人问讯，姓名只合酒家知。

《自寿》云：

> 人日生人人可怜，此身暂寄蓼洲边（近役西江，自号“蓼洲渔父”）。床头那有雌雄铁，市上空多子母钱。短发镜中盐比白，新愁客里酒难蠲。不为人用何能说，再结来生自在缘。

两诗自皆不恶，惟徒有叹惋，而无悲愤，而徘徊旧梦，怅触无端，终不能挥袂以去，且拟遁于禅悦，则终不能不逊容甫一筹。

《香叶草堂诗存》有《西湖杂诗二十二首》，余最爱之。以画人之眼观湖上风光，信笔写来，都成妙谛。咏杭州诗多矣，能若此者不数数见也。其句如“携筇不定游踪迹，但拣雨丝疏处行”。“忽看水雾浓含雨，失却西南一带山。”“葛岭草深人不到，秋风秋雨半闲堂。”皆能得湖游之趣者。又如：“红漾粼粼酒满瓢，湖船载月听吹箫。白蘋花上三更雨，几点渔灯出断桥。”色彩繁艳，境界幽峭，不是画师，安能捉摸。其写湖上游女，“倦靸弓鞋宝髻松，藕花衫子细初缝。第三桥畔临波立，侬看芙蓉人看侬。”又俨然竹枝风调矣。

近人顾麟文辑《扬州八家史料》，于两峰卷末按云：

> 《我信录》二卷，罗聘两峰所著，其自序末云：“乾隆五十六年岁在辛亥衣云道人罗聘书于北京琉璃厂之僧舍”，而各书所称之《正信录》《起行录》两种反而未能获睹，疑即二书合并改编者，但亦无从核对，只得缺疑俟考了。

余箧中更有《正信录》二卷，巾箱刻本。为南陵徐氏积学斋旧物。正有乾隆五十六年自序。传本甚稀，诸家皆未著录。不知刻于何时。以纸墨定之，当是嘉道以后之物。自序外，前尚有德园居士潘庭筠序、“乾隆壬子仲春望日定香居士王昶书于京邸之闻思精舍”序、“乾隆五十九年岁次甲寅冬十二月十九日北平翁方纲序”、“辟支迦罗居士江藩书”等四序，其目次略云：“世界、成住坏空，天宫、地狱、阎王、轮回、鬼神、前身、后身、儒释同源、儒书佛法同旨、恶道不可堕、持咒、念佛、戒杀放生……”苟非诸序俱在，几疑此非出自画师手笔。满纸秽恶，趣味卑下，见识荒唐，展卷为之气短。两峰有诗云：

> 人日生人人可怜，花之寺里记身前（予初生时不茹荤血，常梦入花之寺。因自号前身花之寺僧）。浮踪浪迹寻来路，流水花开又一年。仍此性天仍色界，也如行脚也逃禅。新诗呈佛无他愿，再结来生不昧缘。（乙酉人日、钟雪樵以石帆山人赠有“人日生人人可怜”之句为起句寿余，邀同蒋心余太史同作。因亦继成三首，非自寿，实自怜也。）（此第一首）

是两峰之迷堕于惮，绝非偶然。此诗大类偈语，徒托愿于来生，意气衰颓，自怜身世，归之命定，亦旧时知识分子最软弱可怜之行径，终不能为两峰讳矣。癸卯岁不尽前三日，雨雪载途，闭户拥炉记。

又，《鬼趣图题咏》一卷，咸丰元年潘仕成海山仙馆精刻本。有潘序并例言，所录诸家题咏，凡王昶、汪棣、朴齐家（朝鲜）、袁枚、法式善、沈大成、盛百二、张问陶、张维屏、钱载、程晋芳、陆费墀、伊秉绶、孔继涵、翁方纲、纪昀、蒋士铨、姚鼐、王国栋、吴省钦、方维祺、杭世骏、孔广栻、许实善、何道生、宋葆淳、钱大昕、张埙、叶志诜等七十四家题咏，顾辑《史料》亦未见，附识于此。

小狮道人诗

余喜收画人集，尤喜得原刊之本，其中颇有未见著录之册，方环山集其一也。集只十八叶，乾隆中原刻，戋戋小册，最易毁失，是以流传绝罕。无意中得之市楼，为南陵徐氏物。旧为汪喜孙所藏，有问礼堂朱记二方。十行，十九字。大题《环山诗钞》，次行《江都方士庶洵远》。前有乾隆癸酉季秋钱塘同席砚弟陈章序。癸酉为乾隆十八年，士庶卒后之第二年也。陈序略云：

> 广陵前辈中诗之和平雅正者，莫如石川方先生。予既不及交，获交其子若姪环山、西畴、守斋诸君，皆能得其家学者也。环山殁数年，其仲西畴收拾遗稿，荟萃而编次之，属其友闵玉井订定，以序归于余。

西畴名士庹。马曰璐《南斋集》卷六有《题西畴集亡友诗册后》二题，其第二首云：

“元瑜事往成陈迹，子敬声销有断弦。多谢高情为收拾，不令含恨补亡篇。”（原注：时辑先兄遗稿）即道此事。惟陈序撰于癸酉，言环山殁已数年，少未的耳。

环山新安籍，家于邗上。山水受学于黄鼎。张庚《国朝画徵续录》卷下著录，称其“用笔灵敏，气韵骀宕”。平生颇喜临仿大痴，吴兴姚玉裁有《题环山仿大痴画卷三绝句》：

江南宗派渐淆讹，画手甜邪俗赖多。爱尔新图师法古，前身应是大痴哥。

红亭白塔簇岩峦，飞瀑危桥隐树间。最好川平林断处，隔溪无限夕阳山。

一重一掩我肺腑，某水某邱吾钓游。客里实看画中景，旧溪闲却几渔舟。

此三诗颇能传环山画笔妙趣。第一首且堪称其师法古人，而于同时扬州画派不无微词，颇可参个中消息。环山久居邗上，而集中与同时画人乃绝无往还酬唱之什，郑板桥、汪近人、高西唐、金冬心诸君皆与马秋玉、佩兮兄弟交往甚挚，亦无一字投赠，可知环山画法宗派仍是吴门虞山法乳也。马秋玉《沙河逸老小稿》卷一有《题方环山临董思翁摹赵吴兴鹊华秋色图》三首：

翠彩岚光刺远天，济南秋色满窗前。王孙莫谓空千古，又见方壶继画禅。

容台别写鹊华图，三赵同参意致殊（余家别有思翁鹊华长幅，其自题云，兼采三赵笔意为此）。他日烦君重点笔，砗磲论百肯应无。

三回粉墨穷真宰，二老清诗照等夷，惭愧博山曾换得，风流儒雅总吾师。

秋玉更有《题方环山所藏明宁献王画》五古，中有句云：“君家六法精，近代都镵削。而独取兹图，命意贵澹薄。”皆可见环山论画宗旨。

环山以世家子居扬州，为秀才，游韩江吟社最久。然颇寒素，所与往来亦绝无达官贵人。偶有一二退闲乡宦如胡期恒、陆钟辉辈，亦皆相识于马秋玉座上者。唯与小玲珑山馆马氏兄弟往来较密。检其诗卷，朋辈往还亦只寥寥数人，徐鲁南、方南堂、闵玉井、陆渟川、汪恬斋、贺纶音，胡期恒。马氏兄弟为一时斯文座主。富而好交游，四方名士过扬州者必相访，缟纻之投，杯酒之款无虚日。结邗江吟社，有玉山雅集之目。徽商多居邗上，业盐者多，往往有喜附庸风雅者。清初以来，此风极盛，亦多喜藏书刻书。马氏兄弟其尤著者。江南名士入京必过扬州，往往以马氏为居停主人。浸成一东南文化中心。其事与近代海上之有刘翰怡、张石铭者绝似。环山所交诸人，亦多由马氏兄弟之介。然嶰谷座上画人独无与之往还者，性情孤介如此。秋玉，佩兮二集中皆有《五君咏》，五君者，胡复翁、唐天门、方环山、厉樊榭、姚薏田也。

秋玉诗云：“世族等儒素，烟云共吞吐。环山秉灵秀，不独绘事古。萧散嵇阮流，放旷麋鹿伍。一再辞上官，幽踪老

蘅杜。”（方环山）

佩兮诗云：“环山起故家，风格颇闲暇。人居晋宋间，笔擅黄王亚。画卷遗斜川，湖庄泣小谢。不见掀髯时，深灯翳寒夜。”（方环山）

两诗皆撰于环山身后者，于其家世、操守、画学皆有所论议。今试以此印象进而读其诗。陈章尝记环山吟咏之状，颇极刻画，其言曰：“每连榻并几，得一题，辄攒眉耸肩，若钓游鱼于深渊，弋飞鸿于重霄。艰苦而出之，及成篇，则浑沦天出，如春风过水，了无痕迹。”此言甚妙。无陈氏此序，不能知诗人当日苦吟之状也。然环山诗笔之清丽，正如其画，而尤以题画绝句为然，律句则少流露工稳之意，然画意固不淡也。

《恰怜春》云：“恰怜春在半春时，老大心情百不支。陌上花开归缓缓，楼头风静日迟迟。探梅欲梦孤山路，把酒难忘短簿祠。多少清游廿年事，夕阳芳草最相思。”《立冬夜闻盆中蟋蟀声》云：“流萤十月归何处，怪尔深宵语不休。梦到无因才是梦，愁当可遣未为愁。灯残酒醒凭谁诉，叶落霜凄尚恋秋。林下声声床上听，争教白发不盈头。”二诗写春景，写秋声，而意俱萧瑟，是典型之封建社会文士心情。颈联皆佳，用钱武肃王旧句入诗，尤工妙，于此可证陈序形容殆非虚语。其五律更为陈章所称，《暝色》云：“黯黯众山紫，沉沉四野垂。牛羊归去后，灯火未来时。路暗恐行旅，林昏失晚炊。春愁看向晚，拾得一篇诗。”此陈序叹为深得少陵沉郁清壮者也。然最佳乃在结句，佳在无意中拾得，而非攒眉掀髯所出耳。

环山诗之题画绝句，似亦非信笔所成者。然自少斧凿痕。《为歌者作桃柳小景戏赠》二绝句云：“闲吟系马立莓苔，燕子多情去复来。墙里桃花墙外柳，教人一处两徘徊。”“小苑夭桃郁不开，柳花无力过墙来。情深转愿春长住，莫遣纷纷点翠苔。”《题画》云：“郁密林峦荡漾湖，亲朋都在此山隅。麦场已了蚕桑罢，撑个船儿唤酒徒。”《南园春柳歌》云：“一寸相思一寸丝，流莺语燕东风吹。十五女儿背花立，含愁不分好腰肢。”

诗钞中亦不少古诗，今录其《作秋风竹木小景付长子起霖因题》一诗：“李衡千树橘，诸葛八百桑，以此谋衣食，吃著罔不臧。我无桑与橘，对尔殊惭惶。为尔写横幅，疏树兼修篁。有屋山之坞，有亭水之傍。为樵此林麓，为渔此沧浪。得此良已多，何必问仓箱。”此诗直抒胸臆，信笔而书，若不经意。而廓然大度，有陶令示子文风致。环山家非富足，虽有故园，而不归去，流寓邗上以终，虽其生计所出不甚可详，或亦以笔墨给朝夕，未可知也。此诗环山亦甚得意，尝索朋友和之。姚薏田《孱守斋遗稿》有二绝句，题云“方环山写山水横卷付令子孟徐，自题一诗索和，得二绝句书后”：“成都桑树橘洲奴，何似林亭枕硐隅。应有沧江虹贯月，米家书画付于菟”。“君昔看山到浙西，苕清霅绿路犹迷。怪来篁竹烟沙岸，偏似侬家罨画溪。”薏田以米虎儿譬孟徐，岂亦能以画世其家学耶？

环山所居曰天慵馆，张四科《响山词》有《喝火令・重过环山天慵馆作》，时已在环山身后，因有“前尘漠漠独凭阑，依旧花阴、依旧月当轩。依旧疏帘清簟，已是一春闲”之句也。

乙巳春分

也记方环山

方士庶著作于诗抄外，尚有《天慵庵笔记》，收入《仰视千七百二十九鹤斋丛书》中。

《笔记》旧为焦循抄本。后赵㧑叔见而假抄，更刊入丛书。里堂题记云：

> 嘉庆丙寅七月，余患腹疾，兼多愁郁，终日废书默坐。门人方灏持一帙来，乃其曾祖小师道人杂记手稿，大抵皆题画之作，或诗或跋，又有记所见前人画卷，杂错无次序，乃为录一过，稍加厘葺为二卷。……

里堂所见为环山手稿，今本已加整比。西畴当日编定阿兄遗集，似未寓目。下卷题画诗颇有环山诗抄未收之作。卷上著录所见传世名迹不少，足征环山画学渊源所自，以学古为多。其论画有云："愚意作画之士，步步脚踏实地，多临多看，又且熟味唐宋以来诸家画论，便不读万卷书，行万里路，神化一境，亦不难历久而至矣。"此不啻与石涛"搜尽奇峰打草稿"之论相对立，偏重临摹，其与八怪气味不合，盖无足怪。士庶尝有《寓目有缘集》，所著古书画拓本之类凡八十四品，小序云：

余为寓目有缘集，多记所见古人书画。数年来，见益多，不暇细书。病体稍释，就灯聊补所见。忘者过半矣。明人以后，非至合作不载。

谈书画著录者多未注意此目，然从中可见雍乾之际邗上名迹流传之富。环山论画有云：“晋唐画不多得，因不常见。若五代宋人之画，则不出纵横两字。……”所著明人书画，只沈石田东庄图、仇十洲秋涉图、又箜篌图小幅等三品。于此可见当时收藏品鉴水平。所著诸件仅存一目，然亦偶有一二语评骘，琐琐有致。如：

五代无名氏授经图卷，标题李伯时，非是。

吴道子大士像，唐纸重色。

唐卢浩然嵩山草堂图卷，题跋可据。

赵荣禄福神观碑，原稿真书，宣和纸卷，长四丈，字大如瓯。

顾恺之洛神赋图。此种未定真伪。

大米墨山，伪作甚佳。

此皆非赏鉴家收藏家套语，纯出画人心目。不薄伪作，尤为难能。又记赵吴兴《秋猕图》云：“细草空山，千蹄蹬蹀。人自一人，马自一马。有目者共见之。但其精神充足，溢于笔墨之外，又焉得人人而告之。无款，无题。”此论更具特色，常人所不敢为也。世人论书画鉴定，多从纸绢、印记、著录、题跋立论，其进一步者始能论及笔墨，其事亦最难。非内行无由知之也。然画人鉴赏亦难免疏失，总由不能全面立论之弊，其故可深长思也。

笔记中题画小跋，颇有佳篇。其一则云：

古来画工传神极笔，如杜陵毛延寿、安陵陈敞、新丰刘白龚宽，并工为牛马飞鸟。众势人形，好丑老少，必得其真。未闻有画影者。有之，则苏文忠醉墨涂影，最为奇创也。汪氏微尚轩，盆盎多植嘉树。其中虎刺三小株尤清癯秀拔。十四夜，同主人打揲搬运，张镫布影，依形入画。布置仿佛六君子图。但一片虚灵，倏成呆相。忽思李伯时画杀满川花一事，愧汗欲死。

此文置之《陶庵梦忆》中，亦不能辨。笔墨灵巧之至。又一则云：

昔舟泊荆门，偶于浅水中，探得锦石半规，晶莹细密，惟棱角未除，遂著意磨砻，无何棱角尽，而精意亦与俱尽矣。董文敏此本，率意点染，有洋洋洒洒之妙，余为增改之，遂与锦石同劫。门人黄溱适在侧，余顾而戏之曰：小子慎之，老夫固磨砻圣手也。相与大笑。乾隆二年岁丁巳闰九月十又六日，环山书记。

二文皆先以别一事引起，后入正题。而皆有自我揶揄之趣。刻画形容，数语即尽，然情事毕现矣。其第二文中尚有微意可论。旧日画家常取古人之作增改笔墨，或取无名氏之作，添款加题，混作名家巨迹。此亦作伪之一端，亦最难辨识。士庶去香光不过百年，画笔又足以副之，此种改本，非高手殆不能破其惑。士庶以“圣手”自居，可见必常作此种生活，为其所愚者亦必不在少。因有“小子慎之”之语，其坦率亦正不可及也。

余向曾疑士庶家非甚裕，于《笔记》中更可得数证。闵華撰传中云：“先是家颇饶，不善治生产，即有所获，亦缘手散去。后值屡空，而怡悦自如。”士庶自撰《祭本生母沈太安人文》云：“年十八，本生先考，为不孝授室。时家业衰落，嗣母与吾母百方摒挡，以完婚事。……此后不孝废举业，就鹾务，命运不通，所遗俱尽。”又《祭亡室郑孺人文》云：“未三年，先考见背，所给资产，自为营运。奈命运不昌，未转瞬而所有俱尽……家之内外，荡然无遗焉。”清初徽人之家于邗上者，多业盐，亦多巨富。士庶亦尝为此，然画人安能与市估竞，其转瞬覆败，原意中事。知此而更读环山诸诗，或能于其穷愁牢落之趣，更有所体会也。

题画诸诗，亦颇有可读者。《题石涛长江万里图》云：“清湘老子画三巴，玉垒浮云接海涯。今日披图须记取，一帘暑雨湿槐花。”此卷当是巨迹，今不知尚在人间否。于环山诗中知其画始于巴蜀，直迄海口，万里长江，如何布置点染，真令人想望不已，非石涛和尚，恐无此手眼，亦并无此魄力也。

谈天一阁

好多年前从书店的烂纸堆里看到一批书帐。有红格账本，有白纸折扣，也有有光纸散张。杂乱写着许多书名。有的还记下了版本册数甚至价目。经过研究，才知道这是1904年天一阁被盗以后，书店收得赃物，出售之前写下的一笔底账。

这一次天一阁的被盗，可以说是该阁的空前浩劫，比起封建王朝的“借”而不归、士大夫的巧取豪夺，……都有过之而无不及。关于那经过，缪荃荪、赵万里、陈乃乾诸君都有记述，兹不更赘。现只拟就这个“书目”本身，写一点感想。

因为这是书店的底账，所以还批上价目，记下版本。（出之书店的鉴别，自然有一些并不准确，但大致是可信的。）这在今天看来，是有一定的史料价值的。

天一阁的藏书，有不少是有复本的，一种书同时藏有两部甚至十多部的也并不少见。如嘉靖毗陵蒋孝翻宋本陶集，在玉简斋本《天一阁书目》里就著录有若干部，我所见就曾有一完整一残缺两种，都是天一阁书。又如嘉靖刻《光山县志》，曾见一天一阁藏本于上海，而现在阁中也藏有同样的一部。这种复本的情况，在这个账目里也反映了。这不独可以看出范氏藏书的特色，也可以解决一些可能产生的疑问。

每部书有几本，看来不关紧要，有些“书目”就不肯记下这些“小事”。但在鉴定上也有其一定用处。阁书往往写有书根，这是在明代嘉靖、隆庆之际的楷体，别具风格，与鉴定明代瓷器的年款一样，是一种确凿可据的标识。记册数时，或写《天地人》（三册）、《上中下》（三册）、《元亨利贞》（四册）……有种种不同的款式。后来的收藏者，往往变换原装，加以衬订。但有时只要一恢复原有面貌，就立刻可以看出天一阁的旧式。与原目的著录相合。有一次我买到许氏怀辛斋所藏的正德本《明山书院私志》，已被雪库衬订为两册，看不出原来面貌了。等到抽去衬纸，重订一册时，书根的题字出现了，立刻证明它是天一阁的旧物，而且与旧目所记一册正合。又有一次买得嘉靖刻《大狩龙飞录》，官刻大册，原来只是一堆散叶，等重新装好，从书根看，也证明它确是阁中旧物。

至于书价，则更是很好的经济史料。同时还可以看出一时藏书的风尚。

从这个“书目”看，一般明本书，每本大约定价一元。明初黑口本就在每本五至十元之间。《宋本》则标明“无价”。最突出的是明七子如何大复、李空同的集子特别贵；一些名气很大、流传很多的唐宋人集子也很贵。而明代史料书和明人别集的定价则最低。这是可以看出五十年前知识界的“正统”文学观点和史学观点的。也许幸而受了这种观点的支配，才使盗窃者对大批地方志弃而不取，因而幸存阁中，为新时代的科学研究保留了极为珍贵的资料。

这就又不能不使人联想到清初黄梨洲和吕晚村因合买山阴祁氏藏书而引起的冲突。因为吕晚村在经手过程中扣留了《礼记集说》和《东都事略》，竟使黄梨洲念念不忘，大发脾气，斥吕为“书贾”，终至绝交。这两部书就是著名的《经》《史》，至于祁氏所藏的大批各省方志，虽然论秤计值，也为黄、吕所不顾。这种“正统”观念，三百年来是并无多大改变的。

这样，就不能不对生活在明代嘉靖中的范钦这样的藏书家的迥异恒蹊的识见十分佩服了。

这些地方志分散出版于全国各地，以当日交通条件的限制，通信的困难，要想加以大量、完备的搜集是很不容易的。何况还会受到“正统”舆论的讥笑。他的收集地方志以及各种有关政治经济的书，那目的就是为了实用，这在明代那个“时文批尾世界”里，不能不说是十分难得的。

范钦曾经有过《明贡举录》的残稿，可见他是想利用搜求、掌握的丰富资料来进行研究的。天一阁藏书还有另外一个特点，就是绝少宋元旧本，专收有明一代册籍，而尤其注重当代之书。阁书中嘉靖刻本数量之多，占绝大比重，就可说明此点。这在当时的藏书家看来，可能也是非常可笑的。像丰坊的万卷楼，怕就不会重视这种“流俗”的书册。范钦收书的这种“厚今薄古”做法，和他的收集地方志和贡举书，精神是完全一致的。事实上他的书藏正无愧于当代文献的丛薮。

天一阁收藏的明人集部书，数量十分庞大。即以这份《书目》所录而论，十之八九，都可以说是“孤本”了。这些书之所以成为“孤本”，原因自然也并不单纯。可能有绝大部分，是由于本身并无多大文学价值而自然淘汰了的。但单纯从文学角度评价文集，却也是一种“正统”的习惯看法。有不少这样的例子，即使文学价值很低，但那当中却保存了不少历史资料，像这样的集子，就不应该简单地用艺术标准来加以判定。譬如，关于王昭君，就是一个最俗滥的题目，古今文人不知为她作了多少诗、多少文章；可以肯定地说，其中绝大部分是滥调陈词。但为《青冢志》之类的书籍加以辑录，无异就成为一部有关王昭君的讨论集。不同时代，处在不同历史情况之中的人们发表了种种带着鲜明时代烙印的不同见解。好像请来了生活在不同朝代的人开了个座谈会。在历史家看来，就是绝妙的原始资料。诗文集所能提供的资料，是十分丰富的，传统的轻视集部，或除了已有定评的名家作品之外一概加以蔑视的态度，是值得重作考虑的。

最后还想谈一点天一阁书藏在雕版、印刷文献上的重要意义。

北京图书馆1960年编印的《中国板刻图录》，有一个显著的特点，在传统的时代先后的观念之外，还注意到了雕版的地区，在著录时加以说明。这就不但说明了我国的雕版印刷事业渊源之古，同时也说明了地域上的辽阔性。无疑，在科学研究的意义上，是开辟了一个新方面的。而为《图录》

提供了坚实的资料基础的，正是天一阁的藏书。像桂林、昆明、贵阳、海口市（琼崖）、南平、瑞金……这些地区，如果不是保留了各地地方志的旧刻，是几乎找不到雕版实物的。这样，天一阁所藏的几百种方志，就在一定程度上显示了明代全中国雕版事业的风貌。过去，往往只从收藏家的鉴赏角度来考虑这个问题，未免是所见太狭了。

传世西南各地的旧刻本是一向稀见的。昆明的云南图书馆里藏有几种木氏的诗集，是从丽江的木氏“天王府”里发现的。但那雕版却绝非出自滇南。从刊工、纸墨看来，可以断定是嘉靖中最好的苏州刻工、书手的制作。和著名的王谷祥刻的《野客丛书》风格绝似，卷前都有杨升庵评点的题名。揣想可能是托人在吴中刻好印好才带回云南的。但杨升庵自己的一些著作，如这个《书目》里所著录的《升庵诗》，即是阮元刻《天一阁书目》所说的“书用六行、字俱行草”的本子，却正是滇中开板。杨升庵还另有一种《高峣诗》，也是正嘉中滇中刻本，也精极。不过不是行草，而是凝重的颜体书。两书刻工都朴厚而端重，能很好地传达出书法的笔意，但又不似中原刻工那么纤巧。在明代雕版中应该算得上是出色的作品。那用纸也是极坚实的皮纸，或厚实的棉料，也是只有滇中才有的。胡应麟《少室山房笔丛》所说：“惟滇中纸最坚。家君宦滇，得张愈光、杨用修等集，其坚乃与绢素敌。而色理疏慢苍杂，远不如越中。”如果不见实物，是不能理解的。而现存的这种实物标本，也只有天一阁保存下来的最多。

又如《名贤丛话诗林广记》一书，元明以来，板刻是很多的，但阁中旧藏的一个残本却是1446年的宁夏刻本。卷尾有“正统十一年龙集丙寅季春中旬日奉政大夫陕西按察司佥事阳平王瑛”的刊书跋。这也是翻刻原本，但却非常古拙，可以看出当日西陲的刊刻风气。用纸更是一种极薄极坚韧的桑皮纸，为中原出版物所绝不经见。

像这种珍贵的雕版印刷工艺史料的提供，更是天一阁藏书的出色贡献，不能不引起研究者的注意、利用。

谈“小绿天”

无锡孙毓修氏在商务印书馆任事颇久，曾辑《涵芬楼秘笈》十集。张菊生先生倚之如左右手，于版本之学颇能究心，亦自为藏弆，藏书之处曰“小绿天”。身后家人欲售所储旧本，先写一目以呈张菊生丈，请为估价。菊老久不入市，不知其时旧书身价一落千丈，乃以抗战前行市订之。书估见之俱不能应，久之，乃由北估孙氏兄弟及沪上古董商孙伯渊合资得之，载之入市，置于孙伯渊家，楼下三楹几满，亦可谓小藏家之佼佼者。小绿天书之散，关系人皆孙氏，亦一奇也。

书初散时，余曾以孙实君之请，过而观之，乃得尽窥其精英，亦得其小品之精者数种。其书无宋元旧版，最佳者为明活字本，凡六七种。如五云溪馆之《玉台新咏》，桂坡馆之《颜鲁公文集》等皆是也。毓修无锡人，而安氏桂坡馆、华氏兰雪堂皆弘治正德之际锡山著名藏书家与铜活字出版家，毓修之广聚此种，实存乡曲之意。活字板诸种价皆昂，无力举之，而得其桂坡大夫游记游吟小稿二册，为嘉靖刻，为之狂喜。此书信是孤本，前有安孟公（康熙中人，桂坡裔孙）跋语。安氏诸活字本世间尚有复本，只此二书未见著录，是关系雕版史重要专著，亦孙氏藏书中之白眉也。

孙氏藏书皆精整可爱，尝见所藏有万历龙丘舒氏翻宋刻《花庵词选后集》及明初黑口本某书，前者失去最后一页（牌记在焉）后者失去首页。孙氏俱用旧楮影印补完，苟非老眼，俱不能辨。毓修又好写书目，用自制小绿天黑格纸。小楷精整。余收得其曹楝亭、潜采堂、董玄宰诸家目数种，所据原本皆旧抄。董目原本为莫友芝写本，孙氏乃撤出原书影山草堂红格旧楮一叶自写其跋，好事如此，亦可纪也。

余所得其家书尚有黄丕烈跋之《救民急务录》，明初刻蓝印本之《人物志》，正德刻《皮日休集》，皆精整罕见。又得余澹心诗集三种附子鸿客撰金陵杂咏一卷，更是得意。《板桥杂记》作者遗诗世未尝见，今竟存其三种，且皆为琴川毛氏汲古阁所刻。澹心之《咏怀古迹》且为手书上板者，所咏皆金陵旧迹，正可以俪《板桥杂记》，似此种书殆非真赏不能知之。

小绿天书先后历时两月，散售将尽。余更过而观之，买得小册旧抄一本，即《民抄董宦纪略》也。书前失去四叶，然检新刊排印本，亦同失此四叶，殆即以此为祖本者。有《彦清珍秘》白文方印，刘履芬旧物也。前有旧人手跋三行：

> 此本得于奉贤陈礼园家，董文敏居乡颇不利于人口，盖亦是时吴下乡绅习气，即徐文贞不免云。戊子正月十七日。

此跋不知系刘彦清手迹否？旁钤一印曰《须江刘眉士收

藏》，颇古而佳。

孙毓修有朱笔二跋：

> 辛亥冬日，得于吴市，有刘泖生印记。书颇奇闳，惜阙数番，安得补抄足之。留庵记。
>
> 董之父号白斋，故自号思白云。思白有子四人。长孟履，次仲权，三季苑，四玉宣。孟履最好。仲权以恩例为南都别驾，被盗刃于涂。子名刚，以督镇吴胜兆谋叛事收捕，杀于江宁。孟履之子名庭，字对之。宏光时出守河南。力谕松民降顺，沈犹龙恶之，嘱总兵黄蜚杀之泖中。

右见松江李昌期郡治纪略，钞本。共记四十五事。其第四则为董宦民抄事略，不及此册之详也。注云丙辰年事。丁丑四月七日留庵摘录。

毓修又尝以册假章一山，一山有跋，孙氏手摹于卷前：

> 据提学御史奏昆山有周元晖一案。不知周案何似？各官为诸生卸罪，而董公欲避民抄二字，必罪诸生，未免所见不广。至提学衙门在江阴，其时业已如此，不自本朝始也。

此宁海章一山太史借看后所跋，为摹入卷中。

董案近人谈者不少。此数跋皆能增益旧闻，故缀于此。诸跋颇有悠缪之说，以旧日士夫论董思白，殆无怪其然也。

大风堂书画录

《大风堂书画录》，铅印、土纸线装一册。1943 年刊于成都。首有大千自序，记平生藏画始末，文情俱胜。为近代名迹收藏重要史料，其文云：

> 大千髫年，当北堂之暇日，初识六法。及长，南北遨游，山林泉石，法书宝绘，魂梦沉埋。数十年间，所得先迹，莫可详记。往者寄居吴下，大半度藏于此。寇陷江南，尽付劫遗。斯卷所刊，俱随予存旧京。戊寅（1938）之夏，间关还蜀，冒锋镝，历险阻，寄递辗转，始得附于行迈，吁其幸矣。离乱之际，生死之顷，躬之不恤，况此区区，阮孚所谓，一生能着几两屐，正情之所钟，在我辈耳。然而浮生聚散，宁有定所，则此患难之所共者，又不知得相保于何时。因命门人子侄辈，记其尺寸、题咏，次为目录，聊以志平生好慕、一时会合云尔。癸未（1943）十二月，张大千爰成都桂王桥借居。

下钤“张爰”（白文）、“大千居士”（朱文）二印。又

“球图宝骨肉情”“不负古人告后人”二印。

目录大题下有第一集字样，通收毕宏“雾锁重关图”以下共一百九十四件。全仿《江村销夏录》等前人著录藏画之法，每件详记纸绢、尺寸、题跋、藏印。元以前人画约得二十余种，并非大千专注所在，所收最富为陈老莲（共二十四帧），八大（共三十三帧）、石涛（共四十帧）。从这里可以看出大千好尚所在，收藏旧画不只为欣赏，更重要的是借鉴学习。而清初四王，却只收石谷一幅、麓台两幅，可见他对清初四王的感情，淡薄如此。

《书画录》中收石涛“苦瓜诗翰”一题，录一诗：

> 当年任侠五湖游，老大归来卧一丘。江上数峰堪供眼，床头斗酒蘸诗喉。吞声听说国朝事，忍死愚忠旦夕休。无发无冠双鬓白，对君长夜话真州。清湘小乘客原济草。

石涛的亡国王孙心事，在这首诗里表现得淋漓尽致，过去好像还不曾见过如此直白无隐的诗篇。“无发无冠”也是和尚常说的话头。而“当年任侠”云云，也透露了他朱明亡国后的踪迹，是否曾参加过复明的活动，自然不能不说得隐约，而言外之意，显然可见了。此外，又收石涛“剩水残山”一轴，亦有题诗，可与上面所录诗轴比观。

“剩水残山着意看，清湘老去笔头丸。此中得失原凭解，解处无非见地宽。”下钤有“靖江后人”朱文一印。

这也是饱含故国之思的作品。又有诗轴云：

磁管祛炎笔，年从万历开。几曾经固恋，半臂托蓬莱。化却江南梦，情怀故土灰。感诚无可说，一字一徘徊。

下有跋：

乙酉新夏，感嚼公大师尊宿以先神宗故笔见赠，把玩不忍释手，书此顶谢。清湘大涤子极。

石涛晚岁曾北游京师，与当朝权贵不无投赠，论者每因此对其遗民身份，不无存疑。其实他和王石谷的参与绘制南巡画卷，还是有区别的。所说磁管御笔，当是万历五彩制品，至今仍有留存。纪年乙酉，当是甲申次年。

大千藏画又有冬心七品，五幅为墨竹，每有长题。查乾隆庚午（1750）原刻《冬心先生画竹题记》，有失收者三幅，皆刻成后所作。只“五代险麋内（此作宋）库纸”一绝收入。《画竹题记》仿宋精刊，卷尾一行云“金陵汤凤仿宋本字画录写”一行，纸用宋纸，神采照人。此本为江鹤亭代刊，冬心序中曾记之。大千藏冬心“飞白硃底竹”一帧，有自题记：

乾隆戊辰，余从江上移居南城隅，书堂前多隙地，命薙氏芟除宿草，买龙井山僧丛竹百竿种之。每一竿约费青蚨三十。予遂画竹，以竹为师，人以为好，辄目我老文坡公。又有爱而求之者，酬值之数，百倍于买竹。三载，得画竹题记诗文五十八篇，为广陵友人镂板以传，即今之奉宸院卿江君鹤亭也。近复画竹不倦，别出新意，自谓老文坡公无此画法。兴化郑板桥进士亦擅画竹，皆以其曾为七品官，人争购之。板桥有诗云，“画竹多于买竹钱”，予尝对人吟讽不去口，益信吾两人画竹见重于人也。使板桥闻之，能不辗然一笑乎。

余得前朝旧笺一番，作王右丞飞白竹，举付授诗弟子江都项均。均装成小立轴，复请余题。因为书之，令观者不能测老夫麝煤狐柱，何从而施之纸上耶。游戏神通，自我作古。七十六叟漫记。

冬心题记，自是少有文字。《画竹题记》所收，皆乾隆庚午前作，后此所作必不在少，惜无人为收拾之，作补遗。大千此录中却可得数品。只是不知此录中物流落何处。大千有一印曰“别时容易”，每钤于易去画幅上，其意盖是“见时难”也。读此录亦不能不生此感。大千后来曾收得画苑巨迹不少，其最著名者如“韩熙载夜宴图”“潇湘图”，都已收归国有，皆此录写定后所收者也。

1997.5.7

古书作伪种种

读张葱玉（珩）《怎样鉴定书画》一文，中论书画作伪之术自古已然。其实凡古董之有商品价值者无不可伪，其手段亦往往相类似。余购旧本书以来，所遇所见坊肆此种伎俩亦伙矣。其中颇有足资谈助者，觉叶氏《书林清话》所说犹未尽也。

古书之作伪，大抵皆出于书贾之牟利。然著名藏书家亦颇有类此之行径，殊不可解。余尝于北京书肆得残本汪文盛刻前汉书首册，印极精，蓝绫包背装。首页有季振宜大印三方，真迹也。窃怪此不过正德嘉靖之际佳刻耳，何以延令季氏珍重如是！后二年乃于沪市得此汪本汉书之余卷，每卷前之汪文盛衔名一行俱剜去，补以旧楮，上钤季氏朱文长方藏印，恰可泯去剜补之痕。原印皆真品，无可疑者。此事有两种可能。季氏即为作伪之人；或原印流落书估之手，用以作伪。若云季氏为人所愚，视明刻为宋板，则殊不类。常熟毛氏汲古阁，亦藏书之极著名者。余曾得一李翰林集，写刻，前有宋人江氏大字序，染纸充宋。卷首卷尾，朱印累累，毛氏父子诸印俱在。此亦明翻宋本，书贾撤去刻书序，染色以冒宋板者。钱唐丁氏八千卷楼著录之本，即是此物。亦题宋板。以上二例可证即藏书名家亦不免有失误或作伪之迹。旧目未尽可凭，不由目验，终不能知其真确程度也。

二十年前于海上得《七经图》残卷四五本。大方册，白棉纸，雕绘精工，真所谓纸白如玉、墨凝如漆者也。装潢精绝，鹅黄腊笺作面，衬以旧纸，钤印有“长白敷槎氏堇斋昌龄藏书印”，即曹楝亭外甥，颇憾其不全。更数月，又得残卷数册，尚是原装，则卢氏抱经楼故物。恰可配全，且有复本。并几展观，始发见昌龄所藏一本，其吴氏熙春楼重刊一行俱剜去。补以旧楮，堇斋方印即钤其上。视其装潢割补，皆在康熙末期。可确断此必昌龄所为。以万历翻宋板充宋刻，用以夸饰者。

以上三家，皆明清之际藏书名家，皆有书目传世（昌龄之书皆得之曹寅，寅有《楝亭书目》）。可见书目所著，未必全可信赖矣。

书贾伎俩，变化多端，一书也，可以多种方式改头换面，矇混买主。可以下述之事明之。

弘治沁水李瀚翻元刻遗山先生诗，为著名之书。板式古雅，黑口写刻，极似元刊。余平生所见凡二本。其一为艺芸精舍汪阆源旧藏，印少晚，原签尚存。惟已撤去李瀚重刻序，只余大德原序矣。此至习见之手法也。乃后数年更得一本于海上，为滂喜斋潘氏旧物。印本绝佳，大胜汪氏之书。有汪氏古香楼印记。两序俱存，惟翻阅之余，始知其撤去李序有弘治纪年之后半叶及大德序第一番之前半叶，粘口重装。其序虽多于汪家一本，惟纪年仍只是大德。潘伯寅两目如漆，遂为所愚。此别开生面之法，殊不多见。

十年前于湖上书肆常见有汤芗铭家藏书，零落市上。其人喜用雪库衬订。书皆整齐可喜，而往往非完本。一日，快雪初晴，薄暮过松泉阁，主人珍重出书两册见示，云此元板也。开卷视之，题《晞颜先生集》，黑口写刻，有文瑞楼、振绮堂藏印。见其字体已微露纤弱之势，疑非元时所刊。归寓检目，始知此书作者为明初之杨翥，非元时之张翥也。翌日又过之，告以其故。主人曰，既非元板，价可少减，遂议值携归。归沪细读，始知此非全书。尾叶割去卷尾诗题一行，补以原书楮叶泯灭无迹。遂亦一笑置之。次年春又过杭州，忽忆此事，乃告之肆主，责以以残书欺人。主人笑曰，我已为君配全矣。闻之疑信参半，以天下无如是巧事也。主人乃珍重启钥，出书一册，尚是原装，果为此书下半。惊喜之至，不论价而携归。合浦珠还，丰城剑合，无此快也。检振绮堂原目，此书赫然在焉，下注“二册”字样。是咸丰中太平天国军下杭州，汪氏书散，此书分携两地。汤氏得其上册，割去一行，重装二册，以符原目之数。不知此下册亦仍在天壤间，借余手而重合之，岂非书缘墨福！余买书以来，遇合之巧，殆无以逾此。

碧筠草堂翻原本《笠泽丛书》，为清初名物。为姑苏顾肇声所刻，知之者殊少。余收桃花纸最初印本，卷前有“中吴顾楗手校重刊”朱文长方小印，精绝。纸白如莹玉，墨光似聚漆。夺人目睛。后更于市肆见所得虞山翁氏藏书中更有一本，亦初印，甚阔大，纸用高丽麻纸，无顾氏小印。喜而留之。意此为书刻成后以旧纸所印，充旧刻，如《通志堂经解》之捺印本然。不过示其刻板精美，不输原物。未必有意愚人也。

以伪做真，鉴赏失误之事，贤者不免。尝见伪本《斜川集》，即所谓泰山磁活字本。卷前赫然二印，为陆钟辉故物。陆氏固以刊《姜白石集》《笠泽丛书》著名之水云渔屋主人也。又忆一事，数年前友人以姑苏王氏藏书见示。云其人身后藏书尽入图书馆，只余绝精之本三种保藏于家。将陆续见示。今先以一种来，启而视之，赫然黄荛圃手校跋本《穆天子传》也。通体墨书，神情逼肖，宛然士礼居主人手迹。然此书真迹曾入海源阁，后归山东图书馆，曾有影印本。黄氏用朱墨两色笔校。余有此影本，因悟作伪者照原校临写一本，以愚藏家。然神情绝似，此公摹黄荛翁笔迹，亦神妙矣。临本底本亦同为程荣本，白棉纸印，通体无一印记。

南北市肆作伪之本领通天者当首推吴下之文学山房。估人颇知版本，熟读目录及藏书家故实，常以残书改头换面而为完帙，受愚者不少。余箧中亦有两种。

《烟花小史》八种，万历刻本。前有总目。书皆不经见，有《薛涛集》《仙仙集》《秦淮四嫩诗》等。有叶九来女许丹臣妇藏印，意必来自甫里许氏之书。板式不一，其中一种板心下方有“右编”二字。余意此必王路辑《花史右编》零种也。《左编》世有其书，《右编》绝未经见。似此类即残本亦何尝非名物。然卷前固有《烟花小史》书名及总目一叶，不知何故。后乃悟估人得残帙，切去书根，别刻《总目》一叶，并锡以嘉名，其技至巧。总目一叶纸为明时竹纸，刊板体式亦全无破绽。叹为绝作。此书余展转得之修文堂孙氏，索重值。时方岁暮，囊无余金，终不忍弃，以艺芸精舍旧藏元刻伤寒论四册易之。甚可笑也。更数年，又于文学山房得祝枝山集四种。天启中刊本。前亦有一扉叶，刻法亦精。大书《枝山先生柔情小集》，下列四种名目，并有葫芦形“四全”字样。余见而失笑，亦不说破，以明初本之价得之。估人去后，检《千顷堂目》，祝氏小集当有七种，此存其四。然其中有小令，有杂曲，有小笺、有杂文，绝无著录。与《怀星堂集》内容全异。此真孤本。即不全亦何妨！更何必多费此一番手脚也。

此肆尚有吴中著名藏书家伪印不少。往往得旧本印钤其上。常见者为袁寿阶五砚楼印，然印甚劣而印泥亦不佳，一见即可见其伪，不足道矣。

十余年前余于北京隆福寺买书不少。类皆钤有李木斋印记。书皆佳绝，有明初本，有鲍以文校本，颇疑李氏木犀轩书扫数归北京大学图书馆，何以有此遗珠？后询之主人，始告以原委。李氏书散后，其家人并遗印亦斥售之，全为市肆所得。于是凡得旧本必遍钤之。以李椒微名号增重。此种印石既真，时代亦近，苟不知其内幕，殊无从辨之。

凡此种种，皆出于唯利是图之一念。遂幻出如许花色，今日皆成陈迹矣。拉杂书之，以当一笑。亦以见旧时市态之一斑也。

甲辰四月初一日草

胡适之与水经注

前些天抽空去探望了四十年前教过我史地的章丹枫（巽）老师，畅谈了两三小时。丹枫先生过去曾在《大公报》工作过，现在是上海复旦大学的教授。他的专业是中西交通史，最近正在从事《法显传》的研究。因为住得远，我很少有机会向老师问安，但每次见面总要畅谈，两年来谈话的话题显然有了很大的变化，有关学术研究的比重大起来了，他的兴致也更好一些。这就说明了在四个现代化的征途上迈开脚步的中国知识分子的心情，在我看是不容漠视的。

谈话的内容之一是即将在《中华文史论丛》上发表的胡适有关《水经注》研究的通信。这自然是个新闻，解放后在学术刊物上公开发表胡适的论学文字这怕还是第一次。我们都还不曾看到杂志，因此谈话也只能是漫谈。丹枫先生回忆抗战中在美国时就知道胡适那时也正在美国并研究《水经注》，照胡适的说法，他是要为几百年来研究此书的一些公案做总结。

所谓“公案”那大致是这样的。18 世纪前后中国有不少学者都在研究《水经注》。较重要的有全祖望、赵一清、戴东原等几位。全谢山是从祖辈起就有治《水经注》的家学传统的，赵一清是小山堂主人赵谷林的儿子，是谢山的晚辈，他得到全的指导，写成了《水经注释》，但没有来得及刊刻就去世了。书是由他的儿子付刻的，但在出版之前，戴东原（震）的研究著作先刻印行世了。赵、戴二家的研究著作颇有雷同之处。因此就发生了一重公案，到底谁抄袭了谁的学术研究成果呢？如果简单地以出版先后为据，则抄袭者应该是赵；但问题并不如此单纯，这也就是发生争论、形成公案的原因。按照胡适的看法，是赵一清抄了戴震。但丹枫先生说，他因为研究《法显传》，《水经注》曾大量引用此书，因此得以从一个侧面广搜资料，比勘研究，终于发现胡适之的说法似乎不大站得住脚。

我极力怂恿老师把他的看法写成论文。这是一个既有学术价值也有趣味的好题目。关于这问题，我是一窍不通，没有插嘴的余地。不过引起了一些别的感想，颇想在这里说一下。

自古以来，中国人的乡土观念就是极重的。只要看在北京、上海这些地方过去曾存在过各式各样的会馆的事实，就可以明白。由各地会馆的特点可以看出很大的经济特色，但文化特色也是存在的。在明代，读书人的政治组织也有浓厚的地方色彩，东林、复社就都如此，有时，还简单干脆地出现了“浙党”这样的名色。再向前推，这情况其实在宋朝就早已存在了。至于学派，就尤为分明。十之八九是以地区划分的。那原因也很简单。封建社会由于经济条件的限制，交通不便，通讯困难，学者们彼此研究探讨的机会很少。因而只能在近处互相切磋、商讨；师承关系，图书通假，以至姻亲、科第……也是形成地区性学术派别的重要因素。凡此种种都是可以理解的。推而广之，绘画，治印，也都有地方性的流派，如“浙派”“皖派”“吴门派”“扬州八怪”之类，就都是的。

流弊也因而产生了，那就是门户之见、朋党之分，有时会弄到十分可笑的地步。在政治上为人民带来深重灾难的事例也不少。

这就使我想起四害横行时在书店里可以买到的仅有的一册“古书”：《王荆公年谱考略》。林彪、“四人帮”把一切古典都封禁起来，只推荐给我们这样一本，其实还是值得感谢的。记得我曾仔细读过它，开始时还抱有虔敬的心情，到后来，不客气地说，我是当它一本近于《笑林广记》之类的有趣读物看待了。它也确实可以使人破闷、解颐。蔡上翔为王荆公辩护，有些是辩得好的，但更多的就极为可笑，其强词夺理、无理取闹，真是使人看了吃惊。我想，在资本主义社会里，无论出多少钱，也将请不到这样忠心耿耿、不顾一切的律师。

但林彪、“四人帮”的论客在书前所写的《出版前言》却大声叫好，誉为“法家”的无上佳作，但绝口不提一个“秘密”。蔡上翔是江西人，他是在为三四百年前的阔同乡王安石保镖。不过今天大批折了价、睡在旧书店里头的《考略》，那《前言》都早已撕掉了。

在《水经注》的公案里，我看，同样的倾向也是存在着的。胡适为戴东原捧场，多少怕也免不了一种“乡谊”在起着作用。他们都是安徽人。

同样，全祖望、赵一清都是浙江人，要算是“浙东学派”的。

自然，评定学术上的是非，主要还要看双方的论据与推理。但也不能对一些其他因素视而不见。因此，虽然不免有些煞风景，我还是想讲出这一事实来。

补课

过去曾经听见过这样的议论：中国人是善忘的。有许多坏事过去在历史上都曾经发生过，可是后来忘记了，吃了差不多同样的苦头。有的人就以此作为“历史循环论”的论据。我一直不敢相信这高论，因为历史发展绝不是在原地兜圈子，而是螺旋式地上升或前进。表面上看似乎是在兜圈子，但一个圈子下来，到底还是前进了。比起出发点来总是提高或前进了一步的。

中国的历史也实在长。古人也注意经验的总结。司马光的编写《资治通鉴》，就是为了这个。当然，他是为皇帝帮忙的。司马光是北宋时人，《通鉴》就已经写了那么一大叠，研究起来也真困难得很。没有头等记忆力，是很难记住那样多的经验的。这就不能一概讥之为善忘。

现在的问题却有些不同。十多年来，人们苦恼的不是读得多、记不住；而是根本不许读，就是善忘也没有可被忘掉的东西。

今天的青年大抵都知道封建的东西是要不得的。但对什么是封建的就不甚了了。人们知道《白毛女》里有个黄世仁，他是个土老财，一个恶霸，是组成封建统治阶级的一个细胞。黄世仁是有典型意义的，作家通过他使千千万万青年获得了封建制度的概念。不过只知道有个黄世仁，完全不等于了解了几千年的封建社会，这是明明白白的。

《红楼梦》就要好得多。它不愧是一部中国封建社会绚丽的画卷。它教给我们的知识是丰富得多了。但长时期来，是被当作邪书的，不许年轻人接触。这是百多年来公开的事实。封建时代的长官和家长，对《红楼梦》的痛恨，多半集中在它描写了恋爱，能看出它对整个封建制度的破坏性的却极少。他们在严禁子弟阅读的同时，自己却往往在《大学》《中庸》下面放着一本《红楼梦》，道貌岸然地坐在那里偷偷地欣赏，而且发出会心的微笑来。

这当然并不是什么秘密，是心照不宣的半公开的事实。多年来久已如此了。有点经验的人看见、听到这种“佳话”也不会吃惊。

有了一把胡子的贾赦，千方百计想把贾母的丫头鸳鸯弄了来作“小”。这行为也并不是不合“法”的，甚至也不是不道德的。贾赦那位“贤德”的邢夫人在执行这一任务时，也完全是振振有词的。她对鸳鸯进行“说服”，对贾母进行“动员”，都举出了充分的“理由”。邢夫人指摘鸳鸯的拒绝是出于“嫌老爱俏”，是看上了哪位主子哥儿；对贾母的腹诽则是怪她不肯疼有了那么一把胡子的大儿子，却要“祖护”一个丫头。在邢夫人手里，封建道德规条真是运用得得心应手，无往不利。而贾母的反对此事，也完全不是由于对它的正义性有任何怀疑，不过仅只为了这将打乱她的生活秩序，会带来不便。她有的是银子，年青的姑娘也有的是，随便去买一个就是。左右着这一场矛盾斗争的主导思想，不过如此而已。像鸳鸯这样有“地位”的大丫头尚且如此，则别的奴才的命运就可想而知了。

《红楼梦》所反映的封建社会本质是深刻的，它传授给我们的知识是宝贵的。而且一些都没有过时。贾赦如果活到今天，他当然满嘴都是新道理了；他的得力助手邢夫人也会采用新策略的。但他们企图达到的目的还是一样。难怪他们会想，写爱情的作品如《红楼梦》，还是不让人们去看为好，这样人们就永远不懂得什么是封建专制主义，办起事来就会方便得多。否则像鸳鸯这样的丫头，也要扭手扭脚，不听摆布，那可有多么讨厌！

不要忘记过去，这确是一条极要紧的经验。不过在这之前，就先要知道过去曾经是什么样子的。这样做了，我们就能有本领，不论林彪、“四人帮”及其残渣余孽说得怎样天花乱坠，一眼就能看穿他们的底细。

人们受蒙蔽已经多年了，现在就必须补课，老老实实地补上去。不然，我们就无法摆脱在原地兜圈子的命运，不能前进。

看戏随感

一

最近有一些优秀的京剧传统剧目又恢复上演了。这使我联想起《法门寺》这出戏。

《法门寺》塑造了一个明朝的大太监——“九千岁”刘瑾。此人在戏里有许多生动、深刻、性格鲜明的语言和行动。例如，他在佛殿上听到有民女喊冤，就立即吩咐“杀了!”不料偏偏被太后听见，提出异议。刘瑾这时回过头来，将眼一弹，问道：“这是谁的主意?”这距离他下达“杀人”指示，前后还不到一分钟。刘瑾永远是正确的，也是永远立于不败之地的。他有什么秘诀呢？其实也没有什么，不过有一张比城墙还厚的脸皮和凶蛮霸道而已。

《法门寺》这出戏，在今天看来也还是很有味道的。有些评论家刚刚大声疾呼：“民主战士已经不再是什么光荣，而是可耻的称号了”；一转眼就又更为慷慨激昂地主张起发扬民主、解放思想，其间相距不过两三个月，当然比舞台上的一分钟是长得多了。但其“善忘”却殊不下于刘瑾，也是明明白白的。

当然，认识是有一个过程的，用新的较为正确的见解取代过去的谬误也是值得欢迎的，但像刘瑾那样“顿悟”式的转变和对错误采取不承认主义却不好，也学不得，因为天知道什么时候他又会眼睛一弹，提出完全不同的见解来，使人们提心吊胆，连睡也睡不安稳。

二

在讨论《恶虎村》的时候，曾提出这一类戏所宣扬的“江湖义气”问题。

“义气”并不是什么好东西，是旧时代流氓无产阶级崇奉的一种思想意识，有很大的危害性。西安事变以后，张学良讲“义气”，把蒋介石送回南京，可是到了南京就被关起来了。可能就是受了《连环套》中窦尔敦“随你到官认罪”的影响。这种无原则地讲“义气”的后果是清清楚楚的。

不过我想事情也还有另外一面，值得思索。

“江湖义气”的“江湖”，正是“庙堂”的对立物。古话说“身在江湖而心存魏阙”，就说得清楚。庄子的“不若相忘于江湖”也提供了极好的解说。那就是旧时代被剥削、压迫、欺凌的人们的世界。试想在那样的时代，没有先进的阶级，自然也没有先进的思想，奴隶们只能用朴素的感情和行动自己拥抱在一起。这样的感情是可贵的，虽然也必不可免要带有很大的缺陷。它是不可全盘否定的。全盘否定了它，岂不就是承认了黄天霸的所作所为是“大义灭亲”的“正义行动”了么？林彪、“四人帮”横行时一切卖身投靠、用革命者的鲜血把自己漂到“上头”去的东西们，岂不也成了“时代的英雄”了么？

三

也是在讨论《恶虎村》的时候，听到过这样一种意见：像这样的戏，演演自然也无妨，但我们不靠它吃饭，少了这几出戏也没有什么了不起，云云。

这意见显示了一种颇为“豪迈”的气派，令我佩服。我的见闻很少，欣赏水平也不高，在我看来，像《恶虎村》这样的戏，在京剧中，在古典戏曲中，是不多见的，也是珍贵的，并非可有可无，像“鸡肋”那样的事物。

我们的祖国有几千年光辉灿烂的文明史，作为一个中国人，是应该自豪的，也应该有一些气派、风度，但这与破落大家的末代少爷的思想可不是一回事。时代已经过去了二千多年，秦砖汉瓦在我国也还不算稀罕，拆了长城造房子的事就使人难忘。花了大量宝贵外汇进口的设备，在风雨里一睡就是几年，也使人愤慨。在有些人看来，我们这个国家不只是“河水涣涣，莲荷盈盈”，而且是地大物博、家底极厚的，有什么大惊小怪的，我们不稀奇！

这样的“气派”，即使是非凡“豪迈”的，看来也还是检点一下为宜。否则那可怎么得了！

识小录

读者学

今天我们做一切工作，都应该追问一下目的性，经济工作如此，其他领域一切工作也莫不如此。这是非常之对的。

有些企事业单位，本身并不以营利为目标。如学校，国家并不要求他们上缴利润，提供积累。但适当地运用一些经济手段进行管理，也完全必要，因为这样做可以帮助改善经营，提高效率，克服官僚主义。这一切当然也是非常之对的。

出版部门，尤其是文学出版部门的情况就有点复杂。它是当然的文化宣传事业，但也有明确的利润积累任务。在两者之间，存在着一个平衡的问题，有时掌握起来就不大容易。最近经常听到朋友谈起一些情况，有时还牵连回忆起一些旧事，抚今追昔，也往往会发生一点感慨。

提起“五四”以来的新文学出版事业，人们总是不能不想到鲁迅先生。从20年代开始，先生就编辑并出版了“乌合”“未名”等丛书，支持了北新书局这样的出版社，一直到实际并无店址的“三闲书屋”“诸夏怀霜社”等等，几十年来一直干着赔本的出版生意。就在批判“资产阶级法权”最起劲的日子里，“四人帮”的论客也还没有给他加上一顶“出版商”的桂冠，实在还要算是客气的。鲁迅先生在生命的最后还用《死魂灵》支持了新创办的“译文丛书”。回忆当时，这样的出版社并不多，他们没有抢着出版《七剑十三侠》之类可以发财的“畅销书”，甚至也没有打算出一些“干净”的、多少有利可图的教学用书之类，只是一册册地印着初版只有一两千本的创作和译本。靠着读者的信任和支持，生存下来也发展起来了。

当然不能说他们印的书，本本是“香花”，但也不一定就像“四人帮”所说，全部是毒草。在新文学发展壮大的道路上，也有着他们留下的脚印，是明明白白的。

好像这样的事情真的已经成为古老的往事，当我听到某出版社在千方百计找寻《北极风情画》《风萧萧》之类的旧书做准备重印时，就特别感到如此。这些作品，不能说是一无可取，它们都曾经是一种客观存在，因之也就代表并表现了一定的社会阶层及其生活面貌。不过我记得，这些“畅销书”在三十多年前都不是出版新文学作品的书店架上的商品，因为还有其他更多值得介绍给读者的较为优秀的作品在，他们来不及也不愿去搞这样的竞争。那么是什么原因使某些出版工作同志今天产生了这样的设想呢？道理当然也是明摆着的。

经营电影、戏剧的人们在研究“观众学”了，经营出版业务的同志们自然也要研究“读者学”，这是完全应该的，不过在调查研究与采取措施之间，还有一个更为重要的过程。要花很大的力气，不可忽略，更取消不得。

一位老出版工作者曾慨叹说，现在号召人们要“向前看”，不过有些同志听觉不好，听成“向钱看”了。这当然是一句笑话，但确是指出了某些现象的本质所在的。

观众学

最近听见一种新鲜别致的语汇，“观众学”，据说其实就是研究“票房价值”的意思。

为什么要换上这种新鲜说法，自有种种原因。可能是因为“票房价值”这四个字从二十多年前开始，名声就越来越变得不大好了。不管怎样，今天人们又开始注意起这个问题，总该算是一件大好事。我们不是讲为人民服务么？前些时不是还提出了生产的目的性的问题么？作为精神生产，不去研究服务对象的心理和意见又怎么行呢？

最近又听到一种呼声：“可怕的星期六。”星期六为什么变得可怕起来了呢？因为有一种有趣的电视节目要在每星期六晚上播放。同时，戏院、电影院的看客就要有所减少。因此，在有关的某些同志们看来，星期六变得有些可怕了。据说，同样受到影响的也还不只是影院与剧场。

粉碎“四人帮”以后，戏曲舞台上呈现了多年未有的繁荣昌盛的景象。最近开始出现的一种趋势是，观众不像过去那样踊跃了。这也是大家开始注意起“观众学”来的一个原因。有的同志说，十多年来，我国的舞台上除了八个戏之外，什么都没有。有些青年人，根本就没有欣赏戏曲的基本必要的训练，主张加以培养。也有人说，青年人是好奇的，容易接受新鲜的，外来的，而不易接受古老的，传统的……总之是有种种判断，也开出了种种药方。这种关心并研究观众心理的现象也是十分可喜的。

结论恐怕一时也不容易得到。不过我想，上面所提出的种种现象及其解释，不只在青年身上，即使是久历歌场的老观众，也是在所难免的。开始时十分热心，后来慢慢就不那么踊跃了。果然我们的传统戏曲就敌不过外来的艺术形式，一定要败下阵来么？青年不熟习旧戏曲，难道他们是熟习外国艺术的么？看来这些解释也都不能算作十分准确。

据我看，重要的关键应该还是我们多年不大讲起的艺术标准。办法也只能有一条，就是加紧认真地学习、锻炼。说艺术标准，首先也应该是包括了思想性上的健康与完美。

把心思花在新鲜花样，炫奇斗异，翻箱倒箧找出千奇百怪的货色来，如此等等，却不会有好效果。也不必为此而忧心忡忡，人民有鲜明的辨别力，却没有“赏鉴”丑恶的好胃口。好戏总是有人看的，不论是古典的、外来的、写传统故事或现实生活的，都如此。例子很多，用不着在这里一一举出。

书的命运

书的命运，应该、但实际掌握在谁人的手里？这是最近经常听到人们议论的一个问题。

书，由作者写出，在读者手里流通。这中间，编辑、校对、出版、发行……要经过许多的劳动。这些都是必不可少的、甚至是辛勤、创造性的劳动。谁都不应该忽视、也抹杀不了。但归根结底，起主要作用的应该还是前后两头。读者热烈希望作者写出、并能买到、读到好作品，这是概括的、也是实事求是的结论。

据说我们目前出版发行的办法，大抵由出版社将新书的名目和内容简介交给新华书店，后者根据经验判断，决定订货的数量，生产出来以后负责行销。出什么书，印行多少，决定权全掌握在中间环节手里。作者和读者很少有发言权。这办法看来不能说完美无缺，至少也不免有些古怪。

读者对出版工作的优缺点是有明确的反应的，他们不只在口头同时也用行动表示自己的意见。在书店门口排长队、书籍自由市场的出现，新华书店摆出了滞销书特价专柜……就都是的。也可以说这是群众对我们的出版工作的监督。

但作者这一头，却少有那样表示意见的好机会。新涌现的作者不必说了，就是老作家好像也并不例外。既然是老作家，总都有些旧作，是否重印，何时重印，作家是没有任何发言权的。“嫁出的女儿泼出的水”，一本书一经出版，好像就已在卖身契上画了十字，与爹妈无涉了。有时忽被再版，也只是在送来几本样书时才知道那“喜讯”，这样的情形我总觉得有些古怪。

有些老作家的作品被选进课本或什么文选里了，这自然不是坏事，但有时又发现，原文给改得不认识了，署名却还是自己。我就听见过一位老作家诉苦，“既然非痛改不可，可见文字是不通或至少不行的。那么又何必选呢？”

同一种名著的不同译本，在许多国家是会有许多种的，这并不一定是一种浪费。但在我们这里，却要由什么人选定一种标准的出版。这也许是有道理的。听说有一本名著，出版者认为原有的译本水平不高，决定毁版组织重译，这应该说也是认真的。但后来出版社要修房子了，房修工人提出要读这书，结果是飞快地再版了一次。这种“印书学”也许是一种例外，没有什么典型意义，但说明书的命运到底还多少掌握在“读者”手里，无论如何也还是值得高兴的。

两种《赵氏孤儿》

去年一年上海京剧舞台上先后出现了两种不同的《赵氏孤儿》。一种是余（叔岩）派；一种是马（连良）派。演出都是成功的，都在一定程度上继承、再现了两种著名京剧流派的特色，受到观众的欢迎、赞赏。在我则更感到这是体现“百花齐放”“百家争鸣”的一个好例。

《赵氏孤儿》是元代纪君祥的作品，至今还有元刻本流传。到了明代，又先后出现了《赵氏孤儿记》《八义记》，可见这是得到观众批准、一直传唱不衰的剧目。它又早在1755年就传到法国，有了译本，还不止一种，同时在舞台上出现；在英国也有过译本。王国维对此剧给予很高的评价，说它“列之于世界大悲剧中，亦无愧色”。王国维还指出，这是中国戏曲出现“大团圆”公式以前的结构，其特点则在表彰了赴汤蹈火、见义勇为的高贵品格。

余叔岩的演出本是《搜孤救孤》，这是久负盛名的传统剧目，是观众非常熟悉的。马连良改编《赵氏孤儿》则在解放以后。据说当时北京京剧团最初排演此戏，本来的设想是由马连良演公孙杵臼，谭富英演程婴，裘盛戎演屠岸贾，张君秋演庄姬。这在京剧界包括广大观众的传统观念中是当然的，无可非议的安排。但马连良先生自有他的设想，他提出自己扮演程婴，脱开余派原有的路子，成为新的全本《赵氏孤儿》。构思变了，重点场次也变了，相应的表演、唱工设计也变了。

照我看，两种演出都是成功的。以流派风格论，余派似乎可以说是“古典的”，而马派则是更接近于剧场的，也就是说更着重于情节故事、戏剧矛盾的组织与展开，或者说是“更有戏”的。特别后半部是如此。

这里不应该也不可能强分优劣。余派的集中、精炼，节奏的紧凑，唱工的精致，以及整体所表现的一种古典的完整性，都是一种高峰。但高峰不可能只有一座，应该有许多座。这里起决定作用的是表演艺术家自己独有的风格与创造。

周信芳的流派应该说也是“剧场的”。他没有排过这戏，如果有，那必将是另一出崭新的《赵氏孤儿》。这也是没有疑问的。这说明：流派是百花齐放的一种基础，其中有艺术家可贵的创造性在。

不解

人类都有从婴儿长大起来的经历。长大了，我们就说是“成熟”了。这时再回想婴儿时代的言行，有时是会觉得可笑的。但这“可笑”的感觉是善意的，并不令人疾首蹙额。譬如，小孩子最常见的一种行动、语言和心理状态是好奇，他或她遇到一切感到新鲜事物，都要问自己的妈妈、爸爸或任何“成熟”了的同伴，“这是什么?”上海话就是“啥末事?”

想想有时也确是很可笑的。哪里来的那许多“不解”呢？因此我们通常就谓之“幼稚”。

逐渐成熟起来以后，这种幼稚的行为就日益减少，最后有的人就再也不提出这种“愚蠢”的问题，好像是已经通读了“百科全书”的学者，对世事一一洞彻，无不通晓了。这时，人们就有另一种好听的说法，“阅历已深”；不客气的就称之为“老油条”。

“油条”而“老”，真是惹厌的事物，没有谁会欢迎。但有的人却甘居“老油条”而不疑。那哲学根据就出自庄生。生活在“材与不材之间”的状态是最为安全的。既不会被伐了去当栋梁，连烧火也不够格。这样就能笑嘻嘻地在“不生不灭”之间活下去，直到终其天年。说来说去，哲学教授在讲台上穷年累月地分析、批判的老庄哲学，那精义怕也不过如此。

一个国家里“老油条”多起来，是很危险的。

我的年纪也已不小，但“阅历”还不能说是很深。多年的老习惯了，每天都要走进书店里去看看，即使明知买不到什么书也还是要去看看。因此就经常发生一种“不解”。书架上总是放得满满的，但都不是我想买的书。喜欢的书么，有时也有几本，但只放在玻璃柜里，以饱眼福，连摸也摸不到。我们现在的白报纸供应，还不能说已经十分充裕了，为什么不印些大家十分需要的书呢？

我自己的想法是，如果真的把白报纸全部印了群众热烈欢迎的书，一下子就卖光，架子上变得空落落的，那可不大好看。这想法无疑是幼稚的，连自己在这里提出也不免脸红。

至于那满架我所不想买的书，也大可不必为之担忧，出路总是有的。我们有数不清的买书“豪客”，那就是天南海北各种机构的图书室的采购员。他们来到书店柜台前面，把背包一放，问道：“有什么新书？”“统统各买五本”。……交易一下子就办成了。一个科研机构，买五套《黄庭坚和江西诗派》干什么呢？我也不解，但自然没有问。其实要找那答案也很容易，就在隔壁的旧书店里，架子上也是满满的，都是前些年印的“法家”著作，都盖着公章，什么化工厂、农机站，都有旧藏的一大叠“法家名著”放在那里，书都是崭新的，手指都不曾碰过。想想也不奇怪，工人们干了一天活，想灯下钻研什么“法家”的精义的，到底是不多的。

不解，也就是疑问。必须先有了“不解”，才会寻求答案。人类的进步就是在无穷尽的“不解”获得解答的过程中完成的。我这里提出的一点，真可谓“鸡毛蒜皮”，无关“大局”，而又很不全面，殊有以偏概全、以个人好恶代替群众意见之弊。但我是不怕“老油条”的讥嘲的，姑且说说，希望得到各方面的原谅。

1979.6.10

文学与出气

文学的功能之一是发抒所谓忧闷郁结之气，恐怕是的确的。古人有《汉书》下酒的故事，还写了“拔剑砍地歌王郎”那样的诗句，好文章可以当下酒菜，作诗作得激动起来，要发狂。都是极好的说明。太史公司马迁说得尤为明白，他在举出屈原、左丘等人的创作过程以后总结道：“大抵圣贤发愤之所为作也。此人皆意有所郁结，不得通其道，故述往事，思来者。”鲁迅先生在《病后杂谈之余》的题目下面，也另加了一个“关于舒愤懑”的副题。可见这是古往今来一种普遍的现象无疑。

似乎也不只在文学上是如此。

据说外国有一种特种商店，里面备有各种玻璃、瓷制器皿，专门为脾气大的富翁服务。他们肝火上升时，就到店里来挥动手杖将这一切通通砸烂，然后心平气和地付账而去。又有一种富翁，则出钱请异性对自己进行种种肉体上的虐待，大呼爽快，得到了精神上的解脱与慰安。这两类富翁都不是文学家，他们的行为也算不上创作活动，但不可否认，这之间也还是有些瓜葛牵连的。

在自然现象上也不两样。蒸汽机发明很久了，后来人们在锅炉上装上一个阀门，蒸汽溢满，压力加大时，它就会自动开启，同时还吹出美妙的音调来。这并不是为了听起来有趣，其实是一种预防爆炸的安全装置。

一些机灵的政客或政治家就把这原理应用到统治方法上。听说有的国家不但不禁止，反而有意识地鼓励演员在俱乐部这样的地方放肆地说政治笑话。观众是多的，听了以后哈哈大笑，似乎也确实出了一些鸟气，比伏特加的效果还好。虽然走出门去，还是原封不动的冷酷现实。但慰情胜无，人们明天还是要到俱乐部来。

这种方法无以名之，姑且称之为精神麻醉剂吧。

我并不想来鼓吹推广这方法。因为出口鸟气固能取快一时，终非根治病痛之道。不过，在人们出气的同时，我们不是也能顺便懂得了这些鸟气的性质和产生原因，增长了见识，获得了改进工作的依据了么？可见也还是有些好处的。可叹的是，有些好心的朋友却连这点机灵也没有。他们看到干预生活的作者通过不同文学样式提出了一些问题，有的又不免有些尖锐，甚至还是爆炸性的，因而惊慌失措了。他们不想从中发现问题，更不想因势利导加以解决，只是本能地用双手死死堵住阀门，以免唿哨声听得人们心慌意乱。他们祷告上苍，天下就能从此太平，自己也尽了责任，心安理得了。反正有锅炉炉壁挡着，里面的蒸汽和气压无论起了怎样的变化，只要看不见，一律可以算作并不存在。

这种办法，工人们懂得是严重违反安全操作规程，要闯祸，小学生懂得是违反了物理定律，要吃鸭蛋，是蠢极了的。但这道理有些人硬是不懂或不想懂。这可叫人怎么说才好呢？

1979. 10. 6

第三条道路

从《读书》上读到张中行先生论读史的文章《有关史识的闲话》，有耳目一新之感。他提出的重要原则是“人文主义”，其理解为“评定事的是非（或对错、好坏），要看这事能不能使所有有关（包括受间接影响）的人获得幸福，趋向文明，能者是，不能甚至反其道而行者非”。接下去就用农民起义的张献忠几乎把四川人杀光和为周作人所十分推崇的李小池《思痛记》所反映的太平天国的残暴为例，声明自己宁可作朱氏或爱新觉罗氏的顺民、咸丰皇帝的子民，也不肯跑到四川或南京去“分享农民起义的光荣”，因为“舍不得小命，两害之中取其小，不光彩吗？人文主义要的是实实在在的福利，常常不管本性可疑的光彩不光彩”。

只此，已可见“人文主义”和实用主义已经密切相关，不可分割了。张先生又用大段文字批判了“忠君的信念”“两性道德和政治道德”，这些，都已经是人尽皆知早已取得共识的意见，是极正确、也不劳词费了的。有意思的是张先生又举出了许多明清易代的史事加以评论，却又声明“这里有异族入主问题，且放下不管”，这就奇怪了，如果撇开了这个，这一时期的历史又怎样分说呢？

我过去曾说过，旧南明史家有一条原则，凡是在甲乙之际死掉的，不管是抗敌而死或死于乱兵死于殉节都一律列入节义传，是简单化达到可笑程度的史法，说不上史才，更不论史识。我又说过，明末，宋末也一样，在许多人心目中，皇帝只是国家的象征、符号，不能单纯理解为忠君，更重要的是对故国的怀念。崇祯是个昏愚的皇帝，明末的阶级矛盾又已达到炽热的程度，但老百姓还是忘不了他，难道真是舍不得这个“好皇帝”么？其实不过是在异族统治下怀念亡掉的故国而已。在这里可以引用一段周作人《阳九略述》的文字：

民国初年我在绍兴，看见大家拜朱天君，据说这所拜的就是崇祯皇帝。朱天君像红脸，被发赤足，手执一圈，云即象征缢索，此外是否尚有一手握蛇，此像虽曾见过，因为系三十年前事，也记不清楚了。民间还流行一种太阳经，只记得头一句云：

“太阳明明朱光佛。”这显然是说明朝皇帝，其中间又有一句云：

“太阳三月十九生。”三月十九日正是崇祯皇帝的忌辰，则意义日益明了了。年代相隔久远，东南海边的人民尚在那么怀念不忘，可见这一年的印象是多么深刻。

这个例子很好地说明这是人民的意愿，并非只是有“忠君的信念”的士大夫的念头，难道人民念念不忘的仅是给他们带来了无穷苦难的皇帝么？

甲乙之际有许多忠臣义士，并未在崇祯“完蛋于煤山”之后立即自杀殉主，他们起兵抗清，直至兵败身殉，张苍水、祁彪佳（他是不肯接受贝勒的劝降，自沉殉国的），陈子龙都是的。陈子龙是抗清起兵，兵败被俘后死去的，“陈子龙是好样的，因为死了”，一点也不错。顾亭林的祭十三陵与孝陵，并不是念念不忘朱明历朝皇帝，他想的是已经覆亡了的故国。“旧识中官及老僧，相看多怪往来曾。问君何事三千里，春谒长陵秋孝陵。”（重谒孝陵）中官和老僧对顾亭林的行径都不能懂，觉得奇怪，于是他写下了这首诗，告诫后人，切不可像中官老僧那样只着眼于表面现象，要看事物的本质，这对有史识的学人怕并非过高的要求。

南都覆灭之后，柳如是劝钱牧斋清流自尽，是不明“大义”的，她看不出让钱谦益投降，就能使“所有有关的人获得幸福，趋向文明”。同一时会还有一个龚鼎孳，自称“我本欲死，奈小妾不肯何！”这小妾就是顾横波。郁达夫有诗云：“莫怪临危艰授命，只因无奈顾横波。”郁达夫在这里也脱不掉“历史的局限”，他的“忠君的信念”太强了。

张先生曾不止一次反问：“钱牧斋，除了没随着崇祯皇帝死之外，你还能举出他什么劣迹？”这一道策问太是初级的了。只要翻看《虞阳说苑》，就能发现记有钱谦益许多劣迹的纪事，其中张汉儒控告钱谦益的若干条罪状，都是“基本属实”的劣迹。钱谦益和董其昌差不多，都是恶霸地主，凌虐小民，包揽词讼，无所不至，这在钱牧斋的尺牍里也留下了不少证据。董其昌是被“民抄”了的，钱谦益也被人京控，虽不曾办罪，但舆论谴责是逃不掉的。

我没有读过葛剑雄先生论冯道的文章，只从张文中读到一节结论，回答着“生在乱世的知识分子，除了效忠一君，君败亡则竭力致死和灭迹山林之外，就不能走冯道的第三条路吗？”的疑问。

> 如果有第三条道路，那就是以人类的最高利益和当地人民的根本利益为前提，不顾个人的毁誉，打破狭隘的国家、民族、宗教观念，以政治家的智慧和技巧来调和矛盾，弥合创伤，寻求实现和平和恢复的途径。这样做的人或许只是为了实现自己的价值，但他对人类的贡献无疑会得到整个文明社会的承认。……与“灭迹山林”或效愚忠于一姓一国的人相比，他无疑应该得到更多的肯定。

话说得堂皇而正大，但放在家国危亡之际来考察，就不能不产生大的疑惑。请原谅我浮想联翩，拟于不伦，忽然想到这与汪精卫“我不跳火坑，谁跳火坑”的“高论”，何其相似乃尔。回到明末清初之际，走第三条道路的钱谦益、龚鼎孳辈登高一呼，果真能感动得“一队夷齐下首阳”，随同新主子共建使全国人民获得幸福、趋向文明的大业，也许开国的清朝诸帝，用不着再费如许手脚，立即可以进入“升平盛世”了吧。

鲁迅先生早就说过，“因为卫国和经商不同，值得与否，并不是第一着也”(《立此存照》)。说得何等透辟，也正是为明清之际史事而发的。先生早在数十年前就已将爱国主义与实用主义划清了界限，不能不使人警醒。直到今天还要为这样的问题费唇舌，也不免“真是太可悲了”。

灯下杂谈

外宾鼓掌论

挹松同志认为新创造的《三岔口》是经过几年来的舞台考验的。这是事实。

我想，几年来看过新《三岔口》的观众可以分为两种，一种是看过旧《三岔口》的老观众，一种是没有看过的新观众。老观众的意见如何，没有经过全面的调查研究，不敢确说；反正我自己就不满足，这总还可以保证。至于新观众，倒都是欢迎的，那原因也不奇怪。没有看见过太阳的人，篝火自然也是亮的。《三岔口》究竟是一出好戏，即使经过了这样大力的“创造”，依旧有着磨洗未尽的光彩，这也是事实。

何以见得呢？这样一出可以演四至五刻的剧目，虽然只压成了二刻左右，然而也还是保留了一些精彩的打法的。这在新观众之一部分，譬如巴黎人，看见钢刀一闪即担心鼻尖被削的巴黎人看来，怎样不为之惊心动魄呢？

这自然完全不奇怪。奇怪的倒是“有人认为戏出了国，

得到了掌声，算是达到了国际水平。中国的观众就永远失掉了发言权。”（余一同志的话）

我想只要是清醒的人，都还能够分辨“外宾的掌声”的内容的吧，不能否认，这中间有许多是为挺立起来了的中国人民而鼓的；自然也为我们的精彩演出而鼓。同时这后一部分，自然也包含了巴黎人的那种“惊心动魄”在内。

如果把这种掌声，作为“经过了考验”的凭证，以为已经达到了国际水平，我看是十分危险的。应该向这些迷醉了的同志们及时地大呼一声。

有些人自以为是懂得外国人的心理的，甚至连外国人的胃口、眼色也都摸得准。譬如说，外国人说过“时间就是金钱”，于是就用《十三妹》里安公子的方法，“逢人只说三分话”，把该演四刻的戏压成二刻。以为这么一来就迎合了外国人的心理，保险能获得掌声，于是也就通过了“考验”了。至于中国观众的呼声，则相应不理，不是“保守”就是“落后”，帽子飞来，天下太平。这样的作风，不仅是天真，也是极端危险的。

我担心，这些同志有一天会成为断了线的风筝，虽然云里雾里，悠哉游哉，但是……

阿斗

报纸上在讨论鬼戏问题。有人担心台上出现鬼魂就会使观众迷信，甚至吓出病来。有人称这种“眼不见为净”论者是“好心”的人，“天真”的人，我看就未必如此。哪里是这样呢？在他们看来，人民群众真是连一点点起码的“独立思考”能力都失去了的。一见戏里的鬼魂，就会马上买了长锭来烧的。而且人民群众的神经衰弱病也达到了可怕的程度，简直碰不得风，着不得雨，一见奇异的形象，就要走进精神病院了。

我们的艺术家在创作的时候，更是紧张万分，兢兢业业。唯恐观众不懂他的作品的奥妙。必须利用一切可能，不厌其详地让演员反复说明主题思想。真是睡里梦里，吃饭、恋爱，无时无地不想到政治斗争。似乎也不能说这样的人物是不真实的，这样的“作家”自己不就是如此的么，当他一拿起笔的时候，就满眼金花乱迸，除了主题思想的光芒以外，别的什么都不见了。

像这样“眼不见为净论者”和好心的“艺术家”，如果说他们真的相信群众，我是无论如何也不能同意的。在他们看来，群众不但是低能的，而且是愚蠢的，甚至连神经都并不怎样健全，这样的群众怎么相信得过。也许他们也“爱”群众吧，但是“爱”得过分了，养在玻璃房子里，每天晒太阳，不着风，除了牛奶什么都不许吃。以为这样培养出来的群众一定会是出色的了，但恰恰相反，这样的“培养”，只能出现“废人”，完全不能参加作者所设想的那种“尖锐”的斗争。

诸葛亮是聪明的，但在培养阿斗这件工作上，却犯了严重的错误。小心谨慎，无事不管，爱护备至，结果养成了一个“乐不思蜀”的白痴。

虽然中国历史上连续不断地出现了若干把人民当作阿斗的人物，但是人民到底辜负了他们的盛意，还是创造了无限瑰丽伟大的事业。所以大家不要单纯地只在嘴里“相信群众”，在心里也得尊重群众，不把他们当作“白痴”或阿斗。

三岔口与雁荡山

还是撷松同志在文艺报上那篇文章里所提出来的论据。《三岔口》与《雁荡山》，一个是“京剧名演员张云溪、张春华同志的创造，这出戏已经经过几年来舞台的考验了”。另一个则“也不是‘专家们’的创作，而是演过多年京剧的老演员徐菊华同志杂采几出武戏之长改编而成的一个尝试。人们可以批评这出戏单注意形式而忽略了内容（我就有这样的看法），但却不必说这种尝试是毫无意义的”。

这里的论点，主要有两个。㊀这两出戏都是名演员老艺人创造的；㊁戏是经过考验的，或虽有缺点，但也不是毫无意义的。

张云溪张春华是名演员，但盖叫天与叶盛章似乎就不但是名演员，而且还是老艺人了。关于《三岔口》的新“创造”，他们是并不同意的，譬如，把刘利华这个人物从“内容到形式”加以彻底的改造，把花脸改为俊扮，把坏人改为好人，把真实的冲突改为误会，这些“创造”他们就不同意。

“创造”的原来意图我不明白，但据一些别的同志的文章来看，主要是为了怕侮辱了劳动人民，才让刘利华从内容到形式都翻了身的。这里面所包含的“深奥”用意，我是无论如何也测不出的。盖叫天老先生就曾经说过，把小花脸改成武生，满台都是俊扮，戏还有什么味道呢？我体会盖老的意思，绝不是只从“形式”出发的。那意思是说，这样一改，全剧紧张浓重的气氛就给“无冲突论”一扫而光了。刘利华想害焦赞，观众才会为焦二爷担心，盼任棠蕙早些赶到，一直关心他的斗争，直到结尾。现在是观众早已有了心理准备，反正他们不过是乱打一场，焦赞尽可安心睡觉，反正误会总有解除的时候。至于在摸黑当中，也就不再是生死搏斗，只是误会的冲突。何况两个正面人物相争，让谁吃了亏都不好，刘利华挨了打也不能龇牙咧嘴，以免丑化，战斗就成为搔痒一样的轻松愉快了。我看这就是“创造”的整个后果。盖老的所谓没有味道也就是这个意思。至于传统京剧艺术对称的结构，两个武生主角要避免作为冲突的主要对手……这些经验积累的教训，也正是为了加强戏剧的冲突。不能一律被看作“教条”而遗弃的。

至于《雁荡山》，我是在第一届全国戏曲会演的剧场中就领略了的。不说别的，作为一个中国观众，我看不懂。外国观众说这是一出“哑剧”，真是绝妙的误会。冲突双方代表着什么……都是莫测高深的。然而他们就这样糊里糊涂地冲突起来了。说真的，真让人产生了“乱打一团”的感觉。我想这是不能称为戏剧的。戏剧本身一定要使观众明白冲突的对手（人物），冲突的内容（主题）。但在这里都不知道。

我看戏从来不看说明书。也许这些在说明书里都有清楚的交代，可惜得很，到现在我还是不知道。

至于捍松同志所谓“注意形式”的缺点，我看倒是次要的。没有了内容，还谈什么形式呢？因为它本身就是一碗“大杂烩”，一会是这出，一会是那出，都“似曾相识”，但什么都不是。给我留下较清楚的印象是，人物好像《挑华车》里的高冲似的在那里受苦。至于他为什么受苦，这个谜到今天还没有解开。

这似乎不能称为戏剧，“京剧武技集锦”这个名字倒还确当一些。

论持平

文艺报第十六期有一篇捍松同志的“持平之论”，是为余一同志的“观众的声音”而发的。他认为余一嘲笑了戏改工作；他认为解放以后戏曲演员和新文艺工作者的合作，不只做了坏事同时也做了好事；他举出了《十五贯》《搜书院》两剧为例，说明这就是他们合作之后作出来的好事。

是的，《十五贯》是最近整理出来的好剧本，但是解放以后，似乎也就只出现了这么一个特别优秀的剧本。而且在整理过程当中，老艺人的贡献还是不可否认要占颇大的比重的。解放以后将近八年了。但好剧本出现如此之少，难道不应该看看这里面的症结所在吗？人民日报关于《十五贯》经验的社论里，指出的也正是这个意思。在我们解放以后的戏改工作中，到底是乱杀乱斫，粗暴处理的情况多呢，还是细致老实整理的工作做得多？这是很清楚的事实。但是只要有人谈到戏改工作的缺点，马上就会有像挹松同志这样的义士出场，大叫一声曰：“不公平！”

被乱杀乱斫了七年，连呻吟都不许。现在是“百家争鸣”的时代了，刚想抗议一下，就被断喝一声，这种情况，难道是公平的吗！

持平本来是好事情，但也与其他一切好事一样，往往会被巧妙地用来做坏事的护符。这样“持平”下去，结果是动辄得咎，现状依然，什么进步都得不到。

这种貌似公正的持平论者，其实也是自古以来就不少概见的，孔夫子就曾经痛切地指出过这样的人物，曰：“乡愿，德之贼也！”换句话说，就是什么好事都不用想动，一动他们就会出场，叽叽喳喳了一通，最后的结论是“不大好吧！”于是一切新生气息就都呜呼哀哉了。

1957 年作

反封建离不开旧戏

从小喜欢听戏，也常看一些谈戏的文章。那多半是一些老气横秋的剧评剧话之类。往往一上来就摆出他曾听过谭叫天、陈石头……的光荣历史，接下去就是对当前舞台上演员的雌黄，这也不合老规矩，那也不遵旧传统，总之是今不如昔。有时候偶尔也有些“学术争鸣”，记得《打渔杀家》中萧恩唱的是“父女们打渔在河下”还是“在江下”就讨论了不少日子。对这一类的剧话，我是很不喜欢的。

四十五年前一个偶然的机缘，我在日报上开辟了一个专栏——《旧戏新谈》，居然排日谈戏，真是只有年轻人才有的非凡的勇气。一开头就对旧剧评家表示了自己的不满，当然也透露了想改弦更张的意思。无奈自己是一个完全的外行，对京戏的种种法则规律毫无所知。弄来弄去也只能写下一个热心观众的观感，有时候又往往写到戏外面去，变成对现实的讽刺与抨击，结果成为一束以谈戏为幌子的杂文。同时却也发现了一种奇异的现象，京戏中间无论有着怎样浓郁的教忠教孝的意识，但同时也无处不流露着对世事的尖锐而深刻的揭露与批判，闪烁着思辨的火花。剧本出于无名的剧作家之手，由演员在舞台上演出，供广大观众观看欣赏。事实上这是剧人与观众共同的创作。没有观众的认可它是不可能以传统的样式存在的，说到底它其实是反映着中国人的世界观、人生观的艺术品。从五四以来有不少人都反对过旧戏，但少有人能看出它的这种认识作用，实在是值得遗憾的。离开了旧戏，人们就缺乏一条便捷的渠道领会旧社会的现实和那种超阶级的升官发财的腐败思想，自然也就无从听到剧人对此发出的斥责声音，所以说反封建离不开旧戏，实在并非无稽之谈。

前些时到安徽亳州去了一次，这是曹操的故乡，城外有曹氏宗族墓葬的遗址，城内有传说是曹操当年筑就的地下运兵道。又有一处花戏楼，完好地保存了大量精美的透雕砖塑，其中有十来出三国戏，曹操曾屡屡出场，但十之八九是出洋相的节目。在曹操的故乡，出现了这许多讽刺批判他的舞台艺术形象，不能说不是一种有意思的现象。曹操虽然是个大白脸，观众却觉得这个反面人物有点可爱，活生生的，好像至今也还会碰到的真实的人物。世上白脸虽多，像他这样坦直的却少。他因误会而杀了吕伯奢的全家，犯了大错误，事后并不为自己辩护，反而发出了“宁使我负天下人，勿使天下人负我”的坦率的宣言，这就不是人人做得到的。他错杀了蔡瑁、张允，但立即醒悟并改正了。马踏青苗，割发代首，玩弄的虽然是权术，到底公开承认了错误。他的缺点错误都摆在观众面前，在舞台上他是被当作真实的人来描写的，这是曹操的幸运，也是出现在戏曲史上现实主义的胜利。

欣赏、评论古典戏曲，也只有遵循这一条正确的途径，才能取得应有的收获。近年来经常在报上读到老烈的评戏文章，作者虽然自谦为“外行”，其实是深深懂得京戏的里手。他不是单挑，而是全梁上坝地动用了诗、画、印种种艺术手段，以狮子搏兔之力抓住每出戏的节骨眼，加以分析、评论，使读者如在剧场；笔飞墨舞，点到即止，而全体俱活，有余不尽。不能不说是一种崭新的创造。

在评论之余，作者还提到演员，多半是今天舞台上的精英。不能不使我感慨的是，当年曾在我笔下出现过的艺人，绝大多数都已退下了舞台，三十年为一世，何况一晃是四十五年。像许多地方戏曲一样，京剧今天也陷入了不景气的困境，被有的论者称为夕阳艺术。有心人也提出了不少意见，力图振兴。我想，戏是活在演员身上，过去人们口头上不说看某戏，而说听某角，就是这个道理。近代的戏剧评论，从《菊部丛谈》开始，主要也是名演员的传记汇录。抓紧时机，加强戏曲教育，培养一大批新人，从他们身上使京剧的优良传统得到继承，进而发扬光大，才是今天应该努力进行并建立在坚实基础上的踏踏实实的工作。那么，老烈在90年代问世的书也将成为继往开来有历史意义的著作吧。是为序。

《壮岁集》跋

凡兄有诗草一卷。间尝语余，他日付刊，请为撰一小跋。月前乃以全集清稿见示，草草读一过。掩卷沉思，慨然兴感。凡兄为名记者、新诗人。早日有《往日集》，惊才绝艳，流誉人间。而晚岁更得旧体盈帙，琛奇瑰丽，夺人目睛。是固贤者无所不能，然取径虽殊，初怀不异，一字一句，皆于性情中流出，乃能动人。此理固不易也。忆与兄初识，在一九四六年。时皆年少，握手欢然，宛如宿识。杯酒论文，狂言惊座。前尘影事、恍在目前。而四十年来，相见不时。岁在丁酉，遭逢蹉跌，亲知交绝，谈笑无人。乃于此际得兄远道问存，天末故人，临风怀想。涸辙之鲋，珍此呴濡。尝以定庵赠粤人黄蓉石，“不是逢人苦誉君，亦狂亦侠亦温文”赠之，窃以此二语可尽兄之丰神心事也。此集中多感事怀人之作，老师宿儒，巾帼奇士，来兄笔下，宛转可怜。而四十年来，时世迁流，民生荣瘁，亦往往于此见之。推为诗史，谊可无辞。固个人、亦时代之小沧桑也。是当善校精镌。留赠后人。此意曾于香江重晤时郑重言之。愿兄勿以闲言语视之也。丙寅十月二十九日，黄裳谨记。

探寻与研究

十多年来，子善先生辛勤致力于新文学史料的发掘、考证、整理，成绩喜人。他搜集、编定了周作人、梁实秋、台静农、叶灵凤等人的佚文，为读者提供了可读的文本，给研究者摊出了难得的资料，实在是功德无量的事。他开手辑佚的工作时，周作人、梁实秋还是被排除在书林之外的“另册”人物，绝料不到后来居然会“热”起来，在不同意见纷起之时毅然从事，终底于成，不能不佩服他的胆识。周作人后半生是犯下了不可饶恕的罪行的，但作为新文化史上一个复杂的存在，研究者还是不能略而不论。要论，就要考查实证。在《周作人集外文》两卷中，就辑存了周作人自己删去的大量佚文，大致恢复了《真谈虎集》的本来面目，在读者和研究家看来，无疑是一种快事。对梁实秋作品的考订整理，也是子善先生用力甚勤的一个方面，有《梁实秋著译年表》为证。

中国过去有悠久的辑佚传统，曾蔚为文苑中的别国，如严可均的《全上古三代秦汉三国六朝文》，就是一种名著，为文学史家离不开的文献渊薮。继起者代不乏人。鲁迅先生的《会稽郡故书杂集》《古小说钩沉》也都是人们熟知的。先生的一部《中国小说史略》就是植根于《钩沉》的。基本史料与研究成果之间的紧密联系，灼然可见。鲁迅先生是自己动手收集素材的，因为前人没有留下可以凭依的资料汇编。这就给后人以启示，人们已经重视并着手现代文学研究的基础工作，成绩是显然的，方向是正确的。这中间就有子善先生的劳绩。

前人进行古文献的辑佚，主要依据的是古典文献类书、总集。偶有细心学者搜索广及地志、文集……如厉鹗的《宋诗纪事》，就为这一工作扩展了视野，是可以借鉴的方法。新文学辑佚工作所依据的则是报纸、杂志和单行著作，辅之以回忆录、社团史料等，其实还是大有扩展余地的。要达到知人论世的效果，是非把眼界更扩展到社会、政治的大环境不可的。本书中不少记述前辈与辨析史料的文字，就提示了这种研究扩展方向的可能性。作者所援引的书报杂志甚多，这些报刊的背景、倾向与当时作家的思想变化是息息相关的，都是可以进一步探索的课题。比如在 30 年代，梁实秋所用的笔名就有秋郎、陈淑、敬远、子佳等数十个，这就又有一个考定的问题，作者付出的劳动是可以想见的，往往一篇短文之成，作者不知翻遍了多少书报、杂志，而这些在今天又几乎成了“孤本秘籍”，残缺断烂，检索为难。作者埋头于资料的探寻中，不知花费了多少精力，这是读者捧读这本《生命的记忆》时，难免会产生的沉重之感。

作者又是一位新文学书刊的收藏家。他曾记下历访北京琉璃厂、上海文庙书市的访书经历，读了恍如重睹北京厂甸书市风光。但其辛苦搜访的岌岌心情，却与“冷摊负手对残书”者迥异。偶然拾得一二珍异册籍，就亟亟写短文记之，流露出难以掩饰的欣喜之情。他在北京无意中得到宋春舫褐木庐的藏书，就是这种奇遇。宋先生穷毕生之力搜集的七千八百册戏剧藏书，50年代已捐赠给北京图书馆，但仍逃不脱狼藉市上的命运，真是言之痛心。不论长篇短制，作者记下的都是值得珍重的史料。子善先生年力正富，未来的收获正无穷尽，这是读者殷切的期待，也是对作者的鞭策。

（《生命的记忆》序）

木刻水印种种

80年代中期，子良先生一日过访，商讨《十竹斋书画谱》重刊事宜。这是一个大工程，首要的工作是寻找到原刊初印的底本。而佳本难得，他们历访上海、南京、北京、沈阳等公私藏家十六处，经过比勘、精选、配补，始得全书。这种选配工作，是极为细致、繁重的。原刊初印的书画谱，几无一部是完整的，在比勘过程中，如何认定何种是原刊初印，何种是翻刻后印，就不只需要细致的审对，还要有高明的辨识功夫，其难度不下于鉴定古书画的真伪。他们选定的重要底本，主要是郑振铎藏残本，李文信、王孝慈等藏本。

郑振铎先生是著名的藏书家。他生平所收中国历代版画名作最富，其所以能有如此美富的收藏，重要的一端是不弃丛残，不为藏书家历来信奉的舍残帙不收的教条所囿，细大不捐，兼收并蓄。这样才能保存古文献于毁灭之余，终能收集腋成裘之效，为后人留下工作的基础。王孝慈也是倾毕生精力，收藏古版画的重要藏家，所藏尽多畸零但极精彩初印的本子。他们辛勤聚集所得，终于在《十竹斋书画谱》重刊的工作中发挥了重要的作用。

朵云轩本出版后两年，台湾也出版了胶印本，前有蒋复聪序，称所据为崇祯中期的最佳印本，而以朵云轩本所据为明末清初印本。为此，子良先生曾撰长文论辩。从文字、次序、钤印、版式、印刷许多方面加以论证，定台本所据实为清刻。其本雕版粗陋，字迹损断、文字窜改、序文及画本说明多有衍误，印记更多误植。论据明确，为少见之版本研究论文，亦为海峡两岸学术交流之佳话。

最近子良先生校订编辑了刘九庵著《宋元明清书画家传世作品年表》。这是一本材料丰富、考定精确的工具书，系作者多年鉴定书画所得的积累，多经目验，不只凭信文字著录。于考定画家生卒、名号，作品真赝，多有自己的见解。子良先生于该书的删重、订误、补漏，花费了甚多精力，于此可见其工作的细致、深入与考订的功力，在可见其治学的趋向。他不只关注画史，更着意于印人。所作考订之文，涉及程君房、戴本孝、杨龙友、乔大壮、汪东、陈师曾及女弟子江采，寿石士夫妇、王福厂等，凡有所见，即有兴趣，追根问底，务求真实，乐此不倦。更以余力，为上海西泠印社、朵云轩著成史考，使近现代重要文化企业的发展过程，毕现于读者面前。这是一个少为人知的领域，也是一种寂寞的事业，子良先生能注意发掘此种几将湮没的史料，不能说不是一种特有的识解。

朵云轩在重刻《十竹斋书画谱》之前，还重刻了《萝轩变古笺谱》，这是与《十竹斋笺谱》齐名且早成书十八年的名作。比观三谱，始可知饾版、拱花技法的产生、发展历史过程。子良先生在朵云轩多年从事木版水印工作，积累了许多经验，希望此一工作能继此而更发扬光大，不因时势变迁而后继无人。使鲁迅、西谛先生倡导的事业绵延不绝，永存祖国艺术瑰宝不使湮灭。实为关心中国艺术史者之最大期望。

子良先生年力正富，亟盼继此集之成，在艺术园地中努力耕耘，获得更多新的成果。必不令读者失望也。

1997. 12. 19

梦里的成都

近来校订旧作《锦帆集》，重读五十年前初游锦城的纪事，不禁感慨系之。当时入蜀的我，还是个二十岁出头的学生。离开沦陷了的故土，投入祖国的怀抱，原是满怀激动的豪情的，但也别有一种浪漫的怀抱，万卷书不曾读得，万里路倒是极想踏上的征途。

离开广元，搭上了运货的长途汽车，还没有到成都，已经是薄暮了。站在卡车顶上，迎着扑面初春的寒风，心情真是激动得很。等到面前浮现了朦胧的灯雾时，心想真是走进晚唐诗人的诗句里了。

在春熙路上找到了旅舍。这是只在北平才看得到的建筑，前后有两个天井，四周环绕着楼厅，住处在里面一进楼上，推门迎面就是一株芭蕉，凭栏正好可以摸到它的枝冠。放下行李就上街去吃饭，怀里只剩下戋戋的旅费，只好走进一家小酒馆，要了二两大曲，两个包子，居然酒足饭饱了。这是第一次欣赏大曲的风味，真是醇香可口，这时就又记起了李商隐的诗句，“美酒成都堪送老”，微醺中回到旅舍，梦中又为隔壁传来弦索伴奏的女性的歌声惊醒。

这一夜就没有睡好。

第二天找到了朋友，借得了旅费，同行的宗江他们也赶到了。不想急急离去，就和他们一起做了几日漫游。草堂寺荒秽不堪，还驻扎着军队，连工部的塑像也不曾见到。还是1956年重访成都时才得细细走了一转。武侯祠给我们留下深刻印象的是那森森的参天古柏，却没有留心它始建的年代。诸葛亮死后群臣上书刘禅要在成都给他立祠，不获准，勉强同意在沔阳墓侧立祠，而落成之日也正是蜀汉覆亡之时。真是一个大大的讽刺。看来成都的武侯祠是建成于蜀亡之后了，也许是因陋就简，就坐落在昭烈陵前。千载以还，人们却只知武侯祠而不知刘备墓，从这里也可以看出人心的向背。刘氏父子，看来终于是在诸葛亮手下落败了。

引起我们兴趣的另一处所在是薛涛井。在走进吟诗楼之前，先是在附近走了一转，记起前人有“小桃花绕薛涛坟”的诗句，就想找到女诗人埋骨之处，转来转去，不说是坟，连桃花也不见。当然并非为了时令不对的缘故。

吟诗楼照例是那样，并不古，最早也不过是清代的建筑，登楼一望，眼前是浅浅的锦江，对岸有一些黑色残破的房舍，实在引不起兴致。只记得楼前的一副对联是：

独坐黄昏谁是伴
争教红粉不成灰

写得着实不差。这对联，想来早已毁掉，只留在记忆之中了。

在这里，我们第一次吃到四川的盖碗沱茶，水则是薛涛井水。细细品了，也辨不出有怎样特异的地方。想想也奇怪，薛涛当年是用井水制有名的薛涛笺的，并不专用来煮茶。后人因了名人崇拜，觉得既制得好笺，必然也烹得好茶。李商隐诗："浣花笺纸桃花色，好好题诗咏玉钩。"是唐人咏蜀事的名句，却认定制笺的地方在浣花溪畔，并不在薛涛井。《太平寰宇记》："浣花溪在成都西郊外，属犀浦县，地名百花潭……薛涛家其旁，以潭水造纸为十色笺。"《蜀笺谱》："浣花潭水造纸佳。薛涛侨止百花潭，躬撰深红小彩笺，时谓之薛涛笺。"这样看来，连薛涛的住处都发生了问题了。但这里确是吃茶的好地方，有花木，有丛竹，天时向晚，暮霭已经袭来，我们也不能再流连下去了。

薛涛的诗集，最早的本子是万历洗墨池本，黄荛圃旧藏，借给云间沈氏精刻行世，这是许多人都知道的。我却见过另一种明刻本，大约在万历天启间，题《薛洪度诗集》，前有万历四十七年己未季春王路序，题"明新安贞甫吴佳校，槜李澹云王路评，唐名伎洪度薛涛著"，版心下有"右编"二字，王路有《花史左编》，此当是右编，通十八番，收诗与洗墨池本相近，可惜不曾对校，不知异同如何。

晚上就去看戏。地方就是今天的锦江剧场，是附有庭园的戏园子，给我留下的印象很好。这是我们第一次接触川戏，戏目记不起了，是写宋末崖山之役，陆秀夫抱了少帝蹈海的故事。剧情慷慨壮烈，特别是初听那种夹杂在海螺伴奏中的帮腔，真是被它震撼了。当时的印象是川戏最能表现这种离乱之音，特别是在当时听了，真不知是怎样的滋味。

这五十年前的旧梦，今天想来还依稀如昨，有些迷惘，但更多的是亲切。我怀念给我留下少年温馨记忆的成都。

谈“山人气”

浙江文艺出版社新刊《钱钟书散文》，是一本收罗丰富的汇编本。它将钱先生过去所写的散文几乎搜罗净尽了。钱先生过去是一直反对旁人“发掘”他的“少作”的，现在却一反旧说，汇集了这一本散文，使爱读他的文字的读者得以一窥全豹，是值得感谢的。

书中收有1932年发表于《新月月刊》的《中国新文学的源流》，是批评介绍周作人同名的一册讲演纪录的，他称此书为“一本小而可贵的书”，文末有一段是：

> 但是看了附于书后的《近代散文钞》目录之后，又忍不住要说一句话。周先生提出了许多文学上的流星，但有一座小星似乎没有能“swim into his ken”。这个人便是张大复。……他的《梅花草堂集》（我所见者为文明书局《笔记小说大观》本）我认为可与张宗子的《梦忆》平分“集公安、竟陵二派大成”之荣誉，虽然他们的风味是完全不相同。

钱先生这篇书评好像不曾引起什么反响。但周作人确是写过文章表示了不同意见的，这就是收入《风雨谈》中的“《梅花草堂笔谈》等”。不过没有指明是答钱先生之作而已。周作人在此文中对晚明文坛“旁门而非正统的空气”作了进一步的论述，可以看作《中国新文学的源流》一书的补充。

周作人先是说明他年轻时曾读过张大复书的旧刊本，接下去就对《中国文学珍本丛书》提出意见，“目录中有些书我以为可以缓印的，如《西青散记》《华阳散稿》《柳亭诗话》等”。所持的理由也不只是“原书都不大难得”，而是别有原因。他接下去说，翻印晚明文集的流弊是分不清而助长了“假风雅之流行”。30 年代忽地卷起了一阵袁中郎热，周作人也是推波助澜者之一。但他与林语堂、刘大杰辈有绝大不同处，即在反对“假风雅”。他说明他对《梅花草堂笔谈》的看法：

“他（张大复）的文学思想还是李北地一派，其小品之漂亮者亦是山人气味耳。明末清初的文人有好些都是我所不喜欢的，如王穉登吴从先张心来王丹麓辈，盖因其为山人之流也。……若张大复殆只可奉屈坐于王穉登之次，我在数年前偶谈中国新文学的源流，有批评家赐教谓应列入张君，不佞亦前见《笔谈》残本，凭二十年前的记忆不敢以为是，今复阅全书亦仍如此想。”这里回答的正是钱文的批评。认为翻印旧书如不加别择，夸多争胜，必将“出现一新鸳鸯蝴蝶派的局面”，是很无聊的事。

这是六十多年前一段文坛论争旧事，从来不曾引起人们的注意。今天的出版界有一种新风气，即是大量印制各种丛书，往往皇皇数十万册，鸳鸯蝴蝶派的作品也以新文学的前驱的理由而大量推出，更不论四库未收书的汇编了。保存文献资料是一事，为读者提供有益读物又是一事，似不可混为一谈，终致陷于无聊而后已。周作人又说："所谓假风雅，即指此类山人派的笔墨，而又是低级者，故谓之假。"这就不能不使人想起时下的散文，确是存在这一类"山人气"的文字。或夸夸其谈，汪洋恣肆；或描眉画眼，搔首弄姿；或涂泽饾饤，眩人目睛。总之，使尽本领都无救其假。"假"也会有人赏识的，如《西青散记》，就为并非没有眼光的谭复堂所激赏。可见喜欢"山人气"的也正有人。但蛋糕究竟不能当饭，多吃了难免反胃。陈眉公往矣，人们对"山人"也久违了，但其流风余韵终未歇绝，有机会就会变个花样卷土重来。人们只有深知此种区别，加以别择而已。

访傅斯年

我访问傅孟真先生，颇费了点不大不小的气力。

2 日下午，我到了中央研究院历史语言研究所，在那黄砖绿瓦的宫殿里面枯坐了两小时，没有人敢去叫醒他的午睡。我等到四点钟，傅先生还没有醒来的意思，于是约定了 3 日上午十时再来以后，就冒雨回去了。

今天早晨九时半再到中研院，门口停了一部小包车。进去以后，知道朱院长骝先来了，正与傅先生谈话。

我又坐在宫殿里面等。半小时后，门房拿了我的名片递给我，说“傅先生不知道哪里去了”。

这事真奇怪。别是又回到历史语言研究所里去了吧？于是又跑到后宫去，没有；又跑回来，门口的小包车不曾开掉，我断定傅先生没有走，就站在过道里等。门房来说：“不必等，傅先生不知道哪里去了”。真奇怪，一位堂堂政协代表，又是社会贤达，而且是那么一位大胖子，难道说在光天化日之下会失踪了么？

我的逗留显然使门房不大愉快。还好，大约三分钟罢，一扇门里走出来一位大胖子，一张以后，摇摇摆摆地又走进去了。我幸亏在重庆的政协会上曾经识过荆，断定那一定是傅孟真，于是向门房小小的发了一下脾气。门房咕了嘴说："我来此只有两月，认不清哪位是傅先生。"这大约也是有点奇怪的，我想。

我终于又被让在宫殿里了。傅先生走了进来，嘴里衔了一只大烟斗，正好与他的圆而肥的脸相衬。握手，便说："对不起，对不起，身体不好，每天下午总得睡午觉，睡得很久。"

就座以后，傅先生马上提出抗议说："你们报上攻击我们造这样的房子，怎样怎样，这太不近事实了。我们的房子是抗战以前造的，日本人没给破坏，我们不过多少修理了一下而已。"

我也觉得有点惊异："我没有看见这样的报道，回去一定查一下。我知道这房子是战前造好的。"我实在不曾看到这篇东西。

"现在，就拿多少钱也造不出这样的房子来了。我们中央研究院是一个穷机关、规矩的机关。蔡先生（孑民）时代，我们省下来百分之七十的经费来造房子，添设备，在北平、天津、南京都有院舍，最可惜的是在南京的一个天文台，漆了银色的，后来破坏得一塌糊涂了。请想，一个首都没有一个天文台还成什么话说。"

傅先生接下去表明他在中研院工作的热忱与兴趣，他说："我在战前，在中研院拿五百元薪金，打八折再去掉所得税，实得不过三百七十五元。像我们这样的人，在大学里做做教授拿个六百元不是不成的。”

我问他是不是还要以政协代表的资格有所活动？他连忙说：“六个月没有参加，一切简直不了解。我现在专办复员的事，北大是我复员的（可不是去做校长），现在告一段落，又要来办这里历史语言研究所的复员工作。我的脑子还需要一星期才能洗清了北大的一切，熟悉中研院的一切。我身体也不好，遵医嘱，今年年底我将到美国去治病，血压太高。”

他的手将那细黑边的眼镜，在圆圆的面孔上推上推下，我注意了一下，头发斑白，面色红润，倒是生高血压病的体型。

“傅先生要长住南京吗？”

“如果重庆需要我，我也许这两天就要到重庆去了。”

闲谈已毕，我就提出了这一次在北平发生的清查问题，牵涉了沈兼士的，傅先生马上就被触发了话头：

“清查团的工作，大体上甚好。不过我还是希望它能够更有效能的。这一次的事件是完全因为一个叫作薛慎微的与日人勾结的无赖而起。薛某在抗战中与日人小谷晴川（按报载为小川雅晴）合作，搜求古董。胜利以后，小谷将这批古董字画献给了政府，什么捐献，还不是带不走了才这样办的。在天津教育部特派员办公室（按即沈特派员兼士主持）照单点收，后来被人告发，薛某有隐匿的嫌疑，（按被清查团查出薛之友人李华堂在出外购买古玩书画时致薛之函件，及小谷与薛之来往函件，并薛致函小谷，转请见儿玉秀雄出名代为制造由山西运书画出境之证件等。）薛现也在押。

“你要注意，特派员的权力如何？他只能照单清点，如果接收下来的与清单不符，是他的责任；在这以外，他实在管不了多少，他实在负不起责任。在平津，你知道，是只有军统局有权力去搜查日本人的东西的，教育部派的人就连伪北大也还接收不下来的咧！”

说到这里，傅先生下了结论说：

“在清查团没有调查出沈兼士已经知道薛的做手脚情形之前，就在报上先放空气，我以为是不好的。”（按即所谓“苏君（挺）此一姿态，殊为不美”也。）

到了这里，很自然地我就问，这事是不是还掺杂了私人的恩怨在内呢？傅先生少一踌躇，就又说了一些，不过这些，傅先生嘱记者不发表，于是，这里也就不发表。

关于傅先生曾经提名许德珩未果的一点，傅先生说：“那不过是在重庆，有一次宴会，我开玩笑说，大炮（按许参政员在议场最能仗义执言，素有大炮之雅号），你也去一个怎么样？一句笑话而已。”

至于他为什么这一次又权充“打手”，替沈兼士讲话呢？傅先生说这有两点理由。

“第一点，沈兼士在教育部特派员任上，对于北方的伪教授伪学生立场严正，得罪人不少，我同情他，不过这并不是说，因此我就同情他贪污（如果是贪污的话，我们教育界的人贪污，是更要严办的）。

“第二点，在事情未弄清楚之前，即未能断定沈兼士曾经与闻薛某与日人勾结的事之前，先发消息，我不赞成。”

这于是又很自然地使我想起了傅先生对周作人主张严办之说。而周逆三审庭上，沈兼士的来信又不曾给予有力证明的一点，似乎有其一致的“严正的立场”，就又提出了问题，傅先生回答：

“这事完全是一种误会，首都高院向北大行文调查周作人在伪职期间对北大的举措，这公文是胡适校长接任以后收到的。我们只是根据事实加以回复而已。我不懂为什么高院要调查这些，这与做汉奸是没有什么抵消的作用的。”

“听说胡适之对周作人曾经说过，过去是朋友，现在还是朋友的一点，我想知道一点对于周案北大旧人的一些私人的感情如何?”记者又这样问。

傅氏回答说明胡校长的话他没有听见，“周作人还是我的老师，但是他现在做出这种事情来，也只好断绝了。”

傅先生在“谢本师”之后又追述了一些事实，即蒋前校长梦麟请四教授照料北大，但并不是要他们做了汉奸之后再来照料。后来他们曾经设法使周作人内迁，又寄了钱去，周有回信甚多都在北大秘书章廷谦手中存着，里边说怎样困难，不能走动的话。他还有一个日本老婆……

傅先生几次看表，频频走动，我虽然还有几个有趣的问题，也不好意思再提出来了。我觉得傅先生的确是很有趣的一位新闻对象，他很肯讲话，而且以那么胖的身体还有兴趣与记者捉迷藏，就更是有趣了。

1946. 10. 3

这是我1946年在南京当记者时写的通讯。同时写的《老虎桥边看知堂》已收入《锦帆集外》，此文却遗漏未收。重看一过，觉得有些逸闻遗事，已成历史，或尚可存，因辑入本集。作者。

故人书简

——忆汪曾祺

认识曾祺，大约是在1947—1948年顷，在巴金家里。那里经常有萧珊西南联大的同学出入，这样就认识了，很快成了熟人。常在一起到小店去喝酒，到DD’S去吃咖啡，海阔天空地神聊。一起玩的还有黄永玉，一个写小说的，一个刻木刻、画画的，都是才气纵横但穷得叮当响的“文化人”。曾祺那时在福煦路上的致远中学教书，我跟他去玩过，但实在没有什么好玩。但就是这么个毫无趣味的地方，他还为之留下了一篇小说——《星期天》。没有好久他就北上了。到天津后给我寄来一信。

黄裳，我已安抵天津。也许是天气特别好，也许我很“进步”了，居然没有晕船。但此刻又觉得宁可是晕船还好些，可以减少一点寂寞。刚才旅馆茶房来，让他给我沏壶茶来，他借故搭讪上来，“茶给您沏，我看您怪寂寞的，给您叫个人来陪陪罢。”我不相信他叫来的人可以解除我的寂寞，于是不让他叫，倒留着他陪我聊了一会。很简单，拆开一包骆驼牌，给他倒杯茶，他即很乐意地留了下来。这家伙，光得发亮的脑袋，一身黑中山服，胖胖笞笞的，很像个中委。似乎他的道德观比我还强得多。他问我结了婚没有，我告诉他刚准备结婚，太太死了。他于是很同情，说“刚才真不该跟您说那个胡话”。我说我离开这儿八九年没有回来了，他就跟我大聊“日本”时候情形，问我当初怎么逃出去的。他又告诉我旅馆里住了几个做五金的，几个做玻璃、做颜料的，谁半年赚了四十亿，谁赔了。最后很关心地问我上海白面多少钱一袋。我这才发现在上海实应当打听打听面粉价钱，这儿简直遇到人就问这个。天津的行市我倒知道了，一百八，一百九的样子。北平一袋贵个十万光景。那位中委茶房再三为我不带货来而惋惜，说管带什么来，抢着有人要。“就我就可以跟您托出去，半个钟头就托出去，这哪个不带货呀！”可是假如我带的是骆驼牌呢！这儿骆驼牌才卖四万八，上海已经卖到五万六了。加立克也才三十二万，我在上海买的是三十四，有的铺子标价还是三十六万！

天津房子还是不太挤，我住的这间，若在上海，早就分为两间或三间了。这儿饭馆里已经卖“春菜”了。似乎节令比上海还早些。所谓春菜是毛豆，青椒，晃虾等等。上开三色，我都吃了。这儿馆子里吃东西比上海便宜，连吃带喝还不上二十万。天津白干没有问题要好得多。因为甫下船，又是一个人，只喝了四两，否则一定来半斤。你在天津时恐还是小孩子，未必好好地喝过酒，此殊可惜。

我住的旅馆是“惠中”，你不知知不知道，在上海未打听，又未读指南之类，一个旅馆也不晓得，但想来“交通”“国际”之类一定有的吧。至于雇了三轮车而随便说了个名字，他拉到交通，交通没有“房子”，一拐弯就到这儿来了。地近劝业场。各处走了走，所得印象第一是这里橱窗里的女鞋都粗粗笨笨，毫无“意思”。我测量一个都市的文化，差不多是以此为首项的。几家书店里看了看，以《凯旋门》《秋天里的春天》最为触目。有京派人士所编类乎“观察”型的周刊（?），撰稿为胡适、贺麟、张印堂等人，本拟买来带回旅馆里一读，而店里已经“在打烊中”了。以后若遇此样刊物，必当买来，看过，奉寄阁下也。

雅梨尚未吃，水果店似写着“京梨”，那么北京的也许更好些么？倒吃了一个很大的萝卜。辣不辣且不管他，切得那么小一角一角的，殊不合我这个乡下人口味也。——我对于土里生长而类似果品的东西，若萝卜，若地瓜，若山芋，都极有爱好，爱好有过桃李柿杏诸果，此非矫作，实是真情。而天下闻名的天津萝卜实在教我得不着乐趣。我想你是不喜欢吃的，吃康料底亚巧克力的人亦必无兴趣，我只有说不出甚么。

旅馆里的被窝叫我不想睡觉，然而现在又没有甚么地方可去了。附近有个游艺场，贴的是《雷雨》和《千里送京娘》，这是什么玩意儿呢？一到，马上就买票，许还听得着童芷苓，然而童芷苓我本来就没有兴趣。这儿票价顶贵才六万多。据说北平也如此，还更便宜些。那么以后我听戏与看电影的机会将会均等了。中委茶房说得好，“北京就是听戏！”

然而我到北京怎么样还不知道呢，想起孙伏园的《北京乎》？

我还是叫中委给我弄盆水洗洗脚吧，在那细看着教人心里不大明亮的床上睡一夜吧，明儿到北京城的垃圾堆上看放风筝去。曾祺，三月九日。

信是用钢笔、蝇头小字写的。字迹娟秀如其人。就像平常聊天一样，这信写得自如、丰满、情趣盎然。五十年后重读，就和促膝谈笑一样。他总是对那些生活琐事有浓厚兴趣，吃的、看的、玩的，巨细靡遗，都不放过。他的小说为什么总使人想起“清明上河图”来，道理就在此。这信是散文么，还是小说，说不清楚。他晚期的有些短篇，就是这样，没有情节，甚至没有人物，只有一点气氛，却能中人欲醉。我说过，散文与杂文中间没有一条必定的界限，在曾祺，散文与小说也是如此。

到北平后，大概生活颇不如意，也许不久就住到午门朝房里去了。这中间，应该还有些信，失落了。保存下来的是写在涵芬楼制的红格笺纸上的一封。

黄裳兄，同学有研究语言学者，前曾嘱代请上海熟人打听《外来语大词典》，天马书店出版。上海现在不知还买不买得到。当时回答他说，问问人大概是可以的。说完了跟着就忘了。今天他来问，有消息么，觉得非常不好意思。实在该写一封信了。我的上海熟人适宜于代办这一宗差事的除了阁下还有谁呢？劳您驾，往后若是串书店，顺便问问他们掌柜的。若是遇到，请先垫款代买了。见书界权威唐弢氏，代为致候之余，亦请便问问此事。我准备更大的佩服他。他的地址是不是仍是从前那一个，前两天有汉学研究所赵君编《一千五百个中国小说和戏剧》，附作者小传，有他一条，他想寄一份表之类的东西请他填一填，希望告诉他的不错。

案上二表，一正指三点，一则已三点一刻，鸡鸣肚饿，只说事务，无法抒情矣。得把两篇劳什子文章赶好的时候再畅叙幽怀一番如何。

黄永玉言六月底必离台湾，要到上海开展览会，不知其近在何所否？我自他离沪后尚未有信到他，居常颇不忘，很想知道他现在怎么样了。少年羁旅，可念也。

我仍是那样，近来忽然有了从未有过的胃病，才吃便饱，放下筷子就饿。饱起来不住打嗝，饿起来不可当，浑身一点气力也无。可能此是一时现象，若竟长此下去，不亦糟乎！身体不能随意使用，那就真是毫无希望了。

林徽因已能起床走走，已催沈公送纸去，会当再往促之。

此处找事似无望，不得已时只有再到别处逛逛去，困难亦殊多。我甚寂寞，得便望写信说琐屑事，为候诸相识人。曾祺候安。六月廿六日。

在上海时，曾祺常陪我逛旧书店，因此才将访书之事见托。研究语言学者大约是朱德熙。辞典后来没有找到。那时我正起劲收集名人手迹，曾托他转请林徽因写一张。后来终于没有如愿。他还是住在北平写文章，曾寄来一篇小说《赵四》给我看，此文未收入他的自选集，可能在文学丛刊的一本集子里。他有一长信说起此文。

黄裳，刚才在一纸夹中检出阁下五月一日来函，即有“北平甚可爱，望不给这个城市所吞没。事实上是有很多人到北平只剩下晒太阳听鸽子哨声的闲情了”者，觉得很有趣味。

而我今天写的是前两天要写的信。今日所写之信非前两天之信矣。唯写信之意是前两天即有的耳。即在上次的信发了之后的一天。事情真有想不到的！我所写《赵四》一文阁下不知以为如何？或者不免觉得其平淡乎？实在是的。因所写完全是实事。自然主义有时是没办法的事。我对于所写的东西有一种也许是不够的同情，觉得有一种义务似的要把它写出来。(阁下能因其诚实而不讥笑之乎?) 因此觉得没有理由加添或是加深一点东西。而，在我正在对我的工作怀疑起来（这也许是我寄

“出”的原因）的时候。警察来谈天，说赵四死了！——我昨天还看见他的？（即我文章最后一段所记）——是的，一觉睡过来，不知道为什么！死了。警察去埋他的。明华春掌柜的倒了霉，花了钱，二百多块。我又从警察口中得知他到明华春去，最初是说让他们吃剩下的给他一点吃，后来掌柜的见他挺不错的，就让一起吃了。还跟大家一块分零钱。德启说：没造化——吃不得好的。我想我的文章势必得加一句了。而我对我的文章忽然没有兴趣起来，我想不要它了。我觉得我顶好是没有写。而我又实是写了。我不能释然于此事。而我觉得应当先告诉你一下。你把它搁着吧，或者得便什么时候（过一阵子）退给我。或者发表了也可行。反正这是无法十全的事。

昨写信未寄，今日乃得廿九日的复信，觉得信去的实在是快，有如面对矣，为一欣然。拙作的观感已得知矣，不须另说了。阁下评语似甚普通，然甚为弟所中意，唯盼真是那样的耳。稿发不发表皆无所谓，然愿不烦及巴公。烦及巴公，总觉得不大好似的。弟盖于许多事上仍是未放得开，殊乡气可笑耳。或送交范泉如何？其应加之一句，一时尚不能得，以原稿不在手头，觉得是写在空虚里一样。或请阁下代笔如何？弟信得过，当无异议。如能附记两句为一结束，是更佳耳。

P家打麻将，阁下其如何？仍强持对于麻将之洁癖乎？弟于此甚有阅历，觉得是一种令人苦痛的东西。他们打牌，你干吗呢？在一旁抽烟，看报，翻弄新买的残本（勿怪）宋明板书耶？甚念念。意不尽，容当续书。弟祺顿首、一日。

巴公想买的性与性之崇拜已问不到。该书由文澂阁伙友携来，是替人代买的，现已不知转往何处去矣。唯当再往问之。

（以下细说关于“赵四”的两处增改。“第三或四页，赵四来打千道谢之后，写赵四模样，‘小小的……’一段最后，‘他体格结构中有一种精巧’两句抹去，改作‘他骨骼很文弱，体重不过九十磅。满面风霜，但本来眉目一定颇清秀。——小时他一定是很得人怜爱的孩子……”）

阁下于此事作何种态度？——我简直是麻烦你。

前信说“下次谈旅行的事”，但此刻我心中实无“旅行”。大概还是那个样子。旅行是一种心理，是内在的，不具体，不成为一个事件，除非成为事件的时候，忽然来了，此间熟人近有动身者，类多是突然的。盖今日人被决定得太厉害，每有所动，往往突然耳。突然者，突乎其然，着重在这个“突”字。来上海若重到致远中学教书，亦无甚不可耳。然而又觉有许多说不通处！这算是干吗呢。黄永玉曾有信让我上九龙荔支角乡下去住，说是可以洗海水浴，香港稿费一千字可买八罐到十罐鹰牌炼乳云。我去洗海水澡么，哈哈，有意思得很。而且牛乳之为物，不是很蛊惑人的。然我不是一定不去九龙耳。信至今尚未覆他。他最近的木刻似乎无惊人之进步。我的希望只有更推远一点了。我最近似乎有点跟自己闹着玩儿。但也许还是对浮动的心情加一道封条为愈乎？你知道这个大院子里，晚上怪静的，真是静得“慌”。近复无书可读，唯以写作限制自己耳。

北平已入零下，颇冷。有人送我冰鞋一双，尚未试过大小，似乎忒大了。那么，可以转送大脚人也。物价大跳，但不大妨事，弟已储足一月粮食，两月的烟。前言连烟卷也没得抽了，言之过于惨切。“中国烟丝”一共买过一包耳。所囤积者盖“华丰”（？）牌也，这在北平，颇为奢侈，每一抽上，恒觉不安。婆婆妈妈性情亦难改去也。

昨睡过晚，今天摹了一天的漆器铭文，颇困顿，遂不复书。颇思得佳字笔为阁下书王维与裴迪秀才书一过也。下次信或可一聊北平文人之情绪。如何？然大盼阁下便惠一书以慰焦渴也。此候安适、弟曾祺顿首。十一月卅日。

在这封长信里，曾祺述说了他对小说的一些意见。他的作品往往是“平淡”的。因为往往写的完全是“实事”。这在他晚期三篇一组的短篇中，表现得最着实。他甚至吝啬得不肯多加一点“多余”的东西，要这样做时会觉得“没有兴趣起来”。这种写作上的“洁癖”，真是没有办法的事。从这封信里，从他的作品里，似乎可以隐约地察觉到他受废名，也许还有阿左林的影响颇深。他执着地“写真实”，他叹息说自然主义似乎是不可抗拒的。他晚期小说写得少，散文写得多，似乎也是一种“返祖”，在他看来，小说就是散文，而更喜爱的还是后者。手头找不到“赵四”了，如得重读，当可更能理解他说这一番话的真意。在手头没有了原稿的情况下，他还清楚地记得他曾写下过的一切，要在什么地方删改、增添点什么东西，希望作品更完美、更接近他理想的境界。实在显示出他对写作的忠诚。

信里反映了他困居愁城寂寞的心情。有的熟人“突然”走掉了，踏上了“旅行”的征途。他却无奈地摹写漆器的铭文。可惜找不到他预告要写的“北平文人之情绪”的信，否则就可以看到他浮沉于这个小圈子里的种种光影。

这以后就是长长的睽隔，不知道他“行脚”到哪里去了。1954年与妻去京，才匆匆见了一面，不记得在一起喝酒了没有。他在编《说说唱唱》，颇有点落魄的样子。接下去彼此都在1957年的风暴里翻了船，更是无从通问了。偶然在书店里买到少儿出版社出版的一册《羊舍的一晚》，是曾祺的新作，高兴极了。书中有永玉的几幅木刻插图，看来是精心刻成的。知道他们还常过从，从永玉的来信中时时提起曾祺，那时他大概已经加入北京京剧团做编剧了。这一步跨得好远，从小说散文到京剧编剧，真不知道他是怎样跨过去的。那时我在写一部小说，写成两万多字，曾请吴晗看过，又请永玉转给曾祺一看，他寄来一信。

黄裳兄：永玉和际坰叫我读一下《鸳湖记》，顷已拜读，你写了东西，首先是值得庆贺的事，向你道喜！

小说看来甚长。已经写了两万五千字，人物才出场，故事才开了一个头，全篇岂不要有二十万字么？那么，这是一个长篇。全篇已经写完了么？我很想有机会读一读全文，也许可以提出一点读后感。单看开头，未免有点茫然……这里面有些段落字句显然是为了后面的情节而伏置的，在“此时”还不会发生作用。

单看开头，只有两点意见。

一、行文似乎过于纡缓。也许我看惯了京戏，喜欢明白了畅。写了三四个京戏本子，觉得“自报家门”式的人物出场办法，大是省笔墨、醒精神之道。现在大家都很忙，报纸的读者尤多是劳人，过于精雕细刻，也许不一定很配胃口。有一个很鲁莽的想法，不如前面浓浓地写上一大段风景，接着就点名，把几个主要人物的名姓角色拉出一个单子，然后再让他们动作起来。

二、个别标点抄写时可能弄错了，有的按常例应是逗点处标成了句点——或者是把原有的破折号丢了，有语意断促之感。

一个希望是，还是尽量写得简短一些。这可能是我的偏见，我是只能写短篇，并且也只读短篇的。

我仍在写京戏，日前以一星期之力，写成一个剧本，(速度可与郭老相比!) 名曰《凌烟阁》。但是，只是一个一个地在写，却未有一个演出，终其身作一个案头剧本作家，这事就不太妙！

奚啸伯在上海演出，以《范进中举》打炮，曾往看乎？“听”说他对原著“整理、加工、提高”了（此贵报所云），不知‘高’到如何境地也！此颂曼福不尽！曾祺顿首，十二月九日。(1962)

老朋友到底是老朋友，虽然委婉，他的批评意见是对的。小说也不曾续写下去，成了断尾巴的蜻蜓。作为编剧，他是勤奋的，案头剧也不知写了多少，存稿仍在否？

他曾随剧团到上海演出，大概带来的就是《沙家浜》。在一起喝了酒，萧珊请我们到家里去吃了一次饭。曾祺不再像过去那样意气风发，老成了许多。这自然是难怪的。后来他又上了天安门，那时我在干校里，却为此而挨了一顿批斗，警告不许翘尾巴。

80年代初曾几次赴京，却总未能见面。一次约他一晤，他来了一封信，是在画纸上大笔挥洒的。

黄裳兄：来信收到，真是很久不见了！从你的文章产量之多，可以想见身体不错，精力饱满，深以为慰。

很想来看你。但我后日即将应张家口之邀，到彼“讲学”，明日须到剧院请假，并要突击阅读张家口市青年作者的小说（约有三十篇），抽不出时间，只好等以后有机会再晤谈了。——张家口这回有点近于绑票，事情尚未最后谈妥，他们已经在报上登了广告，发了票，我只好如期就范！

我的小说选印出后即想寄给你，因为不知道你现在通讯处，拖下来了。兹请运燮兄转奉一册，即乞指教。

同时附上拙画一幅。我的画你大概还没有见过吧？这一幅我自己觉得很不错，不知你以为如何？

我近期发现肝脏欠佳，已基本上不喝白酒，异日相逢，喝点黄酒还可以。即候暑安！曾祺顿首。十七日。

这实在是他给我最后的一封信。后来还曾结伴赴港访问，苏南共游。我发现曾祺兴致很好，随处演讲，题诗，作画，不知疲倦。不过促膝神聊的机会没有了。重读旧信，我还是怀念过去的那些日子。

曾祺谢世，瞬已半载。久想写点什么给他作纪念。可是万语千言，竟无下笔处。偶然检出几通遗笺，重读一过，觉得这里面还保留着故人的风貌。重温昔梦，渺若山河。即以此为曾祺纪念可也。

1997. 12. 4

掌上的烟云

我是交通大学电机系出身的，虽然并未毕业，只拿到一张结业证书。记得吴晗在给《旧戏新谈》作序时就曾说过："想象中此公应该是读书人家的子弟，在大学里读外语系，年纪二十多岁。"接下去又说："同时又从报纸上作者另一篇文章，知道作者不但不是外语系出来的，甚至不是文学院，是学工程的。我最初自以为是的推测全错了。"这样的误会是难怪的，连我自己也料想不到后来的生活道路。

那是抗战起后第一届全国高考。因为父亲的主张，要我投考有名的交通大学，好完成他实业救国的夙愿，也就不顾自身的条件，勉强入场。记得国文试题是一节没头没脑的古文，要求考生加以新式的标点符号。这在我算不得什么难事，顺利地完成了。数学题记得有五道，我费了九牛二虎之力才证出了一条几何题，还不是正规的解法。心想大概没有希望了，不料后来却是取的。高中同班中比我学业好得多的绰号"大博士""小博士"却全都落了第。

后来知道这是交大主持人唐蔚芝老先生的主张。特别重视的是国文考分，数理方面却在其次。唐老先生已是高龄了，而且双目失明，却仍旧主讲了一门国学主课。看到每上课时由他的儿子搀扶上台，声如洪钟地讲授时，也真的产生了几分敬意。不过讲授的内容，不说现在，就是当时也没有听进了几分。

就这样从上海到重庆，在九龙坡上的交大过了一年平静的日子。每天在烟雨迷离的长江边上，在有着美丽名字凤凰楼的茶馆里，读读书，写写信，心里充满了少年人的离愁别绪，家国之感。我写过一首旧诗，中间的两句是“为爱湖山成小别，岂堪风雨饯春迟”。抒发的就是这种没落的哀伤感情。

在学校的宿舍里同住的有几个湖南人，记得有一位是姓周的大学校长的儿子，还有一位是老学究似的人物，一天到晚捧着他自己的诗集在吟诵。这还不打紧，忍受不了的是他们整日打着乡谈的高谈阔论，这我听不懂，但从神色里看得出大半是针对我这个“下江人”的。不久，我从上海带来的毛毯和别的衣物，又逐渐莫明其妙地失了踪。这就使我感到了难忍的气闷，仿佛穿了一件脱不掉的湿布衫。总想能早些脱离这个狭的笼才好。这时征调的命令下来了。征调了去做什么呢？是和美国兵打交道。不管怎样这总比湖南同学要好一些。这就是离开学校时竟产生了不亦快哉之感的原因。

一年中间走遍了西南的几座名城，昆明、桂林、贵阳，最后到了印度。看熟了洋人的面孔，领略了中国军人的风貌，看惯了来自田间的中国小兵黄瘦面影，接触了大后方苦痛挣扎着的人民生活。这时才发现在课堂里是绝无可能得到这样丰富的知识的。过去自己身上幼稚的感伤情怀，经不起现实的激荡，已经不复存在。感情一下子变粗了。

在抗战胜利，“解甲归田”，又回到九龙坡上学校里索居的日子里，为了排遣寂寞，我开始记下了年来的所见、所闻和所感。年轻人自有自己的人生理想和价值追求，被无情的现实撞得七零八落之后，剩下来的是按捺不住的激楚情怀。这样我写下了一本小书，《关于美国兵》。这是一本轶出了正规散文轨道的书，也许可以称之为报告吧。出乎意料，竟得到不坏的反响。这就为我的生活道路打开了一扇新的门，我曾说过，有点像水浒英雄上山前必须缴纳的“投名状”一样，它为我成为一名记者起了同样的作用。

做翻译官时曾几次路过昆明，遣散后还住过一些日子，就借住在联大老同学的宿舍里。无事时在街上闲走，常常走过联大后身的莲花池。这是一个大水池，十分荒秽了。莲花也不见，但在池边却有两三座石碑，一座刻着宫妆艳丽的美人，另一座则是一位枯瘦的老尼。读碑文，知道两者原来是同一个人，陈圆圆。圆圆是大大有名的人物。她被“冲冠一怒”的吴三桂掠去以后，随吴来到云南，最后跳进莲花池死去了。

在抗战后期流落在西南一隅的，总不免有时会想起三百年前的南明永历，那是被清军逼处南天一角的小朝廷，在覆亡之前留下过一些可悲可叹的故事的。怀古思今，总不免有些感慨。一时南明史成为热门话题，那原因就在此。在莲花池畔，我写过一首诗：“莲花池畔水青青，芳草依稀绿未醒。

三百年前家国事，一齐都付与沧溟。”后来又在滇川道上开始写下一篇《昆明杂记》，是杂缀南明野史的读书笔记。后来到了贵阳，这是弘光小朝廷马士英和杨龙友的故乡，不能不想起孔尚任的《桃花扇》，乘兴又写了一篇《贵阳杂记》。这些都是“南明热”中涌现的小小涟漪。在我自己，则是又开辟了一条新的创作道路，一条到眼下还继续走着的创作道路。

我没有学过新闻学，也没有一个记者朋友，从报社领到的只是一匣印着我的名字和身份的名片。身上穿着的还是一套美军G. I. ，想换装也没有余钱。想不到的是这套G. I. 却给了我意外的方便。整军方案的签字仪式戒备森严，连中央社的记者都不许进场，我却凭了这身穿着通行无阻地走了进去，完成了报道任务。政治协商会议就不行了，只参加了开幕式，第二天就被挡了驾，因为我没有记者证。国民党的衙门也不想去领教，对记者敞开着大门的是中共办事处，在这里参加过几次记者招待会，留下了几篇不短的报道，成为记者生涯的最初业绩。

以后到南京，依旧用特派员的名义采访报道了和谈的种种，走熟了的仍是梅园新村。又到蓝家庄访问过梁漱溟，到鸡鸣寺下访问过傅斯年，老虎桥边访问过周作人。我想在南京这地方发现、报道一些文化界的情形，以应报纸编者之需的，而所得仅此。倒是无意中找到了阮大铖故居的咏怀堂遗址，这就又和南明联系起来了。索性在像古董铺子似的南京城里城外走来走去，写下了一卷《金陵杂记》。不久回沪编报，开始是编文化教育版，依靠了吴晗和静远的帮助，使版面成为北平进步文化界的一个窗口。后来不慎开罪了一位文化界的名人，被解除了职务，去改编一个娱乐版的“浮世绘”。娱乐就娱乐吧，依旧改不了年轻人好弄的脾性，总想花样翻新，除拉来马叙伦先生的“石屋余渖”的连载外，自己也开始了一个“旧戏新谈”的小专栏，放手写起“剧评”来。这是我动手写杂文的开始，在传统的剧评家看来是不折不扣离经叛道的行径。可是在我自己，则是充分感受到任意驰骋，放言无忌的快乐的。我在“新谈”的后记里曾说：“剑拔弩张，像煞有介事。‘忽发狂言惊四座’，这种快乐我是直至现在还可以记忆起来的。”当时（1947）京剧还是最受群众欢迎的剧种，不像今天这样的“不景气”，“新谈”自然也受到了普遍的关爱。反面的意见也不是没有，在谈《一捧雪》时对莫成说了几句不敬的话，随即引来了卫道者的痛斥。《饯梅兰芳》一文在五十年后还被认定是对梅的恶意攻击。一篇小文在半个世纪后还会引发如此的余波，倒实在是出乎我“意表之外”的。

《旧戏新谈》不仅打开了杂文写作的道路，也使我萌发了对戏剧的兴趣。颇厚的一册《黄裳论剧杂文》收集的就是数年中论剧的文字。我曾经谈论过水浒戏，涉及了水浒英雄在上梁山前的出身和社会地位，这就惹恼了一位论客，斥责说是“唯成份论”。这使我发现谈戏也不太平，是荆棘丛生的。倒还是述而不作来得平稳，这时我参加了梅兰芳《舞台生活四十年》的组织、编写、出版工作，和梅先生也稔熟起来了。他并未因我写过《饯梅兰芳》而介意，倒是使人感到如坐春风。谈起工作来他又是推心置腹的。此时距他 1934 年参观天津南开中学，一个中学生又是他的崇拜者的我请他签名，已经二十年过去了。他的待人接物、温然尔雅的姿态宛如旧时。觉得作为一个伟大的艺术家，实在是不可及的人物。这是我以一个外行踏入梨园行门限的开始。不久我又结识了盖叫天先生，为他编了舞台艺术的纪录片。这是位另一风格的表演艺术家，但同样是极易接近、很快就能摸到彼此的心的朋友。作为相识，我觉得他们更易于稔熟、亲密，用不到提心吊胆，比起文坛上实在要好得远。

1950 年4 月4 日，我在文汇报上发表了一则短文，《杂文复兴》，不料引起了不大不小的一场风波。发表当天上午夏衍读了以后，立即打电话给唐弢，转告我此文不妥，应亟图补救。我马上又写了一篇，登在第二天的副刊上。但已来不及了。

我深深感谢夏衍的关照，更佩服他眼光之锐利，一下子就看出了文章的不合时宜。我自己是绝无此种水平的。

其实我也不是没有得到过教训的。就在这前后，我参加了老根据地访问团，在沂南的农村里，遇见一位年轻的妇女干部，她的丈夫随军南下，到了大城市，带信来说，已经另有了爱人，要求和她离婚。看到领着衣不蔽体的小女儿，痛苦地向我声诉的女干部，我激动起来了，打算写报道揭露此事。向团领导汇报时却受到了申斥，说这事是说不得的。少不更事的我，完全不能理解此中的奥秘，不懂得言论自由是有限制的。未能接受教训而写下的《杂文复兴》的主要意思也还是主张用杂文的武器揭露抨击时弊。我不相信鲁迅杂文已经过时，不想弃置这尖锐锋利武器不用。料不到一篇小杂文却引来了大量的驳斥，在文汇报和别几家报纸上展开了声势浩大的批判。不敬得很，这些文字我一篇也没有通读过。最后出马写了长篇总结性论文的是雪峰，还通过电台向全国作了广播。我同样也不曾拜读。很难理解，鲁迅先生的追随者竟主张鲁迅杂文已经过时。80年代冒出来的“新基调杂文”论其实继承的正是此一论法。

幸而我惹下的这场祸端不久也就平息了，没有因此而吃更多的苦头。不久运动蜂起，批清宫外史，批武训传，批俞平伯，批胡适、批胡风的连续运动中，果真出现了数不清“批判性的杂文”。如果为“新基调”排一下发展史，其实早在50年代就已经开始了。

懔于过去的教训，在这几次运动中我没有说过一句话。何况俞平伯的《红楼梦研究》还是我约稿，最先发表在文汇报上的。实在要算是我的运气，交了白卷未始不是好事，至少在编文集时免去了头痛的删削手脚。

在报社里待得久了，不免有些气闷，想想到别的地方看看去也好。先是参加了总政文化部新成立的越剧团，这是第一个穿上军服的民间剧团，由徐玉兰和王文娟领衔。我的任务是编剧。预定的改编剧目是《白蛇传》。我搜罗了看山阁、方成培两种传奇，又从阿英、傅惜华那里借到几种旧钞的曲本、弹词，开始酝酿改编。剧团这时上演的是传统剧目《梁祝》和宋之的新编的《西厢记》。我们就带了这两台戏劳军，先后到过南京、松江、杭州、宁波、舟山。回到上海后又奉命转入上海电影剧本创作所。创作选题中依旧列入了《白蛇传》。打好了提纲，已经开手写作，这时一位所领导到我家里来了。这是难得的，闲谈几句后就委婉地告诉我，这个题材另有一位名人发生了兴趣，劝我放弃写作。没有法子，只有听命。准备好的素材、文稿一起“束之高阁”，后来不知道放到哪里去了。那位发生了兴趣的名人却始终不曾写下一个字。写电影剧本是一种艰难的行业，写出若干稿，经过数不清的讨论，十之八九还是落得个“枪毙”，是常见的事。我的《白蛇传》则是胎死腹中的，可以算作一个特例。

1956 年秋，文汇报从北京搬回上海复刊，我随同许多老人一起归了队。红红火火地干了半年光景，无论版面、副刊，这个时期的报纸确是达到了一个新的高峰。但同时也露出了“资产阶级方向”。没有好久，一场疾风暴雨的批判斗争把报纸卷进了灭顶的旋涡。作为一个记者，理所当然地要为“错误”“罪行”承担责任。我参加了市委召开的宣传工作会议，写了一篇报道，题为“解冻”，恰与爱伦堡的小说同名。小说其实是很久以后才读到的，为什么当时竟选中了这标题，就是个老大的把柄。报道中记下了一些高级知识分子的发言，他们也确是说了一些某种限度的“真话”，合乎被引出洞放出了“蛇毒”的标准，至于是否眼镜王蛇的“毒液”，倒是着毋庸议的。后来从发还的文件中还意外发现了一本供批判用的我的“材料”，包括一段时期我已发表、未发表的文字。倒是编入文集的好材料，可惜后来不知道放到什么地方去了。

同样被编成材料的记得还有报纸总编辑的徐铸成。

不久我就被安排到资料室、校对科，最后是下放劳动。从奉贤到宝山，都是沿海的地方。我写过一篇《海滨消夏记》，约略记下了这时的生活片段。这标题借鉴了高江村的书名，不同的是他记下的是法书名画，我写下的则是另外的东西。附庸风雅，寄沉痛于悠闲，这正是我的老毛病。划入右派之前，报社的领导人曾找我去谈话。他问我对自己的“罪行”有什么认识，又问起我的心理状态，我的回答是“强颜欢笑”。他大怒了，发誓要给我最严厉的惩罚。“文化大革命”中在奉贤干校，要定我为“现反”的大会上，我跟随群众举手高呼打倒自己的口号，面不改色。其实也是“强颜欢笑”的翻版。从1957年开始，我就发现这些都是演戏，应该随宜扮演被派定的角色，不必认真。这种“玩世”的处世存身方式是应该使自己惭愧的，但也是它使我一再摆脱了“灭亡”的噩运，不曾用自己的手割断自己的喉咙。

我有记日记的“坏习惯”，多年来不曾间断过。自然，在干校时是例外，几十本日记，在若干次抄家中已经被“保密检查”者统统抄去了。自然没有必要再提供新的“罪证”。事实上那时替代了日记的是写不完的思想汇报和交代。一天，我从大田里浇菜回来，挑着一对空粪桶，棉袄里是一身冰凉的臭汗，迎着刺骨的北风走过宿舍时，看见两个小头头正身披棉大衣坐在房前负暄。他们人手一册，面带微笑地读着什么有趣的读物，还用笔写下些什么。一看就知道，那正是我的日记。后来日记发还，我略略一翻，才发现日记里划满了红道道，还有大量的“批注”，指示着追查的线索和应予摘要的处所。和日记一起发还的又有一大包卡片，就是经过批注的日记的提要。这真使我吃了一惊，过去皇帝老倌有奴才为之编写“起居注”，这不就是我的“起居注”么？

批注的内容精彩纷呈。有一条“朱批”说“×××揭路工转述康老批判黄裳骗人”，就是后来大会上提出的康生说我“以伪乱真”的由头。批注是巨细靡遗的。记下了刘鸿生逝世消息是为资本家树碑立传；和朋友吃饭是资产阶级腐朽生活方式。一时也抄不了许多。

多年的“劳动锻炼”虽然没有全收“脱胎换骨”之效，本领却也练得了几套。在乡下，能和农民排队挑百来斤担子到一二十里外去交粮卖花（棉花）；在市内充当一个搬运工来往水陆码头、仓库运送卷筒纸。无论冬夏坐在卡车上来往上海的大街小巷，不知疲倦。我是喜欢这个工作的，不必在校对室内面对密麻麻的清样，生怕出了“无寿无疆”那样的笔祸；也不必恭听不断的批判训斥。千多斤的卷筒纸在手里也能转动自如。劳动是惩罚性的，不许使用任何器械。装卸车、堆放，全凭一根橇棒和一双手。间或遇到惊险场面，也能从容应付。有的卷筒纸堆放在露天场地的仓库里，打开帆布盖，就发现这是三四层楼高的一座纸山，只靠山脚几块木塞撑持。用橇棒敲开木块后，必须逃得快，不然就要被雪崩似的滚动卷筒纸压扁。

唯一的遗憾是辛苦运来的卷筒纸，却被用来印了姚文元、石一歌之流的大作，那是不能不于心耿耿的。

为了落实康生的“批示”，“英雄”们念头转到我的几本破书上了。在《前尘梦影新录》的前记里，我记下过那经过。《新录》的印数奇少，读过的怕不多，现在让我把前言的上半少加增补转录在这里。

十五年前一个春天的上午，我正在干校里“造房子”，忽然得到通知，要我第二天一早赶回市内报社人事科报到。原来是要按照“政策”没收我的全部藏书了。这一节事先当然对我是保密的。

一部大卡车，就是我常乘了运送卷筒纸的那一部，外加二十几个帮手，由一位平常总是安安静静，甚至在“批斗”“提审”时也还语言缓慢、保持着温文尔雅的Q君率领，在我家的两间屋子里“工作”了整整一天。凡是有字的书本，包括拓片在内，一律装入随车带来的麻袋，运下楼去装车。麻袋不够了，又有人自告奋勇回家取来补充。卡车来去了几次，总算抄得一干二净。当然，我以前住过的地方也还有不少书，包括父亲留下的一大批德文旧书、像册，也没有被放过。还是Q君押着我前去。记得他背着手监视着查抄、装袋时曾轻轻地叹息道。

“看这许多毒草，害得你弄到这步天地了。还是抄掉的好。这对你的改造有好处。”

（这许多书，包括德文书在内，后来终于不知下落，落实政策时算做三角钱一本，给了我“补偿”。）

我在地上发现了一本鲁迅译的《死魂灵》，忽然产

生了贪惜之念，就问这一本是否可以留下给我看看。Q君轻轻地摇着头说，

“鲁迅么，也不是没有错误的。何况这书又是俄国人写的，封资修一类的。……”

好像只给我留下四卷《毛选》有点过意不去，他又从地上取了一小本胡风事件的《按语》递给我，

“这个么，倒可以留下看看，可以举一反三么。”这“举一反三”四个字他是很喜欢用的。在每次“提审”、追查时就不知道曾经说过多少遍，一直贯串于把我打成“现反”的始终。

被抄去的书本，在经过长途旅行之后，终于陆续回到了我的手中。自然，完璧归赵是不可能的。而发还的过程也是艰难而曲折的。我曾拜访过几位文物机构的主管，他们都举出了种种稀奇古怪的理由加以拒绝，后来还挽出我的一个老熟人出面劝说，要我捐献或出让。这些旧书是多年来辛苦聚集的，并不看作“金银财宝”，久别之后切盼的是能“重温旧梦”，不想献出也不想卖钱。因此毅然拒绝了老熟人的建议。

从1979年开始，我又开始写点东西。起初是写杂文，后来辑成了一册《惊弦集》。正如我曾说过的：“写杂文不免要触及时弊，转喉触讳，吃力得很。”我曾为《风华杂文选》写过一篇编选随感，为杂文的复兴叫好之余，又触痛了“新基调”论者，被狠狠地斥骂了一通。那篇高文是一位朋友给

我找来的。不敬得很，真的是不忍卒读。少后就写“游记”，依旧是走的《金陵杂记》的老路子，也许比旧作多少开阔了一些。我是主张散文杂文之间没有一条必然的界限的。同时也信奉着吴老英雄（虞）的主张：“英雄若是无儿女，千古河山漫寂寥。”深信大好河山如离开了历史人物的点染就不能不失色。这些游记的结集因此就取名为《山川·历史·人物》。再后来就写读书记，利用的就是回到手边的旧书。“这时就索性在旧书里找资料。古人已死，说些怪话也不会引来过多的麻烦。时日虽迁，而旧谱无恙。往往在古人身上得见今人的影子。这就使读书记多少脱离了骸骨的迷恋，得见时代的光影，免于无病呻吟无聊之讥。想想也可笑，五十年前写《旧戏新谈》用的也正是这种手法。真不禁感慨系之矣!”这是我为《黄裳书话》写的后记中的几句话，约略可以说明我是怎样看和写读书记的一点意思。

写到这里，不能不暗暗道一声惭愧。幸而没有听信老熟人的“忠告”，把书捐或卖掉，不然，它们就早已被锁在善本库房里，想看也艰难，哪里还会留下这些文字。《老残游记》里有一首咏海源阁的七绝，那后两句是：“一齐归入东昌府，深锁琅嬛饱蠹鱼。”多少年过去了，似乎至今我们还隐隐听见老残的叹息。

在这里，我想借这个机会把过去半个世纪里积存在自己心中的种种回忆，告诉我的读者。也许我谈得够多了，但必然还有许多省略，或言未尽意之处。回顾过去写作的经历，有个明显的特征，就是风格的善变。我尝试过不同的文学样式，都是激荡的社会环境影响下的结果。时代的变迁，人事的兴替，在一个作者身上都会引发不同的反映，幻化成文字，就产生了不同的风格。至于今后是否还会变，自己也说不出。

1997. 11. 28

题跋之外

前些日子一位藏书家抱了一包书来给我看，全是我的旧作，希望我能在每本书的扉页上写两句话，我照办了。旧作今天重看，大抵是幼稚肤浅的东西，也没有什么话好说，我能写下的只不过是些题外的闲文。我想，对自己来说，这些旧书有如一份“账簿”，上面杂沓地印着自己过去的脚印，能使我想起已经逝去了的往昔；此外，就是从中可以看到自己年轻时的面影。那种天不怕地不怕的狂妄，敢于议论大小一切事件、人物，仿佛真的知道得很多；对今古一切圣贤豪杰全无应有的诚敬。这后一点，却使我感到非常留恋。因为这特点，今天同样也已大半失落了。

年纪一天天大起来，照理说总要比过去多少成熟一些，但我并不这样看。空疏的毛病并没有得到怎样的改正，却失去了只有年轻人才能有的气质。这是得不偿失的。

送来的那一包书里有一册朋友黄宗江所作的《卖艺人家》。这并非自己的作品，但我还是破例写了一点，其中有这样的话：

> 这确是一本好书。作者在书里所讲的故事，他那种不合“规范”的文字风格，……都是很特别也很美的。……

前两天宗江又到上海来了。见面谈天，我劝他重印此书，他好像有点踌躇。那本小书太薄了，他想把解放后所写的一些散文放进去，重编一下。……我懂得他的意思。看得出，他和我一样，也多少失去了过去的那种气质。三十年来他散文写得少，主要的力量放在写电影剧本上面。但他的“灵感”与“诗意”却并不衰退；有许多奇妙的想法，待写的题材，但一直都在“等待落笔”之中。这是什么原因呢？他不会没有过思索，不过并没有正面谈过这个问题。

《卖艺人家》的特色之一，是将丰富饱满得几乎要溢出来的生活感受，用诗样的精炼语言，集中编织在短小的篇幅之中。这种感受带有纤细、敏锐的特征。随着岁月的流逝，作者的观察力可能更加深刻，不过也不再是旧时面目了。我有一种解释，这是感情变粗了的缘故，但不知可准确。

《山城水巷》是我非常喜欢的一篇散文，说是特写也可以。篇幅很短，不过两千来字。它记录的是一个抗战中在重庆艰苦挣扎的话剧团宿舍的生活。这地方我去过，是在接到作者来信，在信封上看到“水巷黄”的签署，兴致勃勃地赶了去的。我亲自到他睡觉的房子里去过，从双人床的上铺把他喊了下来，在转身都困难的房间里停留了不到一分钟，就到门外露天茶馆的茶座上坐了下来。这是在四川随处可得的理想会客之处。我至今还怀念着这些茶馆。我曾在这样的茶馆里读书、温课、聊天，还写过两本书。茶客们的谈天、茶博士的吆喝、清唱川戏的锣鼓和高腔的独唱，川流不息的小贩的兜揽生意……这一切都毫无妨碍，恰似一曲十分和谐的伴奏，是非常理想的写作环境。水巷子是在重庆最热闹的一条马路将近望龙门的地方，在马路与江面中腰开出来的一条小街，街上没有一间像样的房子，格局和棚户区相去不远。茶馆的桌子就安置在路边，下面就是长江。我这样说人们或许会联想到巴黎临街的咖啡座吧。那次我们坐下以后，要了两碗沱茶，又从烟摊上买了五支“华福”，这是当时重庆最高级的香烟，当然从驼峰飞过来的洋烟不在此列。

“那么风雅的名字，却原来是这么个地方。”我说。

宗江的回答大抵就是他写在文章里的那些。

这两千来字是他半年左右的生活和见闻以及一个年轻人的喜怒哀乐的浓缩。从这里也可以看出，生活对一个作家是多么重要。这还必须是真正打动了作家，使他感到痛、恨、爱与怅惘的生活才行。

读《山城水巷》使我联想到老舍的《茶馆》，这不也是一个挺好的戏剧素材吗?

作者是这样写这个可爱、可恨、可恋的地方的。

> 山在薄雾里，细雨在江上。江边的岩石上嵌了小菩萨，有过路人揖拜……

一个好看的女孩子，站在晒衣竿下笑了，倩脸旁是两条丝袜。

火上有几个药罐子，就是有几个“多愁多病身”。

这也是生活，不过是只有一双明亮的眼睛才能看见的生活。这也是历史，是今天的年轻人怎样也想象不到的历史。历史是已经过去了的生活。而生活的激流是一直汹涌向前的。今天的年轻人，包括我们这些过去的年轻人，都睁着眼睛注视眼前的生活，我们自己也就在这激流之中。一切都变了，但我觉得观察生活的方法基本上还没有变，也许我们需要的是一双更为明亮、敏锐的眼睛。

1982. 6. 24

题跋一束

前些日子，好久不见的Z来访。过去我们是很熟的，不过，从二十多年前开始，就不曾再遇见过。因此，实在可以说是久违；也因此，可以说明我们的开始认识，是在三十多年以前，实在也算得上很久很久了。见面以后杂七杂八地谈了一通，他告诉了我一些二十多年来的经历，也总脱不开一些悲欢离合的“老套”。近来很有一些朋友对过去一段日子的种种表示了厌倦，不愿意听，也不愿意再想，这当然不是没有原因的。我自己，似乎也受到了这种意见的感染，例如，这里所谓的“老套”，就是这种思想的表现。不过，这“老套”的内容实在是千变万化、异常丰富的；就如Z的经历，就与我的很不一样。我想这样的差别，是到处都存在着的，就和人类的指纹一样。为什么引起了人们的厌倦呢？原因也很多。其中之一怕是我们听到的往往是大同小异的故事，因为开掘不深，所以渐渐出现了公式化。那么，这就不是生活本身的过错，而是简单化的方法的责任。这是个很复杂的问题，我一时也说不明白。

Z是我的一位老读者，又喜欢书，第一次介绍他来的是风子，即著名的新文学版本学家和《书话》的作者。当时我们都有着搜求五四以来新文学作品的狂热，什么初版本、毛边本、签名本……真是有许多讲究与很浓厚的兴味，不过爱好也只是爱好而已，当时做梦也没有想到这会成为一种新兴的学问。Z有许多藏书，其中一些是我过去没有见过的珍本，如鲁迅先生印制的《凯绥・珂勒惠支版画选集》，就是第一次在他那里看到实物的。左联文献专家的D君三十年前找我打听新文学版本的事情，就曾由我带了去Z处看实物，有如读化学上实验室的一般。

近来在编两本文集，找材料时碰到了很大的困难。过去发表在报纸上的一些文字，自己没有存稿；或虽有存稿后被抄没，结果还是一样。那些旧报纸也很少了，有地方有，但已被精装起来当作革命文物藏起，看一看也困难，何况是抄。就是想抄实在也没有这样的精力与时间。我在谈话中想起这事就诉苦，不料Z却说，他那里还保存着几本我的旧作的剪报，除了我提出的一些，他还说出了不少连我也忘却了的篇目。他告诉我这些剪报和其他的单行本，在过去漫长的岁月里几经转移、藏匿才得保存下来，这些东西还旅行了不少地方，包括洞庭山中老屋灶下那样的所在。这实在是料想不到的事。东涂西抹积累下来的“语业”（这是近代词人朱祖谋为自己的词集所取的名字），竟自有了与抗战中辗转逃难的宋版书同等的身价。

我立即提出了请他把贴报本见借的要求。几天以后，Z就送了来，同时还带给我一大叠印本的旧作，有些是精装的。

他希望我在每书前重新写一点题记。这些书都完整如新，有的毛边还不曾裁开，其中有一些我自己也没有了。听说有一位收藏家，每买新书，总是一式两册。一册留作平日阅读之用，一册则用牛皮纸包好藏起，不再翻动，因此他的藏书不但可以保持完整，还能长久“如新”。我想，Z所采用的可能也是同样的方法。

这一包书其实还并不完整，至少还缺五六种。灾梨祸枣竟至如此之多，自己也觉得吃惊。如果不是二十多年来焚弃笔砚，那就不知道还要糟蹋多少纸墨，也许会制造出使自己愧悔不及的东西来也说不定。这样一想，就又不免觉得有些侥幸，要暗暗道一声惭愧了。

题记也只好写一点。题记不过是随笔、题跋一类的东西，余纸不多，只得简短。在这里完全不涉及内容的评价，因为早就认定了这些都不是“传世之作”，没有资格厕身于文艺之林；连译本也一样，有些也早已为更新的翻译所替代了。随笔所及，记下的只不过是一些故事与闲文，既已先后印成上市，那么它们在出版目录里也都占有一席地位，就算是为新的版本学者提供一点参考吧。

《锦帆集》

1946年中华书局出版，《中华文艺丛刊》第四种。

此为余撰著之印为书册之第一种。巴金先生好意为之编入《丛刊》。印本甚少，颇不经见。然校勘草草，错字满眼。五年前香港有翻印本，友人曾以一本见寄，见之怃然，宛如隔世。Z先生爱搜拙作，不弃葑菲，都十二种，一日携以见过，命重加题记，因以暇日，各缀小跋。尝论书籍之有善本，非必因内容之美，亦不全系于印制之精，常因流传之稀，转成奇货，其理与集邮同。然则此本或亦可厕于“善本”之列欤？

《旧戏新谈》

1948年8月开明书店初版。

此书由上海出版公司排版，未印，后因圣陶先生赏识，编入开明新书中，仍用原旧纸型，因此版式与开明他种不同，实《文汇报》排字房诸同人所排也。错字不少，再版时曾少更正。少年好事，除自制宣纸大册一本外，又于市上搜重磅道林纸印此特印本十许册，自存赠人。转眼三十年，自存之一册亦已盗掠不归。Z先生所藏此本并他书，于劫中亦辗转多方，深藏密锁，竟得获全，真出意外。携来重观，感慨记之。

附注：所谓“宣纸大册”，是我在排校竣工之后，买了宣纸请排字工友打的一份“大样”。因此版心仍是原样，只不过天地头特别宽大而已。马叙伦先生的题签，在开明本上只用了书名四字，这时就请刻字摊照原大雕版，下面还有“黄裳作　叙伦署”六个小字。此外还手写了一块“牌子”，也用木板雕成，双行，有边。文云“民国三十七年春四月上海出版公司刊成以宣纸印制一册以自藏弃黄裳”，订在全书之后。托荣宝斋装成四册，册前各有绫制书签，并用蓝色泥金纸作封面，宣绫包角，外面用锦套。这部“假古董”实在俗气，但在当时却甚为得意，记得曾抱了去给叶圣陶先生看。他看了微笑说道：“了不起，了不起。”今天想来，大约就像小孩子得到一件新耍货，来不及地拿去给大人欣赏，又不好遣责，只能“唔、唔”地对付过去的情形。

《关于美国兵》

1947年3月上海出版公司初版，《周报丛书》之一。

这是我三十多年前写的一本通讯集，先在《周报》上连载，一时颇受到了欢迎；后来由上海出版公司出版，虽然先后只不过年把，可是“时移事换”，已经引不起读者的兴趣了。后来还得到了斥责，批评者说：“我不懂上海出版公司为什么会在这时此地出这么一本书。”是的，这情形我在这本书的《叙言》里早已料到并指出了。但虽然明知如此还是把它印了出来。原因首先当然是我很喜欢这本小书。这是我一年多生活见闻的记录，感慨的发泄。在写这本书时我第一次强烈地感受到有话想说的压迫感；也确实体味到生活对写作的微妙关系。“生活”，不是想“体验”就能体验出来的。生活与作者的心理反应也不是按照预定的计划可以安排得了的。等到生活的素材与思想的“发酵剂”融会在一起并起了某种作用，发生了意想不到的变化时，那就像开了水的锅，想按捺也办不到，只能听任它流出来。当然，流出的是美酒还是毒药水，还得靠另外的条件决定。

其次，我觉得表现在这本小书里的一些看法，今天看来，自然应该重新考虑了；不过我对中美关系的基本认识，可以说至今还是如此。此书写于 1945 年，在《叙言》里我说，“要说的话，牢骚多于称颂，感慨溢于谀辞，恐未必有合于敦睦之道”，这是一个方面。书出版的当时我所受到的斥责大致是“企图缓和中国人民对驻华美军恶劣到极点的印象”，“无耻的程度简直与‘处女膜未破论’者不相上下”，“对‘金元文化’的歌颂，作者也是不遗余力”，等等。最后沾了“过去有着光荣的历史的周报社”的光，没有被定为美国的文化走狗。

到了“文化大革命”中，这本小书的“罪名”增多了。据“审查者”的批示，“罪名”大致如下：“吹捧史迪威等美帝头目”，“桂林放火”，“把美帝侵华说成是‘亲善’，像兄弟那样的亲热”，“宣扬美帝‘物质文明’”，“胡说圣诞节美机给了延安糖果、酒菜”。……

这就说明，这本小书从无论哪个角度看，都一无是处，罪大恶极。全书最后也是最早写成的一篇《关于翻译官》，曾寄给重庆的《大公报》，不予刊载，还是《周报》第一次用了。

这许多不同的反响，今天看来，是毫不奇怪的，是特定历史条件下的必然现象。

这本小书里的主要意见，卑之无甚高论，不过如下这么几点：“中国人对于美国的看法，一向是很好的”，美国也并非毫无阴暗面的“天堂”，美国的人民也不是铁板一块，也并非都是帝国主义分子，有不少人是对中国怀着美好的感情的，但我主张“君子之交淡如水”，“有许多地方，原不必十分卖力，弄得对方都有点不舒服的”。至于“金元文化”，确有其特点与优点，不能闭眼不予承认，有可能还该学习一点，自然不应弄到进退失据的地步，连外国的月亮也觉得比我们这里的圆。大致说来，如此而已。

《新北京》

1950年12月上海出版公司出版，《艺文新辑》之一。此为1951年11月三版印本。

此解放初在北京时所写通讯，曾刊于《文汇报》。师陀时在上海出版公司任编辑，索稿，因以付之。转眼三十年，所记诸人，多成宿草，此册遂亦成为历史陈迹矣。其访江南诸地之作，有记荣德生一文，后为我一大“罪状”，以曾为资本家“张目”也。当日实只匆匆一晤，归沪后又曾访荣毅仁于其办事处，索得德生生日纪念册一本用为参考。往还仅此，思之可笑。Z先生出此册嘱为题记，遂牵连而记之也。

《西厢记与白蛇传》

1953年7月平明出版社一版。

此为初版本，再版时附录一种抽去。此亦“版本学”中一小掌故也。平明出版社颇用心印书，此册印制亦甚精雅可观。

附记：所谓附录，是《跋祁彪佳〈曲品〉残稿》，后因已着手重刊祁氏书，遂于再版时抽去此文。这是毛边本，但表面却看不出来，是法文书的平装版式。当时傅雷所译巴尔扎克小说正陆续交平明印行。他是讲究书籍的印刷装订的，提议出版社采用这一类的印订方法，并不豪华，也不浪费，可是自然大雅，入手快然。平明所刊《高老头》《贝姨》诸种，都同此式。实在算得是书林逸品，后来这些书由人民文学出版社重印，增加了插图，但一律纸硬面“精装”，看了颇不舒服。就像淡妆素服的村姑，忽然穿上一套貌似艳美实则粗劣的“华服”一样了。傅雷在印他的《约翰·克里斯托夫》译本时，曾特印了一种圣经纸、软皮面的精装本，真是够讲究的，大可代表新中国书籍印刷水平。不知这本子还有没有幸存的。我还看到过傅雷重译此书的稿本，那是用一部旧版译本校改的，蝇头钢笔字几乎布满了每一页的天地与行间，即使如此，也还是清清楚楚，一些都不使排字工人感到困难。

《猎人日记》

1954 年 4 月平明出版社《屠格涅夫著作集》之一，圣经纸印，锦面精装本。

屠格涅夫此书，小年于《小说月报》读耿济之译本，即甚爱之，二十年后又取嘉奈特夫人英译重译一遍。溽暑闭门，脱衣执笔，忘却户外炎蒸世界，两月而毕，颇以为快。文学翻译有种种理论，主张方法亦各不同，不能具详。但我以为原作既已迻译为他国文字，而译者各有手眼，不能不发生作用。所谓能传原著风格云云，悬鹄虽高，多半英雄欺人语耳。

尝问巴金五四以来文学译本名作以何种为第一，巴金说自然是鲁迅译的《死魂灵》。这是很有道理的。人们读果戈理，同时也是读鲁迅。因此，译书不妨多出复本，由读者选择去取可耳。林琴南、严又陵译书，不因其时代已远，新译继出而失去生命，其故在此，Z 先生命作题记，因漫述所见如此。

《哥略夫里奥夫家族》

俄国谢德林著。1954 年 12 月平明出版社《新译文丛刊》初版。

此书由英文转译。原译者 A. Yarmolinsky。余所译旧俄作者长篇凡三种，此本译出最晚，此后即束手不更译书矣。近出版社欲重印此书，问可有订正之处？然原本假之友人，早已还去，遂无由校改，再印亦不知何日。

附：《卖艺人家》

黄宗江著。1945 年 12 月森林出版社出版。戋戋一册小书，只一百页，但道林纸毛边，印制颇精。Z 君也一起拿来要我写几个字，也许因为封面的书名是我写的吧。但这到底是旁人的著作，不能胡乱涂写。虽然可以说一点这本小书出版的故事。

森林出版社在哪里？版权页上写道："上海邮政信箱六四五号。"不但此也，它的发行人是辛白宇，而印刷者竟是一家"森林印刷厂"。一切看来都颇有出版印刷托拉斯的气味。当然这全部都是戏法。一切都藏在诗人王辛笛的大皮包里。

这确是一本好书。作者在书里所讲的故事，他那种不合“规范”的文字风格……都是很特别也很美的。作者原来的职业是话剧演员，后来又写过舞台剧本、电影剧本。三十年来没有脱下军装，前些时到美国参加奥尼尔的纪念会，报上发表了他穿 T-shirt 的一张照片，“说明”是中国著名的师级剧作家。……真是使人眼花缭乱。不过我认为这本小书依旧是他的“名作”，当然名作决不仅只这一种。

1981. 9. 29 写毕

《一脚踏进朝鲜的泥淖里》

1951 年泥土社版。

抗美援朝之初，我在报上发表过一个连载，用日记体通过一个侵朝美国军人矛盾痛苦的内心活动，揭露这场非正义侵略战争的实质。这是一部注定要失败的作品。我没有到过朝鲜战场，依据的只不过是一点过去对美国兵观察所得的知识，此外就是纸上的新闻报道和作者的想象。不过当时胆子很大，顾虑很少，加上一种非常的“赶任务”热情，几乎是毫无困难地写出来了。

当时正好雪峰在编一套“文艺丛书”，我就请朋友把稿子拿去给他看。没有好久，退回来了。退稿的意见因为是间接传来的，委婉而简单，已经记不清楚。不过我想他的决定是正确的。这实在是一种用不足为训的方法搞出来的“创作”，不应该鼓励，助长这种风气。

忽然有一天，一位朋友因筹措结婚费用来找我帮忙。当时办喜事虽然用不着今天这样的“豪华”，但在普通的“文化人”也是不容易的。我就拿出了这本退稿，说如有办法卖掉，就算作我的贺礼，书就是这样印了出来，很快卖完，无声无息，太太平平，后来也不曾作为“罪状”遭到批判。

《和平鸽的翅子展开了》

1951 年 8 月平明出版社初版，《新时代文丛》第二辑之一。

1950 年 10 月，《文汇报》改进版面，增加评论。由唐弢为本市新闻版写《上海新语》，我为第四版写《文娱杂谈》，这些都是千字左右的短文。前后持续了将近一年。

在这本小册子的《后记》里，我就已明白地感到，因为读者政治觉悟的迅速提高，这些短评，在结集的当时，有些就已明显地失去了时效，不能不加以删除了。留下的部分如果还有一点点意义，恐怕也只在于多少保存了这个大时代的面影、痕迹。

从抗美援朝、镇压反革命、戏曲改革，直到批判《武训传》，这一系列政治运动和文艺改革，都在这些短评中得到反映。短评在报上发表时是不署名的，代表的是报纸的意见，但又是通过我的手写出来的，因此也应该负着自己应负的责任。在写这些短评的当时，确是相信说出的是正确、负责的意见。但有些议论，不必多久，就已显出了偏颇、片面甚至荒唐。例如有一篇《不许有空白》的短评，就简直是蛮横地肯定并支持了一种今天看来不可思议的做法，“从5月25日起，本市各戏院，将有七天的宣传周演出，一致上演配合‘严厉镇压反革命’的当前任务的戏曲”。

这种“不许有空白”的结果，是许多人都知道的，不必在这里多说了。值得注意的是，虽然经过实践的检验证明并不高明更不正确的意见，却依旧受到了长期的宽容和保护。就在十年动乱彻底审查中，我的一切言行，全部被认为无不“反动”之时，也没有谁对这些昏话说过半个不字。

《远山堂明曲品剧品校录》

明祁彪佳著。1955年4月上海出版公司第一版；1957年11月古典文学出版社新一版。

1951年前后，余始于沪市见山阴祁氏澹生堂遗书。皆三百年来深藏密锁之物，一旦论秤售之纸铺，辗转流入杭州、上海，无有过而问之者。余肆力收取，所得多残零小册。其巨帙名编无力举之，则以介之徐森玉、郑西谛，力请收入国藏，免于毁失。余所得小品以彪佳稿本《曲品》《剧品》为尤精，二书于明人戏曲作品，著录繁富，远逾通常曲录，信是人间未见之书，亦戏剧研究者渴欲得之资粮也。乃加校录，并述祁氏藏书故事，撰为跋尾，付之重刊。杀青之日，以原本赠北京图书馆。又一年，更增辑山阴祁氏遗事，再版印行，迄今二十五年，传本亦已稀见。后有戏曲论著汇编本，虽仅存白文，尽去附录，然原著流传，赖以不坠。书初刊时，叶德均教授曾撰评论，纠谬补遗，多所匡正。当日印此戋戋小册，亦非容易，中间委曲，颇难尽述。因知重印古籍，其事甚巨，不努力将终少成就也。

《一箭仇》《武松》

盖叫天主演，黄裳编，1955年新美术出版社版。

50年代初，余编《盖叫天的舞台艺术》纪录片，曾选取盖老名作若干折，每折取其精彩片段，皆非全璧，观者憾之。又曾于片前撰“舞谱”，请盖老就其基本身段谱，分析综合，进行总结。一以示后学规范，亦可见于不同剧目场景中择取运用之途径。以为必有益于学者观众。盖老亦欣然同意，费十数日之琢磨，制成初谱。惜格于样式，未得批准。为弥补此憾，乃商之新美术出版社，以戏曲画册形式，加以介绍。1955年春，盖老演出于上海，遂约编辑同志，排日观摩，商量选取镜头角度及有关场次，进行现场拍摄。更加选定，遂成此编。所得照片，凡数百帧，溢出于册中所收者数倍。选取标准，初不在于情节之贯串，而特重于代表性身段之起伏变化。手此一册，则盖老当日舞台身影，大致得以再现。如《一箭仇》中“拜庄”之神情；起战场后之亮靴底、枪架子；托枪、剑枪、棍破枪、单刀枪等疾风骤雨各有风格之打法；回庄以后偷营以前，描摹史文恭内心活动之种种特性鲜明之舞蹈语言；直至最后之徒手肉搏，与武松“拉拳”，被武松踢成“抢背”、削去风帽。终被“水擒”。《一箭仇》为盖老名作，经数十年之琢磨、丰富，于一情节简单之武剧中，探索出塑造骄矜武勇人物性格之途径，所凭借者多半为舞蹈语言。身段之美，绝无俦侣。武戏文唱，其真确之解释如此，非徒示庄重、呆若木鸡也。

此一尝试，窃以为于保存古典舞剧形象资料，不无用处。继此出版社又曾出版梅兰芳《醉酒》等，亦同此意。惜未扩大范围，继续工作，所存成果，仅此而已。

《玉簪记》《彩楼记》

《玉簪记》明高濂著，黄裳校注，1956 年 10 月上海古典文学出版社第一版。

《彩楼记》无名氏著，黄裳校注，1956 年 11 月上海古典文学出版社第一版。

二种皆据《古本戏曲丛刊》初集本校注，各撰一跋。先是得见川剧有此两种，极赏之。归而检明时旧本，知犹存原来规范，改动无多，遂有重刊之意。中国戏剧之发展壮大，大似婆娑老树。岁月既迁，根株广被。往往于辽远地区生根滋长，外貌不同，源流则一，犹榕树之有气根也。有时本干已枯，而梢末别吐新枝，着花更艳。如老桩盆景，往往动人目睛。此种本皆文化史上普遍现象，中国历史悠久，实例最多，往往俯拾即是。惜尚无人排比钩稽，疏通脉络，作通盘之考察，撰宏观之通史。苟循此径以求，则史之丰满生动，必将百倍于既存著作，可无疑也。

《林冲》

黄裳著，中国电影出版社 1957 年 9 月第一版。

50年代前期我在电影厂工作过一个短时期，成绩不好。除了为盖叫天先生编了一部舞台艺术的纪录片外，就只写了这个改编《水浒》的《林冲》。两者都不是“创作”，也没有什么意思。本来还在写一个《白蛇传》的本子，已经作了不少准备，开始了初稿。一天一位领导我们工作的同志见访，告诉我这个题目另有一位同志想写，劝我不如放弃了吧。于是就放弃。这本《林冲》，也已改了不少次，不知道是否通得过，只能呆等。又一天，遇到一位从北京来的领导同志，他对我说：“《林冲》的本子，快点改出来吧。不好再拖了。”于是又匆匆修改、通过、开拍。这是我写电影剧本所得的简单经验，好像颇富于传奇性。不知道别的写电影剧本的作者是否也有同样的感想，在我看来，花在写作上的时间，连十分之一也不到，许多力气消耗在莫名其妙的地方了。

《插图的故事》

我曾陆续写过一些谈古版画的文字，主要是谈晚明木刻插图的。后于1957年结集，交出版社出版。一切都已安排就绪，大量插图的铜版也已作好。一天，忽然一本装订得很好的原稿又从出版社回到我的手中，作为货真价实的“待刊稿本”，杂置书丛，直至今日。本来像这样的待刊稿还有一些，但只有这一本是曾经过一次旅行的，所以破例记在这里，Z君带给我看的一包书，其实并不完整。朋友劝我少加补充，作为补遗。因回忆补写如上。

《锦帆集》后记

从小就喜欢李商隐的诗，记得还是从《石头记》上看到那句“留得残荷听雨声”，才开始找了他的集子来看的。诗人笔下的像闪烁在夕阳里海滩上的贝壳的光彩使我迷惑了。如梦如烟，我并不曾完全了解他的用典，遣辞和隐藏在篇章后面的意思，后来也曾找到朱鹤龄、钱谦益的笺本来看，也零碎地看了不少考证的文章，关于《锦瑟》……的，可是后来全丢开了，民国三十一年冬天，离开上海的时候，还用荣宝斋的笺纸抄了他一首“年少因何有旅愁……”送给W，以后我们就到四川来了。

到重庆以后，写了几篇小文，给W看了，他说很喜欢，来信说，“黄裳可以有集矣”。想想应当取一个什么名字呢？就又想起李商隐的“锦帆应是到天涯”，他是说的隋朝的那个浪漫皇帝的故事。“春风举国裁宫锦，半作幛泥半作帆。”我的这次流浪又哪能比得上，然而，终于用了。

那时我住在离重庆十几公里长江上游的一个小镇上。乡居寂寞得很。到时是初春，常常和朋友到江边渡口的小竹棚里，喝着用小小玻璃瓶装的橘精酒，吃豆腐干，喝苦苦的沱茶。看看鼓吹过江的上坟船，听听充满了寂寞哀愁的船夫的歌声，同时心里也总想着忘不了的一些人和事。写好的几篇东西送出去竟是那么困难，又不禁有些轻微的愤懑。（这在现在想来也真是幼稚得很的事。）后来雨季来了，一连两月没有晴天，就只好待在房子里，偶尔也到“凤凰楼”里去喝茶，在摇摇的灯光里听着么师呜呜的箫声，写文章的心思淡下去了。给一个人写了几封信，诉说的也还是一些无聊的小事情。这时我正知道了关于Y的一些事，一些想不到的事。在水市巷的一所轰炸后的楼房下面，看到了几封信，信里有几句话，我抄了下来，在日记里：

> 我珍惜我小小的力量、生命和爱，我要把它们给我爱的人们。我不愿意做什么大事业，想替你们做极小的事。我读书，我弹琴，努力的求知识，学许多的事情，都是为要做你们最好的伴侣。

在三十三年的春天，我已飞到了充满了阳光的昆明。又写了一封信，就是“江湖后记”。那时Y又从北平回上海去了。C来信说：“××重入江湖，不知仍带着她那本Bible否?”

后来又到湘北去，不满一月回到桂林，生活十分不安，写东西的心情自然是没有了。W寄来一本小戏，开头是一个女孩子唱《游龙戏凤》里的“自幼儿生长在梅龙镇，兄妹卖酒度光阴。我哥哥……”又好像从纸上飘出来柔弱的声音，我听见过的稔熟的声音。那点“江湖”的引诱，使我计划写一个戏，刚完成了第一幕，我不得不离开桂林了。

回到昆明十天后，就飞到了印度。在一个角落里过了八个月平静的生活。好像是真正到了异域，很少得到朋友的信，也很难看见国内的书报，更不必说迢迢从海上寄来的信了。带了一份在荒岛上的心情，极单调无聊地过日子。一天，忽然得到W从孟买来的厚厚的一封信，说他就要到米亚米去了，当一个水兵。那封信是要转给国内的一些朋友们的，一封连环的寄给许多人说他在旅行中感想的信，我真佩服他的好兴致，信里说临走时曾经整理了一下箱子里我们的那些零碎的“遗稿”，如果我要时可以寄给我，这就又让我想起了《锦帆集》，碰巧有机会可以结集，也就不管它是如何零乱芜杂，决定交出去。

在雷多又住了一个月，住在森林里的帐篷中。对河是漫天的原始森林，晚上常常可以听见野兽的啸声，我也分辨不出它们是虎还是狼，白天穿过森林，下河洗澡，听一个小兵指示泥里豹子的足迹，在滚滚的急流里飘浮着，心里只剩下了茫然的平静。

现在我是又坐在一个昆明的茶楼上了。看着窗外的斜风细雨，打了伞在青石道上走着的女孩子。松子，桃片，黄黄的竹子的水烟筒，如此亲切又如此辽远，我能说些什么呢？我甚至怀疑是否还存留着旧日的情感，当我重翻那些文章的时候。

离开家，离开亲爱的人们已经两年半了。久久无消息，不知道她们现在生活得怎样。无已的怀念。衷心希望回家，到Y的“绣楼”上听雨，念着“红楼隔雨相望冷，珠箔飘镫独自归”的诗句。如果时间不太久的话，让这本小书作一个小桥，使我不致太困难回到那个境界和那种情怀。

1946.7.9 昆明

往事

偶尔翻到三十多年前写成的一本小书《关于美国兵》，书中记下了一个年轻的大学生在抗日战争后期经历的一段奇特生活与感想。这一切都已成为历史了。不过这一转瞬即逝的历史边角在纸上留下的痕迹并不多；而书中涉及的一些问题就是在今天也依旧不曾完全失去新鲜感。因此也许它暂时还可以起一点备忘的作用。此外，在我自己，则还有另外值得纪念的意义。当时的动手写这书，一则由于胸中塞满了过多的积郁，不少少倾吐就不痛快；同时这又是换取温饱的手段。在学校里读的是工科，战后本当重理旧业，但却因此机缘，从此改行，以至今日。这实在是始料所不及的。这本小书得在当时上海出版的《周报》上连载，有如一份“投名状”（典出《水浒传》），为我方便地取得了记者的资格和职业。因此，对它我又实在不能没有一点“故剑之情”。

出现在这本小书中的某些话，某些议论，今天看来，可能不只是浅薄、偏激，甚至迹近胡说八道了。以自己当时的年纪、教养竟狂妄地来议论这类重大的题目，后果似乎也只能如此。当然，也还由于种种客观的限制。最近读了美国迈克尔·沙勒所作的《美国十字军在中国（1938—1945）》，明白了一些历史事件的背景材料，觉得很有兴趣，获益匪浅。沙勒收集了大量第一手材料，这许多在当时都是绝密或简直无法看到的。这不只是饶有兴味的更是能够借以解开历史的"谜"的钥匙。可以用来解释许多当时使人觉得奇怪的现象，也可以找到何以产生种种误解的原因。即使根据的是同样的材料，不同的研究者得到的结论也会是截然不同的。譬如沙勒在研究之后虽然肯定了当时美国制订的是一项"不幸的政策"，但还是留下了一连串没有答案的问题。这些问题有些看来并不是重要的，或只具有一种学术研究上的兴味；有些则是明明白白的，但对美国的专家却又显得烦烦难难。不过从开列的没有解决的问题看来，这本研究著作不只是一本历史书，同时还是一本有强烈现实意义的书。作者试图探讨的是一种对美国统治者说来是"明智"的对华政策，一种在最大程度上有利于美国统治阶级的政策。这种愿望的表现是坦率的、一贯的。这一基本立场可以用来解释美国军队作为"盟军"来到中国战场以后中美关系的衍变，并延伸到未来。作者研究讨论的也仅仅是怎样的具体做法才是"明智"的或"不幸"的。

在我的小书中企图反映的则是普通美国人的面貌和心思。这显然是一种更艰巨的课题，不过这设想当一开始与美国兵接触时就产生了。我得到的是美国人民是中国人民的朋友的结论。虽然这并不是一个可以套向每一个具体个人头上而万无一失的"公式"。

小兵与将军不同，普通人民与统治者不同。这些普通的知识在我则是通过与具体人物的接触懂得的，因此印象强烈而鲜明。也许有人会觉得奇怪，在头号资本主义堡垒的美国怎么会有人同情在残酷剥削下陷于悲惨境地的中国人民，但这是实在的，正是“全世界人民大团结”的理论基础。

这本小书在写成两年之后作为《周报丛书》出版时，曾受到一位论者的批评。使他感到最不能理解的就正是这一点。论者甚至断言这书是为了缓和中国人民对驻华美军恶劣到极点的印象而作的。这自然不是事实。同时为这位论者所存而不论的许多对现实阴暗面的暴露与对丧失民族气节的无耻行为的抨击，则是不应抹掉的另一方面。这可是一个有深远历史渊源的老问题。我在《关于翻译官》里曾粗略地进行了回顾。同样的问题在今后也将依旧存在，也许还会更为突出。自从经历了这一段奇特的生活以后，我就深深懂得了奴才不是办外交的合适人选的真理。同时又悟出，帝国主义国家过去在中国办了那许多学校、医院、教会……固然培养了一些得心应手的理想奴才，但更多地怕还是造成了自己的对立面。这是他们所始料不及的。

书中涉及“金元文化”与美国生活方式的部分，是过去受到批评家注意的另外两个方面。

第二次世界大战后期，美国的动员了全国力量为战争服务的行动与努力，确曾使我看了吃惊。特别是生活在抗战中后方，看惯了国民党政府统治下的黑暗现实和人民的苦难，这差异就更不能不使我吃惊。强烈的感受激起我“写真实”

的愿望。我选择了在我看来是最方便也极有效的揭露黑暗的方法。有时候简直用不到多余的评论。

至于面对残酷现实个人的思想活动，倒是复杂的。羡慕自然有，但并不曾达到“不已”的程度。这主要是受到在每一个年轻学生身上程度不同地存在着的民族自尊心制约的缘故。我想起了长城抗战中的大刀队和穿了单衣草鞋英勇杀敌的战士；我也对美国少爷兵的战斗能力产生过真正的怀疑。……我很自然地想到了鲁迅先生的“拿来主义”，但这一切似乎都与当前的实际离开得很远。很容易看清楚，当时的统治者不懂也决不会实行什么“拿来主义”，他们忠诚奉行的是乞讨主义，这是不必读过沙勒的书才能明白的道理。

以自己当时幼稚的认识水平，很难就此得出应有的结论，倒是流露了一些显然谬误偏颇的认识。在美国物资在抗日战争中所起的作用、陈纳德的“飞虎队”与昆明上空的制空权之类的问题上，就作了不符实际因而也是错误的估计。但真正值得思索的问题并不仅只在这里。

文化，是一个非常广阔的概念。有时我想，就连飞机、坦克这些分明是“武化”的事物也应算作文化的内容之一。从石斧、弓矢开始，它本身也有长久发展历史了。从几千年前人类就开始积累为生存而斗争的种种经验，逐渐形成人类的共同财富。不同的民族、国度继承、发展着世代积累下来的人类共同文化成果，也赋予各不相同的色彩、特征。过去我们习惯用“金元文化”代表美国文化，就指的是这一点。怎样正确对待贴着各种花色历史标签的文化成果，还是不能不运用鲁迅提出的拿来主义的原则。

视而不见或不承认主义是不可取的，因为这不是唯物主义的态度。“贫穷的社会主义”的鼓吹者则是利用了人民群众可贵的爱国主义与民族自尊心推行的别有用心的骗局。但这些伎俩并不能经久不败，一碰到现实就立即破产了。这也是往往伴随而来的闭关锁国方法的由来。凡此都是不可忘记的历史教训。三十多年前曾流行过大刀队胜于坦克车的传说，“十年动乱”中“越穷越革命”的“理论”也曾迷惑过许多人。这些古怪思想的出现并不全是个别孤立的现象。用“儿不嫌母丑，狗不厌家贫”来描绘爱国主义，确有悲壮的鼓舞人心的力量；但一旦被当作落后、愚昧的辩护词使用，也就立即失去了它应有的魅力。

五十多年前鲁迅先生在“拿来主义”结尾处写道：“没有拿来的，人不能自成为新人，没有拿来的，文艺不能自成为新文艺。”这是的确的。不过他没有接下去讨论拿来以后的问题。这是因为当时还没有需要与可能想到这类迂远的要求。

“文化”如果是以“金元”为牌号的，它必然带有金元的臭味。在拿来之前，必须经过辨识、处理的手续。“或使用，或存放，或毁灭。”这在“沉着、勇猛、有辨别、不自私”的人是可以做到的，但要花费大气力。即使经过这样的努力，由于上层建筑与经济基础之间紧密的依存关系，未来的“新宅子”中必然要带有某些“新气象”，也是不待说的。

已故历史学家陈寅恪于1933年为冯友兰著《中国哲学史》下册所写的“审查报告”中有这样一节话：

> 窃疑中国自今日以后，即使能忠实输入北美或东欧之思想，其结局当亦等于玄奘唯识之学，在吾国思想史上，既不能居最高之地位，且亦终归于歇绝者。其真能于思想上自成系统，有所创获者，必须一方面吸收输入外来之学说，一方面不忘本来民族之地位。此二种相反而适相成之态度，乃道教之真精神，新儒家之旧途径，而二千年吾民族与他民族思想接触史之所昭示者也。

这是一种值得注意的思想。在同文中陈先生又说："寅恪平生为不古不今之学，思想囿于咸丰同治之世，议论近乎湘乡（曾）南皮（张）之间。"这就又极坦率地承认他是属于"中学为体、西学为用"那一思想体系中的人物。曾国藩、张之洞所开始倡导的改良运动早已失败了，看来这曾为陈先生带来思想上大的冲击，使他比自己的前辈前进了一步。他终于承认了外来事物进来之后必然要引起变化，看出了僵死的二元论的"体用"思想的荒唐无稽。人们不应使行动和思想南辕北辙，各不相谋。他开出的虽然是可笑的药方，但他在接受了痛苦教训之后获得的认识，是得来不易的。接受了外来的"坚甲利兵""奇技淫巧"之后，也应该对思想意识必然发生的变化做好充分的准备，保持应有的清醒。放进一部分、顶住一部分已被证明只是幻想。

《周报》于1945年在上海创刊。那正是抗战胜利，国民党政府从后方回来进行疯狂"劫收"的时候。短短几个月，中国人民上了极为深刻的现实一课，多年来人们眼上蒙着的帷幕一下子被掀开了。《周报》在这时候问世，把努力放在擦亮人民眼睛的工作上，是完全正确的。我的选取了关于美国兵的题材，不只因为它具有强烈的新闻性，还有强烈的政治性，通过这一侧面也更易于窥见当时中国真实的政治实际。在动手写作时，则很自然地采取了一种自由的形式。除了真实性必须坚持，习惯的某些新闻报道格式是被有意识地突破了。我一向坚信，鲁迅先生开创的光辉的杂文文体，不只能运用于论文、散文，就是在新闻的范畴中也应该得到充分的重视与利用。这样做可以为作品带来更大的自由、更多的活力，可以方便地把作者的爱憎溶入记述之中。可以有作者自己的议论，但也不是直截的、刻露的、结论式的。

通过第三者的眼睛观察，并发表意见，有时会带来某种方便。但这也必须确守真实的原则，不能将随便什么意见任意安排给谁。

开始动笔时事先估计到文章发表后可能引起的困难。在“叙言”中有几句话：“自己相信，要说的话，牢骚多于称颂，感慨溢于谀辞，恐未必有合于敦睦之道。”说明的就是这种预感。那是一个伟大转折的时代，全国、国际的政治、经济形势都经历着疾遽的变化，人民群众的思想认识与感情也以难以预计的速度变化着、前进了。就在这本小书从动笔到出版的短短一两年中间，作品中的弱点、缺失就逐渐暴露出来，这使我感到沮丧但也同时感到快慰。没有一个作者希望自己的作品只有短促的生命，但是也没有一个正直的作者为了自己抨击时弊的文字“不朽”而希望现实的黑暗永存！

近四十年的时光过去了。世界经历了很大的变化。小书中的一切缺失谬误在今天读者面前都已成为显而易见的东西。他们将从这里看到生活在那一特定历史时期的人们思想疾遽变化的轨迹和留下的斑斑遗痕。他们也将看到，作者不是带着固定的观念模式去图解、解释生活，而是在生活实践中逐渐改变了原有的、同时也形成了新的观念。在这样做的时候，是诚实的。

以上这些断续、零碎的感想，是在重读这本小书时陆续想到的。惭愧得很，几十年中并没有好好想过这些，而真的当了记者以后更没有想到去写一本同样性质的少有长进的作品。除了客观因素之外，全然由于自己的懒惰，而这就更加使我惭愧。

1983. 6

《锦帆集外》后记

这里收集了我近两年间胡乱写下来的文章的一部分。结集的时候在今年夏天，找寻出版的地方颇感困难。终于还是交给了 PK 先生。我的第一本集子《锦帆集》也是由他介绍出版的，这本集外就又麻烦了他。在这个烽火满天万方多难的时代，能看到这一本稿子寄出发排，我心里是充满了忠诚的欢喜与感谢的。

《江上杂记》本已收入《锦帆集》中，这里的是几篇遗漏了的残稿。所谓江上是说的重庆九龙坡的扬子江上，我在那儿过了一年寂寞的日子。那是一个美丽的地方，除了下雨天的泥泞的小路以外，无一处不使人留恋。那是一个做梦的好地方，平安而静寂，生活很苦，可是并未断绝了希望，这样，一个人自然是有理由做梦来安慰自己的了。

《桂林杂记》写于印度。几个月以后，我在郁热的兰伽回忆初夏的桂林，在后方回忆前线，我的笔枯涩得很，始终未能完篇，剩下来的一点，后来留给《关于美国兵》中的“前线景象”了。

在贵阳度过“胜利”来临的前后两个月，又回到昆明作了两个月“寓公”，生活由繁忙突归娴静，在无聊中到处走走，正巧这两个地方都多少跟残明的历史人物发生关涉，一点点趣味，使我写了那两篇“杂记”，并不是人变得风雅了，实在是不能不想法打发这些无聊的日子的缘故。

这以后我又做过一个时期记者。那正是“和谈”鼎盛的时代，在每天追逐消息动态给弄得晕头晕脑之余，也还抽暇玩了南京的古迹，积习未忘，又写下了文字。至于重复拾起“闲情”，那是已经离开南京再度坠入无聊之后了。

我已经厌恶了这些文字。

记得在陕南留坝的张良庙里，有一间古色古香的殿宇，墙壁上涂了一片白灰，看去十分不调和而可恶。旁边挂一小牌曰：“禁止题字。”原来善男信女在游览之余，往往自己题上大名，图垂千古，不料白粉一涂，终成虚话，是十分煞风景也十分可悯的事。

我想我的到处做文，滥用情感，终于也将不免给人家涂上白粉，彻悟之余，我以后大约是不会再做这种文章的了。

至于还有一些杂文，将来想另编一集，不附此卷之末。编校既毕，聊记写这些文章的时地因缘如上。

1947年除夕，上海

《旧戏新谈》后记

去年《文汇报》《浮世绘》副刊的编者，想在副刊上经常有这么一点谈京戏的文章，约人撰写，可是没有适当的人，后来就跟我商量。我觉得这很为难，因为我虽然很喜欢听戏，然而对于戏却是不懂的，哪里有资格每天一段的经常发表议论呢。说来可笑，我现在连什么是倒板，摇板……都弄不清楚。虽然也曾经读过齐如山先生的《上下场》之类的《剧学丛书》，然而也还是不能够安心记忆，我只觉得我的兴趣是在看与听，而且有时候对一件事不太内行也未始不是一件好事情。否则照一般老辈评剧家说来，现在的这一些角儿都是“离经叛道”的家伙，那么哪里还有什么戏好听呢？

在答应写以前，我自己就先决定了几点原则。第一，因为我不懂戏，所以尽量避免谈得深入，以免出了笑话，贻笑大方；第二，为了有一点现实意义，不只是捧角喝彩，赏色评腔，也因为可以写得活泼一点，不至于太单调，我的文章有时候是谈到戏外面去了的。

这样，我写了约莫有五六十篇小文。

我的文章写得很自由，因为《浮世绘》是娱乐版，不宜太扳紧了面孔。一开头就说自己听歌三十余年，其实这当然是不确的。也就因为如此，有很多地方是信手写来，只代表自己当时的一时的感想，如果有不确实或者有被疑惑是在讽刺谁的所在，务希原谅，不必做准。如果一定要指着自己的鼻子，说“他就在说我”，那也没有什么办法，删改费事太多，所以也就索性一仍旧贯了。

现在有机会出一本小书，于是就略加删定，编成了这一册，计删去五篇，添写两篇，重写一篇，一篇不发表，现存五十六篇，分为五辑。

第一辑里所收大抵是泛论。也多少说明了一点我对京戏的看法，因为时间匆促，没有系统，所以这里所说的也不过是零碎不完全的意见。

第二辑中所收大抵是“正宗”的谈戏的东西，计共谈及戏廿四出。这也并没有什么系统，想到那一出就谈那一出，这一部分似乎还可以和书名相合。

第三辑所收谈戏小文九篇，这大抵是我所喜欢的几出戏。尤其是前面的几出小喜剧，是为我所深深欢喜的。

第四辑谈到了几位伶工。本来我很讨厌捧角文字，尤其是捧坤角，因为那往往是会集肉麻之大成的。然而我却也喜读不肉麻的纪伶工身世的文章。只可惜这不多，买到了张次溪所编的《燕都梨园史料丛刊》皇皇数十册，翻看一遍，真难找出一二不肉麻的篇什。我这里所写以现仍存世的伶工为限，谭叫天、龚云甫，我是不谈的。伶官传在旧日史料中也是一个部门，并没有什么比不上王公大臣的地方，只可惜我是在瞎谈，并不足以供史家的采择，学人的利用。像潘光旦先生就写过一本《清代伶人血缘的研究》的书，可惜这书久已绝版，想买也买不到了。那正是我所十分向往的文章。

第五辑所收几乎已非谈戏而是杂文了。不过好像看来还是在谈戏而已。虽然，这里面却很有我自己喜欢的地方。剑拔弩张，像煞有介事。“忽发狂言惊四座”，这种快乐我是直至现在还可以记忆起来的。

因为这本小书本身的寒伧，所以请几位师友给写序题属，对于他们的殷勤的盛意，我一并在此致谢。

1948 年 3 月编校后记

附记

昨夜读《鞠部丛谭》，里面有一段说：“项城曾令人编一剧付第一剧台，令其演唱。其剧名余忘之矣。杨小楼饰张勋，慈瑞泉饰孙文，其后有人谏止，遂未演也。有谓在公府曾演过一次，未知确否。然第一舞台确已排过此剧矣。”这里所说的无疑即是《新安天会》。于是在《后孙公园杂录》之外就又得了一个旁证。还使我们知道杨小楼被迫去演那个辫帅，曾经和谭鑫培配《打渔杀家》教师爷有名的慈瑞泉则去孙中山，真是可珍贵的史料。因为上文已经排好，因补记于此，以当补遗。

1948 年 4 月 23 日记

《金陵五记》后记

将过去所写有关南京的文字编在一起，重看一过，长长短短也有了四五十篇，自己都不免觉得有些奇怪。我在南京只住过一个很短的时期，又曾来往路过若干次，实在只能算是一个匆匆的过客，不知如何，竟对这个城市表现了一种并不一般的感情。

这里所收最早的一篇是写于1942年冬的《白门秋柳》。一个年轻的学生，亡命远行，路过已经成为敌寇铁蹄下汪伪政权“首都”的地方，自然不能不激发一个中国人必然会有的感情。四年以后，我成了一个记者，又在这里住了虽然短暂但很不平凡的一段日子。那是劫后的年代，我所看到的是满目疮痍，民生凋敝。这“劫”是双重的，敌伪的劫掠与“新贵”的劫收。还看到的是英勇战斗与荒淫无耻的鲜明比照。1949年秋，又有一次短暂的访问，记下过南京人民迎接解放的欢欣。三十年后重来，则已在十年动乱之后了。时代不同了，社会性质不同了。中国人民在经历了又一场历史性的灾难以后，重新起步向前。清除道路上的障碍，整理被破坏、蹂躏的基址。人们的心情是兴奋的同时也是沉重的。这一切，我也看到了。

这一切，当然也都是历史。

在这一束文字里，我常常说起过去时代发生在这地方的许名历史故事，似乎充满了“怀古”的气息。我想，南京这地方真是浸透了历史的气氛的，一个诗人来到这里，决不愁缺乏吟咏的题材。如果把过去中国诗人有关金陵的诗篇抄撮起来，那将成为一部可惊的巨帙。不过我总忘不了明末清初阳曲傅青主写的一首诗，题目是“金陵不怀古”。那起头的两句说，“甚是金陵古，诗人乱有怀”。真是大喝一声，值得一切喜欢发思古幽情的人警醒。当然傅青主并非无原则的一律反对“怀古”，他反对的是那些“肉髀愁不鼓，伧父过秦淮”的“雅人”。

中国的古都自然不只南京一处。长安、洛阳、开封、北京都曾是历史上的名都。可是没有哪一处像南京，这简直是一座无比的历史博物馆。南京建都的年代，断断续续前后也不过三百多年，也算不得最长。但朝代递嬗多，社会变化剧烈。特别是常常与历史上的民族战争有密切的关系。这一特色则是其他一些古都所少有的。六朝都是偏安的局面，南唐、南明则是更为可怜而短促的偏安朝代。太平天国建都南京也只十多年。在这些短促的朝代里，留下了许多遗迹，为诗人所注意。诗人最好的作品总是说出了人民的感情意愿的。虽然时移世换，一些旧有的矛盾已不复存在，但作为历史，作为民族意识、民族感情形成的细胞，它的影响也还是久久不灭的。

散文方面的情形好像也差不多。《东京梦华录》《武林旧事》《梦粱录》都不是通常的风土志；《洛阳伽蓝记》《板桥杂记》也不是记寺庙伎寮的专书。它们都是特定时代的产物，发抒的也几乎是类似的感情。这不像西安，虽然汉唐最后也无例外地覆灭了，但留下的是《三辅黄图》《西京杂记》，叙述着开国的规模，豪门的故事，不见半点凄清衰飒的影子。其中消息，是值得寻思的。这也许是中国文学史上一种可以注意的现象。

有许多古代诗人的名篇常常具有一种神奇的力量。他们用的是极为精练的语言，表现的是非常复杂深远的意境，往往不是使用了更多文字的散文所能做到的。我常常思索隐蔽在这中间的奥秘，发现在声律、色泽、动作、音响……这些因素之外，诗人还有更为重要的手段。他们挑动读者的心弦，打开记忆的窗门，调动民族的、历史的感情力量来帮助增强诗的感染力。可以举刘禹锡著名的“金陵五题”和韦庄的“台城”作例。这两位中晚唐诗人不但与封建社会一切写金陵怀古诗的诗人在情感上相通，简直就是他们的代表。除了明末诗人所表现的民族感情以外，一千年中几乎没有增加什么新的思想内容。他们的作品都是为旧时代、旧王朝唱出的挽歌。

刘禹锡在“乌衣巷”一诗中，在三处地方具体写出“朱雀桥”“乌衣巷”和“王谢堂前”；韦庄在“台城”诗中写的是“六朝”“台城”和“（长）江”。此外就都是自然的景物，野花、夕阳、燕子和雨、鸟、柳树、长堤。这一切都是没有“生命”的东西，但在诗人的安排运用下，它们释放出的则是难以想象的力，撼动着读者的心。其强烈程度则依读者所处的时代环境、思想情感、文化教养而各有不同。这很有些像原子能的释放，但其触发与制约却更为奇妙而灵活，这不是自然科学家和工程师所能做到的。

像台城、朱雀桥、乌衣巷这样的地方，这些孕蓄了巨大能量的古旧的地理名称，在南京几乎到处都是。即使有些已经泯灭了遗迹，但名称都还在。没有一个游人可能游遍所有的胜迹，怕也没有一位学者在地方风土志中能著录下全部的遗址。同时，每个不同时代的游人都有自己的选择。譬如，“新亭”是有名的地方，东晋时人们常在这里游宴，“风景不殊，正自有河山之异”和“当共戮力王室，克复神州，何至作楚囚相对泣耶!”的对话也是极著名的，表现得也并非全是消极的感情，但今天有谁会辛苦地去寻找“新亭”遗址呢?听说雨花台上方孝孺的墓已经没有了，但今天去祭扫烈士陵园的人，却很少有记得或想起这位“靖难”之役的“名臣”的了。这都是很自然而并不奇怪的。不久以前又到南京住了几天，下榻在五台山，朋友介绍这里就是随园的遗址。不过袁枚的墓已经没有了。这地方很静，四围长满了繁茂的树木，空气也是极清新的。夜里坐在旅寓内默想，三十多年前的旧印象和眼前的风景几乎完全凑不到一起。临行那天的早晨还到附近新建的体育场去走了一转，这个规模很大建筑宏伟的场地给我留下的印象是深刻的。我想，埋葬着袁子才和他那几位“如夫人”的可怜土堆的泯没一点都没有什么可惜。不过这也许是我的一种成见也说不定。

这次还去了一次栖霞。“春牛首，秋栖霞”，在南京是几乎尽人皆知的，又正遇上很好的秋天，可惜的是红叶还没有染遍山头。车过板仓时，远远望见了徐达的墓碑。这地方三十多年前也曾来过，还照过一张相。现在石人石马依稀还在，墓在前些年则被掘掉了，据说并没有什么珍贵的陪葬物，只有几件青瓷。如不是旧已被盗，那就说明这位“中山王”并不曾得到厚葬。

在过去叫花林村现在是十月村路边的稻田里，隔了田埂相对的是萧景墓址残存的一只华表和一座石兽。这是真正的六朝遗物，使人惊心动魄的古代雕刻巨制。尤为难得的是依旧保存得大致完好。我们只走近去看了华表，那座石辟邪则只能遥望。也许只有遥望才能充分领略那神态之美。这只辟邪不是静止地站在那里，右前足做势向前跨出，是守护着陵墓，随时准备出击的姿态。大张开的嘴里吐出一直垂到颔下的长舌。从田埂上侧望，辟邪身边的双翼平贴肩下，它无意飞腾，但却有高翔搏击的能力。一千三百多年前的无名匠师，选用高达三米的巨大石材，充分发挥艺术想象，雕成如此伟丽的作品，是不能不使人惊叹的。

萧景是武帝萧衍的堂弟，他是萧梁一代开国的勋旧，一直担负着江北军事指挥的重任。在墓阙正面的平板上的题字，是六行左行反书的“梁故侍中中抚将军开府仪同三司吴平中侯萧公之神道”二十三字。照例汉代的阙总是左右并峙的，萧梁也是如此，现在这一座应是仅存的西阙了。这阙真是非常美丽的艺术品。与汉阙不同的是，不是垒石为之，如《金石苑》等书所记，而是采用了秀挺的圆柱形，柱身刻成匀称的凹槽。碑板下面有三层浮雕，托起了碑板的是狞恶茁壮的人物，他们被刻成如此肥短，大约显示的是压在上面负载的沉重，和王建墓手托石棺座的武士的造型构思是相似的。这一层底下又有两圈龙形和草花的图案。碑版上有圆盖，刻莲花纹样，盖顶立着一只玲珑生动的石兽，大约也是一只辟邪。

如果用现存的汉高颐阙对比一下，就会发现装饰部分已发生了极大的变化。那些角柱、方斗、重檐、瓦当的仿木结构形式不见了，化为更富于外来色彩的新的造型。这影响是显然的。但真正有说服力的探讨和说明至今还不曾作出。今天所能见到的依旧是四十六年前写成的一本小册子，朱偰所作的《建康兰陵六朝陵墓图考》。他在这里作了初步的探索，提出了种种假设。不论如何，中华民族对外来优秀文化表现出的强大吸收消化能力是灼然无疑的。而那刻在碑版上秀美的反书碑额却还是我们自己的，无论是希腊或波斯都没有。

朱偰是朱希祖的儿子，他对南京的历史文物是非常关心爱护的，作了不少调查研究的工作，也有许多著作。三十多年以前我就是靠了一本他写的《金陵古迹图考》认识了南京的许多地方，至今也还怀着一种感激的心情。

接下去又看到了萧恢、萧憺墓的遗存。徐逸撰、贝义渊书的萧憺碑被保护在碑亭里。碑面剥蚀得很严重，匆匆一看，没有能仔细领会书法家所高度评价的书趣。碑亭外的石兽也残破得很，远不及萧景墓前的辟邪。

新近经过修整的栖霞寺，远远望去，正像一位身披大红袈裟的老衲稳稳地端坐在禅榻之上，座后紧紧围着一座重重叠叠、回环曲折的翠绿屏风。沉稳极了。人世的音响无论如何也无法惊醒他的好梦。从后山的万绿丛中，偶然可以发现一两株缀着黄叶的枝条，正如才入中年的人额头初见的白发。我们来得早了一些，到了十月半，这里将是遍山的丹枫红叶，那又该是怎样一番光景呢？

我们看了寺门左侧藏在亭子里的“明征君碑”，碑文看不清楚，但碑阴新填了金的“栖霞”两个大字却看得明明白白，据说这是唐高宗李治的手笔。疲软柔弱，也正像他的为人。那座南唐重建的石雕舍利塔倒实在是精美的艺术品，无论造型、浮雕都是极出色的。用厚重的白石雕成如此肥腴但却玲珑飞动的结构，实在很不容易。可惜檐角已经有好几处崩坏了，那残毁的一角就弃置在不远的草地上，虽然只是小小的一个边角，怕也有好几百斤重，可以想象全塔建成的艰难。塔上的四面金刚像和南唐二陵中的力士是同时代的作品，风格也是一致的。这里还有万历中祝世禄和焦竑所撰重修栖霞寺的两座明碑，保存得很好。又登山看了千佛岩。二十多年前在这里看到用水泥涂补得面目全非的石雕留下极不舒服的印象却一点都没有了。不是时光的推移减去了低劣涂饰的痕迹，那就一定是动乱之后重逢的惊喜改变了我偏激吹求的坏脾气。总之，坐在“待月亭”中，看见竟还有若干尊菩萨安坐在一座座石龛里，即使有不少已是断头失臂，也不能不感到非凡的安慰了。

格外使人高兴的是，经过朋友的指点，在右侧山崖的一个角落里，找到了南唐二徐的题名。在侏罗纪砂岩上一千多年前的浅刻题记，不是经人提醒，实在是很难发现的。这题名在明代盛时泰的《栖霞小志》中曾经提起过，但也“迷失”了好几百年。据盛时泰说，题名用的是所谓“螺篆”，对此，我没有半点说三道四的本钱，只能为见到南唐治《说文》著名学者的手迹而高兴。在二徐题名的后面，有“黄侃”两个大字，接下去是汪东等一排小字题名。黄季刚也是治《说文》的，难怪他要在前辈后面留题。看来这一遗迹至少在五六十年前就已被重新发现，并成为学者名流徘徊摩挲的珍物了。徐铉、徐锴兄弟都是南唐著名的文士、贵官，李后主的文集就曾请徐锴撰序，后来在南唐灭亡之前金陵围城中死去了。南唐亡，他的后裔曾在摄山（即栖霞）前开茶馆，号“徐十郎茶肆”。（客座赘语）徐铉则奉命到京师向赵匡胤乞和，自然是无效，后来与李煜一起成为“臣虏”。宋太祖要他去探问李煜的动静，他不敢隐瞒两人之间的私话，如实向太祖交代，加上“小楼昨夜又东风”一案，李煜终于被迫服了“牵机药”死去。这故事见于《默记》，是极有名的。似乎可以作为“打小报告”古已有之的一条历史佐证。

等我们离开栖霞，已经是傍晚时分，回头遥望，满山苍翠，确是好个所在。难怪孔尚任在《桃花扇》中把李香君的归宿安排在这里，还特地请有名的画家蓝田叔领她到此。朋友介绍，李香君当年栖真的道院据传就在山顶。我想这可真是有意思，真的有那许多好心人制造并相信了这样的“佳话”。为使名山胜地免去寂寞，并为他们喜爱并同情的人物寻找一个理想的归宿，人们创造了多少“神话”啊。

这次到明孝陵是从中山陵下走过去的。刚刚过了辛亥革命七十周年的纪念日，中山陵畔真是人山人海，这就更衬出了孝陵路上的清幽寂静。山路两侧布满了蓊郁青葱的林木，一路上几乎没有遇到过什么游人，除了偶然飘来的鸟语，也一点都听不到喧嚣的市声。浓烈的草木香真是中人欲醉，这样缓缓地在钟山路上徜徉，不能不想起当年王荆公大抵也曾在这里散步过。荆公集中有不少金陵诗，其中有不少断句写的好像就是眼前的景物。“木末北山云冉冉，草根南涧水泠泠。”“木落冈峦因自献，水归洲渚得横陈。”诗人感觉的敏锐、思路的灵活，都使人惊异。一个头脑里曾经充满着剧烈、复杂的社会矛盾、政治斗争的大政治家，最后只能观察、研究、记录大自然哪怕是极微细的变化，并天才地予以表现。这是怎样大的寂寞啊。

在我的印象里，孝陵在三十年中间几乎没有什么显著的变化。只除了甬路两旁新种的柏树，已经长得丈许高了，看了使人高兴。只是远远望去，孝陵大门只剩下了极小的一块朱红，两侧的围墙，全被参天的浓绿吞没了。不过这依旧掩盖不了陵墓建筑气局的宏伟。孝陵实在是南京最值得看的一处旧迹，我以为。

玄武湖、莫愁湖、白鹭洲。……比两年前建设得更齐楚了，也都各自形成了崭新的时代风貌。但若论“古意”，还不能不首先想到孝陵。

我的知道余淡心（怀），是在很早以前读了《板桥杂记》的时候，恐怕比接触《桃花扇》还要早一些。开始对他发生更多的兴趣，则是三十多年前无意中从无锡孙氏“小绿天”买到他三种著作以后的事。三种著作中的两种是和南京有关的，还有附在后面的淡心儿子宾硕的《金陵览古》，更是记录南京旧迹的专著。高兴之余也不禁觉得可惜，如果早些见到此书，那么在游览南京和写《金陵杂记》时，就将有更多的知识也更有趣味了。我在这本书的扉页上写下的跋文中说：

> 去岁（一九四九）余游金陵，宴胡小石先生于秦淮。酒酣，谈白下旧事甚悉，《板桥杂记》中故实，历历可数。《东山谈苑》稿本藏其家，为清抄底本而淡心手校者。于避清帝讳处浓朱满之，遗民心事可见也。又尝见有山水一幅，中杂坐名士闺流，一少年坐太湖石上，风神绝世，袭葛都丽，襟袖之侧小字书余怀二字，知是渠小影也。事关作者，因更为补记于此。

这是极可珍贵的知识。小石先生久住南京，他是诗人、书法家，又对历史文物有浓厚的兴趣，他的腹笥实在渊博得很，他所知道有关南京的故实真是太丰富了，可惜没有写下来，也没有人想到加以记录。“抢救材料”的说法是十年动乱之后才开始风行起来的，在当时，似乎谁都没有注意到这一点。

这以后，我就开始留心有关余怀的故事，搜求他的作品，辑录他的诗文。收获不多，但终于也有了一本小册子，可惜后来“迷失”了，想重新写起很不容易。现在姑且搜寻记忆，描下一点简单的轮廓来，当然是极不完备的。因为目前也还没有翻检群书那样的余裕与可能。

我所知道最早注意余淡心著作的是蒋生沐，他在《东湖丛记》卷五有“余淡心著作”一文。他说：

> 余淡心（怀）《江山集》今所见者凡四种。一、《平生萧瑟诗》，有虞山某某（按当是钱谦益）序，吴郡叶（襄）序，及余自序；一、《三吴游览志》，则吴骏公（伟业）序之；一、《枫江酒船诗》，则姜如须（垓）序之；一、《梅花诗》，亦自序。

《江山集》是总名，不分卷，收小集若干种。这里的四种是蒋生沐见过刻本的；此外他还见过“马二槎上舍藏有淡心手抄《玉琴斋词》”，就是淡心手写、吴梅村手跋、曹楝亭收藏的所谓“三绝”本，后来归八千卷楼，曾由盋山精舍影印。蒋生沐又说：“淡心著有《味外轩稿》《板桥杂记》《茶史》；曹倦圃侍郎（溶）《静惕堂文集》有‘题《淡心杂录》序’一首，则其所著当不只此。”连同《秋雪词》，共有五种，则全是他没有见过的。这中间《味外轩集》（不作“稿”）也是一个总名，下面也有许多名目。

《秋雪词》收入聂先、曾王孙的《百名家词钞》中，有康熙金阊绿荫堂刻本，大题下属“下邳余怀曼翁”，收词四十三阙。中有《玉琴斋词》未收之作，也有不少异字。后附吴伟业、龚鼎孳评语，吴作其实就是《玉琴斋词》的前序。

《板桥杂记》异本最多，但我始终没有见过清初刻本；《茶史》及《补》我曾有康熙刻本，后来失落了。

此外，余淡心的著作还应该有：

《妇人鞋袜考》（法式善《陶庐杂录》著录，在王晫《檀几丛书》中。）

《砚林》（在《昭代丛书》中。）

《集翠裘》（戏曲。周亮工“复余淡心书”说，“读广霞君《集翠裘》，觉马致远乔梦符一灯犹未灭也。”）

《余子说诗》（康熙刻钱岳《锦树堂诗鉴》前有余怀序，有“余方弱冠，著《余子说诗》……”语。）

《鸳鸯湖传奇》（陈其年为撰序，在《湖海楼集》。）

《东山谈苑》，稿本。有盋山精舍影印本。

《汗青余语》（刘继庄《广阳杂记》卷四，“邻初言，余淡心所著有《汗青余语》，部帙甚广，皆记明末党局事。此书当极力求之。”）

钱谦益顺治十三年作《金陵绝句》三十首，有两首是赠余怀的，诗注有“淡心方有采诗之役”语，知道余怀选过诗，不过不知名目，也不知曾否付刻。

去年在北京图书馆，得见余怀著作的原刻数种，非常高兴。这真是人间未见之书，淡心诗集的清初旧刻，不但未见藏家著录，连禁书目都不载的。书刻得也极精，可以毫不迟疑地断定，是汲古阁的开板，虽然没有留下刻书牌记也不妨事。可以作为旁证的是，我所藏的淡心《七歌》，也是《江山集》之一，小字写刻，卷尾就有“琴川毛氏汲古阁镂”牌记一行。可见《江山集》诸种，都是托毛子晋代为付刻的。人们习知汲古阁刻的大部头书，如十七史、津逮秘书、六十家词、六十种曲等等，却很少知道毛子晋还常代朋友刻行著作，分量虽都不大，数量却很不少。这当然不是为了营利而刻，有些种甚至还要承担不小的干系。这往往都是明遗民的作品，在新朝当局看来都是大逆不道的东西。这种代刻的书，有一些写样与汲古阁的通常款式不同，别有一种风格。如姜埰的《敬亭集》，杨补的《怀古堂诗选》等即是，凡有所见，都是可贵的异书。这些书不但毛斧季，就是陶湘的《汲古阁刊书目》中也不著录。我想毛氏刻这类书的时间也并不长，只在甲申前后数年之间，文字之禁还未盛行之际。毛子晋一死，他的儿子就不再有这种魄力也没有此种雅兴了。

北京图书馆所藏的几种是：

《五湖游稿》三卷（疑不全，佚后二卷）。八行，十八字。板心上有“江山集”三字，中跨边题“鸳湖卷之一”字样，下页数，最下是“五湖游稿”四字。现存“鸳湖”“石湖”“泖湖”三卷。卷耑的题属是“江表余怀淡心氏著”。“鸳湖”一卷的自序题“寒铁余怀淡心氏识”。这“寒铁道人”的别属此外亦见于钱谦益金陵留别诗的诗注中。目次最后下角有“老树庵藏书”五字。每卷前有门人吴炳台等和“男玄霸鸿客编次”两行。从这里可以知道余鸿客原名玄霸，后改宾硕。

《甲申集》八种。汲古阁刻。八行，十九字。板心下有“海幢偶编”四字。八种分别是：

《茂苑诗》，有自序。

《武塘诗》，有自序。集中“武塘十友”，人各一诗。“十友”是钱尔玉、钱尔斐、钱彦林、沈文火、曹子顾、钱仲芳、曹子闲、倪曼青、钱漱广、钱不识。

《西陵诗》，有与潘嘉客湖堤夜步诗，嘉客是著名墨人。

《山阴诗》，自序中说：“余以五月一日闻国变，五月五日渡浙江，山阴道上，又以夜卧竹舵而过之。”又有“经徐文长故里”一题，小注：“文长宅今为土谷祠。”

《明月庵稿》，有自序，有“遥望燕都洒泪而作”诗。

《拟古诗》，有自序。

《拟“古诗十九首”》。

《律髻》，有自序，有“呈黄石斋先生”诗二首。

《甲申集》是1644年所作。余怀五月初一听到北京传来的消息，立即动身逃难。渡钱塘江到了越中，大约不久就又回到南京或苏州来了。那时弘光小朝廷已经袍笏登场，他又有许多老朋友参加了政府，秦淮河上又恢复也许还更超过了旧日的繁荣。此时他也许觉得这难逃得似乎有点太快了。不料没有好久，清师进逼，小朝廷立即崩溃。他就只有再逃难。好像这中间曾很吃过一些苦头。但不要好久，慢慢地一切好像又恢复了正常。所谓《五湖游稿》就是他在“避地”中所作。在《鸳湖中秋诗》前有一篇小叙，他说：

> 辛卯（顺治八年，1651）八月，寄居萧寺，木樨满院，风气高寒。……忆己丑（1649）中秋，遁迹海陵之隅，庚寅（1650）中秋，飘泊虞山之下，……余亦五年四处见中秋矣。

这是甲申以后五六年中他逃去逃来的纪录。不过我们也不该过于天真，把他的逃难生活想象得如何困苦，就在《江山集》前，同里林佳玑所撰的序中就说：

> ……今淡心所至，车马溢闾巷，征歌选妓，画舫留连。乐事既多，篇什遂众。岂江南之人好事异于古耶？抑淡心之才过于数子耶？不然，淡心故布衣，何所艳若是。……

这就是当年余淡心“逃难”的真相。他是把秦淮河上的生活照样搬到了嘉兴、苏州、青浦……的。当然，这一切也许比不上南京，而流离迁徙的生活也是不安定的。正如吴梅村在哀悼董小宛的诗中所描写，种种不如意是无法完全避免的。于是就产生了今昔之感，也就是作诗的材料。这中间自然也有家国之感的成分在。不过当我们读诗的时候，必须先打一个大大的折扣在这里，才可望透过障眼法，获得较为真实的理解的吧。

余怀是一个“布衣”，但却并不寒素，我怀疑他的家庭可能是因经商从老家福建迁往南京（当时的留都）的，而且已经不只一代了。方文《涂山集》卷六有“余先生六十”一诗，题下小注，“淡心尊人”，诗作于辛巳（崇祯十四年），前面的四句是：“瑶岛移来自八闽，却依京国寄闲身。书藏万卷儿能读，酒泛千钟家不贫。”淡心的父亲看来也是一个“布衣”，同时也是个风雅的富翁。甲乙之际，受到了一定的损失，但淡心还是维持着放歌纵酒的生活。他在南京、苏州好像都有庄园、住宅，又有许多朋友，都是有名的文士，其中大半是遗民，但也有新朝的显宦。关于他晚年的生活态度，前引林佳玑序中也有所描述：

> 今淡心豪情逸韵，能与人往来，所游领略辄去，不以衣食累诸公，焉往而不得志哉！

这就是余淡心晚岁适意生活的写真，也是他得以周旋于草茅野老与大人先生之间无不如意的秘密。这就需要有必要的、个人赖以生存的经济基础。虽然经过铁蹄的践踏，但到底没有落到赤贫的地步，不过比起甲申以前的好日子，到底是差得多了。《板桥杂记》和大量的诗篇的产生和所持的基调，就是由此而来的。

余怀大约生于万历四十四年。（作于康熙七年戊申的看花诗中有“唤回五十三年梦”之句。）甲申时二十九岁。《甲申集》和《江山集》应该算是早期的作品。我得到的《七歌》也是《江山集》中的一种，大题是“效杜甫七歌在长洲县作”，可以看作淡心的代表作品。它的不能得到流传，是一些都不奇怪的。现在就抄在这里：

有客有客字船子，平生赤脚踏海水。身经战斗少睡眠，功名富贵徒为尔。自比稷契何其愚，非薄汤武良有以。呜呼一歌兮歌激昂，日月惨淡无晶光。(其一)

我生之初遇神祖，四海苍生守环堵。旌旗杳杳三十年，金铜仙人泪如雨。皇天剥蚀国运徂，况我无家更愁苦。沟壑未填骨髓枯，河山已异安所取。胡雁翅湿犹高飞，百尺蛟龙堕网罟。呜呼二歌兮歌声寒，林木飒飒风漫漫。(其二)

小人有母生我晚，幼多疾病长屯蹇。生不成名老何益，蚩尤夜扫兵满眼。吁嗟亡国甲申年，二竖沉沉婴圣善。呜呼三歌兮歌思绝，鸺鹠昼叫泪成血。(其三)

有妻有妻珮璠玖，十年为我闺中友。两男一女未长成，索梨觅栗堂前走。汝病数载事姑嫜，伶仃憔顇供箕帚。岂知豺狼入我户，使汝惊悸遂不寿。呜呼四歌兮歌转悲，饥乌夜夜啼孤儿。(其四)

我有敝庐东门侧，后种梧桐前挂席。数椽风雨门长闭，四壁清清苔藓碧。自从戎马生疆场，使我苍黄丧家室。我行去此安所之，渔樵无地鸡犬迫。旧雨今雨花不红，新人故人头尽白。呜呼五歌兮声乌乌，浮云为我停斯须。(其五)

有友有友在远方，或称少年或老苍。遭乱化作长黄虬，碧血潇洒盈八荒。王室风尘此亦得，明明落月满屋

梁。呜呼六歌兮歌最苦，春兰秋菊长终古。（其六）

有弓救日矢救月，帝阍未开晨星没。词客哀时双泪垂，饥寒老丑空皮骨。何时东海翻波澜，暂向西园采薇蕨。呜呼七歌兮声啾啾，吞声忍恨归山丘。（其七）

这样的作品，不但在晚明，就是中国诗史上也是可以占得一角地位的吧。这一组诗大约作于甲申以后不久，感情的发抒似乎不曾受到任何束缚与抑制。一个在明朝最后的三十年度过了少年时光的封建知识分子，在一场美梦惊醒以后，投入了战斗，（虽然我们不知道那详情，但从陈其年为余鸿客的《金陵览古》写的序中，也多少可以知道他们父子在这场巨变里的心情和行事。顺便可以指出的是，陈其年写的是他所拿手的骈体文，全篇之中几乎全用金陵的历史故事组成，但事事都切合现实，起了很不平常的效果。这是表达一种难言之隐的特殊巧妙方式，不应当作一篇美丽的四六文空空放过。）受尽了苦难，也干脆否定了自己空疏不切实际的抱负与梦想。他在诗里直白地写出了“亡国”的字样，提出了恢复朱明的口号与希望，透露了遗民的心愿。他哀悼、怀念老母爱妻良友，他们都是为“王事”而直接间接牺牲的。他的感情是真挚的、痛切的。

清初魏耕、朱士稚、钱缵曾合选的《吴越诗选》卷七中收入余怀的一首“醉时歌”，可能也是同时的作品。

一月二十九日醉，醉时不觉天地碎。神仙烟舄绕空江，天姥轩皇悉狐媚。昨夜扁舟下洞庭，枇杷晚黄草麦青。故人留我南窗卧，脱衣露肘嗟飘零。传来直北旌旗赤，千山万山血凝碧。野哭邻鸡有好音，起舞有谁同今夕。忆昔皇舆败绩年，吞声忍死不敢前，乡里小儿皆得势，白头老翁无一钱。陵树苍苍云气深，侧身西望泪沾襟。流离每恨草间话，去住彼此伤人心。

此诗大约与《七歌》同作于南都倾覆之后，淡心避地苏州之际。魏雪窦对此诗的评论有“荡胸割眦”的字样，是说得对的。

清初抱经楼刻《十五国风删》，姚佺、张明弼、姜埰选定的《诗源》初集“越二”卷中有俞汝言“远游”一诗，诗后淡心附注说：“《远游》，为余作也。雨雪之情，努力之怀，飒飒翼翼，俨然未散。”诗为淡心过嘉兴时汝言送别之作。看诗语，《江山集》中的《平生萧瑟诗》此时大约已经写定了。

余生足着远游屐，踏遍吴越苍苔山。丝竹常携安石妓，鸣弦激管岩萝间。有时独往万峰顶，搔首扪天痛哭还。我怀十年未相见，何意车趋循海甸。倾囊诗句谢玄晖，平生萧瑟同卑贱。鸳湖秋水如碧玉，山楼清眺散晴旭，醉眠携手此一时，尧祠单父追前躅。沉吟三月别我旋，雪花片片风扬天。乾坤黯惨忽无色，鼋鼍颓浪鱼龙颠。熟视不测造化意，离合出入关重玄。余生欲前不得前，白门景物还凄然。楼头鸣筝小妇怨，香篝绣被寒无眠。棹头挂席独西去，梦到支机锦石边。

这诗和林佳玑的序文都为我们提供了余淡心“逃难”生活的某些真相。这与《七歌》中所写看似矛盾，其实是并不奇怪的。生活于晚明的文士，他们自己就是一个复杂矛盾统一的存在。

方文《涂山集》卷七有“寄怀余淡心”一诗：

西华桥畔昔为邻，一日花间醉几巡。别去凤台三岁客，忘归虾菜五湖人。兰芳过雨谁同臭，竹箭经霜始见筠。回首蒋山云物变，青袍无数泪痕新。

此诗作于甲申以后第三年（丙戌），时淡心已离南京，卜居苏州，因有颈联两句。诗中回忆过去在金陵结邻时看花饮酒的旧事，感叹沧桑以后的变化，称赞了故人的峥嵘晚节。

淡心住在苏州的时间似乎很久，曾与杜于皇、龚孝绪等同祭三原韩诗，时在康熙初年。见张贲“韩圣秋先生哀辞”（《白云集》卷五）。又曾游嘉定，参加侯大年等欢迎宋荔裳举行的诗会，刻有《明月诗筒》二卷。康熙二十一年曾到海盐去访汪森，《裘杼楼诗稿》卷五有“壬戌秋余淡心访余武原”诗，后附原倡。淡心与汪森、汪文柏兄弟都有交往，在海盐还曾与涉园主人倡和。淡心诗有“吴门忽遇周篁谷，说道相思已十年”句，篁谷是周青士（篔），是汪森华及堂中的上客，淡心就是由他的介绍来访的。在苏州时还为钱岳的

《锦树堂诗鉴》撰序。康熙元年壬寅，淡心游洞庭东山，住在许振光家里，后又移居席氏东园。七年后为振光的诗集《得闲草》（康熙刻，有淡心与吴梅村两序）撰序，序末属“康熙己酉江东同学弟余怀书于七松五柳之庐”。序中追述了他与洞庭诗人的交往。

> 忆昔自金陵还洞庭，诸同人张宴赋诗以宠其行。当是时余方弱冠，震甫（葛一龙）已耄年，手一编属余勘定。余翻阅未终，猝然曰，“先生之诗去其学钟谭者，可与孔目比肩也”。坐客皆骇，以余为戆。俯仰三十年间，震甫墓木拱矣。

自壬寅上推三十年，当在崇祯十年以前，淡心还是一位少年诗人，已经受到老辈的推重。这使他在三十年后追述往事时，还不能不表现出很大的激动。这就使我想到吴梅村“赠南中余淡心”的满江红词，那正是一幅生动传神的白描，简直把少年余怀活画出来了。如以甲申为分界线，前期余怀的面貌就正如梅村所写，是和“四公子”属于同一类型的“风流少俊”。

到了康熙二十九年（1690），淡心已是七十四岁的老人了，在苏州还参加了尤侗招集的两次揖青亭诗会，座中的贵客是苏州织造曹寅。淡心的行辈最尊，大约就在这时，曹寅请他为《楝亭图》卷作画题诗。淡心草草应命，连上款都没有留，署名是“旧京余怀”四字。诗写得也颇诙诡，“赏心亭子说秦淮，今日风流让署斋”。这是说今日“旧京”“风流”已为曹氏父子这些新贵族占尽了。“谁咏君家华屋句，白杨风起恸西州。”也不是什么好话。这使我们今天也还能想见这个老头儿落落的姿态。曹寅不是白痴，但却表现了恢宏的气度，在他看来，能得到余淡心一幅诗画，其实就是很大的成绩了。这以后，我就没有再发现过有关淡心的诗文记事，也不能知道他终于何年。

新出版的《艺风堂友朋书札》中收入瞿鸿禨题“余淡心先生巾箱图，图为恽、杨合作”一诗，中间有这样的句子：“持示巾箱图，淡心淡于菊。言从武夷顶，栖隐青溪曲。过江风景异，山带前朝绿。怀古立苍茫，诗成唾寒玉。幽情建业钟，独寐槃阿轴。椎髻与蓬头，妻儿从耕牧。西亭为写真，南田为画屋。孤标夐三绝，仙骨无由俗。出处各薰莸，骥尾惭芝麓。”……可知这是杨晋、恽格合作的一幅画，当是淡心中年以后的画像。（不晚于 1673）画中人还有龚孝升，他与淡心是“眉楼”中的旧识，应该说是老朋友了。不过却被瞿子玖奚落了一通，那是作诗时在“遗民”这一点上发现了与余淡心的一致性，顺便大发其遗老感慨的结果。

作为附录印在后面的是余怀有关南京的两种作品。

《咏怀古迹》一卷，后附《钟山纪略》，是淡心手书上板的。卷尾有大字篆书牌记“浣华草堂藏书”。

《味外轩集·戊申看花诗》一卷，是康熙七年春淡心在金陵的“看花诗”。从诗注中可以知道三百一十三年前南京的一些游赏胜地和春来花木之盛，也可以知道一些文士的活动。

箧中还保存着几张旧照片，是1947年春所摄，可以帮助我们认识一些地方三十年前的面目，因此也一并复印了。

1981年11月29日

偶读陈援庵论吴渔山生平文，知道余怀曾为墨井诗集作序，因找出康熙飞霞阁刻《墨井诗钞》来翻阅，果然在卷首看见“壶山外史余怀题于松陵道上风雨舟中”的“写忧集序”。陈先生说：“康熙元年，渔山丧母后，频客吴兴，有《写忧集》，即余怀所序者是也。”可知此序当作于康熙初元，也就是余怀与墨井频相过往的时期。余序说：

> 今年五月，同游霅溪。观其写忧一集，襟情闲放，气调苍凉。拊掌吟咏，想见其解衣磐礴，放笔写直干时也。诗曰，驾言出游，以写我忧。噫，忧从中来，其何以写之哉！

淡心比墨井早生几二十年，视之如小友。援庵先生说：

> 渔山明之遗民也。生瞿式耜之乡。永历之亡，渔山年三十矣。《墨井诗钞》托始于“无端”，曰“十年萍迹总无端，痛哭西台泪未干。到处荒凉新宅第，几人惆怅旧衣冠”。渔山盖有隐痛也。

从这里可以知道《写忧集》所写、与淡心序中所说的“忧”的内容实质，也就是他们之间友情的基础。

1981年12月12日补记

《榆下说书》后记

将这两年所作的杂文选编成集，取了“榆下说书”这样一个名字。榆，说的是我家后面的一棵参天的老榆树，它的树梢比四层楼还高。到了夏天，就像一把绿色的大阳伞。“说书”，意思是说，这些文字大抵说的是与书有些关联的事情；同时也是说，这只不过是一些漫谈。取书本中一点因由，随意说些感想，和说书艺人的借一点传说敷衍成为故事的有些相像。既无系统，又少深度，就连材料也是零碎的。

我的只能写点这样的文字，主要的原因是缺乏必要的知识和素养。在学校里学习的和走进社会以后经历的，都是全不相干的另外的事物。这就使我不可能得到必要的系统的训练。一点零碎的常识，也大抵是多年随便买书、胡乱翻书中得来的。好像摆着一个寒伧的地摊，只有几件破破烂烂的货色。心中有数，绝不敢叫卖百货商店里的高档商品。地摊上的旧货又大半陈旧残破，不过有些目前还可以将就使用，也有这样那样的买主选中买去。仔细想想，这本小书差不多就是这样子，实在是非常可笑的。

另外还有一种原因是大家心里都明白的。“地摊”在若干年前就理所当然地被“砸烂”了。想恢复起来是困难的。

有很长一个时期我做的就是没有本钱、没有货色的生意。全靠头脑里残留的一点记忆。而记忆近来又大大衰退，零零落落。有些真切，有些就模糊。因此记得实在的就多说一点，拿不准的就避开不谈。在这种情况下，小本经营或无本经营的结果是可想而知的。空话多而实例少。虽然尽量避免，总免不了出现事实上的错误和悠谬的意见。这就不只希望读者予以鉴亮，还要加以纠正了。

近十年前，康生曾经给过我“以伪乱真”的四字评语。也许是八个字，记不真切了。至今也还是不明白，怎么会荣幸地得到了这位“理论权威”的关心。有人说这是康生看到我在藏书上的题记以后的“批示”。我有一个坏脾气，买到一本书，翻过以后总要写下一点题记来。有时也说一点有关版本的意见。我的鉴定力并不高明，上当受骗的事是常有的，我也从不失悔，只是将那付了学费取得的经验写进题记里。至于是否曾经出于某种动机，把明刻说成宋版，把残本说成全书……那就要请“专家”“学者”和大小“英雄”们来判断。他们遵照康生的意见，把我的藏书全部“没收”以后，经过长年累月的鉴定、编目、研究，我写的题记自然也都全部看过，他们是应该有发言权的。

至于康生以及一些“专家”“学者”的版本鉴定学力，我也并不盲目崇拜。例如，有一部原刻的萧云从《楚辞图》，我在题记里指出是“乙酉刻本”，也就是南明弘光刻本。而“专家”所制定的目录里则说是乾隆刻本。那书的字体刻工确也有些与乾隆本相近，但到底并不是。这书到今天还被扣在那里，也许是被当作以清刻冒充明刻、“以伪乱真”的标本了吧。

这也真是算不了什么的小事。

康生只不过是批了几个字，也许只不过说了一句话，有人就得意地、神秘地辗转传说了。在那时候，谁能知道一半句“顾问”的说话，可是了不起的、真正值得夸耀的财富。没有一点关系，能知道吗？康生说了某人是“坏人”，传述了康生这句话的，就自然成为与“坏人”不同的“好人”，这也是明明白白的。

从这时开始，一直到宣布依“法”全部没收，很有一些人表现了非凡的“革命热情”。不过就在当时我也多少看透了这些“英雄”的心。他们肚皮里盘算的和嘴里叫喊的，看得出是完全不同的东西。这正是那个时候流行的风气。从康生那一伙开始，到大小“众路英雄”，他们的终极理想或有大小高下的不同，但在思想方法、具体手段上则并无多少质的差异。仔细想来，他们接受的也不过是几千年世代相传的过去了的“英雄”们的衣钵。几乎同样或相类的事迹，就大量地记在例如《资治通鉴》这样的书里。也许当代的“英雄”们并不人人读过《通鉴》，但竟全部无师自通地熟练掌握了那一整套法门。这才真是一种严酷的现实。想改变这种现实是要花很大的力气的，绝不是“没收”或“销毁”这种手段所能奏效。在这本小书里有时就说的是这样的意思。

我是主张不可忘记过去的。不论这过去的是几千百年或几天。不然就还是不可避免地要吃大苦头。

时时记住过去就会使人悲观失望、意志消沉么？我看也不一定。我相信今天我们伟大的祖国没有一天不在前进，虽然对进步速度的判断是有争议的。有时我向嫌进展小、慢的心急朋友建议，不妨取一张去年今日的日报，拿来和当天的报纸相比，看那重大新闻、批评或表扬的事物……很容易看出今昔之异。是不是真的有了进步，也是易于判断的。当然，对前进步子的大小、迟速，免不了还会有不同意见，但进步总是不能否认。这里用的其实还是回顾过去的方法。

譬如过去我们只能称之为“那个理论权威”“那个顾问”的康生，今天说起来就不必转弯抹角了。这就是一个很大的进步。在这本书里也还留下了一些这类的“谜语”，我也不一一加以改正，因为这反映的也正是一种历史现象。

1980 年 11 月 28 日

《银鱼集》后记

一年将尽，将积下的旧稿整理了一下，编成了这本集子。和《榆下说书》一样，所收也大抵是同类性质的杂文。除了近两年所作之外，还编进了一些旧文，有的还是三十多年前的陈货。

1947年初夏，我工作的报社被封门了。同时得到关心我的朋友通知，说是有人看见过一张黑名单，上面有我的名字，劝我最好还是避一避。避到哪里去呢？先是躲到在大学里工作的一位朋友的宿舍里去住了两夜。朋友比我低两班，这时留校在当助教。这大学是我的母校，但这校舍我却从来不曾进去过。这回算是第一次真正领略了大学校园的气息与风光。晚上在校园里漫步，望着亮着灯火的图书馆的窗子，曾着实产生过一种羡慕的心情。总住下去也不是事。于是商量好，拉了另一位同学一起出门去。远处去不成，于是就选定了嘉兴。到了嘉兴免不了要游南湖，到了烟雨楼上去喝茶。这就是《鸳湖曲笺证》最初的写作契机。

今天想来也不能不惊异于当时的大胆、狂妄，竟自要动手写这样的考证文章。感谢吴晗和郑振铎两位前辈，他们都极力劝我动手。不只是口头上鼓励，还借给了必要的参考书。在郑西谛庙弄灯光昏暗的书斋里，他从四周的“书山”中抽出了明刻的张溥文集和几社文选塞到我的手里，吴晗则从北平寄来了《霜猿集》。

文章写成后在《文艺复兴》上发表。自己很不满意。这是必然的。后来见书渐多，时时碰到过去没有发现的新材料，就觉得更不满意了。曾几次下决心重写，但几次起了个头就住手了。这使我懂得改写旧文并不是一件容易事，它会破坏尽执笔当时的一切兴会与情怀。也许改作科学论文是不会遇到这种困难的吧，可我写的又并不是科学论文。有人主张写论文要保持纯洁的“科学性”，要像科学家在恒温消毒密封的试验室里工作一样，避免与外界一切接触。不许说“题外”的话，无论“以论带史”或“以论代史”都不行。这是很难很高的标准，可惜我做不到。无论做题目如何正经的文章，总还是不能不时时夹杂了大量世俗感情。这就证明我是不会也不能写“论文”的。《鸳湖曲笺证》也不是正宗的论文，因此也就不好改，只能以原来的模样呈现在读者面前。

把几篇有些关联的旧文安排在新作之后，目的只是想提供多一些材料，并使读者知道自己许多年来考虑这些问题时曾有过哪些想法。

在60年代初，曾经有过一种野心，想关起门来研究几个有兴趣的历史问题。记得曾开过一张目录，寄给吴晗请教。他又热情地给予鼓励。记得其中就有这样一些题目：清初明遗民的生活与思想，他们与新朝统治者的微妙关系，以及通过像曹寅这样的人物体现出来的清初文化政策……通过毛晋、许自昌这些地主兼“出版家”的活动，反映出来的明清之际资本主义萌芽的消息；通过他们与一些“大知识分子”如钱牧斋、陈眉公之间的关系，看党社集团与山人名士的真相。又如“扬州八怪”“西泠八家”这些画家诗人的社会经济地位，掩盖在“高雅”表象底下他们的真实面影，“清词丽句”背后的愤慨牢愁。还有在扬州盐商马氏兄弟、天津水西庄查氏周围聚集着的以厉鹗为首的一大群文士的踪迹。这许多，都是想了解三百年来文化史的人所必须认真弄懂的。研究这许多饶有兴味的重大课题，不是我的知识、素养所能承担的。开始时只不过是读些书、作点笔记，写一点简单的札记。没有好久就来了史无前例的“文化大革命”，这些计划、设想、材料理所当然地都在“扫荡”之列，无从说起了。但也还剩下了一点零章断简，现在就一并收在这里。

因为买旧书，有机会接触像四明天一阁范氏、山阴澹生堂祁氏、甫里梅花墅许氏这些藏书旧家的藏书。这就引起了对他们的兴趣，因而写下了有关的一组文字。这些都不是正宗的藏书史论文，与《藏书纪事诗》《书林清话》这样的著作着眼不同，多的是“题外”的话，在版本目录学家看来恐怕是不合规范的。

近几年来，读书的风气确是空前地盛起来了。这是非常值得高兴的。以论书为题的作品出版得也很不少。我曾写信给一位喜欢读书的朋友说，能够想出来的嵌进一个“书”字的书名恐怕已为他人用尽了。就像大观园里的诗人做菊花诗，

“访菊”“咏菊”“问菊”“簪菊”……一直到“菊梦”，许多诗题都被快手的林姑娘拿起笔来一下子勾掉了，简直使后来者无从措手。因此想书名也成了一件困难的事。这里用了一个《银鱼集》的名目，也无非是偷懒讨巧的办法。古时读书人对蛀食书籍的小虫抱着复杂的感情。一方面是痛恨，但另一面也很羡慕。据说有的虫三次吃掉了书叶里的“神仙”字样，自己也就化为神仙，这就是“脉望”。真是值得羡慕的虫子。明赵清常就把他的书斋名为“脉望馆”。但这名目太冷僻了，要查字典才能知道，对读者很不方便，现在就使之化为“银鱼”。这并非“学名”，想查也查不到。但前人是用过的，记得在什么人的题跋里就看到过“银鱼乱走”的句子。这“乱走”的实况我也常常见到。有时打开一本旧书，会忽地发现一条两三分长的银灰色的细长小虫，一下子就钻到不知道什么地方去了。幸而捉住，用手指一捻，就成了粉。书虫有许多种，它们能干出种种花样来。有的能打一个细眼，笔直到底，和钻探队打探井一样；有的能把书叶吃得像蛛网；有的在书口、书根结一个壳，像小孩子捉来喂鸟的“皮虫”……这当中，这“银鱼”恐怕要算是最“可爱”的了。

1983 年元旦写毕

《翠墨集》后记

多年来的习惯，一书入手，总是要在书前卷尾写一点题跋之类的话。这中间百分之九十说的大抵是空话，这是受了《荛圃藏书题识》一类书影响的结果。偶有数种，读过一遍，查考过一点史实，产生了一点感想，空话的成分少些。抽暇整比，勉强算是读书杂记。这中间包含的错误可能很不少。我至今毫无自信真能读得懂古书，不点出破句、读出白字。加以心浮气躁，作风粗疏，有时仅凭记忆就发议论，这样造成的错误肯定也不会少。我曾随手把吴三桂的孙子写成儿子，又曾将另一人的遗闻装在"武林道隐"金堡头上。文章发表后都随时得到读者的指正。这使我非常感激，也使我时时警惕，力戒信口开河的毛病。读者是热情的，也是严正的。离开了他们的帮助、扶持，要前进是非常困难的。

书跋曾经有过种种样式：经生的考订，史家的辩证，目录家罗列版本源流，收藏家赏析纸墨优劣，古董家历数流传端绪，掠贩家夸说宝货难求……花样多得很。但由于篇幅大抵短小，即有考证发明也往往不过是零零碎碎，做不成大文章，一向只被视为小品。此外还有一种，或记卷册遇合因缘，或说身边种种琐屑，偶发感慨，却往往文情俱胜，于书籍本身倒并无多大关联，但当做文章看却每每令人难忘。这一类题跋，过去尤其不为人重，但要写得好却极难。上面说起过的《荛圃藏书题识》，似乎可以勉强归入此类。缺点是文字拖沓，缺少色泽。虽然也时常记书价，记卖书，但商人气并不浓烈，坦率天真倒是难得的。近代有沈子培，藏书题记也写得好，但时时露出遗老声息，寒酸气味，不免可惜。至于偶尔翻书，偶生感触，写成文字，这一类就更多了，但一向归入笔记或杂文，无人视为书跋。其实也不一定如此严格，反正是由书引起的，那么就视之为广义的书跋也没有什么不可以。这本小书后面所收的一些随笔，就是这一类物事，因为这样的理由，就一起附在这里了。

书名题为“翠墨”，也别无深义。对于碑帖石刻，我是有兴趣的，但没有一点起码的知识，也一直不敢踏进门去，怕一旦被吸引住了，终至泛滥无归。我买过一本季本刻的《岳麓书院石壁禹碑集》，是木刻本，却是黑地白文，和碑帖差不多，一直看作所藏嘉靖刻本中的一种“别格”。古代记事，刻骨、刻石、刻铜都是较早使用的手段，这以后才是写本、刻本、活字本……所以说到底还是一家眷属，不妨借用。因记。

1984. 9. 17

《珠还记幸》后记

“光阴似箭”，转眼又到了1983年的岁末了。这一年写得不多，因为到几个地方跑了一下，把“春秋佳日”都在旅途中空过了。其实这也是一种“遁词”。前人早就说过，“春天不是读书天，……”要找回护的客观原因，是并不困难的。

从1978年冬重新发表作品以来，前后曾编过几本集子。除旧著重印不计，这本《珠还记幸》算下来该是第六本了。回顾几年来所写的文字大致不出以下三类：读书笔记、纪游文和随感。要简便，是通通可以归入杂文一类的。这里我用的是杂文的古义，指的是在传统文集中挨不进论、议、考、说、碑传、庆吊文……中去的一切东西。如果读者宽容，把其中某些篇看作散文，当然也没有什么不可以。

如只从文字来看作者的生活，那就很可能得出这样的印象。这里反映的不过是闭户读书与游山玩水的种种。看来似乎倒是一种颇为理想的生活方式。难怪碰见朋友时彼此总不免要交换这样一通大同小异的对话。

“好久不见，近来身体还好吧?”“还没有退休么?”

“唔，唔。”

"近来又到什么地方去过了?""又写了些什么东西吧?"

"唔,唔。"

"还在×××工作么?"

"唔,唔。"

…………

只是到近来我才发现了这"唔,唔"的无与伦比的适应性。这真是一种奇妙的,充满了迷离惝恍诗的意境的语汇。既不肯定,又不否定;似赞成,也不排除反对的微意;承认"基本属实",但还很有一点保留。总之,这是一种高超的语言艺术结晶。相比之下,外交家口里的什么"无可奉告"之类可真差得远了。

语汇虽好,究竟只能是"速效"而不是"长效"的。正像程咬金的三板斧,应付得一时,管不得长远。碰到要追根究底的朋友,就发生了困难,"唔唔"不下去了。

总之,这是一种很难说得清楚的、奇奇怪怪的事情。要想用一两句话解释明白几乎是不可能的。

最近偶然从《吕叔湘语文论集》里看到了一句话,高兴极了。"早几年,在我被强迫赋闲的日子里,……"对了,这正是我苦思不得的恰当的表述。只要把"早"字换为"近"字就行了。吕先生接下去说:"有时候走进旧书店里去看看",于是在一本旧书里发现了一点材料,连想并论述了"语言作为一种社会现象"的问题。这是在语言学家身上出现的积习难忘的现象。在我自己,上面所说的那三类东西,也正是写了几十年的职业文字。积习难忘,虽然被苦心孤诣地取消了工作的资格与机会，也还是自说自话地写了这一些。当然，因为条件不同，写法与风格随之也有了多少的变化了。

好多年前看到过一首旧诗，据说是叶玉虎所作。全诗早已忘掉，只记住了中间的一句，“弃妇浑难忘米盐”。说是“积习难忘”也好，“不甘寂寞”也好，反正这句诗所表达的某种意境确是实实在在的。

工作是美丽的。

干了几十年的记者，试过了与报纸有关的许多行当，包括装运新闻卷筒纸这样的工作在内，那是早已不能再干记者以后的事情了。这是很强的体力劳动，还需要一定的专业知识与技术，可我还是干得津津有味。现在想想几乎是不可理解的。有什么值得高兴的呢？起早摸黑，流血流汗运来了许多卷筒纸，到头来还不是印了罗思鼎和石一歌们的大作？当时觉悟不高，对脑力劳动与体力劳动差别的理解是机械的。觉得能不直接插手炮制只是卖点力气总要干净一点，好一点，可以少受些良心的谴责。如果说这是一种典型的“为劳动而劳动”，并从中得到某种满足，也不能不说是事实。

人活着就要工作。在社会主义祖国里，劳动是每一个公民的神圣权利。想限制、封锁、剥夺谁的这种权利是困难的也是徒劳的。我不能不在这里再一次表示，对重新获得用笔参加劳动的欣喜与感激之情。

珠还合浦的故事见《后汉书》“循吏传”“孟尝传”。合浦在广东，汉置郡相当于今天新兴、开平西南沿海一带地方。海中盛产珠宝。因为历任地方官搜刮得太过凶狠，“珠遂渐徙于交阯郡界”，人民被迫害得好苦。孟尝到任后“革易前敝，求民病利”，结果“曾未踰岁，去珠复还”。这是一个有名的故事。乍一看，好像并不是历史而是神话，但我相信范蔚宗采用这个充满了美丽想象的人民传说入史，是经过慎重的考虑的。他并不是一位态度不严谨的史家。人们后来把它作为譬喻失而复得的泛用语，其实是缩小了原有的意义了。这里说的是重新得到了比多少颗珍珠更珍重千万倍的产珠资源，指的是有无比生命力的事业的生机的恢复。

我非常高兴为这本小书取了这样一个名字。

1983. 12. 18

《黄裳论剧杂文》后记

收入这本集子里的有三种是曾经印行过的小册子。它们是《旧戏新谈》（1948 年 8 月开明书店初版），《谈水浒戏及其他》（1952 年 7 月开明书店初版；1953 年 5 月平明出版社新一版）、《西厢记与白蛇传》（1953 年 7 月平明出版社初版）。此外，《谈玉簪记》和《谈彩楼记》是我为两书的校注本所写的后记；《瞻望新歌剧》以下三篇则从一册通讯集《新北京》中摘出。此外，就全是不曾收集过的零篇。在重印这些旧作时，除了少量文字技术上的改动之外，基本上都保存了原貌，还尽可能在篇末注明了写作的时间。

取名“杂文”，主要是想说明这些文字的内容、体制都是很庞杂的，并不意味着它们都是我们通常所说的杂文。

三十五年前在一种偶然的机缘中开始写《旧戏新谈》，我开始看出这种题材与形式的特殊的优越性。想对旧社会黑暗、腐朽的现实加以批判、攻击，谈戏是一条便捷而有效的路。传统的旧戏是劳动人民从社会现实中提炼、加工而成的艺术果实，它的根子是人民的生活。即使在它身上沾染了这样那样的灰尘、污垢、也掩盖更改变不了重要的本质。它提供的社会现象精确标本太丰富、太深刻了，简直就像一部百科全书。尽管换了衣冠、改了腔调，但灵魂是无法改变的。常常会发现穿了西装革履、道貌岸然在街上走着的某些人物其实就是舞台上的某种角色。这就为写短评提供了丰富而生动的思想资料和联翩的浮想。

在“封建思想的残余”和形形色色的剥削阶级意识被彻底肃清之前，旧戏的这种特殊功能大约是不会消失的。

即使到了共产主义社会建成的时候，旧戏的认识作用与文献价值也将依然存在，就和二十四史与博物馆藏品一样，依旧会引起人们极大的兴趣。

正是基于这样的理解，我不大相信旧戏即将灭亡的神话。

同样，我又希望我们的戏剧评论工作有所改进，逐渐摆脱原始的直观的简单方法。旧戏产生于封建时代，当时的剧作者在进行创作时有时也会采用类似30年代鲁迅写杂文的方法，使用了曲笔、“背面敷粉”等手段。现实主义的力量是强大的，有时忠实地艺术地再现的社会现实，本身就具有无比的批判力。在理解、欣赏、评价这样的作品时就需要更多的耐心思索。看见鼻头上涂着白粉就立即判定必然是坏种，这样的“分析”方法已经不再是万应的灵药了。

这许多还只是问题的一个方面。另外还有更重要的一面是旧形式的革新与表现现实生活的课题。

以京剧为例，它的全部发展、壮大、兴旺发达的历史就是不断继承、吸收、改革、创新的历史。这已为二百年来的实践所证明，标识着一个剧种兴盛的显著印记是流派的大量产生。流派又是最先由一位然后是一群演员组成的。它们都从同一株大树身上发芽、抽条，然后在不同的主客观条件下发展、长大，形成了仪态万方、繁花似锦的壮观整体。不能想象，一株生气勃勃的大树只有主干而芟尽了枝叶，这样就不会有繁荣而只能是萎谢。如果说京剧出现了“危机”，那危机可能就正在这里。

旧戏的应该而且必须表现现代生活，也是无可置疑的。我们今天所看到的大量传统戏，在它们出现的当时，往往正是那时的现代戏。如果旧时代的艺术家们不曾创造大量表现他们时代的现代戏，那么我们今天也将无传统戏可看。

旧时代的创作家常常借用前代故事的躯壳表现当前的实际，这在小说、戏曲中都是常事；以真人真事形式出现的现代小说、现代剧也并非罕见。《鸣凤记》以及大批表现反对客魏阉党新戏的出现，是晚明激烈的政治斗争的产物，正是一批不折不扣的现代戏、政治性极强的作品。在近代京剧的舞台上则出现了纷纭复杂的情况，但依旧可以看出，现代戏的活动几乎从来就不曾停止过。

像《四郎探母》这样的前代历史传说剧，剧中人物身上穿的则是地道清装，可以说是时装古代戏。《八大拿》分明敷演的是清代故事，施县尊（仕伦）、彭鹏都实有其人，但他们穿的则是明代衣冠，可以说是古装的现代戏了。《十三妹》中的何玉凤与安龙媒也是如此，但邓九公的打扮则有点异样。《杀子报》是坏戏，但却是一出典型的现代社会剧。那里面出现的官、吏，都一律用的是清代官服。《铁公鸡》

就更不必说，为了取得反动宣传的效果，现代戏的特征尤为鲜明。向帅（荣）和张国梁的辫子还是表演特技缺少不得的事物。在袁世凯授意编演的《新安天会》中，连西装也登了场。作为有力的政治宣传工具，现代戏在不同时代、不同政治力量那里都是受到重视的。至于《玉堂春》中会偶然出现一场“哑剧”“请医”，那位不说话的郎中的穿着打扮，也和真正的医生无异，这样偶然的点染也是有的。在观众和戏剧工作者眼中，并不存在协调与否的顾虑，相反却流露了他们对表现现实的社会相的热心。

旧戏的改革与现代题材的创作之间是有着有机的联系的，与传统的继承更是不能分割。50 年代初，戏剧工作者抱着很高的热情与勇气从事这一项崭新又是艰难的事业。过去没有经验，一切都要在实践中摸索、总结、提高。当时的工作是有生气的，探讨争论也是热烈的。惭愧的是，自己努力不够，成绩不多，失误不免。一经碰到一面“唯成分论”的盾牌，就转向了古剧的搜寻。成绩更是单薄，只介绍重印了一册《祁氏远山堂明曲品剧品》。那一篇后记因为并不专在探讨曲品本身，更多地注意了祁家的故事与抗清活动的史实，所以现在也不收在这本书里。

自从三十多年前开始发表谈戏的文字以来，挨骂，挨批评就一直是常事。最厉害的是不用语言而付诸实际行动的对手。但这是另一类问题，没有必要在这里讨论。最有意思的一役出现在日报上发表了我的《一捧雪》并说明了“我最讨厌莫成”之后。抗议书收到了一大捆，其中有一位老先生写来的红格八行书最为有趣，这文件我一直保存着，可惜后来失落了。我明白，自己的“激进”思想惹翻了许多人，他们都是崇奉“义仆”的。另外的商榷还所在多有。但应该说明，热情的支持者则更多，读者的热情不能不使我感动，这是当时这个专栏得以写下去的最大动力。

引起类似的“义愤”的还有关于关云长的事情。“桃园结义”的故事，过去一直在社会上传为“美谈”，势力大得很。有一家北京糕点店，在店堂正中就挂着一幅关羽的大画像。我每次去买点心，看见这画像总觉得奇怪，不知道关云长与糕点业有什么渊源。旧时唐明皇被尊奉为戏曲演员的祖师，倒还说得过去。因为李三郎妙于音律，特辟梨园，并能赏识李龟年这样的戏曲音乐家。但关公除了使用一柄青龙偃月刀以外，却不听说还做得好点心。后来总算明白了，这是店主人对他佩服的缘故。各地好像都有一座关帝庙，声势几乎可与孔夫子的“庙”媲美，可见其影响之深而且巨大。对这样的“大人物”说了不敬的话，难怪会引来抗议。关岳并称“武圣”，但比较起来，声势却相去极远，这是很不公平的事。“桃园结义”核心的江湖义气，今天恐怕也没有加以推崇并加上人民性桂冠的必要了。我一直不喜欢看关羽戏，总觉得在台上出现的不是活生生的人，而是一位举止乖张的神道。譬如他一上马，马童就得前前后后翻数不清的觔斗，看得使人吃力，心想伺候这位关二爷可实在不容易。关羽看见两位“皇嫂”的态度也做作得很，看了不舒服，倒不是因为嫌他思想太不解放。……总之，我的讨厌关羽，几乎是出于直觉的。最根本的理由恐怕还是爱看有血有肉的活人而不想领教一位活动的神道，就是“天神”也不例外。前人说“各尊所闻”，这话也并不一定怎样妥当，但它从某一侧面说出了“百花齐放，百家争鸣”的气氛，倒是可取的。红生戏也是旧戏中一支重要的流派，也有很多人喜欢。应该尊重这个事实。不过不同意见也还是不妨说一说。

武松与关羽在某一点上是可以进行比较研究的，那就是他们两人都看得极重的“义”。我对武松的印象也不怎么好，觉得在水浒英雄中间，比起鲁智深、林冲、三阮来他是差得远了。盖叫天先生有“江南活武松”之誉，可是和盖老谈天时，提起武松，我往往不赞一词。我觉得，在《水浒》中，武松是被写成了一个头脑十分单纯的人物的，他的许多行为的动力往往就是那被许多人极为看重的“义”。武松打蒋门神，打这个恶霸、土豪，自然是不错的。但武松之所以去打蒋门神，却完全是为了替施恩出气。施恩是小管营，一个牢城头子的儿子。他的开设快活林酒店，也并非经营一家便利过往旅客的非营利服务性行业，这也是很明白的，他也有他的“背景”。他的所以失败，并不全因蒋门神武艺比他高强，只是由于后者有比他的老子官高权重的人物撑腰。因此不论中间出现了怎样的反复，归根结底施恩还是命定地要以失败告终。这一点《水浒》写得非常深刻。但在描写武松打快活林前后的大量笔墨中，却全从“感恩知己”的“江湖义气”出发，因此就不能不使武松行动的正义性大大削弱。以上是我从小读《水浒》就形成的“宿见”，也许依旧沾染了“唯成分论”的残余也说不定。

几十年来写了这样一大堆说戏的文字，其中出现的缺点错误是很不少的。得到批评指正应该高兴。有些问题，虽然没有经人指出，自己也理应有清醒的认识。1950年下半年，我曾在报纸上写过几个月不署名的短评《文娱杂谈》，后来还辑印成一本小册子。中间有不少谈论舞台艺术的文字，这里就一篇都没有收。例如其中有一篇的题目是《不许有空白》，评论的是一次全市性配合当前任务的宣传周演出，要求的是全市戏曲界一律上演同样题材的作品，提出的口号是“不许留下一小块空白！”

曾经发过这样的议论，理应引起深刻的愧悔。即使没有人提出来追究责任，自己也不应该心安理得地保持沉默。

此外，如有关历史剧的问题，我说过，唯一的原则应该是“以历史还历史”。这也是模糊而片面的看法，是力求达到“无一字无来历”境界的一种违反艺术创作规律的幻想。

谈到旧戏，常常会遇到民族战争的问题。今天史学界热烈讨论中提出的某些新鲜重要意见是应该引起注意并深入思考的。不过兹事体大，一时还来不及考虑成熟进行修改。聊存旧文，不过是留下思想发展过程中一些痕迹而已。

在这些文字中，虽然有时也涉及一些艺术分析，但完全不足以称为戏剧评论；偶尔也引用过一些史传，当然也决不因此就成为严肃的历史论文。如《旧戏新谈》以下两三部分中的有些短文，写作的出发点往往在于抨击当前的时弊。如对当时某些依违于进步与倒退之间的知识分子，我曾有过意见，有时笔下就出现了严刻的评论，今天看来是不尽妥当的。但有些读者不清楚作者当时的作意，引经据典，提出了历史人物评价的商榷，或小说研究上的问题。这是使我感到惶恐的。因为文章是对某些社会现象而发，却非研究具体的历史事件、人物，或某种古典文学作品。当然，没有能清楚地表现主题，控制文字的能力低下，这许多也只能由作者负责。

在旧戏这个范畴里，断断续续摸索了三十年（实计不过十年左右），虽然接触过一些方面的某些问题，但没有值得高兴的成绩，多的却是失误的教训。正如一只关在玻璃房子里的昆虫，为百花园中的万紫千红所吸引，频频撞击，终于未能突破，想想也有些可笑。但对春光的向往却没有变，三十多年前如此，今天也依旧如此。

最后，让我对君武同志给予这本小书的出色打扮表示衷心的感谢。

1982. 10. 18

《山川·历史·人物》后记

右小文三十九篇，除去三篇旧作，两年来的纪游文字几乎都在这里了。说是纪游，其实内容芜杂得很，并非正宗的散文游记。或许勉强可以称之为旅行通讯，不过又不是。因为并无一名记者职业上的约束，不必时时顾及某些特定的限制和要求，想写什么就写，想说什么就说，结果就是这样一堆四不像的东西。对于慷慨地提供了发表的机会和篇幅的报纸刊物和出版社，我是很感谢的。

从四年前祖国大地重新恢复了生机之日开始，人们又逐渐获得了被剥夺了很久的正常的生活权利。这就是说，又可以像一个真正的人那样重新开始生活和工作了。在我自己是拿起了弃置二十多年的笔，并开始到处去走走、看看。从阴暗的洞窟里走出，突然出现在灿烂的阳光之下，眼睛会感到刺痛，耳朵似乎也经受不住熙攘的人声。这一切都是新鲜的。在生活、工作了几十年的父母之邦，有时竟自奇怪地感到了奇怪的生疏。“近乡情更怯”，这样的感情在旅行中是经常会出现的。一些本来是非常熟悉的地方和人物，变得似曾相识或简直是陌生的了。这就说明，经过了不平常的岁月，客观世界确实起了很大的变化。面对现实，不能不产生一些感想。把这些零碎的感触随手记录下来，就是这样一些文字。

生活在一个伟大的转折的时代里，是很大的幸福。我们几乎每天都在送走旧的，迎来新的。祖国的大地上有一片耀目的阳光。即使作者的视野是狭窄的，观察是浅露的，也还多少留下了一些痕迹。痕迹自然并不都是美妙的，我们正在清理废墟，不可避免会接触到大量断垣残壁和垃圾废料。但不要紧，我们同时又看到了它们的被逐步清除；同时在废墟上每天都在耸起崭新的建筑。在这个过程中，人们也会有一些不满足，但这也并不是坏事。它表现了人们奋勇向前时的希望与信心。

我还时时不能忘记过去，经常会感到“历史的重载”的沉重分量。今天发生的事，明天就成了历史。事情就是这样的。在社会变革急遽的时候更是如此。有时也为无力即时进行咀嚼、思考、判断而产生困惑。即使如此，还是只能不断地进行思索，时时得到新的认识，并从中感到快慰。

不论怎样美妙的自然景物，如果离开了人类的活动，也将是没有生命的。我好像从来就不曾读到过纯粹的写景文，用照相机拍下的风景画片那样的东西，在文字中是并不存在的。也许这是我的一种可笑的偏见。看画时爱读题跋，游园时留心匾对。面对湖山，也总是时时记着一些赶也赶不开的历史人物与故事。美丽河山，不只是对自然面貌的客观描绘，其中也包含了对世世代代在这里劳动、生息、歌唱的人民的热情的赞颂。

1980. 11. 26

《晚春的行旅》序

《晚春的行旅》是去年年初编成的。我曾为了完成编选工作而满心高兴。为自己编集子是一件愉快的事，编选的过程就是回顾一个时期来生活、工作的过程。这过程并不一直是平静的，也许正因为如此，回顾时才会觉得有滋味，就像嘴里嚼着青果一样。

稿子交出就了却了一桩心事，去干别的去了。前两天得到编辑部通知，说是书将付印，希望补做一篇新序，不料这事却是如此艰难。无话可说却要硬说，是痛苦的；不过这并不是当前遇到的主要困难，想说的话并非一点都没有。譬如小书里收入了一组记游的文字，关于“游记”我就一直怀着一些不清楚的概念。什么是“游记”？有没有“游记文学”这样的东西？只有作家才能写“游记”么？科学家、史学家、地理学家……的著作中有没有包含着“游记”的因素？《水经注》《洛阳伽蓝记》以至《梁思成文集》里那些古建筑调查报告，能和“游记”沾得上边么？《徐霞客游记》是科学著作还是文学作品？这都是很有趣的问题，如果加以认真的分析、思考，是会得出应有的有益结论的。但这仿佛又不是应该在序文里讨论的内容。

在精通“文学概论”者看来，也许这是一些常识以下的糊涂观念。不过在我却一直没有得到解决。平常见惯的那种用漂亮的、精雕细刻的语言来铺陈自然现象，用慷慨激昂或衰弱感伤的情调着意编织的文字，是很难写的。没有特殊的天赋和功力，勉强仿效，往往只能弄得画虎不成。这条路不容易走，反复考虑，唯一的办法只有老老实实地写下自己的见闻和感想，只要真实、朴实就好。但真正做到这一点，也并不是容易的。

去年秋天又到西湖边上住了一段日子，这中间又去了一次绍兴。早去晚归，只花了一天时间。走马看花到了几处已经游览过的地方。首先去瞻仰的是鲁迅故居。故居我前后到过三次。解放初的那一次，看到的是还未经过整修的老屋。这当然已经不是当年的原状，被后来的房主拆建改造过了。但老屋旧址依稀还在，破败荒秽的“百草园”简直和《朝花夕拾》中的描写没有什么两样。参观后留下的印象是很不坏的。

三年前第二次访问时，故居的整修工作正在进行尚未竣工，内部也正在拆改重装。这次留下最深刻的印象是在临街处看到了一座新建的西式“大门”。这座门楼使我看了感到吃惊，并非为了它的“富丽堂皇”，而只是一种蓦地袭来的幻灭感，好像它将故居原有的格局、气氛一下子全部打破了。

这回已经是对绍兴的第三次访问，是陪巴金一起来的。他在久病之后来杭州休息，想起还从未到过鲁迅的故乡，所以力疾进行了这次访问。他的行动还不方便，但兴致却很好。在故居的大厅里小坐，接受了纪念馆所赠的“金不换”毛笔。笔装在精致的长方木盒里，这是鲁迅先生一生都在使用着的一种水笔，确是极好的纪念物。后来又到百草园去，在这里流连了很久，还照了几张相。园里新添了些冬青花木，铺起了平整的小径。四周的断垣看不见了，代之以镶了透窗的矮矮白色围墙。不过依旧保留了一段旧土墙，使人们得以想象当年鲁迅在后园玩耍，听蟋蟀弹琴，油蛉低唱，拔起何首乌藤蔓……的光景，真是值得感谢。

后来我们又到故居斜对面的三味书屋去。跨过一条小河，走过石板桥，就到了这古老的书塾。三味书屋可能是故居范围内保存得最好的一处遗址。梁同书写的匾额，画了一只肥大的梅花鹿的纸本中堂，都奇迹似的保存得好好的。在右侧的墙角，老师座位的后面，安放着一只小小的书桌和一把矮矮的椅子。这是鲁迅当年读书时的座位，书桌上还留下了他手刻的“早”字。巴金摇摇地走到书桌前面，困难地捱进小椅子坐下以后，笑了，高兴地笑了。

午饭时每人吃了一小杯五十年陈的黄酒，稍稍休息后又去了禹陵，接着就走上了归途。我曾提议到沈园去看看，被主人劝阻了，说那里还没有整修，破破烂烂的没有什么好看。我想，陆游在诗里说，“沈园非复旧池台”，也许破破烂烂的遗址倒正好合乎诗人制造的意境、氛围。……

《江南园林志》的作者、建筑师童寯说过一些非常有意思的意见，他说：

“山石亭池成矣，而花木仍有待；盖杨柳虽成荫，而松柏尚侏儒。且石径之苔藓未生，亭台之青素刺目，非积年累月，风剥日侵，使渐转雅驯不为功。”

又说：

“爱拙政园者，遂宁保其半老风姿，不期其重修翻造。”

这些话不是人人能说、肯说的，初看也真有点近于奇谈怪论，出之于一位老建筑师之口，却值得注意。他这些意见写于 1937 年，1962 年《园林志》出版，未做修改。在今天大力恢复、整修遭到严重破坏的旧迹的时候看来，依旧不曾失去意义。不同意这意见的人往往认为，不搞得金碧辉煌，就不足以表示对故乡、名胜、前人的由衷敬意。

在西泠的山上听雨，凭窗外望，湖面一片迷蒙，雨脚落在古老的银杏树冠上，缀成了一片银光闪烁的珠帘，这是湖上难得遇见的风景。阻雨在湖楼里正是安心读书的好机会。不久前接受了制片厂的邀约，为巴金的传记纪录片提供一个脚本。这是一个艰难的任务，我随身带来了三本《随想录》和一本《巴金论创作》，准备抽空读书并写下一点长编。这时面对烟雨迷离的西湖，正好坐下来细读这些过去差不多都粗略读过的文字，心情很不平静，和窗外萧萧的秋雨所酿成的清寂、单调、萧瑟情趣完全不同。在重新读《随想录》时，很容易联想到几年来发生的许多大大小小事情，也记起了他曾说过的一些话，这都帮助加深了对纸上文章的理解。

巴金就住在附近，一次冒了雨去谈天，很自然地说到《真话集》里的几篇文章。我觉得在这个问题上也存在着一种最低标准，那就是不说假话。不过这并不是在任何场合都能行得通的。不说假话就一定要说真话，这中间没有调和的中间道路。不得已时只能退到另一条回避的防线上去，我想起《且介亭杂文》就在目录里有一篇说明“不发表”的《“题未定”草（四)》。我一直弄不清这是怎么回事，在新版的《鲁迅全集》里也没有注解。我怀疑这是不是一篇不曾写出或写出而在当时不能发表的文字。可巧黄源同志在座，就顺便向他请教。他说，当时的书商盗印抢印之风盛行，往往给作者带来很大的危害，不能不采取对策加以抵制，鲁迅就是用了这种故布疑阵的方法。这解释和我的猜想并不一致。巴金笑说：“这办法我也用过。”这是指在香港三联版的《真话集》里，“鹰的歌”只列为“存目”，后来在人民文学版里才补收进去。这也许可以算作一条小小的掌故，但并不是茶余饭后的消闲资料。

在读书的过程中积累了一本笔记，简单地记下了许多联想，我想，这是可以写成有点像“笺注”那样的东西的，一时感到了颇为强烈的冲动，想抓紧把它移到纸上来，以免陷入遗忘。也许这会比五年前写的《记巴金》有些进步。可是不久就匆匆回来，一下子又落入了忙乱与纷扰，再也没有了原来的兴致，《西泠听雨记》至今也还只有一个题目。

以上是这次重翻了《晚春的行旅》的目录后想到的一些琐事。最后，我还是想重复一年前说过的话：

“将1978年下半年起所写的部分杂文编成了一本小书。看看内容也无非是‘山川、历史、人物’之类。其实正不妨径题为‘续集’，但却取了现在这样一个书名，理由是中间有几篇旅行记写于春晚的季节。早春，平常人是还想不到要出游的，当然，像孟浩然那样要踏雪寻梅的诗人是例外。一般总要等到了浓春，这才一窝蜂向湖山胜处涌去。我自己的经验是，每年到了春天，也总想到什么地方去走走。但总是踌躇着，总是拖，结果往往是拖到了春末，也就是所谓‘绿肥红瘦’的时候，只能赶上春天和游春人潮的尾巴。但我觉得晚春出游也有很大的好处。至少旅行包里可以少带几件御寒的衣物，不必过分担心那五风十雨、乍暖还寒的春天脾气。晚春也实在是个美丽的季节，经过了苏醒、余寒……种种阶段，春天的脚步这时变得更为坚实了。即以布满郊原的绿色而论，也早已由嫩碧、鹅黄化为厚重、沉实的浓绿。这是坚实、健康的颜色，孕育着茁壮生机的颜色，预告着繁茂的初夏、盛夏的已经或即将来临。春天常有的困倦这时也一扫而空，是应该收拾行装赶回去投入紧张繁忙愉快工作的时候了。”

是的，工作是美丽的。春天的脚步也一步比一步坚实，一年前说过的这些话实在并没有说错。不是什么“豪言壮语”，也不是“光明的尾巴”。

1984. 6. 11

为《晚春的行旅》写的后记

收在这本小书里的是1978年下半年起所写的部分杂文，也无非是“山川、历史、人物”之类。其实正不妨径题为“续集”，但却取了现在这样一个书名，理由是中间有几篇旅行记写于晚春的季节。早春，平常人是还想不到要出游的，当然，像孟浩然那样要踏雪寻梅的诗人是例外。一般总要等到了浓春这才一窝蜂向湖山胜处拥去。我自己的经验是，每年到了春天，也总想到什么地方去走走。但总是踌躇着，总是拖，结果往往是拖到了春末，也就是所谓“绿肥红瘦”的时候，只能赶上春天和游春人潮的尾巴。但我觉得晚春出游也有很大的好处。至少旅行包里可以少带几件御寒的衣物，不必过分担心那五风十雨、乍暖还寒的春天脾气。晚春也实在是个美丽的季节，经过了苏醒、余寒……种种阶段，春天的脚步这时变得更为坚实了。即以布满郊原的绿色而论，也早已从嫩碧、鹅黄化为厚重、沉实的浓绿。这是坚实、健康的颜色，孕育着茁壮生机的颜色，预告着繁茂的初夏、盛夏的已经或即将来临。春天常有的困倦这时也一扫而空，是应该收拾行装赶回去投入紧张繁忙愉快工作的时候了。

大约一年多以前，我曾将一堆旧稿的剪报交给一家出版社，请他们代为选编成集。许久以后得到了答复。他们选出了大约一半不到的篇目，其中杂感、随笔录取的最少。几乎在这同时，一位热心的朋友写信来劝我把多年来写下的杂感随笔编成一个集子。两种截然不同的意见使我觉得很有趣。我没有急于做出答复，却把稿子放起来了。一直等到年末，这才取出来细细地重看一遍，同时顺便作了修改。就在这时似乎也悟出了一点什么。

我也间或收到热心读者的来信。有人把我当作了有学问的人，向我打听这样那样的事情，要求开书单，代买书籍，甚至抄出某些重印的旧小说中的缺文来。这样的来信使我感到最为惶惑。我总是写了回信去说明自己知识的浅陋，很难满足种种殷切的期望。这并非一般人所谓的“谦虚”，而是实情。我不赞成妄自菲薄，但到底懂得多少事情，自己总是心里有数的。这种惶惑的心情，近来是日益加重了。

又有时接到不相识的读者的信，他们总是先给以鼓励，接下去就指出了我的某些错误，在援引、理解文献资料中的失误或不同理解。接到这样的信就使我感到较为心安，高兴。这也不是假话。还有的信多半是青年读者写来的。他们也要说些使作者听了高兴的话，但在结尾处往往要婉转地加上一节，说更喜欢的是某些文字。而这却往往是杂感与随笔。

有时候这种批评还来自相熟的青年人或家庭内部。他们（包括我自己的孩子）就总是说：“你的文章我们是不要看的。没有两句，就碰上了‘古书’”，或“什么时候你才再写过去写过的那种散文呢?”我想，这样的问题是不能辩解的，只能引起自己思索。

我想，我是很希望重写过去写过的那种散文的。上帝作证，这不是假话。不过从很久以前起，也许早在三四十年前就已如此了，想这样做时逐渐发生了困难。困难逐步增长，终于越来越感觉自己的感情变“粗”了，想这样做很不容易，有时简直就不可能。我想，这真是“不以人们的意志为转移”的事情。

至于“古书”，那是另一问题。也许是一种难摆脱的“积习”，也许是表现方法的拙劣。但我想，这是可以解决的。

年轻人的意见是重要的。如果文章写出来只剩下了几个老头子的“知音”，那就很不妙。就像被“藏”在图书馆里的善本古书一样，成了古董，也就是“木乃伊”，那还有什么意思呢?

关于什么是“散文”或散文与杂文之间的界限……这类问题，我在过去也说过一点不成熟的意见。我这个人是很粗鲁的，很不细致的。照我看，文学不像科学，用不着那么细密的分科。科学发展到现在，不同科目的分支、边缘科学的建立是日益增多了。这是一种随着时代前进的进步。但文学就两样。形式尽管不同，手法也千变万化，但总是人写出来的。也不一定只有作家才能写出文学作品，重要的是老实人说真话还是巧伪人的花言巧语。几千年的文学史可以作证，谎话没有哪怕只是短暂的生命力，只有真话才有可能存留下来。自然这里还有许多其他要紧因素，但我相信只有这才是有决定意义的最为重要的东西。

形式问题到底是次要的。不值得将主要的精力花费在这上面。

对真话、真实的理解也各不相同。真话也并不就等于真理，这是简单的不难理解的事实。但只有一个作者说出了他的真实的思想感受时，才有资格接受广大读者的评判。有谁愿意并能容忍听取骗子的谎言呢？

上面所说只是一种理想，标准。能做到这一点是很不容易的，需要很大的勇气和艰苦的努力。

我不想“悔”其“少作”，包括年轻时写下的散文，唯一的理由也只是它们并非谎话。我相信，今后这样的散文还是可以写出来的，这样的时机确是必然或已经来到了。不过，这散文也将不再是过去的散文。

这次重读旧稿，曾做过一些修改。我自己明白，我的文字是很粗糙的。也许这是长时期养成的一种“职业病”。过去当记者没有今天这样好的条件。要求的是“下笔万言、倚马可待”。又不是“才子”，自然就不免常常陷于草率和荒疏。字斟句酌是不易做到的。事物总有它的两面性，这样写成的文字也有它的好处，那就是较为真实。见闻、感受，都能及时得到记录、反映，驰骋想象的余裕是没有的。养成了这样的习惯后写出的文字，重读时总不能使自己满意，必须加以修改。但修改的也只是文字而并非原来表述的意见。如前面所说，说出了真实的感受并不同时就意味着将这作为唯一正确的东西来推荐给读者。这种狂妄的人物有，但不多。文章一旦变成白纸黑字，就成为社会公有的东西，自己再也无权加以涂饰、修改。文字中曾经引用过的古人或旁人的话，就更无权加以改动。我不想当魔术家。

常有这样的情形，文字在报刊上发表以后，碰到熟人，就会听到，“你的有些意见很好，但有些……”（摇头不语介）有的就建议加以修改或在编辑时抽去。这是极为平常自然的事，他们的提议也大半出于好意。这次重看全稿就时时记起了这一点。使我感到异常高兴的是，编集虽拖迟了两年，有些问题却已幸运地变得较为清楚或简直不成其为问题了。例如，“长官意志”的问题，在提出的当时是曾经议论纷纷过一阵的。后来似乎也没有什么结论，大家也都不再提起了。但在当时，确有人警告过我说这问题说不得。我自己也曾劝告一位朋友在他主编的刊物上抽去不许议论这话题的“通知”，但无效。可是到了今天，这还能算是一个问题么？至少在公众的心目中是如此了。这个问题的讨论是澄清了认识的混乱还是增加了这种混乱呢？两年来我们是大步地前进还是倒退了呢？这一切都很清楚。这是非常值得高兴的事。

与此相联系，又有了杂感随笔的生命力的问题。这也是个老问题了，是与文学作品的生命力问题一起出现的。我也不想在这里讨论。但个人的愿望，倒是希望说过的这一切愈快变成废话则愈好。

一本散文集应该编成什么样子？散文与“杂文”之间有没有一条明显的界限？除了吟风弄月之外，散文是否可以有更多的内容？议论的出现是否就玷污了散文的“清白”？杂感、随笔是否注定就是短命的，不配厕身于文艺之林？……这是一连串古老的话题，恐怕自文艺在人间产生以后就随同出现了。好像至今也依然处于“混沌”之中。没有办法，我在这里还是编出了目前这样子的一本杂文集。在这里，我用的是杂文的古义，在我国悠久深厚的文学传统上人们就一直将诗歌、史传以外的各种文字统统看作杂文，也就是散文。

去年春天意外地找回了几十张三十多年前搜集的师友手迹，非常高兴。但同时又觉得似乎是新添了一笔负债。这些已经成为历史文献的手迹有责任介绍给读者，同时还应记下些有关的佚闻琐事，和自己对他们的学问事功零碎的认识和理解。三十年前没有实现的愿望应该在今天完成。但这却发生了困难。这些作者毫无例外都是我的先辈，年岁相去有的竟达五六十岁之远。除少数几位外，都并不相熟，许多还是从未谋面的。搜求传记资料很不容易，即使有所依据，也很容易弄成“名人小传”那样的东西，毫无意思了。因此，断断续续，至今也只写成了十几篇。

读完全稿，只能坦率地承认，这正是不折不扣的一本“杂文”。同时觉得前面说的那许多闲话也真正几乎是废话了。

1983. 1. 28

《河里子集》后记

几年前在香港印过一册小书，取名《河里子集》。在小序中曾经说过取名的来由。

“河里子”是我还是小孩子的时候喜欢玩的东西，也就是鹅卵石。有大有小，形状颜色也不一。枯水季节它们就睡在河床里。在北方，这是极普通的东西，毫不珍贵。我第一次看到南京有名的雨花石，则是一直后来的事情了。解放初我随一个慰问部队的剧团出发劳军，第一站就是南京。演出间歇我们去游雨花台了。看见人们用一只只细巧的茶盅，注了清水，里面浸着漂亮的雨花石出售。真是五色斑斓，可爱得很。大家都买了一些。我买的是便宜货，每块不过五角至一元。团里的主要演员花了五元的高价买了一只表面有着天然的山水楼台花样的石头，捧了回来，大家都觉得稀奇也非常羡慕。几天后整理行装，石头的主人从水碗里取出珍贵的雨花石，用手绢仔细擦干，预备放进包里。不料还没有擦上几下，亭台楼阁、山水树石这些奇妙的花纹就一下子脱落了，剩下的只是灰白一片，比普通的货色还不如。

这件有趣的小事，我一直没有忘记，在今天偶然想到河里子这个名目时又想起了。河里子是极普通的东西，她的生命应该也是很长久的了。经过多少年的摩擦、冲洗，有的磨去了棱角，成为圆形或椭圆形的石块；有的则依旧保存着不规则的自然形态，色泽也是原有的，并未经过人工的涂饰。它们没有太多的实用价值，也不大受到重视，不过小孩子倒是喜欢的。

我很喜欢这个标题。只怕货色名实不符，辜负了这个好名目，使小朋友也要觉得讨厌。不过决不挖空心思加上骗人的花纹冒充什么通灵宝玉，这一点读者倒是可以放心的。

时间已经过去了六年，意见却没有什么变化。因此在编印手边这本小书时就依旧使用了这个书名。自然也是为了替新书想书名实在烦难的缘故。收在这本小书里的文字有几年来所写的旅行记，也有随笔写下的杂文，内容是很庞杂的。现在就集中编在一起，也许有人觉得这种办法是非正统的，因为它打乱了散文与杂文的界限。我却以为在散文与杂文之间，并不存在一种分明的不可逾越的堑壕。把杂文的因子引入散文，倒可以使散文变得更自如更有生气，不是没有好处的。

1991年5月8日

《前尘梦影新录》前记

十五年前一个春天的上午，我正在干校里“造房子”，忽然得到通知，要我第二天一早赶回市区报社人事科报到。原来是要按照“政策”没收我的全部藏书了。这一节事先当然对我是保密的。

一部大卡车，二十几个工作人员，由一位平常总是安安静静，甚至在“批斗”“提审”时也还语言缓慢、保持着温文尔雅气度的Q君率领，在我家的两间屋子里“工作”了整整一天。凡是有字的书本、包括拓片在内，一律装入随车带来的麻袋，运下楼去。麻袋不够了，又有人自告奋勇回家取来补充。卡车来去了若干次。总算抄得一干二净。当然，我以前住过的地方也还有不少书，包括父亲留下的一大批德文旧书，也没有被放过。还是Q君押着我前去。记得他背着手监视着查抄、装袋时曾轻轻地叹息道：

“看这许多毒草，害得你弄到这步田地了。还是抄掉的好。这对你的改造有好处。”

我在地上发现了一本鲁迅译的《死魂灵》，忽然产生了贪惜之念，就请问这一本是否可以留下给我看看。Q君轻轻地摇着头说：

“鲁迅么，也不是没有错误的。何况这书又是俄国人写的，封资修一类的。……”

好像只给我留下四卷《毛选》有点过意不去，他又从地上取了一小本胡风事件的《按语》递给我：

“这个么，倒可以留下看看，可以举一反三么。”这“举一反三”四个字他是很喜欢用的。在每次“提审”，追查时就不知道曾经说过多少遍。

我还曾不识趣地提出，这许多书，是否应该留下一份目录呢？这次得到的是另一个小头目的一声断喝：“嚣张！”

出乎意料，第二天又来通知，要我一起到报社去参加编目的工作。走去一看，在三楼的一间长大的房间里，从我家里抄去的书已经排列得整整齐齐。自己也觉得有些奇怪，一包包叠起不觉得，一摊开来竟自有这满满的一房间。

参加编目的大约有五六个人，其中竟有过去认识的顾廷龙先生。连顾先生也请了来，可见对这些“封资修”的烂货的“重视”了，当时也确实使我吃了一惊。

顾先生是负责鉴定的，他大概先已粗粗地看过一遍，把较好的版本放在一边，由另一位登记。交给我入册的则是一些普通的版本。后来我曾看到过顾先生手写的一份“二类书目”，目后写道：“以上二类古书共计捌佰贰拾贰种，贰仟壹佰陆拾册。　　制单人顾廷龙　周贤基。一九七二年十月十九日。”

可见清理、移交，直至制单完毕一共花了大约半年时间。

我是第四五天就又被赶回干校“造房子”去了。没有看到编目、分配、搬运……的收梢。

又过了两年，我因病回到家里。养病之余，就写写字消遣。当时抄家时有一条规定，凡是有字的纸一律拿走，没有字的除外。这样，就有一大包旧纸被留下了。其中有明代的白棉纸，明清的竹纸，这都是预备装书用的，还有一卷五彩的旧高丽发笺，是准备做书皮子的。笔也还有一大把，但都已是“退笔”了。墨是一块也不曾留下，是从一位小朋友那里讨来的。在一两百年前的旧纸上写字，实在是很愉快的事，但也觉得随意涂写的可惜，就打算就回忆所得，陆续编写亡书目录，仿徐子晋的旧题，命之为《前尘梦影新录》。记忆是不可靠的，内容也记不真切了，所以这只能是一种挂一漏万的回忆录，随手也记下一些得书经过，书坊故事，近于随笔。其中有少详的几种，所据则是抄掠之余残存的几叶读书札记，也参考了一二种可能到手的新著，如邓之诚的《清诗纪事初编》，孙殿起的《琉璃厂小志》。

感谢齐鲁书社的好意，愿意印出这本小书。我是非常高兴的。因记始末，以当缘起。

1987. 1. 18

《清代版刻一隅》序

自从8世纪前后，雕版印刷术开始在我国发明应用以来，在长达一千二三百年的时间里，中国人民创造积累了无比丰富的雕版印刷品，为世界文明作出了辉煌的贡献。我国是造纸和印刷术发明最早的国家，历代出版物数量的巨大、品种的丰富、技巧的精美，都是无与伦比的。从很早以前，人们就开始注意到典籍的著录工作，经籍志、艺文志一类专著陆续出现，记录了历代书籍出版流通的情况。从明代起，公私藏书目录相继大量出现，最早只是简单地记录书籍名目，不详版本。这些目录书大部分按实物登记，因此能使我们约略知道不同时期书籍流转存佚的情况。但对版本目录家说来，还不能满足研究参考的需要。人们迫切希望了解原书的面貌，以便于考订、鉴别，不只以知道书名而满足。因此《行格表》《留真谱》这样的工具书相继出现了。在石印技术传入以后，各种书影也纷纷印行。这是顺应研究需要而出现的新事物，理所当然地受到读书界的欢迎。不过早期的书影，只以宋元刻本为收罗对象，明代刻本就少有著录，更不必说清代雕版了。这是藏书风气受时代局限的结果。自北京图书馆编印《中国版刻图录》起，才算打破了这种偏见，使明清两代的刻本书也能踏入书影的园囿，这自然是一种进步。

清代三百年的雕版事业在明代的基础上又有了长足的发展，远远超过了宋元。全国出版中心集中在南京、北京、苏州、杭州、福建、徽州等地。其他内地城镇、边徼省份也都散布着大小雕版业和工人。从中央政府的官刻本，一直到地方官署、书院、私家、书坊的出版物，显示了一派异彩纷呈、繁花似锦的兴旺景象。不同类别、等级的出版物形成了多层次、多渠道的出版发行网。对此，目录学家还没有进行过充分的积累资料、整理研究工作。过去人们多注意校勘学家校刻书，因为它质量好；也留心殿版一类的官刻书，因为它篇幅大、收罗广，印制豪华。眼光所及大抵以内容的精善为主，这是自然的趋势。不过同时也相对地忽略了作为雕版工艺美术品的特色，更不必说为广大人民群众所使用的通俗读物了。这也是一种时代的局限，应该逐步加以突破的。

《中国版刻图录》注意到了不同时代、不同地区的雕版特点，在版本目录研究上是有突破的。不过这是一部通史性质的开创性著作，不能要求它对每个局部都照顾得周全，譬如清代刻本书所收分量就过少。今天实在应该有一部较详的、能与一代雕版成就相适应的图录献给读者。但这工作是非常艰巨的，只有通过集体的努力才可望较为完善。作为一种尝试，一种摸索，这部《清代版刻一隅》只希望从雕版工艺美术的角度，开个小窗口，使读者能多少窥见这座宏伟殿堂的一个小小的角落。

清代初期的刻书，自然还保存着晚明的遗绪。但没有多久，就逐渐形成了自己的面目、风格。中间经过社会的变革，战乱的起伏，经济的兴盛与衰退，反映在雕版物上，痕迹也是异常清晰的。以时代为经，不只能显示一种完整、延续的概貌，较易看出发展变化的轨迹，实在也是鉴别不同时期产物的有效方法。鉴定版本并没有什么神秘，关键只在尽可能多观察实物的各个方面，进行对比研究，自然能掌握一种审定的可靠尺度。这是很难用文字加以表达的。这里所有的只是“一隅”，有很大局限性的“一隅”，它能起的作用也只是打开帷幕的一角，使人们有兴趣进而尽窥此外的“三隅”而已。

清代刻书家很少对雕版工艺过程发表意见，但这实在是许多人注意的焦点。例如康熙四十二年顷栖风阁刻的《晚唐诗钞》，编者查克弘就在凡例中有这样的专条申述：

“是编意欲仿宋人刊本。字画疏密中少具错落之致。今杭郡刻工，得传者甚少。倘强而行之，未免有寿陵余子之诮。然较之坊刻，颇有可观。若近日吴趋新样，亦得其大略耳。”

这是难得的刻书家对杭郡、苏州两个出版中心雕版技术的评论，也表明了他们尽力把书刻好的愿望。《晚唐诗钞》是写刻本，确是精美的，可以代表一代精刻的面貌的。值得注意的是，一般所谓宋体字刻本，其精粗美恶也大相悬殊，其中佳品，写样的严整疏秀，雕工的工致不苟，所呈现的自然大雅风格，并不下于写刻本。应该破除只将写刻本归入精刻的习惯看法。

这本小书的局限性和缺点是很多的。首先材料的掌握就极不充分，只能就手头所有的素材进行选择。因为同样的原因，在体现不同地区的雕版成就时就更不完整；材料来源，十九出于东南雕版中心地区。版画、活字部分尤感贫弱，殿版官刻几乎没有触及，时代比重上也仍有前后轻重不谐的现象。这许多，只能等待今后更完整、成熟的著作的出现加以补救。

书中所用底本，十年动乱中曾遭抄没，匆促为遍加钤记，有如林教头脸上的金印，拂拭不去。大约也可以看作一种典籍聚散的时代印记。

1985. 2. 20

清刻之美

清代刻本书过去一直不为藏书家所重视，编书目时不予收录，无人加以研究，印书影图录时更挨不到她的份儿，说起来实在是一件怪事。张之洞的《书目答问》开始注意到清刻本，但特地声明“此编为告语生童而设，非是著述”。直到五十多年前北平图书馆编《善本书目》，才加印了两册“乙编”，著录清刻之“精善稀少”者，算是开始转变了风气，但也还只能处于“善本”的从属地位。60年代初北京图书馆编印《中国版刻图录》，破格收录清刻书影，仅五十种，后来接受意见，再版时进行了补充，但也还是远远不能反映清刻的整体面貌。序文中对明清两代刻书也仅只是合并论述，语焉不详。从上面简单的回溯可以看出数十年来藏书风气逐渐转变情形，正是一种合理的发展变迁，只是不免过于迟缓了。

造成这种状况的原因主要自然是贵古贱今的习惯势力。宋元本时代早，传本少，照“经济规律”说自然应更为贵重。明本流传较多，但比起清刻来，还是珍贵得多。不过这一切只能说是一种“商业观点”。陈乃乾在《上海书林梦忆录》里说到缪荃荪，指出他是造成这种“流弊”的重要责任者，是说得有道理的。但这恐怕也并非他一个人的力量，因为这里说的实在是一种“时代风气”，缪只不过是一个代表性的人物而已。陈乃乾指出缪荃荪曾发明了一种编书目的格式。因为当时有钱的藏书家都要聘请名人编写自己的家藏书目，以便留传后世。像叶昌炽、王国维、缪荃荪、张元济都是一时的理想人选。为了简化工作程序，不能不定出一种格式来。平心而论，这也应算作一种进步，比起早期的书目来那改进是显然的。问题只出在缪荃荪划定的善本与非善本的界限，照陈乃乾的归纳，那原则共有四条：“（一）刻于明末以前者为善本，清朝及民国刻本皆非善本；（二）钞本不论新旧皆为善本；（三）批校本或有题跋者皆为善本；（四）日本及高丽重刻中国古书，不论新旧，皆为善本。”这归纳是大致不错的。只要一看缪荃荪自己编的《艺风堂藏书目录》（特别是《再续录》）就能得到证明。因为缪艺风的名气大，威望高，所以大小藏书家不知不觉都来遵从这规定，否则怕就要算是不够格。那流弊之一自然是，“其康雍乾嘉诸刻本，不论校刻若何精善，传本若何难得，皆不足当藏书家之一顾。”

这种机械化“一刀切”的规定，一看就知道是荒唐的。世界上任何事都不能这样硬切，切的时候必须讲究方法，不能背离实事求是的精神。在文化艺术上的许多问题尤其是如此。就拿缪式善本定义来说，那一刀落在了崇祯十七年甲申（1644）那一年。实践早已证明这是不妥当的了。但流风所及，缪的遗风在今天也并未销声匿迹。听说今天的文物出口规定也在年代上划着一条线，用以区别是否可以放行。具体情况不大清楚，那一刀好像是切在清末，比缪方式移后了三百年。我想，制订这样的规定无非是为了办事的方便，但谁也不去想一下，这一刀切下去会发生怎样的流弊，而在事实上正是否定了清代以后直至遥远的未来中国人民的创造力，否定了今后产生文献上艺术上珍品的可能。这是一种对现状与未来的可怕歪曲，是极不科学的。清代刻本在版本史上遭到的不公正对待，也正是属于同类的情形。

说到清代刻本在我国雕版史上的地位，自然应该从许多方面着眼，但这不是一篇短文所能讨论的。现在只想从雕版艺术角度来作一点初步的观察。这在过去的藏书家就谈得极少或是不屑或不敢谈。自从洪亮吉在《北江诗话》中把藏书家分了等以后，就不大有人敢碰这方面的问题。他提出的等级次序大约是考订家、校雠家、收藏家、赏鉴家、掠贩家。比较注意雕版艺术、印刷纸墨……的就被列入仅胜于“书贾”的“赏鉴家”之列。洪北江这样说自然有他的理由，只要看他举出的第一等的“考订家”代表人物是钱大昕与戴震，就可以明白这是清代朴学极盛时期的流行观点。藏书是为了读，不能只当作古董鉴赏，这当然是不错的。但把赏鉴家一律看作“玩物丧志”也不免同样荒唐。被举出的赏鉴家代表人物是黄丕烈与鲍廷博，就既不公平也不准确。黄、鲍都是有重要贡献的藏书家兼出版家，《士礼居丛书》与《知不足斋丛书》至今还是文史学者重要的读物。鲍、黄两家的手校本今存尚有数百种，即使他们的校勘方法有缺陷，如黄丕烈的“佞宋”，重视宋版到了迷信的地步，但他们的辛勤校读，对典籍的保护与流传，功绩是不可磨灭的。这好像也是一种“文人相轻”的现象，向来作学问的人都看不起赏鉴家，直到近代余嘉锡先生为《黄顾遗书》作序，还把黄丕烈着实奚落了一通。

朱自清先生给自己的旧诗集题名为《犹贤博奕斋诗钞》，他这是自谦，把业余写写旧体诗说成是比打马将下象棋略胜一筹的营生。其实又何必如此。现在桥牌、棋类都已正式列入国际运动项目，不再受到轻视。收集旧书、赏鉴版本也不见得就比集邮来得低级。在这里需要的正是一种博大的胸怀。应该养成一种良好的习惯，懂得尊重别人的工作与爱好，不只将自己的专业看作天下第一重要。百花齐放的局面也只有在这样的祥和空气下才会迅速到来的吧。

有清三百年间一共刻了多少书，至今也还没有确实的统计。要想大致有个完整的鸟瞰概念，最好是印出一部书影来。以时序为经，以地域为纬。这将使人们比较容易地看出雕版风气的转换，不同地区风格面貌的差异，无论是版本的赏鉴或鉴定都会有很大的方便。不过选择标本可以有不同的眼光。前期与后期刻本的遗存也大相悬殊，不能不考虑适当的取舍。康熙乾隆之间的文字狱与销毁禁书，道咸之间的太平天国战争，在典籍流传上是两个重大关键时刻。前者造成明清之交出版物的大量毁灭，后者使许多嘉道以还江南雕版中心地区在战火中遭到损失。比较下来，乾隆嘉庆两朝留下的印本就比较多些。这就是清初刻本与某些道咸刻本成为罕传的稀见书的原因。清初承晚明的遗绪，直到康熙中叶，刻书风格一般接近晚明；此后经雍正、乾隆，进入了雕版全盛时期，精雕名刻层出不穷。从嘉庆起，雕版风貌逐渐落入草率寒窘的格局，直至清末，再也没有能恢复逝去的光辉。在这里，清代三百年社会经济的消长变化也是反映得异常清晰的。

地区刻书的比较研究就更为困难。北方各省与西南边远地区的雕版业是不能与出版中心的苏、杭、金陵相比的，就是北京也不例外。因此今天所见的遗存也主要是雕版业集中地区的产物。想求得较全面的了解，一个可行的办法是借助地方志书。《中国版刻图录》是注意到这一问题的第一部书，不过这样做也有许多困难，非经过细密的考察与文献比勘，不易获得正确结论。简单地认定某地地方志或地方人士著作一定就是当地出品的方法并不是最可靠的。如张岱的《西湖梦寻》，《图录》定为山阴刻本，就不一定准确，据原书的凡例，书当刻成于粤东。判定版刻时代也有不少困难，除了保存着明确记载刊刻年代的刻书牌记或扉页的书，都不能简单地根据序跋推定。序文有原序、旧序与新序的不同；也有手稿编定后多年才付刻的，也有雕版辗转易手重印的，情况错综复杂。《贩书偶记》在这个问题上常有错误。例如汪士慎的《巢林集》、罗聘的《香叶草堂诗存》都刻成于乾隆晚期，两书版片后来都归了懒云草堂金氏，于道光中加新跋重印，就被误认为道光刻本。又如吕留良的《吕晚村先生文集》，刊刻风格与康熙中雕版无异，估计当与吴之振的诗集及《宋诗钞》同出一家写样雕工之手。如非扉页上偶存“雍正乙巳天盖楼镌”朱印，就很难确定刻于雍正中。以上说的是刊刻绝对年代的确定，至于约略的雕版时期的判断倒并不困难，只是不能肯定绝对年代而已。必要时著录使用“××几年序刻本”较为妥当。

清刻一般可分写刻与宋体字刻两大类，精粗美恶各不相同，过去认为软体字写刻书就是“精刻本”（《贩书偶记》即如此标示）是不准确的。中国雕版早期的作品无一例外都是写刻本，从唐五代起，历两宋、元，直至明初无不如此。宋刻中精写付刻如世綵堂本的韩柳文，可以说是精极了，但近于后来方板的宋体字本的《金石录》，细看也依旧是极好的写刻本。这风气直到明代正德、嘉靖，才有了转变，出现了“宋体字”。开始字形是方的，后来渐趋狭长，或如汲古阁的微扁，总之是出现了规范化的字形。这在雕版史上是一种进步现象。书籍需要的激增，手工业作坊的发展，使操作过程日益变得规范化，过去那种一二有名书手包办写样的方法已不适合时代的要求，必须设计出一种规范的，易于仿行的书体，使并非书法艺术家的写手也易于掌握。这就是大量宋体字刻书出现的原因。同时也不可避免要出现大量粗劣的作品。今天我们看到的大量明末坊本，清代刻本，很多都属于此类。宋体字本书也有不同的时代地区风格，如明富春堂刻曲，就使用了一种奇怪的字体；嘉靖中关中许宗鲁刻书，也有自己的特殊风格。到了清代的内府刻书的所谓“殿本”，各地官书局所刻的“局本”，几个出版中心地区的产物也都出现了自己特异的风格。

在大量粗恶的雕版书之外，宋体字刻本也自有其精美的作品，它那静雅的气息、疏朗的格局，我以为有时更要超出一般软体字本之上。看多了软体字刻书，正像吃多了奶油食品，是会使人发腻的，这时就能发现精致的宋体字刻书的好处。如乾隆中杭州所刻的《宋诗纪事》《东潜文稿》等都是这一类的代表作品。像杭州“爱日轩”这样的书坊也接受作者的委托代刊书籍。从乾嘉以还，风格也时时在变，字体逐渐变得清瘦细长了，但依旧保留着秀美疏朗的特色。过去的藏书家常说从此可以看出“世运的升降”，虽然是一句迷信话，但其实并不奇怪，它确实是社会经济生活变化的曲折反映。只要我们依时代顺序把不同时期的出版物进行对比，一切都可以看得清清楚楚。

为读书界所熟知并赞赏的写刻本，也即软体字的精刻本，在有清一代雕版史上自然占有特殊重要的地位。它所继承的传统可以追溯到明代嘉靖、隆庆、万历时代，那是从宋代起经过元代赵（孟頫）体书盛行后写刻传统的又一次高峰，从明初的粗放转趋非凡的精丽。一百多年来不绝如缕，到了康熙又逐渐恢复了。开始是文士们珍重地写成了他们的诗文作品，付工雕版，这是要以有比较安定、富裕的生活为必要前提的。与此相对是皇家官方的出版机构所刻，如武英殿与曹寅主持的扬州诗局，都备有大量高明的书手，后者刻出的《全唐诗》与《楝亭十二种》，皇皇巨制如出一人手写，虽然免不了有呆板局滞的毛病，但到底是了不起的。明代为了抄写《永乐大典》，集中了大量的书手，但写本风格精粗就很不一致，比起清代的《四库全书》，是不及的。徐乾学为纳兰性德刻《经解》及《通志堂集》，和为自己所刻的《澹园文集》，精写付刻，也是有代表性的官方刻书的标本。

与此相对的是风起云涌的私家刻本，精品真是多极了。叶德辉《书林清话》曾列举林佶手写《渔洋精华录》《午亭文编》等事例，当然只是不完备的著录，可以大加补充，通过调查写出一份较完整的著录来。如惠周惕的《研溪先生诗集》，每卷后都有“小门生王薛岐谨录”一行，写手之精，殊不下于林吉人。风格与顾嗣立的《书馆闲吟》正同。清初以手书顾炎武的《音学五书》上板而著名的张力臣（劭），又曾手写他父亲张致中的《符山堂诗》刻板，瘦劲如活字本。雍正中项氏群玉书堂刻《绝妙好词》，精美绝伦，与同时或少前玉渊堂刻《之溪老生集》等，风格如一。金冬心所刻书，经徐康《前尘梦影录》介绍，人们都知道其刻意经营，完全当作雕版艺术品来制作的种种。不过传本绝稀。曾见他在乾隆庚午（1750）所刻的《画竹题记》，卷尾有一行云，“金陵汤凤仿宋本字画录写”，用粗黄宋代印经纸精印，墨色晶莹，大约用的就是徐康所说的明墨。像这类书，刻印者已经不仅将书册作为传播思想的工具，同时作为一种“文玩”性质的东西来制作欣赏了。金冬心曾经刻过许多方砚台，还做过灯影，加上他的绘画，大部分都是为了生活，只有刻自己的这类小集子，用力最多，印数奇少，完全没有功利目的，只用以自怡悦。世间有不少艺术品都是这样制作出来的，制作者没有料到，这些只供自己和朋友欣赏的物事有朝一日将成为传世的艺术珍品、文化遗产。我们应该知道加以珍重，不能简单地用“玩物丧志”的口号来加以责难。

这一类的精刻本，多半不是书坊的出品。其制作动机也很少是为了营利。多年前我曾在郑西谛案头见过一部平湖沈彩的《春雨楼集》，原刻罗纹纸初印，光彩照人，书前有作者名印若干方，其中之一是“青要山人”。这部女诗人手书上板的集子真是使人见之眼明，从这书可以懂得初印与后印，佳纸与普通纸，原装与改装……的区别，那是很难传述的。后来我也得到了一部《春雨楼集》，也是初印。（这类书不会有许多印本的）但与西谛那一本是不可同日而语了。这集子在卷尾常有作者题记，如卷四后有“七月巧日，薄病初起，菱芡既登，秋海棠盈盈索笑，香韵清绝。御研绫单衣，写于奇晋斋之东轩”。这就证明是作者手书上板的本子，也证明她的丈夫陆烜的《梅谷十种书》中有几种也出自她的手写。

宛平查为仁的《蔗塘未定稿》的开花纸印本，也是可以作为乾隆中精写刻本的代表的。真是纸洁如玉，墨凝如漆，笔法刀工，风神绝世。过去不知是出于何人之手。后来又见汪沆的《津门杂事诗》，风貌全同，知同出一人手写，最后得到陈皋（对鸥）的手稿《沽上醉里谣》，才知道几部书都是他手书上板的。这稿本前半部简直就是上板前的底本，后半才有随时录入的手稿，还有许多改定，变成了行草。陈皋与厉鹗、万光泰、汪沆、符曾、吴陈琰等都是水西庄中的上客，是查为仁殷勤招接的好朋友。查氏的园亭一时聚集了众多的杭州名士，成为文艺沙龙那样的地方，这是研究天津文化历史不能遗忘的。水西庄早已湮灭了，只剩下几部精刻书还是当时活动的见证。

清道光以后刻书别有特色的还可以举出一个乌程范锴。这也是一位奇特的人物。好像一生没有做官，也许在经商，长期流寓汉口。但对三吴一带的文士交往甚密，也注意藏书掌故。见识丰富，著书若干种，都有价值。他喜欢用奇字刻书，满纸都是怪字，常将篆隶化入今体。书刻得并不精致，但一见就知道这是他的著作了。如《花笑庼随笔》《汉口丛谈》《浔溪记事诗》《幽华诗略》等都是。他还有一卷《蜀产吟》，分咏四川名物，各有长序。如早期有关四川“灯戏”的记载就见于此书。

过去徐森玉先生很推重许（梿）刻。这也是一位值得注意的刻书家。许梿生活于嘉庆、道光、咸丰之际，所刻书多自用欧体小楷精写上板，著名的有《六朝文絜》（我曾得到一部墨印未套朱本，非常少见）、《笠泽丛书》等。这是一位极为严谨的刻书家，不但书写工丽、校对细密，对版式、用纸、装订无一不注意精益求精。所刻大册书《字鉴》与小册书《刑部比照加减成案》正续编，一律工整如一，有的书不用签条，书名就印在封面纸上。初印本序跋多钤自用名印，各各不同。他还用双钩法刻过《赵书天冠山诗帖》，细如毫发，工整绝伦。他的兴趣广泛，所刻多实用书，如《洗冤录详义》等。但一丝不苟，极为认真地从事刻书工作，使之于实用价值之外，别具艺术品的特征。可惜他晚年刻书多成于道咸之际，太平天国战争中书版毁失，流传绝少，也终于不能知道他一生一共刻了多少种书。

至于清代版刻的装饰风格，也是多种多样的。康熙中《红萼轩词牌》，仿酒牌形式，每半叶一词，四周有各色花边，无一雷同；两色套印的书也所在多有。用纸有开花、罗纹……的不同品种。这许多都是构成一种雕版艺术品的必要条件。

在版本研究中涉及其艺术性，过去是注意不够的。现在是到了应该从工艺美术的角度，对这一问题进行研究总结的时候了。同样一部古典名著，一册精刻旧本与一册铅印新书给予读者的感受是不同的。在这里我并不想提倡怀古与古董家数，只是想说明，前人曾经在出版印刷工作中作出过怎样辉煌的业绩，我们应该有所了解，并尽可能吸收那优点和长处，放进今天的工作中去。我们总是希望能够多出版好书，不只是内容好，而且要在版式印刷、纸墨、装帧上都达到一个新的高度。一本好书是两者的统一，忽视了任何哪一方面都是不可取的。

1984. 12. 21

《黄裳书话》后记

多年来胡乱买书，每于书尾注明得书时日，这是从郑西谛那里学来的。每见西谛藏书，常于册尾记买书时间及少少琐事，心窃好之。如少加扩充，也就是所谓书跋，是我爱读的散文小品。传统藏书题跋的风格也是多种多样的。粗略地分大抵不外两类。其一是讲究书的内容、版本、校勘这方面的事的，科学性强，缺点是不免枯燥，可做资料用，但不能是通常读物。如陈仲鱼的《经籍跋文》、何焯的《义门读书记》就是。此外就还有另一类，在上面所说的种种内容之外，又添上了书林掌故、得书过程、读书所感……不只有科学性，还增加了文艺性，是散文的一部类了。写这类书跋的前有黄荛圃，后有傅增湘，他们似乎都是爱书如性命的，说起旧本来，也都眉飞色舞，娓娓不倦。但其间也有高下，差别只在情感的真挚与虚矫，如夸张过实，或别有用心，就不免露出广告的气味，不足观了。

二十多年前，我的藏书被抄没了。免不了时时想起，闲时就从记忆中抄下些亡书的依稀印象，写成一册《前尘梦影新录》。因为无书可据，回忆也只能是简短的，但更多涉及了得书经过、书林琐事，颇近于传统的题跋。又过了十年，藏书少少发还，旧友重逢，在欢喜之余，就开始动手写读书记。我平常也写些杂文，而写杂文不免要触及时弊，转喉触讳，吃力得很。这时就索性在旧书里找资料，古人已死，说些怪话也不会引来过多的麻烦。时日虽迁，而旧谱无恙，往往在古人身上得见今人的影子。这就使读书记多少脱离了骸骨的迷恋，得见时代的光影，免于无病呻吟无聊之讥。想想也可笑，五十年前写《旧戏新谈》用的也正是这种手法。真不禁感慨系之矣！

回忆我的开始买旧书，是从新文学书的原刊初版本开始的。“八·一三”战起，在我家的附近就是徐家汇的旧街，土山湾封锁线近处有一家旧纸铺，每天都从那里流入的大量旧书报中秤进可观的“废纸”，转手进入还魂纸厂。每天课余我总要到那里看看，用戋戋的点心钱选买零星小册，乐此不疲。鲁迅、周作人、郁达夫……的著作，都得到初版毛边的印本。最不能忘的是竟能收得全套的《小说月报》（沈雁冰接编以后），实在是难得的机遇。可惜这些辛苦聚集的书后来都失去了，使我不能对此有更多的记述。当时的同好有隐姓埋名住在我家近邻的唐弢，也是这家旧纸铺的常客。他的《晦庵书话》是植根于此时的积累的。唐弢对书话还有过这样的意见：

> 书话的散文因素需要包括一点事实，一点掌故，一点观点，一点抒情的气息；它给人以知识，也给人以艺

术的享受。

这些话说得很好，也是后来他在《文汇报》上陆续发表书话时，我们经常谈起而意见一致的话题。他对“将所有材料不加选择地塞满一篇”，“将书话写成是纯粹是资料的倾向”表示了保留与怀疑。这我也是同意的，问题不在材料，而在运用。无别择的材料倾泻，才是使人昏昏欲睡的原因。其实一篇好的论文也可以是一篇好的美文，有材料不打紧，有时还能起画龙点睛的作用。

一提到书，总免不了想到卖书的书友。我曾说：“我以为旧时代的旧书商人，也是值得像《游侠列传》那样为他们写一篇合传的，虽然这个行业的人数并不太多。而那素材就保留在藏书家的许多题跋中间。”我只写过《老板》等三两篇这样的文字，记下了彼此的交往，记下了他们带给我的欣喜和免不掉的失望。看来这也应该是书话题中应有之义。

书多了也会引来麻烦。“文革”中来抄家的“英雄”们就发表过这样的“高见”：“书么，有一本两本也够了，买这许多做什么？难道打算囤积居奇么？”与这种“理论”异曲同工的还有一位论客，他说，买旧书与聚集金银财宝无异。这一“高见”发表时已在旧书绝迹于市场之后了。回想三十年前，因为生活困难，我也曾卖过不少书，造反派就曾责令我交代以书谋利的底账，着实令我为难。而在这位论客看来，也许有朝一日我会在街头巷尾摆一个旧书摊的吧。

中国的旧书也真是浩如烟海，以个人的微力也只能接触到沧海中的一粟。而这也绝不都是字字珠玑，常常是看来看去，往往只看了个“该死”，如钱玄同所说。写读书记免不了要抄书，而抄书实在是艰苦的工作，往往看了十册八册也找不到一句半句值得抄下的字句。写读书记还有一种情形，就是想尽力介绍一些有用的资料，这有些近于“提要”，是节省读者时间精力的好方法。我不想学有些“学者”的秘惜珍罕册籍，总想把有意思的材料提供给读者。而在有些人看来，这又难免有以秘册自炫之讥。在重视内容之余，更常看重旧书的雕版艺术特色，这就更容易引来“玩物丧志”的讥嘲。总之，在写着这些读书记时，也常常感到荆棘丛生，下笔时自然也脱不掉重重顾虑。如鱼饮水，冷暖自知。如能得到读者的多少理解，在我就是很大的安慰了。

1996 年 1 月 7 日

来燕榭书跋(57篇)

琅嬛文集

辛卯六月十五日，余三十二岁生朝也。获此宗子手稿本于海上。时距收得史阙手稿已历半载，纸墨咸同，手迹如一，欢喜赞叹，记此。

书友郭石麒向曾以虞山沈氏旧藏书介以归余，颇有佳本，大抵皆爱日精庐张氏、旧山楼赵氏故物。近又以数种来，却鲜佳本。前又遇之市中，怀中出原单见示，知别有钞本塔影园集、琅嬛文集，已为范某取去，即嘱其取归。前日过市，见此琅嬛文集系八千卷楼故物，确为宗子手稿，不禁狂喜。今春余于传薪获宗子史阙手稿六帙，尚为待刊稿本，剪贴毛订，所用纸与此册全同，写手亦同出一人，是同为手迹，可无疑义。史阙六帙，出之会稽山中，深藏密锁几三百年。此册则不知何时流入武林，入泉唐丁氏。八千卷楼书散，又未随楼书俱入盋山，流至常熟，有翁同龢观印，今又散入市肆，并归余斋，真所谓在在处处有神物护持者，书缘之美，何可言耶！北平图书馆目中有张子文秕如干卷，亦称稿本，不知与此异同何若，他日凤城观书，当一决此疑也。余旧好宗子文，然所获从无佳本，今春偶得史阙稿本，又得康熙凤嬉堂原刊西湖梦寻、王见大巾箱本梦忆，今更得此，是所藏可谓富矣。辛卯六月半余三十二岁生朝，濡笔记此以志幸焉。黄裳。

右凡五卷，自古乐府至五言律，通得诗三百又五章。宗子手稿本也。尚有散叶，夹于卷中，用黑格纸，与所藏史阙六帙用纸全同，手迹如一。手稿确无可疑。原订一册，止于五言律，疑非全书。归八千卷楼时即已如是，丁氏亦未甚重之，书面题集字，又别集、国朝字样，皆楼中藏书旧式，未钤八千卷楼楷书小朱印，亦不入善本书志，唯丁氏全目中有之，杂厕于清初人别集中，只著钞本字样，盖不知其为手稿也。卷耑只曾藏八千卷楼一印，皆以通常写本视之之证。丁氏杭人，于乡贤著述，茫昧如此，可见孤陋。光绪中琅嬛文集曾有刻本，惟只文无诗，只古乐府曾刊入之，所据当是别一钞本。丁氏书光绪中端午桥购归江南图书馆，由杭州载之江宁，入龙蟠里，名书重器俱无恙，惟词曲类及其他零星小册，颇有流失，当是端方幕府中人择取精本，据为己有。或端午桥以之赠当国大老，皆不可知。此种书余得经眼或入藏者，凡六七种。如清初南府写本麒麟阁四册，开花纸精钞，有红色小纸题扮演角色名字于人物表下，曾在安乐堂之书也。又清初竹纸黑格精钞本曲谱二函，亦内府写本。又澹生堂抄本对床客话，有祁旷翁手跋及吕晚村张宗楠藏印，是皆铭心佳品，虽曾得之，然终不能守。又尝见明初黑口本吕纯阳集，为九峰旧庐物，未之收也。又于石麒许得崇祯刻阮大铖三集，原刻精绝，又此册皆有翁常熟观印，颇疑即当日端方持赠翁相之物。两书皆曾有传钞之本，流在人间，实为八千卷楼中最精之本，余得见而收之，书缘墨福，何可言耶。得此书前六月，于传薪得史阙稿本六巨帙，用纸与此全同，然皆剪贴成账簿状，当为宗子手稿长编原式，手迹亦同此书。后得道光刻史阙六卷，跋云所据为蝇头细字书，亦不言抄本抑稿本也。宗子著书明末前付刻者似只一二小种，西湖梦寻刻于康熙末，余亦收一原刻，板心有凤嬉堂三字。张氏子孙家贫，不能刻先人遗稿，梦寻之刻，亦赖友人之助，然遗稿颇有传抄副本，其蝇头细字本当即此类。传世亦非仅一二本。昔日尝于诸家藏目中搜宗子稿本，有七八种，皆可踪迹，其原稿之确然无疑者，只此册及史阙六册耳。此册中有纪年之诗，断手于康熙九年，又知其当生于万历二十五年丁酉，得年必在七十四岁以上。集中数及石匮书撰做事。又方物之咏多至数十章，老饕习性如见。家破之后窘迫种种，亦时见之诗中。舂米，担粪两章所写，最见性情。遗民心事，更处处流露，此集即子孙力能刊刻，亦不敢也。宗子散文第一，梦忆梦寻，天下无与抗手，诗实未佳，然可征故实。石匮书有盛名，然实不足与他家私史比肩，此集中有诗及名山藏，以为秘册，石匮一书多据之，可见当日所见，亦不广也。余藏此册逾十年，前年始通读一过，曾撰长跋，今亦迷失。今为补目，聊记数事，多凭记忆，未能详也。时戊申中秋前七日，试尺木堂研经校史之墨，书于来燕榭灯下。黄裳记。

四年前得见文秕于京师，黑格清稿本，非手迹也。为马隅卿遗书。匆匆翻纸一过，记行款序跋而出，未得细读。他日当与此印行之。甲子谷雨前三日，黄裳记。

琅嬛文集，题“剑南陶庵张岱著”。稿本，竹纸黑格，半叶八行，行十八字。白口单边。收藏有“曾藏八千卷楼”白文方印，“翁同龢观”朱文长印，“左翁寓目”白文方印。

余怀集三种

无锡孙氏小绿天书散出，余获其精本不少。后二日，其中著名者数种已送华东文化部，所余尚有明刻数种，余又获其安氏桂坡馆游记、正德刊皮子文薮等，精品亦几几尽矣。一日，石麒忽语余谓有余淡心杂著一册，汲古阁刊，已送某氏处矣。余惊喜，请即持来。今日午刻在来青阁小坐，书果至，即此册也。展卷惊异，逸集出诸家著录外者，乃更有三四种。淡心集传世最著者为板桥杂记，此外手稿本玉琴斋词，今在盋山精舍，江山集今所知者凡四种，一平生萧瑟诗，一三吴游览志，一枫江酒船诗，一梅花诗，见蒋生沐东湖丛记。更有秋雪词一卷，味外轩稿，茶史，东山谈苑，淡心杂录。淡心所著，世所知者，尽于此矣。此册所存咏怀古迹，乃未见著录。雕版出虞山毛氏汲古阁，时在清初，汲古刊版目中无有也。万玉山房所刊金陵览古，前有周栎园序，版式与赖古堂集绝类，恐非毛氏刻矣。淡心生丁晚明季叶，南都之变且身历之。文酒风流，见于辞咏。后三百年，余更有金陵杂记之作，徘徊故迹，摭采遗编，乃未见此册，使当时执此一卷，以游金陵诸胜，赏心愉目，当有更胜于昔游者矣，庚寅十月初六日，海上书。黄裳。

去岁余游金陵，宴胡小石先生于秦淮，酒酣，谈白下旧事甚悉。板桥杂记中故实，历历可数。东山谈苑稿本藏其家，为清钞底本而淡心手校者，于避清帝讳处，浓朱满之，遗民心事可见也。又尝见有山水一幅，中杂坐名士闺流，一少年坐太湖石上，风神绝世，裘葛都丽。襟袖之侧，小字书余怀二字，知是渠小影也。事关作者，因更为补记于此。

戊申为康熙七年，旧人墨书以为六年者误也。金陵览古作者小引云，岁次丙午，我心不乐，驾言出游，撰为此书，是鸿客书成在康熙五年，尚早于看花诗两年也。寒铁道人不知卒于何年，看花诗第五十八首有句云，唤回五十三年梦，知康熙七年淡心年五十三。鸿客则卒于康熙六十一年，而不知生年，当更考之，甲寅正月廿五夜坐雨书。

此余淡心咏怀古迹诗，凡二十九首，其余所经行者凡十五，其余则未经搜访，不知今作何状矣。即此十五处余所见者当亦与淡心所睹大异。转瞬江山，皆为故迹，可为叹息。黄裳记。

此本系淡心手书上板者。稿本玉琴斋词，东山谈苑皆是手写，只此曾墨板耳。辛亥重阳前一日更记。

近更于中国雕版图录中见淡心所撰甲申集一叶，八行十九字，白口单边。大题下更有西陵诗三字，小字侧书。版心下有海隍偶编四字，刻板大类汲古阁风，殆亦毛氏代刻者。天壤间奇书何限，淡心遗编恐更不止此。安得汇萃诸种，影写以行，以为味外轩合集乎。板桥一记，驰誉人间，其记秦淮也，可与陶庵之西湖梦寻竞爽。

味外轩集　戊申看花诗，江东余怀无怀氏著。康熙刻本。半叶九行，行二十字。白口单边。版心下有看花诗三字。前有自序。

七歌，题“江表余怀”。清初写刻。板心中题江山集，下七歌二字。半叶九行，行二十字，白口左右双边。卷末有琴川毛氏汲古阁镂八字牌记。

咏怀古迹，题云鬡余怀者，清初作者手写精刻本。半叶七行，行十七字。白口，单边。版心上题书名，下题浣花草堂四字。前有目录，卷末有篆字大书浣华草堂藏书牌记。

收藏有“小绿天藏书”（朱长），“孙毓修印”（白方）。

金陵览古一卷，双行题“黄石余赍硕鸿客著，白门张惣僧持阅”。康熙刻本。半叶九行，行十九字。白口，左右双边。前有大梁周亮工元亮序，义兴陈维崧其年序，目次。版心下有万玉山房四字，与余怀集三种合订一册。后有□□后序。此书余别有跋，见妆台杂记。

汲古阁书目两种

此拜经楼钞本汲古毛氏书目二种，后入龚氏玉玲珑阁，马氏红药山房、朱氏槐庐，诸家藏印累累，盖可为藏家一大故实也，庚寅十月廿四日，海上所收，与知不足斋钞本东观集十卷同归余斋。

此本卷中朱笔淡墨细字，兔床手校也。丙申秋日记。

己酉九月廿三日重阅一过，校误字。明日将去奉贤海滨，因记。

余初买书时兴致极豪，绝不问价，而尤好名家旧抄书，往往为人所愚。似此本为吴兔床手校写本，藏印累累，一见即不欲舍去。估人要索重直，知余之不忍轻弃也。乃以旧本数百种易之，真痴绝也，去买此册时已三十余年，旧本亦绝迹。时时展观，得少佳趣。甲子上元日，天色阴晦，似有酿雪之意。黄裳记。

此拜经楼钞本汲古阁书目二种，写手工雅，收藏印记累累，至可爱玩。其玉玲珑阁一印，清仁和龚翔麟印记也。龚与兔床盖同时交好，余见拜经楼书之有龚印者不少，其流传之迹可见也。临安志百卷人家，吴氏印也。红药山房则海盐马玉堂氏书斋，朱氏槐庐亦近人之富于收藏者，玉乳山房则不知谁氏矣。汲古秘本书目为售书与潘稼堂时底册，秘本流传端绪可见。而此目中亦有数种今在余斋，睹之乃别有情趣。得书归来，漫记卷耑。书值犹未定，买书钱亦不知何从出，姑先记此。庚寅十月廿四日，黄裳。

余买此书及鲍以文抄校本东观集一册，所耗至巨。计斥去所藏明版残本及新书杂志等共五六百斤，估人以车二辆载去，得直以偿孙某，其痴如此。壬辰冬更记。

近又得一旧抄本，为钱梦庐旧藏，有其批语，爰取此册对读一过，辛卯九月十四日晴窗记。

汲古阁刊书细目一卷，虞山毛晋著。

汲古阁珍藏秘本书目一卷，毛扆斧季书。

吴骞精钞本。黑格，十行，廿一字。板心下有拜经楼钞本五字。收藏有“临安志百卷人家”（白文双行长方印）、“红药山房收藏私印”（朱长）、“玉玲珑阁主人”（朱文大方印）、“玉乳山房”（朱文圆印）、“吴县朱记荣字槐庐号懋之行四鉴别金石书画印”（朱方）、“孙溪朱氏槐庐家塾藏之章”（朱方）

黄诗内篇

此陈书厓旧藏本，佚去尾二卷，来自甬上。余所藏山谷集无善本。曾有明初黑口本内篇诗注外篇诗注，亦残帙也。阅肆经年，曾未见一佳椠。此虽不全，然所失不多，仍可为讽诵之资，因重装之。近与竹溪沈氏论宋诗，以绝爱山谷为言，因知好此者殊不乏人也。癸巳十一月初五日，黄裳小雁。

此嘉靖时刻山谷诗，缺后二卷，刊尚古雅，且有天都陈氏印记，遂买得之。余旧藏大全集，亦嘉靖时刻，已散去矣。箧中黄诗，只此而已。甲午腊月廿二日，来燕榭寒宵记。

此书十四卷，后当尚有续二卷。嘉靖十二年成都刊。芝字世和，华阳人。嘉靖八年进士。北京金陵两馆俱有其书。

黄诗内篇十四卷，存卷一之十二。题蜀后学蒋芝考证刊、宁后学查仲儒校证。嘉靖刻，八行，十八字。白口，单边，前有叙，考证，目录。收藏有“天都陈氏承雅堂图籍”（朱方）、“陈氏藏书子孙所宝”（朱长）、“练江陈昂之印”（朱方）、“陈先生后人”（白方）、“承雅”（朱腰圆）、“半碧山堂图记”（朱长）

所知录

所知录向来收藏家所储皆少完本。大兴傅以礼得荆驼逸史本汇刻三卷而无附录，又借庄仲求司马谢枚如舍人两家旧抄补缀，而犹缺髯绝篇。后辗转自萧敬孚处抄得，长跋记之。此本首尾完具，诸诗搜罗最备，旧抄足本，大堪珍重。瑞轩藏晚明史籍佳本至多，余所得不少，而甚憾不得其人故实。闻石麒见告，来青阁主人杨寿祺知之，暇当询之。得书翌日，检华延年室题跋，更记数语卷耑。乙未二月三十日，来燕榭记。

所知录前尚有凡例五条。余别藏旧钞残本有之。其本为桐花轩旧藏，不知谁何，收于甫里梅花墅许家，信是渊源有自之物。己亥秋日记。

髯绝篇所记甚妙。生动而真实，绝非臆造。如此人物，安可不入之说部中。癸卯新正初三夜，灯下阅记。黄裳书。

所知录三卷，翰林钱秉镫稿。旧钞本。抄白，半叶九行，行廿六字。莫友芝朱笔题“末附南渡三案及阮大铖本末小纪”一行。收藏有“瑞轩”（朱方）、“独山莫氏铜井文房藏书记”（朱长）、“莫棠楚生父印”（朱长）。

杜工部集

余喜收杜集，箧中所储都数十种。无宋元刻。最旧者明初刻集千家注本，徐紫珊家书也，又嘉靖许宗鲁净芳亭本，嘉靖济南刻王渔洋旧藏本，嘉靖吴门龚雷刻本。清刻精本最富，而以此残卷三册为最早。此影宋钞，不如毛钞之精，而确是清初写本。其底本今已印行，二百年前，人罕得见，遂有此种印钞本。今日观之，古香袭人，其妙有非刻本可及者。曾为艺芸精舍所藏，或是全书，不知何时散失不完。归旧山楼时即已如此矣。三册册尾印记可证。旧装亦赵氏旧式。宗建藏书最精而博，不以残本忽之，钤印累累，异于它书。可征真赏。不知谁家伧父，伪制汪阆源跋及黄荛翁跋，并伪为士礼居二印，亦不必去之。放慵楼不知何人，一市侩也。然颇有手眼，巧取豪夺，借书营利，然余所见其所有物，无不精美。二十年前此三册书以郭石麒之介，得归余斋，弃置久矣。偶检得之，展卷快然。非近时书册所可并论者，因为小跋，识其缘起。己酉清明前一日记。

杜集今传世者，以北宋王洙所编本为最古，凡二十卷，出于当时秘府旧本及人家所藏。嘉祐四年苏州郡守王琪刻之，其本早亡。今存最旧刻为滂喜潘氏旧储两残宋本，皆南宋所翻嘉祐本也。汲古毛氏以两残本合之，补以影宋抄，两残本共存八卷有奇。此本与一残本合，十行二十字。原书只存卷十之十二，凡三卷，殆即吴若所称之建康郡斋本也。亦钱牧斋所称近古之本，当刻于建康。绍兴初元所刊，毛子晋曾有景宋全本，两残本毛扆借以补完。是明末犹有宋刻全书。此抄亦清初物，卷中有“一作”“一云”小注，而不云“樊作”“晋作”“荆作”“宋景文作”，是一是二，未敢臆定。群讳字有境、让、镜、征、完、构、惊、桓、殷、树等，皆作字不完。每卷目后即接诗题，更不另起，卷数亦不尽同。要之为景宋旧抄之出于汲古主人所见之外，是可重也。此书原本尚早于郭知达编九家集注草堂诗笺、千家集注等宋刻旧本，虽只存三卷，亦可谓近古佳册。赵次侯所藏多非凡品，此残册亦珍重收储，钤印累累，可以知其故矣。己酉三月廿九日，好春良夜，黄裳题记。

杜工部集存卷一之卷三。“前剑南节度参谋宣义郎检校尚书工部员外郎赐绯鱼袋京兆杜甫”撰。影宋旧钞本。半叶十行，行二十字。白口，左右双栏。前有“翰林学士兵部郎中知制诰史馆修撰太原王洙撰”杜工部集记，末属“宝元二年十月王原叔记”。收藏有“汪印士钟”（白方）“赵印宗建”（朱方）、“非昔元赏”（朱方）、“曾在旧山楼”（朱长）、“赵氏秘笈”（朱长）、“非昔居士”（白方）、“虞山沈氏希任斋劫余”（朱方）、“曾在沈芳圃家”（朱方）。

林下词选

此林下词选十四卷，康熙刻本，徐紫珊旧藏。绝罕传。余久欲得之而未见也。今日徐贾绍樵挟归故家书百许种，余选得十余部，以此为最浃意，余旧藏一残册，仅有下半，亦康熙刻，然版心下有宁静堂三字，每卷后更有丰草庄定本五字，不知孰为原本，孰是翻雕也，书在吴下装书人处，未能一对，当重装并储之。得书后记。乙未春分后一日。

今日残卷装毕寄至，比勘一过，即是一书而初印者，此则铲去版心下宁静堂三字，丰草庄定本五字亦削去矣。卷十四原书迄于沈静筠词，此本别增一叶。如非别藏初印残卷，几不知有此事矣，信乎书之不嫌多收复本也。乙未三月初六日。

此为版归金氏后所印。不见初印本不能知也。清初刊书，梨枣精绝，即此辗转重印亦可爱。乾嘉后即草草不足观矣。

今日于图书馆中见康熙刻松陵词选四卷，题周铭勒山编集，九行二十字，白口，左右双边。版心下有宁静堂三字。前有康熙十年许虬隶书叙，次顾有孝茂伦序，次凡例，纲目，后有丰草庄定本五字，与此本原刻体式正同，后附华胥语业一卷，亦勒山所制也。版心中题甲集，又卧庵少作数字。南陵徐氏藏书，抚印绝佳，稀若星凤。爱不忍释。录其行格序例而归，以存周氏故实。余近得词集二百种于侯官林氏，皆南陵徐氏遗藏，盖积余生前以诗余三十许厨归之林氏者。然积余所藏诗余佳本实未全入林家也。此松陵词选盖即其一。

并世不知尚有第二本否？姑悬一愿于此，乙未十一月初二日夜半。

林下词选十四卷，康熙刻本。题“松陵周铭勒山编集，海阳金成栋天三重校”。半叶九行，行二十字。白口，左右双边。前有扉叶，题海阳金天三辑、宜堂藏版。长洲尤侗悔庵康熙辛亥九日题于水哉轩叙，康熙辛亥同邑慊庵吴之纪叙，康熙辛亥八月同邑赵沄山子氏题于华旺厂序。康熙庚戌秋周铭题词，凡例，末属“辛亥春正月十有七日书于丰草庄之春雨堂，勒山”。次参校姓氏，总目，目录。收藏有“曾为徐紫珊所藏”（朱长）、“上海徐紫珊收藏书画金石书籍印”（朱方）。

远山堂曲品剧品

余既得山阴祁氏遗书，乃取忠敏日记读之，于遗稿撰作时日、搜辑情状，一一摘录，每与遗书覆按，若合符节，为之大快。忠敏日记中每记观剧琐屑，又能自谱曲，于此事似深好之者。崇祯乙亥归南快录十一月初四日记云：“予坐书室，竟日不出户，整向日所蓄词曲，汇而成帙。然顾误之癖，于此已解，终不喜观之矣。”是所藏曲本亦至富也。忠敏殉国，祁氏更遭家变，遗书遂不可问。然公子奕庆曾有奕庆藏书楼目，向见有明时旧写本，其中著录名剧汇七十二本（凡二百七十种，有详目），杂剧十四本（无目），抄本杂剧十二本（无目），未钉杂剧二帙（无目），是当为忠敏崇祯中手订之旧也。顾其书流落存亡，俱不可知。今秋余在京，得石麒来书，告收得忠敏远山堂文稚，候余归沪观之，心念其必为遗著抄存之本也，归而索观，果然。文稚外乃更有破书一册，前数叶已撕去不存，仔细审视，始知即公遗书曲品也。其叙例却在文稚中。计存艳品二十种，能品二百十三种，具品百二十六种，杂调四十六种。前佚约七番，从叙例求之，所录当是雅品、妙品也。少观所记诸曲名目，大半为绝密之册，非但未见其书，即其名亦从未之知也。余近究心白蛇传，以所藏乾隆三年刻看山阁乐府雷峰塔传奇为最旧，定谱曲最早当属此本，今读忠敏此书，乃知明时已有此曲矣。为之惊异。他如梁山伯祝英台事，亦早谱入传奇。苟非此品复出，夫谁能更知之耶。是忠敏藏曲虽不可见，其大略却于此中存之，是亡而未亡也。此本前佚之叶，所录俱是名作，世所习知，是虽不可见，亦无伤耳。装潢甫竟，辄为著其源流于此。壬辰十月初九日黄裳记。

先是余得起元社黑格旧抄本远山堂文稚及无题钞本（亦起元社黑格）等三册于石麒许，渠即见告尚有曲品二册未出，归而审视其无题一册书，实即曲品也。疑莫能明。岂原稿真迹尚在人间耶。屡促其为余致之，昨日书始至，黄昏时过石麒家，挟之而归。灯下细阅，知果为原迹。卷中墨笔蓝笔删改圈点及此叶后赏音道人四字皆忠敏亲笔，证之它书，确无可疑。起元社旧钞即据此录出者。尚有一册则未前见，亦是忠敏所撰，却无手迹耳。欣喜逾望，辄记卷耑。尚有祁承㸁示子扎底一册，约明日往取，亦附识之。壬辰十月三十日，黄裳。

余既得此原稿本，乃以起元社黑格旧钞归之北京图书馆。西谛见之，来书告欣喜逾恒。更记。癸巳谷雨。

甲午冬日，付活字印行。乙未春正月十四日工毕。雨窗校一过，其不见于姚梅伯今乐考证、王国维曲录、吕天成曲品、高奕新传奇品者凡二百四十二种。

远山堂明人曲剧二品，余先后收得抄本稿本于山阴祁氏。既付工排印行世，遂以原本赠北京图书馆。寄京前撤去余手写诸跋及残目数叶。赵斐云后语余，见此书时意必有长跋纪事，不知何以一字未书，以此见询，余亦笑而颔之而已。此零叶仍在箧中，春节无事，检书又见之，乃为排比订为一册藏之。癸卯正月初三日黄裳记。

远山堂曲品剧品，祁彪佳稿本。远山堂绿格写。半叶十行，行二十字。曲品有彪佳校改。

诸葛武侯十六策

静安寺汪氏书肆，余与之颇稔。汪某之弟，常贩书两浙三吴之间，时获秘本，余亦与之交易，后以细故，绝不往来。所得书皆归之徐贾绍樵。余间于绍樵许得其数种，吴兔床家书不少，皆所售也。近绍樵病废，乃更以书见示。今午冒濡暑访之于静安寺，于书包中出破书三册见示，曰此赤日之下，奔波于同里吴江之间十日，仅乃得之者也。其一为雕虫馆原刻元曲选图，绝初印；一为嘉靖翻宋本诗准；一即此也。书名绝密，刊刻精劲。查氏后序称此为曲沃李公刻于辽东者。卷尾牌记一行则题都司都事陈大纪刊行，或李公帐下神将也。卷首有曹倦圃二印，不似真迹，惟吴江陆氏切问斋数印则绝精也。此为陈寿表上诸葛故事，未尝见于著录，诚为秘籍。余近久不收书，箧中百嘉尚不及半，故书日少，不知何日完成此愿，乃更于百无聊赖之际，见此未见之书，快意何可言也。遂跋卷耑，以识岁月。戊戌小暑前日，黄裳记。

此武侯十六策一卷，晁氏读书志著录，入兵家，实政治之书也。晁氏言陈寿录孔明书，不载此策，疑依托者。然亦宋以前人所为。所录十六目与此本俱合，惟第六目曰治民，此本作治人，与四库存目所据本合。四库所著本出永乐大典，后有金人李革后跋。此本所出，当是宋板。除治人一目外，其治乱阴察诸目，皆同。宋本大典本今不复存，此嘉靖旧刻当是人间最旧之本，世无知者，大可珍重。馆臣据晁志言序称谨进便宜十六事，今本不载。是亦未见此本前序也。此本刻于辽东，写刻精劲，与明中叶北方刻本精神颇类，大胜方重板滞之刻。曲沃李氏匆匆未详谁何，暇当得其名姓于明史中。陈大纪当是李公帐下偏裨，受命雕版者也。得书后二日，夜窗无事，辄考其流传种种，写为此跋。戊戌五月廿三日，黄裳记于来燕榭。

乙丑十月廿日，晴窗浴日，重展一过。此书护叶用红筋罗纹，可见珍重之至。不知是切问斋旧装否。

诸葛武侯十六策，嘉靖刻本。半叶九行，行十七字。

白口，左右双栏。版心有策字。卷尾有“嘉靖十一年太岁壬辰夏五月哉生明古吴查应兆谨著”后序。又牌记“都司都事河东陈大纪刊行”一行。收藏有“平原中子”（白文长印）“切问斋藏”（白文方印）“切问斋珍藏”（朱文方印）卷前旧人题书名，又“京兆计英伯本”一行。

兼山集

此杨廷麟兼山诗集，刊于顺治中。禁书总目著录。传世甚稀。卷十一卷云兼山遗集，有男某孙某校字，是独刊于身后者也。此本凡奴虏字俱作墨圈，是刊板时亦知有干新朝大忌，而终入全毁之数，亦可慨已。余所藏禁本都未入目，会当别为簿录著之。乙未冬至后二日重检书记。

机部为明遗臣，殉国难，大节在人耳目。而熊文举以二臣撰此首序，且以机部甄拔造就之人，上翊新朝圣主为言，其颜甲千重，何其不知耻也。呜呼！

吴梅村集中有临江参军五古，为机部作也。梅村诗话中更纪之云，其为文排宕峭刻，在韩苏间。书法出入两晋，仿索靖体。诗则好用奇思棘句，不甚合律，然秀异耸拔，往往出人。所论颇的当。尝及其哀卢象升诗，而惜佚落不全，是梅村当日亦未见此集，亦未全睹悲巨鹿诗也。梅村之言曰，余与机部，相知最深，于其为参军，周旋最久。故于诗最真，论其事最当。机部后守赣州，从城上投濠死。集竟散佚不传。是亦终未见此集也。又记机部殉节后，曾访其子。知在宁都山中，后为彭恭庵赎归。更记机部诗，断句皆在遗集中，错落不全，赖此集以正之。因知在清初即为奇秘之册，何论今日。癸卯四月廿六日灯下更跋。

孙殿起禁书知见录著录兼山集只四卷，知此全本之罕也。小燕。

“檀州军败济南陷，□骑西山逼云栈。九门辛苦坐公卿，按兵不动高中监。玉堂学士心不平，上书北阙苦论兵。参军新命一朝下，单骑夜出长安城。是时主将卢司马，独将西兵兵力寡。不忍国士死黄沙，故遣参军向城下。参军不行司马嗔，参军既行司马陈，北向再拜谢至尊，曰臣象升死国恩。鼓声阗阗军出垒，司马一呼创痍起。三万□人夜合围，孤军独战皆尽死，朝廷颇轻死事功，翻疑讼疏多雷同。司马精爽久寂寞，参军一官成转蓬。呜呼，国家赏罚未可测，归耕匡庐隐亦得。”镶文此诗补自顺治冠山堂刻吴越诗选卷六，题“参军行赠杨机部先生”。颇慷慨，殆仍是甲申前作也。国变后乃为二臣，不徒无以对陈卧子，亦何由见机部于地下耶。癸卯闰四月初五夜灯下漫录并跋。黄裳。

卷九以前殆刻于机部生前，卷十改题遗集，且有男碱孙继祖衔名，殆是后来补刻。然序言昭代定鼎已十余年，则必在顺治末叶矣。

兼山集十卷，题清江杨廷麟著。半叶十行，行二十二字。白口，左右双边。前有南州年姻弟熊文举顿首拜题序。卷十大题“兼山遗集卷之十乙酉丙戌，男琦仁叔敬编，孙继祖，又震校字”。

李翰林诗集

癸巳八月，得此残本一册，以牌记存之。李诗明本甚富，余所收不下十许本，而以此为精。黄裳记。

此残本一卷，中有明时人笔迹，椠印精好，传世甚稀。嘉靖刻大抵明易山人本，此白谷山房刻却未见于著录。建候不知谁何，卷中亦有印记曰京庵，俱不知何许人。来燕榭中展书漫记。黄裳。

得此书后二十年，阅市借人，皆未见此刻，诸家藏目亦无之，罕见可知。清斋展卷，心目俱爽，正不必有完缺之见横于胸中也。

甲子白露后一日。

李翰林诗集卷之二，大题下双行云“唐李白撰　明方釜校”。嘉靖刻，半叶九行，行十六字。白口左右双边。前有目。卷尾有牌记，篆文三行：“嘉靖己酉夏日白谷山房梓行。”棉纸一册。

符山堂诗

此残本符山堂诗二册，余得之传薪徐绍樵许。当尚有两册，闻在郑西谛许。郑公远游北平；最近无由得见，它日把臂，当向之索赠也。三十八年三月廿日，黄裳记。

此明末作者，所与倡和有刘同人、谭友夏、于奕正、陈章侯，颇存故实。刊刻亦在清初，佳书也。壬寅小除夕书。

此集十余年前得之徐绍樵许，失七言律以后数十页，幸目尚存，得知梗概。性符为张力臣父，诸生，为复社眉目，卒于崇祯末。此集所与倡酬，有陈老莲、刘同人、谭友夏、于奕正，曾及帝京景物略。诗颇清健，无多故实。刊刻绝精，为力臣手书上板。遇钟陵、皇祖字样皆空格，刻行当在清初。力臣手书付刻炎武音学五书亦精，尚有传本，此则绝无仅有矣。大可珍重。徐贾得淮上人集甚富，皆残册，皆以重直归余。忆同得尚有邱迥翼堂诗集，孙一致世耕堂诗集等，皆残册，亦皆罕传。己酉二月十三日重跋。

符山堂诗，清初刻。不分卷，以分体各为起讫。半叶七行，行十八字。属“淮阴张致中性符著”。每卷尾有“男谷、弨、弧较梓”一行。前有全目。

太和正音谱

此旧刻曲谱残卷一册，检得于萃古斋。起自四十九叶，前不知尚有何名也。以余目验，殆是明初藩府所刊曲选之一种。断种孤帙，安得以不完而忽之。所录诸调目录却完，足供曲家考索。癸巳三月十五日，黄裳记。

此海盐姚士粦藏书，卷耑有其印记，可珍异也。更知此册在叔祥藏弆时，前如干叶即已不存。罕秘孤行，由来旧矣。同夜小雁再书。

此书买得后即付工重装，未遑考索，亦不知其名，但知为明初旧本而已。今赵斐云来斋中观书，示以此册，欢喜赞叹，以为得未曾有，盖即洪武原刊之太和正音谱也。钱唐丁氏曾有旧钞，即影洪武本者，与此正同。后嘉靖前后曾数数翻刻，原本迄未闻有著录之者。今乃重现人间，岂非绝妙之事耶。丁氏所藏旧钞有梁溪蔡氏印，又有汪士钟印。涵芬楼秘籍曾影入之，暇当取以对勘以证之。此书题丹丘先生涵虚子编，原本二卷。涵虚子者宁王权之道号，又号臞仙，太祖第十七子。洪武二十四年封，永乐元年徙南昌，正统十三年薨。原书前有自序。四库未曾著录，是流传绝罕者。客去后灯下漫记。癸巳五月廿一日，黄裳。

斐云久病，余念之不已。实以近时版本之学，无逾此君者，人才难得也。半月前余以事入京师，晤谢刚主，告“文化大革命”中斐云所遇诸酷。先是为拘系于地下室甚久，阴湿不堪。逻者知其性最畏蛇，乃以置于卧具中，大惊怖，遂中风，以至不起。近国家订定全国善本书目，聘顾问三人。周叔弢丈外，斐云亦其一。斐云得讯大兴奋，终夜不能眠，翌日疾作，遂卒。余访北京图书馆之日，适为斐云送葬之辰，因得一赴，并睹遗容，不可谓非有前缘也。此本余初不知为何书，斐云一见即断之为正音谱，检视果然。此种眼力学养，今无之矣。因重阅前跋，忆及旧事，不能无黄罏之痛，遂更跋焉。庚申五月廿八日，黄裳书。

太和正音谱，洪武刻本。大字写刻，犹存元本面目。半叶六行，行廿一字。皮纸精印。存卷上四十九叶至九十二叶。收藏有“海盐姚叔祥藏”（白文扁方印）、“刘蓉裳珍藏印”（朱文长印）。

范运吉传

甬估林集虚所存天一阁故物不少。此亦渠二十年前所得，已刊入其所辑藜照庐丛书中矣。去冬余游四明，卖书之肆皆识林君，亦皆钦服其目光如炬，能拔善本于丛残之中。余因访之于其家。告此书原本仍在，即嘱其检出携沪。今日始来。原装一册，刻极古雅，人间孤本也。倾囊付之，挟册而归，喜不可言。此种单刊小册，最易散佚，并世藏家，少有以之著录者。惟赵清常脉望馆目史部传记类有此耳。武康山中，白昼鬼哭；绛云一炬，半化焦土。殆亦不复更存，因更使人增珍惜之念矣。癸巳清明日黄裳记。

得此书后二年，更见嘉靖刻金子有集及白岳游稿于林估许，皆天一阁故物，索直极昂，遂未能得。余近来之书兴阑珊如此。重展此卷，因更书焉。甲午初冬。

去年秋重游滇南，数过翠湖访书。滇中旧刻所藏绝少。只丽江木氏家集数种，精妙无俦。皆有杨慎张含序跋，刻于嘉靖，疑是苏锡开板，纸亦与安氏活字本所用全合，滇中固无此名刻手也。此册则确是滇中所刻，古拙茂美，纸用厚棉料，亦非中原之物。他年有考滇南开板史者，当以此为绝妙资料也。丁酉夏日更跋。

范运吉传，嘉靖刻。半叶八行，行十七字，白口，四周双边。版心题《范孝子传》。卷尾属"嘉靖甲寅四月朔后一日赐进士出身奉敕提督学校云南按察司佥事前翰林院庶吉士户科右给事中马平蒙泉徐养正撰"。皮纸，包背装一册。

宦辙联句

辛卯重阳后三日见此，即收之。此虽戋戋小册，然却是孤行秘册也。余旧藏蓝印本人物志三卷，亦王三省所刊，今见此首叙，如遇故人。故书因缘如是如是。漫书。

宦辙联句，嘉靖刻。半叶十一行，行十七字，白口，单边。前有"正德庚辰秋九月之吉东黄野叟王时中书于西夏抚台"序引，次目录，次联句姓氏，卷末有嘉靖四年后学关中王三省序。皮纸一册，天一阁旧藏。

澹生堂外集

此澹生堂外集，存三种。傅以礼别从知不足斋丛书中手钞藏书约一种，笔墨精妙，至可爱玩。澹生堂全集二十一卷，崇祯刊本，其卷十四为读书记，藏书训约、训略及庚申整书小记，是先刻外集后入全集者。郑西谛有明刊藏书读书训约、整书小记，共一册，前有郭子章、周汝登、沈潅、李维桢、杨鹤、马之骏、钱允治诸序，似万历单刊之本，亦外集之一。它日当求书一观，以决此疑，并校傅氏所钞也。此册旧藏静惕堂，后入萧山王氏十万卷楼，有端履手题，更经华延年室收藏钞补，古香袭人，真书林奇物也。王授珊珍重收储，身后为朱某阴没入己，深藏密锁，人不可见。修绠堂孙氏乃独能取其书出，入余库者此外尚有吴尺凫跋明钞本琴史，曹玑小集十种，吴时行两洲集，皆其中白眉也。得书之后，欢喜无限，爰记此书源委及入藏始末于卷耑焉。庚寅初冬十月初六日，天乍寒，灯下记此。

余后又收得崇祯刊澹生堂全集，此三种亦有之。此盖单刊本也。雁。

尔光天启壬戌五月初八日示彪儿书中云，汝齿录上只开我甲辰进士、见任兵部职方司员外，可于我甲辰齿录并履历上，可于转吉安府知府下，即接京察降补宿州知州，升兵部职方司员外，竟削去沂州一段可也。是尔光于降补之初，始授沂州知州，未几谢去，再起宿州知州也。前序撰于万历四十七年己未，颇有牢愁之语，考其所记沂州，当即今之临沂而非沂水，迁谪之余，不废铅椠，辙迹所经，多记山川风物，所据不仅旧记，而多采田夫里老之言，于孔宅一节，更详于历代赐书，不脱藏书家本色，亦犹所撰两浙著述考之意也。虽篇幅无多，亦可与徐宏祖游记竞爽。读之唯恐其尽，漫书卷尾。黄裳记，时癸丑九秋。

无锡孙氏小绿天遗书中，有影写八千卷楼藏澹生堂藏书训约一册，系万历中单刊本，惜钞手甚劣，时有误字，不及对校。他日当至金陵，登钵山精舍，取原本一为校雠之。

适又收得崇祯时祁骏佳写本澹生堂诗文钞八卷，其卷五为读书志，此处所钞，大抵在焉。无论序次大异，即字句中实多歧出，殆亦不必过校，有此节子手书净本可耳。壬辰闰五月，黄裳更记。

余得澹生堂主人家书原迹数十通。其天启壬戌七月初四初十示彪佳二札，皆曾道宿州煤徒之事。时承爜方卸宿州知州返山阴，彪佳则南宫捷后留京师考馆，亦欲南归也。初四日札云，倘果在目下要行，必须由河南路为稳妥，但目下谣传宿州亦岌岌酿乱，则由河南者必由宿州，恐又不便矣。前二月间宿州有煤徒三四千，几至倡乱，若此时我不以镇定处之，计策散之，万一率兵去擒勦，则其铤而走险，岂在邹滕之后哉。数千人团聚不散之流民，只以二三白牌密地晓喻，阴为解散，不动寸兵尺刃，所全流民及地方之生命亦多，此自入睢阳一段恰心之事，但恐人情未必尽知其中委曲，而近恐此辈又复啸聚，或都中有人说起我在宿州时煤徒之事，汝可将颠末一说明。特录事定之后将人犯申详正法，以示惩创后来之意。其招审定案，付汝一看，则自知其详悉矣。初十一札亦以此事为平生一惬意事，因取记事刊木，以代书牍。其付刊殆即在壬戌家居之日。案宿州北今有符离集，又有宋町，殆即宋疃。其地有石炭，始采于万历四十三年，煤工为饥民，而有山之户为窑主。煤工初只数十人，后渐增至三千人，而窑数亦至七十余。承爜记其开采之法，有用力槌击者，有辘轳引煤上者，有荷担出于水次者。每窑非四十余人不可举事。又记窑主与煤工之间，种种纠纷，殆即阶级斗争初期之实状。而诸官张皇情状与上中下三策之实质，无一非佳史料也。世之言明代资本主义萌芽者，多注意于三吴之织工，或新安之商贩，无论规模远不及此，即其争竞之烈与形势之鲜明，亦不及远甚。承爜乃能记之于天崇之交，使此三百五十年前之矿工起义史留一翔实之纪录，其识解亦甚超特矣。此文后亦收于澹生堂全集中，未及一校，或有删易。史贵初文，是此原刊尤可重也。癸丑九月十四日记。

澹生堂外集，琅琊过眼录一卷，符离弭变纪事一卷，两游苏门山记一卷。明刻本。半叶九行，行十八字。白口，单栏。前有己未菊月既望，司马祁承爜自序。题山阴密士祁承爜著。收藏有“扫庵”（朱方）、“槜李曹溶”（朱文长方）、“萧山王端履年四十岁后所见书”（白文方印）、“节子辛酉以后所得书”（朱文长印）、“傅氏藏本”（朱文长印），傅以礼题记：“萧山王氏十万卷楼藏本澹生堂外集，同治丙寅夏日，得于越郡，节叟识。”苏门游记卷尾有墨笔题记：“澹生堂外集，吾不知共有几种，所见者止此一册而已。此吾乡前辈遗书，子孙其宝诸，时道光乙巳夏六月望日，王端履敬识于重论文斋，年已七十矣。”下钤“王端履”白文方印。卷前有傅跋：淡生堂外集，明祁承爜撰。承爜字尔光，一字密士，号夷度，山阴人。万历甲辰进士。仕至江西右参政。忠惠公彪佳父也。其澹生堂储藏之富，甲于江浙。著有文集十二卷，余苑六百四卷，牧津四十四卷，国朝征信录二百十二卷，又澹生堂书目暨古贤杂佩若干卷，惜均未见传本。此外集二册，为萧山王氏十万卷楼旧藏，乱后散出。

丙辰得之越城常卖家。计杂著三种，曰瑯琊过眼录、曰符离弭变纪事、曰两游苏门山记，前无序目，似非完帙。知不足斋丛书载有澹生堂藏书约，疑亦外集之一种。因手抄后，时方增辑忠惠公集，他日当合订为祁氏家书。惟羁宦海峤，力不能任剞劂，不审何日始偿此愿耳。下钤“节子题识”朱文长方小印。

澹生堂外集藏书约一卷，傅以礼手抄本。共三十六番。卷尾跋云，己卯端阳后一日据知不足斋丛书本手录，浃旬甫毕。又一行朱笔云，庚辰中秋前二日覆校一过，计改正二十余字。钤印有“傅氏钞本”（朱文方印）、“书簏”（白文套边长印）、“以礼题跋”（白文方印）。

张小山小令

今年残腊，余为云间武林四明之游匝月，前日始归。闻石麒见告，修文堂孙氏得刘氏藏书百许种，颇有佳本。今日午后乃过访请观。佳本已寄京，如天一阁抄书史汇要、吴船录及成化黑口本寿亲养老新书等，皆已不及更见矣。所余尚数十种，余买得吴石仓抄倚松老人集、文瑞楼抄铁围山丛谈及此残卷一册，而以此为最秘。小山小令传世仅有钞笈，如明代四明范氏天一阁亦只有抄本而已，罕传可知。此李中麓原刊，天壤间恐未必更有，虽残帙何伤乎。此后序二番所存有明一代词曲传布故实至多，人多引用之，得见祖本，快慰诚不可言。黄荛翁得小山北曲联乐府三卷外集一卷，为抄本残卷，珍重秘惜，使得见此，不知当如何神往也。士礼居所藏尚有李开先刻乔梦符小令十卷，云刊于隆庆中，此本刊刻古雅，殆是正德刻也。挟书归来，漫记数语。时北风复起，残腊光景，依稀似之。正自可喜，遂无江南春早之诧矣。壬辰腊月廿九，小雁为黄裳书。

藏园群书经眼录著录此本，云前有嘉靖丙寅闰十月六日中麓李开先序。甲子春分日重展跋此。

此本丁氏八千卷楼有之，它未闻有著录者。天一阁有钞本，是在明时即已罕传矣。卷耑有蒋谷孙印。近闻许姬传先生告其人行径颇悉，亦畸人也，大可写为小说。隽文者其姬人也，早亡。姬老曾与一灯相对，闻伊道蒋某薄幸故事，娓娓可听。终乃推灯起坐，不复能卧矣。其事大有趣，亦藏书逸话之一也。癸巳春深，黄裳。

张小山小令，嘉靖刻。题庆元张可久著、章丘李开先编。大黑口，九行十八字。四周双边。后有后序，题“季冬腊日中麓再书”。收藏有“公权”（朱方）、“天都汪氏”（朱方）、“密韵楼”（白方）、“丙寅以后所得”（朱方）、“抱残居士”（朱方）、“隽文掌记”（白文套边）、“乌程蒋祖诒藏书”（朱方）诸印。

参订仙传外科秘方

壬辰残腊，道出四明，小住十日。暇时过应家巷访老书估林集虚，以其所藏天一阁物最多也。所居一陋室中残书盈架，余一一抽而阅之，所得不少，皆出重直，绝不少让，而以医籍为最多。余向不收医家书，至是破例买之，人多笑其痴不可及而不顾也。此残本一册，亦天一阁物，系武林高深父物。世知其曾刊遵生八笺，却不知有此也。板心刻法颇雅饬可喜，亦是别格。卷前有梁父范汝楠一印，当是钦孙辈行，亦明时人也。世知有汝梓，而不知有汝楠，他日得见范氏谱系，当可一决此疑。得书后一月又半重展因题。小雁。

祁尔光澹生堂集前有四明范汝梓序，必万历中人。此本前之范汝楠印，必汝梓兄弟行也。癸亥正月廿六日记。黄裳。

范钦孙、大冲子汝楠，藏印有“九如”。丁丑四月记。

参订仙传外科秘方，存卷十。万历刻。半叶九行，行十八字。下线口，四周双栏，板心中题，“万花居刻秘方卷之十”，下记叶数，皆有画栏。卷首大题下双行云，“明浚仪原阳子赵宜真守素集”“武林瑞南道人高濂深甫参订”。卷末有“钱塘床山山人蔡鸣銮，天目山人陈晓同校”两行。棉纸一册。有“梁父范汝楠印”白文扁方印。书根题“外科秘方”，阁中旧式也。

杨曰补二种

余旧藏杨明远《怀古堂诗选》十二卷，康熙精刊，为顾侠君藏书，知尚有无补此集。无从得见。七日前游吴门，于古书肆见此三册。惊喜逾望，尚是王乃昭藏书，有印记甚多。后附《游黄山记》一卷，刻尤疏秀。牧翁序后尚钤朱记，真名物也。上海图书馆有明远《怀古堂诗选》，后附此集，似其书为康熙中刻，附明远集后者，非此原集也。此集前有寿序、行状、墓志等，当是最足之本矣。原书二卷，为人剜去板心，改为上下卷，无知妄作，不知出谁手。乃昭与无补同时人，必不出此。乃昭印记都六七种，又“仆本恨人”一印少后，不知谁何。曰补与杨龙友、邢孟贞善，多有投赠之什，检读《石臼前后集》及《洵美堂集》，三人交往之迹，历历如见。明远集中亦有记文骢死事长诗，所存故实，皆人所未见。自梅村“夜半新林”之句，文骢蒙谤三百年矣，行当钩稽故书，为之洗雪，庶不负异书之来也。庚申端阳前六日，灯下记。黄裳。

此本可贵在前存序、寿序、墓铭、诔文都七通。曰补与龙友交往之迹，历历可见。龙友死难，清初人集记之独少。盖以与瑶草为姻娅，遂遭避忌。孔东塘写入《桃花扇》，以清客归之，事亦有据，然非龙友之真也。曰补救徐汧事，最可见龙友在乙酉弘光一局中真面目。明远、昭法只能隐约言之者，独详于法柄所撰传中。得此数文，龙友心曲乃灼然可见矣。曰补哭龙友二诗及明远梦龙友一诗，又邢孟贞一诗皆沉痛，亦真能传龙友者也。曰补与毛子晋亦故交，此集殆亦汲古阁所刻，子晋任刻资之半，见金孝章序。诗只存二百首，亦见金序。卷二有为王乃昭赋乐饥篇诗，而此书有乃昭名印甚富，当是当日刻成持赠之册。庚申五月初九日，灯下更跋。黄裳。

此杨曰补《游黄山记》，附诗选俱来者，然非一时所刻也。诗选毛汲古刊于曰补身后，此则当时游稿，刻于生前。

文字佳甚。有钟谭之风调而无其险怪。造句遣词，皆颇经意。状难写之状，摩胸次所感，皆非通常套语。游黄山者多矣，诗文杂出似此，未易一二见也。他日当为流布之。月前游京师，闻李一氓先生欲以黄山旧记辑为一书，惜未见此。癸亥六月大暑前日，黄裳记。

曰补此游在壬申，崇祯五年也。文中“高皇帝”提行高出一字，是刻于明末也。版式疏古，亦一时风气。甲子正月重展记。

《怀古堂诗选》二卷，长洲杨补、无补著。清初刻本。半叶九行。行廿一字。白口，单边。前有乙未立夏日虞山友人蒙叟钱谦益为序，钤“钱印谦益”（朱方）、“牧翁蒙叟”（白方）二印，俱朱钤。次己亥长夏耿庵金俊明序。次丁酉春日俟斋徐枋撰《隐君杨曰补先生六十寿序》。次男炤《先考处士古农府君行状》，次钱谦益《明处士杨君无补墓志铭》，次吴门法柄撰《杨隐君传》，次友弟金俊明纂《明处士古农杨君诔》。收藏有“乃昭氏”（白方）、“王印慎德”（朱白文方印）、“槐隐”（朱文腰圆）、“王氏乃昭”（白方）、“墙东小隐”（白方）、“乐饥”（朱方）、“安节后裔”（白方）、“一肚皮不合时宜”（白方）、“书痴画癖”（白方）、“寄巢”（朱长）、“西山布衣”（朱长）、“虞山王乃昭图书”（朱方）、“乐饥”（朱长）、“仆本恨人”（朱方）、“古吴北郭潘惠字孟游别号鹭田书画记”（朱方）。

《游黄山记》一卷，寒山杨补、曰补著。崇祯刻本。半叶七行，行十六字。白口，单边。

广川画跋

癸巳十月初八日，去吴下妇家，宴之于松鹤楼，饭后闲行坊市，得此残卷于护龙街，至为得意。此快雪堂主人藏书，有图记四方，绝精。去今三百余年，而奕奕如新。始知明人治印之技为不可及也。开之，秀水人，万历丁丑进士，居杭，筑快雪堂于孤山，储藏甚富。余今秋寓湖上几二月，面对孤山，今复得此，因题记焉。十月十一日。

此本罕传，世鲜著录。周氏瑞瓜堂藏有明雁里草堂钞本，其椠刻之稀可知。

明秦西岩有此书钞本，蓝格，版心“玄览中枢”四字。书经渔洋山人校定。因知此书流转之稀，明人不惮数数钞之也。甲子春分。

此本刻板极古拙，卷一尾似有牌记，墨钉未刻。卷二第一叶刻更拙肆，似在成弘间。它卷亦间有此种，又似非一时所刻者，不知何也。全书皆初印，非有补版，疑莫能明，版本之事，诚难言矣。传本至稀，无从校定。北京图书馆有嘉靖二十一年杨慎、韩宸刻本，黄廷鉴校，又明钞等四本。此册前刘序正嘉靖二十一年，然有与升庵近刻《宣和书画谱》并传之语，似又非升庵所刊，不知何也。己酉十一月廿六日，晴窗记。

《广川画跋》六卷，存卷一之三。嘉靖刻。半叶九行，行二十一字。白口，四周双栏。题“宋广川董逌著”。前有嘉靖壬寅夏日东阜刘大谟序。次目录。收藏有“冯氏图书”（朱长）、“冯印梦祯”（白方）、“权奇”（白文套边方印）、“冯骥子印”（白文大方印）。

四如黄先生文稿

此残卷一册，买于姑苏。卷尾有兴公手书一行，飘逸可喜，至堪爱重也。黄裳记，时壬辰九月十五日。

黄四如先生文稿有嘉靖刻四卷本，天一阁故物。其八代孙钺及子文炳等辑刻者也。其前为曾孙至刊十卷本，未知即此本否？传世极罕，虽残帙亦可珍也。况尚有兴公手题耶。取与天一阁本稍比勘之，编次大异。此本墨钉诸处阁本俱补足，且加注释，不若此之犹存原本面目也。甲午四月廿二日，黄裳记。

此为六卷本，兴公题记卷尾，以是知之。十卷者当又是一本。此亦刻于嘉靖中，观刀法可知。甲午岁暮。

《四如黄先生文稿》，存卷五、六两卷。嘉靖刻。半叶十一行，行廿二字。白口，左右双边。收藏有“闽中徐惟起藏书印”（朱长）。卷尾有徐惟起墨书一行，“万历庚子夏买于建州”。卷五第二十叶为“至治癸亥立秋日男将仕郎汀州路总管府知事黄梓百拜谨识”跋文。

腾笑集

此竹垞腾笑集，传本甚罕，刊刻远在全集之前。三月前见头本于徐绍樵许，即取归。洎京游归来，全书始至，遂以石米之值得之。九峰旧庐清刻本之精善者，亦仅有此耳。其家书往往皆雪库衬订，大不雅饬，盖当日收书，计册论钱，估人遂出此策。当付工重装，仍为一册。漫记卷尾。甲午初冬十一月廿五日，黄裳。

陈古铭一斋杂著卷五，录谢子南明评腾笑集云，竹垞翁初与长洲陈鹤客山阴，朱士稚、祁奕喜、番禺屈翁山、归安二人共七，结生死交。梅里兰亭，往来群聚。悲歌愤饮，意气激扬。未几遂构壬寅之祸。归安二公坐惨法，祁奕喜戍极边。竹垞翁山逃而免，而竹垞翁之雄心澌灭无余矣。迨应聘出山，竟成两橛。不特南望厚颜，他日地下亦当两手抱面，羞见陈祁诸君也。清夜自思，不堪一笑。且恐天下人拍手掀髯，无不齿冷。故出山后集，自署曰腾笑，盖亦无聊之甚矣。而托于滑稽不畏人笑，毋乃强颜自饰耶。或曰竹垞恐祸终及己，故不得已而出，其苦心亦可原也。余曰不然。甲申以后，苟全性命者不少矣。竹垞不过自负其诗文，不甘于沦落。其沾沾掉不下者，翰林两字耳。陋哉叟乎。

案或曰以下数行，低一格，当是古铭语。读竹垞自序，首言少无宦情，终以文章流传湖海四十年自喜，遂以滑稽者自命。以是不畏人笑，人所以笑之之故，则托之与世龃龉，不及其他。而受新朝宠眷，得意之色溢言表。是难免古铭南明之讥评矣。陈谢之言，盖浙中故老之清议也。因记之。丁酉十月廿八日晨窗记，黄裳。

朱竹垞李秋锦两先生齐名于时，同举康熙间宏词科。朱官检讨，李归田里。赋桃花云："水岸亭皋各占春，生来未涴马蹄尘。千株一笑谁倾国，烟雾休遮著眼人。""行路逢崔也乞浆，隔邻非宋亦登墙。齐名若个先呼李，料得东风爱艳妆。"后竹垞罢官，著腾笑集，刊成，李题后云："供奉吟笺绝可师，换来风格又经时。风人不信偏愁好，才脱朝衫便有诗。"皆于言外见意焉。右方薰山静居诗话一则，冬晨漫阅别下斋丛书见此，遂书于此卷前，亦读竹垞此集所当知也。癸亥岁不尽前十五日，黄裳。

腾笑集八卷，康熙刻，十行，十八字。上下黑口，单栏。扉页大题书名，又两行云"朱竹垞都下诗"，"曝书亭藏版"。前有康熙二十五年竹垞主人朱彝尊锡鬯父自叙。

城守筹略

三十七年冬得于姑苏护龙街上，翌年春四月装成。

前年冬宗江养疴吴门三多桥畔，余时往探之。每去必至护龙街观书。此册即检得于琴川书店残书架上者，惜佚去末二卷，而目尚存，可知其内容也。此书刊于甲申国变之年，南都倾覆，书版恐即化作柴薪矣。禁书目不见著录，千顷堂黄氏目中有之，明人多病虚夸，终亡其国，著作家言能类此者有几？惜其书出之日，事已不可为。阮圆海锦衣素蟒，临师江上，如梨园家数，此书际此而出，殆不足当阮髯覆瓿之具耳，重展此册，不禁为之黯然。辛卯十月。

此书余获之四年前吴下书坊，不以残卷弃之，珍重装池。近乃又得祁彪佳手稿守城全书十八卷，其中亦佚二卷，大略与此编次甚合，而翔实尤过之。名贤手迹，更可重矣。晚明此种著作，接踵而出，有心人未可必谓全无，惜其时弊已深，卒无可救。只徒供后人考订之资耳。壬辰闰五月黄裳。

辛卯春三月三十日，西谛来斋中观书，盛赞此本之佳，遇一解人，亦自可喜也。黄裳坐雨书。

枬字彦林，中丞士晋子。崇祯癸酉顺天举人。陈子龙荐授职方郎中，奉敕视江浙城守，还里而南都又溃，乃避迹村坞。丁亥松督变作，捕子龙不得，相传匿枬所，亦被逮。适其婿夏完淳以闽疏事发，语多连及，遂同日死于市。妻徐氏自沉死。弟棻字仲芳，所刊梅道人遗墨余亦有之。此书买得七年矣，今日始补录半村行实，殊愧读书之不精进也。乙未芒种后一日，积雨初晴，记于来燕榭中。

钱默字不识，崇祯癸未进士，知嘉定县，当在甲申夏秋之际。乙酉五月，嘉定始集乡兵，士民乱，默欲宵遁，百姓遮道止之，然意仍不在官，人无纪法。默开帑恣人取之，帑空犹不退，默惧不免，告急于吴淞总镇吴志葵，求以兵自脱。二十八日黎明，默乘间走，乱民亦散，吴兵后至，邑中屏息，乡兵皆解。默后削发入黄山，法名成回，号霜华道人。故事散见章谦存《校补丛残》中，半村以此书付默，欲其有所建树也，然竟如此。丁亥之难，默亦未与父同死，士大夫大言炎炎，皆优为之，然少有临难不苟者，其故可深长思也。戊戌七月十七日，积雨新晴，窗下研朱重为此跋于来燕榭中，黄裳记。

戊戌十一月廿日重展，为长文以跋之。时西谛死已二月，重读旧跋，不胜黄垆之痛，来燕榭中呵冻书。

《城守筹略》五卷，存卷一之三。属“武水钱栴半村氏辑”。崇祯甲申刻。九行，廿二字。白口，单栏。前有甲申夏日半村氏钱栴题序，云：“儿子默当为令，因付之梓，使其遍告同事地方者。”次目录：卷一，先事预防；卷二，闻警设备；卷三，临敌固守；卷四，凭城决战；卷五，制器御敌。其火器类著录噜蜜铳，西洋铳，小佛狼机，火箭等，可征晚明火器施用大略。收藏有“瑞轩”印（朱方）。

陈章侯绘像楚辞

石麒近偕严阿毛赴甬上访书归，余数过严氏肆而无所获。一日书至，皆近刻地志之俦，不欲留之。唯中有一包书，为其师朱惠泉物，拆而观之，见有此晚明刊本楚辞，前附陈洪绶所制九歌图，抚印尚精，即嘱其留下，日来余亦几淡忘之矣。今日傍晚过朱惠泉许，乃见此书方付装池，因与论价得之，甚可喜也。西谛有一本，云为萧山来钦之述注，以为原刊，未见其书，不知与此异同何若。此本刊刻绝佳，且扉叶有陈章侯□像楚辞字样，其非翻刻亦彰彰明甚，正未可知孰为原刊孰为翻雕也。姑记得书始末于此。辛卯十月初六日，黄裳记。

昨日估人又携一本来，与此为一刻而卷耑大题下双行题明会稽王亹校定　萧山来钦之述注。图则与此微有异处。如大司命双目，彼则左视，非若此本之正视；云中君此本仰视，彼本则俯视也。展阅一过还之，少记不同之处于此。癸巳二月十七日，小雁书。

楚骚有绘图刊木之本，始于晚明。此陈章侯本最有名，萧云从本则尤稀见。两画师皆明遗民，作图于天翻地覆之际，其意可知。幸余箧中各有其书，暇日展观，赏心悦目，老莲一序，文情俱胜，不输张宗子，知其亦能文章，书法尤妙绝。

此本有顾鉴沙藏印不少。向不知其为何人，偶阅丁钝丁砚邻诗集，有“秋九三日入南屏山，拜张苍水先生墓，同王桐墀、万近篷、顾鉴沙作”。一诗，知其为敬身故人，为之快甚。又有伴梅草堂一印，不知谁何，殆非顾氏矣。甲午十一月初四日，饮酒大醉，晨起头目晕眩，漫记数语遣日，黄裳。

楚辞五卷，崇祯刻。半页九行，行二十字。白口，单边。大题下双行属“汉宣城王逸章句，宋新安朱熹集注，明萧山黄象玉、象彝、象霖同校”。前有罗明祖序，戊寅幕冬陈洪绶手书序，次目录，次章侯绘图十二幅。前有扉叶，大书“陈章侯□像楚辞”。收藏有“鉴沙珍藏”（朱方）、“鉴沙印信”（朱方）、“顾氏鉴沙赏阅”

（朱方）、“石□里人”（白方）、“伴梅草堂所藏书籍印”（白方）。

绝妙好词

绝妙好词，清初始有刻本。柯氏小幔亭刻本在康熙中，最早。板片后归高江村，刓改重印，所谓清吟堂本也。二本余皆有之，世亦多知其书。此雍正项刻，为附传注最先之本，刊亦最精，余亦有之。唯书品较小，扉页亦不存。但最珍重之。查厉笺本盛行于世，而人绝不知此刻实为先河，樊榭实亦列名同勘此书，然于序查本时，亦不道及，几湮迹人间矣。此二册见于沪市，群玉书堂扉页尚存，初印明丽，见之眼明。悬直颇昂，仍易之归，是真好书亦好事之尤矣。漫记卷端，时己亥三月十一日，好春时也。黄裳记。

项氏玉渊堂刻书不少，俱精整。《水经注》及唐人集世多有之。唯此罕传。而别题群玉书堂，尤少人知。此书余旧得一本于郭石麒许，印印川旧物，前失扉页，书品亦差小。后更见此，悬直殊昂，仍易之归。清初精刻始于康熙，至乾隆而大盛，唯多软美不耐观。此刻清劲婉丽，恰得其妙。实代表作也。近检书及此，灯前展卷，因更跋之，匆匆已六年矣。乙巳小满前四日，来燕榭写记。

此书沦盗窟十年，屡索不得，先以印印川所藏一本见还，欲劫此不出也。昨始重归，欢喜记之。癸亥冬至前日。

绝妙好词七卷，宋弁阳老人周密原辑。雍正写刻本。

十一行，廿一字。白口，单栏。前有扉页。题群玉书堂。“雍正乙巳七月澹斋项绸书于白沙之怡园”序。

次题跋附录。次目录。每卷尾有勘定姓氏。“歙项绸澹斋”（卷一）、“钱唐陈撰玉几同勘”（卷二）、“钱唐徐逢吉紫山，厉鹗太鸿同勘”（卷三），“钱唐金士奇绘卣、仁和张喻卜晴沙同勘”（卷四）、“仁和赵昱谷林、钱唐江潆冷红同勘”（卷五）、“桂林洪正治陔叶、岑山程鸣松门同勘”（卷六）、“钱唐符曾药林、江都陆钟辉渟川同勘”（卷七）。卷七末有“桂溪项道晖晓峦覆勘”，一行。

劝影堂词

先著，明末人。曾与程丹问有词洁之选，别具手眼。久欲求其词集读之而未可得也。今乃收此康熙刻于侯官林氏，为之狂喜，因遂记此。乙未八月抄，来燕榭书。

卷中有寄怀石涛上人广陵词，颇可见大涤子生平。先迁甫集罕见，近人考石涛遗事者俱未见此，是可重也。卷上有小记云，以上二十余阕，皆作于庚申辛酉间，是康熙十九、二十年也。又云，以后数十阕，亦作于此时。可知寄石涛词作年，并知一枝栖正在长干。癸亥岁晚，拥炉观故书，漫记卷端。词录后。

渡江云　寄怀石涛上人广陵

长干尘外境，高僧瓢笠，曾借一枝栖。放南山入眼，小阁如拳，落叶闭门时。情深得句，写峰峦尺幅淋漓，有随身澄泥研子，日日啜隃麋。

何期，我来卜筝，师去孤游，念往还无几。知爱向芜城久住，烟水凄迷。昨年垂柳虹桥畔，奈轻舟过去才知。相思甚，因风托寄新词。

劝影堂词三卷，康熙精写刻本。有扉页，每卷前有目。卷首有壬辰四月杪，之溪老生自记。半叶十一行，行二十一字。白口单边。收藏有《南陵徐乃昌鉴藏经籍金石书画印记》（白文方印）。卷末有徐乃昌跋，“汪氏振绮堂书录，之溪老生集，国朝先著撰，字蠲斋，又字染庵，号盍旦子。自泸州迁南京十世矣。光绪丁未夏日，南陵徐乃昌记于小檀乐室。”下钤《冰弦》（朱文圆印）、《小檀栾室》（朱文圆印）。

瘗鹤铭考

此康熙刻瘗鹤铭考，精雅无俦，传世甚稀。北平图书馆善本乙目著录，余觅之久矣。昨日旧肆得硖石故家书数十种，约余往观，并告中多拜经楼物，选得三十余种，果有兔床手校物不少。此册前有朱印一方，果然真迹，欢喜记之。丁酉正月廿七日。

余收书之始，惟重明刻。未几而喜钞校。其时故家书册零散市上，不能不选其较稀有者，清刻狼藉如山，无人顾问，尽入还魂纸厂，未能从容收取，真憾事也。后乃渐知其可重，所聚遂富，然已不及。丁酉书市最盛，书价亦最昂，未几而文字之祸大起，书肆亦渐合并闭歇，更经十年离乱，旧书灰飞烟灭，市肆架上，乃更无一册可见矣。此书林一段小沧桑，即视为结末一叶亦无不可也。此册为丁酉春日所得，传本之稀，乃如星凤，初印精整，牌记雅妙，又经兔床老人藏弃，钤记亦不经见，真所谓五美俱合者。此周叔弢丈之言，乃真知书趣者言语，不足为俗人道也。癸亥献岁日，试笔书红，记于来燕榭之南窗下。黄裳。

瘗鹤铭考一卷，吴郡汪士鋐编。康熙刻。十一行，十八字。白口，左右双边。前有康熙五十三年太岁在甲午夏六月十四日退谷居士汪士鋐叙。次图四叶。卷尾有汪士鋐记，又跋三通。何焯跋，良常后学王澍跋。卷尾有楷书三行牌记，“康熙五十三年岁在甲午九月松南书屋开版”。全书皆士鋐手书上版。收藏有“吴骞五十字曰槎客”，白文扁方印。

元氏长庆集

微之集宋本在绛云楼，敏求记称牧翁得之南城废殿，后不知流落何许，殆与绛云同付劫火矣。郘亭目称有乾道四年刻本，殆亦未见其书。颍川刘氏藏蜀本唐人集若干种，微之集残存卷一之六、卷五十一之六十，凡十六卷。此外元集传世，即以此本为最旧矣。诸家目皆未著录，仅蒋孟蘋藏一本，亦是残书，仅存卷一之二十七，今归北京图书馆，世行旧本以东吴董氏所刊为最著，然也是翁则讥其以己意妄填空字，可资捧腹，去此本远矣。华氏刊书识语今据蒋藏传录于此。

> 乐天微之以诗并称元和长庆间，互相标榜倡和为颉颃，而论亦曰元白。向既购白集钞本，校印已行。每访元集，则残章断句，皆蠹口余物耳。深慨造物之有忌也，偶见家宰陆公家藏宋刻板者，欣然假归，得翻印如白氏集，是真龙剑凤之终合，二公文章之晦明与时运盛衰为上下也。观二集者诚快睹云。

是此本亦翻宋本也。此残帙四册，菰里瞿氏旧藏，石麒介以归余。庚寅大雪前日灯下书。时阴雨终朝，暖如仲春。

三十余年前余游京师，于隆福寺旧肆中见一单，皆旧刻。中有此元氏长庆集活字本，匆匆返沪，未及索观，后亦不复能踪迹矣。此四册则石麒作缘归余者，数十年中未见全本，每一展卷，古香袭人，知古书之妙，人不尽知也。今日暑甚，不能撰作，因取故书阅之，销此永昼，并记，时癸亥六月十三日，黄裳记。

> 元氏长庆集存卷四之六、卷十三之十八、卷廿二之廿四，凡十二卷。兰雪堂铜活字本。半页七行，正文小字双行，行十三字。每卷先为目录，直接正文。第一首诗题大字占一行。白口，左右双边。版心上兰雪堂三字，中题元集卷几，下记页数及排工姓名，每卷尾有牌记，“锡山”（朱圆）、“兰雪堂华坚活字版印行”（朱长、双行）。

三辅黄图

此书出绍兴山中，估人拔之出于纸丛，余又从而得之。世传此书多嘉靖刘景韶刻，九行十八字，此本却罕见，未闻有著录者。辛卯首夏，黄裳记。

此书出杭州，富晋估人往收旧纸，秤得于残书堆中。一日余过市，书估手此一册叹曰，惜其不为四部丛刊本也。肆中方收丛刊一部，中佚三辅黄图及它书二种。有人持一零种来，索五万金方允售，是以书估有此叹也。余即以十万金易之以归，付工重装，整饬如新。此甚可笑事也。辛卯十月十二日重阅书此。

三辅黄图六卷，卷一大题下一行曰“四明薛晨子熙校”。嘉靖刻，半页十一行，行二十字。白口，左右双边。板心下有刊工姓名，章松、章彬、杨仁等十许人。前有叙、目录。

杜律单注

此嘉靖中济南刻本杜律单注十卷五本，渔洋山人旧物。犹是原装，精妙可爱。池北书库书，所见极罕。余收书十年，此为初遇。北地藏书，多患风伤，似此乃更不易得矣。陈明曾刻诗外传于芙蓉泉书屋，有名于时。余收有二帙，结体与此不同，而精妙似尚不及此也。爰并储之以为百嘉书藏中二俊。乙未十月十七日，来燕榭晴窗曝日书。

此书七年前遭盗掠去，久久不归。近始还来。已重装，原装遂不可得见，甚可惜也。明人包背装存世甚少，往往不之惜，此最无识。为之叹叹。此亦乙未岁得之海宁俞氏之物，尚有大明集礼一种，亦渔洋山人物，有印记曰池北书库。阅市三十年，所见仅此。庚申四月廿三日芒种节，黄裳记。

忆十年前为索还掠去诸书，访□□于其家。宛转搪塞终不欲还。所持一端为□□□已将诸书一一付之装池，所费不赀，情难割舍。闻之大笑。此种理致殆非高明如□□不能道也。甲子上元，午后家居，展书及此更跋。

杜律单注十卷，大题下双行云：鹊湖陈明辑　钱塘杨祐校。半叶八行，行廿二字。白口，单栏。板心下有景姚堂三字。每卷尾有生员某缮写，省祭官某督刊二行。每卷首校者衔名各不同，杨祐外尚有海虞施雨，东阳蒋瑜。卷前有洪武壬戌秋八月既望古剡单复自序。收藏有继白堂印朱文方印，济南王士禛印白文套边长印。

华阳国志

此刘大昌刻华阳国志，罕见佳刻也。阅世数年，曾未见有两本。前当有嘉靖甲子知成都府昆明杨经序及大昌自序。是书除李雨村引校外，诸家目皆未著录。傅沅叔藏园题记中曾有长跋。此残册得于庚寅冬。孙实君得书数十石于上海城内，其人孙氏名鉴，佳本不多而残帙甚多。余得书十种。此册外尚有拜经楼钞本汲古阁目，知不足斋校东观集，明刻静安八咏等，尚有万历刻弘明集广弘明集二种，佳椠精印，已归徐森玉丈，余即更无所见矣。此册杂置书丛中数年，近始理出，重装藏之，因记始末。乙未八月廿日，来燕榭记。

华阳国志存卷一之三，题晋导江常璩道将撰，明成都刘大昌泰之校。嘉靖刻。十行，二十字，白口，四周双栏。间有黑口。

默庵遗稿

此冯已苍集，罕传本也。禁毁之余，藏书家无以之著录者。徐传是楼亦只存北征浮海二集耳。孝慈堂亦有此二集，注云，棉纸一册，当是初刻，刊刻尚在明末。此本当刊于康熙中，钱牧翁序犹存，惟后杂文二卷割去，不知尚有完本流传否。今日过市，于沈氏许见此，即论价携归，并记。壬辰二月初二日，黄裳。

卷中多有铲去之字，大抵皆违碍语也。然铲亦未尽，激楚之音，时复可见。文字之狱，百世之后，尤为凛然。更记。

得书后从肆中假得活字印本常熟二冯先生集，为燕谷老人张鸿所刊。所据即是此本，文阙，用传抄本足之。卷末有江南赤凤公子之廉跋，谓戊戌之岁，获之京师，归虞，遂付梓人，并题二绝句云：

烽火虞山十丈青，难凭草木吊诗灵。与君同此新亭泪，敢信天公遽不醒。

如此诗才薄玉谿，乐游原上望凄凄。中朝党祸犹连结，回首长城厌鼓鼙。

燕谷老人云，景芝刻此集时，系以二绝句，即前诗也。嗣汪柳门侍郎见之，怵以党祸之将起，非世家子弟所宜出，踆夫严命毁板，景芝不从。或缺一叶，或截去后一截句。今景芝已逝，余亦衰老，重印二冯集以践宿诺，信笔补志，不觉泫然。是景芝先曾据此残本刻诗八卷，活字本始为全书也。更记。

默庵遗稿十卷，存卷一之八。长乐冯舒已苍撰。康熙刻本。十三行，二十二字。白口，左右双边。版心下有世豸堂三字。前有蒙叟钱谦益序。次冯已苍传，次总目。

民抄董宦纪略

今晨访孙实君于修文堂，偕渠去孙伯渊寓观小绿天遗书，所存已无何精本。检得此民抄董宦纪略，秘书亦有用之书也。后有刘履芬藏印，亦流传有自者。此书近有排印本，恐少于此本，缺书未必能补全也。庚寅十月十七日。

民抄董宦纪略，旧抄本。抄白，半叶九行，行二十五字。前缺四番，通三十九番。收藏有“须江刘眉士校藏”（朱文方印），“彦清珍秘”（白文方印），“小绿天藏书”（朱文长印），“孙毓修印”（白文方印）。封面有旧人手跋，“此本得于奉贤陈礼园家，董文敏居乡颇不利于人口，盖亦是时吴下乡绅习气，即徐文贞不免云。戊子正月十七日。”卷末有孙毓修朱笔跋，“辛亥冬日，得于吴市。有刘泖生印记。书颇奇闷，惜缺数番，安得补钞足之。留庵记。”又孙氏朱笔记，“董之父号白斋，故自号思白云。思白有子四人。长孟履，次仲权，三季苑，四玉宣。孟履最好，仲权以恩例为南都别驾，被盗刃于涂。子名刚，以督镇吴胜兆谋叛事收捕杀于江宁。孟履之子名庭，字对之。宏光时出守河南，力谕枳民降顺，沈麐龙恶之，嘱总兵黄蜚杀之泖中。右见松江李昌期郡治记略抄本，共记四十五事，其第四则为董宦民抄事略，不及此册之详也。注云丙辰年事。丁巳四月七日，留庵摘录。”又朱笔跋，“据提学御史，昆山周元晖一案，不知周案何似。各官为诸生卸罪，而董公欲避民抄二字，必罪诸生，未免所见不广。至提学衙门在江阴，其时业已如此，不自本朝始也。此宁海章一山太史借看后所跋，为摹入卷中。”又书眉孙氏批，“黑白卫传奇刺董也。详见毛祥麟对山墨余录。留庵记。”“杜士基（案系‘合郡孝廉公揭’之一人）有类衷百卷，曾见抄本。留庵记。”

高峣十二景诗

此天一阁书也。薛目云，温泉诗一首，高峣十二景诗十二首，杨慎撰。即此。

丙申之秋，重游滇南，数过汤泉高峣，念此书不置。丁酉夏重跋。

此嘉靖刻本高峣十二景诗，不著撰人。周越然得之陈乃乾，云系杨升庵作，亦不知何据。然书实甚密，亦不似附刻它书之末者。此殆当日纪游小诗，刻以贻同辈者。余倩徐绍樵议及此书，久而未报。盖以小册难索重直也。今日午后过市，此书与嘉靖刻岳麓书院石壁禹碑乃同归于余。为之喜慰。所去几米二石，亦不之惜也。昨今两日所得佳本几近四十种，书缘美甚，因题记焉。乙未十月十七日，月明如洗，灯前记此。

此滇中旧刻，字体方劲，棉纸初印，精绝。去年秋余游滇南，访书翠湖图书馆，见木公家刻孤本数种，前皆有杨升庵序，亦刊于嘉靖中者。雕椠绝精，与苏锡一带所刊，并无少逊，颇疑非滇中开板之物也。升庵所著则绝无藏弆。惟吴三桂治滇时所刻高峣升庵祠志一种，尚题吴年号而已。此寥寥四叶可为高峣志乘中之绝妙资料，可宝爱也。丁酉六月初七日雨窗展书重记数语。黄裳记。

高峣十二景诗

嘉靖刻，半叶七行，行十五字。白口，单栏。版心上题“高峣诗”，单鱼尾，下黑口。末附莺啼序题“高峣海庄十二景图”。棉纸一册。收藏有周越然朱文方印。

韩诗外传

癸巳上元日收此祁理孙旧藏芙蓉泉本诗外传，黄裳记。

此亦祁氏寓山藏书也。韩诗外传嘉靖中凡三刻，而以芙蓉泉书屋刊本为最善而罕传。余前得残本卷三四一册，绝初印。此本印少后，重是奕庆所藏，仍携归藏之。癸巳上元夜，黄裳记。

得此本后二日，又得怡邸旧藏一本，印远胜而复阔大可喜，惜已染纸，且撤去刊书诸序，以充宋版。此旧刻罕传，余乃前后三日内连得二本，可不谓之书缘乎？上元后三日，晴窗记。

韩诗外传十卷，汉韩婴撰。嘉靖刻本。九行，十八字。白口，左右双边。版心下有隶书“芙蓉泉书屋”五字。前有嘉靖十八年岁在己亥孟秋之吉赐进士奉政大夫浙江提刑按察司佥事乞休钦准病痊起用济南鹊湖陈明序，次嘉靖十有八年十一月五日赐进士出身奉政大夫江西按察司佥事钱塘杨祐书于济南之梦韩堂序。次韩婴小传。收藏有“寓山藏书”（白方）、“祁奕庆图书印”（朱长）。卷尾有“嘉靖己亥秋八月望月泉薛来书于芙蓉泉之秋月亭”后跋。

诗林广记

此册今春获之都中来薰阁书肆，系天一阁旧藏本。查薛叔耘天一阁见存书目卷四，著录此书云，前集全，后集存卷一之五是也。是此册尚是早年流出阁外者，当珍护之。庚寅夏至夜，雨甚，檐溜有声，展书因记。

今日书友持一明大字刊本来，十行二十字，取以校此，无甚异同，印本殊不佳，亦远在此刻之后，因即还之。此书传世者有元刊、明弘治刊及大字刊本，俱常见，唯此正统宁夏刊本未见著录，是匪仅以刊刻纸墨俱古为可珍也已。辛卯二月初二日，黄裳记。

精选古今名贤丛话诗林广记后集存卷六之十，次行属蒙斋野逸蔡正孙粹然。精选或作妙选，丛话或作佳话，正统刻。半页八行，行十六字，大黑口，单栏。末有正统十一年龙集丙寅季春中旬日奉政大夫陕西按察司佥事阳平王瑛跋，有秋霜烈日印。跋略云，“予按临西陲，公暇往谒参赞军务大理寺丞滏阳罗公尚䌹，出斯集以见示，……因念宁夏僻在边方，人罕得睹，遂捐廪给命工锓梓，以广其传。”按木犀轩李氏有此书明初刊本，九行十八字。序文与此跋略同，然非一刻也。其本有元统十一年序，以明刻而妄题元顺帝年号，十一年则仍而未改，是翻雕劣本无疑。

西山纪游

此天一阁故物，得于甬估之手，阮元天一阁书目著录，此本前失数番，为邓钦文诗，后亦佚一二页，则潘光统诗也。

此卷中有安绍芳十诗。绍芳为安民泰孙，即无锡安氏桂坡馆主人后裔，有西林书屋，以藏书著。遗集不可见，却于此中得其鳞爪，至可喜也。甲午二月初十日装毕记。

细检原书，邓诗却在。是阮目著录时即已前失四番，而首纪钦文名姓也。此小册虽残失过半，然所记西山诸胜却有为后来所不及知者。早于景物略殆数十年，亦言北京风土所不可废矣。得书后十八年更记。

西山纪游一卷，明刻本。半页八行，行十六字。白口，版心上记书名，中记诗几，下有玉磬山堂四字。双套边，前有刻西山纪游诗序，失撰人名。作者有邓钦文、陈思育、沈渊、李言恭、安绍芳等。厚黄皮纸，刻工刀法，当在万历中。

仁山金先生文集

此金元功刻仁山先生集，罕传佳椠也。数年前曾于沈某许见一开花纸印本，系蒋光煦旧物，以蚁蛀未收。去年秋更收一本于吴下，亦蠹吻如丝，未遑装治。今日乃于市中见此本，初印精好，价复不昂，遂买得之。一清刻而求之四年，始得入手，辛苦亦至矣。欣愉亦不可言。辄记数言卷尾，并识岁月。乙未五月半，荔枝初熟，流酸溅齿之时，记于来燕榭之东窗下。

此九峰旧庐王氏书。王氏身后，精本为朱贾遂翔巧取以去者不少。其最精者凡两皮箱，余曾于抱经堂楼上见之，妄索高值，不欲售也。余以孙助廉之介，得其数种。文瑞楼抄宋宾王校之演山先生集，绝初印之吴骚合编皆是也，皆出巨金得之，一时群诧为书林豪客也。会朱别营金笔业，欲急得资，助廉乃劝其售书，精骑尽出，余所得不少。澹生堂别集三种，曹子玉十集，今词苑，丁鹤年集等皆可观。独惜北宋猫儿桥书铺刻之文选三十卷本残卷，余最初见之，却未能收得。又二年朱氏病偏中，钢笔业亦不振，所余王氏书之奇零，遂以廉值尽归袁估西江，此即其一。是亦上海书林一小沧桑，记之以谂来者。壬寅冬十一月二十日记。

仁山金先生文集四卷，后学金弘勋元功校辑。雍正春晖堂精写刻本。半叶九行，行十九字。白口，左右双阑。前有扉页。首雍正乙巳金弘勋序，次正德戊辰潘府敬书序，万历戊戌徐用检序，万历己亥赵崇善序，次象赞，次元史金履祥传，次目录。卷尾有附录。收藏有“绶珊六十以后所得书画”（朱文方印），“绶珊收藏善本”（朱文长印），“琅园秘笈”（朱文方印）。

洛阳伽蓝记

此董授经影如隐堂本洛阳伽蓝记，蝶装一册，有自庄严堪印记。今日过市，见市估捆载建德周氏书数十担入市，遂买得之。卷首有题记三行，不知系出叔丈手题否？辛卯腊花日黄裳记。

数日前余收得宋刊小字本通鉴纪事本末残帙一卷于修文

堂孙氏，犹是宋时蝴蝶旧装，黄绫覆面，历六百余年而完整如新，其技妙绝。此册则已脱粘，去赵宋遗制远矣。壬辰二月十八日。

洛阳伽蓝记传世以如隐堂本为最旧，罕见传本，稀若宋元。徐森玉丈云，并世只有二本，此其一也。如隐堂刻书尚有虞初志一种，嘉靖中姑苏雕版，周叔弢有之，并邢之襄所藏之伽蓝记，今并归北京图书馆矣。此册旧系蝶装，然技劣，已散为零叶，爰手为折叠，仍作一册，倩工重装，亦自明净可喜。用楮系东洋皮纸，虽不旧，亦佳于竹纸宣纸之属也。此册余买得于传薪书店，其肆挟周今觉遗书入市，无旧本，余只得此及景宋鱼玄机诗两种，大册精善，盖自庄严堪主人自藏之册也。卷端有丁巳十一月我病手书三行，云此蝶装出于厂肆文德堂老韦之手，虽装治不精，亦姑识之，以存装工姓名。恐再过十年更无人能知蝶装之义，即此不精之装，容可再得乎？乙未四月十三日。

周祖谟撰伽蓝记校释，多据旧本，用力颇勤。然亦有勇于纠失，改所不必改者。亦过于泥古，古本信古，然不能保其必无差谬也。然于此书，自不失为功臣。春节少暇，因以朱笔度之，留一净本，以为浏览之资，并记。乙巳新正初二夜，灯下拥炉记。

庚戌二月初一日校此卷毕。连日寒雨，今乃快晴。晨起扫除室内，几案明净，研朱记此。周祖谟校本过信逸史及诸书引文，往往以意改定，校亦大不细密，未足据也。

庚戌二月初三日上午，校讫此卷。昨夜复雨，有风转寒。

尽半日功阅此，颇足愉心。是书缺误累累，虽校本不少，尚无一正定可传之本，是可憾也。文字雅洁，亦复炫丽，但不经意，转多姿媚。异于汉赋之流。间有清言玄理，颇近世说。小说志怪，更开唐人蹊径，有裨考史，尤可珍重。三十年前曾点校一过，自是乃知作文之法，不可忘也。

洛阳伽蓝记，乙卯（一九一五）武进董氏诵芬室影印明如隐堂本。有“曾在周叔弢处”朱文长印。

汪水云诗

初余闻来青阁估人告，周越然家尚有劫余之物将出，只清刻本而已。即嘱代留精本。今日过之，买得此种及卢雅雨出塞集、盛小云啸雨草堂集等三种，甚快意也。此集前数日得残本二册于他肆，只余水云集后半，不图半月后竟得全书，且为瑞轩莫棠遞藏之本，书缘之美，何可言耶。此虽乾隆刻而流传甚稀，直当以善本视之矣。丁酉七月半。

此鲍以文早年所刻书，抚印甚少，传世颇稀，殆以赵宋遗民之作，故国之思，洋溢卷楮，于文网渐密之日，颇不宜也。吴敦复一序，语亦刻露。大非四库馆臣所愿闻见，宜以文之讳之也。以文喜刻故籍于乾隆间，必求近古，似与四库修书抗衡者。然老寿没世，且邀清帝赏誉，真天幸也。如知不足斋丛书中尽属此种，祸不旋踵矣。此事似尚未经人道，因拈出之。己亥六月廿九日书，不亲朱墨，将半载矣。

水云集一卷，钱塘汪元量大有著，乾隆刻本。十行，十九字，上下黑口，左右双边。前有钱塘吴城撰“知不足斋合刻汪水云诗序”。后有附录三卷。卷尾有陆嘉淑、吴焯、鲍廷博、余集跋。跋尾有“仁和陈载周刻”一行。湖山类稿五卷，附一卷。题“水云汪元量大有行吟、须溪刘辰翁会孟批点”。前有刘辰翁序。行款同前，卷首版心有“知不足斋正本”六字。卷尾有乾隆乙酉五月既望得闲居士鲍廷博跋。末附亡宋旧宫人诗，后附廷博跋。收藏有“瑞轩”（朱方）、“古柱轩图书印”（朱长）、“莫棠楚生父印”（朱长）、“铜井山庐藏书”（朱文界格方印）、“曾留吴兴周氏言言斋”（白长）、“言言斋善本图书”（朱长）、“振祖之印”（朱方）、“荫丘人”（白方）。

楚辞

此元天历庚午陈忠甫宅刊楚辞集注，残存二三两卷，尚是元时印本，收于海上旧肆。癸巳花朝，黄裳记。

此书又有元后至元丙子建安傅子安刻本，行款俱合。亦是黑口。后语目后有牌记，当是此书。甲子三月初八日。

萃古斋估人往往得残本书于故家，皆论秤而入者。余时检得一二，亦往往有绝妙之本。前得洪武原刊太和正音谱一卷，绝世秘籍也。此元椠元印楚辞，只存二卷，然九歌却存，亦可爱玩者。癸巳白露前二日，展书漫书。小雁。

二十年前旧本书多有似此残册，估人绝不重之，每见必收，以为快事。忆曾见宋巾箱残本三苏文粹于萃古斋，抚印精甚，白麻纸印。系虞山翁氏物。曾取归，后还之矣。思之可惜。今日雨作颇寒，弄笔记此。方为周珏良题叔弢先生朋旧诗册毕，研有余墨，因作此跋。墨为尺木堂研经校史之墨，颇佳。甲子三月初八日，黄裳记。

楚辞，存卷二之三，凡两卷。元刊元印本。半叶十一行，行二十字。板心上黑口，中题“辞二”，下记叶数，左右双边。

绿窗小史

此晚明刻绿窗小史残卷一册，存五种，约得全书八之一，传本绝稀。前有秦淮墨客序，末钤二印，曰蕙若、曰白雪斋。所附精图虽无刊工姓名，然风格却与“吴骚合编”绝类，当亦出之项汪辈手。殆亦书坊白雪斋所刻书之一也。绿窗女史十六卷，世多有之，此小史则绝未见著录，大可珍重。余久不得善本书，盖多为捷足者所获，无由得见也。此册则以奇零残册，得入箧藏，亦云幸矣。旧在顾湘舟家，有三印，知为藏书家珍重久矣。丁酉大暑日收得，越二日题记。黄裳。

绿窗女史十四卷，亦题秦淮墨客。此本流传远较女史为罕，收丛著凡四十七种。当时二书殆相辅而行者，诸家目皆未见，只日本东方文化图书馆目中两本皆有之。今日秋晴，凌晨曹君有福过访，携来此册，盖方偷闲于吴下装成者。至璜川吴氏所藏梅里志诸种则以破湿甚重，无暇更装之矣。为之叹叹。丁酉闰月二十日午后书此，黄裳。

此本未分卷，亦不知辑者姓氏。其十四卷之本或为此书后印、别分卷目之本，未可知也。

绿窗小史，崇祯刻。半页九行，行二十字。白口左右双边。前有秦淮寓客引。次目录。分“名姬品第”“名姬藻饰”“名花谱系”“名花燕赏”四分。每分前有小序，次列详目。次精图四页八幅。卷首大径题作品名，不著小史总题。计存“金陵丽人纪”，吴王稚登撰何伟然阅；“秦淮士女表”，金坛曹大章撰　谢陛校阅；“曲中志”，天都潘之恒辑　何璧参订；“名姬传”，天台陶宗仪辑　田汝成补定；“燕都妓品”，冰华梅史编　天都潘之恒校。凡五种。收藏有“长洲顾氏收藏”（朱方）“湘舟鉴赏”（白方）“湘舟过眼”（白方）三印。

翁山文钞

前日过传薪，徐绍樵出示一单，告新收书一批将至，约余往观。昨日午饭后遂过其肆，书已至，堆置案上，翻检久之，殊未见有当意者。绍樵抽出书六册，已水湿，多霉坏，偶一翻阅，知系翁山文钞，大喜逾望。索价五万金，即如数与之。挟书归检阅，知十卷俱全，首尾无缺，即付曹有福君装之。夜归，检广东丛书，亦收此书，系景印番禺黄氏忆江南馆藏本，只四卷，而以南州书楼所辑翁山佚文钞附后。黄荫普氏跋尾云，丛书编者原拟以佚文钞本付梓，北平孙伯恒君适函告，某故家所藏翁山文钞流入厂肆，余即函托代购，惟肆主误认书为明刻，复以书为禁本，故昂其值，首卷又为有力者假阅不归，孙君几费心力以踪迹之，复往返磋商方成议。余斥重金得之云云。徐信符君翁山佚文辑序称，此书今所罕见，诚为孤本，亦疑其为残佚不全。余何幸竟以偶然之机缘，得此全本，书缘之美，足傲并世之藏家矣。贩书偶记亦著录此本，称为康熙刻，每卷书名及作者名，俱已割去，是所见为后印本矣。黄荫普氏所藏，薛序佚其首页，余本有之。而翁山文钞铭两页，余本却已失去，当钞补足之。昨日在传薪晤风子兄，示以郑西谛北平来书，亦复殷殷致意，谓近来必更有所获云云，惜无由以此书相示。千里睽隔，更时以收书之事相询，其意可感。近日能收书者有几，能收残书者更有几人，每念及此，遂不能已其怀想之忱，而更不能以此故纸生涯为无聊而弃置之矣。今日星期，驱车游青浦松江，五时许归寓，整理前日所获诸残本，复濡笔记此一段故事，以破岑寂。连日春暖，今忽作寒，雨声淅沥，灯下独坐，展示此明遗民集，禁毁之余，重现人间，是深可纪念者也。三十八年四月十日夜，雨窗题记，黄裳。

此翁山文钞十卷，罕见孤本也。余收得此本后，即持示张菊生丈，欢喜赞欢，以为秘册，约它日更为景印之。荏苒已将三载，而菊老病废，世亦不复重此景印流布之业，每一念及，辄为闷损，辛卯三月廿六日。

近见汪宗衍文，记何氏得此书之曾藏朱希祖家者，前有文钞铭，然印本已在乾隆中，卷中多所剜改，不如此本之尚为康熙原印也。汪氏据翁山家八子说云，四十九岁生明洪，今年十八语，知文作于三十四年，后一年翁山即谢世，知此刻必在康熙三十四年后，实平生著书最后刻本，亦以此而流传独少。因重展此书辄记于此。壬戌八月初三日，黄裳记。

此本可补丛书本者凡三十八篇。

翁山文钞十卷，康熙刻本。半页十行，行十九字。上下黑口，左右双栏。卷首大题下双行题“番禺屈大均著　常熟薛熙评”。扉页大题书名，并“三间□□”，首常熟薛熙孝穆序。次目录，题男明洪明泳编。

松邻遗集

此吴伯宛遗集，久欲得一本读之，却亦罕见。今日偶检得于故书店头，亟挟之归。灯下漫阅一过。藏书题记诸篇俱佳，远胜沅叔之卖弄，式之之穷酸，雍容大雅，惜其不多也。十五年前曾收伯宛手稿甘遁村氓日礼一册于储礼堂家，已移赠周叔弢丈，今不知仍在自庄严堪中否？丁酉七月甘五黄裳记。

伯宛先生毕生所刊诸书俱精善而不甚多，亦自收藏，其行径在艺风授经之间，不愧钱唐吴氏绣谷后劲。所刊宋金元词，未能收得一部，而松邻丛书亦稀若星凤，只得残帙数种于修文堂，所藏佳本更绝未经见。叶揆初云，伯宛先生任陇海路局秘书时，屡于燕叙中接谈，而未得请益之机会，其时收入尚丰，因喜购故籍及金石精本，整理刊印，不惜重资。

性又豪迈，用度仍苦不足。民国六七年间，将嫁女蕊圆，检出所藏明刊及旧钞善本四十种，定价京钞一千元，出售以充嫁资。余请张京庾楼为介，如值购之。是为余搜罗善本之发轫。其时京钞甫停兑，市价八折，实费现币八百元也。此跋颇存伯宛故事，蕊圆即此集卷尾附刊姓名者。春晨无事，因移录之，以存书林掌故。戊戌二月十八日。

叶揆初卷庵书跋跋此书云：“印臣先生故后，友人章式之傅沅叔邵伯褧等搜集遗文，交式之担任编辑，辑成，交琉璃厂文楷斋刊刻，文楷刻成而刻资无人担任，搁置数年，文楷甚窘。王癸间葵入都，伯褧告葵曰，文楷急于结账，只需付四百元，便可印刷数十部。葵允出二百元，分得红印二十部。尔时沅叔正作峨眉之游，葵固未知伯褧未与接洽也。迨沅叔回京，甚怒文楷之专擅，不许再印。文楷乃以原板改作他用。葵携二十部出京，同好分索，让去十九部，只剩此一册矣。十九部中有赠平湖葛氏一部，松江图书馆一部，此次倭患，不知已付劫灰否？去年颇思将此册付之石印，倭事起，又不易实行。印臣一生坎坷，其遗著亦尚在显晦之间，可慨也。戊寅四月廿一日记。”又云：“校邦畿水利集说跋，即陈硕甫所藏沈氏原稿，上次上海战事时，葵向东方图书馆借校，未付劫灰者。印臣此跋，定稿而未写入原书，大约此书由印臣让归传书堂，再转入涵芬楼者。印臣遗稿丛杂，诗词尤伙，多未成之作。此集颇为一时传诵，式之编次之审慎，实居其功，可谓不负死友矣。此集未经商允而即付印，所以逢彼之怒也。”此跋颇存松邻遗集故事，此书刊成，殆只印不及百部，恐未有墨印本也。式之君子，沅叔骄横而好名，伯褧则好好先生，胥可于此书之一段公案中见之。此册殆即仅存书十册之一，亦可珍矣。戊戌清明后一日，黄裳写记。

松邻遗集十卷，仁和吴昌绶伯宛著。文楷斋刊红印本。半叶十二行，行二十二字。上下黑口，左右双栏。每卷尾有“女蕊圆辑录并校”一行。书端邵章属，题己巳，一九二九年也。

汪方壶集

此汪方壶集四卷，后附诗余，雍正汪栋刻本。开板颇精。传世甚稀。有璜川吴氏振绮汪氏两家印记，亦名书也。今日偶过来青阁，还旧欠书值，遂得之归。余箧中所储，清初刻宋元人小集不少，皆精善可藏弆，惜故书日稀，无从多聚耳。近日忙甚，往往漏夜始归。今夕偷闲，灯前展卷，听雨记此，亦人生乐事已。丁酉五月廿九日，黄裳记。

吴江沈冠云有汪峻堂哀词，在果堂集中。记峻堂生平大略甚详。卒年只二十九，爱重乡贤，敬礼祖德，雅爱文籍，果堂之言，非虚誉已，此集传世亦稀，诸家著录，但有钞本耳。此本得于来青阁。先是有俞某者，吴人，画师也。家有藏书求售，无受主。余以估人之介，得其数十种，皆潘伯寅故物。后更知其有振绮堂劫余之物不少，在吴下故宅中。明初黑口本有一箱之多。方洽议购而有滇蜀之行，遂不果。洎倦游归来，知其书已为京估载之去矣。而汪氏藏书原目尚在敝箧。此种小册主人不甚措意，以赠估人，余乃以重直获之，为鱼亭先生收拾余烬，亦可笑已。得书后三年矣，来青阁闭歇亦已二年。余之种菜田间亦渐匝岁。近得数日闲，偃息海上，聊理故箧，又见此本，因读沈集得汪君故事，遂写此跋。春雨空蒙，几砚都润，研朱点卷，久无此乐矣。庚子二月初三日，来燕榭主人书。

方壶先生集四卷，族后学栋峻堂重订。雍正刻本，十行，二十字。上下黑口，左右双栏。前有雍正辛亥初夏吴下寓人族后学栋重刻方壶遗集序。次咸淳山阴孙嵘叟、浚仪王应麟、嘉定戊辰刘次皋等旧序三通。次李以申撰传，次方壶先生遗像，嘉定四年程珌拜赞。次目录。收藏有“璜川吴氏收藏图书”（朱方）、“汪鱼亭藏阅书”（朱方）、“振绮堂兵燹后收藏书”（朱方）。

绝妙好词

此魏塘柯氏刊绝妙好词，从钱遵王家钞本出，刻于康熙乙丑，传本甚稀。前曾一见于旧肆，辗转为人买去，至今惜之。昨忽又睹此本，印本转胜前书，亟得之归，与旧藏项氏玉渊堂刻一本同储，皆草窗词选之旧刻矣。注本出于乾隆中，后于此二刻约数十年。丁酉闰月初五日秋窗听雨记。

得此书后半年，更得一本。仍此板片而为高江村得去，灭去卷首大字序、南陔序，康熙乙丑一行亦削去。士奇自为一序，题康熙戊寅夏至。每卷卷首小幔亭重订一行挖改为清吟堂重订，弁阳老人下别增周密二字，不见此原刻，几无以发其覆也。唯其本为吴枚庵藏，朱黄杂下，有手跋两行，后归贝氏千墨庵，亦有手跋钤记，滋可重耳。今日午后，偕燕出游，观湘潭齐氏画，过来青阁，买书而归，灯下作记，时戊戌三月十六，立夏之前二日也。

戊戌正月廿六日，晨窗重展。据雍正项刻补卷七第六页一叶竟。一帘花雨，无那春愁。萧斋作记。

绝妙好词七卷，属弁阳老人辑，大题下有小幔亭重订五字。康熙刻，九行二十字，上下黑口，左右双栏。康熙乙丑嘉善柯崇朴寓匏氏题于静寄轩序，武唐柯煜序，目录，每卷后有校人姓氏。

潜夫论

此潜夫论存六十一番，焦里堂藏书。余检得于传薪书店残书堆中，刊印极精，真书林尤物也。此书世无宋板，钱牧翁冯研祥藏有金刻，卷端第一行书名下但标王符二字，与此正同。述古堂之影宋钞，取对此本，一一俱合，是真流传有自者矣。闻估人言，书出宝应故家。其家尚有书一屋未出，此本余卷或尚在，未可定也。钿合钗分，余何敢知，惟祈其终出于世，免沦劫火耳。长恩有灵，当默祐之。辛卯十月廿七日，重展卷书。

吴兴徐森玉极称此本之佳，定为元板。

潜夫论十卷，王符撰。旧刻本。半叶十行，行十八字。白口，左右双栏。今存卷三之四、卷八之十。长卷头，全书百卅八番。收藏有“金印裹玮”（白文大方印）、“黄水”（白方）、“金季子□莱氏”（朱方）、“金仲子”（白方）、“溶”（白方）、“凝香室藏书”（朱文大方印）、“毓昆”（朱方）、“春水满四泽，夏云多奇峰。秋月扬明辉，冬岭秀孤松”（朱文大方印）、“焦氏藏书”（白方）、“焦循”（白方）、“仲轩”（朱长）、“焦循私印”（白方）。

六朝文絜

前日石麒告余，吴静安遗书为叶铭三购得，邀往观。傍晚过静安寺，书已至，而金石拓本为多。旧本却少，只旧钞北户录三卷为知不足斋藏本耳，遂选取十许种以归。此六朝文絜，坊间所见多朱墨套印本，余辄弃去，不欲收也。平生最厌凌闵套印本书，若李义山诗之套印本，更等而下之，不耐观也。沅叔跋与所撰凌闵书目序矛盾不少，几非出一人手，是可笑也。余欲得藏园手迹，其人客岁死，今得此种亦可为纪念也。庚寅春二月十五日，江南春暖，记于海上。黄裳。

近识海昌许姬传、源来兄弟，于渠家得见珊林先生篆书楹帖甚精，又闻尚存许刻书精本不少，暇当陆续请观。今夜饮于许家，得见许刻数种，皆精妙，而亦未有此不套朱本。闻尚有不套朱之蓝印本，亦无序文，盖当时初印样本，类如是也。壬辰二月初七日。

此本前有郭溪葛三字朱文长印，初不知其为谁何，去冬余收硖石故家藏书，乃见其所刊苏平诗，葛氏名继常，道光中人，与蒋生沐管庭芬甚稔，有朱文长方大印，刻藏书铭数十字，知其亦藏书家也。乙未端阳前二日，来燕榭记。

六朝文絜四卷，大题次行题“海昌许梿评选、朱钧参校”。道光刻不套朱本。九行，十八字。上下黑口，左右双边。前有扉叶，题享金宝石斋臧版。有朱文大方印，“享金宝石斋校本”。无序，有目录。收藏有“郭溪葛”（朱长）、“吴定”（白文套边方印）、“吴静庵”（白方）。扉叶后有牌记，“道光五年乙酉七月讫功”。秦跋云，“珊林此选较彭兆荪南北朝文简择尤严，题曰文絜，名实允符。加以评论圈点，指示学者门径，又复手自缮写，以付开雕。书仿欧阳，方整坚卓，在有清一代刻本中，实不多觏。印以佳楮，朱墨烂然。故百余年来为藏家所贵，非偶然也。光绪中冯竹儒官上海道时，翻刻一本，亦甚可观。惟纸墨逊原本远甚。余所藏凡数册。最初印者，序作楷书，仅一叶。后乃易为隶书。楷书序大都钤以许氏印章，隶书者则其印或许或朱，稍后则无之矣。静安此本，竹纸而不套朱，为余生平所仅见。物希为贵，以视朱墨本弥觉可珍。然非真知笃好者不能喻此意，静安真解人也。丁丑正月落灯之夕，宣愚公、王叔涵、宋千居诸君集饮寓斋，静安携以相示，因识其耑，以志岁月。婴闇居士秦曼卿，时与静安结邻之后一年也。”傅跋云，“此许氏刻成最初印本，行间尚未以朱色圈点加入，颇为难得。余前岁曾于文友书肆获一帙，私自珍异。今来申江，于静安案头，乃见此册，始知箧中之物，固不能独擅其奇矣。按文字标点，起于南宋坊估，于古法已相违戾。至明季闵凌二氏，乃创为新式，取圆圈角点，以五彩套印，烂然行间。其意要为便坊塾诵读而作。近世士夫，转争相赏玩，高价购取，置诸精本之列，侈为美观。此其所见与儿童何异。如许氏此编，缮刻既精，褚墨尤雅。清斋展卷，焚香细读，自足怡目悦情。必欲效越人之文身，强西子以黥面，而用以为美，宁非无目者耶？余深慨晚近以来，风雅沦丧，俗论自喜，而真赏无人，聊假此一发狂言，静庵解人，或能共喻此旨也。丙子九月朔，藏园老人傅增湘识于古柏公寓，时南来兼旬，行将北返，倚装待发矣。”

通志堂集

此纳兰容若集，原刻二十卷。刻印绝精。徐积余遗书。余得之石麒许。虽清刻却同明钞二本之直。以深喜饮水侧帽之词，遂不忍舍去之也。壬辰秋分前四日，雨窗记。黄裳。

甲午十月，偕燕入京，居一月。曾数至清宫绘画馆中观画。有纳兰小像一帧，丰神绝妙。衰飒中别有英俊气，文采欲流，题者几遍。惟忆严绳孙一题耳。名画几数百件，难作细观，唯留容若像下移晷，徘徊而不忍去也。归沪展书，遂题数语。时冬晴日影甚丽，来燕榭中，暖如春时。

通志堂集二十卷，属纳兰性德容若、原名成德。康熙刻本。九行，十九字。白口，左右双边。前有昆山友人健庵徐乾学序，康熙三十年秋九月无锡严绳孙成容若遗稿序，次目录。收藏有“荆石山房”（朱方）、“徐乃昌读”（朱方）、“南陵徐乃昌校勘经籍记”（朱长）、“吴荆石读”（朱方）。

唐词纪

癸巳上元后一日，海上所收。此本绝罕见，未见著录。千顷堂目云，不知撰人，是亦未尝见之也。四库提要颇讥之，惟以作者为董逢元，字善长，常州人。与此不同。云是编成于万历甲午，想当有前序而此本失之。词总集上溯唐时，甄采甚富，当以此书为最先，可珍重也。黄裳记。此书后附词原二卷，馆臣亦未之见。

唐词纪十六卷，万历刻本。九行，二十字。白口，左右双栏。属“兰陵董御吉行辑、杨璠儒玉订”。首有唐词人目录，次唐词卷目，次词名微一卷。后附词原二卷，题“杨璠儒玉增订”。收藏有“烟视楼”（白方）、“徐乃昌读”（朱方）、“南陵徐氏”（朱文界格方印）、“积学斋徐乃昌藏书”（朱长）。

白石诗钞词钞

余前年于九峰旧庐遗书中收得祝小雅所藏本不少，皆清刻，却精罕。如渔书楼刻李长吉集、清初刻梅道人遗墨，王言远诗皆是也。长吉集前后亦附校补甚富，知其人用功甚劬也。今夏杭估寄示书数种，皆小雅所藏，索直殊昂，而殊少佳本，只此册尚佳。白石道人诗词，清初有五七刻，余所藏却只江都陆氏及洪正治刻二种。洪刻极精妙，即所谓陈玉几本也。此册刊于康熙。祝氏言乾隆刻，未确。柯序言乙丑以还二十年间云云，是刻当成于康熙四十四年顷也。乃绝罕传，未见有著录者。其所从出与清初诸刻皆不同，甚可珍重。遂破重直收之。余书如明张自烈刻陶集等即退还之矣。小雅名祝廷锡，号心梅，亦只见于此册。其人曾刻月隐遗集，当是祝渊后裔。丙申七月初四日，大暑，夜窗灯下记此。时飞虫杂沓，砚水为之凝滞。黄裳小燕记于来燕榭。

余所收祝小雅藏书不少。然校笔之富首推此书及渔书楼本李长吉诗。然其人实未尝多见精本，似榆园许刻词亦视为珍秘，难免不为书估所笑也。然老辈精神则大可佩服，未可轻视。白石集近有夏氏校刻之本，用力甚劬，似亦未尝见此。此小集也，前人抛心力于其中何限，真可一叹。

白石诗钞一卷、词钞一卷。题“武唐吴淳还迕侬编订”。康熙刻本。十行，廿一字。上下黑口，左右双栏。前有改庵居士吴淳还诗钞序。目录大题下双行题“武唐俞兰圣梅校阅、陈大经弘道一字理亭参详”。目后有俞兰叙。词钞前有花庵词客黄升序。香藏道人柯煜序，吴淳还序。全书祝氏校补甚富。收藏有“知非楼所藏书”

（白方），“小雅珍爱之籍”（朱方）、“曾为祝小雅阅”（白方）。

姜白石集

丙申三月初六日收于吴下玄妙观中旧肆。刊刻精妙，复罕流传，可喜之至。黄裳记。

适阅会稽周氏看书余记，云曾见初印一本，玉几跋末属康熙甲午秋禊日，前无洪序。云此为陈撰初雕，后板归洪氏，遂改刻陔华先生后四行，攘为己有。余观此本极初印，亦无改刻之迹，斯言殆未足信。玉几久居邗上，歙中洪氏多为业盐巨贾，雅好风雅，有此因缘，亦非偶然也。丙申五月十八日。

白石诗集一卷词集一卷，题宋番阳姜夔尧章著。康雍间精写刻本，十行，十九字。白口，左右双栏。前有丁未四月歙陔华洪正治序，次白石道人自叙，次诸家评论，诗集后附诸贤酬赠诗。词集后有陈撰跋，尾数语云，“陔华先生，服奇道古，雅喜是编。爰为开雕，冀垂永久。盖其表章之功匪细也。丁未清和钱塘陈撰玉几书。”扉页大书书名，侧有华萃书屋四字，钤“教忠堂”朱文长印。

湘弦别谱

癸巳三月，石麒访书越中，道出湖上，归而以祁忠敏按吴政略、疏草及顾千里钮树玉手校之庄子遗余，更俪以清刻词集数十种，此其一也。罕传佳本，卷前更有郁达夫题识，盖自风雨茅庐中出者，更可珍矣。黄裳记。

此本为郁达夫故物。达夫向有家在杭城，乱后弃去，书籍星散。此戋戋小册竟辗转归余，睹之兴感。甲午上元前日，黄裳。

湘弦别谱一卷，元和朱绶仲环撰。道光刻。十二行，廿三字。白口，左右双边。前有扉叶，道光壬午褚逢椿题。自序。封面郁达夫题。

知止堂词录三卷，元和朱绶仲洁父撰。道光刻。行款同前。道光庚子戈载序。次总目，董国华识。道光癸未潘曾沂序，戊寅高篃序。嘉庆己卯朱绶环之缇锦词自序。本书卷一缇锦词，卷二湘弦别谱，卷三黛湖渔唱。收藏有“蒋印志凝”（白方）、“淡怀”（朱方）。

杨太真外传

此“顾氏文房小说”零种，余得之传薪书店。黄荛翁藏书，有三印，俱是真迹。“小说”全本难得，士礼居所藏亦为残零配合之本。后更收得古今注、幽娴鼓吹、集异记等三种于南陵徐氏，荛翁手题扉页，有“惕甫借观”印，盖王芑孙借本于士礼居所钤也。

藏园群书经眼录著录此本，云宋讳玄贞树皆阙末笔。当是正德嘉靖间翻宋本，却不言是顾元庆刻。蒲江陈氏、嘉兴项氏、北海孙氏及石君荛圃诸印皆著录，然则此册当随藏园他种同归王授珊者。余得此册于徐绍樵，盖王氏身后诸子售书最先所出之物，甲子春分日重展卷记。

去岁春晚游西安，居五日，遍历临潼马嵬诸胜，归而取此书阅之，取数事入纪游中。此本刊于有明正嘉之际，系翻宋刻，古香袭人，历经诸家收藏，似在明时已珍重之矣。当非“小说”零种。士礼居三印皆真，独无荛翁一字为可惜也。然如有之则非我架上物矣。嘻嘻。丙寅正月初一日展书及此，漫书首简。

《杨太真外传》二卷，明正嘉之际翻宋本。黄皮纸印。半叶十行，行十八字。白口，左右双边。属“史官乐史撰”。收藏有“项子京家珍藏”（朱长）、“蒲江陈氏藏书之章”（朱长）、“有明王氏图书之印”（白方）、“叶万”、“石君”（俱白方）、“北海孙氏收藏印”（朱长）、“天弢居士”（白方）、“黄印丕烈”、“荛圃”（俱朱方）、“士礼居藏”（白方），及海陵戈氏、杭州王氏印。

离骚草木疏

此离骚草木疏四卷，四明范氏照宋板录出者。写手颇精。余得天一阁钞本书多矣，未见有精写如此册者，是可珍也。“卧云山房”为范子宣斋名，卷中范氏钤记多至七方，亦可见珍重之至。今夏余来京师，数过琉璃厂阅肆，却绝少佳本可得。一日于藻玉堂主人许见此册，诧为异本，问价不答。继乃知为雒某之物，不欲出售，亦姑置之。今日又过之，终以五十万金得之。戋戋一册书，费钱如许，殆有计叶论钱之势。书痴如此，可为一笑。来京一月，只买书四五册，而以此为白眉。此外则鲍校东山、淮海两家词，洗桐斋旧抄竹友集亦不恶也。后日南旋，临行得此以压归装，喜而识之。壬辰七月十六日。

郑梁讷庵范公传云："讷庵范公，讳大澈，字子宣，又字子静。从仲父兵部右侍郎钦游京师，官鸿胪寺。月俸所入，辄以聚书。闻人有钞本，多方借之。长安旅中，尝雇善书者誊写，多至二三十人。万历庚戌九月八日卒，春秋八十有七。所著有灌园丛谈、卧云山房遗藁……"此册用细白皮纸精写，当在嘉靖中也。卧云山房钞本书世罕流传，只见周叔弢丈许有刘宾客集一种耳。壬辰十月初二日。

去年岁末，访书四明，又得卧云山房钞本医方一厚册，残蚀已甚，当同装并储之。医方中颇多秘药，皆详记药味、剂两、炮制、施用之法，各有名目，按之明末小说，多有合者。知皆非向壁虚造，而晚明社会风气固如是也。癸巳正月。

草木疏庆元六年罗田县庠刻本后归海源阁，今在北京图书馆。十二行，廿字，较此多一行。知此系从宋本出却非影写也。此本有"知不足斋主人所贻，吴骞子子孙孙永宝"白文长印（此戴殿泗印），知旧曾藏知不足斋。以之刊入丛书，殆亦未亲见宋板也。辛亥冬日重跋。

《离骚草木疏》四卷，题“通直郎行 国子录河南吴仁杰撰”。皮纸，黑格。半叶十一行，行二十一字。板心下有“卧云山房”四字。长卷头。卷尾用半叶八行黑格纸录“庆元岁丁巳四月三日通直郎行国子录河南吴仁杰书”序，“庆元庚申中秋日河南方粲敬识”跋，又校对、校正等衔名三行。收藏有“范印大澈”（白文方印）、“子宣父”（白文方印）、“卧云”（朱文圆印）、“万书楼”（白文方印）、“平生乐事”（白文方印）、“沧瀛外史”（白文方印）、“范大澈图书印”（朱文长印）、“知不足斋主人所贻吴骞子子孙孙永宝”（白文长印）。

通典

壬辰之冬，余归自京师，得佳本不少于石麒许，盖皆自绍兴甬上来者。林集虚闻讯，亦挟旧本来沪售之，余辗转得见于石麒许者，有明抄残本最多。如册府元龟、文苑英华、说郛、御览等，皆大部书，无所用之。只得天一阁钞本数种耳。今日乃又见此，写手极精，展阅忘倦，遂又发兴买之。计存卷百五十五至终，凡四十六卷。此书宋椠尚存，元板则只有详节四十二卷。此钞系从大德本出，可备通典异本之一。钞手亦旧，当在嘉靖墨板之前也。十月廿七日灯下记。

案此皮纸大册，明人精写。黑格、蓝格皆有之。半叶十四行，行二十六字。卷尾有王虎跋，“朱文公言，礼乐制度、天文地理、兵师刑法之属，皆世道所需，不可不习也。圣门以致知格物为先务，而湖学立治事斋，讲求水利算数等事，意正有在。不然，士会不知殽烝孟僖不能答郊劳；又如太宗问礼乐，房魏不能对，皆终身恨。此杜氏《通典》为有功也。大德丁未春，蜀杨侯应发守临川，嘉惠后学，得善本，刻诸郡庠。正录王舟周端礼偕所隶学院，鸠工惟谨。计二百卷。至大戊申仲冬，余来为杨侯代，首谒孔庙，访所刊梓，乃犹未濡墨。敦勉诸老，重加校勘，于是得为完书。凡我士子，弦诵之暇，取是书而讨论之，皆有用之学也。岂小补哉。嘉议大夫、抚州路总管、兼管内劝农事、符离王虎英雄甫跋。”

吴越诗选

此吴越诗选存卷五之二十二，亦山阴祁氏寓山遗书也，估人与祁奕喜手评选本唐宋古文同持来者。传本至罕，所收大抵皆明亡前后十年中诗。“冠山堂”，亦寓山一境也。魏耕慈溪布衣，为祁六公子所结客，以谋故国兴复，事泄被逮。祁氏因以破家。此卷中梅村听下玉京弹琴歌后钱允武跋云，“甲申后十年矣”；七律祁班孙诗题亦有“丧乱以来，不觉十载”之语，因知此集编刻当在顺治十年顷。更八年辛丑而班孙被祸矣。此本每半叶九行，行十九字。白口，左右双边。版心下有“冠山堂”三字。题“慈溪魏耕雪窦、山阴朱士稚朗诣、归安钱缵曾允武同选”。毛订五册。祁理孙奕庆藏书楼目有“吴越诗选二十二卷，明朱士稚等选”一条，当即此本。卷一之四一册佚去，今不存矣。寓山遗藏，历劫更出，当珍护之。甲午春日。

此书分体选诗，卷二十以后为“艳体诗”“方外诗”“名媛诗”。钱谦益诗唯见“艳体”，收次柳如是、六月七日迎河东君于云间，喜而有述、有美一百韵，晦日鸳湖舟中作等，又赠陆孟珠诗，皆崇祯十四年前后作。“名媛诗”收柳如是诗七首，朱朗诣评曰“如是骨理皆妍，故是艳宗”。此外所收多半祁氏闺中著作，商夫人下，有张德蕙字楚纕，彪佳长妇，祁理孙室；朱德蓉字赵璧，班孙室，彪佳次妇；祁德茝字湘君，祁德琼字修嫣，皆彪佳女。乃不啻祁氏闺集也。方外一卷首苍雪诗。南来堂集中有答魏雪窦见赠次韵诗，腹联“一州用武全无地，九郡征诗独擅场”，当即指此选而言，且暗说白衣奔走联络山海之事。清初选诗风气甚盛，颇疑非只扬抡风雅，主旨乃别有所在。寄故国兴复之思，掩联结声气之迹，皆借选事行之。入选诸诗，大抵故国遗民之作，间附评语，亦颇有关作者身世，有裨考史，盖不徒以存诗重也。余书当十日后继至，姑先记此。甲午春三月初十日。

今春余于硖石人家得费景韩（寅）抄稿本，中有记魏耕事者，殊详尽，因附著之。乙未春分。

魏雪窦为东门令史凌祥宇赘婿。联络山海，思得一当。与思豁钱缵曾允武为密友。时允武、雪窦通书于延平，为孔孟文首告。初时孟文尚图讹诈，故舛其名。以钱允武为钱云五，魏雪窦为魏西斗，潘龙基为潘伦吉。

> 浙抚以无其人覆部。时顺治十八年辛丑夏也。而钱、魏不知省，未及行略于孟文。越半载，遂易真名，注明地址。行镇浙将军柯奎密拿矣。是年十二月，将军发旗下披甲五百人掩至，魏、钱已先逸去，仅执龙基赴杭。允武跳身至晟舍闵氏，留一宿。闵兄弟俱连坐，瘐死于狱。又至南浔朱少师文肃之孙某许，遂被执。朱亦坐绞。雪窦遁之山阴祁氏，为逻者缚去。三家皆籍没，妻子流徙。次年壬寅，康熙改元之二月，钱、魏、潘三人皆被惨法死于杭。祥宇坐绞。复株系允武之族人价人，亦论死。右据潘居贞《菊旃日记》及无名氏《湖城大狱记》二书，述其大略。价人有《河渭间集选》十卷，魏耕白衣为之序。白衣著《息贤堂集》，前有自序，曾见刊本。

此吴越诗选卷前所列选者三人，魏、钱皆以不良死，只朱士稚以疾卒于家，时在庚子冬日。朗诣与张宗观交善，宗观字朗屋，世称“山阴二朗”者也朱彝尊与朱士稚、陈三岛、祁班孙、魏耕、钱缵曾后先凡六人交，往来吴越，以诗古文相砥砺。士稚身后，彝尊为撰贞毅先生墓表，历叙六人交游始末，不敢著魏、钱名字。但于墓表中记：“又明年壬寅六月朔（案此与前引费寅所记不合，当以此为正）二人（指魏、钱）坐惨法死，祁子亦株系戍极边以去。当予与五人定交，意气激扬，自谓百年如旦暮。何期数岁之间，零落殆尽。……呜呼，死者委之乌鸢狐兔而不可问，徙者远处寒苦不毛之地，幸而仅存。如余又以饥寒奔走于道路。然则人生相聚，岂可常哉！”此文最见性情，所存史实亦可重。知竹垞少年时亦尝从事故国兴复之业，不死仅存，后终应鸿博之荐，入仕新朝。其题都下诗为腾笑集者，盖感念死友，不能不潜兴北山移文之叹也。晚年手订曝书亭集，不删此墓表文，诗集中亦收庚子梅市逢魏璧（即耕）七古，己亥与祁五、祁六分韵，迟士稚不至诗，辛丑饮士稚墓下诗，癸卯梦中送祁六出关诗，皆缅怀故交，良心未泯之证。戊戌七月廿四日，灯下读曝书亭集，重为跋此。

读长乐郑氏书目，知有此书，亟函应弟京师为补抄序例。今日书来，知此书前当有云间社盟弟吴懋谦六益序，又朱士稚、魏耕、钱缵曾三序，又“凡例”十一则，其文甚繁。此本所失之卷一为乐府诗、四言古诗，卷二、三、四为五言古诗。郑藏外人间恐不复有第三本矣。序例所言，颇见明清易代之际清流议论，似唯恐其选之不备，致人不满者，于钱牧斋、吴梅村、龚孝升、曹倦圃等尤着意，别为一条论列之。似朱、魏等不避新朝斧钺而翻于此数人别有戒心，其故可深长思也。甲辰三月初一，雨窗记。

清初诗词总集编刻之风甚盛，禁毁之余，稀如星凤。以所选皆同时人著作，选者又别具手眼，尤重发抒胸臆之篇。社会情形、人民议论，遂往往可见。诗人中多有名姓翳如、遗集湮没，赖此而仅存者；即大家名集，亦有早岁诗文，晚年刊落之作，见于总集。即未删落，字句亦多有违易。此不徒可见文心之细，更能窥时世避忌之所在也。此选中此种甚多，兹以梅村作例，少疏证之。

自武进董氏刊梅村家藏稿出，遂为吴诗最备之本，然校以此选，则可补之佚诗，尚有多首。其中又以读杨参军悲巨鹿诗之七古长篇，关系最巨。其以干犯新朝大忌而去之，可无疑也。

去年敌入王师蹙，黄榆岭下残兵哭。唯有君参幕府谋，长望寒云悲巨鹿。君初出入铜龙楼，焉支火照西山头。上书言事公卿怒，负剑从征关塞愁。是日寒风大雨雪，马蹴层冰冻蹄裂。短衣结带试羊羹，土锉吹灯穿虎穴。横刀高揖卢尚书，参卿军事复何如。宣云士马三秋壮，赵魏山川百战余。岂料多鱼漏师久，谓当独鹿迁营走，神策球场有赐钱，征东戏下无升酒。此时偏将来秦州，君当往会军前谋。尚书赠策送君去，滹沱之水东西流。自言我留当尽敌，不尔先登死亦得。眼前戎马饱金缯，异日诸公弄刀笔。君行六日尚书死，独渡漳河泪不止。身虽濩落负知交，天为孤忠留信史。呜呼美人骑马黄金台，萧萧击筑悲风来。乃知死者士所重，羽声忼慷何为哉。即今看君悲巨鹿，尚书磊落真奇材。君今罢官且归去，死生契阔知何处。（朱朗诣曰："近年实录未修，尚赖故老遗臣，留信史于词章。吾闻卢尚书死后，圣主问于执政，而执政以乡人也，不言。嗟乎，使执政有表扬节义之思，则卢尚书岂不能致辍朝赐祭之礼乎。"）

梅村诗话中有杨廷麟一节，记机部参卢象升军前后事甚悉，此诗所咏，皆诗话中所曾及者。然梅村云：“卢公之死，有马士抱之，伤不深。机部诗曰：‘死君旁者一掌牧’，通首俱妙，而惜佚落不全。”梅村当日必曾见廷麟全诗，其故作此诙诡语者，不欲转引其诗入诗话耳。

兼山集十卷，清初贞斋刻。孙殿起禁书知见录著录，只四卷，知所见为不全本。此集半叶十行，行廿二字。白口，左右双边。题“清江杨廷麟著”，前有“南州年姻弟熊文举顿首拜题”序。九卷前为甲申以前诗，卷十改题兼山遗集，下缀“乙酉丙戌”四字。又增“男琦仁叔敬编　孙继祖又震较字”一行。只六叶，诗十八题，殉难前两年诗只此。板刻与前九卷亦微异，当是后来与熊序同时补刻。文举序有“昭代定鼎已十余年”语，则此真为明清易代之际刻本矣。梅村所悲为佚落不全之悲巨鹿诗，在卷四中。前有小序，“崇祯十有一年十二月，卢大司马以阳和朔西之师，遇□贾庄。己亥，馘获殊众。生擒酋首一人。明日庚子，□数万麇至。日中，司马死之。余哀其事，为作是诗。”

季冬王师临绝谷，蒿水桥边乌啄肉。卫佐犹传捉生手，缚取名□驰马簏。岁星夜半犯东辕，群□鸗箠穿林宿。木羽飞山昼气昏，日中未食我师覆。尚书白闲落雕儿，奋呼眦怒声达目。自言“丈夫生不封侯死不辱”，握刀袒甲上下逐。血染首巾四镟立。死君旁者一掌牧。书生独死武臣存，赢得将军从杨仆。上谷诸骑喘未定，半学□语入人屋。辽兵南屯五十里，谢使退舍如鼠伏。噫嗟义军忍饥抟饱狼，十日不得呼麦麴。一炬焦土忠人心，猛士八千什亡六。苇沙风化魂未归，贾庄夜夜新鬼哭。吾闻宣王中兴年，内有张仲外方叔。他时圣主思李齐，安能一日忘巨鹿。

此集胡虏字皆作□，而“圣主”则提行且升一格。三百年前梅村不敢不愿写入诗话之诗，今乃得读之于三百年后，不可谓非大幸也。

诗选梅村听女道士卞玉京弹琴歌后有魏、钱评语。魏云：“公孙弟子，缘杜不朽；而卞氏玉京亦因吴垂世。然吾闻朗诣言，玉京俊爽明丽，善推测世事，固一才人也。”允武曰：“予于甲申三月三日，识玉京于半塘湖舫。沉饮竟夕。次日访之曲中，玉京方起，与坐客弹琴，声彻帘外。排闼就之，玉京舍琴笑曰：‘吾指下小弦急，知有生客唐突也。’忆此已是十年。中间丧乱流离，飘零湖海，重过金阊，则玉京已为豪有力者主之矣。今读学士诗，叙次哀乱淋漓，凄凄欲绝。回思向时，不禁回肠九折也。”

以同时人评同时诗，记同时事，最为可贵。胜过后来笺注家空言不知几许。况玉京为梅村诗中极有关系之人耶？诗选评语佳处往往类此。

诗选卷十二七言律，收梅村诗十二题。不见于今传梅村集者凡六首，其怀杨机部军前一诗则只见于家藏稿。

边思

都御征西领蹶张，黄河不尽塞垣长。
火筛哨急防花马，土鲁烽高戍白羊。
绝徼乱山填雨雪，诸陵列树尽风霜。
承恩宿将皆年老，见说三关鼓角凉。

再忆杨机部

国事艰难倚数公，登城遥望客征东。
朝家议论安危外，兄弟关河风雪中。
夜月带刀随破□，清秋摇笔赋从戎。
书生表饵非无算，谁立军前跳荡功。

送同官王炳藜奉使代藩

射柳城西磴道前，送君匹马度燕然。
河移汾口三关雨，雪尽恒山五月天。
积弩将军谁控□，胜衣帝子独临边。
征车一路羌声起，莫倚高楼听暮蝉。

云中将

蓟门山伏浑河通，掎角骄□两镇中。
老大一身兼百战，是非三策任诸公。
射雕塞下秋风急，戏马营前落日红。
闻说青陂无堠火，嫖姚已立幕南功。

送周明府莅任娄东

白马朱鞯行步工，放衙伐鼓日曈曈。
投刀削记诸曹惧，露板移书属郡通。

穷盗即今愁楚北，少年无复横桓东。
城阴仕女升平曲，尽入元和雅奏中。

杂咏

居庸千尺蓟门低，八部云屯散马蹄。
日表土中通极北，河源天上接安西。
金城将吏耕黄犊，玉垒山川祭碧鸡。
世会适逢须粉饰，十年辛苦厌征鼙。

此数诗大抵皆作于甲申以前，钱允武曰："骏公往往以秀艳胜人，故气少横厉。然世之赏识骏公，正以秀艳。予专取其横厉之作。盖他人重调，予独重气故也。"此语自有见地，然正以"横厉"之故，骏公乃自屏之于集外，是又重可慨已。集中原有空白，盖以避忌而不敢刻，前两字当是"虏"字，后一字则是"胡"字，别见顺治庚寅刻朱衣、程如婴所辑明诗归卷六。此与钟惺所辑同名而别是一书，云中将外，尚可据以补佚诗二首。

过沧州麻姑城

汉皇刻石祀麻姑，此地金支光有无。
琼岛楼台迎鸟使，水衡盐铁待龙屠。
中原烽火山东乱，军吏诛求海上租。
不数戈船诸将在，玉坛缥缈辟兵符。

述谈闽事

鹧鸪声急雨生潮，花里摇鞭度石桥。
路绕笋江看水碓，人来黎岭半山樵。
藏钩小史青丝履，学语蛮姬碧玉箫。
为客桄榔庵下好，无端重上木兰桡。

吴越诗选所选吴诗，与家藏稿本颇多异字。此初稿定稿之不同也。半出文字修饰，亦有因时忌而改写者。定本亦未必尽胜于初文。琵琶行“衔枚铁骑饮桑乾，白草黄沙夜吹笛”，诗选则作“紫髯碧眼渡桑乾，白草黄羊吹觱篥”。于此可见梅村晚岁手订全集时心悸手颤之状。听女道士卞玉京弹琴歌，“玉京与我南中遇，家近大功坊底路”，诗选作“玉京别我南中去，家在大功坊底住”。则情事亦有微异。凡此皆文学史家所宜留意者也。

后记

自从1941年开始弄笔投稿以来，迄今也已经有了五十六个年头了。自然这当中要除去1957—1978年不能算，这二十二年中几乎没有写一个字。但实际上在偷闲读书时旧习未除，不免写些读书札记、题跋聊以消遣，只是不能发表耳。这二十来年真是知亲交绝、谈笑无人，但也并非全是如此。朋友陈凡就是一个例外。他在香港《大公报》工作，在编一个“艺林”副刊，就不断鼓励我写点文章用笔名在报上发表。所用的笔名有吴痴、朱慧深、阿慧、沈意之、潘洁、勉仲、一知、施惟芹等等，所谈也只是故人故事，不涉其他，倒也平安无事，还曾有日本学人从我写的几篇有关明末名士张岱的文字中，推索作者何人，所论何事；还从吴痴的笔名中猜测我当是苏州人，我也从未做过任何声明。收入此集前面几篇文章就都是的。

重新拿起笔来则已在1979年以后了。发表最多的地方依旧是香港《大公报》的副刊和罗承勋兄主持的《新晚报》。潘际坰兄当时是“大公园”的编辑，他的约稿本领是极高明的。在副刊上出现了巴金的著名连载《随想录》，我的文字也荣幸地伴随着出现在版面上。这时我也开始写点杂文，但更多的则是游记，后来结集成《山川·历史·人物》的便是。

解放以后，杂文约略经历了几度起落。除了解放之初我曾以《杂文复兴》一文引发了一场规模不大不小的批判以后，就一直洗手不干了。直到1956年下半年开始，才重作冯妇。那时报刊上杂文风起云涌，热闹非常。我在《新民报》晚刊上曾开辟了一个“无所不谈集”的专栏，写了不少，只是后来多半成为“毒草”，被收集成一册专做批判用的小册子。这个小册子我是后来发还抄家材料时才得一读。倒是收辑集外文的好材料，可惜后来放在书堆中，找不到了。手头仅存的四篇《灯下杂谈》，主要谈的是京戏，是响应余一先生的杂文而作的。文风凌厉，犹有当年写《旧戏新谈》的余风，可以看出当时杂文的一般风貌。

1946—1947年，我在南京做记者，除了日常工作，也曾访问过一些“名人”。在《老虎桥边看知堂》中记下了狱中周作人的种种；又到金碧辉煌的中研院访问了傅斯年，写了一篇访问记，后来编入《锦帆集外》时被抽掉了，现在就补收在这里。这只是一篇速写，却也画出了一位“社会贤达”的面影，还涉及一些逸闻遗事。我当时工作的报纸，是站在民主斗争的前列的，胡适—傅斯年都是被抨击的对象。这是就主要的政治倾向而发的，并不涉及他们的学术立场。今天胡、傅的文集多已重印，但知人论世，需要全面的考查，这就是这篇访问记得以存在的理由罢。

这里还收录了我的几本小书的前言、后记，意思是做一回顾，看看几十年的路是怎样走过来的。可惜的是，这中间二十多年没有留下一本书，也就无前言、后记可读，不能说不是一个老大的罅漏。前不久应邀写了一篇《掌上的烟云》，虽然挂一漏万，约略也说了一个大概，聊可作为补遗。

《来燕榭书跋》是去年开始辑录的。大约只存强半，而我实在是抄得厌烦了。书跋是随手写成的，只记一时兴会，只有少数几篇曾用了一点功夫，做了些考订。多少也记下了一点故实，也许对读者有点参考意义。这只是一束散文，虽然依例用了文言，但与别的散文写法并无两样。希望读者能喜欢，不至昏昏欲睡，那就是我意外的欢愉了。

在编这本集子时，陈凡兄已因久病长逝，总想写篇小文给他作纪念，而无从下笔，因收入为他的诗集——《壮岁集》写的一篇小跋，以致哀思。汪曾祺兄病逝，因同样原因写不出悼文，只辑录其遗札数篇，以为纪念。从遗札中是可以看出他的精神风貌的，比传记、悼文更真实而生动。这是我为亡友所能做的微薄的奉献了。哀哉！际垌、承勋已远适异国，天末怀人，何可言喻，此书刊行，远道寄予一读，当一笑也。

1998.3.9

春回札记

《春回札记》，读书记、题跋、杂文集，2001 年 9 月福建人民出版社初版。

据初版本编入。

I

琐记

——和巴金在一起的日子

五十三前巴金给我写过一张字，是用毛笔写在荣宝斋诗笺上的，邵可侣《大地理》序中的一段话，

> 我无论到什么地方，我都觉得好像在我自己家里一样，在我的国土里一样，在我的同胞，我的弟兄中间一样。我从没有让我的感情征服了我自己，支配着我的只有那个同胞爱的感情……

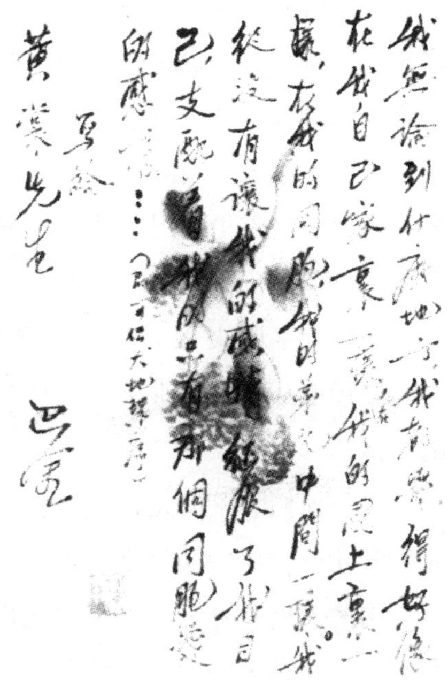
我无论到什么地方，我都觉得好像在我自己家里一样，在我的国土里一样，在我的同胞，我的弟兄中间一样。我从没有让我的感情征服了我自己，支配着我的只有那个同胞爱的感情……（邵可侣大地理序）
写给
黄裳先生
巴金

当时，我为《文汇报》编副刊“浮世绘”，

设计了一个专栏，请文化界人士写字，准备陆续刊出。我买了几匣荣宝斋彩色诗笺，留给在北平的吴晗一盒，请他就近请人写字；在上海就从巴金和靳以开始，缠着他们动笔。巴金好像不大赞成这种“风雅”行径，但到底还是同意了。别的人写的大抵是一首诗，他写的则是上面一段话。他说过，他译书，总是选自己喜欢的、同意的作品才动手。是借别人的口讲自己的心里话，那么，邵可侣的这些话，一定是他欣赏的，他自己心里的话。

当时巴金住在霞飞坊（今淮海坊），他家来往的朋友多，简直就像一座文艺沙龙。女主人萧珊殷勤好客，那间二楼起坐室总是有不断的客人。那可不是一个小圈子而是大圈子，这从他主编的“文学丛刊”十集的作者群可以看出。我就在这儿抓住过胡风，也给我写过一张字。可惜“十年动乱”中我收集的一大批墨迹被抄没了，发还时只剩下三分之一左右，胡风写的一张理所当然地没有了。

在我的印象里，巴金不大参加朋友们的嬉笑、争论，他总是一个人在三楼的卧室里工作。到了吃饭时，才被叫下来。披着一件人字呢夹大衣，手里拿着一本书，嘴里念着德文，一面慢慢地从楼梯上踱下来。那时他正在译斯托姆的《迟开的蔷薇》。

住在他们隔壁的是许广平，住得近的则是陈西禾和顾均正。和靳以一样，都是常来夜谈的客人。有些老朋友如吴朗西、朱洗，也有时来。巴金和他们常有争论，有时候辩论得很激烈。我枯坐一旁，始终听不懂他们在讨论什么。萧珊有许多西南联大的同学，如汪曾祺、查良铮、刘北汜，也不时来坐。谈天迟了，就留下晚饭，有时到近旁的美心去叫葱油鸡来添菜。有时陪他们夫妇去吃咖啡，总是附近国泰电影院斜对过的老大昌，而不肯多走几步去DD'S，虽然那里的咖啡要好得多，因为老大昌的老板过去曾是萧珊家里的旧人。也常去看电影，不过巴金很少同去，总是由我们一些年轻人陪了萧珊前往。靳以就说我们是萧珊的卫星。

解放前夕，国民党政府抛出了金圆券，一时物价飞涨，早晚市价不同。巴金是靠开明书店的版税过活的，收到的是期票，不能不赶快处理。一次我陪萧珊去取版税，拿到期票以后就赶到金城银行，从诗人王辛笛那里换得现款，坐在三轮车上捧着一袋纸币踌躇无计，只能胡乱买一些日用杂物回来。后来开明书店改变办法，每月发给应变费银圆（即所谓“大头”）二十枚，一直维持到解放。

写完《寒夜》以后，巴金就没有再写小说，他主要的工作是翻译，同时忙着文化生活出版社的编务。他在编辑上花费了大量的时间和精力。举一个小例子，我的散文集《锦帆集外》为他编入“文学丛刊”第九集，发排以后取归原稿，看到在草率零碎的底稿上几乎布满了他用红墨水校订的笔迹。我习惯用的“里”字都为他一一改成“裏”字。看了不能不使我惶愧，深深体会到在前辈提掖下蹒跚前进的温暖与感激。《集外》本来有好几篇杂文，为他删去了。他说，情感的表露要适当地控制才好。这是指那些闲情之作说的。

最使他愉快的是将新刊的著译送给朋友。每次到霞飞坊好像都能带回几册新书，他自己的和朋友的。手边有，一本厚道林纸印精装黑绸面烫金的美丽的小书，《豁山集》，中有我写下的题记：

> 豁山集一册，初版精装。陆蠡先生亲自装订，未及赠人，亦未发售。即《竹刀》也。文学丛刊第五集只此册有精装。三十六年五月廿三日傍晚，访巴金先生于文化生活社，适检出此书若干册，以其一相赠。归来后雨窗题记。

这是陆圣泉的遗著，他就是在社里被日本宪兵带走，终于死在魔掌之下的。

《豁山集》虽用米色厚道林纸印，因册子薄，却也恰好。萧珊译成了《初恋》，想印精装本。正好我印《旧戏新谈》剩下些做封面用的厚道林，就拿来给她。巴金说纸太厚印了不好看，和她争执了几句。这是仅有的一次看他们夫妇争论。巴先生一向不责备后辈。只是有一次谈天，说到老舍自沉，我说只因老舍解放后一帆风顺，没吃过大苦头，所以“文化大革命”一来，就挺不住了。不像我们这些跌爬滚打过来的人，禁得住摔打。巴金放下脸来向我说：“你吹牛！”这是难得的一次受到他的训斥。还有一次是单位里整风，我向他征求意见，得到“无原则地要钱”的批评。那正是我热衷买旧书，千方百计张罗稿费、版税、编辑费的时候。他是能说也敢说真话的，在熟人面前也是如此。

有一次在霞飞坊看到一本旧俄印的书籍装帧图册，内容丰富。文化生活出版社和平明出版社的出版物，有许多就是选用了其中的图版、稍加变化制成的，如“文化生活丛刊”等皆是，素雅干净，十分可爱。我想借来参考，不料他当宝贝似的收回去，不肯出手，好像小孩护着心爱的玩具。我觉得好笑，至今记得。

他爱藏书。新文学出版物差不多每见都收，想继承哥哥的遗志，补充“尧林图书馆”的收藏。尤其喜欢搜集外国名著精本。关于法国大革命的文献，他的收集在国内是首屈一指的。我常陪他去逛旧书铺，在静安寺和大同、合记等处买书，和书店老板很熟。他搜集莎翁著作的异本，其中有德文本莎翁全集，有对开古本，有极精美的彩色版画，得意地拿出来给朋友欣赏。一九五四年夏，曾陪他去一俄人家里看书，有革命前俄国印的大册莎翁、拜伦、莫里哀的集子，都极精美。旧俄名家的全集也都收得，旁及英德法作者，无不收罗。他的版税收入，绝大部分都花在买书上了。

对中国古典文学，他也有浓厚兴趣。《长恨歌》《琵琶行》他都能背诵。这都是儿时的积累。一九五五年顷还托我在旧书店买过木刻本的《唐诗三百首》。前两年去看他，他从楼上取下一部明万历刻白棉纸印的唐诗选集给我看，因为上面有我的印记，怀疑是我借给他的。我说，这是送给你的。时间久了记不清了。他在书上也加钤了几方名印，可见对传统的藏书方式不是没有兴趣的。但他没有买过一本版本书，只托我在旧书店里买过一整套商务印书馆印的《绣像小说》

和林译的《说部丛书》。他藏有鲁迅、西谛编的《北平笺谱》，郑振铎编的《版画史图录》，《古本戏曲丛刊》一直买到第九集。西谛编的书他是每种必得的。可惜他纪念西谛的散文一直没有写成。

他爱家乡的川戏。每次川剧来沪演出，他总要买票请朋友们看戏。川戏演员也到他家来做客。他特别喜欢袁玉堃演的《周仁献嫂》，说这是一篇精练的短篇小说。他也喜欢看京戏，记得一九四七年冬一次与萧珊、靳以、曾祺去天蟾看盖叫天的戏，巴金说笑话：盖似乎是在台上打太极拳。他对解放后戏改工作中的缺点写过杂文批评，受到反驳。我在晚报上曾写短文《论持平》加以声援。他的杂文与《论有啥吃啥》等是同时发表的，署名余一，不知已收入全集否？

一九五二年秋，巴金从朝鲜回京，我陪萧珊到北京去接他。他们住在顾均正家。这几天玩得痛快，故宫、北海都去过，还听了梅兰芳的《金山寺》，在门框胡同吃奶酪，在惠尔康、五芳斋吃饭，信远斋吃酸梅汤。萧乾在全聚德为巴金接风，座中有何其芳、曹葆华等。北京的三秋风景，都领略尽了。

一九五七年底形势大变，我仍冒险去他家贺正。看见我他们也吃了一惊，楼下客厅内坐满了贺年的客人，我被让到楼上书房里坐了一会就告辞了。从此就不再到他家做客。几年以后汪曾祺随剧团来沪，萧珊请我们到家里吃了一次酒，兴致索然，非复当年在霞飞坊同赏萧珊表演工夫茶的情致了。

“文化大革命”后期，黄永玉来沪，我陪他去访问过一次巴金。永玉带来了沈从文的问候。萧珊不在了，我是很久以后才听到这不幸的消息的。巴金的头发全白了，使我吃惊。有许多话想说，可是又无话可说。这次见面是拘束的、寂寞的。

巴金前后有多少次来到西湖，恐怕他自己也说不清了。八十年代初，他每年总要到杭州来住一个时期。大半住在湖滨的西泠宾馆里。凭窗外望，眼前是一片迷蒙的西湖。他曾问过我，眼前的小岛是不是阮公墩。那时他的腿脚已不方便，室外凉台在雨中积满了水，也不能踏过去。每天下午常到楼下的客厅里闲坐，看熙熙攘攘的外国游客出入，一坐半日。他一直不放弃观察人物的机会。

一九八三年秋，又一次陪他来到杭州，又一起到了绍兴。同游有黄河清（源）。他一直盼着能访问鲁迅先生的故乡，这次终于圆成了夙愿。走访了鲁迅故居，在百草园里留下了一帧照相。接受了一匣“金不换”的赠品，这是鲁迅先生惯用的毛笔。坐在故宅的堂前，为纪念馆题了词。又来到故居对面，踏过屋前的小桥，踏进“三味书屋”。他在鲁迅先生儿时读书的座位，侧身挤进狭小的书桌，开心地笑了。

午饭时主人取出了存放了几十年的绍兴陈酒，只有一小瓶，座中都分到一小杯，那确是难得的陈酿，已经成了琥珀颜色的了。饭后到大禹陵去，他虽然没有登上长而高的殿前阶陛，到底自己走近了有着朱红大字的禹陵碑亭。

他在杭州与朋友的过往，从老友黄源、夏衍起，到灵隐寺的僧侣、创作之家的小朋友，处处流露出老人在友情中的欢愉。他是从朋友、读者的友情中汲取力量、享受愉乐的。他是在读者的保护下走过九十多年并非平坦的岁月的。他曾热切希望冰心、曹禺能到杭州来欢晤，都未能成为事实。他行经白乐桥怀念逝去的方令孺。杭州的山山水水、一草一木，都是和朋友联系在一起的。

杭州有许多名迹，他没有一一遍览，只念念不忘去访问了岳坟。在岳忠武王庙留存的若干碑碣中，他只在文徵明的词碑前久久驻足。历来岳坟的题咏多矣，好似汇集了数百年来诗人文士来开一次大型座谈会，但都不免眼光狭小，只将罪责归之于秦太师等四名坏种。是文徵明第一个揭露了事实真相，“笑区区，一桧亦何能，逢其欲”，把宋高宗这个最高责任者揪出来了。巴老游岳庙是在八十年代初，距“文化大革命”不过数年，他在《随想录》留下了《西湖》《思路》等篇，指出只要顺着思路思考，越过了种种障碍，当然会有应有的结论。看来这应该是他在湖上得到的重要收获。

新时期以来，我又成了他家的客人，义充分享受了谈天的快乐。十年来他的主要工作是写《随想录》，我曾在一篇小文中说，这是一本悲壮的书，后来得到他的认可。每次见面，他常说的一句话是希望我多写些东西，这时时使我惊醒。六十年来从他为我印成第一本集子起，一直说的就是这句话。从中我领受到前辈火热的拳拳的心，仿佛自己依旧是当日的青年，在老树浓荫的覆盖下幸福地工作和生活。

二〇〇〇年十月九日

读黄永玉画记

壁上有黄永玉作白描荷花一轴，永玉题记云：

余少作白描，偶尔为之，亦不成气候。随作随毁，习以为趣。黄裳兄携旧纸来，乾隆粉色精品也。细腻如春水，如宋磁，余似对庄严法相，手软腿麻，心惶惶焉，有偶一失态即大失面子之感，故凝神运气，白猫荷花报命。时在庚申冬日，黄永玉作于丹凤楼。

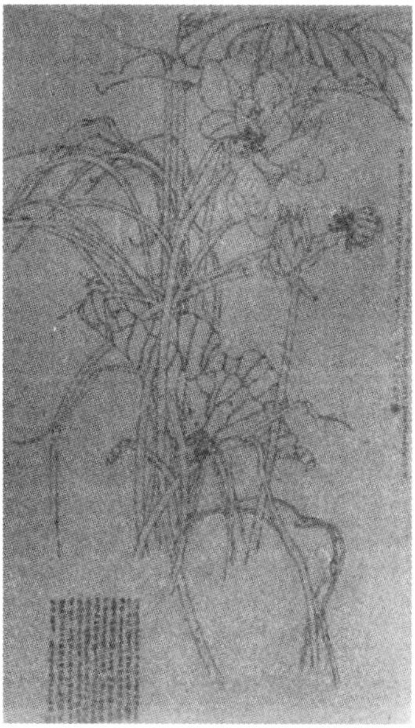

画轴左下角是我的题记：

今年夏访永玉于京师，盘桓半日而别。又五月，永玉南来，约朋辈同游杭州会稽，凡七日，欢快胜常，三十年来无此乐也。既归沪，命呈旧楮，为治白描荷花一轴。出水亭亭，婀娜夭矫，丰神绝世。永玉爱写芙蕖，七年前曾以风雨荷塘一幅见寄，引红楼梦黛玉论玉溪诗语为长跋，盖残荷也。然清丽孤拔，不畏风雨，其意可知。以视此幅，情趣境界，大不侔矣。永玉此日豪情胜概，不异当年年少论交之日，老去云烟胜画师，其为当代作手第一，又无疑也。明日将付装池，琐琐记此，以志岁月。庚申冬至前四日，黄裳记。

庚申是一九八〇年。上推七年，当是七十年代前半。那正是风雨如晦的日子，那幅风雨荷塘，也正是不折不扣的一幅“黑画”。满幅残荷败叶，气氛极为压抑，其间点缀二三花朵，朱红钩金，于一派浓黑中，鲜丽跳出，一扫沉重郁闷的压抑感，时代风云与画家心境尽在此中了。我初展此卷，不禁为之震撼，深感故人情重，也明白画家借画笔传来的消息。如果说花鸟画与时代政治并非绝不相关，也许这就是一例吧。

这幅风雨荷塘轴有永玉小字长跋两通，其一云：

然后迎春姐妹等并宝玉上了那只，随后跟来。其余老嬷嬷众丫环俱沿河随行。

宝玉道，这些破荷叶可恨，怎么还不叫人来拔去？宝钗笑道，今年这几日何曾饶了这园子。闲了一闲，天天逛，哪里还有叫人来收拾的功夫呢。黛玉道，我最不喜欢李义山的诗，只喜他这一句，留得残荷听雨声，偏你们又不留着残荷了。宝玉道，果然好句，以后咱们别叫拔去了。乙卯冬小雪，为黄裳光耀兄嫂作此图，取义山诗意，信笔腾跶三日。梅溪见之曰，何不书义山此句因缘？余讶然曰何在，梅溪取石头记四十回示之，嘱余书之助兴。此十二月二十七日晚事也。弟黄永玉画于北京京新巷。

玉溪生这句诗，从小读《石头记》，就已默记在心。后来找义山全集来查，却作“留得枯荷听雨声”，不禁大为懊丧。义山诗明刻清刻所见数十种，都作“枯荷”，真是怪事。心想林姑娘必有所本，绝非误记。雪芹先祖是大藏书家，必有旧本义山诗，雪芹所见必非俗本。事实上残荷的意境、声调也确比枯荷来得好。

永玉记忆力好，杂览多，那次同游湖上，当徘徊于六桥三竺间时，彼此争相背诵记忆中的诗词旧句，以为笑乐。腹有诗书气自华，永玉画笔中拂拂的书卷气，盖由于此。过了十五年，他又来到上海，借住王丹凤女士的旧居，也就是他称为“丹凤楼”的所在。与我的住所隔楼相望，常拉我过去谈天。他随身带有极品乌龙，煮茗闲话中，他提出要我选取徘徊于心目中的诗词旧句，要为我画十二开册页。这一设想令我惊喜，就随手写下了十二题，仿佛当年湖上“联句”光景。这十二题也正是永玉欢喜的。大约用了两三天，起稿，落笔，一册画本就完成了。这是他在客中抽闲的制作，可见画家的勤奋。他实在不曾一日闲却手中的画笔。

在册页中他有两题，

乙亥冬日，余来沪上，得见裳兄耀嫂，作此小帧十二，以贻大方。右义山句。凤凰黄永玉。

乙亥岁余游沪上，裳兄选题，试为之。黄永玉七十有二。

十二帧分别是：

一、“我是梦中传彩笔，欲书花叶寄朝云。”这是废名所欣赏的义山诗句，有“诗人想象美丽，感情溢露”的评语。我生平爱读义山诗，这两句充分写出了诗人落笔时的愉乐。永玉用飞仙的形象写之，彩云飘拂，执笔人从天际飞来，匆匆

就在飘然欲去的浮云上落笔。废名说他很喜欢这两句诗，“你想，红花绿叶，其实在夜里都布置好了——朝云一刹那见”。此画所写正是来不及落笔的匆匆。

二、陆游沈园诗，就是“城上斜阳画角哀”那一首。我们是一起游过沈园的，那还是不曾整修过的废园。不知现在变成什么模样了。城堞自然也早倾圮了，这一切都由画家用炫丽的笔墨补足。旧梦依稀、万般无奈的诗人坐在石桥上的形象使人见了怅然，多么沉重的怅然啊。

三、义山“重过圣女祠”诗。画家不曾在画面上让诗人现身，只写了祠楼一角和白石小径。“一春梦雨常飘瓦”，用满含水汽的华滋草木表现。

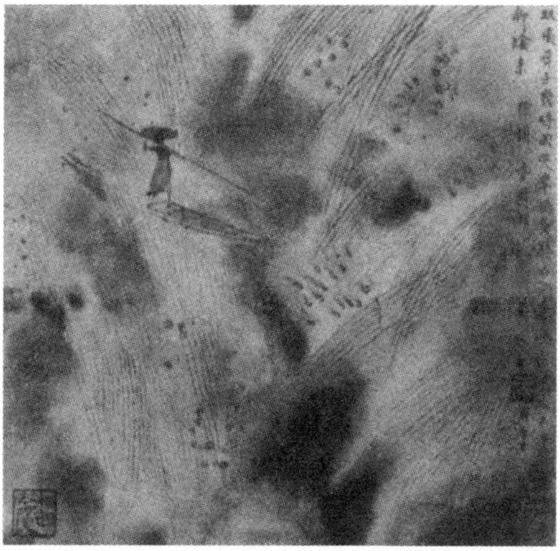

四、徐俯《春游湖》诗。画家写“春雨断桥人不渡，小舟撑出柳阴来”，实在太美了。如果为这幅画命题，竟可径题之为“春”。因为它真能给人以“无边春色来天地”的感受。画家运用色彩，真不愧林风眠“好色之徒”之称。

五、白傅诗，“绿蚁新醅酒，红泥小火炉。晚来天欲雪，能饮一杯无?”我喜欢此诗，就是喜欢它的意境。友

情则于言外得之。能发此问者，必是一个颟顸的老头儿。彤云密布的天色，与人物衣襟恰成对比。老人尚未举杯就已满脸酒红了。

六、梁启超集宋词联，“更能消几番风雨，最可惜一片江山”，作于边患严酷的时会。当时我是留居天津的一名中学生，初见此作，受到极大的震撼。觉得它确是道出了时代的声音、人民的心事。一直不能忘。因拈出请永玉写之。

七、“风急啼乌未了，雨来蚁战方酣。真是真非安在，人间北看成南。”王荆公的这首六言诗如用来题“文化大革命”，真是绝妙的勾魂摄魄之作。王安石在当时正被安排做“法家”的领衔人物，恰在此时我读到此诗，真是大大地舒了一番愤懑。画家把坐在长凳上看蚁阵的诗人画成满脸无奈、侧首而观的样子，写出了他的惶惑，更写出了他的清醒。原诗

题是“题西太乙宫壁”，王安石胆子大得很，竟将这样的诗题在这样的地方。荆公诗不是编年本，此际也无暇去翻沈钦韩的注，不知他何以要发这么大的牢骚。

八、曹孟德接见匈奴使，担心自己“形陋，不足雄远国”，找了个替身，自己则“捉刀立床头”。接见既毕，派人打听匈奴使说些什么，得到的回答是“魏王雅望非常，然床头捉刀人，此乃英雄也”。曹操听了，随即派人“追杀此使”。

此则出《世说新语》，是我爱读的篇章。文章实在写得好。想译为语体文，办法不多，要害处还只能引用原文。魏晋南北朝文就是这样干净利落，极简洁却并不枯窘，相反，别有一种逸荡的风神。近来古籍今译之风大盛，不知成就如何，我总怀疑转译的结果不免把活文学译死了。这还是说没有误读原文的话。关于魏武，我是喜欢这个人物的，不管他有这样那样的劣迹。他被艺人涂成大白脸，我也不赞成为了翻案就改成揉脸或干脆俊扮。总之，他不是“雅望非常”那一路。永玉的画说明的也是这个意思。

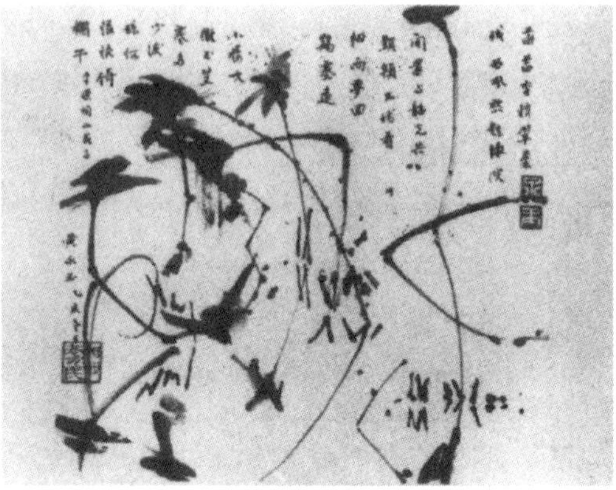

九、南唐中主《山花子》词，就是“菡萏香消翠叶残，西风愁起绿波间”那一首。永玉喜画荷，我得有三幅，这幅才真正是残荷。零乱枝条，残英犹在，布局别有意趣，正如王静安所说，众芳芜秽、美人迟暮，寥寥数笔，意境自出。我曾两访南唐二陵，那是非常荒秽的地方，陵前是凹凸不平的野地，雨后，汇成了几处小池塘，西风中独立塘畔，感到了无端的孤寂。这时就想起了这首《山花子》。

十、陈与义《临江仙》词，词题是“夜登小阁忆洛中旧游”。“忆昔午桥桥上饮，座中多是豪英。长沟流月去无声，杏花疏影里，吹笛到天明。二十余年如一梦，此身虽在堪惊。闲登小阁看新晴，古今多少事，渔唱起三更。”

陈简斋生当南北宋之交，历经离乱，诗中饱含家国之痛，即小词亦不免。读了使我吃惊的是“二十余年如一梦，此身虽在堪惊”，我想写给永玉的也就是这两句。劫难之余老朋友重见，常以“活下来就好”相慰藉，“虽在堪惊”的“惊”字下得实在好。可见活下来是多么不容易。此词上片写昔年胜赏，画面写的也是这个。永玉放笔写去，给午桥以富丽非常的画面。为杏花簇拥着的午桥，天上的圆月，桥洞的倒影，真是美极了。午桥，在洛中，裴度曾治别墅于东都午桥。画中的桥倒像西南一带有亭的长桥，永玉写的也许是梦中故乡的风景吧。

十一、周美成《玉楼春》词。写景写情，都成绝作。“当时相候赤栏桥，今日独寻黄叶路”是写景，“人如风后入江云，情似雨余粘地絮”是写情。整个画面是婉转的赤栏桥，一女子久久倚栏伫立，候人未至。

十二、又是南唐中主的《山花子》。“手卷真珠上玉钩，依前春恨锁重楼。风里落花谁是主，思悠悠。青鸟不传云外信，丁香空结雨中愁，回首绿波三楚暮接天流。”

“真珠”，一本作“珠帘”，《苕溪渔隐丛话》引《漫叟诗话》，说是“非所谓遇知音”。画中一女子手卷珠帘，是也。中主词只留下了两首，却都是名作。此词首二句，情调婉转不尽，读之似心中熨过，无比低回。这在别家词余是未能见到的。

我不懂画，这里只是就永玉的画提出了一些读后感。除了外行话之外，多处还说到了题外。这是要请画家和读者原谅的。我能借此回首往事，记起五十年来一些过往的琐屑，并从中体会难忘的友情，不能说不是快心的事。

一九九九年十一月九日

附记

上面的文章写好交出以后，编者来电话说，“风急啼乌未了”那首六言诗，应是黄庭坚和荆公之作，是我当时在筵前随手写下，不及查书，弄得张冠李戴了。其所以留有如此深刻错误印象，实在是因为我觉得这些话太像荆公自道心事的缘故。新法初行，苏轼、黄庭坚都曾站在反对派一边，后来政局几经翻覆，他们的立场观点也有了变化，转而对荆公产生了同情。苏轼过金陵，就曾拜谒荆公，进行过推心置腹的谈话，可以为证。黄庭坚这首和作，可能也作于荆公罢相闲居之后，更刻露地对翻覆的政局发出深深的喟叹，借和诗道出了荆公的心事，言外的同情也灼然可见。这实在是一首政治诗，又写得那么好。何以历来宋诗选本都视而不见，真是咄咄怪事。

十一月二十五日记

胡乔木与西湖

一九八九年秋，胡乔木过沪，曾晤面畅谈。过去我们并不相识，对这位高层政要所知甚少，只记得他曾访问陈寅恪进行过有趣的谈话，想来不是不苟言笑的人。果然，他随便得很，谈话更是滔滔不绝，差不多就是他一个人在发议论，话题更是多有。他刚读过我写的一篇谈周作人的文章，就从周作人谈起，这才知道岳麓书社出版周作人著作给中央的呈文，就是他批的。这是周的文字重行系统面世之始。还谈到刚问世的京剧《曹操和杨修》，表现了很大的兴趣。我随便提到最近停刊的《文汇月刊》，觉得可惜，他也认为应该复刊，表示将给予支持。他还劝我不妨作为《人民日报》的特约记者，多到各地走走，再写些旅行纪事的长文。又问我的年纪，哦了一声，说要抓紧了。他说得不错，用不到多久，我也真到了跑不动的地步。又过了三年，他也就辞世了。

我送了几本小书给他，随即得到他的一封来信：

黄裳同志：此次来沪，得以把晤，快偿夙愿，又承惠赠大作六册，感慰无已。信口而谈，诚恐交浅言深，兼虑强加于人，殊为不安。行止行方，务希自作主张，想报社和有关各方总会支持的。妄陈鄙见，不过企望佳作陆续而来，以见老当益壮，炉火愈显纯青而已。赠书稍稍偷暇浏览一二，内中一九六四年西湖迁墓一事，鄙人实躬亲此役，有词为证，不悉详情，但与外传颇有出入。何以善其后，下月来沪，倘得再见，甚愿聆教。当然决定权属于浙江，提出一些较为可行的建议还是有好处的。即颂全家幸福。胡乔木。十月二十四日。

信中说及西湖迁墓一事，是看了我在《山川·历史·人物》里一篇《苏曼殊及其他》而引发的。那不过是一篇漫谈，从二十年后重访西湖，不见西泠桥侧的曼殊上人塔说起，还提到秋瑾墓，但对有着“湖山此地曾埋玉，花月何人可铸金”石刻的苏小小墓却略而不谈（此墓亭曾出现于丰子恺画中），可见我对“名人”“名墓”的存废是有别择的。同时，对真假古迹的看法，也是马马虎虎派，和张宗子在《西湖梦寻》里的意见差不多。张岱说：“西泠桥一名西陵，或曰即苏小小结同心处也。及见方子公诗有云，‘数声渔笛知何处，疑在西泠第一桥’。陵作泠，苏小恐误。余曰，管不得，只西陵便好。且白公断桥诗‘柳色青藏苏小家’，断桥去此不远，岂不可借作西泠故实耶。”夫假古董多矣，也用不着细心考核。苏小墓即属此类。留下来固然可为湖山生色，平掉了也无关大局。更无论“海上闻人”造起的武松墓了。但对秋瑾、徐锡麟、陶成章、曼殊等人的墓，却不可马虎对之，它们被流放到荒山一角，排排坐地挤在一起，看了总觉得不大舒服。

我觉得这些有名或无名的墓葬，实在用不着人为的“大扫除”，“通过人民群众在历史过程中所进行的清洗，那结果总是正确的。虽然看起来慢一些，不及下令砸烂来得痛快”。

胡乔木说：“一九六四年西湖迁墓一事，鄙人实躬亲此役，有词为证。”词是一阕《沁园春》，词题是“杭州感事”。

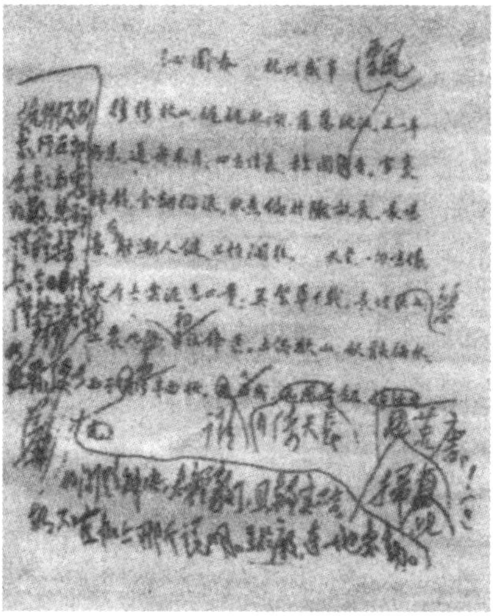

穆穆秋山，娓娓秋湖，荡荡秋江。正一年好景，莲舟采月；四方佳气，桂国飘香。玉绽棉铃，金翻稻浪，秋意偏于陇亩长。最堪喜，有射潮人健，不怕澜狂。天堂，一向宣扬，笑今古云泥怎比量！算繁华千载，长埋碧血；工农此际，初试锋芒。土偶欺山，妖骸祸水，西子羞污半面妆。谁共我，舞倚天长剑，扫此荒唐！

词的重点在最后两句，也即是“感事”作意所在。土偶指的是庙里的泥菩萨，妖骸自然是墓葬了。这首词是经过毛泽东修改的，那原迹就印在胡的诗集《人比月光更美丽》的卷首。“西子犹污”改“羞污”；最后一句简直是重写的。改笔确是远胜原作，但气氛、声势也大不同了。更重要的是毛在纸边留下的大段批语：

> 杭州及别处，行近郊原，处处与鬼为邻，几百年犹难扫尽。今日仅仅挖了几堆朽骨，便以为问题解决，太轻敌了，且与事实不合，故不宜加上那个说明。至于庙，连一个也未动。

照此说，则一九六四年的迁墓，只不过是牛刀小试。接下去还要拆庙，什么灵隐、净慈、天竺、虎跑……都要一扫而光才好。否则便是“轻敌”。这是怎样的气魄。胡乔木不过是一介书生，实在不敢想象也绝作不出如此好句（按，胡的原句是“谁与我，吼风奇剑，灭此生光”）。

毛的意愿，两年后终于由“四人帮”及其爪牙执行了，连坟而兼庙的岳飞墓也未能幸免，可惜做得还不够彻底，这些土偶妖骸依旧留下了不少，不过都弄得七零八落了。据报载于谦和张苍水的墓都已恢复，就是在废墟上重新整修的。

沁园春作并修改于一九六四年。毛关于文艺问题的“两个批示”已经作出，此词之出正如山雨欲来时的隐隐雷声。今日重读，仍不能无栗栗之感。文艺之能移人情如此。盖不能不叹为“绝作”也。

一九九八年十二月二十七日

关于王昭君

——故人书简·忆汪曾祺

曾祺逝世后，我写了一篇《故人书简》，抄出他给我的几封旧信，回忆了当年过往的种种，以为纪念。近来整理旧藏师友信札，又发现了曾祺一九六二年自汉口寄我的一信，却是讨论《王昭君》问题的。这是他写的一个京剧剧本，好像是为张君秋写的，不知道后来曾否上演、出版，想来曾祺这种写成而未问世的作品还有不少。只有《范进中举》曾由奚啸伯上演，风行一时。其他都已不可问，不知他家中尚存遗稿否？现在就把曾祺的信抄在下面。

黄裳兄：前日得奉手教，弟今日北返矣。行箧已理就，聊书数语为覆。

不意弟所为“昭君”，竟与老兄看法相左！周建人文章曾于《戏剧报》草草读过，以为是未检史实，蔽于陈见之论，是讨论昭君问题中的最无道理的一篇。截至现在为止，我仍以为翦伯赞所写的《从汉的和亲政策说到昭君和亲》是一篇实实在在的文章。我的剧本大体上就是按照这篇文章的某些观点敷衍而成，虽然在我着手准备材料时还没有读过翦文。昭君和亲在历史上有积极作用，对汉、胡两族人民的生活、生产均有好处，为铁定不移的事实。你说侯外庐的看法实过于新颖，侯的文章我未见过，不知是在何处发表的，倒想拜读一下，也好长点见识。如侯说与翦说同，则我以为并不“新颖”，而是符合事实。而自石季伦的《明君词》至周建人的谈王昭君，实为各有原因的一系列的歪曲。《青冢记》曾读过，可以算得是歪曲的代表。其中“出塞”一出写得颇好，即现在各个剧种“昭君出塞”所本（昆曲、祁剧、京戏……）。这给我造成一个很大的麻烦——这个案于是很不好翻！

我的初稿已写得毫无自信。无自信处在于两点。一是史实。为了“集中”，我把历史在手里任意拨弄了一回，把发生在昭君和番前十几年的事一塌括子挪在了和亲前夕，而且把已经死去十六七年的萧望之拉出来作为坚持和亲的主要角色，和害死他的石显相对抗，时间上大大打乱了。这种搞法，莎士比亚大概是会同意的，但历史学家如吴晗市长，大概很难批准。第二是戏，难在“动作”太少，而话太多（不管是说出来还是唱出来的）。我这人曾经有很厉害的偏见，以为人生只有小说，而无戏剧。凡戏，都是不自然的（我原来是一个自然主义者）。现在看法上是改了，但终于还是一点不会写“戏”——我那个《范进中举》初稿写出后，老舍却曾在酒后指着我的鼻子说："你那个剧本——没戏!"看来这是无可如何的事了也!

张君秋（此人似无什么"号"）有一条好嗓子，气力特足（此人有得天独厚处，即非常能吃，吃饱了方能唱，常常是吃了两大碗打卤面，撂下碗来即"苦哇……"——起解·玉堂春），但对艺术的理解实在不怎么样。他近年来很喜欢演富于情节的李笠翁式的喜剧，戏里总有几个怪模怪样的小丑起哄。观众情绪哄起来之后，他出来亮亮地唱上两段（这种办法原来是容易讨俏的）。而我的剧本偏偏独少情节，两下里不大对路，能否凑在一处，并非没有问题。好在我是"公家人"，不是傍角儿的，不能完全依他。将来究竟怎么样，还未可预卜。

剧本到北京讨论一下，可能要打印出来，征求意见。届时当寄上一本，以俟"杠"正。草草。即候著祺，曾祺顿首，四月十日。

记得我曾写过长信，与曾祺讨论。说了些什么现在记不起了。我一直认为，和亲是汉家对北胡的政策，在政治的大层面上考虑是一回事；至于具体到王昭君个人，那还只能是被当作货物或筹码，牺牲、使用的被侮辱损害的对象。如果剧作家意在写汉家的政策，那是另一类作品，与写以昭君为主角的应该截然不同。关于昭君历代留下了数不清的诗歌文字，我曾说过，如果细心搜集、汇编成一册《青冢集》，那将是厚厚的一册，仿佛邀请了不同时代、不同身份的人物来开一个座谈会，可以听到许多有趣的不同意见。我自己，最初受到极大震撼的应是老杜的“群山万壑赴荆门”一律，那比《青冢记》可是早得多了。老杜的诗是为昭君而作的，他关注的是这个小女人的身世命运，“千载琵琶作胡语，分明怨恨曲中论”，他想知道，昭君痛苦的内心活动。杜诗号称“诗史”，杜甫不可能忘情于时代政治，为什么他绝不触及汉家的和亲政策呢？

鲁迅先生在《阿金》一文中说过：“我一向不相信昭君出塞会安汉，木兰从军就可以保隋；也不信妲己亡殷，西施沼吴，杨妃乱唐的那些古老话。我以为在男权社会里，女人是绝不会有这种大力量的，兴亡的责任，都应该男的负。”

鲁迅的话说得明明白白，“安汉”是因为当时执行了和亲政策，而不是昭君的功劳。这就将政治行动和个人作用分得清清楚楚。对剧作者来说，就该将写政治活动与写个人身世命运分开着手。如必将两者揉在一起，那就将陷入不可摆脱的矛盾境地，终将扭曲人物的性格而后已。可能这就是我给曾祺提的主要意见。

钱钟书有一篇《诗可以怨》，他介绍了钟嵘《诗品·序》的一段话给我们。

> 嘉会寄诗以亲，离群托诗以怨。至于楚臣去境，汉妾辞宫；或骨横朔野，魂逐飞蓬；或负戈外戍，杀气雄边，塞客衣单，孀闺泪尽；或士有解佩出朝，一去忘返，

女有扬蛾入宠，再盼倾国。凡斯种种，感荡心灵，非陈诗何以展其义？非长歌何以骋其情？故曰："诗可以群，可以怨。"使穷贱易安，幽居靡闷，莫尚于诗矣！

钱先生接下去说：

钟嵘不讲"兴"和"观"，虽讲起"群"，而所举压倒多数的事例是"怨"，只有"嘉会"和"入宠"两者无可争辩地属于愉快或欢乐的范围。也许"无可争辩"四个字用得过分了。"扬蛾入宠"很可能有苦恼或"怨"的一面。……同时，按照当代名剧《王昭君》的主题思想，"汉妾辞宫"绝不是"怨"，少说也算得是"群"，简直是良缘"嘉会"，欢欢喜喜，到胡人那里去"扬蛾入宠"了。

钟书先生这里说的是曹禺的《王昭君》，指出的也正是前面所说的矛盾。剧作家把昭君的性格大大地扭曲了，把"怨"抹杀得丝毫不剩，人物成了玩偶，不能不使观众索然意尽。六十年代初期，有一种"翻案风"，对历史人物每作出新颖的理解，多表现在新创作的历史剧中，不知道曹禺是否奉命或得到某种提示后进行创作的。曾祺在此际又为张君秋写同一题材的京剧脚本，可见并非偶然兴起执笔，而是当时的一种风尚。

曾祺在信里还讲到他对小说和戏剧的看法，认为人生只有小说而无戏剧，凡戏都是不自然的。又声明他原来是个自然主义者。这些对理解他的小说、散文都有重要的参考价值。他的信又写得那么好，随手点染，处处都有掌故可寻，都是文学艺术史的好材料。展对遗简，真有人琴俱亡之感，再也不能有这样的笔墨了。

一九九八年三月三十日

亦狂亦侠亦温文

——跋《壮岁集》

凡兄有诗草一卷。间尝语余，他日付刊，请为撰一小跋。月前乃以全集清稿见示。草草读一过，掩卷沉思，慨然兴感。凡兄为名记者、新诗人，早日有《往日集》，惊才绝艳，流誉人间。而晚岁更得旧体盈帙，琛奇瑰丽，夺人目睛，是固贤者无所不能，然取径虽殊，初怀不异，一字一句皆于性情中流出，乃能动人，此理固不易也。忆与兄初识，在一九四六年。时皆年少，握手欢然，宛如宿识。杯酒论文，狂言惊座，前尘影事，恍在目前。而三十年来，相见不时。岁在丁酉，遭逢蹉跌，亲知交绝，谈笑无人。乃于此际得兄远道问存，天末故人，临风怀想。涸辙之鲋，珍此呴沫。尝以定庵赠粤人黄蓉石“不是逢人苦誉君，亦狂亦侠亦温文”句赠之，窃以此二语可尽兄之丰神心事也。此集中多感事怀人之作，老师宿儒，巾帼奇士，来兄笔下，婉转可怜，而四十年来时世迁流，民生荣瘁，亦往往于此见之，推为诗史，谊可无辞。固个人亦时代之小沧桑也。是当善校精镌，留赠后人。此意曾于香江重晤时郑重言之，愿兄勿以闲言语视之也。丙寅十月二十九日。

右《壮岁集》一卷，陈凡百庸著。一九九〇年岁次庚午仲秋谷旦香港至乐楼印本。前有何耀光、钱钟书、饶宗颐三序。钱序默存集未收，自是佚篇。其辞曰：

> 陈君百庸，轶才豪气，擅诗书画之三长。余识君也晚，已不及见田光壮盛时矣。尝谓之曰，想子当年，意态雄杰，殆所谓兴酣落笔摇五岳而吟沧州者耶？别去数载，忽寄《壮岁集》一卷来索序，且曰欲知狂奴故态乎，展卷斯在。余披寻吟讽，君少日愤时救世，探幽寻胜，轻命犯难诸情事，历历纸上。嬉笑怒骂，哀思激烈，亦壮亦谐，可泣可歌。因参证缔交以来，君为国为民之壮志，一如畴昔也。好山好水之壮游，不减旧时也。若夫诗书画之大笔淋漓，更无愧老当益壮也。余不及见田光壮盛之憾于是乎涣然释矣。君之诗酣放可以惊四筵，精微可以适独座，余尝为君出峡诗画册题七言短句品目之曰，笔端风虎云龙气，空外霜钟月笛音。今亦无以易之焉。一九八三年五月钱钟书序。

默存诗“陈百庸凡属题出峡诗画册”，见《槐聚诗存》，系作于一九七八年。

凡兄绘出峡诗画册，自印于香港，笔墨淋漓粗犷，能得峡江山水之神，似石涛而石涛无其豪纵也。凡兄曾辑黄宾虹、齐白石画语录，亦自绘小帧，笔墨灵秀，出峡图则中年变法，使人惊异。

《壮岁集》中有赠余一诗，一九六二年作也。

壬寅炎夏，旅次西湖，见池荷盛开，感而成此，即寄黄裳兄海上。

红蕖艳绝六桥边，倍忆朱颜服绮筵。
自古几人能百岁，记从忧汝忽三年。
重楼既有如花伴，小折聊当偶谪仙。
欲共清风凉簟夜，一船明月枕书眠。

余有和诗，附注云：

王寅双星渡河之夕，得百庸兄远道寄诗，殷勤存问，感慨无端。灯下裁纸和答。既十年不为此业，迟回呫哔，遂至夜分。中宵风雨，不胜巴山之感，因遂写寄。

不是愁边抑酒边，岂无慷慨寄清筵。
佯狂心事存书卷，懊恼襟怀损岁年。
犹有蟫余供覆瓿，敢将栖遁拟游仙。
中宵风雨回灯坐，捉笔寻诗减醉眠。

百庸诗以七古擅场，饶宗颐云"纵横突兀，驰骤无方"是也。其题潘天寿画展有句云，"霸悍足扫靡与颓"，自注，"先生画上常钤'一味霸悍'一印"，此自道其吟诗作画之微意也。古诗篇章较繁，录其"过浅水湾萧红墓"一律，此诗曾刊于《人民日报》。

年年海畔赏春秾，每过孤坟息旅筇。
白水黑山乡梦渺，独柯芳草旧情空。
沧波不送归帆返，慧骨长堪积秽封。
生死场成安乐土，岂应无隙葬萧红。

凡兄久逝，遗作仅存，偶展诗篇，恍如梦寐。爰作小跋，记论交始末，留为永忆云尔。

二〇〇〇年十二月五日

悼际垌

初识际垌，大概是在一九四六年。那是在《大公报》一次酒会上。我喝得沉沉大醉了，是由际垌送回家的。当时彼此都是绿鬓少年，放歌纵酒，不以为意。此日回思，真如梦矣。当时际垌任《大公报》副经理，社址就在上海南京路上，与曹谷冰对坐办公。我有时路过总要上去坐坐，或到就近中央商场美心咖啡馆去谈天。其时平明出版社创办，需要朋友帮忙。我和际垌合编了“新时代文丛”，由平明出版，同时也在《大公报》上刊发平明的新书广告。这是他和巴金过往之始。

其时际垌与絜瑛初婚，借住在沪西一所豪宅里，因而常有谈燕之乐。熟朋友王辛笛、孙浩然常在一起快谈，每至夜分。后来他调京工作，见面不易，可是通信频繁。一九五四年我偕内人去京，留居匝月。际垌夫妇相招欢宴，几无虚日，同游十三陵，于“石象生”上同摄数影，至今犹藏箧中。一九五七年际垌因在《人民日报》发表了一篇杂文，几遭不测，虽幸而免，但终逃不掉下放劳动之厄。但就在这种逆境之中，彼此通信仍连续不断。他是我一九五七年后仍有来往的朋友之一。

在他担任《大公报》驻京记者期间，经他介绍，我在港《大公报》《新晚报》发表过一些文字。当时我已被剥夺了发表著作的权利，只能用笔名在海外报刊中偶尔露面，正如干旱龟裂的土壤中稚嫩的新芽，存生机于一线，在当时是极难得的机遇，离开友情的灌溉，这一切是无从说起的。

际垌后来任商务印书馆编辑，“文化大革命”期间下放干校，返京后入自来水公司。在他的平生经历中，这是最逸出常轨的职务，当时曾在通信中加以揶揄，以为笑乐。“文化大革命”结束后，去香港《大公报》编副刊，主管“大公园”直至退休。

这是我们通信联系最频繁的时期。主要是约稿组稿。巴老偶然写了一篇谈《望乡》的散文寄给际垌发表了，际垌要我就近代他组稿，希望巴老续有所作，并定下一个专栏题目，巴老同意了。这就是《随想录》的由来。我还负责为他催稿，唯恐老人会中途搁笔。查《随想录》，第一篇是一九七八年十二月一日写成的。一九七九年一月中写了八篇，不算少了。可是我还不时婉转催问，直到巴老把《怀念萧珊》的底稿给我看，并表示要继续写下去，当作遗嘱来写，这才放了心。五卷《随想录》写了八年，这中间不是没有什么风波，有叽叽喳喳的噪音，有各式各样的风言风语，作者顶着诬蔑、谣言和伤病，毅然向种种丑恶、虚伪宣战，终于完成了五卷书的著作。际垌作为编者，在那些随时袭来的干扰中坚持顶住，终于保护了作品完整面世，为中国文坛留下划时代的巨制，是功不可没的。

至于我自己，从一九七九年末开始，在际坰的催索下，在“大公园”上以特约稿名义发表了不少作品，有杂文，有山水记，也有念远怀人之作。可以说，八十年代初真是令人难忘的日子，是让作家能意气风发、畅抒胸臆的好日子。后来编成的《山川·历史·人物》《珠还集》《晚春的行旅》三本小书，所收几乎全是在“大公园”上发表过的文字。不能不感谢际坰的好意与宽容，也是友情最好的见证。

八十年代中期，我随中国作家代表团访港，得与际坰重见，盘桓数日，承他相伴去过许多名所，吃过不少名肴。故人情重，至今忆之。又一次他回国观光，曾与辛笛、袁鹰等同作他的故乡苏北之游，也是一次使人难忘的旅行。潘氏是淮安望族，际坰是山阳潘四农的裔孙，在上海时曾以家藏潘四农墨迹卷子见示，笔精墨妙，信是名物。

际坰退休后侨居美国子女处，相见不易，去年因参加巴金先生的一次研讨会，回国访友，过沪时见访，曾约他一饭，身体不差，快谈移晷，仍低声絮语，宛如往时。前些时自美返京，友人告其形销骨立，知病状已深，入院未几，即闻噩耗。数十年良友，遂弃我而去，实堪痛惜。因忆交游往迹，以为纪念，并志沉哀。

诗人荒芜

偶然读了一本诗话，中间有一篇谈到荒芜，不禁想起一些旧事。我和荒芜本不相识，只因读了他的《长安杂咏》，就记住了诗人的名字。后来又读到他的新诗《贺友人》，其中有句云："三年听彻秋宵雨，昨夜春风入小楼。蚕室白描惟画鬼，鹊桥无计效牵牛。"有小注云："友人被'四人帮"关了三年，其爱人被迫离异，近得昭雪，夫妇重圆。"（据《纸壁斋集》）忽发妙想，以蚕室典入诗，贺人复婚，岂非笑话，就试写一信相质，后来得到复信，有所辩解。已经忘记他是怎么说的了，反正我是没有被说服。

不久，就有了结伴粤游的机会，这次才是初识。诗人是缄默的，不大说话。大概他是在着意搜寻诗料的吧。广东是最早改革开放的地区，在广州我们领略了迪斯科的风味，在五光十色的舞场中，听洋歌，啜洋酒，荒芜写了一首《羊城杂咏》：

虾蟆眼镜泛银光，椎髻金环港澳装。
茶果迎来堂上坐，共听海客话西洋。

这是接触“新事物”后所感，还不免有些刘姥姥入大观园的新鲜与惊异。又有一首写羊城诗：

羊城风物尽繁华，近水依山百万家。
十里清香红豆树，满川火焰荔枝花。
街头低酌消长夜，楼上高谈品早茶。
最是回肠荡气处，洋歌一曲唱娃娃。

“唱娃娃”是指洋歌《Baby，my baby》。在这首诗中还不曾脱离对广州的新异之感，也对人们逸豫的生活有些微讽。可是在另一首诗中，就对当时极“左”的清教徒们攻击改革开放是向资本主义投降的谰言给予了痛斥，这是于游览了深圳后写下的《特区》一诗：

开明世纪导先河，文采风流此地多。
沧海新诗掀革命，中心伟论起沉疴。
漫言珠海吞恩马，深庆特区有赵佗。
生气蓬蓬形势好，何须苛责迪斯柯。

“沧海”指革命诗人丘逢甲，而极左人物的“高论”则是“恩格斯和马克思在珠江里淹死了”！时间只不过过去了十多年，人们大抵已经不记得曾经有过这样的“高论”了，可见时势发展变化是多么疾遽。诗歌有时是有“诗史”的作用的。这里就是一例。

深圳归来，我们又游了惠州、罗浮。在惠州西湖的湖庄里住宿，游了东坡纪念馆和朝云墓。荒芜有诗云：

> 龙门冷落一抔土，寂寞偃师杜少陵。
> 多谢惠州贤执事，大苏今日得知音。

像惠州这里的“贤执事!”是值得表扬的，在改革开放之余他们还记得地方主有一位“寓贤”苏辅，予以纪念。在全国有多少值得纪念的文化名人，未必当地的干部都能说得清楚。近来情形有些改变了，人们悟到这是可以产生经济效益的，所谓文化搭台，经济唱戏者是也。热情过了分，往往热衷于制造假古董，诗人不及见，没有留下“新咏”，是可惜的。

几年以后，我们又在黄鹤楼笔会中相遇，同住在晴川饭店的一间客房里。一见面我就问他，这次该又有作诗的机会了。他马上取出几页诗稿给我看。说是先准备好的“宿构”，免得临时在会场上出丑。我照例要挑毛病，他也作了答辩。诗记不得了，不知是否收在《纸壁斋续集》里。

一天下午，我和荒芜、宗璞一起上街，想在书店里找找看有没有关于武汉三镇的书。好容易问到新华书店，却正好打烊。没有法子，就到一处公园里去。公园没有什么好玩，只好在一座凉亭里休息。眼前有一座石雕，是三只羊，宗璞近视，以为是鹿。荒芜抓住时机，又作了打油诗。

他是善饮的，但在宴席上却拒不举杯。游轮驶进三峡后，他大概兴致来了，又拉了我赌酒。从这里可以看出他的诗人气质。他有一首《赠自己》，说到他的饮酒：

羞赋凌云与子虚，闲来安步胜华车。
三生有幸能耽酒，一着骄人不读书。
醉里欣看天远大，世间难得老空疏。
可怜晁错临东市，朱色朝衣尚未除。

此诗写于一九七六年五月，是为邓小平再度罢官而发的。一九七九年八月发表时，却引来了一通斥责，说他不满现实。这是一顶可大可小的帽子，可以随意扣在人家的头上。诗人是难做的。篇末不能不注明写作时间，最好是自己做些笺注。但这要求对诗人来说，实在是大高也大难了。

于是诗人最好是闭嘴。几年以后，他真的是不发一言，闭户不出，简直连报纸也不看。我不能想象他最后的日子是怎样过的。这样《纸壁斋集》也只能二集而止，再也听不到诗人的歌唱了。

一九九七年十二月二十四日

河东君

偶然在友人斋中看到海陵朱鹤年所画的河东君小像，非常高兴，借回来张之素壁，晴窗展视，颇有所感。这是一个立轴，像是朱野云重摹的，原本不知何据。但印象中与十多年前在南京龙蟠里图书馆所见丁氏八千卷楼旧藏元椠《阳春白雪》前的柳如是小像一般无二，可见这是有来历的了。《阳春白雪》曾是黄荛圃的藏书，因为原书上有柳君小印，因此就请人重摹一像，并加题识。黄荛圃是嘉道中人；与朱野云同时，可证两本所据应同出一源。

这帧小像的四周，题遍了诗词，其中有吴山尊、费圯怀、严几道、郑叔问、李文石、邓群碧、吴瞿庵、吴湖帆等十余家。论诗，似乎都没有什么突出的特色。遇到这种好机会，旧时诗人照例是不肯轻易放过，要哀感顽艳地大发一通议论。历来咏柳如是的诗词很不少，可惜过去零碎看到，不曾一一抄下，否则一本《靡芜集》该老早编好了。

这类诗最常见的一种特色是自作多情，也就是想在纸面上吊古人的膀子，不管这女人已经死了多久，论辈分该是自己多少代的祖母行了。总之，他们是绝不肯放弃这种好机会的，较胜一筹的就多少发点别的议论，如红颜祸水之类。在这里，如果有谁指出，柳如是曾劝钱牧斋投水殉国，牧斋怕死不从，终于降清的事，而加以叹息，就要算是了不起的了。可惜得很，在满幅题诗之中，就不曾看到这种议论。只有“一双家国泪潸潸”（吴鼒）“国破只教儿女怨，春深想象佩环归。儒冠巾帼原同物，未必萧娘怯舞衣”（严复）这样的句子，还提到了家国之感，也要算是难得的了。费念慈的几首诗，在这方面发挥得较多，诗作得也漂亮，可以算是代表。

一片飞花堕劫前，湖山金粉夕阳天。
春风蛱蝶迷香径，秋雨蘼芜泣墓田。
镜里新妆乌帽侧，袖中诗本墨痕鲜。
沾泥欲忏无生说，独向人天证四禅。

翦翦双眸翠黛长，风流人物似齐梁。
唐翻经证拈花果，宋椠书薰辟蠹香。
枕熟黄粱春梦短，庄荒红豆暮云凉。
无穷家国伤心事，一事低回一曲肠。

费圯怀在诗里提到“镜里新妆乌帽侧”说的正是画像的实景，画中人头上是一幅儒生的乌巾，穿的也是蓝衫，这自然是根据了柳如是乔装士人初访半野堂的故事。其实这已是她第二次出马了。她在松江访陈子龙，就递上过“女弟”字样的名片。陈卧子也是负海内重名的，年龄也不过三十来岁，实在比嫁给老头儿钱牧斋理想得多。

柳如是实在是一个值得研究的人物。在晚明许多名妓中间，自有她显著的特色。妓女是皇权社会最下层的受迫害者，几乎没有什么理想的出路，最好的归宿就是嫁给阔佬。在晚明，阔老是包括官僚、地主和名士的。如只具有其中某一条件，那就不能算是真“阔”。如果嫁了三种条件俱备的对象，就可以名传后世，成为“名妓”。像柳如是、顾横波就都是的。而柳如是又不同于同时侪辈，她不是等人上门，而是主动选婿的。而且所选又都是“第一流”的人物。据野史，复社党魁张天如就曾和她有过一段姻缘。最后选中了钱牧斋，就是上述三种条件俱备的人物。在她的尺牍刻本中还留下了几十通写给汪然明的“情书”。那自然是嫁钱以前的事，真是写得好极了。但终于只与汪然明保持了朋友的关系，因为汪只是徽州巨商，虽然有一部《春星草堂集》，可是诗并不好，又不是大官，在社会上没有什么重名，自然就不够理想。这也说明了一个事实，在晚明，虽然资本主义萌芽已经有了相当的规模，但比起官僚、地主、豪绅、名士来，气势到底还是差得远。在柳如是心中，这种评价就正是如此。张天如和陈子龙虽然都是地主，但说不上怎样阔气，如是却都与他们有过关系，可证在她看来，读书人比大商人地位毕竟高些。

照理说，柳如是既有这样的盛名，人应该是很漂亮的了，但看那小像，却也平常。难道说是辗转摹写走了样么，怕也不尽然。按旧记，钮玉樵说她“丰姿逸丽，翩若惊鸿”，沈虬说她“美丰姿，性狷慧”，都是些空话。倒是顾云美说她

“为人短小，结束俏利”，是有些根据的。看那像，这是一位身材不高的江南女子，没有什么“绝艳”之处。那她之能倾倒一时，原因大抵真是别有所在的。

柳如是下嫁钱牧斋后，这个“东林浪子”真是把她当作宝贝一样地供养着。替她造了“我闻室”“绛云楼”；和她到浙江去“蜜月旅行”，回常熟的路上被当时一些看不顺眼的人用砖头瓦块追着赶打，弄得满船都是瓦石，狼狈不堪。还写了无数艳诗，编成好几卷诗集。柳如是对钱的态度怎样呢？不详。只传下了两句笑话。一天，钱对柳说，“我爱你黑的头发白的面孔”，如是笑答，“我爱你白头发黑面孔”（柳南随笔）。这次对话后来由如是译成两句诗，“风前柳欲窥青眼，雪里山应想白头”，倒着实“蕴藉”得很。

好像柳如是对钱一直就不怎么客气。乙酉五月之变，柳劝钱跳水殉明，钱试了试，水冷得很，不敢下去。如是自己却要“奋身欲沉池水中”。这是一件。又传说，钱牧斋一次出游，看到一处泉水清澈，想脱袜洗脚，如是在一旁冷笑说：“你当这是秦淮河么！”

这实在严冷得很，很能看出这个小女人的风格。我想，这应该是她看穿了钱牧斋的无耻后对他采取的态度。钱牧斋不是在南明小朝廷初建时，为了拍阮大铖的马屁，曾经要如是出来陪酒的么？阮胡子高兴极了，送给她一顶价值千金的珠冠，钱要如是道谢，而且要她“移席”近阮么？这是盛传一时的丑闻。如是随牧斋到南京时，穿了戎装，帽子上面插了野鸡毛，像戏上扮的“昭君出塞”，颇出了一些风头，但也引起了许多人的不满。照我看，这倒不一定是钱牧斋的主意。

这个小女人是很有些政治头脑的。她的选中了钱牧斋，一多半也是着眼于他的东林领袖的地位，很想抓住他做一番事业。可惜这是个扶不起的阿斗，不可救药的软骨头，终于一事无成。我想，当南都初建之日，牧斋请如是出来为阮大铖陪酒，她爽快地答应了。这事也是合乎人物行动逻辑的。她哪里在乎什么陪酒不陪酒，这种事也只有道学家看来才是大逆不道的。她的目的只不过是要收斋在弘光小朝廷里当上首辅而已。她不是曾经想和在钱家做西宾的黄淳耀诗筒唱和，把这位老夫子吓得要卷铺盖逃走吗。总之，这位“结束俏丽，性机警，饶胆略”的小女人的行为，在三百年前读书人看来，着实是怪物、祸水，不可理解。什么封建礼法，在她看来，正是眼空无物，可以随便放在脚下践踏。道学家们的目瞪口呆，又何足怪哉。

柳如是和钱牧斋之间，有没有爱情呢？

看来，这一问是有些多余而且近乎愚蠢的。

野史中记柳如是故事的很不少，这说明长时期来她实在引起了许多人的兴趣。野史作者大抵把她当作传奇人物看待，但态度上却有明显的不同。大致上与钱牧斋有亲近关系的人，门生故旧之属，对她的好话说得多些；此外就不太客气了。人们集中攻击的是她的私生活方面。

人们攻击她养着面首，随时调换，一旦讨厌了就扔掉甚至杀掉。又说她的姘头一次被捉住下狱，钱牧斋大不高兴，特地保了出来，理由是这会使柳夫人不欢……这些传说可能很有些失实，甚或别有寓意，借以骂钱牧斋之类，但我认为大体上是可信的，也就是说，柳如是对钱牧斋实在说不上有什么爱情。

有的传说还指出，牧斋晚年，柳如是索性把他赶了开去，不与同居。这在我看也是真实的。钱牧斋还特地把这说成是柳如是决心入道，大作其诗，真是肉麻极了。这还成为后来不少人的“诗料”，想想也是十分可笑的。

虽然如此，柳如是到底在名义上不曾离开牧斋，那么她的真实意向又是什么呢？

有些逸事，表面上看她对牧斋还是非常关心的。顺治四年牧斋被逮北上，家人都不敢露面，只有如是一人带了一个包袱跟同前去，在押解的戍卒当中，刀头剑铓之间，伺候牧斋，直到放还。终于使他感激涕零，写出“从行赴难有贤妻”的诗句。

其实牧斋这次的被清廷逮捕，和如是有很大关系。顺治三年，江阴黄毓祺在舟山起义抗清，河东君就亲自到舟山慰劳义师（见《江阴祝氏孤忠录》）。牧斋“秋兴”诗的一首说：“闺阁心悬海宇旗，每于方罫系欢悲。乍传南国长驰日，正是西窗对局时。”据考证，就是指此事而言。“闺阁”无疑是指柳夫人，她是心悬“海宇旗”的。仁武伯姚志卓兵败，想再度起事，柳如是卖尽了金珠首饰，支持姚恢复了“一军”。这是牧斋在“诗注”中所记，也许不无夸饰，但不能说全无影响。

就这几件事看，则柳如是不仅“有女侠风”，又是对政治有浓厚实趣，同时又富于民族感情的。从她劝钱牧斋投水殉国起，到不惜为阮大铖陪酒，替牧斋在南明小王朝经营一官，一直到舟山一役，牧斋下狱，她又倾家营救，这一切都说明了什么呢？看来这并不是出于对牧斋之爱，而是借了这块招牌，搞一些她心所向往的政治活动而已。

我觉得，这确是柳如是一个很突出的特点。

难道可以想象，没有如是的“制御”，像牧斋这样的软骨头，能进行这些危险的活动吗？

这样的故事还很有一些。

阎古古（白耷山人）被清廷追捕得急了，如是就把他藏在自己的家里。

黄宗羲年轻时，曾游虞山，住在钱家。牧斋想约他一起读书，怕黄因家累不肯，一天夜里，宗羲已经题下了，牧斋提着灯来到床前，摸出七两银子来相赠作安家之用。说：“这是内人的意思。”这内人就指的是如是。对宗羲的这种态度，我看一多半也是出之“内人”之意，并非全因物斋“爱才”，倒是柳夫人赏识他的“政治倾向”的缘故。

柳如是这种政治活动，一直到瞿式耜死于桂林，郑成功京口丧师之后，才消歇了。于是她“入道”了。

但结末，她还到底唱了一出政治色彩甚浓的压台戏。

这就是一般人称为“钱氏家变”的那桩公案。

我怀疑，终钱牧斋的后半生，钱家的经济实权是掌握在如是手里的，试看她可以作主“倾家”营教牧斋；可以用大把的钱接济抗清义师；可以广事结交遗民义士。这都是要花很多钱的。而从牧斋晚年尺牍看来，这老头儿实在穷得很，又卖文，又卖书，又打秋风。而牧斋又实实在在是个恶霸地主、大乡宦，那么这个矛盾应该如何解释呢？

据我看，这种情况，在当时钱氏族人看来就更是不可接受的。他们实在恨透了这个小女人。她的“风流不检”不说了，更不可容忍的是她“霸占”了钱家家产；是她“挥霍”了家产；是她，把钱家的财富吞进了自己的“私房”。

这样，牧斋一死，矛盾是必然要爆发的。这些虎视眈眈的族人必然要逼她吐出她“吞下”的家产。他们怎能放弃这一块垂涎已久的肥肉呢？

但，恰恰在这时，如是又一次，也是最后一次显示了她的“政治才能”。她把这些族人请了来，好言相向，盛筵相待。在酒酣耳热之时，她宣称要到后楼上去取人们望得眼红的家财。她最后看了这些吃得酒臭喷人的家伙们一眼，上了楼，一根绳子吊死了。

在这之前，她早已安排好，派人去县里告状；派人关紧了房门，准备了绳索，一等她死去就把这些吃醉了的家伙捆起来送官。

果然，这些家伙在封建礼法的条例之下，因家主新丧迫死主母而服罪了。

柳夫人最后一次“胜利”了。她又一次极为成功地运用了她一向鄙视并践踏的封建礼法，反戈一击，制伏了想把她活活吞下肚去的敌人。

但一些野史作者，许多诗人文士，都把它看作柳如是为钱牧斋殉节，真是十足的昏话！

明末的秦淮名妓都有一两手功夫。最常见的是画兰。像马湘兰、薛素素、顾横波都会画两笔。看那遗迹，却也不见有何出色之处。至于诗文就更不必说。柳如是却不然。她能画，画山水，传世有《月堤烟柳图》，后有钱牧斋跋，可证是真迹。诗词都很出色，收在《初学集》里的自然难免有牧斋代为润色之处，但她确是能诗，更善填词。这里抄一首《踏莎行·寄书》。

> 花痕月片，愁头恨尾，临书已是无多泪。写成忽被巧风吹，巧风吹碎人儿意。　半帘灯焰，还如梦里。销魂照个人来矣。开时须索十分思，缘他小梦难寻你。

笔意轻俏，的确是女子声口，假造不来的。更使人惊异的是她寄给汪然明的三十一通小札，我所见的是抄本，这些信更是假造不来的。现在选抄一通较短的。

> 鹃声雨梦，遂似与先生为隔世游矣。至归途黯瑟，唯有轻浪萍花，与断魂杨柳耳。回想先生种种深情，应如铜台高揭，江水西流，岂止桃花千尺也。但离别微茫，非若麻姑方平，则为刘阮重来耳。秋间之约，尚怀渺渺，所望于先生维持之矣。便羽即当续及，昔人相思字每付之断鸿声里，弟于先生，亦正如是。书次惘然。

这真是漂亮非凡的小札，放在晚明小品名家的作品中，不也是第一流的么？而且地地道道出之于女子之手，她的自称“弟”，称所欢为“先生”，在这里也正有着实证。很有身份，很有情致，绝无委琐可怜之态。用词用典，也都有十分浓丽的色调，处处透露着这个小女人的绝世聪明。

如是游杭州，大概全靠汪然明招呼，为她准备了“桂栋药房”，作为居停之处。如是还向汪借游艇，“明日欲借尊舫一向西泠两峰，余俱心感”。在如是居杭之日，然明自然时有馈赠，同时也还不免有不少向她献殷勤的人，从下面一书里可以略见一二。

> 接教并诸台贶，始知昨宵春去矣。天涯荡子，关心殊甚。紫燕香泥，落花犹重，未知尚有殷勤启金屋者否？感甚感甚。刘晋翁云霄之谊，使人一往情深，应是江郎所谓神交者耳。某翁愿作交甫，正恐弟仍是濯缨人耳。一笑。

这个小女人，周旋于许多男人中间，那种“手挥五弦，目送飞鸿”的神态、从这短短的笺札里，是跃然可见的。这一卷尺牍，一共有三十一通，不愧为三百年前一束绝妙的“情书”。难怪钱牧斋见了大不高兴，要求汪然明毁版。他日如有机缘，当一一为之流布，并笺释一二个中人物情事。这应该是一件有趣的工作，而且可能并不是完全无益的。

关于《湖上草》

马夷初丈曾撰《读书小记》二卷，《读书续记》五卷，皆刊于抗日战争前。后又有《续记》卷六卷七两卷，则刊于一九三九年。三书皆商务印书馆印，而以后一种为最难得。因刊于抗战中，印数不多也。一九四七年，请张菊生先生设法于福州分馆调来一册，始得一读。开卷即有有关柳如是遗集故事一则，极可珍。

> 柳如是尺牍一卷，湖上草一卷，刊本。共二十四页，合订一册。余友高欣木藏。尺牍前有林雪天素小引一篇。小引第一叶有“曾在旧山楼”“灵琐堂徐氏收藏印记”两章，欣木复假得绛云楼故物“绛云楼书画印”一章印之。第二叶末有“小莽过眼”一章，尺牍第一叶眉上有“车秋舲读过”一章。下有“贝墉曾读”，“松集子成父印”“苌康”“非昔心赏”“旧山楼”五章。《湖上草》第一叶有“林云凤印”“若抚氏”“非昔心赏”“次公”四章。十一页有“小莽过眼”“非昔清玩”“顾武保”“椒坡过眼”“杨柳岸晓风残月”“翁叔均”六章。后有

林云凤跋云：

“汪然明以柳如是湖上草并尺牍见贻，口占二绝：

汪郎元是有情痴，一卷投来湖上诗。

脱尽红闺脂粉气，吟成先吊岳王祠。

谪来天上好居楼，词翰堪当女状头。

三十一篇新尺牍，篇篇蕴藉更风流。

甲申冬日，仙山渔人题于榜李归舟。”

有章二：一曰“林云凤印”，一曰“字若抚”。又有“曾在旧山楼”一章。又有题云，“河东君与虞山定情湖上，留此二卷以为鸿雪之证。道光丙申冬，家子晋持视藏本，伏诵一过。泉亭亭长徐林志。”有章曰“徐楙私印”，又有题云，“壬寅夏六月，访徐子子晋于风泉清听之室，出此卷展玩一过，觉家山风味，恍在目前。性灵笔墨，耐人寻绎不尽。惜刊本未可多得也。惠兆壬。”有章曰“红豆”。又有题云，“甲子冬日，徐子晋赠。次公记。”有章曰“宗建私印”。

以上是马夷初先生所记的基本情况。

马夷初先生接下去记有关此书的流转故事，并附王国维题诗。这些在今天看来都是很可珍重的史料了。

欣木以银五十圆与张菊生元济竞购，得之常熟。王静安题三绝云：

羊公谢傅衣冠有，道广性峻风尘稀。

纤郎名字吾能意，合是广陵王草衣。

（静安别纸自注云，“尺牍二十五云，‘承谕出处，倍见恺切。特道广性峻，所志各偏。久以此事推纤郎，行自愧也。’纤郎疑即王修薇字。修薇一号草衣道人，广陵人，后归许霞城给事”。）

华亭非无桑下恋，海虞初有蜡屐踪。

汪伦老矣风情在，出处商量最恼公。

（静安别纸自注云，“草衣赠陆处士诗，有‘我是华亭旧时客’，顾云美河东君传云，‘君初适云间孝廉为妾’，故有华亭旧客之句。又君初访半野堂在庚辰之冬，尺牍中第三十第三十一皆及之”。）

幅巾道服自权奇，兄弟相呼竟不疑。

莫怪女儿太唐突，蓟门朝士几须眉。

（静安别纸自注云，“顾云美摹河东君初访半野堂小像作男子服。此尺牍与汪然明者，皆自称曰弟”。）

庚申季夏，野侯先生归自虞山，得此初帙，假读一过，漫赋三章。观堂。

有章二，一曰“静安”，一曰“王国维”。野侯属余题记，余欲写一小令，成半阕云：

“一卷新刊汪水云，是谁呵护免秦焚。卅通婉转似回文”。会来北平，行李载途，遂辍笔也。

柳如是的《湖上草》和《尺牍》，一向只以传抄本流传在藏家之中。我根据的是管庭芬旧藏的一个抄本。原本不知流落何处，偶然在《浙江图书馆特藏书目》甲编看到下刊一条，“戊寅草一卷一册，明柳隐如是撰。明季刻本，抹云楼旧藏”。大喜逾望。碰巧友人过沪，将去杭州，就托他代为访问，承他亲笔抄来一个副本，十分感谢。但开卷读之，在《湖上草》大题下，旁注“己卯春”三字。原来也还是崇祯十二年所作，并不是更早一年的《戊寅草》。后来又在杂志上读到张宗祥老先生的《跋〈湖上草〉》，他说是见到一册柳如是的诗集，就为浙江图书馆抄下一个副本，还在卷前摹下了河东君三张小像，并题诗二首：

扑朔迷离湖水滨，居然身是女山人。
大风吹倒梧桐后，终胜虞山列二臣。
（自注，《梧桐记》专记钱氏家难之书）

红豆山庄早化尘，今从画里见真真。
莫言老眼昏花甚，尚解模糊貌洛神。

马夷老所记的一册柳集，倒确是名物。难怪高欣木要用五十银圆与张菊老争购。看所记的藏家印记，可知此本是汪然明送给林云凤的，时在崇祯甲申秋冬之际。然则此书之刻必在明亡以前。但赠书之时必非在新刻成后。汪然明不过是将旧存印本送给林若抚而已。柳如是初访半野堂在崇祯十三年，不久即下嫁钱牧斋。汪然明一定不会将已经嫁人的女朋友给自己的私信事后拿来公开，何况钱牧斋当时还是一个有极大势力的东林在野领袖，“文坛祭酒”、豪绅乡宦，同时还是自己的朋友呢。这就说明了徐楙的荒唐，他在跋语里竟误认这二卷是河东君与虞山定情湖上的“鸿雪之证”，岂不谬哉！

在林云凤之后，不知流落谁家（灵琐堂徐氏、苌康、小莽等都不知谁何）。以后就流入千墨庵主人贝简香家。潘椒坡是苏州著名藏家，此书离开贝家可能就到了潘氏桐西书屋。此后原书一度还曾在徐子晋（康）手里，徐子晋是《前尘梦影录》的作者，是一位有学识的书商。惠红豆的题跋就是书在徐家时所作。再后就由苏州到了常熟，归旧山楼。赵次侯藏书极富，书中印记凡有“非昔”“次公”“宗建”字样都是他的。高欣木得于虞山，也许是在赵家散出之后了。

题诗中林云凤首先揭出“汪郎元是有情痴”，这就把汪柳之间的重重关系点明了。他对柳隐诗文的评论也都能说出那特色。“岳武穆祠”一诗在《湖上草》中，

钱塘曾作帝王州，武穆遗坟在此丘。
游月旌旗伤豹尾，重湖风雨隔髦头。
当年宫馆连胡骑，此夜苍茫接戍楼。
海内如今传战斗，田横墓下益堪愁。

这不能不说是难得的。以艺术性论，不必甚高，但这诗却是有时代气息的。比起晚明一些无聊“诗人”来，是远胜之的。我们固然不必急于称赞她有爱国思想，但可以说

她是关心当时的"时事"的。在这一卷薄薄的西湖诗中，还有另一首五古《于忠肃祠》，咏正统中抵抗瓦剌进攻的于谦。其中有这样的句子，"自公替凌后，几人称荦卓。所以徒步客，恸哭霸王略"，这都不像是女人写的诗。这些诗都是己卯春所作，她还不曾遇见钱牧斋，当然不曾得到钱的点定，这就可以证明，柳隐是个不庸俗的、有时代感的女诗人。

值得注意的还有王国维的三首诗和诗注。到底不愧是学人，所谈的一些故实，都不是漫无根据的，绝非徐楙之流所及。他对如是的看法也自有特识。第一诗，大抵是说汪然明为如是介绍对象，为如是谢绝了。她认为"自代"最合适的人选是"纤郎"。这个"纤郎"，照王静安的推测，就是王修薇。我想，这可能与钱牧斋的一首诗不无关涉。

> 草衣家住断桥东，好句清如湖上风。
> 近日西陵夸柳隐，桃花得气美人中。
> （姚叔祥过明发堂，共论近代词人）

这里的第四句，是柳如是"西湖八绝句"中的原句。钱诗作于崇祯庚辰夏，是时《湖上草》已传播远近，牧斋因目之为近代词人，且与王草衣并论，因此静安才有此猜测，他大概认为钱柳姻缘，最初是由于汪然明的介绍，但又与事实不尽相合。既然如是峻拒于前，何以又自访半野堂于后呢？这一猜，可能并不准确。

静安说“出处商量最恼公”，倒是说着了事实真相。为了如是的归宿问题，汪然明实在是伤透了脑筋。以考证金文、甲骨的学者，又能留意于河东君故事，少加考索，语皆有据。而“蓟门朝士几须眉”的断语，也下得太好了。

河东君尺牍抄

旧藏抄本《湖上草》，管庭芬故物。中收柳如是尺牍三十一通，都是写给她的“男朋友”汪然明的。可以算得上三百年前的一束“情书”。本来想给这些笺札做些“笺注”，但此事大难。看来还只能说些空话。也许有人怀疑，柳如是真能写出这么漂亮的信来么？会不会有人捉刀，这问题需要考证，而考证之道，我是不懂的。以理度之，可能性自然并不是没有。但柳如是有诗集，有明刻本；还有许多附刻在《初学集》里，说她的作品曾经旁人点窜，事属可能。但说她专门请了一位“秘书”，代为写信作诗，就不大像了。

这些信大抵写于崇祯十二年己卯，其时如是正在湖上做客。信是写给汪然明的，这是一位徽州富商，久住杭州，喜欢风雅，与文士颇多来往。看情景他与柳如是关系相当密切。汪和牧斋也是朋友，柳归钱后他们还有过往。

一、湖上直是武陵谿，此直是桂栋药房矣。非先生用意之深，不止于此。感甚，感甚。寄怀之同，乃梦寐有素耳。古人云千里犹比邻，殆不虚也。廿八之订，一如台命。

这是如是初到湖上，借住汪然明湖庄时所作。看样子这别墅是非常精致的。当时官僚地主富商都喜欢在西湖边上兴建园林，春秋佳日，来此小住，自然也招待客人。张宗子在《西湖梦寻》序里就有过记述，“如涌金门商氏之‘楼外楼’，祁氏之‘偶居’，钱氏余氏之别墅，及余家之‘寄园’，一带湖庄……”如是有“题祁幼文寓山草堂”诗，就是为祁彪佳所作。我怀疑，这“草堂”并不在越中，可能即是“偶居”中之一境。

二、早来佳丽若此，又读先生大章，觉五夜风雨凄然者，正不关风物也。羁红恨碧，使人益不胜情耳。少顷当成一诗呈教。明日欲借尊舫一向西泠两峰，余俱心感。

看信里所写，是春天光景无疑。信写得极婉转，可谓一往情深。姑不论这“情”是真是假，但表达得极有分寸。也许这就是所谓“名妓”的“本领”吧。《湖上草》里有好几首西湖诗，第一首就是《雨中游断桥》，自然不一定是这次借了湖舫出游所作，但总写于同时。诗云：

野桥丹阁总通烟，春气虚无花影前。
北浦问谁芳草后，西泠应有恨情边。

看桃子夜论鹦鹉，折柳孤亭忆杜鹃。
神女生涯倘是梦，何妨风雨照婵娟。

三、泣蕙草之飘零，怜佳人之埋暮。自非绵丽之笔，恐不能与于此。然以云友之才，先生之侠，使我辈即极无文，亦不可不作。容俟一荒山烟雨之中，直当以痛哭成之可耳。

云友是杨云友，也是名著一时的人物，与如是自是相识。旧抄本误作“云游”，今据原刊本改正。李因的《竹笑轩吟草》就有写如是的诗，她们这些手帕交，当日是颇通声气的。如是称赞然明之侠，与云友之才并举，可知两人之间必有一段故事，而如是“荒山烟雨”中“痛哭成之”，简直是以贾长沙自命了。

四、接教并诸台贶，始知昨宵春去矣。天涯荡子，关心殊甚。紫燕香泥，落花犹重。未知尚有殷勤启金屋者否。感甚感甚。刘晋翁云霄之谊，使人一往情深。应是江郎所谓神交者耳。某翁愿作交甫，正恐弟仍是濯缨人耳。一笑。

汪然明不仅请如是住在自己的别墅里，并且时有馈赠。这是一封谢信，但写得那么巧妙，漂亮极了。交甫云云，使人想起苏东坡跋《天际乌云帖》里的诗，这位刘晋翁看来是想转如是的念头，而且还有愿作交甫的“某翁”，但轻轻就给她回掉了。她简直全然不把这些殷勤放在心上。这里不但可以看出如是的性格、手腕，也反映了明末“名妓”生活的一个侧面。

> 五、嵇叔夜有言，人之相知，贵济其天性。弟读此语，未尝不再三叹也。今以观先生之于弟，得无其信然乎。浮谈谤谣之迹，适所以为累，非以鸣得志也。然所谓飘飘远游之士，未加六翮，是尤在乎鉴其机要者耳。今弟所汲汲者，止过于避迹一事，望先生速图一静地为进退，最切，最感。余晤悉。

看样子，像刘晋翁那样人物的“殷勤”，使她不能不想法逃避了。而当时必然又有不少流言，使她不能安处。但她是不可能了解在那样的社会里，是找不到任何“静地”的。

> 六、弟欲览草堂诗，乞一简付。诸女史画方起，便如采云出衣，至云友一图，竟似濛濛渌水，伤心无际。容假一二日悉其灵妙，然后奉归也。

这次是借然明的诗集，并提到杨云友的画。云友也是当时“名妓”，流传有“杨云友三嫁董其昌”的故事，并写成传奇，至今川戏有“卷帘求画”一折，就是仍存在舞台上的遗踪。看来如是的许多行径，都曾受过云友的影响。

七、鹃声雨梦，遂若与先生为隔世游矣。至归途黯瑟，唯有轻浪萍花与断魂杨柳耳。回想先生种种深情，应如铜台高揭，汉水西流，岂止桃花千尺也。但离别微茫，非若麻姑方平，则为刘阮重来耳。秋间之约，尚怀渺渺，所望于先生维持之矣。便羽即当续及，昔人相思字每付之断鸿声里，弟于先生，亦正如是。书次惘然。

如是终于离开了杭州。不知她此次避居何处，有可能是嘉兴。这封信写得好极。她对汪然明的感激，也真是出自内心。看来然明对她是以平等的朋友相待，于是这个饱尝人间辛酸的女人的心，不能不为之打动了。他们还约好秋天重见，但要仰赖于汪的维持。只一句就透露了掩盖在华美词句下严峻的现实。

八、枯桑海水，羁怀遇之，非先生指以翔步，则汉阳摇落之感，其何以免耶。商山之行，亦视先生为淹速尔。徒步得无烦屐乎，并闻。

九、惠示新咏，正如雪峨天半，十日览之，未得波叶，况云琢玉，有不为邯郸之步者耶。落霞一题，当令片石被绣矣。拙作容更韵请政。

十、分袂之难，昔贤所惧。望中云树，皆足以摇居人之惨淡，点游者之苍凉矣。行省重臣，忽枉琼瑶之答，施之蓬户，亦以云泰。凡斯皆先生齿牙余论，况邮筒相望，益见远怀耶。不既缕缕。

看这三通信，可知如是当日避客所居，离杭州必不太远。所以汪然明不但“邮筒相望”，而且有时还来探视。如是和他诗筒倡和，俨然敌手，这就不是一般只挂一块“诗妓”招牌者可比。这位“行省重臣”不知是谁，可能是巡按御史之类的人物，也由汪然明的介绍，和如是相赠答。她对这种介绍是欢喜的。晚明这一阶层的女性结交豪门的方式，于此可见一斑。

十一、良晤未几，离歌忽起，河梁澹黯，何以为怀。旧有卫玠之羸，近则裴楷之闲。羁绪寒悰，惟以云天自慰。无论意之有及有不及，先生能寒谷而春温之，岂特刘公一纸书，贤于十部从事而已。二扇草上，病中不工书，不述怀。临风怅结。

十二、高咏便如八琅之璈，弹于阆风，虽缑吹湘弦，何足并其灵骏。即当属和，书箑请政。落月屋梁，疑照颜色，闻笛之怀，想均之矣。来墨精妙，斋名双青，触绪无端，俟清尘以悉耳。

十三、鳞羽相次，而晤言遥阻，临风之怀，良不可任。齐云胜游，兼之逸侣，岐踦之思，形之有日。奈近羸薪忧，褰涉为惮。稍自挺动，必不忍蹇偃以自外于霞客也。兹既负雅招，更悼索见，神爽遥驰，临书惘惘。

十四、云海之思，寄于一介。虽有幽氲，岂可达耶？燕居有怀，得无相念。飞越之意，不谋而会矣。长翁处旧作书箑，似乎荒忽。容专长赋长言，以志扬颂，何如？

这几通小札最能看出一种婉妙的风格。这大抵有如六朝人的小赋，多用四字排偶，也多用典，但不板滞，不枯涩，抒情隶事，都臻佳境。往常思索，中国古典文学中的用典问题，那用意到底何在？若论起源，自然也是易于想象的，不过是譬喻而已，为的是加强语气和增添鲜明的形象。在老百姓语言中也一直是习用着的。但积累渐多，它本身就成了一些符号，成为高级表达工具，为大知识分子所专用了。发展到左思那样的赋家，写起《三都赋》来，就大量地搬用典实，砌起一座五彩斑斓的建筑物来。但一般“俗人”大抵只在门外望一望，就吐吐舌头走开了，没有谁肯驻足，或走进去，自然也就不大有人能领略这种建筑物的奥秘。像左思这样的建筑师，一心只想炫示豪富，结果却不好，不免是蠢材。

但也有聪明人，一般地只是用通常的砖瓦木石造房子，但偶然在要紧处所，选用一些云母、宝石、螺钿……就能使建筑物顿改常观。这种以珍奇品物做辅助材料的人，除了追求表面的华美之外，就还有另外的用意。

有许多情感，往往是不能直白地说出来的。用了典，就好像在本质外面罩上了一层十分美妙的罩子，蒙蒙眬眬隐隐约约，既表达了意思，又不刻露，含蓄得十分巧妙。我看，这可能是用典的一个重要原因。

举例以明之，如说相思之情，用了“落月屋梁，疑照颜色”的典，马上就可以使人联想起杜甫赠李白的诗句，情感的深挚，刻画的生动，实在比起“一天到晚，你的面影一直在我眼前晃来晃去”高明多了。

退一步说，即使并不用典，四字的骈体，也往往能发生相同的作用。如“燕居有怀，得无相念”，就远比“闲来无事，你心里就不想我”蕴藉得多。

皇权社会里一个年轻女子，即使是“下贱”的妓女，当她要表达自己的情怀时，是无法不伪装一下的。皇权社会里的文人，照汪容甫的说法，那处境简直就和妓女相去不远，都是靠向统治者卖笑吃饭的，那么，他们的采用同样的手法，不也就并不奇怪了么？

正因为柳如是是妓女，她的社会地位比起一般文人来还要“卑贱”，当她使用了同样的文字武器表达自己的情感，甚至比有名的文人还要来得更为大胆而出色时，就不能不令人赞叹了。

读骈俪四六文，总会引起看人戴了枷锁跳舞的感觉，但当跳得十分出色时，自然也会引起一种惊异的心情。

以上只能算是题外的漫谈，柳如是在这几通信札里透露出来的情事是，她的贫病，她的向汪然明求助，他们之间亲密的过往。

十五、温序想清襟与和气相扇，可胜延跃。不意元旦呕血，遂尔岑岑。至今寒热日数十次，医者亦云较旧沉重，恐濒死者无几，只增伤悼耳。所感温慰过情，邮筒两寄，铭刻之私，非言所申。嗟乎，知已之遇，古人所难。自愧渺末，何以当此。倘芝眉得见，愁苦相劳，复何恨耶？荒迷之至，不知伦次。

看样子，如是的病是肺病。但每日寒热数十次，却不免夸张，若不是出于女孩子的娇，就是别有作用。

十六、摇落旅怀，奄焉青序。所谓思发花前，人归雁后耳。远饷华灯，清辉如对。觉悬鱼之固，无以称施，奈何，知瞻晤在即，欣辨无任。幸勿爽期，临楮延切。

这信大约写于上元左右，距元旦呕血，不及一月。汪然明给她送了灯来。“清辉如对”四字，说得太巧妙了。真是信手拈来，一些不费力气。受信人读了，能不动心。这就使我想起赵尧生改编的《焚香记》里的几句话，“书儿、墨儿、笔儿，砚儿，件件般般，都有郎君在”。两相比较，同是深情，而如是这里表达的是更高的境界。信末，几乎是命令似的口吻了，但声口还是那么婉转。大约汪然明是不能不遵命的吧。

十七、一发尺素，一为沾襟。浑似对温颜而道繁愫也。旅思其凄，归心转剧。相望盈盈，何由披沥。如得片晷过存，一筹住留，则羁人幸甚。否则躬涉远叩，图奉清尘也。仓忽草复。

如是终于住不下去了。说“归心转剧”，她能回到什么地方去呢？是回到震泽归家院去么？“一筹住留”，看来事情不那么简单，不然怎么会有下面的两句，“你要是不来，我可就要找上门来了”。

十八、雪至雨归，易别为恻。行旌所涉，劳心随之。见视新咏，凄若繁弦。当勉和以政。毕兄诗叙、雁道人新篇，计初十侧可就。行期当如前约，临楮悒悒。

看来，她和汪然明已经商量过了。如是还是决定离去了，行期也已订定。她还有些“文债”，要在行前料理清楚。可惜这些文字，今天都无由得见了。

（此篇为黄裳先生旧作，原稿后半部分已佚失）

旧时月色

今年一九八六年一月二十日中国社会科学院文学研究所为俞平伯先生举行“从事学术活动六十五周年”庆祝会，因道远不及参加。后来平伯先生寄示他在会上所作两节谈“红”发言旧稿，题名《旧时月色》。虽然自谦为“小言詹詹，未有新赏”，其实倒是提出了《红楼梦》研究中的重要意见的。更使人高兴的是，他又重新拎起了这个题目。记得前几年在京晤谈，他总是称红学为显学，不愿再涉足其间；就是在《俞平伯散文》中收入谈十二钗一文也表示过怀疑。现在这种看法已经改变，这是一个重要的变化，说明今天学术研究的环境、气氛，确已大不同于过去了。

他谈到的三点，都是针对当前红学研究中的现状而发的。他以为，王国维的《红楼梦评论》以后，还没有出现过在文学上给原著以评价的大作品，主张今后应多从文哲两方面加以探讨；还主张编一本“入门”的小册子，把五花八门的研究文字加以归纳，以免读者茫无所归、钻牛角尖之苦。这两点都是及时的提议。本来过去红学研究一直偏重于史事的探索，发展很不平衡，应予纠正。但要编一本“概论”“入门”

之类的小册子，则其艰难并不下于另写一本研究巨著。取同，存异，谈何容易。这就牵涉到多年来红学研究的客观实际。一种健康良好的学风是亟须建立的，也许编一本“入门”正是解决这问题的途径也不一定。

平伯先生还提醒读者不可过分热情，推崇《红楼梦》到了迷信的程度，把缺点、漏洞，以及一部未最后完成的文学巨著的不可避免的破绽疏失都看作优点，去寻找其中的微言大义，猜笨谜。这种提醒也是必要的。总之，现在是到了应该站得高些、远些，更客观地对这一巨著进行考察、评论的时候了。

平伯先生还从胡适所藏脂砚斋评本有关《好了歌》的批语，指出了其中许多矛盾与空谈。我过去就一直怀疑，今存各本脂批，未必会出自一人之手，其中可能混入一些传统评点家的笔墨。论识见眼光，论欣赏水平都不是能与原作者相比的。如无原则地一律对待加以信奉，“于是索隐诸公闻风兴起，老师宿儒为之咋舌”，这种现象实在是不应发生的。

平伯先生在发言的最后说：“往事如尘，回头一看，真有点儿像‘旧时月色’了。”但从这中间可以看出依旧是实事求是、追求真理的一贯精神，那么，无论今昔，它都将是照人前进的清光。

一九八六年三月四日

访徐森玉

一个多月以前，曾经在一个偶然的机会里，遇见刚从三门峡归来的徐森玉老先生。听他谈起旅途见闻和考古学上新的重要发现时那种炽热的激情，使人感到，不像是一个年近八旬的老人。他谈到那些未之前见的地下发掘时，激动得就像一个孩子。他的欢喜也真的是一个孩子的欢喜。

中国人民正在党的领导之下从事前人所未曾做过的伟大事业。在三门峡正进行着根治黄河，改变自然面貌的伟大工作，这是尽人皆知的。可是事实却绝不仅止于此。由这个空前事业所引起的巨大影响，是表现在各个方面的。在考古学上说自然也不例外。

三门峡摹拓碑刻

森老接受了科学院的建议，编著一部《历代石刻图录》。图录本身就说明了这是一部前人不曾、也不可能从事的科学著作。远在宋代赵明诚的《金石录》或更早，中国的科学家就已经对祖国的石刻进行了著录、考释的工作，这种由个人从事的学术工作，它的完整性与科学性是必然会受到限制的。

这工作连续地进行了几百年，可是一直不可能进行总结。解放以后地上地下古石刻的大量发现，使比较完备的总结性研究成为可能。不但大量的发现刺激了学术研究的前进；大踏步前进的建设工程对研究工作更形成了一种逼人的形势。不但要求人们必须做，而且督促人们要赶快做。森老这次到三门峡去，最初的意图就是为了视察峡上的摩崖石刻。这里包括了从汉和平以来的大量碑刻，因为它们都是在悬崖峭壁之上，多少年来，不但未经摹拓，金石家们是见都未曾见过的。现在就由科学院派了专人进行摹拓，或将整块的石刻凿下保存起来。

摹拓的工作是非常艰巨的。一根绳子，把工作者从悬崖顶上吊将下来，他就在这种悬空的情况下拓碑。三门峡的气候变化是很大的。不时有疾风暴雨，碰上这种天气，拓碑的工作就只得暂停。一个山头的摩崖刚刚拓好，水库工程队的炸药就响了，山崩石裂，原来的山崖不复存在。只留下了孤本的拓片。在这里，拓碑者和工程队就是这样进行着社会主义竞赛的。

这样拓下来的未之前见的碑刻就有二百多片。

上村岭周代墓葬

森老谈到上村岭所发现的周代墓葬时，眼睛明亮起来了。使人想起放翁诗，“老见异书犹眼明”，当老专家看到从未见过的古代遗物时，就正好是这样。这样的墓侧一定有一个车马坑，是死者生前乘用的车和被杀死的驾马的殉葬之所。森老所看见的一个车只发掘出一半。辕上的彩漆绘，华丽得几乎难以使人相信这是周代的东西。我国古代灿烂的文化面貌，是在解放以后才逐渐揭开来的。那个死者的面目还依稀可见。他的双耳上面挂着两个玉环，身上挂着玉珮，这是个典型的奴隶主。

最重要的是在这墓里发现的戈，上面有着“虢太子元徒戈”的铭文。我们过去从古书上知道，虢就在今天的宝鸡。周平王东迁的时候，移转上阳。虢后来是为晋所灭的。这个发现纠正了清代著名古地理学家顾祖禹的考证，上阳其实就是今天的陕县，并不在什么别的地方。

没有社会主义的建设，就不可能有这种地理学上的新发现。这不是明白得很吗？这样的史料发现，在旧时代里，几十几百年才会偶然地发现一次呢？我们历史学上的空白，要到什么时候才能填满呢？

郑州全城都是殷墟

祖国这种伟大的地下博物馆是极丰富的。森老说，郑州全城整个都是殷墟。在城外还绵延出三分之一的地区。这个殷墟比安阳的更早，是属于盘庚以前的。这里出土的爵、杯，都是圆底，不像安阳出土那样是平的。这里发现了制铜器、陶器、骨器的故址，还发现了原有的模型。骨器的原料大多是人骨，这就证明了奴隶社会大量杀人的残酷情况。

信阳楚国木椁墓

信阳所发现的楚国椁墓，是我国所发现最完整的一座战国后期墓葬。这个墓里有木椁、漆器、铜器……一套完整如新的铜制编钟，挂在漆衣的木架上。这套编钟还能奏出清晰的曲子。森老认为最可贵的是楚墓中发现的两束竹简，简上的字依然字字清楚，字体和铜器上的铭文全同。削简的刀是全新的，装在特制的漆匣里，最妙的是同时发现了毛笔和墨。

竹简上记的大抵是殉葬物品和账目。从殉葬品看来，墓主一定是个显赫的贵族，想想这是个和三闾大夫屈原同时的人物，这些竹简如果不是用来记载账目琐事，而是作品的话，那就可能是一部与离骚同时代的作品。这样的墓葬还可能发现，这样的推测，不一定完全是不可能的。

森老说，关起门来做学问的时代已经过去了。在今天，考古学家一定要到名山大川去。不如此就不可能胜任愉快地做一个新时代的考古学者。森老说他还要再去三门峡，再去陕县，再到郑州和西安去。雄伟的社会主义建设，日新月异的地下宝藏的发现，大量有待填补的古代文化史的空白，崭新的事业摆在面前，吸引着这位老人，使他忘记了他的病腿，忘记了酷暑严寒，更忘记了自己八十岁的高龄；他的确变得使人很难相信的年轻了。

一九五七年八月

马先生汤

前些时我写过一篇回忆马夷初（叙伦）先生的短文，说到几件记得起来的有关他的故事，其中之一是他会做的一种好吃的汤——马先生汤。我没有吃过这种汤，在夷老生平事业中这也是属于无关宏旨的身边小事，不过它留给我的印象却是深刻的。仿佛给一个人画像，大体完工之后，还必须添上几笔什么，缺了这，整个人物就不能活起来。

我怎么会记得这汤呢？想来想去，总是从他那本《香影楼日札》中看来的。我曾从这本手写的“日记”中选取了若干则，加上题目，发表在三十五年前的日报上，后来又汇印成两本小书。于是就找出《石屋余沈》来，一翻，果然找到了。

马先生的原文是这样的。

《随园诗话》言，蒋戟门观察招饮，珍馐罗列。忽问余：“曾吃我手制豆腐乎？”曰：“未也。”公即著犊鼻裈亲赴厨下。良久擎出，果一切盘餐皆废，因求公赐烹饪法。公命向上三揖。如其言，始口授方。按蒋法如何，未知《随园食谱》中亦著录否。据言则蒋亲下盐豉矣。余亦喜制馔品，余皆授归云此方，使如法治之，如蒸草鱼、蒸白菜之类，余惟试味而已。只三白汤必余手调，即诸选材，亦必与目。三白者，菜、笋、豆腐也。然此汤在杭州治最便，因四时有笋也。豆腐则杭州之天竺豆腐，上海之无锡豆腐，皆中材。若北平豆腐，虽选其隽，亦不佳也。此汤制汁之物无虑二十，且可因时物增减。惟雪里蕻为要品。若在北平，非向西单市场求上海来品不可也。然制成后，一切物味皆不可得，如太羹玄酒，故非诚知味者不知佳处。曾以汁贻陈君朴，君朴煮白菜豆腐食之，谓味极佳。而其家人不赏也。如就一二品增其浓味，便对一般人胃口，称道不置，然非吾汤矣。往在北平，日谒中央公园之长美轩。以无美汤，试开若干材物，姑令如常烹调，而肆中竟号为“马先生汤”，十客九饮，其实绝非余手制之味也。

我觉得这篇小文写得很好。有思想、有内容，告诉我们许多知识。所谓马先生汤曾是北京中山公园长美轩的名菜，是根据夷老的设想创制的，其实还不是真正的马先生三白汤。制法虽然已经不详，但主要原料现在可以知道了。如果请我们的烹饪师“如常烹调”，我想是可以达到“虽不中亦不远”的效果的。看起来，这汤的主要原料必不会是怎样名贵的材料，可能要用鸡、肉汤做底汁，但重要的还是“三白”。至于“三白”及上海人所说的“咸菜”，夷老却极为重视，要求很高，不能偷工减料、以次充好。这也是值得注意的。做任何事，没有这点认真的精神总是不行的。

夷老对烹调欣赏的见解也是高明的。不是真正“知味”的人，不可能说出这样的话来。他也不否认一般顾客的欣赏习惯，承认其合理存在，不过同时也坚持自己的鉴定标准。他能亲自下厨，亲自实践，决不采取“饭来张口”的态度，这一点也是很多人办不到的。

讲究烹调是一个有长久灿烂文明的国家的重要特色，是文化史的一个重要方面。它与穷奢极欲的大吃大喝并不是一回事。用人人可得的材料，调治出人人喜欢的食物，这工作，不只是重要的，简直可以说是神圣的。

希望不久在我们可爱的祖国首都北京，以及杭州……这样的名城，重新出现三白汤这样的品种。不只在第一流的酒楼里，就是在一般的饮食店里也能吃到。同时在这里提供的基础上，各显身手，百花齐放，评选出最受群众欢迎的三白汤来。

陈师曾

陈师曾之为近代名画家，这是很多人都知道的。齐白石曾在不为人知之时得到他的称誉，并促成白石的“衰年变法”，终于成为一代宗师，也是尽人皆知的故事了。正如白石老人自称治印第一，诗第二，画才是末技一样，师曾也有过同样的声明：“生平所能，画为上，而兰竹为尤。刻印次之，诗词又次之。”（见吴眉孙跋师曾遗诗）一般人大抵不知师曾能诗，而诗格不凡。

陈衡恪，字师曾，义宁人。近代诗人陈散原子，史学家陈寅恪兄。死时不过中寿。友人吴庠（眉孙）、叶恭绰收集遗诗，由“传画女弟子钱唐江采”手写石印成册，小楷甚精。江采是吴静安夫人，吴庠弟妇。静安也是喜欢收藏书画旧书的。

师曾《题齐濒生画册》诗云：

曩于刻印知齐君，今复见画如篆文。
束须丛残写行脚，脚底山川生乱云。
齐君印工而画拙，皆有妙处难区分。

但恐世人不识画，能似不能非所闻。
正如论书喜姿媚，无怪退之讥右军。
画吾自画自合古，何必低首求同群。

这是有名的诗，当时白石流落京华，未有盛名，师曾鼓励他放手作画，不必顾虑时人的讥评。白石的萌生知己之感，是可以理解的。

师曾又有《自题山水画》（此幅意在石溪而似石涛，二师固吾所服膺者也）诗：

异代高僧是我师，离一切相任天机。
请看带水拖泥处，正是迷时即悟时。

这不独是好诗，也是很好的画论。可以从中理解他对石溪、石涛的看法。两人的画都有“带水拖泥”的特点，而石涛较清疏而有条理。意在石溪而似石涛，正说明那种画格并不易到。师曾还有一首《大明湖杂诗》有句云：“济南城郭家家雨，裹着拖泥带水山。”也可见他对这种境界的向往。其实这并不是什么墨晕糊涂，只不过是水气滃郁、浑厚华滋而已。黄宾虹也爱用这四个字，其画格也正有相近之处。所谓“须知成浑碎，终拟到沉雄”（师曾句）也。

师曾还有些小诗和断句，都是极清丽的。如《偶题》云：

古梅花下惹香尘，十载栖迟袖手人。

昨夜梦中湖水碧，芒鞋初踏段桥春。

断句如“楚人四面酒成围，坐我湖楼风满衣”，“池面落花随客至，墙头大月与灯明”，“遥山入画青无骨，瘦马迎风兀不才”，“几家庭院余芳草，是处溪山纪旧游”，“留柯败叶嗟无月，忍死残蚊久不雷”都十分可喜，其中往往有颇深的宋味，已经不是瓯香馆题画诗所可范围的了。

一九九一年二月

袁寒云

曾长期在天津生活过的袁寒云（克文）是袁世凯的第二个儿子，他与哥哥克定不同，不赞成父亲当皇帝。他有两句诗很有名："应怜高处多风雨，莫到琼楼最上层"，表现了他对洪宪一幕的态度。当然，并不能根据这一点就说他的思想如何如何，他只不过是反对袁世凯称帝，觉得那样做是危险的而已。此外，对袁世凯的一切言行好像也并不怎样反对。但这样就与袁克定发生了尖锐的矛盾，在别人看来，很有些像曹丕与曹植之间的那种关系了。他也得意地以子建自居，越发装出一副玩世不恭的贵公子样儿来。他的一举一动，都很有特色，不愧是个有代表性的典型人物。

他喜欢收藏宋版书，不惜重价收购。当然，袁世凯的儿子不会缺买书钱，不久就收集了不少种。刻了许多图章胡乱钤在书上。这里面就有"上第二子""后百宋一廛"等印，看来他对"皇二子"的头衔也并不怎样讨厌。但不久，这些宋版书就卖掉了。我得到过一册影印的《寒云手写所藏宋本提要廿九种》，是周叔弢印的。

还有一位姓刘的影印过他手写的两本日记，朱墨套色精印。其中还有许多中外古钱的拓本，这大概已在卖掉宋版书之后，改玩古钱的时期。从日记里可以看出，他的私生活是糜烂的。当时他住在天津，有几个女人，好像还抽鸦片。

他又以书法著名。在当时天津出版的《北洋画报》上常常可以看到他的手迹，但其实字并不好，是从颜鲁公变化出来，依旧脱不出馆阁体习气的体势。不过后来好像卖字也成了他的一种重要收入。

他还有一种本领：唱戏。在这一点上他是继承了清末亲贵的传统风尚。他跟许多名演员是好朋友，学得了一些折子戏。他喜欢扮演丑角，如《一捧雪》中的汤勤，据说就非常出色。还有就是昆曲的《千锺禄》里的建文帝，“惨睹、八阳”也是有名的剧目。他喜欢这戏，大约也与自己的身世有关。说他的表演有怎样高的水平，是可疑的。只是唱戏的人与观众都有一种特别的动机与眼光，倒是事实。

他还是一位“作家”，在天津与上海鸳鸯蝴蝶派的报纸刊物上，发表了许多“作品”。这大抵是一些乌七八糟的东西，好像还有小说。前些年看到香港出版的一本小册子，是他的遗作，内容是关于袁世凯做皇帝前后的“秘录”，这在当时的小报自然是很能吸引人的题材，但其实内容空洞得很，并无多少值得注意的第一手材料。

他的活动基地已经从天津转到了上海。这种转移与个人经济有很大的关系。他这时已拜了老头子，成为青洪帮辈分很高的人物。用以维持腐朽生活的方法也改变了。他大收门徒弟子，依靠黑社会徒子徒孙的供养，依旧过着“好日子”。

他死时年四十二岁，人们说他的草书“寒云”签名式，“云”字正像“四二”，以为这是一种谶语。

从袁寒云走过的道路，可以看出在半封建半殖民地的旧中国某些事物发展变化的痕迹，传统和外来的两种势力的消长与融汇，袁寒云的最后跑到了上海并在上海结束了一生，并不是偶然的。

一九八四年九月

Ⅱ

断简零篇室摭忆

我的买旧书，是从收残本开始的。一直乐此不疲，至今架上所存，残本多于全本。这恐怕不是正统藏书家所能理解的。那原因说起来也平常，一是限于力，再就是缺乏鉴定的眼光。而又书癖日深，凡有所见，只要力所能及，总想弄到手才舒服。因此上当受骗总是免不了的。这就是买旧书付学费的阶段，是难于跨越的必经之路。

我入手的第一种旧书，是七册《四印斋所刻词》。那是在天津南开中学读书时，从劝业场的书摊上买得的。劝业场里有几家北京琉璃厂书店的分号，如藻玉堂等，明窗净几，满壁琳琅。我曾大胆地走进去过，看到吴伯宛所刻的《双照楼所刻词》，还是罗纹纸的初印本，漂亮极了。不敢问价，不好意思地退出来。就在转角的书摊上看见了这部《四印斋所刻词》，虽然不过是光绪刻本，可是初印精善，立即付了三块银圆买下了。这在一个中学生说来，也可以算得“豪举”。回到宿舍细看，才知道这并非全书，《稼轩词》只存其半，五十年后才得补全。其实这也不好说是残书，是王鹏运随刻随印的初印本，册首还有小珠玉词人“辛卯抄秋得于凤城，幼遐侍御持赠”的题记。

移居上海以后，在我家左近的徐家汇街上，有一家旧纸铺，主人姓唐，南汇人。他是经营旧纸的，店里铺天盖地都是旧报纸杂志，还有零碎的法文英文书。时在“八一三”抗战之初，街口就是封锁线，每天有多少逃难者进入，身边杂物就随手处理掉了，书报杂志都归了这家旧纸铺。当时想配齐一套《文学》《中流》《作家》……绝不是难事。我就配齐过全部沈雁冰接编后的《小说月报》。这家店里很少线装书，不过我也在这里买到过不全本汲古阁刻的《剑南诗稿》和万历白棉纸本的《六代小舞谱》，这是我收藏旧本的开始。当时曾取过一个斋名，“断简零篇室”，就是说明自己每天以戋戋的点心钱只能买些残本的意思。

在徐汇唐氏肆中所得的残本好书还有元刻残本《文章正宗》，皮纸精印。其中选有杜诗不少，后来捐赠成都杜甫草堂了。又买得崇祯刻《梦林玄解》一叠，从衬纸中抽得康熙精刻本《半园倡和诗》一册，都是很有意思的。

一九四九年冬，去香港转赴北京，一路上也到书肆看看，记得在南昌市上，曾见康熙刻《楝亭集》和抄本《许鸿磐集》，未能谐价。香港没有书。转道天津，曾在东门里的铺子里买得阮元的《积古斋钟鼎彝器款识》，是琉球纸精印本，前有阮元手题；又刘喜海抄本《河东集》。到北京后，一头扎进琉璃厂和隆福寺就出不来了。其间所买也以残本为多。

最有趣的是在琉璃厂得到一册抄本《痴婆子传》，是书铺徒弟用旧本影抄的假古董。到清华园去看钱钟书，闲谈中提到，钟书听了大笑。几天后他进城回访，出一笺相示，录一联断句云："遍求善本痴婆子，难得佳人甜姐儿"，说"幸恕其唐突而赏其混成"，真是语妙天下。

来薰阁铺子里架上摆满了各种本子的《金瓶梅》，这我不感兴趣，问陈济川可有残书可看。他就引我到后进去，这里真是满坑满谷的残书，都是奇零小册和待配的残卷。我选得嘉靖刻《宋文鉴》一叠，棉纸大册精印，有会稽钮氏世学楼藏书大印。每册有莫友芝题名，是见于所著《经眼录》的得于皖口行营的本子，本来就是残书。原来想配全旧有李南涧旧藏的一本，不料还是配不成。

又抽得正统刻《诗林广记》一厚册，黑口，用纸系极薄但坚韧异常的皮纸，是明初宁夏刻本。广记有元刊明刊本不少，俱常见，只此罕传，疑是天一阁故物。存后集卷六之十。又嘉靖重庆府刻《蓝关记》，系记韩湘子事者。

最有意思的是一册《平海图》，崇祯刻本。书已被鼠啮去下半。附图精绝。这是一册剿平海盗的纪功之作。大似连环画，凡海战、阅兵、商略机宜、枭斩盗犯、收船散众等俱一一写出，有人物多至数十百人者，而纤细精微，刻工又足以副之，是晚明版画极精之作。后见王重民记美国国会图书馆有木活字本《壬午平海记》二卷，程峋撰，即是此书。首册因残蚀过半，遂为估人截留，未随全书俱去。后于吴下文学山房以重直得《平海图》残叶十二番，乃得见其中全貌，遂损旧装重订之，也算得是巧遇了。

崇祯壬午刻《平海图》

隆福寺修绠堂孙氏，颇有旧书。此次所得有残本弘治刻《梦溪笔谈》一册，黑口精印，传本极稀。只见群碧楼旧藏一全本，今归上海图书馆。修堂得到李木斋木犀轩藏书原印数方，随意钤于所得旧本之上。印虽真但书非李氏旧物。又有季振宜伪印，亦随手钤之。这是一种恶作剧，书册有此，有如美人黥面，也算得书卷一劫。同时所收还有旧抄《九灵山房集》，存三册，是鲍以文校本。买回后重装，见每卷卷尾都有以文校书纪事，精妙可爱。后来曾见乾隆知不足斋刻大册《九灵山房集》，即以此为底本。

在修绠堂还得到过一册鲍校《东山词》，是张葱玉故物。此书宋刻残卷今在北京图书馆，取校鲍以文本，知即从残宋本出。古书流传端绪，历历可见，最是妙事。

隆福寺三槐堂，是一家老店。我在此店得《诗人玉屑》，是明翻宋刻本，只存一至十六卷，明人包背原装，题元亨利贞字样，可知前人亦不弃丛残，珍重收储，仿佛找到几百年前收藏残本的同志，格外觉得可喜。

五十年代初，宝礼堂藏书从香港归来，徐伯郊在自宅中布置了一个小型展览会，邀友人参观。给我留下深刻印象的是，宋建刻周美成集竟有两本，纸墨晶莹，夺人目睛。赵斐云（万里）正在身边，用臂肘推推我去看另一部宋版书。这是绍定严陵郡斋刻的《巨鹿东观集》十卷，却是残书，其卷四之六配的是元人补抄，写手精极，雅韵欲流。斐云小声对我说："这种抄配岂不比全本更妙。"彼此相视而笑。这是狂论也是怪话，我懂得他的意思，是真正爱书人的心里话，也是对残卷大胆的肯定。

斐云是当代著名版本学者，眼力、见闻都是第一流的。过沪时每过我家观书，遇未见之书，必取怀中小册，笔录行款序跋以去，其好学如此。我曾无意中于萃古斋检得残本一册，是海盐姚叔祥旧物。大字写刻，薄绵纸精印，前失序目，不知书名，只知为明初藩府刻本而已。斐云一见即曰，此洪武原刊《太和正音谱》也。此书久佚，汪阆源曾有影抄本，后归八千卷楼，曾影入《涵芬楼秘笈》。取视果然。斐云这种眼力学养，是不能不使人佩服的。

上海四马路有传薪书店，主人徐绍樵。我从这家店里买残本至多。绍樵对手中的残书总是说头本在郑先生（西谛）那里或书主家还有旧书一屋，残本必尚在，不难配全。可是开出的支票到底也不能兑现。我也不以为意，残卷又有什么

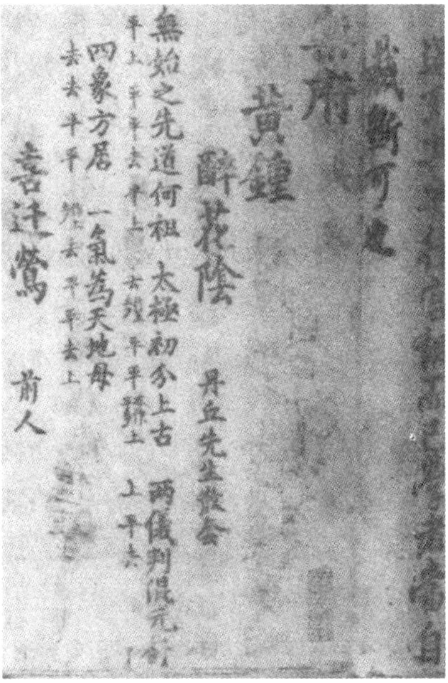
黄鐘
醉花陰
無始之先道何祖　太極初分上古　兩儀判混元
四象方居　一氣為天地母
喜迁鶯　前人

洪武刻《太和正音谱》

不好。从绍樵手中所得残本有两种值得一说。其一是淮阴张致中的《符山堂诗》，存二册。绍樵说余卷在郑公处，不知信否。书是致中子张弨手书上版的，极工整的颜体楷书，世人只知他所刻的顾炎武《音学五书》，而不知有此。卷中遇钟陵、皇祖处都空一格，可知是明清之交墨版。撰《茶余客话》的阮葵生是张氏乡人，也未能见，甚可珍重。

另一种是王符的《潜夫论》，大册，刊印极精。卷端书名下但标王符二字，与传说冯研祥所藏金刻正同。传世只有述古堂钱氏影宋抄本，取校此书，一一俱合。曾给徐森玉先生看过，他极赞此本之佳，定为元刻。卷前护叶用红筋罗纹旧笺，有金氏凝香室和焦里堂藏印。书出淮上是可信的，但藏书人尚有书一屋未出，余卷尚在，则多半是绍樵信口宣传而已。

解放初期，上海、杭州、苏州市上出现残本极多，大部头的明抄本如《册府元龟》《太平御览》《说郛》等，多半是棉纸蓝格黑格写本，亦有出于天一阁、世学楼的。但卷帙浩繁，藏书无地，没有法子多收。而且其中多有明人恶抄，写手粗劣，不堪藏弆。我只留下了半部《通典》，却是精写本，工楷细如毛发，宛如佳帖。有大德王虎跋。知从原本出，世无著录，可为《通典》异本之一。

明刻版画，则得于吴下者为多，虽多残卷，价殊不廉。如《人镜阳秋》初印本，估人从洞庭东山收得，凡三次，俱以见售，仍缺数卷。这是可遇不可求的东西，不能以完缺定取舍的。

《广川画跋》，嘉靖刻，也只存一二两卷，得于苏州。可珍重的是曾为冯梦祯快雪堂所藏，钤有四印，俱绝精。不见此不能知明人治印本领，绝非《学山堂印谱》之类所可范围。

我的广收明刻残本，曾为故友汪曾祺所笑。不过将沦于还魂纸炉的残零故籍，于千百中救其一二，也不是没有意义的事。还有一种副产品，就是于残本中各取一叶，集成书影，自宋元起都数百叶，俨然一部名实相符的《留真谱》，暇日展观，也是极有益有趣的。

这样无休止无限制地买书，远远超越了我的经济能力，不能不时时陷于困窘之中。徐森玉丈曾给我写过一纸条幅，写的是吕岩诗，记得末两句是："白酒酿成因好客，黄金散尽为收书。"借仙人的话相劝，老人的拳拳的心使我铭感。

一九五七年冬，来青阁收得余姚谢光甫遗书一批。我昏夜往观，在二百余种旧本书中，只选得一部残本。这是崇祯中茅元仪辑刻的《江村筒寄》四卷，佚去卷二。鹿善继世居

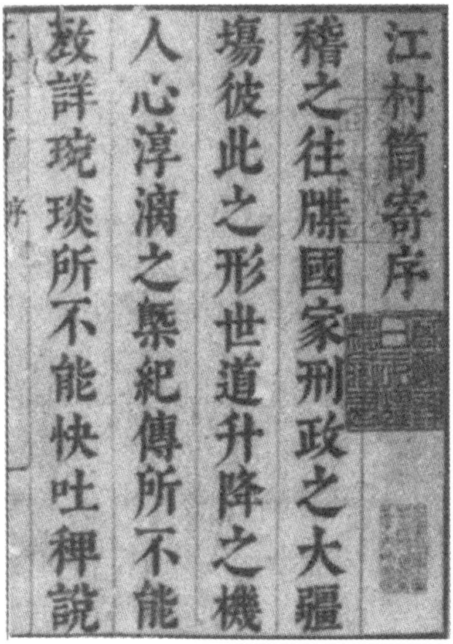

江村筒寄序

稽之往牒國家刑政之大疆

埸彼此之形世道升降之機

人心淳漓之槼紀傳所不能

敍詳琬琰所不能快吐稗説

崇祯汲古阁刻《江村筒寄》

定兴江村，他是东林中人，与左光斗、周顺昌、魏大中交往密切，三人死珰祸，三氏子弟皆主善继家，一时义声动天下。崇祯九年清兵攻定兴，善继殉国。茅元仪取善继所藏友朋书札，辑而刻之。是为《江村筒寄》。三卷中存四十六人札，世所悉知者不过二十人。诸札皆及时政边事，是晚明史的绝佳素材。前有范景文、孙奇逢、茅元仪三序。书当刻于甲申前五六年。一望可知是汲古阁刻本。卷前有朱文小长印，文曰“三年北上东西岳，独马全游内外边”，止生印也。此后我就基本不再买书。阅肆十年，最后所得仍是残卷，看来我对断简零篇的缘分，是始终如一、始终不替的了。

一九九九年十二月十八日

常熟翁家

听说常熟翁同龢旧藏的一批善本书近将返国，非常高兴。这批书中，有值得注意的宋刻小品数种，都是铭心妙品。其中的宋刻《楞严经》，有赵子昂旧题，董其昌手跋说："兹经为中峰持诵本，传闻标签亦系赵书"；有"松雪斋"旧印；刻板精严端丽，是宋刻精品。又宋刻递修本《集韵》十卷，是钱遵王旧藏书。《长短经》存九卷，宋刻本，卷尾有"杭州净戒院新印"一行；有洪武丁巳沈新民跋；是徐乾学传是楼旧藏，刻工尚有北宋遗意，是浙刻中的精品；有乾隆极为不通的题诗，实在是玷污了好书，但在拍卖场中，正是被人看重的亮点也说不定。残宋刻《会昌一品制集》十卷，小字精雕，有黄荛翁跋。

集部书有残宋本《施顾注苏东坡诗》、宋建本《分门集注杜工部诗》、宋棚本许浑《丁卯集》。许集有黄荛圃跋，又有仇英、宋筠、季振宜题款，又木公松识语两行，正与荛翁所藏宋刻《鱼玄机诗》同出一家。

此中最有意思的是宋刻巾箱本《鉴诫录》十卷，有项子京、汪士钟藏印。此书为朱竹垞旧藏，有跋。又有项子京题、王士禛题、徐嘉炎题、汪士鋐题。徐汪两题均在维扬全唐诗局中作。时竹垞携书来客真州，曾以此书赠曹寅，而曹不受，手题三行，仍归竹垞。曹寅墨迹流传甚少，此为仅见，其词云："己丑夏五，竹垞先生来真州，持以见赐，愧不能藏，复影录一本奉还。曹寅。"曹寅曾为竹垞刻《曝书亭集》，交谊不浅，但对其赠书却不敢受，可见名士打秋风是不好承受的。此书数跋反映了织造贵官与名士往还故事，是别有趣味的。

翁氏藏书解放初曾有部分流出，于沪肆见过几种，其中有宋浙刻曾南丰集残卷，小字精雕，白麻纸印，极精，有"常熟翁同龢藏本"朱文长印，似为张葱玉收去。又有清初内府五色精写本《时令事宜》一册，曾在余家。其中最有意思的是明万历刻《东坡先生诗集注》三十二卷，卷尾有黄笔题"丁丑初夏后学钱廷锦简臣阅一过"，是为钱氏阅本；收藏有"宝娄室"朱文长印，"虞山翁同龢印"白文方印；目录后墨笔一行云，"光绪庚子四月朔，邑子翁同龢获观"，下钤"和字"朱文方印；首页书眉紫笔题"紫笔临严思庵先生手批本，同和记"，下钤"叔平"朱文小方印；翁松禅批阅并录严思庵跋，每卷尾俱有，用紫笔、小行楷极精，是翁氏晚年着意之作，有长至一二页者。并有手跋多通，汇录如下：

> 评点极矜慎，而于鄙意有未尽合者。余粗疏任气，老将至而未知所裁也。雍正辛亥距今百六十六年，展卷兴感。和记。光绪庚子五月。

光绪庚子首夏得此书于邑中书估，有雍正九年钱公简臣批点，丹黄烂然，颇极矜慎。是年六月，汪柳门侍郎由吴门寄示严思庵先生手批本，前后数过。最后为康熙五十年辛卯，则又在此评本之前廿年矣。钱公于严先生为乡里后进，而手眼各别。因以紫色笔移写严评并圈点于册内，以证吾虞诗派之同异。

上钤朱文小长方印“庚寅生”三字。

又松禅手补逸诗一叶，后附记云：

此从严本录入。诗格凡近，断非公作。严加以朱圈，未纠正也。严本是康熙初刊，字系软体，极清朗。松禅记。

思庵先生古之狷者也。其罢官居京师时，至于绝粮。得人馈青钱二千始济。非其人必不受也。余削籍归田，生计日迫，然犹有书画数箧，墓庐一区，仰愧先生多矣。和记。

批本中题记往往涂抹过半，意当日文字之禁严耶？卷末有味闲居士鎏者，先生长子也。

庚子六月，北方有警，讹言纷然。回望神京，魂神飞越。此岂吾读书时耶？然舍读书又何为也。嗟乎嗟乎！以庸流参大计，以华士谈诗书，以沾沾格律绳古仙之奇作，同一憾事。是月望，松禅。

自十六以后无雨，几于流金铄石矣。余假菉卿侄舍以居，书室如斗，蚊雷轰然。临圈点毕，因记。六月廿九日。

五十年前曾过虞山，听同游许君闻泉告，其先人曾令常熟，适翁同龢被遣归田。奉严旨翁同龢不许生事，严加管束。那办法是每月到翁宅看望一次，见面晤谈，一茶而别，然后以翁某并未生事上闻，习为故事。时翁居墓庐，每月必回故宅以候传见。可见慈禧对这位放归林下的大学士还是念念不忘。今见松禅诸跋，其忧畏之状毕现。然仍不忘京华，于庚子之变忧心如捣。随笔札记，心事显然。他是知道文字之禁的厉害的，但仍写下了这许多，如西太后下令抄家，这部苏诗岂不正是极好的把柄。他说归田以后，生计日迫，只有书画数箧，墓庐一区，自然也包括藏书若干种，可见他还是清廉的，虽曾贵为帝师大学士，炙手可热，却未聚敛自肥。

另一种翁家藏书是康熙世豸堂刻《默庵遗稿》，长乐冯舒已苍撰。原十卷，今只存诗八卷，杂文两卷帙。翁之廉重刊八卷，所据即此本。后燕谷老人张鸿以传抄文补足，是为《常熟二冯先生集》。卷末有江南赤凤公子之廉跋，谓戊戌之岁，获之京师，归虞遂付梓人，并题二绝句云：

烽火虞山十丈青，难凭草木吊诗灵。
与君同此新亭泪，敢信天公遽不醒。
如此诗才薄玉溪，乐游原上望凄凄。
中朝党祸犹连结，回首长城厌鼓鼙。

燕谷老人跋云：

> 景芝刻此集时，系以二绝句。即前诗也。嗣汪柳门侍郎见之，怵以党祸之将起，非世家子弟所宜出。弢夫严命毁板，景芝不从。或缺一页，或截去后一截句。今景芝已逝，余亦衰老，重印二冯集，以践宿诺。信笔补志，不觉泫然。

冯已苍诗是禁书，而翁之廉重刊于光绪戊戌。就在此年同和被逐还里，之廉两诗都说到中朝党祸，可见翁家对时局的看法。有意思的是发现题诗不妥的是汪鸣銮，两年以后寄苏诗给翁同龢的也是他。汪柳门的警惕性是很高的，绝非少年公子所及。我觉得有意思的是，两书都关涉到戊戌党祸，又都出于翁家，实在是一种巧合。

二〇〇〇年二月二十八日

书香琐记

古旧书业的从业员，不只是书商，同时也是文化典籍的流通者和保护人。我曾说过，在史籍中于达官显宦、名士美人之外，完全有必要为贩书人写一篇列传。它可以反映、折射出传统文化传承的侧影，其重要性、生动性往往不是高文典册所能代替的。五十年来出入书坊，遇见过不少书友，有些不只是贩书人，同时也是有丰富经验的版本目录学者。和我有较多接触的有北京通学斋的孙殿起、上海中国书店的郭石麒、来青阁的杨寿祺、修文堂的孙实君、修绠堂的孙助廉等。我们不只是书商和顾客的关系，也是很好的朋友。他们肚子里都有一本书市兴衰、典籍聚散的详账。从他们口里，可以听到闻所未闻的珍奇掌故，远非《书林清话》和李南涧、缪荃荪两篇《琉璃厂书肆记》可比。我也曾几次劝他们把所见所闻的书林逸事记录下来，但往往被他们一笑置之，以为不过是笑话。随着这些老一辈书友的离去，我这建议也终于成了虚愿。倒是我这种游说，被年轻一辈的苏州文学山房的江澄波先生注意了，终于写成了一本《古刻名钞经眼录》，聊补遗憾。但读后觉得并不满足，就我所知，就还有不少出于文学山房的重要书册不曾网罗在内，是很可惜的。

这些老一辈的书友，都是熟于近代藏书家和他们的收藏的，这是他们搜书的门路、本钱，可以由此获得难得的孤本秘籍。例如南宋陆氏家刻本的陆游《渭南文集》，游字缺笔本，是流传有绪的名书，可是除了《须静斋烟云过眼录》曾经一度著录过，近百年来无人知其下落，是郭石麒从费念慈家访得，才重现于世的。又书商往往秘惜藏书来源，不愿人知，郭石麒就没有这种顾虑，曾陪我到王绶珊、徐乃昌家去看书，得见九峰旧庐、积学斋的不少遗藏。

有人则不是这样。我从传薪书店徐绍樵手中买到过张宗子的稿本《史阙》和康熙原刻本《西湖梦寻》，问他从何处收来。他一会儿说是桐庐山中，一会儿说是绍兴乡下，后来知道是从邻近的书摊上买得的。绍樵常去江北收书，一次得到旧刻大字本《潜夫论》，焦里堂藏书，只余其半。此书曾请徐森老看过，定为元刻。绍樵信誓旦旦地对我说，书出宝应故家，余册必可找到。可是直到今天也还没有发现。生意人有他们必须信守的商业机密，是可以理解的，这仅是一例而已。

王绶珊逝世后，有一部分精本在代他收书的抱经堂朱遂翔手中，深藏密锁不使人知。正巧这时朱另设金笔厂，成绩不错，孙助廉就说动他售去藏书，添加笔厂资本。朱遂翔被说动了，于是精本陆续而出。一时温知书店的长案上就摆满了善本秘册。杭州猫儿桥书铺刻三十卷本《文选》残册就在其中，书绝似北宋刻，助廉还找出《临安志》来给我看，其中果然有个猫儿桥。助廉的搜书本领是出众的，他后来又从青岛收得同书的另一残卷。此书是解放后发现的宋刻无上精品，虽然赵万里据书手姓名断为南宋初刻，但仍不能否定北宋杭州刻本之说，其实两说前后相差不过数年，大可不必为此争辩不休。

结一庐的藏书后归张佩纶家，解放初最早散出的是涧于诗文集、奏议、日记等。在南阳路张家门口，真是堆积如山，后来大抵进了还魂纸厂，其中几乎没有值得一看的东西。但不久以后，来青阁却拿到张家所藏的四称宋本，其中最煊赫的自然是《花间集》，后归孙伯绳，今在北京图书馆。不知道是不是来青阁主人杨寿祺的手腕。总之，一时上海旧书肆各出绝招，争奇斗胜，书市也热闹非凡。在大批旧书沦于废纸的可悲境遇中，是这些书友从中起了部分拯救作用，他们还奉命从烂纸堆中拣出了残宋本《磐石老人集》等珍罕册籍，都是值得一说的。

在古旧书业从业员中，不应忘记的还有做修补装池工作的人们。和郭石麒在一起的有一位曹有福老先生，他是装书的好手。我的书大部分都经过他收拾。那部稿本《史阙》初入手时几乎是几本烂账簿。张宗子著书的习惯是先做长编。写在自制剪开的黑格纸条上，一事一条，然后分类汇集，粘贴在册子上。纸页多已脱粘，高低不平，无法翻阅。经过曹先生的揭裱重装，平整如新。他不是拙劣地裱成册页，而是还他书页的原貌，几乎看不出是许多零碎纸片补缀而成。这种手段真可敬佩。古书业不只需要精于鉴定熟于版本目录的人才，这种装修工作也是不容忽视的。为古书续命。这也是十分重要的工作。

一九九八年九月二十五日

关于“自庄严堪”

至德周叔弢先生是藏书大家，也是我国私人藏书活动结末的重要人物。所藏善本古籍已先后捐献国家，其《自庄严堪善本书目》也已问世。惟所附书影过少而印制未精，读者未能窥其全貌，实为憾事。今《自庄严堪善本书影》编辑完成，将精印面世，实为书林盛事。

先生藏书特色，傅沅叔曾以“不侈闳富之名，而特以精严自励”许之，自是知言。先生所倡藏书五好之说，可为选书标准注脚。所藏宋本陶集二种，为黄荛圃陶陶室故物，先生前后收得，书估居奇，终得璧合。其中故事，俱见书跋。不只是访书佳话，其间辛苦，也俱见于是。先生所得宋元精本，不下百种。就中尤使人惊异者，如元南阜书尝刻《东坡乐府》、元广信书院本《稼轩长短句》，真是奇书佳椠，双美作合，罕遇难求，都是得之杨氏海源阁者。明刻百五十许种，中竟有嘉靖绍陶室刻《杂剧十段锦》，为钱遵王、朱竹垞旧藏，不能不使人惊叹其目光如炬，能拔佳本于书丛。

宋元之外，先生特好抄校。尝于致徐积余函中自述，“暹近颇嗜名贤手抄手校之书，其趣味胜于宋元椠本”，时在一九二六年。此藏书又进一境之证。忆一九五二年访北京图书馆，适先生献书初至，尚未开箱，赵斐云先启一箱俾快先睹。取三数小册凭几观之，皆抄校也。漫阅一过，竟费半小时，其纸墨装潢，题跋钤记，中人欲醉。只能废书兴叹，因知自庄严堪中有佳品如许。丁丑（一九三七）岁暮，先生以海源阁藏宋本《王注苏诗》从傅沅叔易得明抄《席上辅谈》，有黄荛翁金少章跋；明抄《宾退录》，有孙岷自跋；陈西畇校宋本《邵氏闻见录》三书。去宋得抄，自言“亦颇快意”。此折本生意，常人必不肯为者。又以明景宋抄《文苑英华》向沅叔易得顾千里校宋本《嘉祐集》，皆苦爱抄校之证。又曾于书贾以高直得所藏宋本《监本纂图重言重意互注点校毛诗》之黄荛圃失群旧跋两通，合浦珠还，大喜过望。先生尝取所藏宋本残册赠故宫，使残书得完，皆是此意。余尝得黄荛圃跋宋本毛诗一页于海虞瞿氏，绵纸恭楷。此正《荛圃藏书题识》开卷第一篇，惜原书不知流落何许矣。

先生爱惜旧本旧装，如护头目，称赞海源阁旧藏书，皆能善保原装原式。在跋原本《注心赋》时说，杨氏藏书，“皆喜保旧装，不轻改易”，又说“杨氏书初出时，细审之无一指爪痕。想见当年藏书之谨。惜敬夫（杨氏后人）未克严守此戒，传之者多非真知笃好之人，不知毁却多少好书矣”。爱书之意，真情见乎词。又跋抄本《纬略》说：“余所见古书能多存旧装者，当推海源阁，若今人知重此者，益鲜矣。”又于钱曾述古堂抄本《李公文集》跋中说，“余初见此书时，尚是旧装一册。与《结一庐书目》合。旋为书估改装四册，古意遂漓矣。余尝谓书之精神在纸光墨采中，非极渝敝，不可轻付装潢。况世之能手如钱半岩者又不可多得耶”。赏鉴古书，能从美学高度认识，先生是第一人。能从此一层次领会书趣，方是真的爱书。对不良的读书习惯，更是深恶痛绝。他说：“余每见人以爪侵字，以唾揭幅，心痛之如割截肌肤。不知天下多少好书为此辈毁却。纸之筋络极细，一断即不可复续矣。”言之痛切有如此。晚近“藏书家”并不知书，往往计册论钱，书贾遂衬纸增厚，分一册为多册，旧装遂不可复见。

先生品书，眼光开阔，堂庑甚大。宋元明刻之外，亦重视清刻并活字本。在跋嘉庆庚山草卷本《新安二江先生集》时说：“写刻精好，纸墨莹洁，开卷便有惊人之处。余尝谓清代刻本可上追赵宋，下俯朱明，正指此等书而言，这不仅是卓识，也是确评。一九六一年三月二十五日日记，‘忽发收集清代活字本之兴’。”家书云：“我现在工作读书之外，经常到古玩铺古书铺一走。……书籍只限于清代活字本。以前藏书家皆轻视之，都不注意，一经收罗，趣味无穷。清代活字以木活字为多，我收到铜活字两种，泥活字两种，皆罕见之品也。”先生收清活字本，迄一九六六年五月“文革”开始时停止，五年中共得四百余种，皆捐赠天津图书馆。每年所得近百种，可见收书兴致不异昔时。先生余兴所至，兼及敦煌卷子、古玺印、书画、旧墨，并注意及王孝慈所藏的谭叫天戏目附题跋，可见兴趣之广。他又注意到清刻书所用的开花纸，这也是近代藏书家如陶湘所爱好而无人做深入探讨的，他的《温飞卿诗集笺注》跋，可看作最简净的开花纸源流考。

> 开花纸之名始于明代。明初江西曾设官局造上等纸供御用，其中有小开花较薄，白榜纸较厚等名目。陆容《菽园杂记》称衢之常山开化人以造纸为业，开化纸或以产地得名，他省沿用之。清初内府刻书多用开化纸模印，雍正乾隆两朝尤精美，纸薄而坚，色莹白，细腻腴润，有抚不留手之感，民间精本亦时用之。嘉道以后质渐差，流通渐稀，至于绝迹。此书是康熙时印本，纸之莹洁细润皆逊于雍正、乾隆两朝，非比较不能鉴别，辨其差异。偶有所会，聊记数语于此，他日当取清内府印本以证之。

这是弢翁九十二岁时所写。有考证，有实验，是一篇精妙的小论文，从中可见他实事求是的态度，是做学问最难得的品格。弢翁其他考订版刻精粗、流传端绪的跋文，都可作如是观。

先生十分重视旧本刻工，曾辑有宋元刻工姓氏录，不只可为版本考订之助，更有重视刻字工人劳动之意。于《古文辞类纂》题识中说："此本是清代乾嘉间金陵名工刘文奎刘文楷兄弟所刻。寓流丽于方整之中，纸墨莹洁，传世甚稀，良可珍玩。清代乾嘉间金陵刻书习用刘氏方整之体，独穆大展则用楷书精刻，余亦见有楷书刻《昭代词选》，摹元人书

《两汉策要》，皆精妙绝伦……”他还考定大展生平身世，撰成小传。更值得纪念的是他对“文革”中上海朵云轩所刻的《稼轩长短句》的赏识。弢翁在一九八〇年家书中说：“昨见木刻《稼轩词》，名为仿元，实是自成一格，写刻殊佳。我眼馋，竟费廿八元买了一部，惜纸不佳，如得佳纸佳墨，不在董刻之下也。”又于此书题识中说：“今见此书，秀丽精美，直欲上继康熙时扬州诗局之遗风，不禁惊喜。惜仍承袭轻视劳动人民之旧习，不著书手刻工姓名。”后来终于打听到此书刻成始末及书手刻工姓名，著录跋尾。此书确是精美的佳刻，在十年动乱中刻成，真是奇迹。记得在北京饭店访谒弢翁时，他曾以此事见询，惜当时未见此书，无由应对，为可愧耳。

藏书者必广聚历代公私藏书书目，以为参考，旁及书影。先生于此事最所究心，所聚极繁富，尤重视宇内及日本影印本，每见必收。又以余力传刻旧本。解放初上海周宅藏书散出，于肆中收得先生所印宋刻《唐女郎鱼玄机诗》，珂罗版精印，大册毛订，纸墨精莹，真下真迹一等之书，荛翁藏书旧椟铭刻亦拓成附入，真是铭心佳品。又有董康影印如隐堂本《洛阳伽蓝记》，有我病手题，不知为先生别署也。为付厂估装成蝶装者。又尝得先生影印《寒云手写所藏宋本提要廿九种》，狭长大册，雅韵欲流。先生所印旧本之精美，往往如是。

先生定居天津，三十年代初，国难日亟，居华北者咸有国亡无日之感。其见于先生书跋中者如宋本《东观余论》跋：

癸酉正月，获见日本《文求堂书目》，著录宋元明本凡百余种，其中多沅丈旧藏，余尝于双鉴楼中得摩挲者，尤以北宋本《通典》、绍兴本《东观余论》为最罕秘，盖海内孤本也。《通典》索价一万五千元，余力不能赎，乃以日金一千元购此书归国，聊慰我抱残守缺之心，独念今者边氛益亟，日蹙地奚止百里，当国者且漠然视之而无动于衷，余乃借此故纸，不使沦于异域，书生之见亦浅矣，恐人将笑我痴绝而无以自解也。噫！

又跋明刻《虎钤经》云：

今日天下事益亟矣，纸上谈兵，空言何补，未尝不叹夫书生之迂见也。噫！

两跋文情俱胜，纸上叹喟，其声可闻，忧国深情，寄于毫素。使善本不流入异域，其意甚庄，其情可哀。爱书与爱国，同是一事。先生之爱重中华文化实为爱祖国之体现，是最值得珍重的。

先生藏书事业，博大精深，非晚生末学所能窥其樊篱。不贤识小，辄以学习所得，成此笔记。幸不为先生所笑也。

庚辰（二〇〇〇年）残腊书于来燕榭中

上海的旧书铺

上海从前有许多旧书铺子，现在都消失了。这也是文化街上的一种景致，似乎应该为之留下一点纪录。北京有个琉璃厂，天下知名。乾隆中李南涧写过一篇《琉璃厂书肆记》，百年后缪荃荪又写了一篇后记，详记书铺字号、贩书名色，为人们所爱读。后来孙殿起又写了三记、四记，为琉璃厂留下了一笔总账，史实加详，但可读性却不高。记上海书肆的，有陈乃乾的《海上书林梦忆录》，所记为民国初年的情状。抗战前后书林兴废，则散见于郑西谛的藏书题记中，没有专文。这里所写的是抗战胜利以迄五十年代的见闻，正是我热衷于跑旧书店的时期，旧日记中留下了不少记事。汪曾祺一九四八年从北京给我的信里，有这么两句："他们打牌，你干吗呢？在一旁抽烟、看报，翻弄新买的残本（勿怪）宋明版书耶？甚念甚念。"这应是见于"文献"的较早记录了（曾祺全集最近出版，此信收入卷八）。说实在的，以我当时的眼力、资力，买书也只能买些残卷，事虽可笑，实无足怪。

上海的旧书铺大体上可分南北两派。南派是土著，以苏州、淮扬两地为主；北派则是从北京移来的分店。修文堂孙实君、修绠堂孙助廉兄弟可为代表。他们都在北京隆福寺设肆，南来发展，修文堂肆名仍旧，修绠堂则别署温知。修文堂在霞飞路上的五凤里，只是一所弄堂房子，别无店招。实君温文尔雅，一袭长袍，满口京西风味的北京话，是地道北京书店掌柜风度。他善谈，到他的店里，可以不买一本书而闲聊半天，是极好的休闲去处。解放前后，书市不景气，他常常叹息，能有二三十位经常跑书店的客人就好了。可是不济事，生意还是寥落。解放后“三反”“五反”，他忙起来，不大容易看见。老板娘有时向我诉苦，说实君开会一去半天，交代总是通不过。常被申斥说，不坦白就拿来枪毙。吓得了不得，人也瘦了。但不久也就过去了，仍旧笑嘻嘻地招呼客人。

实君眼光好，也有魄力，跟藏书家很熟，常能找到好书，不过要的价也真贵。我在他那里见到过一部中统本《史记》，其实是明初游明翻刻，纸墨俱精。有女史沈虹屏楷书小跋，是平湖陆氏奇晋斋旧藏。又见一部万历刻初印的《花草粹编》明时原装，外有樟木匣。这都是书林名物，要价奇昂，只能摩挲一遍而已。不过有时也能得到善本，如宋刻小字本《通鉴纪事本末》残卷，尚是宋时蝶装原样，历数百年而展卷如新。实君又从刘晦之家收得宋本书影一束，曾以宋刻隋书两叶见赠，纸墨晶莹，夺人目睛，有昭文张氏藏印，至今犹在箧中。

实君曾从上海城内买得旧书一批，中多残册。有吴氏拜经楼抄本《汲古阁珍藏善本书目》一册，兔床手校，藏印累累；又鲍以文抄本《巨鹿东观集》一册。我初收抄校本，见此狂喜，终以所藏旧本书一车易得，也算得是收书以来豪举。

无锡孙氏小绿天遗书散出。孙毓修是张菊生丈的老朋友，孙家以书目请菊老批价。菊老久不入市，不知书市已一落千丈，仍按十年前书价拟定，很久无人过问。最后由孙实君、孙助廉和苏州古董商孙伯渊合资买下，书陈列在伯溯宅内，实君数次陪我去看书。其中最精的是几种明初铜活字本书，由徐森玉丈为国家收去。我所得只是一些小品。孙毓修重视乡邦文献，收得安氏桂坡馆活字本书之余，更得安国《游记》及《游吟小稿》等数种，都是罕见佳本，终为我所得，是为小绿天书中白眉。又清初刻余澹心别集数种，也是孙氏旧藏，却从书友郭石麒许买得。这批书的散出，应是解放初上海书市中的大事。

有一次徐绍樵（传薪书店）从九峰旧庐买得一批书，我去选购，实君也去了。有残明蓝雪堂活字本白居易诗半部，定价极高，他不问价收去了。有一部雍正刻《张匠门集》，以平直为我所得。实君当场斥责绍樵，说不该定价过低，绍樵听了不响。于此可见他选书之精，可当稳准狠三字；也可见他对南方书客的轻视，和他在上海旧书业中的威望。后来公私合营，他当了古籍书店的副经理。一次他陪我去书店库中选书，我抽出两册旧抄本诗集，无撰人姓氏，书口刻有读书堂集字样，是康熙中写本。我告诉实君，这是钱塘汪景祺的诗集。汪是雍正中因年狱而被杀的。实君大惊，随口骂徐绍樵不知书，竟当作了通常写本。那时徐已加入古籍书店，专管定价。

修绠堂在上海的分号是温知书店，在三马路转角的一角小楼上，也没有招牌。孙助廉北京上海两面跑，他一来，上海的书市就热闹了。助廉五短身材，微胖，跟老兄不一样，是极喜交际的。他收书的本领不下于乃兄，除古书外还兼营珂罗版金石画册、学报、学术书刊。当时脂砚斋评乾隆抄本《石头记》为燕京太学买得，尚无影印本，为一般学人渴欲一见的秘册。助廉就曾拿出一部照片本给我看。可见他眼界之宽广和手段之灵活。当然他的主攻方向还是古籍善本。

三马路抱经堂主人朱遂翔一直是为王绶珊收书理书的，王氏身后九峰旧庐藏书的部分精本为朱遂翔所得，藏在小楼上秘不示人。他的店还开着，也还是满壁琳琅，但他并不靠这个挣钱，在别处开了一片小工厂，专造金笔，生意很好。他就天天在柜台上闲坐。孙助廉找他闲话，称赞他目光远大，看得准，适应了当时文化建设的潮流，比老本行出息好得多。说得朱遂翔飘飘然，接着叹气道，可惜本小力微，能再添一笔投资就好了。说来说去说到了那批书上，现有的资产为什么不变成活钱增资开厂呢？终于打动了朱遂翔的心，不久，温知楼上的长案就摆满了王家的善本。

差不多每天中午饭后，我总要到温知楼上去看书，真是奇书异册，应接不暇。这中间就有著名的杭州府猫儿桥书肆刻的三十卷本《文选》的残卷。助廉取出《临安志》给我看，其中正有猫儿桥在。原书纸墨晶莹，书香袭人，纯是北宋风格。虽然赵万里据书手年代定为南宋刻本，但仍不能推翻改临安府之前的杭州题名，也否定不了灼然可见的北宋刊书风格。最后还是不能不收入《中国板刻图录》为开卷第一书。没好久，助廉竟从青岛又收得同书的另一残卷，真不能不佩服他搜书手段之奇妙。

五十年代中曾在北京与助廉重晤，那时他已不再是修绠堂的主人了，境遇奇窘，一袭土坑，别无长物，但仍留心旧书，告诉我卧云山房范大澈抄本《离骚草木疏》的踪迹，终于收得。后来从书友处打听得孙氏兄弟已同于“文化大革命”中去世，这是不问可知的。

三马路是一条不折不扣的书店街。由西向东，这里有富晋书社，是北京迁沪的分号。主人王富晋、王富山，因收得扬州吴氏测海楼书，就在上海开了分店。王氏兄弟门庭高峻，主顾不多，但存有不少好书。曾给我看过一部明刻小说《隋史遗文》，白棉纸精图，厚厚一叠，真是惊心动魄的东西。他们好像并不以经营旧本书为重，而以收售珂罗版金石书及近代大部丛书为重点。有一次收得一部四部丛刊三编，中缺一本《三辅黄图》，懊恼得很。店中恰有一册嘉靖四明薛晨刻本《黄图》，恨恨地说，要是一册丛刊本就好了。在他看来，嘉靖白棉纸书是比不上近代石印本的。

再往西，依次是扬州曹氏书肆、袁氏忠厚书庄、抱经堂、来青阁和对过的文海书店。

解放前夕，嘉业堂的藏书几乎全部都陈列在文海书店里。真是洋洋大观。宋元刻本、明抄精校，俯拾皆是。不过引起我注意的却是郑西谛的藏书也有一批在这里寄售。西谛有一册手写的《纫秋山馆行箧书目》作为全目也放在书店里。书并不精，多半是常见的明板书，索价也不甚高，听说已有受主了。但辛苦聚集的旧本，一旦流失，总不免为之可惜。少年好事，真想设法为他救出来。找到一位朋友，愿意拿出若干银圆（当时称“大头”）和一只“小黄鱼”（一两金子），按照与书店议定的价码，匆匆到黑市上把“大头”换了。拎着一袋法币赶回书店时，发现议定的价码不算数了。当时黑市行情，真个是瞬息万变。这可傻了眼了。总不能再拎回黑市上去，也绝不可能换回原有的“大头”。下了狠心，就用这一袋法币买下十来部嘉业堂书。这可真有点像书林豪客，是想也没有想到的事。这些书至今仍留在手边的只剩下一部万历翻宋本《唐宋诸贤绝妙词选》，白棉纸印，有牌记和天一阁藏印。后来又从富晋买得《中兴以来绝妙词选》，配成全书。

来青阁主人杨寿祺，是书业中老辈。年纪大了，长住苏州，偶来上海。好吸鼻烟，鼻子下方总是黄黄的。好像有什么病，一直摇头不已。他和西谛是熟人，每收曲本附图者，必归西谛。老辈自有收书途径，曾收得宋本《江湖小集》，哄传书林。一次在苏州，他取出“镇店之宝”两部书给我看。一部是明初黑口本《虎丘志》，天一阁旧藏；另一部是明初刻《三国志通俗演义》，是商务印书馆影印底本。说是年纪大了，打算让出。他每来沪，囊中总带来几本旧书，虽非铭心妙品，也有颇有意思的。我曾得到一册清吟堂本《绝妙好词》，是吴枚庵手批本，丹黄杂下，后有贝简香跋，是从吴氏遗书中选得的。

来青阁有点像三马路上的一座文艺沙龙，买书人无事多来店里坐坐，海阔天空地聊一气，话题总离不开旧书。中国书店歇业后，经理郭石麒成了行商，他的根据地就在来青阁。石麒是老辈，为人温文敦厚，同行中有吃不准的版本问题，总要请他来掌眼。他囊中时有奇书，清初汲古阁刻余澹心集三种，张宗子《琅嬛文集》稿本就是从他手里买得的。不像北方书估，他不居奇，人也随和，所以人缘极好。山阴祁氏澹生堂遗书论斤入市，是他首先发现的。这批书之得免沦于还魂纸厂，石麒是有功绩的。最初出来的，没有人要，我跟石麒说，不论抄刻，不论完缺，都要留下。一直到发现了祁彪佳的远山堂《曲品》《剧品》稿本，阿英、西谛、惜华都知道了，这才轰动京师。

来青阁座上有一位妙人，孙伯绳。他是一位地产商人，好玩古董。兴趣随时变换。最初买书画，虽无宋元巨迹，明清人妙墨是有的。后来请商务印书馆用珂罗版印成一册《虚静斋名画集》，就此洗手，改玩鼻烟壶。最后是收书。他立下了一种规矩，不取抄校，只收明刻白棉纸本，要雪白干净，无缺页。至于内容全可不计。我就在来青阁案上看到过他退还的书，注明所缺页数。他又多疑，有一本宋刻《尚书图》，是极好的建刻本，绝初印，有胡心耘跋。他疑心不可能是宋本，或是翻刻，退还了。后为我收得，带到北京给郑西谛看。西谛一见高兴得跳起来。不由分说，立刻送到展览会上去了。

不知怎样一来，经来青阁介绍，他居然买得结一庐朱氏旧藏宋本四种。其中最煊赫的是宋本《花间集》，是席玉照的旧藏。他曾约我到他家里去看书，真不愧是惊人秘籍，纸墨莹洁，藏印累累。他是极得意的。除了遍加藏印，还取一页用锌板制成笺纸，大几近尺。他还打算毁去原装，重付装池，终因徐森老的苦劝才住手。没有好久，他又把藏书一股脑儿卖给北京图书馆了。还油印了一小册书目，送给我一册。看看《花间集》和别的大明版放在一起，实在有些不伦不类。

还应该提到四马路河南路口的传薪书店，主人徐绍樵，江北人。他是一个大胖子。说起话来吐沫横飞，时弄小小狡狯，尤喜赌咒发誓。总是说他的书来价如何之高，忍痛低直出让之类。我买书不弃丛残，他又总是信誓旦旦地声明，这书原是全的，余册还在书主家中，不难配齐。但有些残本在我这里放了多少年，依旧是残卷。张宗子的几种书，他一会说是出于桐庐山中，一会说是绍兴乡下。其实是从交通路的书摊上找来的。但绍樵确有访书本领，能得到异书。他曾为郑西谛从苏北访得《十竹斋笺谱》，西谛在书跋中甚致感谢，其意可知。只要能为你找到中意的书，书友总是值得感谢的。

绍樵又有些大而化之，卖书时只随笔在封底写个数目，并不细看内容。因此他才屡受孙实君的斥责。一次他收到一批书，把通常本子弃置灶下。我从这里发现了一部王昶的《春融堂集》。书是嘉庆刻，貌不惊人。但却是吴兔床、陈仲鱼两家藏本，有仲鱼批校，兔床题词。这些都是他不在意的。

公私合营以后，传薪书店改为古籍书店的廉价部，更趋零落了。未几绍樵病废，随即去世。书店门首，春节时再也不见“传书恨无秦前本”的大红春联了。

一九九九年二月二十二日写讫

谈藏书印

古书流传，多有钤记。好事者往往钤朱累累，或为长印累数十百字，絮絮道其心曲。从中每能窥藏书家心事，甚有趣也。

藏书长印颇多引颜氏家训旧文者，明袁忠彻静思斋楷字长木记有六十五字，即用颜之推语入印，所言皆宛曲近情。尝见松江陶松谷有藏书木记，楷书六行。文云："赵文敏公书跋云，聚书藏书，良匪易事。善观书者，澄神端虑，净几焚香。勿卷脑，勿折角，勿以爪侵字，勿以唾揭幅，勿以作枕，勿以夹策，随开随掩，随损随修。后之得吾书者，并奉赠此法。陶松谷录。"陶君姓氏不甚著，居风谿，名崇质，所居曰"南村草堂"。此藏书铭极通脱，甚难得。并无秘惜之意，但有爱书之心。视所藏如传舍，以流通为必然。难能可贵。

澹生堂主人祁承㸁有藏印四方，今取其藏书铭一印为代表："澹生堂中储经籍，主人手校无朝夕。读之欣然忘饮食，典衣市书恒不给。后人但念阿翁癖，子孙益之守勿失。"此虽深示爱书之心，然贪痴之念未泯，更欲传之子孙，几欲向儿辈乞怜，亦大可悯矣。子彪佳固亦爱书，东书堂旧储之外，更益以远山堂新聚诸种，戏曲之属所收尤富。乃未几而国亡家破，所藏论斤以去。每见祁氏书睹此铭印，辄令人不能无憾。明杨仪吉亦最喜藏书，《人海记》记其既老乃散书与亲故，云："令荡子爨妇无复著手，亦一道也。"其言深痛，所见亦达，惟仍不免恨恨之态。萝村蒋氏有藏书大印，凡二十五字，五行，精绝。"堂名拱璧，惟书是宝。无意无必，随得随校。惟蒋氏子孙永以为好。"虽仍不脱世守窠臼，但自然通脱，较胜一筹。

余曾得海昌葛继常藏书，颇有精本。亦有藏书铭印："宠辱不惊，肝木自宁。动静以敬，心火自定。饮食有节，脾土不泄。调息寡言，肺金自全。怡然无欲，肾水自足。嘉庆己卯郭谿葛继常镌。"以医家养生之道为藏书铭记，亦别格也。葛君喜抄旧籍，平生事迹见《曝书杂记》。

昔人每自谓爱书如性命，有"性命可轻，至宝是重"之语，然亦不过英雄欺人语耳。尝见万贞一（言）藏书记，白文长方印，文云："吾存宁可食吾肉，吾亡宁可发吾椁。子子孙孙永无鬻，熟此自可供饘粥。"则切齿之声可闻，贞一为万斯同又子。

海宁陈鳣仲鱼，嘉道之际藏书名家。居百宋千元之间而无愧色。能读书，能校书。所校书皆蝇头细字，工整不苟，先于唐栖劳氏者近百年，亦浙江读书前辈也。所藏往往钤以"仲鱼图象"印，髯而戴笠，《简庄艺文》前所附小影正同。又有一印曰："得此书，费辛苦，后之人，其鉴我。"读之亦不禁使人唏嘘，大似秋晚哀蝉，"后之人"非指子孙言，盖谓得其藏书之人耳。

五十年前入京，道过天津，访自庄严堪主人，道藏书掌故，偶及藏书印，曾设一譬，以为绝妙，至今不忘。主人云：“佳书而有名家收藏印记，正如绝代名姝，口脂面药，顾盼增妍。其劣印则似美人黔面，无可浣拭。”此语极确。数十年来，所见不少。于图记之精粗美恶，风格变化，少有所知，但不敢妄论。宋元朱押，存世甚鲜；朱明一代，浸渐大行；有清三百年，遂臻极盛。藏书印贵元人朱文，以其精整端丽，笔画纤劲，最宜卷尾书头，即钤于书叶中，亦不致侵字。白文印用者较少，似吴缶老白石翁粗犷一路，更不多用。然其间高下，亦正难言也。

书肆亦有以朱记钤于扉页者，崇祯白雪斋刻《吴骚合编》，其最初印者尚存棉纸扉页，书名蓝印，上有朱文双龙圆印，下左方有楷书朱记，其文云：

> 词余之传，其来尚矣。佳本之获，世顿罕焉。往刻吴骚诸集，海内风驰，坊刻效颦，终难继武。第流行日久，积渐模糊。选帙屡分，未称合璧。兹特审音选订，精心删补，写丽情而务除俗套，搜旧曲而博览新声。更加画意穷工，增一编之景色，点板合法，师九宫之渊源。敢云大雅之复兴，实彰骚坛之全盛云尔。白雪斋谨识。

此一朱记，盖兼广告与防伪而一，为后来“版权所有”之先河。晚明出版业之市场化，于此可得一佳证。

藏书钤记，乃更别有妙用。“文革”中藏书尽失，后少发还，所赖书中之钤记耳，至书画、丛帖之未钤印者，则不得复归。忆有严元照手书诗稿若干叶，书于浅碧笺上，皆有“香修”小印，今不知流落何许矣。

拟《书话》

《晦庵书话》是一本有趣的书。以新文学著作的原刊本为著录研究对象，写出兼有文献价值与文学情趣的随笔的，似乎也要以此书为开山之作。作者是藏书家，所收新文学旧书之繁富迄今好像也尚无第二人。六十年前我与作者同有收书之好，也都认识徐家汇那家旧纸铺的猫脸老头儿，在他那里搜求旧书旧杂志，每有所得必相与欣赏，以为乐事。后来我离沪远行，就不再干这种营生了。藏书数经毁失，所剩寥寥无几。偶然翻阅，如温旧梦，遂发兴仿弢公笔意，少少记之。因题为《拟〈书话〉》云。

《死水》

这是闻一多的诗集，作者自己设计封面，用全黑厚纸，只于上部跨边贴黄色片纸，印书名及作者名，左右两面同式。扉页印淡蓝色战马旌旗。全书用厚木造纸印，通九十一页，共收诗二十八首。这是再版本，印于就一九二九年四月，发行者新月书店。初版于一九二八年一月。只一年余即再版，可知此集颇得读者爱好也。

以装帧论，也是别具神韵的。不用图案，只是纯黑，充分表现了诗人的感情，正如《死水》一首末章所说：“这是一沟绝望的死水，这里断不是美的所在。不如让给丑恶来开垦，看他造出个什么世界。”这饱含着悲愤的诗句，充分反映了他对现实愤激的心情。这使我们可以理解诗人在二十年后何以拍案而起，终于倒在罪恶的枪下。

书前有我的题记：

余久不购旧本新书。今日晚饭后忽有兴至静安寺一游，乃忽于旧肆中睹此册，新若未触，喜甚，乃携之归。零雨作寒，灯下翻阅题记。三十七年十一月廿五日。

《瓦釜集》

刘半农用江阴方言和江阴民歌的声调作的新诗集。一九二六年四月初版，北新书局印行。版权页题作“瓦斧集”，错了。这和邮票讲究倒印、错版一样可以算作一种特点。封面是钱玄同所写。上端有古器三具，上下各夹红线，自然大雅，在新文学书装帧上也可以算是别具一格的。开卷第一页，

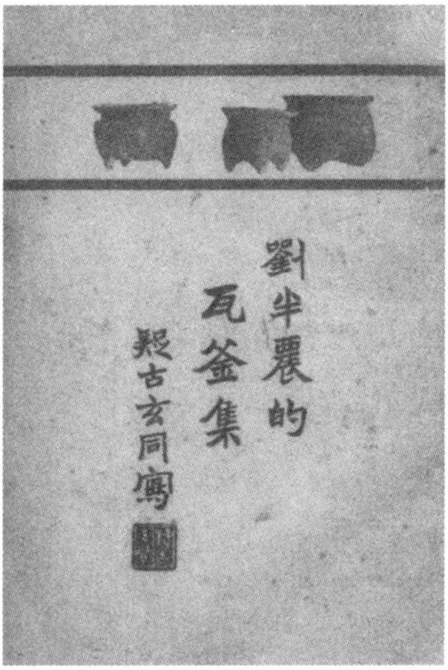

阔边套红，有墨印字三行："刘半农瓦釜集一卷，附录手攀杨柳望情哥词一卷，一九二六年北京北新书社印行。"次目次，第一行是"封面——疑古玄同题字　马叔平选器陈万里制像"。次周作人"题半农瓦釜集（用绍兴方言）"。次《代自叙》，集后有周作人《中国民歌的价值》一文。

这是一本小册子，但印得极精致，用道林纸，编排序跋安排得都极讲究。作者在《代自叙》中说：

> 集名叫做《瓦釜》是因为我觉得中国的"黄钟"，实在太多了，单看一部《元曲选》，便有那么许多的"万言长策"，真叫人痛哭，狂笑，打嚏！因此我现做这傻事；要试验一下，能不能尽我的力，把数千年来受尽侮辱与蔑视，打在地狱底里而没有呻吟的机会的瓦釜的声音，表现出一部分来。

这几句话很能表现出半农的风格和新文化斗士的慷慨情怀。《手攀杨柳望情哥调》前有红印刘复识语，在书中插印朱色印张，在新文学出版物中也是少见的。编例于大字印正文后，另附小注，于方言俗谚解释甚详，今举情哥调第十九歌为例，以见一斑：

> 山歌好唱口难开，樱桃好吃树难栽。白米饭好吃田难种，鲜鱼汤好吃网难抬（抬，谓举网）。

书后附广告一页，都是刘半农的作品，总名“如是丛书”。计《扬鞭集》《太平天国有趣文件十六种》《何典》《敦煌掇琐》四种。前三种已刊，后一种为“出版预告”，为木板精雕本，四种俱未见。

《半农谈影》

刘半农是个有多方面兴趣的人，写字、收书、照相，样样都来得。关于后者，他还有一册专著，《半农谈影》。一九二七年十月开明书店初版，翌年再版，我所有的是再版本。这是一册装帧非常漂亮的小书，封面有圆形图案，中写草书“半农谈影”四字，下面有花草作衬。字及圆周用深绿，花用红色，叶用灰色，美丽大方，书脊用深绿，阴文写书名。扉页用浅蓝，下写书名，上有荷花扇形图案，背面小字套红写“呈光社诸友”五字，后附外国人风景照三页，一九二七年九月序浅蓝套色印，印刷可谓极具匠心。

这是一本为初学介绍摄影常识的小书，今天看来，当然已经过时，不过有些摄影美学方面的话，还是很有意思的，开卷第一章就有一节话，可见作此的旨趣，不过是为了“消遣”而已。

> 所谓消遣，乃是吃饱了饭——或者说，吃不饱了饭——寻些事做，把宝贵的光阴在不宝贵中消磨了。八年前，鲁迅在绍兴馆抄写六朝墓志，我问他目的安在，他说：这等于吃鸦片而已。呜呼，吾于摄影亦云然。

闲闲写来，自然渗出时代气息来，所谓消遣，大抵不妨作如是观。

他在后面又说到摄影画面中要注意排除没中用的东西，愈简单愈好；要排除要不得的东西，如广告牌与电线杆。他说：“还有一件章法中很重要的事，我们可以套用‘清党’的名词而称之曰‘清画’。”

这就一不小心（或有意如此）又露出了时代气息。此书作于一九二七年秋，当时的“当局”还没有来得及注意文化管制，竟让这种违碍的字眼漏网了，不能说不是这本“消遣”的小书非凡的幸运。

《接吻》

此朝花小集一册，版式狭长。封面上题“朝花小集”四字。下“接吻”书名，为鲁迅所写美术字，下双行题“波希米亚山中故事　捷克K. 斯惠忒拉著”，下有盆花纹样，更下有真吾译三字。最下为“一九二九年·朝花社出版”。文字俱蓝印，花样则作黄色。戋戋小册，亦自俊雅无俦，皆出鲁迅设计。先生全集后附所制封面字样，凡四页，却未收此。

《鲁迅日记》一九二九年六月十六日条记，“夜代广平付朝花社出版费一百”。不知即付此书印费否？全书只一百一十七页，卷首有序，记捷克文坛情况。波希米亚被奥国所灭，文字亦受摧残，遑论文学。渐经奋斗，始得复兴。这是鲁迅注意欧洲弱小民族、国家文学介绍初衷的延续，是有迹可寻的，可以看作《域外小说集》继起之作。序前附俄国绥盖勒所制接吻小画。

版权页题“朝花小集”之一，一九二九年八月初版，一——一五〇〇册，上海棋盘街合记教育用品社发行。又有

“朝花小集”出版预告，共三种。《接吻》外有《小彼得》（童话），匈牙利至尔妙伦作，许霞译；《两个伊凡吵架的故事》（小说），俄国果戈理作，鲁迅译。《小彼得》后改由春潮书局印行。《朝花小集》盖只《接吻》一种而已。

北宋本《文选》

读《晦庵书话》中的《书城八记》版本篇，有一节云：

> 解放初期，我在华东文化部文物处工作，由于废纸破书集中城市，曾经发动书商，从堆栈里检出不少珍贵古籍和革命文献。今存北京图书馆的三十卷本《五臣注文选》残本，就是当时的收获之一。这部书最后印有一行牌记：“杭州猫儿桥河东岸开笺纸马铺钟家印行。”有人因北宋版流传极少，此书镂工与现存官书稍异，遂指为南宋刻本。但也有人不同意，认为牌记不曰临安而曰杭州，可见刻书在南宋建都之前。两说各是其是。如今北京图书馆标为南宋初年刻本，其实从一一二七年五月赵构在南京即位，到一一二九年七月升杭州为临安府，中间不过两年，古时一书之成，积年累月，这个夹缝未免太窄，如果不前不后，恰恰在两年内始终其事，那倒真叫“无巧不成书”了，看来“初年”只能算是一种含混的说法。

这册残宋本《文选》，其实并不是从废纸中挑出来的。

当时修绠堂（沪店名温知）主人孙助廉说动抱经堂朱遂翔，尽去藏籍，得钱别营钢笔厂。于是大量旧本，纷纷陈列于温知案上。当时每日午饭后我总要到温知看看，于书丛中初次看到这本《文选》，惊其刻工古朴，黄皮纸初印明丽，确是北宋风格，但终未问价，只买了一部初印的《吴骚合编》，这也是有名的书，王绶珊与郑西谛争购所得，王氏身后为朱遂翔取出者。这本《文选》后来徐森玉为文管会买去，转归北京图书馆。孙助廉后又从青岛张氏访得卷廿九一册，是一书分归两地者，后归北大图书馆。助廉当时曾出示《咸淳临安志》，果有猫儿桥之名，又题杭州而不曰临安，刀法亦古，遂执以为北宋本。

至于此书版本的论定，唐弢所说的“有人”，即是赵万里。所持是南宋本的理由也不是“镂工与现存官书稍异”，而是指出原书卷尾别有“钱唐鲍洵书字”一行，“案绍兴三十年刻本《释延寿心赋注》卷四后有钱唐鲍洵书五字，与此鲍洵，当是一人。如以鲍洵一生有三十年左右工作时间计算，则此书当是南宋初年杭州刻本。”（《中国版刻图录》目录）斐云是版本鉴定专家，但审定刻本时间，每失之严，宁后勿前。他所举出的“工作时间”说，亦不必能为版本前后必然的确据。我看此书既明是杭州刻本，则非在建炎三年升杭州为临安府之后，煌煌功令，一家开笺纸铺必不敢视而不见。则此书当是北宋刻也。

至于当时从废纸中选出的善本，确有一册《幡室老人文集》，残存十四、十五两卷，世无二帙。系从作者葛洪故乡东阳散出者。一天我访风子于华东文化部，他曾珍重取出见示。黄纸大册初印，神采奕奕，见之眼明。因大区隶属关系，遂拨交南京图书馆典藏。此书书影亦收入《中国版刻图录》中。

解放之初，“废纸”山积，皆入还魂纸厂。郑西谛过沪，我向他提议，不妨组织旧书估人去纸库拣选，西谛极以为然，遂由华东文化部文物处执行。可惜没有好久，就中罢了。风子是热心抢救工作者。多年后追忆往事，遂有微误。因作此以正之。

一九九六年六月一日

《俞平伯散文》小引

俞平伯在五四以来新文学散文领域中树立了独具的色彩。他的作品不多，同伴也少，后继者寥寥，未能形成一种流派，但影响却不可忽视。

作者从创作新诗与新型散文起步，初期创作浓艳巨丽的抒情写景文，名篇迭见，以实践证明了白话也可以写“美文”，功绩显然。后来作风一变，转向玄思哲理，语言更趋简净，意境也益深厚。这是生活与社会影响的结果。貌似闲适，中实炽热，但往往不易得读者充分理解。在语言上文言分子有明显的增加。有些说诗析理之文，往往使人感到，详便详到极处，略则略到无可再略。有简净凝练的华词，也有白到无可再白的口语。这一切，都由作者所崇奉的真与自然的原则出发。他说：“言必由衷谓之真，称意而发谓之自然。”作者认为怎么写着合适就怎么写，什么手段最合用就用什么手段。在创作上的实事求是，使形式服从于思想、内容，成为风格的决定因素。

作者在文学领域内所涉甚广。《红楼梦》的研究、古典文学的研讨、说词解诗，旁及考证，这一切都以散文写成，处处可见文章之美。这个选本虽然篇幅短小，却希望反映作者六十年来文学工作的面貌，更希望能借此开拓读者的眼界，使从当前流行的对散文的狭窄理解中解放出来。

散文本来是与韵文相对而存在的。社会发展，文化进步，分科细密，原是必然趋势。但亦不必作茧自缚，另立名目，另起“杂文文学”“日记文学”“考证文学”“评论文学”等等。这一切原来都是散文。

除了尽可能搜得作者已刊的散文专集外，其未曾辑集的零篇短札，虽经努力，未得尽见。选取篇目，恐多违失。希望读者予以指正，不胜企盼。

一九八四年一月二十四日编讫记

《南京情调》序

记得朱自清说过，逛南京像逛古董铺子。这话说得一点不错。在南京市上走，到处都会碰到古老的遗迹，虽然多半已经了无遗痕，只留得一个个名目在，却不妨过客凭吊、遐想。想到古昔，自然也摆脱不开目前的现实。大概这就是南京一地所以留下了数不清怀古诗文的缘故。

对为一个匆匆的过客，我也曾先后写过一些有关南京的散文，自然脱不开“怀古”，不同的是，几次经过，都正处在“劫后”。一九四二年过南京，那正是汪精卫开伪府于金陵的时候，在日寇铁蹄下的南京一片荒寒萧瑟，古城的一切都笼罩在悲凉沉重的气氛中。一九四六年我作为一名记者重游故地，那又是另一番“劫后”的风光。惨胜的国家在敌伪与“新贵”的劫掠之余，满目疮痍、民生凋敝。在这里我目睹了英勇斗争与荒淫无耻强烈对比的现实。三十年后重来，又正在十年动乱之后，在经历了历史性的灾难之余，南京人民正在努力清理被破坏、蹂躏的基址，重建家园。那动人的光景我也一一看到了。

检查一下过去所写的多半是怀古的南京游记，不能不道一声惭愧。我还不曾仅仅是把读者拉回往古的废墟里去；虽常引古书说旧事，但也时时流露不逊的言语，这是我的一种坏脾气。在冬晨的白鹭洲上，我看见一群穿了短短红绿棉袄，露出生满冻疮的小手的女孩，在不成腔调地喊唱着京戏唱词。这就是训练产生“秦淮歌女”的地方。像这样的文字是不可能被选入《秦淮广记》里的。说到王安石，也不忘记他曾被打扮成响当当法家的“近事”。在“雅人”和“才子”们看来，这都是煞风景的。总之，凡有感动、凡有喟叹，都不应是“无端”的，因之所说虽是遗址文化、典籍文化，也还少有扑人的霉味。这是我在写游记时恪守的区区“秘方”。

阳曲傅青主《霜红龛集》有《金陵不怀古》诗：

甚是金陵古，诗人乱有怀。
自安三驾老，谁暇六朝哀。
曾道齐黄拙，终亏马阮才。
肉髀愁不鼓，伧父过秦淮。

青主是明遗民，这诗也写得十分诙诡、波俏。他的意思仿佛是说，不必乱写怀古诗文，忘却实际的奋斗，要不就是伧父。这正是对振古如斯、于今为烈的怀古诗人作者群的一声断喝。愿今天的作者和读者都记取三百年前老诗人辛辣而诚实的谆谆寄语。

二〇〇〇年五月三十日

《我说苏州二集》序

苏州的旧人旧事，几乎是说不完道不尽的。有多少作者，或是久居的土著，或是匆匆的过客，都曾留下过零篇短札，虽然只是片断的记事，放在一起也多少可以窥见姑苏的风貌。长洲章式之《四当斋集》有一篇“士礼居遗诗序”，中间有这样几句话，拿来作《我说苏州》的介绍，也许是恰切的。他说：

> 有续苏贤小记吴门补乘者，或将于此帙求之。一朝有一朝之掌故，一乡有一乡之掌故。宋人有言，暗想当年节物人情之美，但成怅恨。怀旧蓄念，今古同之。

章式之是旧时文士，难免有些消极的话头，我们今天却可以反其意而说之。怀旧并不一定是消极的，拿来和今天比观，正可以从积极的方面看出新苏州的美来。话又说回来，新苏州是从旧苏州蜕化发展而来的。要深刻地认识新的，不能不了解旧的。所谓数典忘祖，不是我们应取的态度。现在全国各地都兴起了修志之风，苏州想来也不例外。而正统的修志方针，每多忽视节物风俗、饮食玩好的记录，是极可惜的。于是就有人起而补之，如顾禄的《清嘉录》《桐桥倚棹录》，就是这样的作品，它能使地方志更为丰富而活泼也更贴近人民的生活。《我说苏州》所辑，就正是这样的素材，是修新苏州志不可或缺的资粮。

此集所收，如古迹、园林、文献、书林、饮馔、茗饮……几乎都可以写成专著，尝鼎一脔，唯恨其少。觉得尚应弥补的，是有关吴语文学还没有篇章涉及。明末的冯梦龙是个了不起的俗文学作者和研究家，他编著了著名的短篇小说集《三言》，又编写了著名的吴语俗文学《山歌》和《挂枝儿》，成绩卓著。明末也是热心戏曲研究的祁彪佳，在苏松巡按任上就与他有过频繁交往。在文坛上冯梦龙和金圣叹都是苏州不世出的大家，实在应该为他们各立一部好评传。《海上花列传》作为吴语小说的代表，更是杰出的作品。与此相关，昆曲在苏州舞台上的地位也是不能忽视的，更无论盛极一时至今仍不曾消歇的评弹了。

久住苏州的俞平伯，在他的《旧体诗抄》中给我们留下了《吴声恋歌》十首，正是继冯梦龙遗响的新创作，诗人还自己作注，对使用的吴语作了详解，于此可见老诗人对苏州浓挚的乡情。抄下两首，以殿此文。

家家月亮照成双，白罗帐子象牙床。阿奴夜头困勿着，睁子（语助）眼睛到天亮。

镜里梳妆旡心想（犹言无情绪。旡，重唇读），香水瓶相对爆花缸。姑娘俚（他）勿懂我心头事，“啥勒（为甚也，啥，音沙，去声）今朝头勿光？”

《小楼春雨》后记

我以北人流寓江南，转瞬已六十年，因此事实上江南也就成为我的故乡，自己俨然也算是一名“土著”了。江南的可爱，有白居易以次历代词人写的若干阕《望江南》词为证。江南的好处，不敢说真能领略到几分。倒是多年来走来走去，写下了长长短短的文字，记下了江南的风景、名迹、人物、民俗，处处都流露了对这地方深深的爱恋。空虚的赞美是无力的，抵不过落实在文字里的真实感受。可惜的是受到观察和修养的限制，总脱不开一个旅人的观感。例如可以代表吴文化的昆曲与评弹，虽是深深地爱着，但了解到底还是十分不够的。可见混称“土著”，实在是有些邻于夸饰了。

我曾说过，苏州对我最大的吸引力是书，远在虎丘、拙政园和元大昌的老酒之上。这些也都是老话了。五十年前的玄妙观和护龙街，书店林立，地摊尤多。对一个访书者最大的诱惑是读未见书，在这里就充满了新鲜的品种，时时能给你一个惊喜。倒不是如有些人所说，访书的目的是聚集金银财宝——祖国的文化遗产，其价值又哪里是金银财宝所能计量的。从不同的视角出发，真的就能呈现出这样的差异，真堪叹息。

在这本小书里留下了几篇访书记，有苏州的，也有杭州的，不过都已是多少年前的旧事了。今天重读，不免有东京梦华、武林旧事之感。作为一种文化史料，暂时还是可以存在的吧。

对柳如是发生兴趣，也已是五十年前的事了。那是在龙蟠里图书馆看到原本《阳春白雪》之后。书中有她的印记，书前有她的小像。这样就开始搜集遗事，访求遗著，写了一系列小文。在《关于柳如是》中综述了我对她的评价，却料不到几年以后柳如是竟成为热门话题，小说、影剧很出现了几部。我的兴趣习惯地还集中在明清易代史事上面，陈圆圆、吴梅村、钱牧斋、陈老莲、徐湘蘋，都成为我注目的人物。通过考虑，说不上研究，也多少说出了自己的意见。碰巧他们又都是出身江南，代表了一代文士闺流的人物。总起来看，倒不失为时代文化史的反映。

叶圣陶、俞平伯两先生都是和苏州有深厚渊源关系的大前辈，多年来，幸运地得到过他们热情的提掖和亲切的教诲，现在他们都已去世了。几篇小文留下的是对他们深深的怀念。

陆放翁诗“小楼一夜听春雨，深巷明朝卖杏花”，寥寥十四字，把江南的神魄一下子都描摹尽了，远胜于千言万语的申说。借了来做书名，实在是这本小书的光宠。

关于“玉玲珑”

我是喜欢看一点笔记的。中国古来的笔记本来多得很，过去有的书局曾经印行过什么“笔记小说大观”之类的汇编本，洋洋数十百册，恐怕也远不能包举无遗。不过近来却是不大容易看到了，偶尔走进书店，看见的只是花花绿绿的封面，大抵是秘史、武林之类的天下，这就说明读书风气的转变。这是不是一种“进步”呢，恐怕也实在难说得很。

按照《四库提要》的说法，旧笔记大抵可分为叙述杂事、纪异闻、缀辑琐语这几类。这中间纪异闻的一类我是不要看的。《聊斋》是佳作，但仿《聊斋》的就不高明，何况是宣传因果报应之类，更是乌烟瘴气了。记杂事中间讲典章掌故的我也不要看，如“清秘述闻”之类，那只是考索故事的参考罢了。但有记民风俗信之类的则往往很有意思。这正是史的支流，可以作为一本正经的历史书的补充的。

前些时翻旧书，找出了几种旧笔记。其中有一册《胡氏杂钞》，是民国元年出版的，铅字有光纸印，是“上海胡祖德云翘集”的。杂抄有关上海一地的诗文杂记，有许多都是少见的零星文字。卷首即是姚廷遴的《纪事编》，记明末清初地方杂事非常详细，是很好的史料。卷中记康熙南巡事，也是不见于其他著作的有趣文献。书中又收录了好几种竹枝词，都是有关上海一地的。下卷有上海王孟洮所作《记玉玲珑石》一篇，则是有关豫园中名石的文字。照作者所说：

> 石本浦东三林庄南园旧物。园本故明储少参昱之别墅。少参归林下时，摩挲此石以自娱。尝以一炉香置石底，孔孔烟出；以一盂水灌石顶，孔孔泉流。玉玲珑之名，实非虚誉。少参女嫁恭定（潘恩）子允亮。少参殁后，无嗣。允亮移石置己园，即豫园也。邑城离三林庄十余里，复隔一浦。由乡移城，所费甚巨，及渡浦，中流风作，舟石俱沉。乃觅善泅者入水，以巨便系石，牵曳至岸。……起岸嫌城门路迂，毁城垣以入，其后竟不修合，添辟一门，即今之小南门也。明季乡绅之横，亦可想。

这一节文字不只记下了玉玲珑的出处，而且还说明了小南门的来历。作者还以此作为明代乡绅骄横的极有说服力的实证。这一节文字，不知道今存豫园史籍中有无收录，实在不失为有意义的纪事。旧时笔记中像这样的文字并不是很多的，很值得加以辑集，不但有益而且有趣，也不见得就没有读者。质之出版家，不知以为何如。

一九八八年十月

我写题跋

多年来养成的习惯，每逢买到一本新书（不论是新刊还是旧印），总要在书前书后写一点什么，至少也要在卷尾写下得书的年月。其成片段的就成了书跋。书跋到底应该怎样写，是不是一定要对书的内容、版本加以研究才能下笔，这倒不一定。我不能仰窥钱竹汀、顾千里那样的学养，也学不到邓之诚写《清诗纪事初编》书衣杂识那样的功力，也无非是写一点不着边际的话，以记得书时的心情而已。

记得"文化大革命"之初，被逼交代历年的买书账，和"以书为贸易"（这是出于康生得到某些人物的小报告后所作的"批示"）的种种"罪行"，可惜我又从来不记书价，没有项子京在所藏书画边角记下值银若干两的习惯，剜空心思也交代不出。过去藏书家常常在跋尾中盛称版本之佳，几如广告，据说就是为了出卖时提高身价。我也不以为然，得到好书时记下当时愉快的心情是有的，但对书的缺点，如残缺，后印伪造藏家钤记……也一一指出，绝不掩饰。虽然起不了广告的功效，但也有意想不到的好处。我的藏书的抄没与发还，辨别标准就依靠的是书前书后的钤记和书跋。其偶有例外的则终于无从踪迹了。如我的一套严九能的诗稿、笺札就因为没有钤印恐怕永远也回不来了。

藏书题跋是散文而不是学术论文，这是我的偏见。当然，专讲版本源流，版刻优劣的如陈仲鱼的《经籍跋文》之类，我也是佩服的，但总不是爱读物。如黄荛圃的藏书题跋，那才是理想的爱书人的恩物。这是可以随时浏览的散文，一位爱书如性命的老人，孜孜不倦地朝夕以书卷为伴，辛苦收集、装潢、题记，每一段题跋都是一段得书故事，使人读了为之神往。黄荛圃的鉴别力是高的，但并不是没有失误，也常说些外行话，但绝不讨厌。在黄以后能得其遗绪的有郑振铎。他的最好的散文都是藏书题跋与访书记事。为《北平笺谱》而作的“访笺杂记”是得到鲁迅先生称许的有趣文字。他在《录鬼簿》后所写的长跋更是文情俱胜的散文佳作。可惜《西谛书目》后所附的题跋寥寥无几，使人“但恨其少”。周叔弢的藏书题跋之附于《自庄严堪书目》后的也只有数的几篇。这就使我想起，国藏善本书目出版，自是一件盛事，但也有漏略，尤其不能使人满意的是，每条书后只简单地记版本，其藏书图记及跋者姓氏都缺而不录，使人看不清所著录的是哪一部流传有绪的本子。至于捐献者的名姓更不在话下了。

因此想起，目前汇编辑逸之风大盛，是不是由有心人将国藏善本书后所附的题跋，一一辑录，汇编问世，怕是读书界举双手欢迎的一件盛举，而印数也不只是几十百本的吧。

一九九三年四月

漫话藏书

藏书，一直被看作是有闲阶级或风雅人物的行径。其实这是不公平的。自古以来，只有皇家才有官办的图书馆，收集颇丰，可惜历经水火兵虫之“灾”，都毁失了。皇帝是不放心老百姓有自己的藏书的，生怕人们有了知识就会思想复杂，不安本分。那办法是禁止、烧毁，或更为聪明的征集、篡改，使全国的士子一律拜读消过毒的钦定典籍。然而无效，用不到好久就露出了马脚。这就是因为民间自有一些藏书家在的缘故。仅此一端，就可以看出藏书在文化史上的重要地位。

藏书而又能读的，是少数。于是有人就讽刺藏书家为“横通”，这话是洪亮吉说的，也代表了一部分学者的意见。其实这也是诬妄的。余嘉锡写过一篇《黄顾遗书》序，盛赞顾千里而痛斥黄丕烈。就因为黄是著名的藏书家，而顾则是校勘家的缘故。如果没有藏书家的辛苦收集，校勘家又怎样进行工作呢？可见这两者不是对立而是相辅相成的。黄丕烈不只藏书，而又刻书，至今收藏在海内外公私藏书中的宋元抄校，有很多都是士礼居的遗物，如果没有黄丕烈，它们可能都流散或毁灭了。

对藏书家的另一种批评是他们的“古董家数”，这就是说，他们收集古书，目的只是赏玩，而很少顾及内容。这就又涉及古刻本的文献价值和工艺美术价值。宋刻本现在是珍藏在国家图书馆里，一般人不易看到了。但那实在是雕版史上的杰作，过去藏书家只用“纸白如玉，墨凝如漆”来形容，是远远不够的。不同地域不同风格的雕版，用纸的考究、抚印之精美，不见实物很难想象古代印刷品竟有如此精美的制作。对美好事物的爱好，源于人类爱美的天性。有谁会努力收集丑恶的事物呢？不只是宋元刻本，就是明清也都各有其精美的出版物，都是值得珍惜的。如果我们读杜甫的诗集，面对一册铅字排印本与一册精美的古刻旧本，那感受是会截然不同的。如果说读书还要讲究这些，未免是奢侈，自然也言之成理，但读书人保留一点读书的趣味，也不是不可理解的。譬如穿衣，可以蔽体足矣，又何必苦心设计并进行时装展览呢？

三十多年前，周叔弢先生的自庄严堪藏书捐献国家，运到北京图书馆。我去参观，正巧碰上开箱。赵万里先生要我做第一位读者，打开木板箱的箱盖，随意取出两三册书，在地下室窗前的小书桌上展阅，书名说不出了，只记得是旧抄本，并不是有名的宋版书。看序跋，辨纸墨，读题记，浏览收藏印记，真的为那古香袭人的几册小书所迷醉了，不知不觉就过了半小时。终于只有废然而返。这样看起来，那六大板箱的书，要看多久呢？老实说，当时我并没有读书的内容，只不过是玩赏了它的外形，恐怕算不上正规的读书法。但确实从中得到了无上的悦乐。直到今天也还不能忘记。

前两年得到过一册英文本的《中国稀见书——收藏于美国》，印刷精美，编者翁万戈，是常熟翁氏的后裔，所收书中也有不少是翁同龢的旧藏。其中有一部宋刻本的《重雕足本鉴诫录》，除了一叶书影之外，还印出了书后的题跋。此书是项氏天籁阁的旧藏，有项元汴手书一行题记："时明万历元年秋七月既望重装于天籁阁，共计二册，原价陆（以下割去）。"项子京是大收藏家，人们只知道他是收藏书画的，不知道他还收藏古书。他是喜欢在题记中记下买价的，看起来有点俗，却不失为老实。到底原价是六两还是更多呢？不得而知了。记下这一笔也许是为了将来卖出时的参考，也许是为了这个，卖书人才将六字以下的字迹割去的吧。

这书是朱竹垞的藏书，有手跋八行，是康熙丁亥（四十六年，一七〇三年）七十九岁时书。跋中有"济南王先生贻上见而爱之，曾手录一部"的话，果然在右侧就有王渔洋手跋一行，"王士祯阮亭甫假观，手录一通，因较正讹谬数十字"。阮亭因自己不善书，通常书札题序往往请人代笔，但这一行确是手书。此外还有徐嘉炎（康熙二十八年己巳，此纪年疑误），汪士鋐（康熙四十四年）及不纪年查嗣瑮跋，都提到修《全唐诗》事，徐跋说："康熙己巳春日华阴徐嘉炎从竹垞十兄借观，时因编辑全唐诗，取资甚多。"汪跋称，"鋐在维扬书局，适吾师竹垞先生亦来客于此，因得借观……"可见竹垞来扬州是在康熙四十四年，正是曹寅奉旨开全唐诗局之时，一时许多名士都在扬州集合，朱竹垞也来凑热闹，顺便会晤曹寅，大概免不了要打秋风，作为回报，把这部宋版书赠给曹寅。不料曹寅不肯要，题了一段小跋又还给他了。曹寅的跋是："己丑夏五，竹垞先生来真州，持以见赐，愧不能藏，复影录一本奉还。曹寅。"

大概曹寅也觉得这份礼是不大好收的吧，敬谢不敏了。曹寅书法真迹极难得，这里却留下了三行，不能不说是难得的。古书有时能从题跋中看到许多故事，这就是很好的一例。

一九九一年七月

《十竹斋书画谱》的再生

整整五十年前，鲁迅、西谛（郑振铎）翻刻《十竹斋笺谱》第一册成，开了翻刻古版画书的风气，这是值得记住的近代雕版史上的大事。《笺谱》四册，直到解放后才得全部刻成。又过了三十年，十竹斋的另一传世名作《书画谱》，由上海朵云轩书画社继《萝轩变古笺谱》之后复刻竣工。至此，三百年前的三部木刻版画名作可以流传不坠了。借此还锻炼了队伍，培养了人才，使不绝如缕的雕版事业得以延续下去，意义更是重大而深远。

《十竹斋书画谱》的编刻，大约在万历末到天启中这段时期，与《笺谱》先后刻成。胡正言是一位经营笺纸店的艺术家、文化商人，他刻书，治印，出卖文房用品。他的十竹斋就设在当时东南文化中心之一的南京。《书画谱》并不是一气刻成的，它与《笺谱》《印谱》一样，都是多年积累下来的成果。《书画谱》继晚明蜂起的《唐诗画谱》之类出版物后出现，但用意却在于为画人提供学习的范本教材。

胡正言创造了新品种，一时受到热烈欢迎。但不久就有了翻刻的投机家，在《书画谱》的重印本中，就出现了主人的启事，提醒读者要警惕“近有效颦，恐混鱼目”。翻刻者之一就是湖上笠翁李渔，这位晚明的有代表性的文化人，后来自己又编刻了《芥子园画传》，取《十竹斋画谱》而代之，以致三百年来，画家都知道有芥子园而不知有十竹斋，实在是极大的憾事。

在过去的旧书市场上，《十竹斋书画谱》并不是难得的东西，不过往往是翻刻的后印本。郑振铎就说过：“余收集版画书二十年，于梦寐中所不能忘者惟彩色本程君房《墨苑》、胡曰从《十竹斋笺谱》及初印本《十竹斋画谱》等三伟著耳。……《十竹斋画谱》坊肆翻刻本甚多，均粗鄙不堪入目。初印本几绝迹人间……”这一节跋文足以说明《十竹斋画谱》原刊初印本的罕见难得。现在朵云轩经过两年时间的辛勤搜访，从全国十六处公私藏家觅补配齐，选取现存最好的印本依样抚刻，花费的劳动是巨大的，态度是认真的。在访求比勘中还发现了原本初印与后印之间，原本与翻本之间的一些细微的差异。有些类似牌记的标识，如题序中竹册式行格外的十竹斋名号、刻于画面中间的画手签名、题序后原钤的印记，此有彼无，唯见于早期印本，都是过去版本学家不曾留意的。今本所据主要底本之一，也正是郑西谛、王孝慈、李文信等的旧藏，可以说是集中了全国藏品之菁华。这是只有在今天社会主义祖国才能做到的胜业。

这一部画谱在艺术上的成就，郑西谛已经给予了极高的评价。《笺谱》与《画谱》，一个崇尚意境，一个趋向写实，但总的风格则是统一的，都是想充分发挥木刻刀法趣味的特点。胡正言生活的时代，是晚明木刻版画已达高度成熟的时代。他是安徽人，又是出版家，有条件得到徽派雕工名手的帮助。但他并不满足于高度写实的技巧与繁辱的线条刻画，力求从博返约，制作小品，尽力保存刀法的拙趣，辅之以套版拱花种种手段，创造出了崭新风格的版画。画谱与笺谱一样，主要题材是梅兰竹菊，少有或没有人物，也不收巨制的山水。这当然受了诗笺体裁的限制，更重要的则是创作思想的发展、变化。一种极度精丽的木刻小品就这样产生了。

三十年来，我国出版物的数量与质量都有很大的发展进步。特别是最近几年，高质量（包括内容与形式）的出版物受到了注意。在复印古本的工作中，也开始有了“古逸丛书三编”那样的精印本。但面对我国悠久、丰富的文化遗产，还只能说是蹒跚的起步。我们一定要拿出不愧于伟大时代与伟大传统的、有中国特色的高质量的印刷品来。

一九八五年十月八日

读《敌后日记》

日记、书信一直受着读者的重视。至于一切日记是否都可以归入“日记文学”，那倒不一定。近来“文学”的门类是日见其广了，新花样层出不穷，无论怎样的东西，只要缀以“文学”二字，似乎就可以堂皇地进入文艺之林，其实这是很靠不住的。我是爱读日记的，但并不全为了这是“文学”。例如叶昌炽的《缘督庐日记》，里面记的大半是买书、看书和搜集“经幢”拓本的事，该是很少文学意味的了，但却能使人读得津津有味。徐霞客的日记是日记体的游记。有很浓的科学性，也不专注于描画山水，好像也算不上是“日记文学”。自然也不排斥这些作品各有其文学价值。

日记也有种种不同的，大抵因作者而异；大官的日记常记朝章国故，为历史学家所重视，学人多记读书心得、学术意见，是研究家的宝贝。纪行的日记从《入蜀记》《吴船录》开始，作者不少。至于专记一时期的活动经历，具有某种特定意义的，如《走向世界丛书》所收郭嵩焘的出使欧美日记、王韬的日本纪游日记等更是多见。董康的《书帕庸谈》是专记在日本访书的经过的；于越遁安子的《虎口日记》则记太平天国战争中在绍兴的遭际见闻。范围极广，可以说社会生活的各方面无不可用日记体裁加以表现。自然绝非“日记文学”这样简单的划分所能包容的了。

这里要说到的阿英的《敌后日记》，正是一部极有特色的著作。这是作者从一九四一年离开上海，进入苏中抗日民主根据地，直到解放战争转入反攻六七年间战斗生活的纪录。作为历史素材来看，它是生动地、详细地记下了新四军、华东野战军团结苏北、山东人民对敌斗争的一个侧面的实录。因为是个人的日记，其中自然包括了许多生活记事，这些看来琐细，但却非凡真实的记述，是至今少见的素朴的战斗生活侧记。作者又非常重视社会生活的观察与记录，连购买食物、日常生活用品的价格这样的琐事也不漏记，这就不只表现了非常的生活气息，在经济史学家看来，也是很好的原始资料了。

读《敌后日记》，不只能看到伟大历史场景的侧面，同时也看到了作家自己，一个知识分子在大时代的洪流中的面影。作者从二十年代后期开始所从事的文学工作，就是在敌后的战争环境中也没有停顿，反而更执着更专注了。在转徙的战争环境中，他说“讫无适当桌子写长稿”，但仍抓紧读书、抄书的工作，连《汇刻书目》这样并不稀见的目录书残本也不惮手抄。他向李一氓借来了道光刻本陈文述的《画林新咏》，抄下了有关王子若的资料，这是精于抚刻汉唐碑石的名手，曾为高凤翰刻《砚史》的。又“自《画林新咏》中抄出小引三十八则成《杂画考》一卷，以备他日补充成稿，迄午后二时完，加一小跋”（一九四七年四月六日）。他就是这样利用战斗空隙写书的，对今天在和平环境中治学的人说来，是怎样一种崇高的榜样啊。他还随时为公家收集文物，包括瓷器、古画、书籍等等，在多次转移时费尽了心机，能运走的随身带走，大量的、笨重的就埋伏在地下。他随地访书，并随时记下文献流传毁失的讯息。如记“彼自渤海来，曾到王渔洋家，谓藏石一屋，书多散乱。淄川一藏书人家，重要书籍，皆为国民党军官取去云”。（四月二十四日）这都是藏书史料的重要资料，无人注意也无人肯记的，只有爱书如性命的人才在日记中留下了这种片断但可珍的记事。

他访问了胶东图书馆。仔细审阅了藏书，挑选著录。指出旧书多得自掖县杜家。发现了刘铁云的藏书和他的“六一阁藏书目”。并记“清版书甚多佳者，惜无时间将其剔出，殊憾。《玉蟾集》内刻像，《离六堂集》插图卷，都极佳”。看记载，则此图书馆所藏书是值得重视的，可惜没有详记，也不知今天这些书都在什么地方了。

《日记》附卷（一九四九年四月十二日至九月三日）是读来尤有兴趣的一卷，在《阿英文集》中曾收入《第一次文代会日记》，就是此卷的后半，但有所节删，不如此卷之完整。

作者从东北到天津，又到北京参加筹备文代会工作，和文艺界的许多朋友会面，工作之余，几乎有空就去琉璃厂、隆福寺、东安市场等处访书，也买小古董与画册、拓本。新文学书也多所收集。看日记，一两月中他几乎将周作人的著作全部收齐了。日记反映了解放初期北京文化市场的全貌，品种之多、价格之廉都不是今天所能梦见的。“返家小休，即去琉璃厂。旧书店甚多，以经济关系，未敢进去。只看了几家碑帖铺，至三时许始回返。”（五月十三日）这是一种情况，是没有钱去买旧书，这与今天的有钱也看不到书的情形，恰好是个鲜明的对比。如果有人愿意续写《琉璃厂书肆记》，解放初期这一段是不可不写的，但若干年来并没有谁注意及此。只剩下这一卷日记，给我们留下了依稀但着实的面影。这是读后不能不令人感慨系之的。

我不愿意简单地把《敌后日记》说成是“日记文学”，因为它反映的面十分广阔，更重要的是所涉及的时代历史。但作者是作家，老一辈的重要作家，他所关心的在很大程度上不能不是文学上的事情。文字虽然是不经意的，但正因此而显得素朴而美丽。我倒实在是当作文学作品来看的，而且确实得到了很大的悦乐。

一九八五年十一月二十七日

读《花间新集》

施蛰存先生新刊《花间新集》（浙江古籍版），所选凡宋人词十卷，清人词十卷。取名“花间”，是因为只选小令而不及近慢词，继承的是赵崇祚的遗绪。这在历代众多词选中是别开生面的。选者认为，《花间集》是文人间的俗文学，是一种与诗文分疆域的抒情形式。“这种文学作品的作用，是为歌女供应唱词，内容只要适应当时的情况，要取悦于听歌的对象。作者在写作这种歌词的过程中，尽管会不自觉地表现了自己的某些思想情绪，这是自然流露，不是意识的创作目的。因此，唐五代词的创作方法，纯是赋体，没有比兴。”这是选者对唐五代曲子词的基本认识。这两种选本，就是有意识地用《花间集》曲子词的规格体制，选取宋、清人的词作，以再现《花间》的传统风格的。

回忆小时候读词，最早接触的是李重光、《花间》、两宋人的小篇，深受感动。所读的多半乃是小令，长调读起来困难，不敢贸然问津。当时就想有谁来选一部历代的小令，提供一册可以随时讽诵的本子就好。可惜诸家选本多是小令、中调、长调全选，不能满意。蛰存先生的这本《新集》，正好是多年来徘徊于心目间的选本，不用说读了是使人高兴的。

宋词去唐五代未远，珠玉纷披，掇拾容易，清人词集汗牛充栋，作品更是芜杂。此书于清集用力最多，每家之后各附评语，连缀起来，无异一部清词话，是最能显示选者手眼功力之处。有许多小家，过去不大为人所知，亦赖此选得存姓氏，但细看仍不免有遗珠之恨。好在有名的诸家大抵已经网罗在内了。

蛰存先生说：

> 词的地位，在民间是高雅的歌曲，在文人间是与诗文分疆域的抒情形式。从苏东坡开始，词变了质，成为诗的新兴形式，因而出现了“诗余”这个名词。又变了量，因而衍为引、近、慢词。我们很难说，苏东坡是唐五代曲子词的功臣呢，还是罪人？

他在评论文廷式的词时又说：

> 清词至王半塘、文芸阁，气壮神王，不复作呻吟骚屑语。会国事蜩螗，生民邦家之痛，蕴无可泄，一发于词。纵琢句寻章，犹未能忘情于玉田、梦窗，而意境气韵，终已入苏辛之垒。《云起轩词》令慢皆揭响五天，埋愁九地，无稼轩之廉悍，得清真之婉约。清词至此，别开境界，非浙西、常州所能笼络矣。

这后面的一段话，正好回答了前面提出的问题。词的发展，不能不受制约于环境，安乐与忧患，会为词人造成不同的创作心情，不能一直留在小圈子里徘徊，也就是说已经到了曲子缚不住的时会。文廷式唱出了“寸寸关河，寸寸销魂地”，正是对曲子词的突破，突破了那种美人香草、无病而呻的套路。同是取径《花间》，也有真伪的不同。吴梅村的写娇憨少女，“摘花高处赌身轻”“惯猜闲事为聪明”，都有真实的描摹对象在。即使像彭羡门那样的以刻露之笔写闲情，到底也有其本事。晚清诸老，缅怀故国，伤心时事，虽然荒唐可笑，但作者自己是认真的。这与一般的漫写闲情，实为昼梦，有如一场皮影戏或牵丝傀儡者是完全两样的。分别赏析，是在读者。

蛰存先生以耄耋高龄，撰作不辍，新著联翩，半是旧时著述。《花间新集》是在大学资料室中业余的研究成果。《北山集古录》是二十多年孤寂生活中的撰述。他在序言中说，鲁迅早年的生活很岑寂，躲在会馆里抄古碑，后来参加了文学革命，“我在一九五八年以后，几乎有二十年，生活也岑寂得很。我就学习鲁迅，躲进我的老虎尾巴——北山小楼里，抄写古碑。这是一个讽刺。因为鲁迅从古碑走向革命，而我是从革命走向古碑”。这是很沉痛的话，也可以看作他的一些旧作的共同题记。这是读者在读这些新书时不能不为之唏嘘而同时也不能不感到高兴的。

台静农散文

真的好久没有读到如此朴实茂美的散文了。人民日报出版社出版、陈子善编的《台静农散文选》是只有十来万字的一本小册子，它收集的却是作者去台后几十年来的散文作品，量是少的，但内容却是厚实丰富的，通过这些篇章可以约略窥见他从歇脚庵到龙坡丈室数十年中枯寂平淡的生活，但也可以领略到他那“心事如波涛”的不平静的心境情怀。文字是淡淡的，没有豪言壮语，也没有披着华丽的外衣，可是像一把吸饱了水的毛巾似的，随手披拂都是浓郁的感情的流溢。这是一种很难达到的境界。台老晚年是以书法名世的，这就不能不使人想起“人书俱老”这样一句老话。

这本小集子中收有回忆、伤逝怀人、杂论、书序等不同类型的散文。他回忆辅仁大学旧事，记下了当时师友的风貌，虽各只寥寥数笔，而神采焕发。陈援庵、沈兼士、刘半农、余嘉锡、张星烺、邓之诚、柯昌泗、朱师辙、溥价（雪斋）、陆和九等。从这个名单中可以看出，与北大清华相比，这是别树一帜的一支学人队伍。他们没有学位与教学资历，都在当时各大学范围以外，是由陈援庵从社会上罗致来的。这是真正的举遗贤。可以反映出六七十年前旧京的一种文化背景。静农先生写人物有一支妙笔，这在其他怀人、伤逝的文字中也都表现得非常突出。如写溥心畬的《有关西山逸士二三事》、记乔大壮的《记波外翁》，都是极好的散文，而尤以后者最为沉痛。这是乔大壮的一篇极生动的小传。写他从南京中央大学离去，应许寿裳之约来台任教，居台北、怀故乡，心绪甚恶纵酒绝食的种种，使人读之凄断不欢。如写一次大壮先生酒醉往访，后来由作者与魏建功送他回家，“灯前他将家人的相片摊在桌上，向工友说：‘这都是我的儿女，我也有家呀。’”这就不能不使我猛地想起，就在那前后，我曾寄了两叶诗笺去，请他写的两首小词，其《定风波》云：

> 一叶飘然万里来，梦中不锁望仙台。杨柳新声飞玉琯，筵畔，蒲桃初泼映金杯。　　白雁随阳成阵去，秋暮，红鹃带血亚枝开。日落中原何处认，休问，水投东海几时回。

此词不见于《波外乐章》，应是来台后的新作，词中有飘零之感，有酒，有怀乡的深悲，读了《记波外翁》，就极明确地领会了作者的作意。我初读此词，虽也为其词采深深打动，却未想到作者当时心事如此凄苦颓唐。

在许寿裳被杀后乔大壮有两句挽诗，“门生搔白首，旦夕骨成灰”。真是极悲沉痛的唁辞，却不料这是他久有弃世意愿的自白。波外翁在苏州自沉之前，还写了遗书又寄其弟子蒋维崧一信一诗，诗后附记，“在都蒙命作书，事冗稽报，兹以了缘过此，留一炊许，勉成上报，亦了一缘。尊纸则不及缴还”。读至此，不能不使我感到极大的震撼。想想当年我以一个素不相识的青年后辈，冒昧请求作书，竟很快得到回报，而且是在那样的心情之下写成的，老辈为人的谨重，是自己当时完全不能领会的。

记西山逸士溥心畬一文，就轻快得多了，虽然依旧是悼念亡友的。台静农与张大千是密友，但集中只留下了一篇短短的悼文——《伤逝》。此文写于大千逝世三年之后，只记了最后同饮的一点琐事，笔墨清简，但读之犹有余哀。

《台静农散文》中收有《夜宴图与韩熙载》等几篇介于读书随笔与研究论文之间的作品，更是读来极有趣味的文字。读画、读《世说新语》、读《随园诗话》……闲闲写来，有史实、有考订，有见解、有风趣，正是难得的论文，虽然有人会不同意，因为它缺少严肃的纱帽气。不知道可确，可能这是接受了鲁迅先生的影响的。他是鲁迅的学生，关系也是密切的，可惜他不曾留下一篇纪念鲁迅的文章，也许是时代环境不相宜的缘故。但在这些不太严肃的论学文字中却继承了鲁迅的遗范。只有深入才能浅出，只有浅出才能使更多的人接受，发挥文字的最大效能。但这并不是所有的学人所能接受的，他们抱着清人考据文章不放，以为只有板起面孔以庄严道貌示人，才算得上是学术著作，这是一种保守的也是取巧的态度。他们不肯多花一分力气来接近广大的读者，也许他们根本就不具备这种力量与才情。当年读《清华学报》，曾欣喜地发现吴晗所写的明史论文，就是这种清新而活泼的文字，与同时刊出的旧派论文相比，尤能看出那显著的差异。据说吴晗的这些论文是遭到过正统派的拒绝的，还是朱自清说了话，予以保护，这才能够与世人相见。谈韩熙载夜宴图的文字多矣，又哪里有一篇像台静农这篇写得如此深入而又条理分明呢？这不只是读画，更是读史，引导读者看到活生生的人物，人物的内心活动，从而也领略了那特定的历史环境和时代气息。不能不认为是绝妙的论文同时也是绝妙的散文。

一九九一年三月二十五日

多棱镜下的真实

《李辉文集》五卷出版了。这是作者积十年精力所得的成果。捧读之余，深深感到年轻作者的辛勤劳动是如此的辉煌，足使上了几岁年纪的人深感惶愧。不只是因为作者年轻、精力旺盛，更重要的是他的努力追求、锲而不舍的精神。

记得十多年前在北京，听姜德明说，有一位年轻的同事，想根据沈从文发表在《国闻周报》上的《记丁玲》原本，校勘后来单行出版的经国民党审查机关删节的文字，不禁大为叹服。这确是一个好主意，不仅可以复原被毁灭的历史遗痕，更可以看出国民党检察官的心思，是文网史的好材料。运用旧时学者施之于古典经籍的方法于新文学版本研究，更是崭新的创意。这就是他为了写作《沈从文与丁玲》所下的坚实的功夫。有如鲁迅为写《中国小说史略》而先事萃集了《古小说钩沉》一样。

后来作者的努力更有新的发展。他从故纸堆中走出，眼光落在现仍存世的文坛人物身上，想从他们口中探求历史事实的真相。为了写《是是非非说周扬》，他访问了数十来位人士，从不同的侧面审视周扬这个复杂的人物。这是一种好方法。从或敌或友或亲或疏不同角度不同层面来叙说一个人，多少可以较为完整地得到一个立体印象。

这是一组结结实实的访问记录，并未渗入多少个人的评论，而真意自见。在雕塑家手下，一座泥塑立体的周扬塑像模型已经树立，需要的是更为细致的加工，李辉立意写的《周扬传》的雏形已俨然可见了。这是传记作者一贯使用的方法，不过有这区别，李辉不只广泛搜寻纸面上的材料，更为重视的是活人的口碑，是与传主有不同程度过往的人的口头评述。而这些被访问者多半已近高龄，有稍纵即逝的危险，因此留下的记录就显得格外珍贵了。

李辉曾说他想为周扬立传，其实也是想写一代人，写一段漫长的历史；描述、解剖周扬，实际上是解剖一种类型的中国知识分子。这些话说得好。五十年前我组织梅兰芳写他的艺术自传时，也曾树立过同样的理想，以梅的特殊地位，经历过那么长的历史时期，接触过极广泛的正面反面历史人物。如果梅的传记写好了，就不只是一本艺术家的史传，而是更广阔的一部政治史、文化史、社会史。历史人物具备这样条件的是不世出的。梅的《舞台生活四十年》自然远未达到理想，只是略具其意。这是一个遗憾。周扬与梅的活动方面不同，特点各异，但也正是一位不世出的人物，同样具备着反映一个时代的条件。这样，我们所期待的《周扬传》也不能不是另外一种风格、样式的传记。

重写文学史的呼声已经提出好久了，过去的几部现代文学史都不能使人满意。主编者之一的唐弢就曾痛感丁玲部分不公平、不理想，而改动起来又困难重重。沈从文也是如此。新写的现代文学史尚未出现，也不应要求它过早匆促地出现。有许多问题还有待研究论定，正需要做更全面的钩沉辨析功夫。《李辉文集》所接触的人物、问题正是关键性的、不能回避的。他的攻坚努力是可贵的，只有攻克了这些堡垒，未来的新文学史才有着手的可能。不知道作者是否有写作文学史的意图，我们是寄希望于此的，作为文集的读后感，我诚挚地提出这样的希望。

《许姬传七十年见闻录》读后

过去接触到写惯文言文的老先生的白话文，总有一种异样的感觉，好像缠足后的放脚，无论怎么看都有点不对劲。读姬传的文章就不是这样。不过他也不是一下子就能挥写自如的，这中间有一个过程。为梅先生记录《舞台生活四十年》可能给了他极大的锻炼。他是梅先生的“记室”，平常起草的也是文言的信札之类，一下子要另换一种笔调，困难可知。我佩服他的胆量，他真是放开手来写的，一点顾虑都没有，这样就自然形成了一种风格，一种独特的口语风格。应该说是继承了《老残游记》一类明清说部的传统而更新颖的风格。据他自己说，这是得力于熟读《红楼梦》的关系，可见这里的猜测没有大错。在近代散文中，这是有明显继承痕迹可寻的一个品种，是很少受到西方影响的土生土长的散文类型，因而也就更可珍重。

姬传最喜欢也最擅长写细琐的生活小事。这也是一种难得的作风。比起《四十年》来，《梅边琐记》，这特点显得更为突出。记得《四十年》最初发表时，曾经听到许多专家的意见，以为生活写得多了，艺术写得少了。我当时是不以为然的。我觉得一部艺术家的传记应该是全面的、生动的、凸现的，该者（包括后辈的演员）需要得到整体的理解，而不只是一部工尺谱和身段谱。如果从《四十年》中删去了养鸽、赛车……这些细节，读者将从哪里寻求时代风貌和艺术家成长的道路呢？从前人称赞高手画的肖像，常说有“颊上添毫”之妙，那就是说在不经意中能抓住对象的形貌特征而用极精练的手法点染出之。《琐记》中的许多片段记载，确是生动而真实地记录了伟大艺术家的风貌，不是任何正规的传记可以替代的。

姬传生长在著名的旧家，从小过着诗酒风流的生活，他的素养、见闻是很丰富也很有特色的。这部《见闻录》所记恐怕还只是一鳞片爪。譬如他喜欢收藏，对书画、金石……的鉴定、文物流传的故实都当行出色知之甚多，肚子里有不少珍奇的故事，这里就没有涉及。几十年来，笔记的写作很不景气，这种传统的杂史散文类型几乎要中断了。其实读者还是非常喜欢这类读物的，绝不能说说掌故、记逸闻的作品就是消闲解闷的无聊之作，它与正宗论文的区别只是没有端起俨然的架子而已。《见闻录》中记戊戌变法，记谭鑫培，都是研究的大题目，但作者都采用了“侧记”的方法，不避细琐，集腋成裘，其中往往可见珍秘的佚闻、独特的意见，这种写作也是有特色的。特别是作者常常采用了“按语”的形式，对主题加以考释、阐明，常常达到了有趣有益的效果。这一方法也是当年写《四十年》时经过讨论而使用的，是过去少见的体例形式。这次见到，真有如遇故人之感。

姬传年逾八十，而身体清健，执笔不辍，时有新作诗篇，常以一笺相示，使人高兴。这部《见闻录》，得书后一夕读毕，快如面谈。其中有许多是过去曾听他说起过的，重读更有趣味。书中谈到许珊林所刻书，过去就听徐森玉丈盛称其雕椠之精整，是晚清出色的代表作品。多年来也曾着意搜罗，有几种就是姬传兄弟也未之前闻的，因此为珊林先生作一篇传记，记下他平生治学、刻书的经过，刻书特点与刻书目录，也将是一件大有意义的工作，为中国雕版史不可缺佚的一章。我这里无厌地又提出这些题目，是希望他能继此更有所作，满足读者的期望。盖不仅是个人的私愿而已。

好一派江南烟水

近二十年来，区域文化的研究、区域专史的著作，受到了普遍的重视，全国各省市都有多多少少的专著出现。就中成绩显著的应推江苏古籍出版社出版的“江苏地方文献丛书”，他们一下子推出了二十种专著，起于两汉，下及近世，三吴名城，网罗具备。举凡记录古史传承、风土习俗、政治经济、文化地理的方志、野史、笔记、杂说，于浩如烟海的古籍中，择善而收，精校付印，不愧为魄力非凡的大手笔。

重印古籍，首先要选择精善的底本，更要网罗尽可能得到的异本，精加校刊、断句，成为可读的净本。据此再进行加工，取证他书，作成校注，更辑出佚文，然后成为较完备的定本。此中须经过许多审慎的工作，不是简单照本翻印就算了事。在“丛书”中所收三种古地志中，就显现了校订者的功力和辛勤。

后汉赵晔的《吴越春秋》于一九八二年初版，先后收到读者的不少意见，此次又详加审订，改正了不少错误。可以说是本书较好的一种本子。在书后还添加了几种附录，有“补注札记”，有“词语校释”，都有助于原书的研读。唐陆广微的《吴地记》，现在的校注本是采用多种方志，对史实本源、兴衰陈迹加以注释，并辑有佚文一卷，可资参考。现下的出版物，能花许多功夫，仔细校刊，务求完备的，也确不多见，不能不为之高兴。

“丛书”中所收，颇有皇皇巨制的重要作品。如金友理的《太湖备考》，就是一部庞大的湖泊专志。太湖横跨三吴，为这一地区滋生之源，特撰专志，不但是开山之作，也足见作者的眼光功力。于地理沿革、政治设施、经济文化等不同方面，都有周密的记述。是一部重要的地理文化要籍。书后更附载了作者受业师吴曾的《湖程纪略》，这部以日记记游面目出现的作品，是乾隆中太湖面貌的生动描画，其艺兰圃原刻流传甚罕，得以重印附载，是很难得的。此外更增辑了郑言绍的《太湖备考续编》，于水口变迁、湖水利病、兵防部属……续加考订，迄于晚清，使湖志更为完善，凡此皆可见编者的用心。准此，“丛刊”所收顾禄《清嘉录》未能将作者另一名著《桐桥倚棹录》一并收入，未免可惜。

“丛书”又收有《南明史料（八种）》，是汇集弘光一朝野史于一书的巨编。所据底本，多属旧抄秘册，为过去难得一见的秘书，今天集中在一册之中，为学者提供了极大的便利。其中如黄宗羲的《弘光实录钞》、顾炎武的《圣安皇帝本纪》、李清的《南渡录》，都是南明史中的重要著作。《南渡录》的著者李清，更是四库禁毁群书中的重点人物，乾隆在谕旨中称其妄逞臆说，任意比拟，虽已身死，幸逃显戮，所著自应搜查销毁。可是今天可见的仍有十二种抄本在。封建王朝的禁毁，到底还是失败了。在这八种野史中，读者读三百年前的旧事，于种种华屋丘墟、生民涂炭的惨状得一真切的认识，是极有意义的。鲁迅先生说："我以为倘有购买那些纸墨白布的闲钱，还不如选几部明人、清人或今人的野史或笔记来印印，倒是于大家很有益处的。但是要认真，用点功夫，标点不要错。"（《病后杂谈》）今天江苏古籍出版社所做的，也正是鲁迅当年所想的。

"丛书"着意所在，唯苏州一郡。凡收唐陆广微《吴地记》以次专著十余种。其中有据宋本重刊的《吴郡图经续记》，有校景宋本范成大的《吴郡志》，有据康熙原刻校刊的《百城烟水》，有道光以还出现的《清嘉录》《吴门表隐》《吴趋访古录》《吴郡岁华纪丽》《宋平江城坊考》等。诸书体例不一；其特点是详记苏州一地的街市、坊巷、祠庙、墓葬、山水、岁时风俗、商贾市肆、宅第园林……条分缕析，无异一部地方的百科全书，以文字组成的江南风景长卷，编者汇集校刊所花的心力是值得佩服的。"丛书"提供的不只是地区文献资料，更附有大量诗篇，因而别添了文学情趣。如《百城烟水》所辑古今诗什自唐宋以还直至明清易代之际，作者如林，特别是辑录了清初诗人之作，多有未见原集赖此仅存的逸篇。其体例可与刘侗、于奕正的《帝京景物略》、张岱的《西湖梦寻》比观，是一时著书的风气。

"江苏地方文献丛书"皇皇十数巨册，一时未能遍读，浏览所及，发现了一些问题。有的是排校产生的错误，有的恐怕是原本即有的失误。如《过云楼书画记·续记》目录校勘记："'杨白补'，原印作'杨曰补'，案《明画录》及《长洲县志》：'杨补，字无补，又字白补。'今据改。"其实"曰补"是对的。其顺治汲古阁刻《怀古堂诗选》所附传状俱作"曰补"，《明画录》等后出，不足据。

《金陵野钞》说明，"顾苓字雲美"，"雲"当作"云"。此因排校以简改繁所致。《丹午笔记》，"何可使许霞城茅上生专国土名姝之目"，"上生"当作"止生"。《五石脂》，"山阴祁骏佳字秀超"，"秀超"当作"季超"。"龚定厂"当作"龚定厂"。"双全榜"当作"金榜"。"董含莼《乡赘笔记》"，作者为董含，所著为《莼乡赘笔》。

皇皇巨制，出现一些错误，是不足道的。希望重版时加以改正，就好了。

藏园两种

五十多年前在天津出版的《国闻周报》上有两种连载专栏。一个是“采风录”，每期发表旧体诗词，这个我没有多大兴趣。另一个则是傅增湘的“藏园群书题记”，这是关于古籍的题跋，有时读了觉得有趣，可以说我后来的买些旧书，最先也是从这里引起兴会来的。抗战以后，“题记”的“续集”出版了，仿宋体排印，白纸大册，相当讲究，就买了一部来读。后来又出了“初集”，就是在《国闻周报》上发表的那些。说有兴趣，却无从仿效，因为他所记的都是宋元珍本，绝非一般买书人所能企及。大约只是觉得他所写的买书故事有意思吧，他确实将一个爱书人的心理刻画得淋漓尽致。他笔下的访书故事也非常有趣，可以说李南涧的《琉璃厂访书记》以后，就不曾再见到有如此趣味盎然的文字了。

匆匆几十年过去，当时所买的两部“题记”幸而都在手边，有时取来翻翻，也慨叹这怕还不是全部。因为在这两集出版以后，他还写了不少题跋。最近买到上海古籍出版社出版的《藏园群书题记》，果然是补充了三集和有关诗文重行编定的全本，觉得非常高兴，在学术著作出版十分困难的今天，能推出这样八十五万言的大作，出版社的魄力是令人佩服的。

傅增湘做过官，也办过教育，但平生所好则是书籍。他藏书、搜书、校书，又十分细心，随身带着小本子，凡遇好书，无论能否到手总要记下那大概来，几十年的积累，成“瞥记”若干册，前两年也由中华书局印行了，就是《藏园群书过眼录》，这实在是一部数十年间古书流转的大账簿。今天藏在国家图书馆里的、流散到域外的、仍在个人藏家手中的，差不多都在这里可以找到记录。当然并不完备，这是不能要求于个别藏书家的，但实在不能不说是难能可贵了。

当然作者和他的著作不能不带有时代的局限性。这两部书反映的是老一辈藏书家的好尚。如地志、小说、戏曲、插图本，以及清人著作特别是集部，就完全被忽略了。因此，这两部著作可以看作是旧时代藏书家的结尾的大著，在版本目录学上自有其地位。

“题记”中有时也附有简单的校记，但并非全豹，他另外还有手校书一万六千卷，现在藏在北京图书馆里，这是花费了毕生精力，对今后古籍重刊，应该有很大的帮助的，可惜还没有人加以利用。

傅增湘和张元济是老朋友，商务印书馆的影印古籍，涵芬楼的搜求旧本，都有他的心血在内。商务印书馆曾印行张傅两先生的论书手札，读起来，就更有兴趣，可以与上面所说的两部著作对读。

书丛杂拾

《庚辛之间亡友列传》　会稽章学诚实斋撰

此单刊本传世甚罕，几同孤帙。有萧山王氏藏印，继为泉唐丁氏所得，楼书散后，遂又入虞山周氏。余得于武林旧肆。书估陈某，号“小六爷”，其兄得周家藏书最多，较善之本早已散尽，余所见只新抄若干而已。此册却亦杂于其中，岂以清刻而无人顾问耶。去冬留湖上十日，所获诸书有元刊元印范文正公集及此本最为得意。癸巳白露前二日更书。

章学诚著书，生前墨版者极少，此为其一。书前大题下列目录，后接自序、正文。后有乾隆五十四年己酉夏四月嘉善周震荣“书庚辛之间亡友传后”。这虽然只是乾隆刻本，但传本甚少，因之为浙江著名藏书家萧山王氏、钱唐丁氏所重视。这就是所谓“真赏”，能于旧刻名抄之外，赏识此种“新刻”而有独特价值的小册子，没有特异的眼光是不足以语此的。章实斋的文字也确是不错，干净利落，而处处流溢着深情，是极好的怀旧伤逝的文字。尤其值得注意的是，书中介绍的十二人，在学养文翰上都是有相当成就的，但名姓翳如，几无人知。而他们落拓的生涯，更反映了所谓“升平盛世”的文士悲凉的处境。于知人论世也是大有好处的。

临江乡人诗四卷　吴颖芳西林甫

今年残腊，余客杭十日，居南山路。客居无聊，辄访书友闲话，并求书观之。无何佳本，然亦间收一二精刊小册，聊餍我欲。有陈某者，曩尝以书挟沪售予，因与之稔，颇知书，亦自藏弆。余买得数册，此寿松堂梓临江乡人诗亦其一也。此书有丁氏翻刻本，知其罕传也。椠印精好，朱校亦旧，至可爱玩。归沪理书漫题。壬辰腊月廿七日记。

陈某近久不作旧书生理矣。客岁残腊，挟旧抄四种来沪售余，皆李鹿山旧藏也。其人居湖壖，肆已改为粥店，妇子当垆，渠则终朝偃卧耳。一日，尽出其旧书观之，别无佳品，只抽得旧抄《北湖集》一册，中有鲍以文校笔，亦可喜也。乙未春日，闭门读临江乡人诗，更记数语。

这位陈姓书估，自己并不设肆，或曾开店而后闭歇了，不详。他和杭州几家书店相熟，能取书出来转售。他又颇有眼光，记得曾挟一批旧书来沪，中多包子庄家旧物，有淡生堂抄本《雁门集》、世学楼抄本《弘明集》等。杭州旧书店脾气古怪，不欢迎上海来的客人，唯恐贱售，却相信他，因之时有好书。他住家青年路，下面是粥店，他睡在楼上，大概肺病已重，不大出来活动了。不久死去。他是懂得书的，像这临江乡人诗，就是乾隆中寿松堂的原刻本，板式疏朗可爱，远胜丁氏翻刻本。有两部书他先送到来青阁，后辗转为我买得。张贲的《白云集》、吴铭道的《滇海集》，书都是乾隆刻，张集刻得尤其草率，但都是难得地逃过了禁锢的名集。转眼四十年，湖上已不再得见一册旧书，而懂书的估人也零落殆尽，不能不感慨系之。

湖上的诗人多矣，四十年前杭州旧肆中这种清人诗集多不胜收，其实在乡邦文献的角度看来，都不是弃物，从中可见康乾之际文士往还，湖山胜概。诗笔自然有高下，吴颖芳自是其中健者。兹录《朱桥薄游和友人》一律，以见一斑。

平田耕势叠鱼鳞，水陌吹香树影翻。
大好溪山应得寺，不多云水别成村。
红怜簪鬟新花样，碧是湔裙旧水痕。
解渴岂辞春酒薄，扫莎归去枕槐根。

谈龚批《简学斋诗》

十分欢喜定公诗。于是也常想从定公对自己和旁人的诗的议论当中寻求一些踪迹。虽然，这也并不是十分容易的事。龚自珍有一组“三别好诗”，诗写得好，小序尤其有趣。第一首就是题吴梅村的诗集的，诗云：

莫从文体问高卑，生就灯前儿女诗。
一种春声忘不得，长安放学夜归时。

小序里明明说得清楚：

虽明知非文章之极，而自髫年好之，至于冠益好之。……自揆造述，绝不出三君，而心未能舍去。以三者皆于慈母帐外灯前诵之，吴诗出口授，故尤缠绵于心。……吾知异日空山，有过吾门而闻且高歌且悲啼，杂然交作，如高官大角之声者，必是三物也。

“三别好”中，吴诗以外还有另外两家。定庵在这里透露了一个非常突出而又绝非罕见的消息。儿时所诵习的诗文，往往最易发生深厚的感情；明知这些东西的成就并不太高，但还是不能已于深深的喜爱。那种温馨的记忆是忘不掉的。

真的，读定公诗，就很难发现其中有哪些是接受了吴梅村影响的。定公自己就说得明白，他自己的作品，与那三位作家绝少渊源。他评梅村诗是天生就的夜窗灯下的儿女诗，这使人联想及灯前尔汝、昵昵儿女语的弹词之类。真是奇妙的譬喻，《圆圆曲》《萧史青门曲》……论音调、论色泽，论故事性，不就正是极为出色的"开篇"吗？实在不妨请女弹词家以吴侬软语寄之弦索之上，那是一定会取得出色效果的吧。

这样的诗，在定公看来，是经不起从"文体"着眼来论"高卑"的。

闲话表过，可以联系到定公所批的陈太初（沆）《简学斋诗》了。虽然有人对这位写过"诗比兴笺"的诗人有怎样的笃好，可是我总觉得那不是一位高明的诗人，特别是他的近体。可以看看定公在批评中显露的分寸与态度。是不是真像有人所说，龚定庵不同于魏默深，不那么客气，更肯揭露作者之短呢？

这就又不能不使人想起另一个有趣的传说。

定公有一个儿子——龚橙（孝拱）。真不愧是名父之子，那作风与他的老子是相去不远的。据说有人看到过龚孝拱在深夜删定父亲的遗稿。在书案上放着父亲的神主。每改一处，口里斥曰"不通"，顺手拿起戒尺就在木主上嗒地一下。算是对故世的老子补作教刑。这虽然是传说，其实是不无根据的。今存的定庵文集，有一本就是经孝拱改定过的。对原文删得很厉害。大抵在孝拱看来，爸爸的文字还很不高明，锻炼得不够言简而意赅罢。

这当然也还是闲话。不过也可以说明，孝拱的确是继承了老子评论诗文的严正的态度与作风的。

定公是特别反对油滑的。他自己写文章作诗都特别注意真实，连自己最后的送掉性命也还是为了坚持政见，触怒了昏庸的统治者。他自己的诗最大的特点就是大胆地、无保留地暴露真实思想。因此，也就完全可以理解他对“伪体”油滑何以充满了如此深切的厌恶之情。对陈太初“夫子下山去，梅花香满林”这样的句子，批道：“此种稍滑，惧开赝体。”“稍”字用得实在够客气了。对“顺逆天何意，穷通我自疑”两句批道：“三四实不工。不如比兴之为愈也。”对“诗比兴笺”的作者，这不能不说是破格的“微讽”。其实说穿了这也还是“滑”。换一句话说，正如定公另一处的批语：“诗之瘠而露筋者，终非合作。”这样的诗，把什么都显露在外面，正像解剖学的插图，只见一具血淋淋的躯体，筋都一条条摆在外面，就是没有肌肉。不用说，这是不能称作好诗的。

批这样薄薄的一卷诗，我看，对定公说来，实在是一件苦事（他居然还批了两道）。就拿他认为是“近体此压卷”“裂笛之作”的《扬州城楼》一首七言律，也还是忍不住表示了不客气的意见。对“穷商日夜荒歌舞，乐岁东南困转输”两句，批“穷字不好”；对第七句“道谊既轻功利重，批“亦露筋”。真可见那执笔之顷的无可奈何之状。他不是不想客气一下，但实在是做不到。

我觉得陈太初的诗，也着实应该归入“难从文体论高卑”一类的。当然更完全不能和梅村诗相提并论，他连吴骏公百分之一的血肉都没有。

陈沆对自珍是佩服得五体投地的。但自珍却并不怎么看重他，定庵集中没有与沆投赠的一诗一文，只在他身后有一首“二哀诗”，序云：“辛巳冬讫癸未夏，数数枉存余求师友，有造述，皆示余……”这本诗稿就是壬午所批。挽诗有句云：“幸哉有典则，惜哉未酣沉。”看来与其说是叹惜遗业未成，还不如说是由于太初缺乏诗人的气质，虽然十分用功、矜慎，但造就终于不高。太初撰“诗比兴笺”，于此道不能说不沉酣，但他自己的诗就往往不能善运比兴，这实在是没有办法的事。

善本中间有重要的一类是所谓批校本。往往底本是不足观的，只以批校而增重。这本《简学斋诗》稿本大抵就可以归在此一类里。

《桃花扇》札记

暇日读清人别集，每见有记《桃花扇》事者，辄信手摘录之。其中颇有近人论此戏者所未见，因绍介之。

贵池吴铭道，楼山先生次尾之孙，有“复古诗”八集。石坪陈沆序其《滇海集》云：

> 复古为人聪明奇警，无书不读，酒酣烛跋，语及乃祖起兵时事，与其先世交游，则为之悲歌慷慨，历落动人。故其为诗，具豪宕感激，有祖父之风。

昆明王思训畴五序亦云：

> 余友贵池吴复古，为次尾先生文孙，以布衣高节取重当世。

潘稼堂序亦甚称之。其游滇在康熙四十四年顷。先是曾于四十年辛巳入都，有《京雒尘集》一卷。第二年壬午有诗，题云：

孔东塘户部罢官后，同陈文心简过其邸次。户部著《桃花扇》，记先祖与陈定生、侯朝宗二公留都防乱公揭事。

诗为七古：

孔公罢官有真趣，片言不肯要当路。
门内鱼乾古史厨，门外鸦啼枯柳树。
眼中久已无黄金，手却浮云避天怒。
南壁浅运羞齐梁，东林复社扫如雾。
要从歌板开生面，曲订周郎还自顾。
公子新从塞外归，白尽颠毛留我住。
草间凡妖妄笑人，遮野纵横白日莫。
不如细饮酌且斟，醉醒那问客来去。

同集又一诗题：

御史大夫李木庵先生席上，同陈钟庭太史。公云，家有歌僮能唱孔东塘《桃花扇》，不敢借观也。

此诗作于上年辛巳冬。诗云：

霜柏西台宴，风清韵许听。
榴皮仙字古，薇露大文馨。

有客原惊座，从公缓引铃。
桃花歌扇底，愁见小朝廷。

此二诗，皆可证东塘罢官于辛巳前，其还山在壬午春以后。诗意颇诙诡，塞外归来之白头公子亦不知何许人，殊不敢妄测。

江都程梦星午桥有诗集数种，皆乾隆中精刻本。其《漪南集》有一题云：《观演〈桃花扇〉剧四绝句》，前有小序云：

康熙己卯庚辰间，京师盛演桃花扇。兴化总宪家优金斗暨高阳相国文孙寄园，每宴集必延云亭山人上座，即席指点，客有为之唏嘘泣下者。乾隆辛酉，家载南蓄优童自淮阴授此剧归，同人歌演遂无虚日。多赋诗纪之。余谓征事选词，虽未必尽皆实录，而北里烟花，奚啻南朝金粉。宜其耽情伎席，擅美歌场。至若秋风鸡黍，不过剩水残山。方今四海一家，又何必问萧萧芦荻耶？

诗为七绝四首：

顾曲周郎隔世期，嫱人犹自写乌丝。
桃根桃叶风流尽，何独桃花扇底词。

公子声华艳一时，秋闱两度总堪悲。

不知壮悔堂中集，可似渊明入宋诗！

争羡香名是却奁，夷门归去绝尘缘。
青楼梦觉朱弦断，不遣琶声到客船。

金斗歌成唤奈何，寄园高会泪偏多。
重翻旧谱山阳笛，谁记云亭载酒过。

程洴江为乾隆初著名人物，弃官后居邗上，家有园林，与当时名士厉樊榭、马佩兮、陈玉几、胡复斋等游宴无虚日。其所记桃花扇故事，皆可为戏剧史料。江都为当时文化中心之一，其所论说亦可代表一时文士心情。其显斥夷门，尤严于孔红萼。至四海一家云云，无可奈何之状毕露，此其所以为“名士”欤？

一九六五年

关于津逮楼

建国初期，南京发现了一部宋刻《金石录》，一时哄传书林。我曾在徐森玉先生座上得见此书。森老对我说，“你看像不像嘉靖本?”初看，确似白棉纸印的嘉靖刻，可是仔细看，笔法刀工就绝不是明刻所能企及的了。此书宋刻全书久佚。只流传下来残本十卷，为藏书家所珍重，他们刻了“金石录十卷人家”的藏印钤于书上，以示珍秘。全书出现，这残本的身价立时跌落了。此书有张菊生先生手写长跋，菊老时已久病，力疾属草，“老见异书犹眼明”，可见老人爱书的激动心情。这部《金石录》已由中华书局复印行世，有虎贲中郎之似，但比起原书来，到底是差得远了。

听说这部宋本是从甘氏津逮楼流出的。由赵君论斤秤得。这就使我有了访问此楼的兴趣。此楼仍在，但已颓败不堪，登楼一望，空落落的楼角仍有一堆残零册籍。拣得清刻残本一册，有甘元焕藏印数方，携归留作纪念。楼下左右还住着甘家后裔，他们取出明嘉靖刻医书一部见示，确是甘氏旧藏。问价奇昂；大概他们知道把祖传的宋版书论斤斥卖的故事，才如此珍重护惜的吧。津逮楼不知如何了？估计当早已拆毁。

但这一金陵藏书旧家，总希望有人进行访问，对遗址的方位、甘家故事加以记述。谈南京藏书故事，这实在是不应漏略的一笔。

关于“纫秋山馆”

读新刊《西谛书跋》，见收有《长乐郑氏纫秋山馆行箧书目》等共三篇。都写于一九四四年——九四五间，那是抗战胜利的前一年，西谛先生留居海上，生活困苦，曾多次斥去藏书救穷。《纫秋山馆书目》后有长跋，写得情文并茂，感慨无端。他说：

> 盖数年来杜门蛰居，庆吊不问，既未赋采薇之歌，亦不问灵均之卜，则臣朔苦饥，固不能不求之架上物也。

去书易米，其意甚明。又说：“古书九百一十二种，皆予烬余、鬻余之所存者。”是此册所记，当是当日手头所有的全目。而《长乐郑氏纫秋山馆行箧书目》一卷，则“右行箧所携书凡二百三十二种。明刊本占其大宗，凡二百十八种；元刊本凡二种，……多半四库未收及存目之书”。

可见两本并非一事。

解放前我在文海书店见到行箧书目，是西谛手写本，肆中人说这是郑先生寄售的目录，已有四川某氏议价将成，我当时年少气盛，发愿为他留下这批书，就多方筹措了若干“大头”，约略可近书价。等我在市场上换成金圆券，在一个傍晚赶到书店时，不料因币值朝夕变易，书店不认账了。没有法子，只好用这笔钱，买了架上几部书算数。当时嘉业堂的藏书散出，满布架上。随意选取，有宋本《东坡后集》等约十种左右。若与行箧书目的二百十八种相比，价钱相去几近二十倍。后来回想，西谛所去之书，多为常见的明本书，并无惊人秘籍。当时见识不广，不知此事，难怪这些被肆估称为“大明版”的东西，价值如此。也不知这并非西谛十分珍惜之物，挥手斥去，不以为意。如以两种书目并观，可易知也。

这本《行箧书目》的西谛手写本，当时也一并取归，以为纪念。后由友人沈君取去，可知此目当有两本。

一九九九年十一月一日

Ⅲ

一觉

近来神经麻木，记忆力也好像不行了，每天过着浑浑噩噩的日子，正应了一句古诗，“山中无历日，寒尽不知年”。虽然目前正是炎夏，但是那模糊的情形，是相同的。早晨醒来，拿了早报一看，拜读了蒋主席的胜利日的文告，才知道我们光荣地做了胜利的国民，是已经有了不短的一年的历史了。

等到出门，就又看到天空上横冲直撞的飞机，那影子和声音是熟习的，P-51哩，P-38哩，真是英武得很。街上的老百姓也都驻足而观，从嘴角流下垂涎来。我也在拥挤的人群中做了两分钟的“呆鸟”，直等到急雨阵落，大家才作鸟兽散，逃到屋里去。

这之后，我就有机会静坐在窗前呆想。麻木了的神经，又好像得到了一点新的刺激，渐渐能够动作。回忆的确是美丽的，它能使你忘却暂时的苦闷。于是我就暂时埋在过去的梦里。想着在贵阳的那一夜，已经睡在帐篷里面，又被爆竹声惊醒，给朋友们拖了起来在街上乱跑了半夜的情形。那胜况也的确是空前的。把美国兵抬了起来在大街上乱跑，老百姓们的确是有些激动了。就连平常用特异的眼光去看的“吉普女郎”，这时也都给她们一个善意的微笑。……这些，在现在想来，真是十足的“呆鸟”的举动。

这以后朋友相见，总要说一些高兴的话，我当时就曾经被一位朋友认为“白日梦者”，然而那些话又何尝是什么了不起的奢望呢？我只不过希望能马上看到久别了的家属、亲人、朋友，想重理故业，好好地给国家流些汗；如此而已。

以后就是日夜奔忙为国军的复员运汽油，送走了一批批的接收大员，等到任务已毕，我们这批人就被遗弃了，流落昆明。千辛万苦地来到了重庆。每天从扬子江头的迷雾里送走了第二批、第三批……的接收大员，自己呢，还是流落、流落……

这之间，我旁听了政治协商会议，看了整军方案的签字，瞻仰了一大批风云人物，听了无数的谠言高论，似乎我的记录的笔也已经有些疲倦了。然而当时是不觉得的。当暮夜深沉，在重庆的暗雾里疾行，昏灯下赶写，我是决不倦于报道这些使人高兴的事的。然而现在想想，那真是十足的“呆鸟”的举动。

好戏演完，武剧登场，正如一台出于名手提调的“堂会”，“文章会”后面总得安排一出“恶虎村”，刀枪并举，金鼓喧天，十足的一出“全武行”。

好戏绝不能戛然而止，花样翻新，又排演了连台的“血滴子”，“尸横灯影，血染空房”，恐怖的影子罩满了半天，而人间的光影也就越加暗淡了。不用说，这以后跟着来的将是一片黑魆魆的大地，没有一些声息……

如果用数学的图形来表示，胜利之初的全国国民的兴高采烈的情绪与今日的沉落的悲哀的对比将是一条急骤降落的直线，那坡度大约近于九十度。这情感的低潮，一时似乎没有抬起来的希望，恐怕还要继续压抑下去的罢？

经过无数“英雄”们的努力，总算把全国人民的一点点复苏的热情，完全熄灭了；把胜利带来的那一股乐观的空气一扫而空了。就连善做“背面敷粉”社评的王芸生先生，平常总是捺紧了别人的鼻子，而指着天半的海上神山的，现在也说不出什么好听的话来。真是除了凝视“上海小姐”的笑靥之外，也实在没有了任何消遣的方法。

我平常虽然也翻翻历史，可是并不相信它的命定性。僵尸的影子虽然可怕，但是总觉得这是过去的事，现在是不会重来的。也正是这种信念，使中华民国挣过了十四年抗战的艰苦。然而导演们的手法是无情的，他们曾经撕破了多少美丽的布景，更何况这一点微薄的信念。远古的不说，民国以来的事，总还有许多人是记得的罢？袁皇帝的“德政”，当犹在人耳目；而新华宫的春梦，也不过才做了八十三天；“三一八”的死者的血迹似乎也不曾给“执政”带来了万世的基业；当时语丝晨报上的旧文章，现在可以一字不易地拿来重登，不会觉得是过时了的东西，虽然民国已经是三十五年了。

那时的前辈说过但愿以后不再请愿的话。不过人们的记性不好，如今还是在用这一类古旧而无效的方法，而又自己“碰伤”了。看看近来的情形，大抵是走上了“言语道断”

的一途，我想这或者也并非不是好事，以后还是服膺清朝某相国的教训，多磕头少说话罢！

惭愧得很，在这胜利周年的日子，我没有好话可说；然而这倒的确是经验之谈，是做了一个美丽的春梦，一觉醒来以后的感想。我可以担保绝不是睁眼扯谎，有如那些伟大的“英雄”们一般。

一九四六年八月

求实

近来觉得杂文的写作应该避免以下几种毛病，但我认为是毛病的，在别人也许正看作是优点也说不定。

首先，我觉得写杂文最好不用典。当然这也不是绝对的，该用时还是要用，用得好的也应该佩服。不过有一种很时髦的方法，在我看来则是不足为训的。不论说的是什么问题，一开手就先来引一些古书，而且越古越好，如先秦诸子之类；接下来就随便引一两句唐诗宋词，发一些不着边际（或云与主题无关）也并不确切的议论；然后才说到正文。这样做，我看用意有二：（一）作者运用的是八股文中“截搭题”的方法，说得好听一些，是《诗经》中就有了的“赋、比、兴”的手段。这些手段当然也可以用，但重要的是“切题”。如做不到这一点，那就不能不使人怀疑。（二）作者是想冒充渊博，想以此唬人。不过这样做是危险的，极易露出马脚，正如柴大官人庄上那位洪教头一样，摆出了些颇吓人的架势，但只要细细一看，就给林冲看出了底细一般。

其次，不要去硬学某种调子。在这里，我指的是鲁迅杂文的风格。关于这个问题，是必须历史地加以分析的。鲁迅先生创作了不朽的杂文，给青年作出了光辉的榜样。出于对先生人格与文章的崇敬，许多人都进行了努力地模仿、学习，这样就出现了我们称之为“鲁迅风”的文体。有些作者，与鲁迅同时发表杂文于相同的报刊，竟使当时专凭嗅觉的叭儿怀疑是鲁迅化名的作品。这确可称为一种“佳话”，在文学史上也有其一定的地位。但这类“鲁迅风”的杂文之所以得以屹立并获得生命，主要还是由于内容，即与先生的战斗方向的一致，否则无论学得如何神似，也还是无用的。

如果脱离了内容而只着眼于形式，所谓“鲁迅风”也将沦为一种纯粹的装点。这可不是什么健康的发展道路。过去人们学“八大家”的古文，有些就专学那调子，摇头晃脑地读起来，得意非凡，自以为也是“八大家”了，这是十分荒谬的。

学习鲁迅，首先要学先生的精神。形式也应该学，但要善于学习，并放在适当的地位，不可喧宾夺主。总之是要采取老老实实的态度。

上面所说两种毛病，都是要伤害鲁迅所开辟的光辉杂文传统，使杂文趋于八股式的危险道路的。我们悠久的文化传统中有一种势力很大的倾向，就是“文章游戏”。它以多种不同形式表现在思想文化的许多领域，都与实事求是的精神背道而驰，应该时时注意防止。

以上所说的毛病，我自己也都曾沾染过。后来逐渐觉悟，所以感触也特别深。

一九八四年三月十六日

盗版溯源

出版界的盗版现象现在是愈趋愈烈了，作家与出版家也相应地想出种种方法来反盗版，新花样层出不穷。如在书未出前对书名的“黑箱操作”，大有推牌九时千方百计不使露底之势。还附送光盘，书出版时连出版法也印在封底，并写了长篇序文呼天抢地、声泪俱下地向普天下看官告冤。几乎成了出版界一派靓丽的风景。效果如何还不得而知。

反盗版与维护知识产权活动，可以说是古已有之的。早在宋代，出版物中就出现了带有“版权所有”性质的牌子，不过大抵出现在私家刻本中，也就是说出现在经济性营运的坊刻本中，可见一旦出版业纳入经济运作中，反盗版的现象就出现了。例证不必在这里多举，在类似《书林清话》和版刻图录之类著作中都可以找到那实例。近代盗版猖獗，则在三十年代中期。鲁迅的《且介亭杂文》二集中，有一篇“题未定草（四)”，下注“不发表”三字。我一直不明白那真相，曾向黄河清（源）打听，他说那是先生为了反盗版而故意布下的疑阵。三十年代的盗版情况，唐弢在《晦庵书话》中，有几篇文章说及，他称之为“翻版书”。他认为五四以还进步书刊遭遇的最大灾害，除了反动官僚的禁毁之外，就是牟利商人的翻印。因为它不仅是对作者的剥削，同时也是对读者的欺骗，这就与今天的盗版活动有些近似了。今天的盗版家继承的正是三十年代前辈的老传统。那时的盗版书与流行一时的一折八扣书并不是一回事。后者经营的也是盗版，但目标所在是久已没有版权的旧小说，如《三国》《水浒》《西游》《红楼》之类，做的是没有本钱的生意。这一传统已为今天大小出版家所继承，大家竞而争印所谓四大古典小说名著者就是。至于新文学创作的盗版，才是今天盗版家的先河。

据唐弢的考证，选集、文集、别集之类不必说了。如鲁迅名下就有《一个秋夜》这样的名目，是一九三二年上海新文艺书店出版的。在蒋光慈名下就有《碎了的心与寻爱》等五种。出版者分别是上海爱丽书店（一九三一年）；上海美丽书店（一九三一年）；北京爱丽书店（一九三一年）；上海生活书店（一九三六年）；上海月明书店（一九三二年）。当然，在盗版大潮中，这不过只是几朵小浪花。盗版者的手法，则是剽窃已出版的作品集，任意删替，借鲁迅和蒋光慈的名义欺骗读者。张冠李戴，以假乱真，滥改原文，佛头着粪，真是令人发指。

唐弢后来得到张静庐提供的材料，据一九三二年调查所得的翻版书就有二〇一种。一九三二年七月，在北京还成立了中国著作人出版人联合会，查获了双义书店、卿云书店、宝仁堂书局等翻版书大本营。其实这也不过是冰山的一角而已。

近来选集合集的出版风起云涌，蔚为壮观。我的文字也多蒙赏识选入。出版者的处理法也各各不同。有事先来信征求同意的，有出版后寄出样书并稿费的，有的不声不响选入了并出了书，事后绝不打一声招呼的，真是五花八门，无从应对。见怪不怪，只有淡然处之。不过最近又发生了一件新事，是过去不曾见识过的，值得在此一说。

一天，朋友拿了一册新书见示，是“学者小品经典”第二辑之一的《秦淮拾梦记》，新世纪出版社出版，但在版权页上并不标明出版社地址。朋友说这是我的“新作”，但我却毫不知情。打听下来，知道这家出版社坐落广州，于是就向广州的朋友问讯。朋友非常热心，辗转向广东人民出版社的主持人打听，得到答复说：“已问过新世纪出版社的负责人，答复说，他们未出过您的书，而且新世纪出版社是专出少儿图书的，不会出您的书。很可能是不法商人冒用新世纪出版社名义出的盗版书。这种现象已多次发现过，他想请您寄一本书来，以便由出版局查一查此案。出版局对打击盗版书还是很重视的。”

既然知道了出版社的地址，我就直接写信去问，得到该社总编室的复信，说是“据查不是我社出版的，但为免有错漏，务请您把该书的封面和版权页复印一份寄来，以尽快解决此事”（一九九九年三月十五日信）。

我随即遵嘱将《秦淮拾梦记》的封面、版权页撕下寄去。《学者小品经典（第二辑）》的主编是季羡林，执行主编是傅光明，编者是李家平，一九九八年年十月第一版。

一九九九年三月三十一日得到新世纪出版社的复信，说，“真对不起，是我们弄错了，‘学者小品经典’（第二辑）《秦淮拾梦记》的确是我社出版的”。信中并解释了“造成我室在工作中失误”的种种原因，表示抱歉，并说“作品的稿酬近日已寄出”云云。

得此信后已近三月，稿酬并未寄来，再去信问则置之不理。这种事先不打招呼，未签出版合同，径自出版，时历九个月，至今仍未得合理解决的事，可以说是罕见的、突出的出版界怪现状之一，因为之立此存照如上。

一九九九年六月二十二日

大师的偏执

买得“北大名家名著文丛”中的《邓广铭治史丛稿》，随意浏览，觉得邓先生以高年论学，处处仍不脱少年凌厉之气，是非常难得的，但有时也难免失之速断，坚持旧说而少坚实论据。如辩证辛稼轩及岳飞《满江红》词事，即是一例。

辛稼轩是爱国词人，也是邓先生用力最勄的研究对象，其爱重前贤的心意是可以理解的。稼轩曾帅湖南，寻知潭州兼湖南安抚，是方面大员，他在带湖有一所新居，是不是一处地主庄园或“只是附有小园林的一个宅院”，邓先生和罗忼烈教授就稼轩的经济生活问题展开了论战。对“稼轩”的实际规模作了详细的论证。其实这是不必过细计较的。邓先生又指出，“宋代外官，特别是知大州郡兼帅任的，除了按月有较优厚的薪俸之外，还按月有固定的公使钱”。有了这样的“合法收入”，稼轩就曾用来为友人刻书、赠送，他在帅浙东时，送给刘过一次就是一千缗，还为杜仲高开山田，为陆游修房舍，后因放翁坚辞而止。这一切都可见稼轩的豪纵，那么他为自己的园宅有所花费，也是在情理之中的。即使如攻击稼轩者所说，“奸贪凶暴”“奸脏狼藉”“好色贪财，淫刑聚敛”，是由于政治斗争中政敌的诬构，却可为稼轩的豪纵作一注脚，不是朱熹泛泛称许的一通书信所能掩盖的。朱熹只是说“今日如此人物，岂易可得。向使早向里来有用心处，则其事业俊伟光明，岂但如今所就而已耶”。这是从大处着眼，对稼轩作出的评价，也还不是没有保留的，虽然朱熹并不曾指出“向里来有用心”的具体内容。

关于稼轩的名作，《念奴娇 · 书东流村壁》的作时作地问题，邓先生与梁启超、梁启勋和陈志昂展开了一场论辩。梁陈等认为此词是“东流为徽钦二帝北行所经之地，而定此词为稼轩少年时两随计吏抵燕山谛观形势，经行其处时所作”，邓先生以为此说“盖误”，认为只是“赋写闲情逸致的一首作品，而绝非涉及国家民族的新仇旧恨的”。文中对徽钦北狩的路径等问题做了详尽的论辩，并对辛词“近来多少华发”中的白发是夸张还是实有进行讨论，都是很有趣的。本来为词人的作品编年，是一件困难事，除了有确证以外，多半也只能约略估计，种种异说也是允许并存的。邓先生在驳陈志昂时说：“这简直是一番梦呓语言！这在陈君有姑妄言之的自由，而在我却也觉得有请君住口的权利。”在论辩文字中确是罕见的警句，不能不为老师宿儒心雄万夫的气势惊叹。这和另一为岳飞《满江红》词争著作权的文章都有类似扑空的迹象，不论是为爱重的词人名将还是自己的旧说辩护，都离不开臧克家所说的“感情作用”。

《丛稿》中还有一篇关于《太平治迹统类》的论文，在

“由龚朱两抄本衍生出来的其他抄本”一节中，涉及上海图书馆藏谦牧堂旧藏一本，此书原为我的藏书，写有跋文，由邓先生过录。其按语云：

> 此本我们尚未得目睹，书前之题记及印章，皆沪上友人代查函告者。黄先生谓“卷首竹垞手题五行”，则似与南京图书馆所藏朱抄真本全相符，想系摹拟朱氏手迹而过录者，故黄氏断为“宛然真迹”，而不知其全为仿制品也。朱氏《题记》下钤有“朱彝尊锡鬯印”之白文方印一，当亦系伪为之者。朱印之上为一“谦牧堂藏书印”，亦白文方印，则不知是真是假。……此书如确为谦牧堂所曾收藏，则其抄成上距朱氏本抄成之年盖不甚久。

过去学人重“眼学”，就是主张“目验”，这是实事求是的优良传统。邓先生并未亲见上图本，所论就不免全凭推测，遂多疑似之词。两本手题全同，怎能说是过录，更怎能断为“仿制品”？竹垞及谦牧堂藏印，据我旧日印象，确为真迹无疑，岂能断为伪造。这都不是认真的学者应持的态度。其所以如此，盖由于先入为主地认一本为“祖本”，其他都是“衍生”。其实过去学人传写古书每有副本，是并不奇怪的事。

邓先生又谈及明《内阁藏书目录》，引朱彝尊跋文：“呜呼，设一典籍掌十万册之书，立法苟且已甚，以杨士奇之得君，且奉诏编书目，可以言而不言，其罪尚可逭哉!”之后，论之曰：“一个收藏十万册书籍的内阁大库，只用一个人管理它，则其藏书之大量丢失自不足怪。”这是误会了竹垞的原意。杨士奇不过是领衔挂名编纂《文渊阁书目》的大官，竹垞只是责备他对大库管理不加过问。一座内阁大库而不设典守员司，只交给一人打理，这是不可想象、出于常识之外的神话。

上海图书馆又藏有彭元瑞旧藏一本，邓先生著录其藏印之一为“遇读者善”，其实应读为“遇者善读”，过去读者每误读此印印文，因附记于此。

一九九九年十一月一日

湖楼题壁

马夷初（叙伦）先生擅书法。一九四六年七月十九日，我偕友人游杭，饭于楼外楼，见壁上有马先生题诗：

不用迂生叹陆沉，倚天一剑酒杯深。
当年事等辽东豕，江海浮槎此日心。
（和昂若楼外楼题壁韵，乙亥暮春）

字写得飞舞生动、神采飘逸。乙亥是一九三五年，正是国难严重的当口，诗中抑郁不平之气毕现。又过了五年，再过楼外楼，此诗已不见了，不禁惘然。

我是因约稿才得与他相识的。马先生无暇经常撰稿，随手取出一册手稿《香影楼日札》见付，说不妨从中选取适当篇什，在《文汇报》的副刊“浮世绘”上连载。《日札》是一厚册毛边纸订成的手稿，一色秀逸的小行楷，漂亮极了。这是一册日记，但并不排日记事，有所见所感，才随笔记为短章。我从中选取中意的请陈钦源兄重抄付排，是为“石屋余沈”。一直连载到报纸封门为止。对初次见访的记者，即将珍贵的手稿见付，是出于我的意料的，可见他对同一战垒中的战友《文汇报》的信任，使我非常感动。临别时他对我说："稿子千万不能放在报馆里，你们的报纸说不定什么时候就被封门的。"钦源不听我的劝告，还是将《日札》放在编辑室的抽屉里。报馆被封的那天下午，我冒雨来到圆明园路一四九号，只见门口贴着一张巴掌大的查封告示。本该扭头就走的，忽然记起留在抽屉里的《日札》，不能不冲上楼去，只见过道中徘徊着一些异样人物，唯有挺胸前进。经过总编室，看见徐铸成、严宝礼两位无语对坐，向我投来的眼神似乎在说："什么时候了，还在这里走来走去！"顾不了这些，冲进编辑部，拉开抽屉，抓住《日札》，塞进雨衣，就此扬长而去。第二天我就将《日札》还给了马先生，心里放下了一块大石头。在副刊上选用的实在怕还不到全部的四分之一。后来这已发表的部分辑成《石屋余沈》和《石屋续沈》两书出版，解放后又另出了几种版本，是公认的掌故随笔佳作。马先生是杭州人，石屋洞是故乡名胜，书名本此。老实说，当时在副刊上连载这样的随笔，是要担些风险的。《新闻报》可以连载刘成禺的《世载堂杂忆》，《文汇报》似乎就不可。赖有马先生的清望，才没有引来种种讥嘲。《日札》原本不知道是否还好好保存着。解放后人事栗六，我也没有再向他问起过。

实在喜欢他的字，长笺短幅，他给我写了不少。《旧戏新谈》也是请他题的签。朋友们也多向他索字，记得给唐弢写的一小幅特出色。他又给我写过一副对子，"明灯九叠翻宫本，石室三年读秘书”，还是忘不了杭州。“石室”“楼外楼”都是他故乡的“名所”。每过杭州，总会想起他的诗和字，人往风微，每每为之怅然。

白描

这是许多年前编写《舞台生活四十年》时的事。在动手以前，关于体制、写法，和许姬老曾有过一些讨论。这书是由梅兰芳先生口述，许姬传笔录，然后整理成文的。梅先生极善说故事，在护国寺街梅宅常有机会听他谈天。有一次谈到《醉酒》，他随手取过一把折扇，边做身段边加说明，他只是穿着家常的便服，但这素身的说戏真要比舞台上还要来得动人。每一个动作，要表现什么，与前后舞姿的联系、贯串，表演的要点，说得细极也生动极了。他顺便还细说了关于扇子的运用，不同剧目、不同身份的人物在不同情景下对扇子的运用。听了真使人如饮醇醪，完全沉醉于他的描述之中。过去有人说起过梅先生指法的运用，却不知一把扇子也有如许讲究，如此博大精深。当时就想，不必说他的音容笑貌，只要把他的口语如实记录下来，就是一篇绝妙的文字。在已成书的三集中，多少还保留了这样的片段。

《舞台生活四十年》三集（许姬传、朱家溍记）中“霸王别姬的编演”一章，“霸王的垓下之歌”一节中，在初演后，梅先生说：

第二天晚上，我和玉芙，还有冯（幼伟）、齐（如山）、吴（震修）三位，五个人一起到笤帚胡同去看杨先生。在那间小楼上，我们几个坐下之后，杨先生向来要说客气话之前总是提高嗓门面带笑容先“啊！啊”几声，这一天也不例外，抱拳向冯、齐、吴三位说：“这出《霸王别姬》头回唱，不怎么整齐，您三位多包涵。”冯先生说：“戏唱得很饱满，很过瘾，听戏的也都说好，排场火爆，大家都卖力气，我想您太累了吧！”杨先生笑着在嗓子眼里轻轻地“嗽”了一声，这也是他向来有的一个特点，是对冯先生的夸奖表示承认，而又不敢当的意思，然后说：“不累！不累！您三位看着哪点不合适，我们俩好改呀！”吴先生接着说，“项羽念‘力拔山兮……’是史记上的原文，这首歌很著名，您坐在桌子里边念好像使不上劲，您可以在这上面打打主意。”杨先生轻轻拍着手说：“好！好！我懂您的意思，是叫我安点儿身段是不是？这好办，容我想想，等我琢磨好了，兰芳到我这儿来对对，下次再唱就离位来点儿身段。”这天大家聊到深夜才散。

这一节大约是全照着梅先生口述写下来的。细腻、传神，把杨小楼的神情笑貌都写出来了。底下还夹记了一段刘砚芳的话，是用按语的形式插入的。在编写之初，我和许姬老商量，只记梅先生的话，好像还不够饱满，有许多连带有关的材料，或出于梅先生老友之口，或是梨园行同人的补充，还有一些考订论辩，都是很有价值必不可少的，如何处理，得想个办法，我说，不妨用按语的方式来安排。这种办法果然起了烘托、补充的作用。这样在前面所引的一节之后，添上了一节按语。

刘砚芳先生说：

> 从第二天起，我们老爷子就认真地想，嘴里哼哼着“力拔山兮……”，手里比画着。我说：“这点身段还能把您难住?”老爷子瞪了我一眼说：“你懂什么? 这是一首诗。坐在里场，无缘无故我出不去。不出去怎么安身段? 现在就是想个主意出去，这一关过了，身段好办。”老爷子吃完饭，该沏茶的时候，掀开盖碗，里头有一点茶根，就站起来顺手一泼。我看他端着盖碗愣了愣神，就笑着说：“啧! 对啦，有了!”原来他老人家已经想出点子来啦，就是项羽把酒一泼，趁势出来。

这一节把老艺人的艺术创造过程写得神情毕现，生动细致，是纯粹口语的记录，没有任何外加的描饰，是文字淳朴的最佳境界。

还可以举出一例是朱家溍先生写的《杨小楼先生的“湘江会”》。记一九三六年杨小楼和尚小云在吉祥戏院合演《湘江会》的事。

> 当然尚小云先生找杨先生对戏的时候，我和（刘）

> 宗杨都在座。杨先生说，我这出戏不打快枪，我那套叫“大扫琉璃灯”，挺省事，完了就是“四门斗”，中间夹一套“老虎枪”。你要愿意打快枪，那就不打“大扫琉璃灯”也行。我还记得尚先生当时的神气，有点像《岳家庄》岳云的身段，跳着说：“不！不！大叔，我跟着您，您教我。”当年情景历历在目，恍如昨日。

简简单单几句，把两位前后辈艺人的过往神情如画地描写尽了。读到这里，真像喝了一口信远斋的酸梅汤似的痛快。

我想上面引的几节文字，都可以说是白描。古典文学中有无数好例，从《世说新语》起，一直到近代张宗子的《梦忆》《红楼梦》《儒林外史》……都有。这是我们散文传统中最可贵的东西。可惜近来难得看见了，许姬传、朱家溍两位都不是作家协会会员，可是他们都写了出色的散文。真有点礼失而求诸野的意思。欢喜赞叹之余，聊抒所感如上。

马瑶草小记

马士英与阮大铖并称“马阮”，三百年来被视为汉奸，已成定论。士英能画，但流传绝罕。最早论及士英的是周亮工，在《读画录》中有专章记事：

> 马瑶草士英，贵阳人。罢凤督后，侨寓白门。肆力为画，学董北苑而能变以己意，颇有可观，陆冰修曰，“瑶草书画不减文董……”使瑶草以凤督终，纵不及古人，何遽出某某下。功名富贵，有幸有不幸焉。可慨也已。王贻上曰，“蔡京书与苏黄抗行，瑶草胸中乃亦有丘壑”。黄俞邰题一绝，“半闲堂下草离离，尚有遗踪寄墨池。犹胜当年林甫辈，弄麞贻笑误书时”。贻上又题，“秦淮往事已如斯，断素流传自阿谁。比似南朝诸狎客，何如江孔擘笺时”。瑶草为后人揶揄若此。余谓瑶草尚足为善，不幸为怀宁（阮）累耳。士人诗文书画，幸而流传于世，置身小一不慎，后人逢着一纸，便指摘一番，反不如不知诗文书画为何物者，后人罕见其姓字，尚可逃过几场痛骂也。岂不重可叹哉！瑶草名成，后人争购

其画，不能遍应，多属施雨咸为之。

傅青主有一首绝妙的《金陵不怀古》诗：

甚是金陵古，诗人乱有怀。
自安三驾老，谁暇六朝哀。
曾道齐黄拙，终亏马阮才。
肉髀愁不鼓，伧父过秦淮。

词旨恢诡，其意殆谓亏得马阮之“才”，才那么容易就将弘光小朝廷断送了。

清初人谈及马瑶草的还有一位江浦刘岩，他是因戴名世南山集案获罪的一人，有《大山诗集》，卷四有《题马士英画》一题——

福人醉不醒，幕府凯歌休。
君臣鸟兽散，兹事羞千秋。
断续焉中看字样，凤阳提督金陵相。
尚有闲情作画师，六代山川恣跌宕。
小部新翻燕子笺，吴绫细楷朱丝缠。
司马填词宰相画，孝陵王气飞灰烟。
吁嗟鼠子金衢走，人间尚惜迂痴手。
看画君须掩姓名，画工莫问为谁某。

清初马士英的画还不无流传，爱赏者也不是没有，但看画时要"掩姓名"，不免有掩耳盗铃之憾。有人就想出了好办法，只需加添笔画，将马士英改为冯玉瑛，就变成名妓的手笔，真是两全其美的妙策。江都吉柱臣题阮大铖咏怀堂诗句云，"胜他一纸佳山水，改窜青楼冯玉瑛"者是也。

乾隆中吴兴姚世钰也有《题马士英画》一诗：

剩水残山信手为，百年留得墨离离。
与人家国浑闲事，那不常称老画师。

姚世钰的感慨也和周亮工一样，叹惜马士英不以凤督终，得以画家名世。乾隆诗人张埙《竹叶庵文集》卷八，有《题马士英画二首》，题下小注，"即王阮亭尚书所题诗之帧，今陆丹叔同年藏之"。

此君作画题辛未，门馆清闲消夏宜。
尚是江南无事日，未曾庐凤督师时。

一般不骂杨龙友，桃叶江声骂汝多。
剩水残山能几笔，六朝难画画陂陀。

王阮亭原题的马士英画册，乾隆中在陆丹叔手，又过了百年来，叶名沣的《敦夙好斋诗初编》（刊于咸丰三年）卷一有“题马士英画册三首”诗，题下小注云，“王渔详、黄俞部、尤悔庵、钱擇石诸公皆有诗。今为王藹唐光禄玮庆所藏”。

歌管薰风殿，君王乐未休。
江山余半壁，烟景不胜秋。

长板桥头路，当年画客居。
青溪吊江令，寂寞只啼乌。

话到沧桑劫，匆匆十五年。
飘零卷中柳，残墨尚依然。
（士英自题辛未夏日画）

这是画册流传最后的踪迹了。

三十年前曾在友人藏扇中得见马士英书金扇一帧，狂草，与张瑞图、王铎等明末书家风气相近，狂纵淋漓，笔墨精能，原扇失去一行，诗云：

□□□□□，渐比鱼龙乡。
流止同一观，湖山敦低昂。
晨昏瞻蓄泄，王气聊相当。
荷芰接松楸，映带生空香。
夏深水鸟散，莫乱澄湖光。

即事尽幽赏，蒲风生夕凉。

款署“为维城词丈书，马士英”。下钤“马士英印”白文方印。

这是马士英仅存的佚诗，于题《咏怀堂丙子诗》前序中所存一联断句“深机相接处，一叶落僧前”之外，只见有此。

马瑶草挨骂了三百年，也不是没有人为他叫屈，晚近有安顺姚大荣撰《马阁老洗冤录》，为士英洗雪，出于乡谊，所说不免有许多漏洞和强词夺理之处，陈援庵说，“其说允否，自有公论”，其意可知。但陈先生又说：“惟士英实为弘光朝最后奋战之一人，与阮大铖之先附阉党，后复降清，究大有别。南京既覆，黄端伯被执不屈。豫王问：‘马士英何相?’端伯曰：‘贤相。’问：‘何指奸为贤?’曰：‘不降即贤。’谅哉！马、阮并称，诚士英之不幸。易曰：‘比之匪人，不亦伤乎！’可为士英诵矣。”（陈垣撰《明季滇黔佛教考》）陈先生此书撰于抗日战争中沦陷的北平，虽论旧史，意在表彰民族气节，其论马士英，亦取其不降被杀的晚节，与生平行事分别论之。所引黄端伯的话，看起来有点简单可笑，但这些话是敌人的刀搁在脖子上时说的，是不能不为之肃然的。近来颇有些论者认为讲气节、风骨都不免是迂论，不如“长乐老”冯道之能为识时务的俊杰，如此说来，阮大铖之为变色龙，确是比马士英要更为“高明”而实用。一部《马阁老洗冤录》不够，还须添上一部《阮怀宁功罪辩》才是。呜呼！

二〇〇〇年六月一日

开水白菜

川菜是我国著名的菜系之一。朋友从四川旅行归来，谈起天府之国的近事，当然以谈“吃”为重要内容。如成都的小吃以及“大吃”之类，这自然要引起我的怀旧之思。抗战中我曾旅居成都，但前后只有十天，当时是以一个穷学生的身份观光上国，论吃，也只能吃些“小吃”，如著名的麻婆豆腐就曾被它所辣翻，至今想起来犹有余悸。到燕京大学去看朋友，就路经挂着“不醉无归小酒家”匾额的饭店，风雅极了，但也只能“过屠门而大嚼”，聊以快意而已。“姑姑筵”的“神话”也是那时听来的，确是使人神往，不过到底缺乏实践，因此那经验只能是不完全的。当时曾写过一篇题为《锦城十日》的通讯，里面就大谈“食道”，今天回想，其浅薄、空疏也真使我惭愧。

四十多年前，我又有机会重游成都，这次住了一个多月。离蓉前夕曾在竟成园里宴了一次客，请成都作协朋友“提调”，希望吃到正宗的川菜。可惜当时原材料已感困难。肉类供应十分紧张。但这不要紧，对宴席的影响不会太大。虽然当时正在开展“饮食展览”，质量到底也还是未如人意。

综上所说，我对川菜的认识是非常贫乏的。仅有的一点常识也多半是耳食之言，现在就想来记下一点。

关于“姑姑筵”，据我四十年前听来的说法，大抵是这样的。这是一家“宅门”，主人是退居林下的官僚地主之类人物，平素讲究食道，在他老人家培育之下，女儿、媳妇……都是烹饪的好手，因此驰名遐迩了。后来家境日落，而好吃如故，因此慢慢想出了一个“法门”，那就是包办筵席，隔期预定。吃客上门作赴宴状，老太爷降阶相迎，自居主位。川流不息地上菜者也都是家人妇女。每上一菜，主人必先讲解此味的名称，用何材料，如何加工，比起“市味”来有怎样的特色，然后举箸邀客……这和驰誉京华的“谭家菜”简直毫无二致。后来得读李一氓记“谭家菜”文，不禁惊叹。

“姑姑筵”也确有其特色（据老食客言），尤妙在其家庭风光，别有佳趣。谭篆青的家庭也是如此。宴客的客厅布置楚楚，壁上还挂着石涛的画，可见其文化气息之浓重。我觉得从中大可看出一些精义，比如那已经破落下去的老爷仍旧抱住不放的“架子”之类，就很值得注意。而封建社会经济形态逐渐向资本主义衍变痕迹，也是隐约可见的。

据说那位老太爷还曾“教训”来宾说：“你们不要误解，以为川菜的特点只是麻辣烫，那就错了。真正纯正、正宗的川菜是一些都不辣的。”言外之意，川菜之辣，只是贫苦的广大群众的爱好，与上层地主阶级无关。

我想这大抵也是事实。

西南一带气候大抵比较潮湿，人民习惯吃些辣味的佐餐品，是在情理之中的。更重要的原因怕是贫苦农民的苦难生活，使他们只有吃些便宜而味美的小菜。如麻婆豆腐就是典型的味道好、下饭、有营养而价廉的名菜。不过在老爷们看来，自然是不值一顾的，也上不了“姑姑筵”的台面。

不过也不能否认，在长期封建社会中间，地主阶级也的确有其高度的文化。这是在广大劳动人民的苦难上面建立起来的文化，而只有老爷们才能享用的文化。但无可怀疑，这是辉煌的文化。

那位老太爷曾经介绍过一道名菜，“开水白菜”。这只名菜四十年前我也亲口尝试过，味道似乎也不过如此。可能是因为我的味觉训练差，不能领会那好处也说不定。这是在筵席最后上的一只菜，在大盘子里，横陈了雪白的菜叶，此外就是白汁。据说，那汁水是用几只鸡、鸭……蒸制出来的。味道当然不能说坏，不过在我看来，也不过如此。

当广大人民群众还不可能像《红楼梦》中贾府那样用几只鸡鸭制成一只“素菜”时，却关起门来偷偷享受，那自然不可取，但把这种奇妙的设想一棍子打死，批倒批臭，贴上一张“四旧”的标签，也算不得什么英雄。我们还是努力奋斗，把国家建设得好了，鸡鸭多了，家家都有条件来吃“开水白菜”。这只菜，味道不错，而且没有多少脂肪，于健康也是很有裨益的。

画里的钟进士

接到画家黄永厚来信，说起他在报上发表过一幅钟馗的画，说明弄错了，颇为尴尬。画上的原题是“有我有鬼，活我者鬼也”，在说明中变成“有我无鬼，怕我者鬼也”了。我想，这确是有一些出入的。

中国画中画与题很久以来就已成为紧密融合的整体，不能分割了。正所谓合则双美、离则两伤。这一特色已为人们所公认。题画的方式也有种种。有题诗的，即所谓“题画诗”，在画家的诗集中收集的就多是这些东西。有用散文的，就是“画跋”了。长短是不拘的，即使只一句，也不碍其为跋。题画的风格也多种多样，从雪个、石涛算起，经冬心、板桥而发扬光大，一直到近代的齐白石而集大成的，算是比较突出的一派。我自己是很喜欢这一派的，不只看画，而且读跋，有时读的兴趣还在看之上。我时常想，这是应该看作画卷里的杂文的。有谁要写漫画史，千万不可忘却今天成绩很大的漫画所接受的这份丰厚的民族优秀文化遗产。

钟馗，在中国，可以算得上家喻户晓的传说人物。历代画家也都喜欢画他。人们欣赏的大抵是他那刚正不阿，和鬼物进行不屈不挠斗争的一面，与包公成为“双璧”。一管阴，一管阳。不过后来包公也要探阴山，多少侵犯了钟馗的职权范围。这也不打紧，反正在老百姓的心目中，不论死鬼活人，只要是为人们深恶痛绝的东西都一律称之为鬼。在还得不到完善的民主法制保护时，没有法，只有幻想这样的传奇人物出场，主持正义，聊以为快。这种心情，是可以理解的，殊不必加以苛责。

于是每逢端阳，人们就要把钟馗抬出来，据说这样做可以辟邪。鬼，是怕钟馗的，这不成问题。不过画家在画钟馗时，也常常画他和各种小鬼在一起的场面。当他出行视察或执行任务时，小鬼们就拿着破伞孤灯，围在身边。就是吃饱了酒，醉得一塌糊涂了，搀扶他的也还是一群小鬼。这似乎是在说明，钟馗和形形色色的鬼物，是相依为命的。有时他们的关系还很不坏。没有了小鬼，钟馗的戏就唱不下去，想“嫁妹”也困难。

自从钟馗在金殿上一头撞死之后，自己也是鬼了。从此走来走去就总离不开同类。虽然经玉帝昭雪，封了官，也还只能在鬼窟中活动。钟馗也有并不烂醉如泥的时候，这时的他是清醒的，很明白自己的处境。看来他是时时会有思想苦闷以及种种考虑的吧。

不知道这可是画家题画的原意。

原画题句用的是篆体，可能是引起误会的原因。如果用了工楷，是有可能避免错误的。但工楷与画家的画风又不谐和。不过这是更微妙的艺术问题，我的外行话还是及时打住为好。

邓拓的藏画

《艺苑掇英》第二十八期是《邓拓同志藏画专辑》，收入宋元以来作品四十一件，是一组很有特色的收藏。邓拓同志辞世已有二十年，他的生平事业、文采风流，依旧留在人间不为人们忘记。他的历史论文和著名杂文《燕山夜话》已经重印，现在又印出了他的藏画，向人们展示了他的研究与爱好的另一方面，更能增进对他的全面了解，不失为一件有意义的工作。

提起邓拓，不能不想起那难忘的一九六六年。骤然袭来的巨大风暴使全国人民感到惊慌失措、无法理解。很自然地人人都开始检点个人的平生经历，试图确定自己在这场“大革命”中的位置，并进而推测可能的命运前途。当时《海瑞罢官》已经揪出很久，顺藤摸瓜的第二战役是批判“三家村”和《燕山夜话》，已达到了如火如荼、烈火烹油的极盛阶段。就在这时传来了小道新闻，说是邓拓死了，同时又在大批判中读到了他的几首遗诗，这自然是被视为反动透顶的“黑诗”的。“黑诗”中有两句是“文章满纸书生累，风雨同舟战友贤”，读后真的给了我极大的震动。这场“大革命”

既然以“文化”为题，而且开头的几仗又是从“文化”开刀的，那就难免使人产生一种错觉，“革命”的主要对象怕是文化人和他们写下的文章。对号入座的结果，过去胡乱写过些文章这一事实就理所当然地成为一个绝大的负担。记得当时还曾在一篇“思想汇报”中披肝沥胆地写出了自己的感触，今天想来也不免为自己的天真和老实失笑了。

回忆往事本来没有多大意思，但过去了二十年的旧梦却能通过种种不相干的媒介意想不到地兜上心来，也真是无法可想。何况这还可以作为“心有预忌”“心有余悸”的研究者的参考呢。

不知道邓拓收藏的这些书画是否也曾变成他的“累”过，但无论如何没有白纸黑字写下的文章严重，这是可以肯定的。

翻阅着画册，得到了很好的艺术享受，也引起了一点零碎的感想。首先想到的是，他为什么要收藏起这些古画？据序言介绍，这是为了他很早以前对中国美术史发生的浓郁兴趣，和后来进行研究所做的资料搜集与准备。他也的确写出了不少论画的著述，可以为证。这就与传统的收藏家大不相同，不只是爱，还要研究。为了研究而搜集原作，这是有点傻得可爱的。并非富翁，却来搜集古画，没有一点痴与狂是办不到的，没有点“举鼎绝膑”的勇气也是不行的。

即以东坡的《潇湘竹石图》为例。听说这张画最早在市上出现时，曾为很多鉴赏家所拒绝，不予收购，最后是他毅然买下了。也许至今还会有人说是“靠不住”的吧，但从笔墨、气韵看，确是出色的宋画。五个字的题署更是老笔纷披，具有坡书腴美的特征，加上卷尾元明二十六家的跋尾，汇为一卷专题“画史”。有理由确定这是流传有绪的作品。没有可贵的胆识，是不敢力排众议作出判断的。

《真妃上马图》，是宋人画本，同样也是一卷作者有争议的作品。但无论是周文矩所作或无名画师所临，画卷本身的艺术性是很高的，这也是邓拓收藏的一个首要的先决条件。心目中有了这样的标准，收藏路数必然要与传统的收藏家异趣。例如，过去买画宁取艺术水平不高的真本，却看不起艺术水平很高的“好伪本”与摹本；取纸本不收绢本；讲究画面雪白干净而拒绝少有缺点的卷轴。这都是一些偏见，作为个人收藏固然无可非议，但一个绘画史的研究者就千万不能有这种偏狭的胸怀。邓拓所藏元人无款的《饲马图》，仇英的《采芝图》，杜堇的《祭月图》，以及华新罗的《柳下调丝》《红白芍药》二图，都是精绝的作品，但都是绢本，有的还有画面的缺损，凡此都可看出收藏者的眼光与特识。

自然，合乎通常收藏家“真、新、精”标准的画也是有的，如钱縠的《竹林觅句图》，陈白阳的花草长卷，石涛的山水图册，就都是赏心悦目的名作。罗两峰一生大概作了许多幅《鬼趣图》卷，这里收藏的是其中之一。

邓拓的藏画是为了作画史做准备的，也大体上收集了明清以来各个流派有代表性的作品，吴门派里只缺唐寅，扬州画派中也收罗不全，这当然有种种客观原因。但清初四王中只有一幅王石谷，则可以看出他的好恶与取舍。

他收得的这些画前后大约花了不到十年，这也是值得注意的，可以想见当日北京琉璃厂画市的兴旺，他没有写下一册“买画小记”，给这条古文化街多留下一点史料，实在是很可惜的。

一九八六年五月一日

林则徐怎样离开广州

《宝铁斋诗录》，不分卷。元和韩崇元芝氏著。道光已酉、浔江郡舍刊。卷末有《送林少穆尚书出塞》诗三首，第一首云：

一剑横炎海，恩威镇粤中。
俄闻骑劫代，不念乐羊功。
小丑阴谋秘，孤臣硕画穷。
独行经虎穴，真有古人风。

最末两句，原有小注云："出粤时，众劝由陆。公以扁舟傍夷船而行。"

这是很值得珍重的记事。不禁联想起电影《林则徐》结尾的场面，那在群山之上，林则徐匹马孤行，自然也有一种悲壮的气氛。不过细想起来，究竟没有"诗注"里所记的好。

自然，我并不是主张一写历史剧或历史电影一定要"无一字无来历"。这应该是不会引起误会的。

最近《林则徐集·日记》一卷出版了。这在过去，是无从看见的原稿。就在道光二十一年闰三月十三日条下，记着：

> 早晨发行李，午刻出永清门，至天字马头登舟。……余坐河头船一只（船户林亚四，船长四丈六尺，中舱宽一丈一尺，马门三处，至南雄价六十圆，舵工水手共十四人），……即开行，送者络绎。……过瓜埠口，天晚而月甚朗。广西左江镇文（哲珲）领弁兵二千驻鹰嘴沙，来见……

这是林则徐自己所记，自然有更权威的史料价值。他自己坐一条大船，还带了一条小船。当然不是韩元芝诗注里所说的“扁舟”一叶。事实上这么详尽的日记，却远不及寥寥诗注三数语来得更为真切。因为林则徐只在日记里记事，但却完全掩盖了自己的感情。

林则徐当然不像李慈铭那样，写日记就准备人家来传抄，因此而有什么做作，或写下某种别有用心的议论；但他仍旧不能不严防皇帝会来这么一手，把日记作为叛逆的证据。这就是在虎门失守、关天培殉国、琦善做出种种令人发指的倒行逆施的时候，林则徐仍旧是平淡得出奇地照例记上一笔，感情毫不激动的原因。

难道林则徐真已经有了“泰山崩于前而色不变”那样的修养吗？恐怕并不见得。

不是韩元芝的一行诗注，林则徐当日为什么不肯“从陆”，而一定要坐船在夷船旁边摇过的用意，就很可能湮没不彰了。

什么是“历史的真实”和“艺术的真实”？似乎也可以从这里得到一些启示。我觉得在塑造这个爱国的英雄人物的倔强性格时，乘船的处理比骑马是要好得多的。

一九六二年八月

西施的故乡

到诸暨旅行时听到了这样的事情。

有人在学报上发表文章，说西施的故乡不是诸暨而是萧山。没有找到这篇文章的原文，但是却听了一些有关这个论题的不同意见。几个晚上的闲谈都被这个话题占去了。

在我的印象里，西施一直就是被认为出生在诸暨的。三十多年前买到过一部明崇祯刻本的《苧罗志》，后来又得到一册康熙刻本的《苧罗集》。两书都是在诸暨做官或本地人士编刻的。这是所谓“书帕本”，是显示编者与诸暨和古代美人有着某种特殊关系的“宣传品”，是赠送上级官员或亲友的风雅的好礼品。在这两部书里收集的大量文献、诗文，就都说西施的出生地是诸暨。

在一个外来的游客看来，为了这样的问题而引起争论并无太大意思。唐人诗云：“可怜越女颜如玉，贫贱江头自浣纱。”说“越女”，就说得好。诸暨与萧山是邻县，又都离绍兴不远。西施早期的活动都不出这一带，所以说她是“越女”。对这样一个早有成说的问题做翻案文章，并不能引起人们多大的兴趣。然而不然，在当地，引起的反响倒是颇大的。

看来作为一个学术问题继续争论下去是必然的趋势。而且争论的焦点、方法，也都不是枯燥的、毫无意义的。它所反映的地方文化心理也不是可以忽视的。清诗人袁枚有一句诗，“钱塘苏小是乡亲”，就是反映这种心理的好例。何况论地位，论身价，苏小又哪里能和西施相提并论。

第一个勇敢地站出来翻案的是清初萧山的毛奇龄。他在《萧山县志刊误》中说：

> 吾谓施断属萧，不属诸者，考《后汉书·郡国志》于会稽郡诸暨县下云，“越绝曰，萧山西施之所出。”其云越绝者，非今本越绝，此正春秋时人如子贡、范蠡辈所作。而其书既亡散，见其语句于他书者，与今本越绝作于东汉袁康、吴平者大异。

这是见于旧时载记唯一主西施出诸暨的特例。查《后汉书》，原文在“诸暨”条下是越绝曰，“西施之所出”八字，上并无“萧山”字样。不知道是不是毛西河加上去的，这一加可就加错了。原来说“诸暨”倒并无问题。因为萧山在汉元帝元始二年前后才始设诸暨县，三国吴黄武元年改永兴。唐天宝元年始有萧山之名。在梁刘昭为后汉书作注时，当然不可能写上“萧山”字样。

至于《越绝书》今本，应该是汉代人收辑战国旧闻加以附益的作品。已佚古本的佚文别见他书，也是可能的。不过毛西河说原本的作者是子贡、范蠡，则并无什么根据，而且已被许多研究者否定了。

主西施出诸暨的古文献材料则更多，对比下来，这只是一条孤证。又，如同为今本越绝书所不载而被辑入《艺文类聚》的一条古本逸文就是，“勾践索美女以献吴王，得诸暨罗山卖薪女西施、郑旦，先教习于土城山。山边有石，云是西施浣纱石”。所说显然就与后汉书注所引矛盾。不过又把浣纱石搬到绍兴的五云门外去了。这一切都说明古书在流传过程中容易产生错乱的复杂情形。同样，在辑佚中也可能出现种种错误。这个问题是比较复杂的，现在也还没有能作出肯定或否定结论的充分依据。

另外一个有趣的考辨是围绕着鲁迅《会稽郡故书杂集》中所辑南北朝刘宋孔灵符《会稽记》的一条逸文展开的。原文是：“诸暨县北界有罗山。越时西施、郑旦所居所。有方石，是西施晒纱处。今名苎罗山。”

翻案者说“北界”两字证明了西施所居不可能是今在诸暨南门外的苎萝山，而只能是虽冠有诸暨之名实际则在萧山的苎罗山。

对这个问题的答辩是从地理沿革的角度提出的。诸暨今天的县治始建于唐代，而苎罗山以南的勾乘山则是唐代以前长期诸暨县治所在，更早还可以推到《旧经》中所说的“勾践所都也”。勾乘山在苎罗山南五十多里的地方。因此，在唐代以前，包括刘宋孔灵符那个时代，苎萝山确是在诸暨的北界，而在唐以后则是在县南了。两种说法都没有错，关键是在县治移动后的方位转移。

上面两条可以说是这场论争的焦点，也是使人们感到有趣并得到启示的所在。从论争双方使用的方法也能看出搞历史地理考证不是简单的工作。不通过反复辩论是很难深入下去并揭露出事实真相来的。

今天浦阳江畔苎罗山下的景物，与五十多年前郁达夫所看见的已大不相同了。“古苎罗村”的木牌坊自然早已不见，几间西施庙也无从寻觅。只有江边石壁上两个摩崖大字——“浣纱”还依然存在，最近还新填了朱漆。但这据传出于王羲之手笔的两个字也成了争论的话题。有一种说法，这只不过是明末某人所书，不是右军遗迹。看来要判定这重公案，那困难并不下于论断兰亭的真伪。今天也只能根据文献记载，知道在很古的时候就已有着这摩崖就尽够了。遍布国内的大大小小若干遗迹，如果都一一细考校去，可能处处都会引起这样的争论，实际上是没有什么意义的。

《红楼梦》杂谈

二百多年以来，《红楼梦》在中国的长篇小说里始终占着最崇高的地位。也一直是最广泛的读物，也许比起《水浒》《三国》来要差一些，可是这是因为它的出生较晚，和描写对象的局限的缘故，如果单从文学技巧来看，它是远超过了《三国》而且不输于《水浒》的。

在结构方面，它比《水浒》高明多了。《水浒》是一大堆人物传记的集合品，而且在后半部，很明显地可以看出那因为结构无力而造成的缺陷。《红楼梦》就不同，他出于一人之手，而且这部小说是在一开始就已经有了全部的布局了的。而且，作者的写作，并不是从第一回写起，一直写到第八十回。他是选取几个大的段落，集中精力来完成的。然后再把这些大的段落连串起来。

这说法的根据在脂砚斋的评语里可以看出，此地不能详说。作者在完成一大段落时，清稿就为旁人借去传抄。而且在脂批中屡见有自我欣赏的处所。譬如说，写醉金刚轻财尚义侠一回；就说“较没毛大虫牛二好看多矣”。这样的写作杂感在脂批中不少概见。

还有一个明显的证据，就是八十回书中颇有回目之间接榫出了漏洞的处所，给细心的批书人如大某山民指证出来的就不少。这也是分段写成而联结不慎，因之情节年月出了漏洞的证据。

一直到二十世纪初叶，我们才看见，另外一部小说《子夜》，作者茅盾先生述说过他的写作方法。自然比曹雪芹科学多了也进步多了。可是那大体上的写作方式，是并无不同的。这样，我们对这部三百年前的古典著作的创作方法，就不能不特别感觉佩服。

《红楼梦》的研究，起始于五四前后。

我这是说用了科学方法做系统的研究，至于零零碎碎地填词谱曲，写考证纪旧闻那是二百年来就一直不曾间断过的。这些研究是有成绩的，已经证实了很多事实，作者问题、写作对象问题、故事发生的地点与时代背景问题，都多少有了可靠的结论。在现阶段，我觉得研究应该前进一步了。单就文学的立场来说，我想提供一点初步的意见。

这意见也是承接了前面的说法来的。作者既然是分了几个大的段落来写的，那么我们也就应该分段来加以研究。

粗略地想一想，可以提出几个有趣的段落来。

在林黛玉入贾府之前，这一段可能是最后才写上去的，因为这里所需要介绍的是贾府的整个的轮廓，和重要人物如贾雨村香菱等的伏线，这只是铺叙的文章，不见得有多大的精彩。可是一接触到书中几位重要人物的传记就精彩纷呈了。在这里可以学习作者的刻画人物性格的许多手法。

比方说，小红，这个在“再副册”中的人物，总算不太重要的角色吧，然而那写法是多么严肃啊！这是一个大观园中的“叛逆”。作者最能写出她的不满现状的心情。那发展，是写得清楚得很也深刻得很的。这中间有几度起伏。“爬上高枝儿”一句出于凤姐口中的话，就是“小红传”的整个的精神。假如说曹雪芹就是宝玉自己，那么，这位“少爷”可就并非昏天黑地过活着的人物。他很有一位伟大作家所必须具有的观察力，他看得出来这位不甘于压在石头下面的小草的求生的意志，和它的挣扎出石头缝向上长的历程。

小红的结局不大清楚，那是作者的原稿被传抄者迷失了的缘故。小红和贾芹的恋爱后来是有很大的发展的。有狱神庙一段文字，在被遗失的原稿内，这恋爱的结局一定是悲惨的。这是封建制度下必然的结果。在《红楼梦》中，这种“叛逆”的女性的奋斗的结果大抵是相同的。也可以说作者的同情，就在这一方面。他的爱憎是分明的。

作者写这本书来纪念这样几位“叛逆的女性”。林黛玉是最主要的也最典型的性格，整部书就都是她一个人的传记。和她的脾性相同，可是环境、作风不同的是晴雯，红楼梦中“晴雯传”也是最着力的文字，同时作者还时时提出林黛玉与晴雯的性格上的对比，在读者是最有兴趣的片段，在作者就是最卖力也最能抒发才能的处所。

另一大段文字，尤家三姊妹的故事，可以说是和贾府里面的斗争相配合相映照的一段文字。我始终怀疑尤三姐是虚构的人物，她的那一套作风，完全是尤二姐的悲剧的衬托。

如果把尤三姐看作作者对被压迫、侮辱、杀害的女性的同情的集中发挥者，我想是最近似的看法。因为在大观园中是不可能产生那样的人物的。而且，那样做也不方便。林黛玉是小姐中间的牺牲者，晴雯和鸳鸯是丫鬟中间的牺牲者，尤二姐则是地主豪门从外间掠夺了来的被迫害者，香菱也是的，妙玉也是的。她们的反抗各有不同的方式，她们的遭遇也各不相同，可是，她们都是给封建制度吃掉了的则并无不同。

在这里我们可以看出作者怎样处理这个问题，我们可以学他应付这样一个大的主题的方法，看他介绍了多少不同的类型，铺写出了多少不同的情节故事。

荔枝与《红楼梦》

《红楼梦》三十七回，探春写了一封花笺给二哥宝玉。这封信写得十分漂亮，带些骈俪味，又显然是出于闺阁之手的。曹雪芹在书中处处为人物立言，其成就大抵类此。原笺有云：

前夕新霁，月色如洗。因惜清景难逢，讵忍就卧，时漏已三转，犹徘徊于桐槛之下。未防风露所欺，致获采薪之患。昨蒙亲劳抚嘱，复又数遣侍儿问切，兼以鲜荔并真卿墨迹见赐，何痌瘝惠爱之深哉！

这些鲜荔枝是怎样送去的呢？同回中作者又用如花之笔巧作点染。他没有正面写，却借袭人查点一件缠丝白玛瑙碟子引起，由晴雯口中笑着说明了当时情况。

给三姑娘送荔枝去的，还没送来呢。……他（宝玉）说这个碟子配上鲜荔枝才好看。我送去，三姑娘见了也说好看，叫连碟子放着，就没带来。

在这里，曹雪芹并没有用什么红、紫字眼来形容，也不曾细写荔枝的香、味和送荔的细节，但确是生香活色之笔，那个碟子和鲜荔枝配在一起，真是好漂亮。无怪探春为之激动，同时也正好说明曹雪芹对荔枝、对送荔的非常兴趣，促使他以如此精丽的笔墨点染了出来。

但作者在这里也的确留下了一个破绽。

三十七回开头就写贾政奉旨出差，于八月二十日起身。宝玉自贾政起身之后，真把光阴虚度，岁月空添。接着才说他接到探春的花笺。探春写她得病之由说，“前夕新霁，月色如洗……”推算起来，这至早也是中秋前的光景。但这时又哪里来的什么鲜荔枝呢？这应该是龙眼上市的季节了，荔枝则是五六月间全盛的啊。姑不论从产地运到大观园还需要一段时间。反正大观园总不可能坐落在福建广东一带。

《红楼梦》二十二回，贾母曾做了一个灯谜，“猴子身轻站树梢”，脂砚斋批道，“的是贾母之谜”。而贾政一见，已知是荔枝。为什么“的是贾母之谜”，而且如此形象地写出了荔枝在枝头的情状呢？而贾政一见就已猜着，难道曹雪芹在这里是写贾政的聪明么？

当然，这与当年曹寅常说的那句“树倒猢孙散”不无关系。曹雪芹是听见过这句先世名言的。更使人引起联想的是曹寅的别号——荔轩。这是随意所取的别号呢，还是在曹家江南故居里真的有这样一座轩。

《楝亭诗钞》卷一有《凉夜不寐口占》一题：

沆瀣炎氛午夜平，余香犹炷一丝清。
风檐荔叶与蕉叶，时下空堂曳屐行。

这写的是夏末秋初的景色。这里的蕉叶，在卷四另一首《戏题西轩草木》诗中也曾提到，“甘蕉叶大戎葵丑，或有山榴似火燃”。这里的甘蕉也正是前诗中的蕉叶，而所谓荔轩，很可能就是“西轩”（在真州使院）。而《施浔江和诗留别，兼饷荔枝酒，作此志谢》一诗（卷四）：

谁拈重碧擘轻红，万里春随绰舶风。
方物常年随职贡，邮签第一接诗筒。
可怜口腹知吾嗜，聊遣离愁对使空。
斟酌色香浑未改，檐花狼藉晚烟中。

则更说明了当时有“贡荔”。曹寅十分喜吃荔枝，诗首句从杜句来，“重碧拈春酒，轻红擘荔枝”。结句的“檐花”是否就是“风檐荔叶”所著之花呢？

《楝亭词钞》尚有《一捻红》咏“蜜渍荔枝”一调，有句云：“向承明卸驮，纪方物南至，寒销烽火。……问丰肌濡沫，炎熇依旧，色香俱妥”，所咏殆是“贡荔”。

这许多，都说明曹家与荔枝的关系之密切。这样，贾母的谜，贾政之解，因为都是曹雪芹借以抒写家庭世代相传的故事，也都并不奇怪了。雪芹心中有说不尽的昔年往事，下笔时随时会透漏一二，他是写小说而并非史传，离南日久，对荔枝的季节特征记不真切，因之在点染之余，才留下一个小小的漏洞。

文采风流第一人

给曹雪芹写传是困难的。留下的文献记载太少了。算下来只有不到十首诗是直接间接与传主有关的，此外就是零零碎碎一些笔记，而且可信与否还是问题。周汝昌却先后写了几本雪芹传，最新的一本题为《文采风流第一人》，新传与过去的几本不大一样，似乎又回到他写《曹雪芹家世生平丛话》的路子上来了。就是说，功夫大半用在历史背景的探索上，雪芹的生平行迹只是影影绰绰地贯串其间，却能给读者一个清晰的概观，这是很不容易的。

怎么把传主的故事串起来呢？这中间少不了作者的想象。要处处找寻文献的根据，那是不可能的。这要求太高了。汪曾祺说过，“我觉得治‘红学’的专家缺少的正是想象，没有想象，是书呆子”。譬如曹雪芹曾一度南游，就没有书面的根据。只是从敦敏的一首诗题，“芹圃曹君霑，别来已一载余矣……”和“秦淮旧梦人犹在”的断句就推论出这一年雪芹到南京去了。应该说这一推论是有充分的理由的。又如从脂砚斋评“索书甚迫”，推索出这并非朋友借阅的平常事，要借阅雪芹的书稿，用得着这样迫不及待么。其中必有缘故。

因而想到《石头记》抄稿流传于权贵家族之后，必然引起统治者的注意，而其中多有“碍语”，使作者不能不抓紧整理出一部“洁本”来应付追索。又如重要的批书人脂砚斋是否就是书中的史湘云，从几十年前作者在《燕京学报》发表了研究论文之后，我就被说服了。虽然后来有人提出过一些论难，但终于动摇不了这一结论。凡此种种，都是运用想象，加以细心搜剔的结果。可谓“事有必至，理有固然”也。

作者说及曹雪芹，有一段有意思的议论：

> 在他（雪芹）身上，交织着多层“冲突”：满与汉，贵与贱，盛与衰，荣与辱，南与北，雅与俗，才与性，情与礼，命与运，痴与悟……这些历史的，地理的，政治的，文化的，社会的……重重“矛盾”都在他身心血肉中“交叉”而“斗争”，通流而融汇，构成一个奇丽难名的“杂人”和“畸士”。

作者是从这样宏观的视角审视雪芹的全人，在传记中处处扣紧并加以发掘、描述，这样，传记才不只停留在据仅有的“事状”作寡淡的铺叙。在这里作者真的发挥了想象的极致。也许正在这些地方会遇到怀疑与问难。但使传主活动在充满历史生活色彩的广阔天地中，应是传记应有的气度也是曹雪芹写作《红楼梦》得心应手的手法。

传记作者在序篇中提出了一个重要的满汉文化交汇融合的问题。清代自入关以后，最着意的就是民族关系问题。从清初以武力征服残明反抗势力起，继之以加强文化方面的统治，使用了镇压与怀柔并举的办法。一直到乾隆一朝，才初步告一段落。与种种形式的文字狱镇压并举的是对汉族人士的示好、怀柔。雪芹的祖父曹寅就是身负此种重任的代表人物。他的统战工作做得异常出色。在江南，举凡前明的遗民高士都是他折节下交的对象，运用的是诗酒唱酬的办法。这种以文会友的方式是容易被接受的。一些响当当的遗民故老都乖乖地上了钩。另一位是旗下才人纳兰性德。只要看他身后有那么多汉族才士的哀挽之作，竟占了《通志堂集》整整一卷，就可见其声势之盛了。纳兰是绝代的词人，看他给顾贞观、严绳孙等的遗札，知道他过的是完全与汉族文士同样的生活。诗酒倡酬，赏名画，刻图章，玩古董……几乎占去他上班（他是一个侍御）之外的全部时间，更有意思的是他对“上班”充满了厌恶。这说明，一位满族贵公子，竟完全接受了汉文化，举凡辞章、技艺、饮食、享乐无一不讲究，远远超过了汉人。像纳兰这样的并非特例，雍乾之际满洲诗人绝不只一二例，只是不为世人所知而已。

汉族文士的心态又是怎样的呢。可以举出清初著名词总集《瑶华集》（纂成于康熙二十五年顷）的编者蒋景祁的一席话：

> 长白兆祥之区，多产英哲，引商按节，琅琅可传。景祁伏处江堧，无由窥识万一。而四方好事，间有流闻。长吟短篇，概不敢没。以表当代人文之盛云。

从这节启事中，可以领会汉族文士对满洲作者惴惴地既疏离又殷切的求友之声，是满汉文化交流中的一种特异现象。满洲帝室防嫌汉文化的侵蚀，是牵肠挂肚久久不能消失的心事，康雍乾三朝曾屡颁严旨，告诫满人勿忘骑射的祖风，勿效汉人奢靡习俗。但无效。满汉两族在文化、政治上终于日益交汇合流了。曹雪芹就是这样时会出现的才人，和“江南风流才子唐伯虎”很不一样的旗下才人。可惜文学史家对这一历史现象的研究太不够了。

作者钩稽史事，用力甚勤。曹家的几门亲戚，有曹寅的姊丈傅鼐和儿子昌龄，后来曹家败落，楝亭藏书都归了昌龄，其中委曲不可尽知。寅又有女婿平郡王讷尔素，子福彭，都是与曹家关系密切的亲眷。曹家荣枯的家运，与这两门阔亲戚的关系非同小可。傅鼐伯祖额色赫，入关后官文华殿大学士，主会试，总裁纂修实录，实际是顺治一朝文化政策的创立者。傅氏家族给曹雪芹的影响，不问可知。盖不只向表叔昌龄请观先世遗书一事而已。

袁枚曾说他的小仓山随园就是《红楼梦》的大观园，写入“诗话”中，依据的也许是明义在《绿烟琐窗集》的一句话，但是在“诗话”再版时又将此条删去了。据新传考订，在北京也有一个随园，园主是慎郡王胤禧。王为康熙帝二十一子，乾隆初封郡王。雪芹在小说中写到过这位郡王，即是北静王。因慎郡王卒后，谥曰“靖”，故小说中变化为“北静郡王”；乾隆帝后来命皇六子永瑢过继为慎郡嗣爵人，故雪芹为此小王取名“水溶”。雪芹初会慎王，在雍正末乾隆初，年方十二三岁，而慎王则为二十五岁。八旗名诗人李锴曾有长诗《题随园雅集图歌》，有句云“西园十亩邸第西，嘉随之义因名随”，又详记园邸中流连者多为学者、诗人、画师，与当时藩邸多招致高人文士的情景正合。小说中所记水溶的话，“若令郎在家难以用功，不妨常到寒第。小王虽不才，却多蒙海上众名士凡至都者未有不另垂青目，是以寒第高人颇聚。令郎若常去谈会谈会，则学问可以日进矣”，正是当年雪芹常往慎郡随园雅会的写照。这座又名西园的随园，不出西直门少南一带，今天已陈迹都迷无可踪迹了。

二〇〇〇年六月一日

“曹雪芹画像”新说

河南省博物馆藏有“雪芹小像”一帧，关于此像像主是曹雪芹还是俞瀚，画面上陆厚信的题记是旧有还是后人伪作……曾引起红学家广泛的争议，迄今仍无定论。一九八〇年在上海举行的全国《红楼梦》学术讨论会上，河南省博物馆提供了一篇调查报告，认定像主是俞楚江（瀚），画像早年由俞家流出，为郝心佛收得，后与人几经策划，伪造了题句，托名于曹雪芹，企图获得善价，终于一九六三年以人民币十元（一说五元）卖给了河南博物馆。通篇报告曲折离奇，悬念迭出，宛如一篇侦破小说。一时报纸宣传，肯定画像为伪造。当时我曾写过一篇《曹雪芹的头像》，略陈异议，此文后收入《翠墨集》，定稿以前，编者曾来信建议删去此文，我没有同意。可见报刊宣传影响之大。

当时我曾见画像原件，见人物头部并无改换痕迹，原题与画笔同属乾隆时代笔墨。此画后经上海博物馆鉴定专家及有经验的装裱老师傅看过，也并无不同意见。而花费如许手脚只“骗”得五元、十元的作伪者也实属罕见，因此，“这是一张乾隆中不出名的画家陆厚信所绘的‘雪芹先生像’，应该是迄今为止一种实事求是的表述”。

过了十八年，得见商丘王长生先生寄示所撰《载入史册的红学疑案》（发表于《商丘社会科学》一九九八年一、二期合刊）一文，这是企图“从社会的多视角去切入分析”，针对河南博物馆的调查报告而发的论文，有许多过去未知的调查新鲜佐证，说明画像来历与涂改题记都还是疑案重重的悬案。

郝心佛其人曾在冯玉祥部下任少将，“跟随冯将军驱逐溥仪出皇宫，搜缴国宝《快雪时晴帖》，张家口抗日，参加北伐接驾孙中山到北京”。在豫博调查此案之初（一九七九年），郝是以国民党少将军需处长的身份出现的，这就使调查者不能不“刮目相待”，而郝的家境极为困苦，像“知情人向笔者（王长生）解释说：‘郝先生，本不愿写这篇文章，但他连住处都没有，由县文化局出面救济他五万元翻盖陋屋，他才迫不得已写下这篇《揭谜》文章。’”

郝的《揭谜》文中写道：“今题记既为与朱（聘之，即被指为参与改写题记的执笔人）有笔墨之缘的程君德卿所识破，余仍遵故友之嘱，尽言此谜之始末，并出示张鹏题诗原件，以释世人之惑，抑且为学术界澄清此一悬案，望红学家谅察之。”

张鹏题诗是怎么回事呢，何以可释世人之惑？这就要回到侦破此案的程德卿的一段话：“因‘风流儒雅’四字的改写，使我忆起了郝曾请我改写一幅字的往事。这是他过去收藏的一幅张鹏给别人的手迹，现在想把它改为给袁子才的，我代为改写后，乍一看还勉强鱼目混珠。但少加注意，辨出貌且不似，遑论其神，且墨色新陈有别。”程德卿这席话本来是作为郝改动雪芹画像题记的张本的，不料张鹏题诗原迹尚在，上面“随园学长老先生清照”墨色依旧，书法一气呵成，不存在改动“随园”二字的痕迹。（王文）证明程说全是谎言，而郝心佛所说张鹏题诗原件可解世人之惑的言外之意也就涣然冰释了。

王文还说：“近日知情人告诉笔者，郝公生前曾说，题记’在尹继善《望山诗》前几页半开本上就有，我与（朱）聘之不可能臆造‘洪才河泻，逸藻云翔’等绝妙好词。”

沈大成的《学福斋集》中，有好几篇有关俞楚江（瀚）的文字，中间提到俞“长身锐头”，这与画像中所写大异其趣，倒是裕瑞《枣窗闲笔》所记曹雪芹“身胖头广而色黑”约略相近。画家戴敦邦说，这种面部傅粉带写生意味的肖像画，康、雍以前是不可能有的，是受乾隆中郎世宁画风的影响。原画艺术水平很高，不是一般防伪者所能达到。

感谢王长生先生远道见示此文，多少破除了《调查报告》散布的迷雾，得益新知，因摘录要点，以告关心此案的《红楼梦》读者。

林姑娘的眉眼

《周汝昌红学精品集》中收有《红楼梦真貌》一种，这是祜昌汝昌兄弟四十年来就传世八种《红楼梦》旧抄本及诸多刻本校勘成果的提要。他们立意进行此一极端繁重的工作是因为：胡适为之作序推重的亚东图书馆排印程乙本《红楼梦》实在是一种恶劣荒谬却又流毒极广的本子，因此决心花大力气校辑一部接近曹雪芹原作的本子，和“程乙本”争争真伪。由此引发，研究工作更指向复杂百倍的无数疑难问题，更深入细致的探索真伪混乱、纷纭万状的缘由和申辩方法，这就是《会观》的立意。初看这确是一种达到烦琐极致的校勘考订工作，实际上却是研究《红楼梦》文学意境、语言精妙不可或缺的基础工作。在这里，版本考证与文本研究是相辅相成不可分离的统一体。

《红楼梦》中重要人物，出场时必有一番形容描画，大抵以骈俪排偶的韵语出之。这是一种传统的做法，雪芹也未能免俗，但效果往往并不理想。在描摹黛玉的形容风度时，就出现了困惑。在传世最早的胡适藏甲戌本中，犹存初笔斟酌未定的原貌，作“一双似露非露目□□”显然这是雪芹郑重选词未定的痕迹。这以后不同异本都作了种种弥补，形成了大量异文。从“一双似喜非喜含情目”直至“一双多情杏眼”，每况愈下，终于陷入恶俗。与眼相对的是上面写眉的排句，“两湾似蹙非蹙眉烟眉”（甲戌本），以下诸本各自不同，或作“罥烟眉”，或作“罩烟”，或作“笼烟”，原本原作“两湾似蹙非蹙眉”，下空两格，后来想到“眉”字上还应添两字，俾与写目的下句相应。“罥烟”两字，是己卯本与杨藏本保留下来的，实在是最生鲜灵动的，但因字面生僻，又加抄写不清，遂变成不通的罩烟和最后的“定本”笼烟。从此二例不只可见雪芹文心之细与下笔的踌躇，更可见传抄过程中的复杂多变的痕迹。这种考订功夫，虽“繁琐”，却是值得的，不如此不能知文心之细也。

有关黛玉的另一处异文，是李嬷与黛玉争执的一回。“那李嬷也素知黛玉的，因说道，林姐儿，你不要助着他了。”（甲戌本）到了戚序本就变成“那李嬷嬷便向黛玉笑道，林姑娘，你不要助着他了”。“林姐儿”变成“林姑娘”，把老妪情急夺口而出的声口全然抹杀了，变白描为常语，得失显然。

李纨在四十五回与凤姐对啃，“你们听听，我说了一句，他就疯了，说了两车的无赖泥腿世俗专会打细算盘分金拨两的话出来。”写素来沉重、绝非伶牙俐齿的大嫂子，气急之下，千万句当一句说的声口，在程本中却被改成“你们听听，我说了一句，他就说了两车无赖的话，真真泥腿世俗，专会打死算盘，分金剥两的”。真是点金成铁，将原来的气势、口风销蚀净尽。在这种小地方，最能凸现《红楼梦》语言艺术的精致，不对勘是不能领会的。

程本的大胆妄改，还可以举出一例。宝玉在水仙庵祭金钏，既毕，加写茗烟一节祝词：“我茗烟跟二爷这几年，二爷的心事，我没有不知道的。只有今儿这一祭祀，没有告诉我，我也不敢问。只是这受祭的阴魂，虽不知名姓，想来自然是那人间有一、天上无双，极聪明极俊雅的一位姐姐妹妹了。二爷心事不能出口，让我代祝：若芳魂有圣，香魄多情，虽然阴阳间隔，既是知己之间，时常来望侯二爷，未尝不可。你在阴间保佑二爷，来生也变个女孩儿，和你们一处相伴，再不可又托生这须眉浊物了。”程本的改笔是：“二爷心事不能出口，让我代祝。你若有灵有圣，我们二爷这样想着你，你也时常来望候望侯二爷，未尝不可。你在阴间保佑二爷，来生也变个女孩儿，和你们一处玩耍，岂不两下里都有趣了。”

这一改，通体庸俗，与旧文真有仙凡之别。

仅就以上所拈数例，可以看出，《红楼梦》的校勘，是不可或缺的基础工作。只有从此开始，才能说得上品味其艺术魅力，真正获得欣赏的愉乐。

姽婳将军

去年晚秋，到山东去走了一转，来到青州。这是我的故乡，但一直没有回来过。承乡亲父老的殷勤接待，引导着看了许多名胜旧迹，如云门山、范公亭等，都是儿时从大人口中时常听到过的，虽然是初见，却颇有似曾相识的亲切之感。从闲谈中知道前些年胡耀邦来访时曾经问起《红楼梦》里所写的林四娘和青州的关系，却没有人能回答得出，我想，这是访问青州时理应提起的一个问题，也实在是地方上值得记起的掌故。到今天，青州还留下了当年衡王（《红楼梦》里已改做恒王了）府的两座石坊，是立在午朝门前的。这是高约五米的三孔石坊，有四根方柱，柱上雕着麒麟，坊上有云龙纹样，古朴庄重，是明代前期石雕的精品。衡王是明成化二十三年始封并就藩青州的，是明宪宗的第七子，一共传了六世七王。衡王府在清初就已经破败了，从王渔洋的笔记中知道，他曾到过仅存的遗址，至于府内的木石材，大抵已被人移往他处兴建新的建筑了，就和圆明园的石雕零乱地移往清华园等处一样。

想查一下有关林四娘的旧记，可惜得很，今天可能见到的不外《聊斋志异》和《池北偶谈》中所收的两则，又都是小说，离不开梦遇、幽媾这种老套子。这正是《聊斋》的大缺点，是接受了唐人小说的影响摆脱不开的结果。想在小说中发现历史真实不免是徒劳的。但却也证明了林四娘的传说在清初是流传颇盛的。《红楼梦》所采用的，大抵就是一种“副本”。《红楼梦》的作者是特别注意回避小说的时代背景的，不但没有年号，连官职、仪制、服饰、建筑、铺陈这些细节也写得迷离惝怳，使考证者为难，摸不准它所说的是何朝何代之事。这在作者是有不得已的苦衷的。但在八十回大书将近结束之际，晴雯被逐病死的紧要关头，却分出大半回篇幅，特写了林四娘的故事。曹雪芹的用意何在，实在值得思索。至今红学家对此似乎也不曾做过专题研究。

小说由贾政口中转述这桩故事，说“当日”，说“次年”，说“黄巾赤眉一干流贼余党”，说恒王被杀，林四娘战死，说“朝中自然又有人去剿灭”，一直说到“昨日又奉恩旨”，恩奖“前代以来”应加褒奖各项人等。这就说得清楚不过，恒王就是衡王，“前代”则是明代，“昨日”所奉无疑也是清朝的恩旨了。这在全部《红楼梦》中实在是仅有的极少讳饰的笔墨。

想找一些清初的旧记，因为时代近，也许可以有较真确详细的记载，可惜并没有。可以看到的只有光绪中法伟堂所修的《益都县图志》。其中有“大事志”，依时代先后排列，大致是崇祯十五年，大清兵略至城下，攻之不克，遂东去。顺治元年，清廷“遣户部右侍郎王鳌永招抚山东，抚定青州郡县。衡王投降。元年冬，流贼余党诈降，杀侍郎王鳌永。后经讨平。顺治二年秋，衡王入觐。顺治三年夏五月，衡王世子与其宗鲁王荆王谋反，皆被诛”。

从这简略的纪事中，可以看出青州在明清易代之际是饱经了战火的蹂躏的。而衡王在这中间也扮演了一个并非不重要的角色。《益都县图志》中附有一篇安致远撰的《全青纪事》，所记更为详悉。主角是一位李将军士元，是担任守备青州的武官。他参加过崇祯壬午清兵略地时守城之役，到了第二年癸未三月，清兵又至，“明怀宗遣重兵护卫衡藩”。这次派来的是总兵刘泽清，带来了好几万人。刘泽清不是没有名的军阀，他的兵杀烧焚掠，给老百姓带来的是极大的苦难，正是明末大小官军军阀的通常行径。他还假冒清军攻城，被李士元击退了。

崇祯甲申，“李自成陷燕京，……所遣伪官姚将军，以五百人镇青。……势焰焰张甚，而藩王家有献女为其小妻者，城中惴惴不自保”。吴三桂入关，李自成西去，这位姚将军后来也被李士元杀掉了。这时，“士元于是介胄见衡王。曰，神京失守，闯贼西窜，社稷无主，中原鼎沸。王亲宪王之子孙，据全齐形胜之地，山东豪杰，荷戈砺刃，大者数万，小者千百为群。引领以望王义师之起，胜兵百万，可传檄而集，……以光复我明旧物……谁复有与大王争衡者。不然，今坐失事机，万一瞻乌靡定，异姓代兴。彼时下尺书以征王，王岂能常享藩封乎?”

衡藩是在南京福王之外，又一有条件起事的藩王。在衡藩影响之下的山东，本来是有可能树立起故明的旗帜的，可惜的是“王素懦，又吝财自封，趑趄不敢对”。于是这事也就完了。这以后清朝派了两位固山来安集青郡，士元也随同前来，“逾月而有赵应元之变。应元为自成余党，持伪符乘传至青。……因距城以叛，杀总督王鳌永，而欲挟衡藩南渡，王不从”。这时，衡藩实际上已经成为各种拥兵自重者的“奇货”了。

蒋氏《东华录》卷五，顺治元年十月，有梅勒章京和托等奏，“臣等率师至山东，流贼旗鼓赵应元等诈降，入青州。杀招抚侍郎王鳌永，据其城。臣等往援，擒斩赵应元等，复青州”。所说的就是同一件事。这以后就又有衡藩世子于顺治三年夏谋反之事。这时衡王已经到了北京。在这两三年中，衡藩一直是各种势力争取的对象，但因胆小怕事，无所作为，最后统统被清朝杀掉了。

总算大致弄明白了清初青州动乱的种种。但这里并没有林四娘出现。对于曹雪芹写这一回大书的用意也依旧不能懂。说曹雪芹有家国之痛固然是无稽之谈，说他对农民起义军有什么好感，怕也不妥当。

他的以“姽婳词”引出“芙蓉诔”，大抵还是出于对女性的尊重与赞扬。“何事文武立朝纲，不及闺中林四娘”，说得何等明白。而晴雯在一场恶斗中终于败死在封建势力之手，其悲壮，恐怕还要远远超过林四娘的沙场战死。在这里主从的位置也是安排得很清楚的。曹雪芹写林四娘，目的还是为了写晴雯，作者破格地使用了浓墨重笔。这并非两个平行的互不相干的故事，而是一个有机组合的整体，看来是大致不错的。

漫游零感

也许是多年来作记者养成的习惯，每到一地，总设法找来当地的方志翻一下，看看这地方有什么名迹，殊异的风俗和土产珍物。这才觉得有意思。就和中国传统的绘画一样，要在画幅上读到题跋，才能满足，对无款或孤零零只有一个签名的就觉得不够意思。推而广之，名园如果没有了联匾，就好像美人失去眼睛那样的了无生趣。《红楼梦》花了老大篇幅写宝玉为大观园题额，就是为了给名园点睛。这是中国文化有代表性的特征之一，不懂得这一节，是不足与论华夏文化的神髓的。

抗战中几次来到昆明，有空就到翠湖的图书馆去看书，目的是想知道一点南明最后一个小朝廷——永历的故事。出了翠湖，走在五华山畔一条上坡的街上，发现了一块小小的石碑，上面贴满了治花柳病的招贴，覆盖在这上面的是李宗黄的一张“安民告示”。就在这块被糟蹋得不成样子的石碑上，写着“永历帝灰骨处”几个字。当时给我的震动真是大极了，刚从图书馆里读到的南明野史，在这块不起眼的石头上活起来了。永历帝、吴三桂、陈圆圆这些人物好像就在眼前，三百年也只不过是一瞬。

在“西南联大”后面有一处莲花池，是一片辽阔空蒙的水面。池畔有两座石碑，都是陈圆圆的画像，一座是盛年宫装像，一座则是比丘老尼。碑上刻着题记，说陈圆圆就是跳进这座莲花池里死去的。听说这两块画像碑在“文革”中被毁掉了。真是可惜。虽然石碣并不古，不过是几十年前的东西。没有了它，面对一池污秽，又有什么意思呢？在莲花池左近，有一座商山寺，据说是圆圆落发之处。我却没有找到，只读过施蛰存先生的一首题诗，至今也还默诵得出：

宫草宫花寂寞香，美人何与国存亡。
商山寺下飞鸿影，犹为将军舞艳阳。

这就是昆明给我留下的记忆。可以说这座名城是凭借这些旧迹活在人们心中的。

也许有人会说，这些遗迹都经不起历史学家的推敲。也许是的，有许多事，碰上考据家免不了要一败涂地。不过这中间也有区别。我曾在剑门道上，看见过一座“唐明皇闻铃处”的石碑，又据说泰山上有一块“孔子小天下处”的碑碣，就只能引人发笑，与永历、陈沅的遗迹不可同日而语了。有许多古迹是出于附会的，但生搬硬凑的假古董还是一眼就能看穿的。近来旅游事业飞快地发展，各地恢复和新建的古迹也日见其多。我想经过多年离乱，几乎湮灭的名迹是应该尽快予以恢复的，但假古董却不必那么卖力地兴建。山东阳谷县新建了狮子楼，还有的地方大兴土木建成了宋城，不能说不是“可怜无补费精神”了。两者之间的界限似乎很难确认，但其实是不难分辨的。

几年前去过浙江桐庐严子陵的钓台，印象不坏，祠堂早已倾圮了，登山的小径刚开始铺石板。施工的负责人告诉我，为了确定东西钓台两座亭子的规格形式，他曾到苏州的名园中去参观、取经，准备加以仿建。我听了大吃一惊。当时只西台的亭子仍在，是用石条叠起的十分素朴的建筑，当然谈不上古，但与七里泷的山川风调是谐和的。当然最好是像倪云林笔下的茅亭，退而求其次，石亭也不坏，但金碧错彩的苏州式的亭阁就完全不能用，那正像万绿葱茏之中小小一顶大红瓜皮帽，要问什么是煞风景，这就是的。我是竭诚加以劝阻了，不知修整后的钓台究竟如何。

同样的例子可以举绍兴陆游的沈园和徐文长的故居。前些年去参观时，徐青藤的书屋正在施工翻造，看样子只是就原址稍加修筑，依旧保留了青砖素壁的浙东建筑风格，是使人安心的。那时的沈园已是不折不扣的一座废园，仅存的池上石桥也已断裂，但给我留下的印象很好。陆游与唐婉的故迹正与荒凉破败的废园情景相合。我深以能见未修整前的沈园为幸，也就是前人所说的“犹见缺文”的意思。

修复旧迹应该“整旧如旧”，这是个重要的原则。“如旧”并不是说保存残败的原状，是说照原有的格调修整，该工笔重彩的地方尽可放手渲染，但不可使素朴化为浓艳，更不可将苏州庭园风格视为唯一的规范，使全国建筑成为一道汤的苏式，实在是最要紧不过的。

过安庆

一次偶然的机缘，到安庆来住了几天，借住在新落成的“状元府宾馆”里。这是一座五层楼的建筑，画栋飞檐，相当讲究。门前的立柱都用大理石镶嵌，大厅里还铺着红地毯。打听了一下，知道这地方的旧主人曾是崇祯元年的状元刘若宰。他的故居在一八六一年被清军焚毁了，那正是太平天国长江上游重镇安庆经过艰苦的防御战后被湘军攻破的一年。在过去，地方上出了一位状元是了不起的大事，至今民间还有不少关于这位状元的传说。就在这“府”的后身有一处叫作“天台里”的地方，据说就是阮大铖的故居。阮胡子为了和刘状元拉关系，挖空心思借刘晨阮肇的故事给私宅取名“天台里”，大概是他自认很得意的手笔。

住下来以后就是排日看戏。首次安庆地区的黄梅戏会演正在这里举行。大小节目总共有近二十台，多数是新编或重新整理的，其中有三四台是现代戏。安庆地区有十个县，每县都有剧团，加上地区属下的两个，实力相当雄厚。看了几天戏留下了颇深刻的印象。一次会演中拿出这许多节目，先就了不起。演出水平自然有高低，不过质量总是要以数量为基础的，第一要求它多，然后才能要求它好。为什么会出现这样兴旺的局面？这原因很值得思索。好像可以从这里清楚地看到十一届三中全会后在文艺园地里出现的新气象。黄梅戏的根子深深扎在群众中间，在这一带差不多人人都能唱两句乡土戏。这情形在全国也是少见的。还有，恐怕就是人们有一个比较好的创作环境。从地区领导人的言论中可以知道，他们不大干预具体的创作实践，主张解放思想，鼓励不同的题材与风格。这样创作人员的手脚就少有束缚，自然会出现实践成果。安徽是戏曲的家乡，会演中有一出《杨月楼》就是以出身石牌的早期京剧名演员的身世为题材的；又有《孔雀东南飞》，那也是本乡本土有名的传说与诗篇。在远客看来都能感到耳目一新。看来地方戏曲表现本乡本土的历史人物、传说故事与现实生活是一条广阔的道路。

剧作者与演员有许多年轻人，尤其值得注意。一出新戏《借官记》的作者只有二十多岁，写出了一个颇有新意的戏剧。一个县官因为学识经验不足，判案时上了当，受了骗，得到了旁观的班头的指点。县官就索性请班头换了官服，处理并平反了自己造成的错案。这一设想是新颖的，也是充满了大胆的想象的，更能引起观众的强烈兴趣。看戏时我就想到《红楼梦》里贾雨村与门子的故事。贾雨村那时也是初入仕途，不懂得做官的诀窍，几乎坏了事。是门子向他传授了有名的“护官符”，这才有可能成为一个合格的“禄蠹”。关起房门以后，贾雨村与门子也正像这里县官与班头的关系。不过曹雪芹运用的是现实主义的创作方法，而在今天，《借官记》却有了“反其意而用之”的可能。从观众的笑声中可以听出人们是理解并同意这种处理方法的。一个本质善良、能力有限的县官，作出了非比寻常的抉择，给传统戏曲中“糊涂官”的形象开拓了一个新的境界。

抽看戏的空闲在城内闲走，游览了滨江的迎江寺，登上了振风塔。好像这就是安庆仅有的旧迹了。心里觉得不满足。后来从《安庆报》的同志那里得到指引，去拜访了在图书馆工作的蒋元卿老人，向他请教有关安庆的旧事。谈话中说到不久前在电视中播放的《话说长江》。老人说，当看完武汉，过了九江，盼着该到安庆了，不料一闪即过，没有留下几个镜头。言下颇流露了憾惜之意。我想了一下，觉得他的意思不错，这座从三国时就修建了吕蒙城的地方，真的是不应该一笔带过的。安庆的地理位置是一种不折不扣的“冲要”，从武汉到金陵，它正好在半中腰的地方，安庆的得失，关系到长江的死活，当然也控制、影响着上下游的许多名城重镇。自古以来，这里就是兵家必争的地方。也正因此，它遭到的兵燹也多；加上长江间或发一下大水，就又变成了泽国。这样，这地方的没有留下多少遗迹几乎是当然的。

老人带我们去寻找英王府的遗迹，这地方就在国货街上。原来的府址几乎包括了东至四牌楼整片地区，今天已为一片市房与店铺所代替。从一个不起眼的小门里走进去，还可以看见百来年前留下的旧屋楼厅的花窗棂，不过也已残破，褪尽了当年彩画的光泽。这就是仅存的遗迹了。

曾国藩攻下安庆以后，从城外移驻这里，从他的日记里知道，这“伪府”并不华丽，只是墙上有着太平天国的壁画而已。他的幕府赵烈文的日记里也有过类似的纪事。曾国藩后来移驻金陵，“行辕”随即改为皖省通志局，不久又改为清节堂。今天所能看到残余的建筑格局，也只是清节堂的面貌，已经改建为一排排关锁“贞女节妇”像班房一样的屋宇了。当时清政府的藩司（布政使）吴坤修，进城以后就有计划地努力消灭太平天国的建设遗物，这是并不奇怪的必然措施，也是今天想在当地找到一点残迹那么艰难的原因。

第二天傍晚，我们借了一部车子到陈独秀的墓上去。沿安庆去合肥的公路驶去，在离开集贤关不远的地方岔进林木蓊郁的小路，不远就看见新建的白石墓道了。这可是个极清静幽美的好地方，墓前有一池荷塘，左近覆满了松杉，一条蜿蜒上山的小路边有着两三间民居。一个推了自行车上山的人在路边停下，好奇地看着我们这一群来访者。到这僻静的山乡来的游人是不多的，不是友人提起，我们也几乎错过了访问的机会。这是陈氏夫妇的合葬墓，前面树着一九八二年公布的“安庆市重点文物保护单位”的石刻，墓碑正面只写着“陈独秀之墓”五个大字，碑阴简单地写着“一八七九生于安庆，一九四二年卒于江津”两行字，其他什么都没有。

从这里出来，司机同志说：“前面不远就是集贤关了，顺便去看一下吧。”就这样，在离开安庆的前夜，又看到了这座太平天国战史上有名的地方。在到合肥去的公路上，正面横着一座石灰岩的山，就在这中间开出了一条通道。这并不像四川的剑门那样的雄奇，但同样是险要的隘口，进入了这关，安庆路上就再也没有设防的处所了。山侧有一座烧石灰的小厂，在开采着山石。朋友说在这山顶有一座“集贤律院”，邓石如心爱的一只鹤就葬在这里，就是有名的鹤冢。这自然也是安徽艺文志中应有的内容。

在集贤关下徘徊了一会，就折回城里去，已是满眼夕阳。经过了一座“红水塘”，现在是一片莲藕的池塘，正是当年太平军与湘军血战的所在。朋友还说，不久前这里还能看到当年作战长壕的遗迹，现在已经平整了。就在这古战场上，一座大型的石油化工基地拔地而起了。

重访贵阳

一九四五年七月，从昆明来到贵阳，住了两个月不到，就迎来了抗战的胜利。匆匆四十年过去，对于贵阳的印象已经淡漠得难于追忆了，但总的感觉是好的，这个“山之国”给我留下的是虽然朦胧但却温馨的记忆。这次重来，就住在美丽的花溪旅舍里。花溪过去也曾到过，但没有这次的从容。从旅舍出来，经过古木参天的山间小径，就来到了一曲蜿蜒流下的溪水岸边，那水真是绿得像一池春酎，踏着石踏步从水面过去，来到一座小亭子里小坐，这地方是这么静，除了我们几个人以外几乎没有游人。这些年来走过一些游览胜地，还没有见过这样幽静的环境。

四十多年前写过一篇《贵阳杂记》，后来收到一本散文集《锦帆集外》里。文章里有一些描写贵阳山水的片段，今天重读，仍然觉得有趣。那是在贵阳近郊图云关上的帐篷里一个多月看云看山经验的记录：

如果说贵州是山之国，从这里大概可以得到一个概念。这绝非江南的山水，也不是滇西的那一片穷山恶水。

这里只不过是一个围在各种形式的大小山峦中的一块地方。没有一条河流，坐在帐篷里，远望那一列山屏风，实在是一种乐趣。贵阳的天气是多阴雨的，不过有时也有阳光出现，因此这一带山屏风也好像背后有着多少光彩的变化。山峰由极深的碧螺色变到极鲜嫩的浅黄色都不过是瞬时间事。有时风雨骤至，群山又没在烟雾里去了。

虽然过了许多年，我仍然相信自己记忆的准确。

这次我们还到了安顺的天星洞景区，这是一个新开发出来的游览胜地，石板铺成的道路修整得非常好，遵循着旧有的山间小径，攀崖抚壁，一下子就好像走进了一座布置得极精妙瑰丽的“盆景”里。这自然是一座伟大的盆景。是大自然亲手布置的，没有丝毫人工雕琢的痕迹，那些奇峰怪石，那些布满崖头的巨大的仙人掌，都不是高手的叠石家所能经营得了的。山路的逼仄、险巇、曲折，使人们难以从容观赏眼前的景色，几十步过后，眼前展现的已经是另一片风光。这里也有石林，但不同于云南路南的石林，是小型的、姿媚横生的、只能见于盆景中的那一类。我们终于爬到了天星洞口，坐在那里休息。只觉得真正好的是一路上的景色，比起洞中的石笋还要有意思。

说到岩洞，龙宫更是一处奇妙的地方。这是一座穿通五个宫的溶洞地下湖。我们乘了小船从洞中穿过，在一公里左右的水道中行进，触目都是奇妙的熔岩景观，好的是还没有为它们取下种种牵强的名色，只由游人自己欣赏。岩洞的幽深曲折、轩敞与深邃境界的交替出现，在全国现已开发出来的水溶洞中也是第一流的。

四十年前由昆明来贵阳，曾经路过黄果树。当时在公路边上停车，吃了一顿饭，也饱看了奇伟壮丽的瀑布景观，留下了极深刻的印象。这次重来，因为是枯水季节，瀑布小得多了，但也别有风趣。好像不妨将人们形容太湖石之美的瘦、透、露三字移过来加以刻画。我们从山边进入园中，沿石级下行，一直走到潭边，从山崖一侧走进“水帘洞”。这是在瀑布后面的一条逼狭的崖洞，名副其实的水帘就悬在面前。洞中也时有涧水喷洒，走出洞后又要穿过枯水的潭底石块走到对岸去，却颇感有些困难。不过到底彻底领略了黄果树瀑布的情趣，那就不是仅仅遥望一下所能比拟的了。

我在《贵阳杂记》那篇小文里讲了一通杨龙友的故事，这受的是抗战中南明史热的一点影响。记得从贵阳的一家图书馆里找到了几本地方史籍，看到了一点史料，就连缀成一篇读书记。因为杨文骢是贵阳人，还曾想过要寻找一下他的故居，自然是毫无结果的。还对《明代黔贤述略》中只收杨文骢而不及马士英发了一通感慨。顺便联想到这次所到的几处地方，论风景都是上乘的，只是较少人文史迹，不免少少感到一点不满足。在修文的王阳明的遗迹来不及去寻访，也是有点可惜的。马士英人称马贵阳，是南明史中的重要人物，也不必因为和阮大铖搅在一起而开除他的“乡籍”。到了清代后期，贵州也曾出现过不少文化名人，如郑珍、黎庶昌、莫友芝都是在文化史上有一定地位的人物。相对说来，比起其他地区，贵州的文化名人要较少一些，这就更值得重视，需要有必要的表现，这对精神文明建设和发展旅游事业都是有帮助的。

一九八八年五月十七日

秋柳及其他

到济南的第二天，就去了趵突泉和大明湖。大明湖已经修整得像一个新式的大公园，清疏辽阔，使人想起南京的玄武湖。特别是在这晚秋初冬季节，更别有一层萧瑟的意味。没有看到荷花，连残荷也没有。许多游艇都系在岸边，也没有人荡桨。过去人们游湖，多半从鹊华桥下船。我们这次是乘车去的，因此没能领略到泛舟的乐趣，连历下亭也没有去，何绍基所写的对联，“海右此亭古，济南名士多”，自然也没有看到，这是不免有些可惜的。

大明湖里的旧迹，有纪念铁铉的铁公祠。这位忠于建文帝、誓死抵御燕王永乐“靖难”王师的山东参政的结局是很悲惨的，不过今天已经不再能引起人们的兴趣，其所以依旧保留至今，恐怕还是托了《老残游记》的福，在小说里著录了的缘故。此外，大明湖好像就没有什么值得流连的故迹了。站在湖边，望着满眼秋色，不禁想起了清初山东名诗人王渔洋的秋柳诗，那倒是曾经有过很多爱读者的。这四首诗写于顺治丁酉，距明亡不过十四年，题诗的地点是北渚亭，那遗址不知在哪里，想来应该就在大明湖上。如果今后要在这里添加什么新的景点，北渚亭倒是不妨加以考虑的。

王渔洋这几首诗写得迷离惝恍、情致凄婉，大约是他的诗论——神韵说的实践。可是诗人说的到底是什么，却一直没有人能说得清楚。如果拿来作为三百年前朦胧诗的标本，倒是颇恰当的。说不清并不等于读不懂，诗人不能也不敢明说的东西，就这样在“诗无达诂”的障眼法下彼此马虎过去了。到了嘉庆以后，却一连先后出现了三部《秋柳诗笺》，这倒是很有意思的。难道过了一二百年以后，读者忽然都聪明起来了么？

我有一本曲阜郑鸿写的《渔洋山人秋柳诗笺注析解》，同治刻本。据作者说那大旨是得之于“公后裔超峰先生”，而“吾师亲承家学，确有所本，非臆断也”。指出原诗其实就是“吊明亡之作”。王渔洋生于明末，少年时代曾经有过浓郁的故国之思是不奇怪的。但有些话不能明说，只好借绮语典故加以装点。同时有心的读者也心照不宣，不加点破。这样这位王文简公才得以优游岁月，做大官，主诗坛，一直平安地活到老。但他还是心有不甘，对子侄后辈有时也吐露一点真情，传为“家学”。过了一二百年，文网渐疏，这才流传出来，出现了笺注。

《秋柳》的第一首是：

秋来何处最消魂，残照西风白下门。
他日差池春燕影，只今憔悴晚烟痕。
愁生陌上黄骢曲，梦远江南乌夜村。

莫听临风三弄笛，玉关哀怨总难论。

诗是在济南明湖北渚亭上作的，写的也是眼前的秋景，为什么不说“历下”而说“白下”呢？可见一开始诗人就卖了个破绽。笺释者先就说穿了这一节，以下就不难阐释了。虽然也难免有牵强附会之处，但大旨则是确实的。王渔洋的小序说得更是显露：

> 昔江南王子，感落叶以兴悲，金城司马，攀长条而陨涕。仆本恨人，性多感慨。寄情杨柳，同小雅之仆夫；致托悲秋，望湘皋之远者。偶成四什，以示同人，为我和之。

王渔洋“在济南北渚亭倡秋柳诗社，和者千余家”（郑序），这声势不能不使人想起晚明复社的虎丘大会。这在当时同是南北知识阶层有极大影响的集会活动。王渔洋出了个“诗谜”，和诗的人未必没有人能猜出其谜底，那么与其说这是文艺活动，毋宁说是政治活动了。

曲阜的孔庙里有很多石碑，多得来不及细看。其中高大的丰碑大约是历代皇帝所立，他们都无例外地要向孔子致敬。他们知道，这对政权的巩固有极大的好处，因此就要立碑，不惜工本地选石、雕镌、载运……清康熙中的一座据说是其中最高大的，高二丈九尺五寸，重十二万斤。碑材采自北京西山，由通州上船沿运河南下，在张秋镇上岸，又用牛车拉到曲阜，据说共用牛五百头。这真是了不起的大工程，与采取大木（当时叫神木）从西南边疆运到北京去建造宫殿一样的大工程。当然这说明了劳动人民的智慧，许多旅游小册子上也都这样说，但往往却忘记了皇帝老倌的这种把戏为老百姓带来的苦难，不能说不是一种欠缺。

明代洪武、永乐、成化、弘治四朝都建有巨碑，掩映于苍松翠柏之间，煞是壮观。为什么明代中叶以后就不再建立新碑了呢？这当然是因为国力的逐渐衰微，也和当时的政治形势有密切关系。不断的农民起义，加上“北虏、南倭”，使皇帝手忙脚乱，再也想不起祀孔；也许是终于悟出孔子对解决这些头痛问题不再有什么用处也说不定。

这四座明碑，前面两座都有漂亮的碑亭遮护，后两座就没有。据说本来也是有的，但弘治碑中有“金元入主中国，纲常扫地之时”的话，给乾隆帝看到了，大不高兴，下令将碑亭拆去了。这传说不知是否确实，想想也真的很有意思。清人以少数民族统治中国，对“夷夏之防”的说法是头痛的，金、元也是少数民族，加以指斥就难免有指桑骂槐的嫌疑。这就是“四库全书”中同样要删改类似文句的由来，本是出于“圣意”，馆臣不过是奉命办事而已。不过这碑终于完整地保存了下来，没有遭到“抽毁”“全毁”的厄运，不能不说是特别宽大了。大约也是碍于孔夫子的面子才手下留情的吧。

在孔庙的两庑中设有文物陈列室，挂了一些字画，最旧的是一幅元代王渊的花鸟，绢素暗敝，不知是否真迹。又有一幅“乾隆御笔”的诗轴，却保存得很好。十全老人的字大家都是熟悉的，怕也没有人敢于做假。他写的是一首诗，《策马登吴山作》，看来是临幸杭州时的作品，诗句也还清通，也许曾经词臣润色过的吧。看这题目，他一定是想到了金主亮的故事。“十里荷花、三秋桂子”，是柳永咏钱塘传播远近的名句，据说是曾经扇起了金主亮“投鞭渡江”的欲念，下决心要立马吴山第一峰的。乾隆来到“天堂”的杭州，登上了吴山，难免要想到这位前辈。不过奇怪的是，诗里有“金主寄遐想，宋帝守偏宇”，“苟安忘中原，处堂亦何取”这样的句子，却是站在南宋人民立场上的议论，这和他的一贯思想完全是南辕北辙的。是言不由衷，为作诗而作诗；还是踌躇满志，把宋金的统治者都尽情地奚落一通呢？这道理我至今也参不透。

一九八九年十二月十二日

关于《鞠部丛谈校补》

《鞠部丛谈校补》一册，丙寅（一九二六）年刻本。我在卷尾写有一段题跋，

此本刊刻颇精。余二十年前得读之，辄以此中故实入所撰《旧戏新谈》中。后于梅浣华座上得识释戡，已垂老矣，然兴致尚豪，常以观剧诗见示。后病甚，遂不复见。今逝去已五年许，检书及此，辄记数语。乙巳十一月初七日。

《校补》二卷一册，丙寅刻本。写刻，八行，九字。上下黑口，左右双边。扉叶郑孝胥题书名，并题“罗瘿公遗编、李释戡校补”。后有三行牌记，“丙寅二月下澣，樊山阅，涉园雕，无边华盦藏版”。首有王序，属“志写识”。卷首大题下有牌记，“闽县李宣倜释戡氏无边华盦丛著之一”。卷末有樊樊山跋，以手迹上版。

这不过是一册七十三年前刊成的“近刻本”，然实在是刻得颇精流传甚罕的精本。属“涉园雕”，或是托陶兰泉付

刻的，难怪刻得那么精好。李宣倜释戡，福建闽县人，大约早年在日本学过陆军，民国初年在北京做什么将军，但实际过的是听戏、作诗的生涯。他是“梅党”的重要人物之一，曾为浣华编过不少剧本。直到晚年，还与梅家过从甚密。我是五十年代初才在浣华家里与他相识。当时他仍保持着过去的习惯，听戏、作诗，写了不少“观剧诗”，大抵都是七言绝句，各附小注。保存了不少五十年代上海剧场史料。他有许多女弟子，如言慧珠等梅门后辈都曾向他问业。他诗兴甚豪，每涉剧场，必有诗句纪事，常以诗笺写示，后更付油印，有《苏堂诗拾》等数种。

《校补》是罗瘿公的遗作，由释戡收拾，并请樊山加批，然后付刻。他的补记都低一格附于原作之后，和樊山的批语往往都对瘿公提出不同意见。各尊所闻，不少假借。这种办法也是难能可贵的。书中保存了不少清末民初北京戏剧的珍贵史料。

在《旧戏新谈》中有一篇“新安天会”，记袁项城编新戏以刺孙黄的故事，曾得张奚若、吴晗的激赏，以为是记当代史事的有趣文献。我所据的并不是《校补》而是刘禺生的《洪宪纪事诗本事簿注》。在《校补》中也有关于此事的纪事，可为《新谈》补遗。

项城曾令人编一剧，付第一舞台，令其演唱。其剧名余忘之矣。杨小楼饰张勋，慈瑞泉饰孙文。其后有人谏止，遂未演也。有谓在公府曾演过一次，未知确否？

然第一舞台确已排过此剧矣。

迦按（李释裁的按语），项城恶革命党，命人编剧，名曰“孽镜台”，结构至鄙俚可笑。剧情大略述一新闻记者，梦至阴司，见孽镜中现种种妖相。如孙文为兔，黄兴为黄鼠狼，秋瑾为狗等。嗣至如来佛处，见佛遣诸金刚，即冯国璋、张勋、段祺瑞辈，下界除妖。大杀一阵，便终场矣。贾洪林饰新闻记者，李顺亭饰如来佛，杨小楼饰冯国璋，钱金福饰张勋，金仲仁饰段祺瑞，姚佩秋饰孙文，慈瑞泉饰黄兴，姚佩兰饰秋瑾，其他则余忘之矣。此剧在第一舞台试演一次，公府亦演一次，盖浅人迎合其意而为之者也。

《校补》所记虽不如刘禺生之详尽生动，但提供了不同的两份演员名单，却是可贵的。《校补》又有一则，记谭鑫培、田桂凤佚事，也是哄传众口的艺苑珍闻，虽然是否全是事实，不无疑问。樊樊山在书眉上就加评曰：“瘿公屡与客言此事。余一词莫赞，冰襟而已。”可见在当时就已有不同看法。但所记自是可珍。

吾生平观剧，其第一满意者，为老谭与田桂凤合演“坐楼杀惜”。吾观老谭是剧凡三次矣。其第一次与杨小朵合演，一次与路三宝合演。配角虽不恶，然较之桂凤则逊多矣。当桂凤盛时，老谭恒为所窘，尝有老谭演压

> 轴，桂凤演大轴，老谭戏完，坐客无一人走者。若桂凤演在老谭之先，桂凤戏毕，走者遂多，老谭乃大患。桂凤尝以“送灰面”之顽笑戏演在老谭“空城计”之后，座客无一退席者，可见其当时之力量矣。每与老谭配戏，老谭扮完，专候桂凤洗指甲，至半钟之久，老谭无如何也。用是之故，两人意见颇深。桂凤年髦渐衰，久不登台，两人已久不合演矣。吾曾于湖广馆见其合演“坐楼杀惜”，两人各不相让。当坐楼时，阎婆惜耍笑宋公明，极其玩弄，老谭不能堪也。老谭曰：“我们两人有二十年交情，须要为我留点面子。”桂凤曰：“谁人不知我们两人之交情，还留什么面子！”及至杀惜时，老谭气闷已久，乃抖擞精神，作种种身段，总不将婆惜杀死。桂凤困极求饶云：“您早点把我杀了吧。”阖座为之大笑。此剧较平时多演至两刻钟。吾见老谭剧无如此竭力者，可谓尽态极妍矣。

这一节写得也可以说是尽态极妍，好像也不全是胡诌。演出地点俱在，李释戡在后面也未提出否定意见，他只是说：“迦按，歌台旧制，前剧终场，次剧赓续出演。桂凤之洗指甲自在前剧未终时，未必因洗手而垫戏。老谭之恨桂凤，要以凌压其盛名故耳。”

程砚秋为罗瘿公所赏识，提拔教诲，终于成名。然罗并未在《丛谈》中多所谈及，倒是李释戡说得颇为详尽。对程腔的发展源流也评说得当，可当砚秋小传。

程砚秋京旗人，幼丧父，家贫，券花旦荣蝶仙为弟子。以性拗，日受鞭扑，体无完肤。民国六年，余遇之于丹桂茶园，才十五岁，尚未变嗓。以告瘿庵，瘿庵一见奇赏之。多方鸠集，得千三百金，力脱其籍，使师事兰芳，名日以显。兰芳之艺，自得为多，非受诸人，亦不善以授人。故艳秋亦自成一家。其嗓音狭而浑不吐开口之字，迄今仍带脑后之鬼音（童年旦角未变嗓以前，皆有极幽细之高腔，梨园谓之鬼音）。凡低亢不续之处，能藉鬼音以维系之，独开前辈未有之奇，举世诧为异禀。腔调则私淑瑶卿，而每参以己意，变本加厉，幽诞亦如其人。故时称程调，瘿庵竭毕生之力，冀其成名，今亦俨然大国矣。

向来记梨园旧事者，每不及演员收入。《校补》记堂会开销甚详尽，可谓佳史料。

从前堂会外串，普通名角，皆系银二两，较优者为四两，其十两者则大名鼎鼎之名角也。梅巧玲一生未尝出十两以外。以十三旦、田桂凤之震耀九城，亦不过十两也。王瑶卿极盛时间有给二十两者，当庚子后壬寅癸卯之间，外串谭鑫培为五十两，已开前此未有之奇。记癸卯年广东会馆堂会，外串老谭“空城计”“武家坡”两出，共给银五十两，则以魏耀亭代约，所给较廉。王瑶卿之“武家坡”亦给十两而已。老谭之由五十两骤进而为一百两，则那琴轩相国所代为抬高者也。袁项城之在枢府，五十正寿，在锡拉胡同本宅演剧，余时在座，项城方在礼堂，一人独坐，那相在第三排席上，见老谭将出台，那相乃离席拉项城至三排同座，及老谭出时，那相站起，对老谭一拱手，项城见那相如此，亦为之改容。座客均为诧异，次日都中士夫相见，无不道老谭矣。其时亦不过每堂会一百两而已（前公言报所登表未尽的确也）。入民国后骤增至三百圆，至涨至五百圆，其有交情者或减至四百圆，或三百五十圆，而梁任公太翁作寿，老谭演“一捧雪”，仅送二百二十圆而已。

樊樊山批曰：“六十年前余入都时所见，每堂会外串之角，唱一出戏仅得京钱十二吊耳（是时每松银一两易京钱十六七吊）。山识。”

《校补》所记，不只是演员收入前后变化之巨，还旁及当时政界显要的佚事，都是晚清政治腐败的实录。清朝亲贵也多喜串戏，《校补》记另一事：

吾曾见贝勒载涛演“金钱豹”“飞虎山”，武工极精。肃亲王善耆全家皆能演剧，常父子兄弟登台。一日，孝钦后问：“尔不尽心官事，终日演剧何也？”善耆叩头言：“臣母老嗜剧，臣不能日召优伶，故率子弟舞彩为娱耳。”后乃称善。

这一问一答，活画出君臣憨嬉之状，正是亡国之前怪状之一瞥，是晚清谴责小说如《二十年目睹之怪现状》所不及写的，却于论剧的小册中得见，不可不说是意外收获了。

清末民初这一历史时代作为新文化运动的前奏，以北京为代表的社会文化现象是值得加以注意研究的。遗老的缅怀故国，同光体诗人的吟唱，以谭腔、程腔为代表的舞台上的歌声，王半塘、朱古微倡导的南宋词风的重振，以至一饮一啄，民俗好尚，无不曲折地反映了政治局势和人民心理，在在都值得细心地体会。《校补》反映的是北京一隅舞衫歌扇在这一特定历史时期的遗痕，实在是全面了解旧北京不可漠视的一角。作者、批校者都是旧文人，自然无处不流露出世纪末的牢落情怀，这在志盦的骈文长序中有浓重的表现，王序说：

> 吾友瘿庵以顺德世家子，入洛蜚英，过秦著论，旁通四裔，平揖三台，光宣间知事无可为，乃陶写丝竹，寄托荃荪。东墅苍生，归琼枝之软舞，南朝坐部，寻玉树之新声。艳体诗繁，秋痕意远。浅见讥其溺志，达者查其幽忧。

寥寥数语，强颜欢笑之态可掬，正是遗老群自我辩解的好例。为醉生梦死寻找借口，也只能如此。作为好例的，可以举出樊樊山的一诗：

余近有绮怀诗云："六铢衣薄耐春寒，九影花娇就烛看。风里持裙人似燕，月中倚扇女乘鸾。舞余莲袜凌波湿，歌罢林檎系带干。消得唐官娘子凭，愿为亭北玉栏干。"（贵妃初入官，宫中呼为杨娘子）为兰芳演太真外传作也。

樊樊山这个老头儿在诗里竟想效陶彭泽闲情一赋，化为得贵妃凭倚的阑干，可谓匪夷所思。在当时连篇累牍的捧梅的诗文中，此诗还不失为合作，此外尚有周沈观于兰芳生日集句以赠云"此曲只应天上有，劝君惜取少年时"为人所传诵。五十年代初，梅浣华撰《舞台生活四十年》时，有一次曾面嘱我注意把关，不再引用过去俗滥的捧场诗文，说"什么梅郎梅郎的，不要再提了"。可见他对这些无聊的诗文的厌恶。李释戡是"梅党"的健者，《校补》自然免不了有许多誉扬文字。他在引述了不少捧场诗句之后说："余独忆己未上巳，兰芳为其祖母八十称觞，听水老人赠联语云，'及闻法曲唐天宝，犹集名流晋永和'，寥寥十四字，中有无限感慨，足以括丛谈一部已。"这话说得很好，十四个字，确是把此书的情调、气氛完全写出来了。

一九九九年五月一日

跑城·坐楼

偶然从电视屏幕上重新看到周信芳舞台艺术的纪录片。片子很老了，色彩也不鲜艳，这是二三十年前的制作，正是难怪。但它到底保留了艺术家的声音笑貌，使观众能在若干年后还得到欣赏的机会，不能不说是一种幸运。许多更老一辈的艺人就没有这种运气，对此观众只能从文字记载上去揣摩、想象他们的风采，那效果可就差得远了。

重看之后，仍旧感到不舒服的是影片中所用的布景。记得这个问题在若干年前也曾提出来讨论过，不过立即被看作保守落后，把反对的意见打下去了。于是许多舞台纪录片都采用了或繁或简的布景，有些是制作粗糙的影片，有的就索性利用园林建筑作背景。于是就出现了许多滑稽的场面。《跑城》中的徐策在狭小逼窄的城头、殿陛之间做种种复杂的身段，如果不懂剧情的人看了，难免不怀疑这老头儿是发了疯。徐策在空落落的舞台上“跑城”，观众的感觉是他在广阔的场景上活动；加上布景以后，就将他放在狭窄的蟋蟀罐中，只能跳戴了枷锁的舞蹈。这是怎样的损失，是不言而喻的。至于整体的不协调，那简直是显然的。

还有一个片段是《乌龙院》，从刘唐下书起到杀惜止。这也是周信芳的名作，不由得想起诗人唐大郎曾经写过的一首观剧诗，不过日子过得久，记不真切，也许有些误记也说不定。

挽袖登楼最耐看，小锣紧打客心寒。
郓城托出刘唐美，只在襟边与扇端。

这首诗写得好，不只是抓住了表演的精粹，也真的从诗句中写出了舞台的音响、氛围，人物的慌急，脚步的匆遽，都在短短的七字句中写尽了。可惜的是在纪录片中，这些精彩的表演一点也没有保留下来。观众看见的是一座真实的楼梯，撩起青褶子上楼也确实没有什么好看，更不用说舞蹈之美。于是导演就在这里索性省略了，于是什么紧打的小锣、襟袖折扇的运用……都不见了。一座真实的楼梯毁灭了一节精妙的表演，不能说不是一种无比的残忍。

中国古典舞台艺术与传统的绘画是两种不同类型但息息相通的艺术形式。它们都是善于运用写意与写实的交替手法进行创作的。可以用齐白石的画来作譬。画家喜欢在逸笔草草的大写意花卉中，用极精细的笔触写出一种草虫来。一只蜻蜓、一只蟋蟀或纺织娘，那么真实、活现，在粗笔勾成的花草中间不只显得异常谐和，而且是精彩毕露的。这种表现手法在戏曲中更是俯拾即是。在极粗略勾勒出的场景中，演员可以自由地进行极为细致的、逼真的表演，不必担心有任何的不协调。正如电影中的特写镜头，将模糊的背景推向视角之外一样。在这里，背景的作用就变成次要的了，我们试来想想看，如果是一幅工笔金碧青绿的界画，仙山楼阁，瑶草奇花，中间却坐着一位写意的、眼睛只有两个黑点的人物，那效果将是怎样的呢？

说《戏痴说戏》

跟宗江一起看戏，说起来可有年头了。从一九四二年上海的兰心剧场开始，就是话剧戏曲两下锅。在黄金大戏院看盖五爷（叫天）、俞振飞、吴素秋的《秦淮河、贪欢报、大名府》；在宝鸡的野台子看江湖艺人做场；在成都的锦江剧场开始认识了川戏；一直到解放后第一届全国戏曲会演，见识了那许多精彩绝伦的名作；在总政越剧团里又饱看了徐玉兰、王文娟她们的《梁祝》和《西厢》。说起来都是五六十年前的旧事了。我自己在一卷《旧戏新谈》之后，虽然也断续地写了些看戏的随感，但实际从五十年代后期就已基本上告别了剧场，不再入迷地听戏。但宗江却不然，几十年来，一直是剧场的热客，既是脚本的作者，又是粉墨登场的演员，更是热心的观众。结识了多少名优，走过了多少舞台，领略了多少红氍毹边的欢乐与辛酸，于是才有了这一卷《戏痴说戏》。

宗江笔下仍旧保持着写《卖艺人家》时的才气，不过出落得更粗犷、飘逸了（这似乎是两种对立的风格，但他竟能兼具其美），处处可以领会他对戏曲艺术、艺人无比的爱恋。

看《人物篇》所列细目，他为不少艺人立了“传”，有时觉得他未免有点“泛爱”，可是细看仍是遗漏甚多。此中自有他的选择，一以个人的爱赏为准。老生行只有余周而不及“四大须生”；旦角只写了言慧珠、李玉茹而不及童芷龄；富连成人物写了毛世来而不及李世芳；硬里子只写了芙蓉草。读了真觉得会心不远。毛世来现在恐怕已经很少有人记得了，可是在当年的中学生如我辈心中，实在是光彩夺目的璧人，毛出科后不久即声华寂然。但一提起他依旧能唤醒儿时的温馨旧梦。芙蓉草是卓越的二路旦角，一辈子傍人为生，为内外行所钦服，可是声名未显，宗江为他特立专章，正是出于爱重前辈的心意。记得五十年代初，《十五贯》尚未得到重视之时，已经沦于草台班境地的浙江昆苏剧团，流落上海，在苏州河畔一家小戏院演出。宗江拉了我去看戏，又到后台去慰问周传瑛、王传淞他们。穷窘的演出条件着实使我们唏嘘，更使我们为之不平。这种感情，在《卖艺人家》里的许多篇章里都有流露。可以说是几十年一以贯之的。

这本小书篇幅虽不多，可是跨度却不小。从广和楼说到今天的大剧场，从京剧、昆剧说到川戏、越剧、粤剧，从谭鑫培说到小百花，半世纪来我国舞台上的光影约略体现在这里了。“不薄今人爱古人”，作者并未戴上一副陈年的花镜，对新出现的剧场风貌，涌现出来的新人，都寄以热情的期望，在在都说明他不是一位食古不化过时的戏剧评论家。这种一贯到底的执着，是最可佩服的。怎么会有这一份难得的执着，因为作者是剧作家，同时也是演员和观众，人整个地都溶化在戏里的缘故。记得一九四三年初，宗江在重庆演戏。一天，我从九龙坡乡下赶进城来看戏，戏散下装后一起回到他的住处。街头悄然有卖宵夜面的灯火，有窜来窜去的大老鼠。住处有一个风雅的名称，“天宝下院”，是一所旧宅角落里的一间陋室。转来转去，一脚踏空，几乎落在人家的屋顶上。在摇摇的烛光中，相对无言。这时宗江忽然想起一句“知友畏言”：“闯江湖要闯成个大花脸，千万别闯成小花脸！”说罢，相与唏嘘。在江湖上闯荡的年轻人，心目中压根儿就不曾有正宗老生的位置。大约这就是所谓年少豪情吧。不知道他还记得这五十六年前的旧话否？宗江垂老编集，我垂老为之作序，回首往事，尚能不负斯言，当相视一笑也。

一九九九年六月二十七日

夜奔

好多年没有在舞台上见到《夜奔》了。回想一九四六年在文汇报上写《旧戏新谈》，追记过去在天津看侯永奎演《夜奔》时的旧事，一晃已经近五十年。今天在舞台上重新看到裴艳玲得到侯永奎老师亲授的这出戏，对比日益淡漠下去的记忆，觉得声容依旧，神采宛然，不禁感到异常的激动与欣喜。

《夜奔》与《探庄》齐名，都是极精美的单折戏。过去只保留在北昆的传统节目中。因为武工繁重，载歌载舞，是非常吃功夫的单折，又因篇幅不大，不能作为大轴演出，所以过去一直受到冷落。今天它依旧被完美地保存下来，尤为难得。对比起来，侯永奎的风格是厚重的，裴艳玲的演出则又增加了轻盈。轻盈不等于飘忽。她的举手投足都是干净的，有目的性的。该收煞的地方，就斩钉截铁地铸成静止的舞姿；表现山野夜行的匆遽艰难时，就幻化出飞动流走，使人目不暇接的翻转飞腾。一切都随人物心情的变幻而合宜处置。林教头是在逃避追兵的窘迫情况下，夜奔梁山，可是又并非狼狈地落荒而逃。裴艳玲对人物分寸的掌握是准确而严密的。

在短短四十分钟的演出中，歌舞几乎没有间歇。掌握不好很容易成为武技的堆砌。裴艳玲的演出则是节奏井然、层次分明的。从“回首西山日又斜”黄昏上路起，到“雾暗云迷、山路崎岖”的寒夜，到山寺借宿，急起蹭行……直到“乌鸦阵阵，数声残角”，延续了整整一个通宵。作者既写了景，又写出了人物瞬间的心情变幻。这一切都要由身段、舞姿、歌唱交代得分明，强调得如分。尤其难得的是裴艳玲有那么一副好嗓子，几声长啸，几曲悲歌，真的把英雄人物的心曲作了充分的揭露，使观众跟着林冲上路，分担他的悲愤心情。这是一杯烈酒，可是入口又是那么爽辣而甘醇，终于使观众达到了沉酣的境地，不能不说这是一种高度的艺术享受。

《夜奔》的曲文在明人传奇中也是第一流的。文采斐然，极少不着边际的浮词泛语，典雅与通俗取得了和谐的统一。像“丈夫有泪不轻弹，只因未到伤心处”这样的警句，几百年来一直传诵众口，不是偶然的。全折节奏之紧凑，更是突出。这说明古典戏曲并不一律是“浅斟低唱”、节奏缓慢的，将这看作戏曲危机的重要原因并无使人信服的必然根据。看来戏曲振兴除了要有好剧本外，更为重要的是要有好的演员。裴艳玲深受观众欢迎的情景，就是例证。

关于《潘金莲》

川剧《潘金莲》的出现，引起了不小的震动。有人说这是一部里程碑式的作品，有人说它破坏了川剧艺术的传统。不管怎样说，这是一次大胆创新有所突破的尝试，是无疑的。戏剧家的这种探索的勇气是应该肯定和爱护的。

在戏剧进行中间，剧作家迫不及待地要站出来表示自己的态度，这在川剧里表现得特别突出，破例给一些皇帝公子的鼻子上涂上白粉，在人物的塑造中尽情倾注作者强烈的爱憎……这一切都还没有逸出固有的规范。还不够，就创造出了相当于画外音的帮腔，渲染气氛，描摹景色，表白人物的心理活动，吐露幽怨或激越的情怀。还不够，有时作者就直接从帮腔中出现，选取适当的时机，给予一针见血的评论。应该说，这时固有的戏剧形式就已被突破了，虽然只不过是小小的突破。在这个意义上看，《潘金莲》是打开了这个突破口，扩大战果，引进古今中外许多不同人物来一起参加评论。可以看作是帮腔的扩展与延伸，是以评论入戏的杂文手法，是邀请众多不同时代不同国度的人物来参加的一次“座谈会”。评论的对象则是潘金莲这个具体人物。一个传说中的人物，但经过施耐庵（后来还有兰陵笑笑生）的塑造已经成为家喻户晓血肉丰满的活生生的人物了。

凡是过去产生的典型文学形象，无一例外都具有一种认识价值。它能告诉读者与观众在过去的时代里曾经存在过怎样的现实和不同命运的人物，同时也告诉人们创造了这些人物的作者的立场观点。无论是改编或创新，只要是以已有典型为基础的，对这两者都应予以审慎的重视，否则就将模糊必要的时代感。施耐庵是伟大的作者，但他有历史的局限性，较突出的是对妇女的偏见，理应受到批评。但出场的其他人呢，例如武则天，似乎就不应因她投了潘金莲一张赞成票就轻轻放过了。武则天不赞成男女的“不平等”，男皇帝有三宫六院，她自己做了女皇帝就要反其道而行之，搞了一群面首，也就是男妾。这实在只是为翻案而翻案，并未能动封建皇权半毫分。因此只能说她是运用了封建的全套手法来反封建，这一点必须使观众心里明白，不能有半点误会。主持“座谈会”的是剧作家自己，必须心中有数。

有人说这个戏是为潘金莲翻案的，看来也并不妥当。若干年来翻案文章也真是看得多了，好像都是遵循着矫枉必须过正的原则，过去认为是坏人的就一定要翻成完美无缺的好人。好像不如此就不过瘾。这是很有害的。潘金莲是封建社会里受侮辱、损害、摧残的女子，这是没有疑义的：不过通常看到的只是表层的一面，却忽略了她在成长中人的品性受到封建社会腐蚀、损伤的另一面。对她说来这才是更为严重的伤害。施耐庵奠定了基础而未完全展开的人物塑造，在兰陵笑笑生的笔下大大发展了。这种发展是合乎人物成长的逻辑的，一个生活在封建社会底层的单纯少女怎样一步步被改造，终于堕落，变成那样一个放荡、偏狭、阴毒的妇人。在《水浒》中，潘金莲还来不及得到充分的发展，但先是在大地主家庭，后来又流落在市井中成长起来的女性的特有印记也是很鲜明的。在舞台上，这就不是一个闺门旦所能充分表现的。她还应该更活泼、放恣，只有更深刻地揭开她这种特异的成长道路，才更有说服力，也才能激起观众对她的同情。现实主义的力量就表现在这里。

我不赞成翻案说，看作者的意图，也正在于站在今天的思想高度，重新认识、评价这个传说人物。那么我们就希望他能看得更深些，揭得更痛些，把封建社会怎样活生生吞掉一个女人的残酷事实展现于广大观众的面前，而不是浅尝辄止。但愿这并不是一种徒托空言的虚幻的希望。

一九八六年六月十六日

看戏杂感

前些时偶然断续地看了几场全国青年演员京剧电视大选赛，颇有兴趣。首先自然想到，报名参赛的有一千多名演员，这是一个不容忽视的数字，说明京剧界后继无人的情况，确是有了改变。多年来人们常说京剧危机，自然有许多主客观因素，但我始终认为，没有大量的新鲜血液的输入，是个主要的问题。演员始终是舞台上的主要支柱，离开了优秀演员的陆续涌现，一切都将无从说起。而多年来培养拔尖演员的工作，多少是被忽略了。这次大选赛尽管还有许多不能尽如人意之处，但不能说不是一种可贵的努力。

大选赛结束之后，也看到一些评论意见。有的同志说，应该把规定剧目和自选剧目结合起来，不宜“八仙过海”，这为评委们着想自然不无理由，但对观众来说，却是希望能看到更多不同风格流派的剧目的。这是一个矛盾。即使是不同的剧目，在评委们看来，也是可以有分明的判断标准的，并不见得难于比较、分析。现在的情况是重复的剧目太多，《文昭关》《徐策跑城》《李逵探母》就都是重复出现的剧目。几位花脸演员都是裘派，旦角演员也一半是张派，这就不免使人有单调之感。想想过去看戏的经验，特别是看富连成、戏曲学校学生们演出时的印象就完全不同。科班的学生们的剧目是丰富的，实践演出的机会是多的，人才的涌现也是不断的。观众都知道李世芳、毛世来，却并不认为他们就是梅派或筱派的惟妙惟肖的继承者。可以说，他们开始在舞台上显露头角时就已经有他们自己的个人风度了。在老师的教导之下，他们接受的是传统的根底深厚的教育，每人都有自己的机会，在同一起跑线上前进，在不断的实践中拔尖。看看今天的情况，青年演员个人掌握的剧目相比之下就显得过于贫乏，而舞台实践的机会更是远远不如。即使集中精力长时期地磨一出戏，也就是一出戏而已。换一出新戏就很难保持应有的水平了。这也是这次大选赛的弱点之一，不能在更坚实广泛的基础上获得更为科学的结论，真正显示最佳的水平。

还有一点是大家普遍感到不满的，不少演员不顾剧情、人物，卖弄技巧，求得廉价的效果。这种情况尤以武生行为突出。随意使用筋斗、台漫，使大将、元帅的气度荡然无存。演出成了杂技大会串，剧情人物却不见了。有的同志说，如果杨小楼活到今天，他是得不了奖的。我想这话要分开来说，我没有赶上看杨小楼盛年时代的演出，但不能不承认他是武生中不世出的大师。杨小楼自然有高度的技巧，可是他的技巧是为人物情节服务的。当然也不能排除一个演员必然受到的年龄限制，他的晚年演出，确实是更为醇化了，也就是我们常说的炉火纯青。但也不可否认，他已经减去了某些因体力限制而不能不放弃的东西。正如放在博物馆里的古铜器，满身绿锈，古色斑斓，有一种不可否认的古趣之美。但我们不能忘记当它们刚刚制作出来的时候，却是金光闪烁的。因此，我们只应批评某些青年演员不顾人物剧情，卖弄技巧的倾向，却不必要求他们老气横秋，连一举手一投足都得合乎老艺人的遗范。青年自有青年的气势，不能像龚自珍所说的“病梅”那样，弄得生气索然。

多少年来在继承、学习前辈的业绩时，有一个通病就是死学硬记、照猫画虎，结果往往弄到“学我者死”的地步。梅兰芳先生在新中国还演出了很长一段时间，给学生们提供了极可珍贵的观摩机会。我也看到过他的某些学生在台下用功学习的情形。一次我和一位梅先生的老朋友同座看戏，他叹息着对我说：“你没有看到过当年的演出，那才是……”我懂得他的意思，也仿佛真能从眼前舞台上的梅的身上看到当年的光彩。绝不能否认经过几十年的舞台实践，演员身上的成熟，但也不能否认，在他的青年时代曾有过的光彩。

在天津的中学里读书时，有一位老师是杨小楼的崇拜者，也是一位一举手一投足都死学杨小楼的票友。一次登台客串，事后听到一位观众的评论，说他学小楼的闭眼真是学到家了。我看过小楼的《长坂坡》，在与刘备等宿夜的一场他确是一直闭着眼的，但当他用响彻剧场的喉咙念出“主公且免愁肠，保重要紧”时，双眼一睁，真是神采飞扬。可见闭眼可学，但不分场合，不顾情境地学，就只能成为笑柄。

我又曾陪盖叫天先生看一位新收的学生、已是著名演员的演出。角色一出场，盖老就对我说，“棒槌”。他批评的是这位演员的身上的僵，没有线条流动之美。盖老是短打武生的宗匠，年轻时也是著名的勇猛武生，可是他多少年来注意身段之美、线条之流动，虽到晚年依旧保持着极高的水平。回想这次大选赛，不少演员身上太不讲究，颇多生硬僵直的缺点，这是值得注意的。美的造型与“勇猛”并不是不能统一的。我想，对前辈的学习应该着眼的正是这些地方，这才能打开思路，不断前进，最后形成自己的风格。

一九八八年一月

从案头到场上

——看电视剧《围城》

四十年前初读《围城》，掩卷之余，只觉得“词藻警人，余香满口”（这是林黛玉的《西厢记》读后感）。不像别的小说，可以一口气读下去，《围城》处处都是值得咀嚼玩味的笔墨。作者花了两年写完全书，每天只写五百字左右，可见是精心结撰的。因此读者就不应该草率读过，错过欣赏文心之细和文章之美的机会。这样一部需要细读玩味的案头小说名著，能不能顺利地化为舞台或屏幕上的场上作品，是很难想象的。

十集电视连续剧《围城》完工了。草草地看过一遍，觉得编导和演员实在是花了极大的努力，相当完整地再现了小说的情节和意境。对原著，他们是忠实的，几乎达到了习字描红的程度，很难找到被删割遗弃的段落。整个基调的把握也是可以满意的，没有脱离原作机智幽默的格调，虽然如此，还是从整体上体现了主题的严肃与沉重。这是难能可贵的。稍一不慎，完全有可能拍成一部浅薄的轻松喜剧。主角方鸿渐尽管在国外花钱买假文凭，回国船上又有过一场风流韵事，却没有给人留下一个洋场恶少的印象。他的全部恋爱生活，只使人觉得可怜而值得同情。他只是那个大时代中的个小人物，离合悲欢都那么细琐，放在时代大背景下一看，就尤其显得分明。原著用这样一群人物表现抗日战争中一些所谓高级知识分子的面貌，实在是非常刻露的。《围城》正是三四十年代出现的一部新的《儒林外史》，挖掘的深刻和表现的细腻都是空前的，在作者笔端的嬉笑怒骂背后，正隐藏着冰冷的严峻。

改编是困难的。编导在这里采取了两个办法。一是通过情节的延伸和人物对白，把体现文化精神的妙喻、幽默用进去；二是利用旁白，说出作者的思想。这样做，必然会产生对原著理解的准确与否和表达的分寸问题。连带而来又发生观众理解和接受的问题。电视剧的故事情节是能为广大观众接受、欣赏的，但那些如珠的妙语能否得到准确的表达，并进而使观众会心地理解，实在是一个艰巨的任务。

原著有许多地方是难以甚至无法在屏幕上表现的。譬如赵辛楣请客灌醉了方鸿渐一场，中间夹写了董斜川论诗，就是充满了机智与排调的，作者活画出了一个即使在三十年代也已罕见的“诗人”形象。杨绛在《记钱钟书与围城》里说这是有真人的影子，而且是“未加融化”的。杨绛说：“钟书夸张了董斜川的一个方面，未及其他。但董斜川的谈吐和诗句，并没有一言半语抄袭了现成，全都是捏造的。”这样，读者就可以有幸欣赏一节小说化了的《谈艺录》。作者对宋诗、对清代浙派诗人的习染，加上他对同光体诗人如李墨巢等的接触，都助成了这一章的写成。虽然是用了夸张的手法，但也鲜明而凸现地画出了这一类诗人的风貌。而这是在近代文学史中从未涉及更不用说加以记录的。在电视剧中，这一场就只剩下了闹酒，观众可以有视听之娱，但却无法感受小说中所渲染的“文化气氛”。这是一种遗憾，是无法强求于电视剧的遗憾。

小说写曹元朗郑重请苏小姐欣赏的诗集，用宋体字端端正正地写在红木夹板中的荣宝斋精制蓑衣裱的宣纸手册，和苏小姐藏在紫檀扇匣里的雕花沉香女用折扇，飞金扇面上用钢笔紫墨水歪歪斜斜地写下的“诗”，都是极鲜亮而刻露的描绘，寥寥数笔就已将人物的低级趣味活画出来，不等我们细细欣赏名篇就先领略了“诗外”的气味。在电视剧中，两样道具都曾出现，可是很难重现小说中制造出来的效果，仅此两例就可以看出改编工作的艰巨和经过努力终于难以突破的局限。

电视剧表现点金银行经理和洋行买办张先生和他们家庭的风致趣味都能分寸恰合。张先生满嘴夹杂着英文，虽然增加了理解上的困难，到底给观众烘托出了一种气氛。这种人家和人物，当年并不少见，到今天却已具有历史文献价值了，难得表现得逼真而生动。相比之下，方老太爷这样的封建家长却显得少少逊色，迂腐有余而书卷气不足，无锡大乡绅兼文化名流的身份没有得到应有的体现，只觉得像是个小地主。小说里所写的方家父子通信，自然也没有办法在屏幕上再现。作者在小说中安排的诗和信，都是刻画人物不可缺少的笔墨。

脂砚斋说曹雪芹在《红楼梦》里有传诗之意，当然不是说作者自己想显露诗才，更难得的倒是为人物代笔而能各肖口吻的才能。《围城》的作者代人物写的诗和信，也是同样精心结撰的。可惜在屏幕上只得隐去了。

电视剧表现得最有意思的也许是从上海进内地去三闾大学的两集。凡是有过类似经验的观众看了都会发出似曾相识的微笑，没有这种经历的年轻人也可以从中认识抗战中的行旅风光，于是就又有了文献的价值。那些小旅馆、七灾八病的公路车，那形形色色的旅伴，那个用军车带客的营长，都是我们的老相识。像王美玉寄身的那样的旅馆我也住过，也曾惊异地发现过几乎相似的题壁诗。我在褒城的旅社中，就在房内墙上看见过“大官人”“光身汉”等“行旅诗人”的留题，可巧我的一本散文集中曾经有过记录。诗云：“对窗一朵花，有心去采她。恨无关金券，只好××它。”看起来也不下于《围城》中所记。至于小寡妇与李梅亭的纠葛，更是司空见惯的“闲事”了。在这些地方，小说和电视剧都可作文献史料看。

我在前面说过，《围城》弄不好是会拍成浅薄的轻松喜剧的。原作提供的素材对编导者的诱惑是太大了。偶一不慎，就会踏过线去。譬如在三闾大学迎接教育部视学那一场，就有点近于闹剧。视学爱说“兄弟在英国的时候”是小说中说过的。在电视剧中一浓缩，出现的频率就显得更高，变得不那么真实了。视学被安排成真正的丑角，这与原作的基调是不协调的。《围城》中没有正面的英雄人物，几乎没有一个人是没有缺点的。作者对人物的批判是严厉的，但处处都有他恪守的分寸。

电视剧《围城》是一部成功的作品，是近来少见的好作品。编导演员都尽了力，他们的成就不是轻易取得的。上面说了些不一定正确的意见，用意也无非是说这是一次难度很大的尝试，因而他们所取得的成就格外值得珍视而已。

露间诗

十多年前，从发还的杂乱书物中发现了几叶诗草，是写在“仿姜西溟苇间诗稿式”的红格旧笺上的。共七叶，后有跋，写于一九四六年八月十九日。跋文开始的一句话是：“西哲有言，无论何人，当其恋爱之际，都是诗人。”接下去就说明像自己这样既非雅人更非诗人的角色居然也写下了这些无题诗的由来。这些诗都是从旧日记中抄出的，好像也并不完整，却非有意删落，只是抄漏而已。跋里又有一句话是“虽云情感之游戏，亦曾多少用心。军中寂寥，得此乃不闷损，是可念也”。在抗日战争后期，我从重庆来到昆明、湘南、桂林、贵阳……许多地方，后来还到了印度。其中有些篇就写于流转之中。重读一过，仿佛重温昔梦，在我，是别有一番滋味的。我没有受过写诗的严格训练，也没有在口袋里藏一本《袖珍诗韵》的习惯，因此这些东西都不能认真当作诗来要求。差不多就在抄这份诗稿的同时，我曾用《西行诗纪》的名目发表过一次。那是在柯灵编的《中央日报》的副刊上，今天找不到了。记得当时在每一题后，都附有简单的题解。也许读起来会更有趣些，可惜现在无法补做了。我还作过两句诗，“堪念寂寥江上语，最怜凄咽露间诗”，全诗也早遗忘。现在就摘取两字作为总题。

也是在一九四六年，唐弢曾作《湖上杂诗》六首，以之见示，曾有合作，发表时署名黄伯思。后曾收入弢兄文集。这几首诗格调、风致与《露间诗》并同，此后我就不再弄这种营生，因附后以存鸿爪。

唱断天涯梦里词，灯前红叶系人思。
何堪更着铢衣舞，月白风寒欲堕时。
（一九四二年冬过金陵作）

无端姿媚泥人生，琥珀调羹手自擎。
知是殷勤知是惜，此情如水不分明。
（一九四三年二月十五日，成都作。时借寓春熙路上，天井中有芭蕉甚大。夜半闻游女歌声，不能成寐）

历劫江南尚有春，拂衣犹染上京尘。
梦回紫闼凭鸾镜，舞罢兰闺藉锦茵。
常向画眉寻密意，每从笑靥觉情亲。
琴台此日应无路，凤纸他年寄性真。
（一九四三年六月二十八日，重庆九龙坡江上作。苦雨，遥望江边，烟雨迷蒙，唯见黄桷树婆娑于雾障中耳）

如云意气久消沉，剩有激情似海深。

此日何堪重忆念，畸零家世故园心。

（一九四三年四月四日，九龙坡江上作）

扬子秋潮作雨翻，更无人处掩重门。

蜀江风雨来天末，好引归桡向故园。

（一九四三年六月二十三日，九龙坡）

莱菔生儿芥有孙，美人秋晚怨黄昏。

姿容此日成隔世，难却眉间远黛痕。

生小娇姿别样亲，花间着此似珠人。

沅湘淼淼凌波逝，留绾人天梦洛神。

（一九四三年十一月一日，九龙坡，客中唯有定公杂诗一册，借句借韵，多从此出）

小诗录得春寒夜，换取余馨枕上温。

消息未知容问讯，剩将残泪浥烟云。

（一九四四年一月二十日，重庆）

敢将絮果问兰因，未必尊前自性真。

一别宛君心事渺，人天无处可重闻。

（一九四四年二月十六日，重庆）

峦影空濛星影稀，月华临浣失裳衣。

黛颦每忆芳春晚，秋水应随艇子归。

书里斟寻仍脉脉，梦中重见更依依。
嘉陵江水真醇碧，许绾纤纤锦带围。

（一九四四年三月九日，重庆北碚作。是夜月色如洗，不能寐。披衣出门，去江中大石上坐。嘉陵江水如醇酎，雾里遥山尽失。独坐至夜半始归）

零落缃枝翦玉英，杏花风雨送清明。
短檠共尽他年话，絮盏重温别后酲。
每忆芳时春燕影，惜君今日旧声名。
归来何必江南路，寂寞深宵雨打声。

（一九四四年六月五日，昆明作。时居乾海子，屋顶覆铅皮，微雨辄有声。昆明春日多飘风细雨，俄顷即止）

绿杨门巷忆青青，梦里江南只绪零。
念远羁情成怅触，怀人兰芷动芳馨。
弦中意绪凭谁释，画里真娘正妙龄。
绮绪渐阑翻转挚，宿酲如此未能醒。

（一九四五年二月十九日，印度兰伽作。万里外忽得海上家书，附剪报、图片）

春风渔鼓动边关，竟载罗车万里还。
羁旅未容归故国，寄身得复到乌蛮。
频年诗酒萦尘梦，隔座双髻忆小鬟。
愁绝脂车归去晚，高唐风雨未开颜。

（一九四五年八月十八日，贵阳作。日寇投降之日，余在贵阳。归心甚炽而归不得也。市中有茶楼，乃排夕过之茗饮。又有歌人亦避寇远来此间，万里外乡音，真不堪听也）

莲花池畔水青青，芳草依稀绿未醒。
三百年前家国事，一齐都付与沧溟。

（一九四五年九月二十七日，昆明莲花池畔作。道左有二碑，皆雕陈沅遗影，一宫装盛饰，一则老尼。传说圆圆自沉死此池）

眢井空遗六代祠，美人风雨泣燕支。
明珰留忆他生梦，笺擘犹传绝妙词。
玉树歌残春似水，景阳钟断梦成丝。
旧情更向何人说，惆怅城头落照时。

（一九四六年九月五日，金陵鸡鸣寺作）

步唐弢《湖上杂诗》六首原韵

秋老江南有落霞，吴王峰顶望回斜。
更从何处寻诗句，愁绝明湖紫玉槎。

樽前原自有明眸，一语温馨绕耳柔。
美人何似将军样，忍使人间见白头。

唱断春灯绝妙词，红绡泪影正如斯。
阿谁寄予簪花样，梦雨春回溅紫墀。

明圣湖边褪紫绡，影中人语自迢迢。
记曾江上得佳句，归去吴艖卷逝潮。

顶礼维摩愧未能，尚余影事记来曾。
调筝人去萧条甚，蹀躞秋林味似僧。

惯从人海看浮沉，梦欲醒时恨亦深。
尚留缣素惊鸿影，消受当时展转心。

二〇〇〇年十二月二十五日

Ⅳ

热带夜梦抄

新近收到一封从北平寄来的信。拆开来看，娟秀的笔迹，奇特的字体，说着一些荒唐的故事。后面又添上了“又及”的那么一段：“××近在新闻××上演，盼见早临。”这寥寥数语似乎又在我心上微微地润湿了一下。又不免想，我虽然知道他不少，而他知道我的似乎还不够多。

我想起了在兰伽的那些晚上，比邻而居的我们，在无聊中对天南地北谈的那一些事。我是一个沉默的人，听他说了不少，等他要从我这儿得到一些“故事”或称做“韵事”时，我就像一个白日梦者一样，编造了一些可爱的“小说”，这也曾经使他神往过。

电灯犹明，虫声正盛，还夹杂了青蛙的鼓吹。心绪不宁，已经走出了“故事”的我，却不能忘情于那许多晚上的“梦话”。十年前的同学，十年后在异域重逢，一大堆日子中间彼此却经历了一段不平常的路。自己的不说，他走的却正是一条曲折的路。也许有不少人是走了这一条同样曲折的路的。他并无不满，也无感慨。不过在我看来，却充满了“离合悲欢”，于是引起了记一点下来的想头，给朋友做“传记”，我无此野心，这只不过是零碎的琐事，不过在有的人看来，或者还觉得有趣，或者有点意思，都说不定的。匆匆执笔，不及写信去征求同意，想来以他的豪爽的性格，也应当不会怪我的唐突。

是兰伽的春天，在这地方的季节感是有点特别的，这时还正是十一月，在故乡正是冬季。不过这里却每天有好好的太阳，一种不知名的树已经凋尽了绿的叶子，却还留下了红的花，这也不能称作花，又不是故乡的红叶，要比较鲜丽得多了。推窗一望，远远的山只是淡淡的一抹，浅绿，浅得几乎使人看不出。再近一点，在河边，悬想应该是沙滩之上罢，就是一株一株这种不知名的树，如一片红云。万里无云的蓝天，日光，慢慢的，只穿了单衣就可以了。往常总是惋惜着春光的匆促，在这儿，却不折不扣地有这么三四个月的春——兰伽的春天。

一天中午，我在驾驶场乘车回家吃饭，经过靠近车站的一座桥时，看见桥上排列着一长列两吨半的卡车，上面坐着的是一些穿了深绿色制服的英国兵。我觉得有些稀罕，因为在这儿从来不曾见过这样多的英国兵。吉普与他们的车子擦身而过时，匆匆一瞥，我又发现这些戴了宽沿大呢帽的原来是中国兵，奇怪得很。

当天下午，睡午觉醒来，听见外面有嘈杂的声音，出去一看，知道是今天中午遇见的那一批穿了英国制服的人们，搬到我们旁边的房子里来住了。我站在走廊上看他们搬行李。从卡车上搬到新空出来的一所房子里去，要经过我的台阶下面的一条路，我的眼睛给他们的一个所吸引，仿佛极熟，可是想不起来是在哪里见过的了。我的眼睛随了他来回了几次，在等他脱下了那插了红色野鸡羽毛的宽沿呢帽时，才恍然地想起了这个人，不禁惊呼出来："你可是L？"

"你是Y。久违久违，别来无恙？"他马上跳上来握住了我的手。从他那习惯了一歪的嘴角里送出了故意弄得十分浓重了的鼻音的几句话。我真已经很久不曾听到这样道地的"天津话"了。

"一别十年，你还是咬文嚼字，贫嘴依然，真是别来无恙！"

他对我这几句话——有如"江湖切口"，似乎颇感兴趣了。手紧紧地握着。我拖了他到我的房间里坐下来，喝茶抽烟，自然，这样的问题是很自然地提出来了的。

"小L，你是怎么一回事，也混到这里来了？"

"说来话长，"他微微一闭眼，"一言难尽，十年不见真够说老大半天的！"他的嘴里不缺乏戏词，引用恰当，神韵同十年前平津舞台的红角无异，然而这也只有老朋友如我可以欣赏。他对那些印度人和来自西南各省的同伴们用不着这个，我了解他的寂寞。

当时坐了一会，他就又忙着回去整理行李去了。约好晚上在青年会给他接风。在送他回去之后，我站在栏杆旁边出了一会神，不禁又哭了。心上浮起了十年前L的影子。

在天津，在被一位诗人称为制造中学生工厂的一个学校里，我和L是同班。当时我们还都不过十三四岁，我是住校，L则是走读的。当时学校里有一种颇流行的风气，班里年纪顶小而又丰姿楚楚的往往就会成了“名人”。走出走进，常会有一批大朋友们跟定，请吃饭，看电影，有时还弄出大打出手的喜剧来。记得当时我班上最出名的是一位林君，他的声名不但是在本班，全校也都知道了的。就连隔了一个体育场的女中里也似乎在传说着这个“名人”，他的说话的声音和举止动作，令我想起曾经到学校来参观过的梅兰芳博士。他往往有一个最好的朋友，常常在一起，然而这也不是永远不变的事。大抵过些日子这朋友也就得更换一位，不过他是永远和某一位整日不离地在一起的事实，是无论什么时候都如此的。他照了不少种美术照片，用厚罗纹纸棕色精印，即使在我这并不算好朋友的手里面，也还收藏了几张。

有趣的是，L当时也算是“名人”之一，不过没有林君那样有名，我有一张他们两人合照的相片，站在篮球架下面，两人都穿了长衫，围了花呢围巾，戴了当时风行的打鸟帽——那时是被称作学生帽的。L斜角靠了架子，眼睛神秘地斜看了什么地方，嘴角斜着，十年后的第一次重逢，他就又用这个“爱娇”的表情使我很容易地捉住了那个旧影子。

我深知他有着一种保守神秘人格的习惯。我计划应该在适当的时机，让他不得不告诉我这老朋友一些真正不平凡的故事。这似乎用得到一点挑逗的本领，犹如一个好的新闻记者，不应该笨得硬逼他去说出什么来。

当晚在青年会，我给他洗尘。

印度是不缺乏鲜美的猪肉，粗大的龙虾和肥白的鸡子的。即使是鱼翅罢，价钱也与普通的肉类相差无几。在后方两年，已经久违了这种海味的我们，放肆地吃了一次。虽然那个厨师的手艺很不成，上好的材料在他手里几乎全糟蹋了，炸得半生不熟的鸡，还带了血痕，嚼起来有如嚼一块木头。在北平的大馆子里，得用多少鸡鸭的汁水来伺候的鱼翅，在这儿也显得淡然无味，这使我这位精于“食道”的老朋友很觉得遗憾。

我们很自然地谈到了天津，在那冬天雪后的晚上，在租界里边雪亮的电灯下面的饭庄的门口，高脚木架上，面目红润身体肥肥的刀手，操刀而割，将那冻得凝在一起了的美丽的肉切成薄薄的一片片，又很美丽地安排在精致的瓷器里面的情形。那个可爱的小城的温暖的气氛，我们惘然。在那里，我消磨了值得怀念的七年年轻的时光，那时我还太年轻，城市对我的引诱只不过是电影、京戏和那奇异的糅合了地方情调的精纯的杂耍场，白发歌王刘宝全的大鼓使我深深地迷醉，当那老人在台上，唱着晚明的一段历史故事——“宁武关”时，算是后生典型的手眼身法步，活活画出了一个乱世武人的凄凉的结局。

记得我也曾为了欣赏一出不轻易露演的昆曲，老伶工侯益隆的“嫁妹”，在那个冷落的园子里等到夜深，坐洋车回学校，翻墙头回到宿舍，侥幸没有被查夜的老师看到而被开除。

我们重复地说着这些往事，夸耀着彼此的“英雄业绩”不过我这些“业绩”很快就为他所否定了。当他提到另外一方面的经历时，我就只有哑口无言的份儿了。

当“七七”的炮声响了以后，我们从集训营房里仓皇地走了出来，四天以后我就乘了平沪通车的末班车来到了上海。他却依旧留在天津，依旧读书，也制造过两个用洋铁罐与钟表装成的“定时炸弹”之类的东西，消磨年轻人的火气。由于朋友的圈子的扩展，年纪又慢慢地大起来，自然地会发现了这城市另一方面的可爱。在天祥市场后街上的几家酒楼里的那些女侍，过去从来不曾引起我们的兴趣的，在他的述说中几乎成了了不起的美丽的温柔的小女人。几家大旅馆里就充满了更“高级”的女性。提起这个就使我想起了我的唯一的一次经验。

那是在一家最堂皇富丽的旅馆，E旅馆中，我去看父亲去。他从×城到天津来常是住在这里的。在房里等候父亲与别人打电话时，在门口飞过了一个美丽的影子。那真是一个美丽的动物，使我异常迷惑了。不过我还是安分地坐在那儿，偶尔飞一眼过去，父亲打完了电话，问了我几句话，交给了我每月三十元的“经常费”，嘱咐我不许乱花的，很安心地哈哈地笑了。他知道我除了花三元钱听杨小楼，和用十几元买一部精刻的词集之外，是不会再去胡闹的。

想到这里，在老朋友面前，我不禁沉默下来了。

L却并不理会这些，还是继续地说他的。最后他致憾于印度女人的皮肤，说：“那简直像刚翻出砂来的铜像的铸型。”当他知道我在昆明也住过相当的时期以后，问我有没有到那个奇异的地方——大公馆——去过，关于这方面的经验，想起来就更使我惶惑了。

在桂林仓皇撤退之后，飞印之前，本来是预备去看一看这闻名的地方的。不过在向朋友们咨询了一下以后，就又打消了勇气。他们形容了那些简直是可怕的女人们，用了粗哑的嗓门，喊客人“买牌”，不要时会用集体的力量强迫你屈服；夜间十点钟，那里会有一批穿着武装背了长枪的警士，敲着锣走来。被捉到了以后，最平常的遭遇是被用竹箪打手心，打出来的清脆的响声和女人们叽咕的笑声掺和在一起，听起来是很不愉快的。虽然当时心中充满了“世纪末”的感情，抱了走出“玉门关”的悲凉的心境，却终于只在那污秽的门巷巷口探了一下头就急忙地走过去了，还给站在门口的美国MP伸手喊了一声“顶好”嘲笑了一下。

当L听完了我这可笑的经历以后，使我很不好意思地否认了这些“不可靠”的报道。随后他就从钱袋里取出一张土纸，上面是用木板印成的古拙的文字，像是一张寺院里的签票，这就是“集园”（大公馆正式的名称）的入门券，他告诉我只要有了这张东西，就不会给敲锣背长枪的兵士捉了去打手板了。

同时他又极为称赞昆明的妇人的雪一样的皮肤，水一样的眼神，在那一个“花之都”里生长出来的少女，都带了南国的秀气，唯一的缺点是他们说话声音和走路的姿态，他说这都无所谓，他很有意思找一个机会“教育”一个昆明的女孩子，那是会成为一个值得骄傲的夫人的。

他说话时的神情极为正常，偶然使我想起，要嘲笑一下他的“色情狂”的念头，不久也就消失了。我静静地听着他继续发表他的议论。后来我又知道他是在昆明的一个国立大学里读书，读的是化学系。等他谈到他怎样应用他的化学知识时，就更使我吃惊了。他回答我的问题，问他的嘴唇为什么变成淡淡的黑色时，他毫不思索地回答。

“抽大烟抽出来的。”

我似乎已经习惯于他的这种“谬论”，并不相信。后来从他的另外的话头中，知道这是吃了过量的硫化剂的结果。他在实验室中自己配了不少药品，主要的是抵制某一种病的硫化剂。他夸称这些自制品要比市场上大广告吹嘘的药品强得多，他使用这种自备的秘剂，从来不曾从女人那里得到过不愉快的经验。同时他又嘲笑那些使用预防品的人们的胆小、可笑、不懂“风雅”。在他的叙述中，那些可怜的人简直成为滑稽的角色，举动的“荒谬”，难免不为那些久经世故的少女们所笑了。

那一天，我们一直坐到夜深，吃光了三大壶浓浓的锡兰红茶。在黯黑的军区里踱步回去，看着满天的星星，订了一个预约，几时由他领导了去勘察一下深沉的印度的暗夜里房子藏着的神秘。

他在一星期以后，开始工作，和我在一起。整天带了小兵开了卡车到森林里面去乱闯。开始时他兴致极好，对于这种不同的美国军用汽车发生了极大的兴趣。等到他已经能够纯熟地控制这一批车子时，就又开始觉得无聊了。刚巧有一个在宪兵连做事的朋友因为受不了那里面的气压，想调职出来。这事一拍即合，L 就在 × × 局里讲好了，与他对调。宪兵连的连部远在军区东面临街的地方，L 搬过去以后很少有空出来。不像以前那么常常遇见了。不过在看电影的时候，是还常常遇到的。新职对于他似乎很合适，他对这新工作感到满意，日常空闲无事，即有也不过是印度人和中国小兵发生了冲突，弄到宪兵连里来。这也是极容易解决的。只要简单地一问也就可以处置了。同时对于那一批在印度老百姓面前凶恶万状，而在英国人面前却伏顺得出奇的红头阿三们（他们自然也是印度人），他就有了出气的机会。遇到两造冲突，中国小兵占了上风，弄到宪兵连里去，L 就摆出了 MAJOR（少校）的架子来与英国军官交涉，阿三往往弄得没有面子。每次听他说到这些事，总是很得意的。

他又有自由使用一部车子。军区四周守卫的宪兵都是他的学生（他教他们英文），因此非常适意，想到哪里去“视察”马上就可以去了。因此，他又常常可以向我吹嘘他近日的见闻。在这个小天地里，虽然我的资格比他老，可是在他面前，却反而成为一个陌生的访客，多少地方要由他指引。同时这个在我看来平凡无奇的小镇，竟又是如此奇妙的所在。一切都含有神秘性，都不能随意看过。

一天晚上，在露天电影院看五彩片，又和 L 遇到了。他向我高兴地说：

“老Y，几时我请你吃一顿舒舒服服的。”

“街上那几家都吃过了，不敢领教。还是安分点吃我的面包黄油好。”

“不在街上，就在我们连部。也不特别花钱请你，我们那儿只有我一位‘校官’，‘校官给养’领了来却是大家分吃。表面上看起来又是我的薪水顶多，天天要我加菜请客，与其便宜了这批家伙，还不如请你也来吃了。还有，我们那个弄菜的真不错，道地扬州菜，鱼翅、青鱼，到了他手里就另有一股味道。这小子开了四次小差，论理早该枪毙了。可是，真舍不得他弄出来的那手好菜，这回又是刚刚抓回来，这小子真有两下子。话太长，哪天好好告诉你。”

我们就又看电影上的那个乞丐皇帝的故事了。阿拉伯的荒唐的故事，我猜想那个伙夫的流浪的故事该同这个穿了褴褛的华服的皇帝有些相像的罢？

这里，我得对一些事稍有解释。“校官给养”是个非常好笑的制度。在驻印军中，一切给养全是由公家发给的。从米、面包，一直到牛肉、象肉……是一概平等地不分官长与小兵。可是从少校以上，就特别多发一些东西，这里有牛奶、起斯、白脱、糖、酱菜、香烟、大便纸……是一应俱全的。到夏天还有一大块人造冰。在印度的翻译官们的官阶起码是少校，那原因听说就是因为要使我们可以领到这给养。好像这批人任务特别，又要与盟友接触，非吃得胖一些，否则就会丧失了国家的体面似的。在宪兵连里除了连长是少校以外，其余的倒大都是尉官，没有这种给养。所以翻译官的地位是颇为“崇高”的。因而吃饭时就往往被供在上座。同时也就不好意思不将牛奶咖啡也拿出来请客了。

隔了两天，L 打电话来约我晚上去“赴宴”。

居然还有酒。颇好的威士忌。那个豪爽的连长给我斟了一满杯。

“尝尝我们这酒。威士忌，呱呱叫！一个子也不花，充公来的。”

在印度军中，酒是禁品。可是专有一批人做这笔生意。本地每瓶十卢比的，一入缅就值三十四十以至百八十不等。给宪兵看到了或是“手续”没有谈清，就成了“战利品”。又曾听谁说过，这生意，因为是宪兵营营长的专利，所以别人概免沾手。他们有专运给养的几部大卡车，在维持着缅甸战场的酒的需要。总之，无论如何，我们的桌上是摆着“呱呱叫”的威士忌，而这也就使那位扬州伙夫烧出来的鱼翅龙虾格外出色了。

我颇想认识这一位伙夫。等他端菜上来的时候，我注意了一下。四十左右，梳了光光的头发，满面烟容，正像一个“老枪”。连长酒酣，拿他开玩笑下酒：

“Y 翻译官，你别看不起这家伙，还是个了不起的老风流哩。他在兰伽招了驸马了。”

这说得他十分忸怩，不好意思地回到厨房里去了。等他走了以后我又从 L 口中得到了关于他的一些故事。原来这是炮兵团的一个兵，在兰伽已经有两年多的历史了。在帮会里他的辈分不小，还染上了一口阿芙蓉，在他看来，印度这地方充满了瘴气，如果不吸两口烟就会不能生入“玉门关”了的。厌倦了营盘里立正稍息升旗点名的生活以后，又从当地的社会关系中找到了一个皮肤黑黑的情妇，于是很自然地就招了驸马，住在附近乡村中的岳父家里。每天躲在屋里吸烟陪太太。岳父对他也特别钟爱，在小村前后左右都放好了哨，等到宪兵来时，人都早已躲得无影无踪了。这一次的兜捕还颇费了一点心血，先弄好了眼线出动了几部卡车、吉普，四面包围，才从烟榻上把他请了回来。

连长感情冲动地说：

“要不是看这小子烧得一手好菜，我早就把他枪毙了。今天早上还枪毙了四个逃兵呢！”

L又告诉我早上枪毙逃兵的故事，听了使人很不愉快。尤其是我听到那个只有十九岁的小兵的故事时，更使人有点忧郁。

本来第一次逃亡被抓了回来，只要胡乱申述一点理由，关几天禁闭也就算了。而他却笑嘻嘻地承认了逃亡的意图。在他看来，坐飞机从祖国飞来，只不过费了两个多小时，现在走回去，即使慢一些，有十天半月也尽可以走回家去了。听了这样天真的理论，真不禁使人觉得恻然。然而因为他承认了逃亡的意图，所以就不得不枪毙，就连那位连长也说有点不忍。一直到开枪以前，那小兵还是笑嘻嘻的。

吃完了饭便饮冰，L的兴致好起来了，站起来拍了拍我的肩膀说：

“咱们出去逛逛去！”连长排长们都对我们做了一个鬼

脸，L 也不管，我们就走出去了。

坐在吉普上，发动了以后，开亮了头灯，两支强光照彻了营房外面森森的林子，从柏油路上，车子慢慢地滑出去了。

车子出了军区，到了一条热闹的柏油路上。灯光照耀，华侨商店里的老板们从首饰匣里取出五十一号派克钢笔与亚米茄手表摊给一些军官们看，用黑市吸收着他们袋里的百元卢比大票。

约莫将要走进这条街，L 跟我说：

“今天带你去勘察一个地方，一个好地方，给你长长见识。”

我知道他的意思，这原是前些日子约好了的，我想看看兰伽神秘的夜景。L 又告诉我这原来就是那个风流的伙夫的情妇所在的村庄。他因为已经来过一次，所以相当熟悉了的。

车子又从明亮的地方驶进了黑暗。

那条通兰溪的大路平直如镜，两面全是生长得极为整齐的大树，令人想起在四川剑阁道上传说为张飞手植的那些柏林。车子用每时三十里的速度驶着，迎着吹来的夜风，真是颇理想的享乐。在黑暗中，偶尔可以遇见两三个美国兵挟了英缅混血种的女人在走过去。在经过一幢房子时，L 指了那露出了微黯灯光的绿竹帘告诉我这就是那些专门招待美国兵的女人的住所。在车子快要驶近铁桥的时候，L 突然将方向盘向左一转，车身就沿了下倾的斜坡滑到底下去了。

“前面是宪兵，自然我是无所谓的，不过还是省了麻烦。那些夜游神的车子都从这里下去的。”

车子在凹凸不平的地面上行进，犹如在海上飘荡的一只小船，地面是一层薄纱，所以虽然有颠簸，却实在柔和得很。L放上了加力挡，引擎的吼声正像一头微微喘息着的小牡牛。不久我们就又爬上了一条土面的公路。我记得这条路我也是来过的，是在公路驾驶的那一次。白天这里有成群的孩子，赶着漫山遍野的山羊、黄牛。我们将吉普停在一棵大树下面，熄了火。

站在铁路路台高处，L像一个军事家一样地指示着面前的地形。那天晚上没有月亮，满天布满了繁星。四望全是黑黝黝的一片片丛林，印度村庄的小小的白色房子在夜雾里形成了一片片淡乳色的抹痕。远天林际与天空接壤处飘浮着一片青气，L指着铁路扬旗处的两根白色的木柱，告诉我这是一个明显的标志，是村庄的进口。他指着右面高处有一片小草棚，说这也是一个目标。我约略记得白天经过时所看到的那一片凄凉的“洞窟”。他嘱咐我随了他走，不可远离，晚上这地方是很容易迷路的。我像一个随从一样，有点惴惴然，蹑足潜踪地跟着他，想起了昆曲里的“石秀探庄”，那个武生在戏中所作的那些可笑的情景。当前的环境充满了恐怖，我下意识地探寻每一棵大树，看看树身上是否有那白粉标志，指示夜行人应当在这里转弯，不然就会走进陷阱，引来了挠钩和索子。

一座将近坍毁的土墙使我们改变了方向，转向一条小路，从农家破损的围墙内可以看见房子里的一点暗淡的晕黄的光亮，看不见人，院子里积满了牛粪的地上有一只老牛站在那儿，它不动，走过时偶然可以发现两只眼睛里发出来的闪光。

穿出了房角是一片广场，远处有两株大榕树，苍郁的树顶即使在暗黑的天空里显得还更要黑一点。树下面有两块白颜色，那么白，使看惯了暗黑的眼睛有点眩晕，踏着惴惴的脚步，看不清这是什么东西。L猜这许是两条白毛狗，本来说是牛也可以，不过又没有那么大，只好猜它是狗，担心会不会给它突然跳出来咬一口。

愈走愈近了。两块白影子静得可怕，L掏出电筒来照过去，是两个穿了雪白的“沙里”的印度人趺踣在那里，他们的脸为强烈的光线一照，侧了过去，等L觉得无礼收回了电筒以后，他们的头就又转回来了。在匆匆的一瞥中，我记清楚那两张没有表情的脸，和那干枯的头颅。头部迟缓的动转，就像一个借了机械的力量转动的木偶的头。

我们装作安详地从他们旁边安稳地踱了过去，我又和那有如两股深不见底的清澈的泉水一样的眼睛对了一下。我失败了，急急转回来看着前面。我对这蕴藏了无限愁恨，又飘浮着无端的委屈的印度人的眼睛感到冷然，我记起了有时英国兵就是在这样的森林里面失去了他们的头的故事。

好容易走到森林的边缘，已经看不见那两堆白色了，吐出了一口气。L说：

“他妈的，两个加拉鬼！他们知道我们是干什么来的！”

这时在前面的大森林里面传来了繁密的鼓声。声音沉重而不飘浮，极有规律而不杂乱。时轻时重，成了凄凉的心境的跳跃的拍子。当我随了L走进那个森林里面的时候，心里预先安定着自己，不要为突然跳出来的穿了虎皮插了野鸡的羽冠的执刀的人们所惊吓，他们原来是跳舞的。那时应该对他们表示热爱或者也需要长啸一声，可千万不要回身飞跑，不然那结果是可以想象的。

不是路的“路”上不时有几块斩断的木桩和木干，不时踏到了一层落叶，脚底一软，会陷下一两尺去，好深的落叶。电筒的光照在前面，一层数不清楚的松杉的白白的树干，找不到路，要看脚底下。在行人的脚迹还是野兽的脚迹所造成的小径里，找到了路。

鼓声还是照常地响着。听那声音，我们是与他们擦身而过，L指着左面，“走出前面去，是一片田垅，你就能看到好风景了。我们只切了这大树林子的一个角。”

走出了这个角，顺了田垅走了一段路，前面没有林了。远处，一片空地，有一堆熊熊地燃着的篝火。

我们只能看到离地三四尺的火苗，下面又是一团白色。这一次很容易断定这些不会是狗也不会是牛了。L笑说：

“猜猜看，坐在火旁边的是观音还是菩萨？”

不用回答，自然可以知道这是“观音”了，这些穿了白衣服的女孩子，赤了脚坐在一堆柴火的四周，围了一个圈子。她们向我俩看了一眼，不说话，又回过去看着火了。火苗在那儿跳跃，底下的白色的炭灰已经积了很大一堆了。

她们的头发，上面擦了油，梳得光光的。挽一个髻或者拖两条辫子，前面点了一粒红痣，耳朵上戴了银制的环子。她们的丰满的褐色的手臂上、脚腕上，都套了银圈子，一圈圈，上面是蓝色红色的珐琅。在跳舞的时候，这些圈子会送出一连串清脆的碰响来的。L 告诉我可以大方地在四周围绕着仔细看一下，不算什么的。他们只是静静地望着，一声也不响。

环境真是静得很。暗黑被人熟悉了以后，眼睛似乎也可以从这里看出另外的东西来。东面远处的小岗上的浅树的顶浮出刚升起来的月亮，在一片淡青薄雾里真像一个瘦削的金钩，前面森林里的鼓声不知什么时候已经停止了。草间有一片繁密的虫声，然而这无碍于环境的静。我在这一圈小女人的身子后边慢慢地踱着，仿佛可以闻见她们身上所发散出来的香气。几乎疑心是耳鸣，然而却是真事，从某一个小女人的嘴中哼出来一股忧郁的调子。不，是从鼻子里哼出来的。她们的嘴全闭着，调子极熟悉，由于想象，似乎还应当伴着舞蹈，和着她们脚上银镯触发的响声。

我记起了在另外一个机会，L 所告诉我的关于这些小女人的故事。这一群等候着献祭的小动物可以由你任意选择，将两个圆角银饼交到她的父亲或母亲或者任何一个她所有权者的手里以后，就可以带了她离开这里，围坐的女伴会用了妒忌的眼光送了你和你的猎物的离开。小女人会用尖尖的嗓子紧促的语声半带着不耐跟你谈话，大概你是不会了解她的意思的。

你们可以走进那低得只能一个人俯身进去的小铅皮房子里，也可以走到后面的森林里去，地面上不缺乏如茵的稻草堆，她的监护人会站在森林左右注意着不让有生人的扰乱，尽一个守御者的责任。

更如果你嫌这里太黑，你可以带她走到前面广大的田垄里去，随便什么地方，或者一棵树的下面，或是背后有一块小坡的田角，那些美国兵常常带了毯子到这儿来，还给这种游嬉取了一个动人的名字，BLANKET PARTY。

当时那一群小女人有点为L的大声笑语所惊吓了。她们张开了大眼睛，看着我们，等到回看一下的时候，就又一惊地逃避了。我颇不满于L的狂妄，甚至我觉得这一块神秘的地域不容这样随意扰乱的。然而L却全不管这一套，他开始和一个小孩子攀谈了，那个小家伙竟说得一口纯熟的中国话，发音异常正确，同时还常常有一些属于某些地区的十分隐秘的俚语，通常即使在国内也不大听见的，也在她的嘴里纯熟地运用着。他们所谈的不外上面所说的一些事，按照习惯，这样的小孩子也可以用口来为你做一点事，俯伏了来吮你的脚……

谈判在半开玩笑的性质下面进行，无结果。

当我们又走近那森林的一只角以后，看见一个像为猎犬所惊的小动物——从东边的小路上飞跑了来的一个小女人，压低了嗓子说着："警察，警察！"在L身边的小女人们站了起来，像一阵飘风下面的落叶，钻进那些低矮的铅皮棚里去了。随后两个高高的阿三，像两座焦黑的木乃伊，头上包了三角形的高高的红布包头，手里抡着短粗的黄色的木棒，慢慢地走进了那堆篝火的旁边，用皮鞋踢着木柴，火星从他的脚下飞出来。那个小孩子留下来同他们搭腔，黄木棒在小孩子的头上敲着，像一个和尚在敲木鱼。

L 告诉我这些人对于风化十分关心。他提到这些糅合了忌妒与东方的道德观的人物的举动时，虽然不免有些夸张，可是与现实的情景比较一下，就不能不承认这可笑的真实了。

气候渐渐进入了夏季，使人闷损，四月里的太阳，在这里是很可怕的。除了必要的工作以外，就只想躲在房里，躺在床上吹风吃冰睡觉。

我恍然于此地的人为什么那么懒，即使是有着无比的知识的释迦也只肯坐在菩提树下面出神，竟至于悟出了玄妙的“道”。实在这地方是只宜于做梦的，其余都不合适。

我知道和我们一样，L 白天也大抵是躺在床上做梦，不同的是他在晚上出去活动，所以生活就远较我们丰富了。大约有一个月不曾看见他，听说是为了捉逃兵出差去了。到过了孟买、德里、锡朗，还有那个避暑的胜地，葱岭下面的一个地方。

借了华侨的帮助，这些走出了营房的小兵几乎走遍了印度所有的地方。可是他们没有护照，又只有一套军服，所以极容易为当地的印度警察所发现，通知过来，L 的任务则是带了几个宪兵去把他们一个个给捉了回来。

远游回来的 L 的神气似乎很有点不同了。如我与他开玩笑地说，他更是官气十足了。当一次我们在一条罩满了绿荫的街上散步时，他告诉了我这次旅行中的一段小小的事故。他在一处乡下邂逅了一位老人，是一个卖卜者。他描绘着那是一个善知识，用梵语说来应该是有着“般若”的。他坐在一棵树下面，陪坐着，戴了甘地戴着的眼镜，为L相了一下面。他说L的两眼光芒太露，应该戴一副眼镜来盖盖，等将来过了三十岁以后，就无妨了。至于眼镜的颜色，应该是蓝色的。

L果然听了他的话，去买了一副眼镜，不过不是蓝色而是黑色的。我看他的面影，加了这一副黑色的眼镜以后，就格外地显得沉重。我觉得他的态度有点变化，好像真相信了那个老哲人的预言，对自己的前途很考虑了点什么。

也许是有点感伤罢，他轻微地喟叹了一下。

“老Y，十年前我们在一个学校里念书，你是高才生，先生们都这样说。我呢，那时候就喜欢戴歪帽子，看江湖奇侠传，想当剑仙，剑仙当不成，现在就另想做侠客。胜利后我得回家，好好闯一下，过个三年五载，你到天津看我，我好好地招待，尽尽地主之谊。”

我听了惘然，这话说得不免有点凄凉。我们慢慢地沿了一条小木桥走上了河谷。突然的清凉，圆圆的月亮在黑色的夜空里是一片浮白，印度的夏夜郁闷得透不过气来，当我们漫步跨过淙淙的流水，又回到高地的时候，热气又来了，夜风吹来也依然没有清凉。

这当中，他又说了一些“计划”，这大都是“荒谬”的，只有一个我还记得很清楚，他说预备去开一家妓院，这念头的触机始于他在加尔各答观光L旅馆的时候。他很着意的描画了一下这未来的“天堂”的风光，最后特别提出了他的与众不同的政策。在这里的女人们无论是怎样受人欢迎的，也不许久住，总要使你隔了两星期再来的时候，就会找不到以前的人物。说到这里他寂寞地笑了，我很明白他的意思，也可以说我是赞成他的。

他又将从各处买了来的衣料赶忙要裁缝制成了新衣，说是回国以后就要结婚了。那些衣服大都是色泽鲜艳，一条红色的领带，使我尤其不易忘却……

两个月后，我奉命离开兰伽调到雷多去。动身前两天去通知了L。他说要我等两天和他同车，他也要到雷多去“跟我一起走方便些，咱们也正好谈谈，不寂寞”。

我们两个人坐在一节头等的卧车里。房间里有四架小电扇，我们都换上了印花布的睡衣，趿了拖鞋，躺在绿胶皮的座位上吹风，看着窗外渐渐垂下来的夜幕。我极惊异于L的印度话的纯熟，车停的时候，他指导着那穿了制服的侍役端来了一盆盆的冰糕、汽水、点心，他那叱咤的神情，与侍役的恭顺对比起来，使我想到一个印度的王公。如此神气，如此潇洒。

他也高兴对车窗外面的印度小孩子招呼，那些光光身子挺出大大的肚皮的小孩子。遇见有头上顶了水罐的女人从田垄上慢慢地走，像一个歌女在练习足尖舞一样，他也会用了印度话大声地招呼，等了那女人送回了羞涩的笑为止。

隔壁的车厢里似乎有两个他帮了来的勤务兵，车停新就过来“报告”。他挥挥手让他们回去了。

我们听着隆隆的车声，欣赏着窗外的巨大的黑募上飘动着的万朵灯火，犹如一张镶了无数宝石的黑缎。大声地谈笑着，大口地喝着汽水，直到夜深。

不知道在什么时候，是半夜里，车停了。L将我唤醒，说：

“我们到隔壁去看看！”

原来不知在什么时候，当车子正在原野里疾驰的时候，隔壁却响了一阵枪。等我们走过去看的时候，事情已经过去了。囚犯没有跑了一个，看守的宪兵被打死了两个，最后是一位从梦里惊醒了的宪兵拼了命从对方手里夺下来冲锋枪，对准了他，这时车子还在疾驰，没有人知道这件事。这样，看守一直等车子在下一站停下来才被发觉。

我们过去的时候，死尸已经送下车去。车上还流了一摊血，那个睡着了的宪兵端了冲锋枪对准了被绑得牢牢的五个囚犯。

L走过去在那个想越车的家伙的肩部郑重地踢了一脚，嘴里骂着什么。

当时他决定还是继续压解这几个家伙到雷多去，死了的宪兵交给了当地的印度巡捕。

车子又开了，我们又坐下来的时候，L从袋里取出一张英文的指挥部的命令，这我也是有一张的。都没有注意，这一列车还有五个囚犯。据他说其中的四个都没有死罪，用不到冒这个险，那一个是间谍，被抄出了电台。他又向我说了一下破案的经过，不过因为是军机秘密，不能记下来了。

“这小子倒好胆量，三个宪兵给他作翻了两个！他明知道是犯罪，不然也不会这样拼命。只是这次到雷多去我倒又是难以交差！”

有点忧郁，可是这忧郁并不曾掩盖了他的脸上的惊惶神色。

一九四六年五月写于重庆，
八月改于上海，原题《月夜燎火》

乙酉归轺日记

小引

一九四五年五月，我从印度随军回到昆明。途中经过了滇缅公路，走了一个多月的光景。关于当时的旅途见闻，曾经保留了一份日记。回到国内，又过了半年多，抗战结束了。住在重庆，因为朋友约稿，就抽空把这一个时期的日记整理了一下，交了出去。后来却因故未曾发表，而原稿却不见了。最近朋友又从重庆报馆编辑部里把这份原稿找了出来，寄还给我。这在我自然是高兴的事。

重新翻读一过，很意外地，发现那当时之所以未能发表的原因，却是因为我对当时的“盟军”，太不客气了。零零碎碎地揭下了他们不少疮疤，虽然看得很浮面，不曾往深里追究，可是这一点一滴，在今天看来，却都有它的意义。在我自己，不单是重新回忆了一遍自己生活过来的一个时期的经历，同时，也更深刻地认识了所谓“盟友”的面目。

现在，就重新再来整理一下，再来发表。五年前不能说的话，不能抒发的感情，在今天能将它痛痛快快地说了出来，实在是一件痛快的事。

原稿上，也还有一段“前记”。而且也还有值得选录的所在。在这里，可以看出当日在国民党反动派压制之下的“文网之密”，和这些东西们对盟军的一副最丑恶的奴婢面孔。这篇日记里，不单触痛了盟军，而且更还大大地刺痛了他们。

我这样写，“当时所走的一条路是所谓史迪威公路，是滇缅路断了以后，费了偌大气力打通了的一条国际通路。也可以说是整个驻印军在抗战中间努力的唯一成果。现在自然更别有‘伟大’的事业要他们去做，不过我总觉得没有以前转战印缅的来得光荣。”

当时是马歇尔到重庆，一面装好人主持和谈，而另外则帮助国民党反动派布置新的反人民的战争的时候。而我所记的这些驻印军，就是在当时给调到东北去的。还选有一段是：“重加抄录，补其缺失，都为一卷。掷笔怃然，想想这会有什么意义么？这大抵是不会有的。如果一定要寻找一点特色，里边的‘不愉快’的场面倒可以一看。因为这是我过去经历过的社会上的丑恶面的一些片段，这也是使我今日重抄仍旧觉得有趣的一个原因。”

这些话在今天也仍旧有它的意义。当时只能说是“有趣”，其实这当然并不是好笑的事。在今天，我十分高兴能把反话说正，把“奴隶的语言”扬弃了，这实在是最使我高兴的事。是为序。

一九四五年五月十九日

在雷多郊外的森林里开辟出来的空地上，我们搭起了帐篷，住在这里已经有半个月了。

这真是最无聊的生活。每天晚上下雨，每天白天是最毒的毒太阳。我们的营地是在河边上开辟出来的。那条河，正可以代表最原始的印度森林里的河流，有十几丈深，在河岸上，我们可以摸到那白皮松的树梢。而这棵白皮松，是直直地生在那里的，从十几丈的河滨，直立起来，有如一支直立的旗杆。

看看那滚滚的黄水，眼睛真会发晕。水流是急的，不过也只有在河身转折的地方才看得出。在转折处，是一连串的急流洄湍，白色的泡沫，更加上被卷成一团了的枝柯树叶。有时候还能发现一些衣服日用品之类，看了使人凛然。

我们的帐篷，就是在这条河的边上的一块狭狭的长方形的地域里。帐篷的背后，就又是漫天遍野的森林。要走到外面的公路上去，要经过一条极为弯曲的小径。这条小径也是难以摸索的。因为在森林中间，像这样的小径就不知道有多少，它们又全是如此地相像。只有一个辨别的方法，在小径旁边摆了一段段斩下来的木头的，那就是由我们的工兵营所开辟出来的了。

在这样给重重的无穷尽的森林包围了起来的地区里面，住了半个多月，每天无事可做，真是够单调的。

中午吃饭，还是那两样菜。一种我们称之为“大便罐头”，这是美国兵给养里面最多的一种，是一种罐头羊肉香肠。那香肠真是世界上最难吃的东西。淡而无味，好像是一层玻璃皮子里边包着一大堆美国工厂里的剩余木屑似的。这一样菜，我们一向不要吃，可以不必多说；另外一样则是“洋葱炒洋葱皮”。

至于我们应得的“校官给养”呢？那是给团里的副官放在自己的房子里，每天打开来请了客了。轮到我们自己，每天就只能吃这样的东西。我也曾经向一位老早就住在此地的同事问起过，有什么办法可以吃好一点的伙食呢？他说，那只有每人每天多出一元卢比去加入他们的伙食团。这事最初曾经让我颇感气愤，不过马上也就平静下来了。国民党的军官的作风，在国内早就领略过了，这原来是他们的看家本领，来到印度当然也不会改变的。

唯一的希望，是早离“苦海”，早些回国去。

晚饭后孙来，交来公文一张。原来我已经被调到炮兵十二团里去了。他开了吉普来接我，我则颇为不快，推说明天再谈。

这位孙君我是老早就耳闻其名了的。一口天津腔，年约三十四五岁。在炮十二团里是团部的翻译官，最擅长的是逢迎拍马，不论美国兵还是国民党的军官，对他都是一体称赞的。今日一见，果然名不虚传。这是一位在天津“三不管”那种地方才遇得见的人物，满口津腔，“您呀！您呀”地叫不绝口，刚一见面就称我为“老前辈”，要我对他加以指导云云……实在弄得我尴尬极了。

晚上无聊之至，就设法搭车到二十里外的雷多总部里去看电影。几个人一齐遛到公路边上，想设法拦到一部便车。可是这也不大容易。那些美国兵开着的吉普卡车才不会理你，随便你怎样招手，车子还是用每小时六十里的速度从你身边擦过去了，留下来的只是一阵灰尘。

最后终于拦到了一部，驾驶手是黑人，他露出了满口的白牙向我们笑了一笑车子就停下来了。

不料在这部车子上，我们就又发现了奇迹。这部卡车是装运行军床的，大约总装了有几百只。黑人车手向我们要求，在路上有些地方，他一打唿哨就请我们帮忙替他把行军床向路边扔下去。

这就又使我们弄不懂。不料行军床一扔下去。公路边上马上就有预先"埋伏"好了的印度人抢了去了。而且就又有另外的一个印度人用最迅速的手法把一卷钞票向坐在黑人车手旁边的美国军曹手里塞去。车子也就等手续完毕以后马上继续开驶了。

在做第二笔交易的时候，黑人车手得到了一瓶酒。他马上就打开了瓶盖，一边喝一边开车，脚踏在油门上就更快而猛，他的左手握着酒瓶，右手玩弄着方向盘。

这替我们解决了一个谜。有一天有一个印度人曾经向我兜生意。他说在我们回国的路上，是必须有一张行军床的，如果要买，他那里就有，价钱不贵，只要六个卢比一只云。

到了总部。露天电影场上已经坐满了美国兵了。这地方我还是第二次来，不是实在无聊是没有人会来的。因为到这里来看电影，也还并不是十分容易的事。

广场上排着一排排的长木板凳，有二十几排，规定中间的位子是不许中国军人坐的。而这里所谓中国军人，还限定了一定是翻译官和高级军官。

这是一份特有的“光荣”还是“侮辱”呢？坐在那里看电影的人心里都有数。

电影是彩色的，是讲欧战将近结束的时候在欧洲战场上美军复员的情形的。某一位“英雄”被遣送回国而且被某将军替他戴上了勋章，看电影的美国兵骚动了。等到这位“英雄”给一位“某城美女”的穿了浴衣的女郎拥抱接吻的时候，就听见满场都是呼哨和怪叫。

怪叫以后则是沉默，再下面就是交头接耳，替自己算算还有多少月才能回去跟“美女”拥抱，算了一算的结果是“天杀的!”“狗×的!”一大堆谩骂结束了这场骚动。

五月廿日

早起，吃了早点以后回到自己的帐篷外面，在那里站了一会。忽然听见一阵潇潇之声从西南而来。顺了河水的上游望去，远处已经是一片烟雾迷蒙、大雨如注了。可是这边却一滴都不曾落，真是怪事。可是不一会，就很清楚地看到那雨脚往下移动，倾盆大雨马上就移到了自己的头上，我也就马上钻进了帐篷。

这实在有趣，而且也颇为稔熟，去年在桂林的山里就看见这种风景过。

移时雨止。搭了给养车到指挥部外事局去找李秘书谈话。他告诉了我非得到炮十二团去不可的理由，我也就不再多说。走了出来，正经过一大所仓库，向里一望，堆的全是洋烛和棉纱。这就让我非常奇怪，这些日用品怎么会堆在军部里的仓库里的呢？这时就正好看见有两个洋兵指指点点说笑而过，那脸上有鄙夷之色。这才令我恍然大悟，原来是因为走私而被没收的物资。

笑什么呢？美国兵和国民党军本来就是合作得最好的走私搭档，大概这是在笑他们手脚欠妥阵前失风的罢。

又搭上了一部便车回来。

这是一部买菜车。车上堆满了青菜和领了来的罐头给养和米袋。我们就坐在这些袋子上面。一个小兵将一个麻袋放在角落里，用别的东西堆在上面。过了一会，他就又不安地把它抽了出来。他显得非常为难，最后，终于尴尬地将里面的东西抽了出来。呀，原来是几十条美国“太子牌”（RALLEIGH），费了五分钟的时间，他终于将这些香烟分成了三起，各装一袋，分别坐在屁股下面，靠在身后，才算安心。

我也为他轻松了不少，这又是一笔好生意，和美国兵做的好生意。我们相视而笑，彼此都没有说话。

回来正好吃饭，对于“洋葱炒洋葱皮”似乎也没有厌恶的感情了。这次“盛馔”居然也颇能使人留恋。

下午三时，炮十二团的郭观测员来接，将行李收拾了一下，请勤务兵帮忙，搬出了营地，穿过竹篱，郭的吉普就停在河边的树下面。

车子在窄窄的路上走，颇有些困难。郭虽然是极小心地在开，终于还是在什么地方碰上了什么东西。马上停车，下来看看，叶子板还没有碰坏，车子转了两个弯，又上了正路。再过五分钟，爬上一个高坡，在团部的门口停了下来。

团长没有在，只看见了宁副团长，又和我寒暄了一阵。于是就搬到指定的帐篷里去，帐篷里没有人，只能草草地把东西收拾了一下，没有床铺，真不知道今天晚上要怎样睡。

热极，搬家搬得一身大汗。洗了一下澡，小黄——住在这个帐篷里的另一位翻译官——回来了。以前我们并不相识，不过面孔是熟的，彼此招呼了一下，也没有什么话好说。

从他那里我知道今天晚上颇有睡地板的可能，因为没有床，不过我却也不在乎这些。

饭后我们到远处的河边上去散步。这里的风景实在是非常好的。穿过公路就是山，我们从山上的丛林里走来走去。后来走到最高的所在，向下一望，原来就是那条河流，夕阳穿过了林荫照在水面上是黄黄的，那上面就是漫天遍野的浓绿。唯一的例外是一根根雪白的白皮松的树干。

我们找到一块草地坐下来。没有一会，我们就谈得挺熟了。小黄这人很坦白而诚直，他是湖南人，也是从大学里被征调出来的。他告诉了我很多事。这些常识于我是有用的。他告诉了我那位孙翻译官的行径，跟我的想象相差不远。孙对付美国兵就像天津洋行里的仆欧一般，在团长团副面前，那地位就等于一位狗头军师，像京戏“金钱豹”帐下的“黄鼠狼”师爷一般。我们彼此笑了一阵，不过，笑完以后却又感到颇有些严重了。在“金钱豹”与“黄鼠狼”之间的生活倒的确是值得考虑的事。

孙今天下午陪杜团长到底布卢伽去买东西去了。这自然是最重要的工作，新上任的团长最重要的工作自然是把他的几千元的卢比的薪水和办公费换成商品，说不定还有国内友人的投资咧。

在回国以前，这种必要的工作是非做好不可的。

坐了一小时左右，我们回到了帐篷里，顺便也参观了一下孙的房间，这是在大帐篷里另外分出来的一间，里面布置得是颇为楚楚的，墙上贴满了从美国杂志上剪下来的大腿女郎的照片。

傍晚，雨作。九时入寝，果然只好睡在地板上，小黄借给我一条军毯，垫在下面。半夜里孙回来，给吵醒了。看他一件件把买来的货品拿出来给小黄看，好像是颇得意的样子。这中间他所最为满意，久久把玩不忍去手的是两双女人的白高跟鞋，便宜得很，每双只要两卢比。我看这就跟马路上的妓女所穿的是一流货色。

久久不能入睡。转侧之间，才发现左面的蚊帐角已经被老鼠咬了一个洞了。

五月廿一日

早晨无事可做，在团副的房间里聊天。伽培特上士也来加入谈天了。这是一个标准的美国兵，嘴里不断地出现着“狗养的”“天杀的”这一类的话，大概可以称为骂街专家的吧。有一次，他提起了“可恶”的印度人，他把手腕上的袖子一撸，露出了那多毛的粗粗的手臂，就好像真的是野兽一般，那长毛发着闪闪的金光。嘴里一连串骂出了十多个脏字，都是形容词，都用来加在“可恶”的印度人身上。因为我的记性不好，也因为有些字眼太脏，我无法把那惊人的丰富的语汇写在这里了。

伽培特知道我没有行军床，只能睡在地板上以后，就答应下午给我弄一张来。

饭后到招待所去看了一下，朋友们都纷纷作归计。听说他们是准备搭“黑人车队”回国的。遇见刘，知道炮五团也已经从蓝伽开来了，就搭他的车去看张。炮五团的营房最远，大概在离开雷多市廿多哩的地方。指挥车在万山丛中绕来绕去，新开的公路的黄土路面十分整齐。暗湾极多，如果对面有车来，是非常危险的。这就是在“天才”的美国工程师看来，也是无法可想的，因为印度的山路，实在是太“可恶”了。不过就是在这种情况之下，我们的车子还是用每小时四十哩的速度前进着。

第×野战医院也在这条公路上，是在一丛树林里面，在外面，是几乎看不出来这里有一所野战医院的，如果不是看了那块招牌的话。

到了张的驻营地后，看见他们正在扎营，忙碌异常。在他的帐篷里休息了一会。吃晚饭了，我只开了一听牛奶吃了算数。

外面忽然起了一阵纠纷。勤务兵来请张出去，我也跟出去看。几个美国兵拿了“卡宾”押了一个中国小兵来。那个带头的美国兵一本正经又兼气势汹汹地向张交涉，说那个中国小兵跑到森林里去打鸟，却不知道这里面还有美国兵驻扎在那里。于是他们就把他给缴了械押回来了，说下回如果再有人去胡乱射击，他们就要还击。

张的回答也真妙，糊里糊涂地就把这几个家伙给搪回去了。我们一起走回房来，他两手一张，向我苦笑了一下。

等天黑，我就又搭了周营副的车子回去。在蓝伽时跟周也是熟人。他们在蓝伽带来了一批洋酒，大约有十几打，预备卖掉，这里面大约有三倍利。天黑以后，吉普在万山丛中急驶，车前的头灯照在远处，一片片森林和河流的影子都在一闪闪的灯光中间显现，颇有奇趣。

这也是一种“走私”，他们一定要等到天黑以后才肯离开的原因大概也在此吧。

到了第×野战医院，车子弯进去。美国宪兵拿了手电筒来查询，我替他们支吾了过去。一直开到里边，找到了他们的熟人，酒卸了下去。周又送我回去，路很近，只有十几分钟就到了。

伽培特已经把床送来了。夜眠颇安适。

五月廿二日

早晨十时余，团长的车子要到指挥部去，我又搭了一次便车。到外事局，拿到两封信。又在中山室里看报，直至十二时，团长出来，等我们回到团部，中饭已经开过了。就在团长房里同吃。

杜团长是东北人。一口白山黑水之间的语音，听起来倒怪熟的。人挺直爽，一直叫我×先生，在军队里被人如此称呼，这还是第一次。

孙也在一起吃饭。天津卫与东北话交织在一起，听起来倒也别有风味。孙好像是殷勤得很。因为杜团长是新莅任的，他就一五一十地报告了本团的情况。我也是新来的，听了也不无趣味。

听说本团的最大的危机是士兵逃亡的倾向颇可忧虑。他还特别指出，某连的驾驶兵就预备在缅甸开小差，到野人山上去招驸马。说得有声有色，我也听得颇为起劲，可是杜团长单纯的面部却慢慢严重起来了。孙说如果不严刑制裁恐怕就要后患无穷。杜团长就板起了面孔，压低了嗓子，好像是在透露什么极严重的事件：

“杀，杀！我知道，非杀不可！”

这就颇使我凛然。听故事的心情给浇了一盆冷水，无论如何也轻松不起来了。孙却让我不客气地吃菜：

“不客气，这火腿的味道还不坏！”

饭后午睡了一小时，宁副团长交代，要我带两部卡车去领给养。同行者是刘上尉，还有杨军需。我这是第一次出马。原以为联络官总会知道仓库的所在的，却不料刘也不知道。这可就僵了。雷多的一条廿哩长的公路的两边几乎全是清一色的仓库，它们的模样也大抵相同，找起来也就大费手脚。结果还是开过了头，后来又问了好几处才找到。

卡车从公路上穿了进去，一路的路面全是用碎煤屑铺成的。在后面的一进，一排是十几所活动房屋做成的仓库，地下是水门汀，仓库的门口就都开在水门汀的台阶上面。我们看了那门口的号码，终于找到了。

一个胖胖的美国上士在看守仓库，他搬了一把小凳子坐在仓库门口。红红的脸上几乎要晒出油来了。在那阔而肥的嘴角里，衔着一根雪茄。

我把栈单交了给他，他用嘴一撇，就让印度苦力把东西一包一包地搬出来，扔进打开了的卡车中。这个仓库里装的是所谓“慰劳品”。

那里面包括了一包水果糖、一包软糖、一只牙刷、两块肥皂。全是标准的美国廉价商品，特别为“中国盟军”预备的。在那个上士的肥肥的脸上，好像就流露出一种“施与”的笑容来。

东西搬得差不多了。军需就跟我商量，和这位上士做一下生意吧。我当时颇为愕然，实在也还没有这种经验。不过军需说他是早就熟悉了这一套的了。他走了上去，向那位上士借了一个火，点着了香烟。然后在还火柴盒子的时候，顺便将一张折得小小的百元卢比大票一齐塞到上士的手心里去。

上士并没有说话，脸上的笑容也没有变。印度苦力搬运东西也不曾停止。不过这次所搬的是另外一种大包了。大约搬出了三大包以后，那位上士突然站了起来，大声地说：“够了!”

其实应领的东西是早就够了的。

我们坐在车上，打着赌。这三包里到底是什么东西。

等回到宿营地以后，就发现了一包里是皮鞋大约五十双；另两包是军毯，总有几十条吧。一百元买到了七八百元的“货”，大为成功。

晚饭以后坐在帐篷里享受慰劳品，软糖因为印度天气的关系，已经化了，一点都不能吃。

杜团长要去第三营视察，就拖了我一起去，还有孙。我们从团部门口走下河去，那是一片大森林，密得看不透有多少厚。到处都是笔直的十丈左右的大树，一条铺满了落叶的小径一直伸到河里。河水汹涌地流着，发出啸声来。杜团长两手叉腰站在河滨，在叹赏着自然的伟大，孙在旁边也称赞着森林的富源，我一句话都没有说。

孙后来又报告了一个小故事。说第三营的士兵曾经在这里猎到过一条野象，象的骨头送给副司令做了一张床——真是名副其实的“象牙床”。两只象牙为前胡团长所得，象牙的顶端也送了副司令，以下的分送给军长、师长……他自己也分有一段云。

五月廿三日

早晨出去领车子。

这次是在另外一个仓库，那仓库后面的广场上停着一大堆各式各样的车子，吉普、载械车……我领到了十一部新车子，全是吉普。检查了一下里程表，有的跑过三百公里，有的跑过仅几十公里。

我们带了驾驶兵把车子浩浩荡荡地开了回来。

下午译公文，是无关紧要的小事。

晚饭后仍旧跑到昨天去过的那个河滨的高处，这次是与小黄同去的。我们坐在石头上面，四面悬空，下面就是河流的漩涡，大约有六七丈高。一株松树，根生在河滨，它的苍翠的顶端，正在我们的脚下。

这样，一直坐到天黑才回去，早眠。

五月廿四日

早晨无事。

下午和劳埃中尉去修车子。这家伙是美国南部人，技工出身，性如烈火，动不动就要跟人吵架。当然这是对中国军官和小兵而言的，对他自己的同伴却不如此。这家伙有那么一面孔“施舍相”，这是一年多以来我在美国兵中间看来看去所最稔熟的一种“相”了。他们无论在何时何地，总要做出一副尴尬面孔，好像他们之到中国或印度来，就好像是孙悟空所请来的天兵天将一般。那些“法宝”，也好像是他带了来“施舍”给可怜的“盟军”的。而且，跟这批家伙在一起工作，那语言辞色之间的不愉快是无可比数的，臭得要发霉了的优越面孔，真让人惹气。

就连孙也曾经向我警告过说劳埃不是好东西。连他那么好的工夫手腕也还是碰了壁，那是因为劳埃根本看不起中国人的缘故。

我们带了两大部D·M·T（一种修理用的拖车）把坏车

子吊了起来，拖了走。车子走得相当快，不料在距离大修厂不远的所在，一部车子滑下沟去了。劳埃跳脚大喊，然而没有办法，只得开了吉普，回去求救。看看表已经是四点半，吉普如飞一般地开，开进了军械局。正好遇到一位美国上士从里面走出来，两手一摆，笑嘻嘻地对劳埃说："打烊了！"劳埃骂了一声，吉普像野牛一般地吼着转头而出。到底空劳往返，那部车子还只好留在沟里。

晚饭后我们帐篷里又挤满了人。这里面有军需主任，有观测员，有技术员，有政治指导员。最后挑帘而入的是军械官陶上尉。我得对他少加介绍，他头戴英国式扁钢盔，身披斗篷雨衣，紫棠色面皮，两只眼睛天真地笑着。一口湖南话，"妈特皮"不离口，这正是一个"张飞"。

他和劳埃中尉正是一对搭档，可是正碰上了。一点小事，两个人就都彼此瞪大了眼睛，用了彼此不懂的话对喊，一个知道对方嘴里的"妈特皮"是怎么一回事；那一个也知道他嘴里的"天杀的"是什么。

我把今天劳埃拖车掉在沟里，大跳其脚的事告诉了"张飞"，"张飞"笑了一下，极为妩媚地说："这家伙，眼睛放得那么高！我才不服气，要骂就对骂好了！他说 GOD DAMN，我就说'妈特皮'，老子怕谁！"

他的嘴一咧，得意地笑了。

五月廿五日

早晨八时出发，终于把那部掉在沟里的车子拖出来了，送到大修厂去。

回来时看见伽培特在房里谈天。孙送了他一双象牙筷子，他欢喜得什么似的。最后大家又谈起“鬼门关”的宪兵的检查。伽培特说他亲眼看到他们从“孩子”手里夺去了大批的牙膏、肥皂……说到后来，他有些“气愤填胸”了。他说：“他们如果敢动动我的袋子，我马上就拔出枪来，两个人总有一个要躺下去的！”

好一副流氓像，好像看了一张美国西部的电影镜头。

最后自然是孙又担心起他的大批“货物”来了，衣料，口红，女鞋……伽培特说：“不要紧，都放在我的包里好了！”这是一双象牙筷子的力量。

傍晚开始下雨，门口又成了一片泥泞。

晚饭后劳埃来找。他说今天早晨曾经向“张飞”要过本团新车的交货单，每部新车子是都有一张的。“张飞”却只交出了不全的几份。这些是“租借法案”的单据，那是不能失落的。将来还要凭这些算账哩。

我们又到了“张飞”的帐篷里去，两位见面以后，又变成了预备战斗的两只雄鸡，没有结果。劳埃说，或许留在车子的零件箱里。马上去找。第三营在团部后面的高地上，要经过一片竹林洼地，在不断落下来的雨滴下面，一脚高一脚低地踏过了那些有几尺深的泥潭。“拂柳穿花”，好容易爬到了第三营的停车场。又爬到每一部车子上去，用电筒照了来找，居然找得，不过已经团团一片油污了。

劳埃手里抓紧了“账单”满意地跑回去了。

回到帐篷里，脱了雨衣，换了泥鞋。小黄一个人坐在电灯下面抽烟。他告诉我说孙又到马冈替团长办货去了。这两天他倒只是为自己采购的事在忙，小黄颇为不平。因为出发的日期已近，无论如何总要在两天里到底布卢伽去一次，把袋里的卢比用去才好。

整理行装。小黄给我看了他的“货物”：有送给女朋友的玻璃雨衣、冷霜……同时他又告诉我，今天有一张携带物品的清单送来，据说只要填好，而所带的东西又不超过登记的数目时，就不会给没收了。我的一张他也替我填了。据说有女人衣料若干码、丝袜半打……这些东西我是没有的也不准备买。因为无人可送，而且作为货物带了去也发不了财的缘故。

五月廿六日

今天是离开雷多的前一天。

一早，宁副团长就来告诉，说今天要有很多事情与美国联络官接洽，要我们不要离开。

这通知实在让我们生气得很。这是最后一次机会到底布卢伽去。到这个印度城里去玩一次，用掉自己袋里的卢比。不然，那就得带在身上，到了中缅边境以后，用“官价”换给中国宪兵，增添了他们到印度来“办货”的外汇资本，这在我们实在是最不情愿的事。

同时，黄鼠狼这几天人影都没有看见。他几乎已经成了“办货专员”，我们要替他做那么许多事，就更使人不能情愿了。

正坐在帐篷里想办法，联络官来了。

这是一个标准的老狐狸，是美军派驻炮十二团的总联络官——何奇上校。这是一个皮笑脸不笑的家伙，面孔冷得好像是刚出冰箱的橘子，那脸皮上一粒粒的就好像是橘皮上的疙瘩。只要一挤动，就会喷出一股刺人的辣水来似的。

“哪一位是团部的翻译官？”老狐狸两眼望着帐篷顶，脸上毫无表情，只是嘴角稍稍动了一下。

“他不在这儿。”我冷冷地回答。

“他是应该等在这里的。今天我们有很多事需要他做。”

“他是应该对这些问题给你一个圆满的答复的。”

这时老狐狸的橘皮脸开始有了变化，像很有些吃不住了，就要爆发开来的样子。他睁开了眯眯的眼，向我狠狠地看了一下：“你是哪一个？”

“×少校。”

我们的说话到此为止。站在他身后的伽培特出来打圆场了，把他劝了回去，说保证在最短时间内可以把黄鼠狼找回来。

这两个家伙离开了以后，我向小黄笑了一下。小黄说：“你要当心啊，老狐狸和黄鼠狼会联络起来吃掉你的。”他向我笑了一下，接着又说：“也好，反正弄僵了，由他去吧。对付这批家伙，还真不能客气！”

既然已经弄僵，就索性不管了。我们知道第二营有车子去底布卢伽，就马上赶去搭车。团里出了什么事，反正有黄鼠狼在。我们就把这次行动作为一种抗议。

七点半左右，我们坐在B营副的帐篷里，等他吃完饭后即便出发。这次一共有两部吉普和一部大卡车同去，他们大概是准备大办一次货的了。

车子离开营地在公路上驶进的时候，心情特别舒适。车过雷多转入平直的柏油马路，用平均每小时四十哩的速度前进。沿路的风景美丽无俦，将近马冈时，看见左近有一片正在怒放的榴花，像一片粉红色的迷雾。这样的花小时候听人说起过叫作马绒花，它的花瓣有如一球细针，红白相间，可以采了来制成花球的。

一片满含了润湿的绿色的郊原，到处是竹林、棕榈和整齐的茶树。公路曲折地钻来钻去，有时穿过小山，有时通过小桥，有时涉了浅水而过。十时左右抵丁苏伽。

这里距雷多不远，华侨甚多。一般的货品，在这里是应有尽有的，意外地发现了杜团长的指挥车，又看见了黄鼠狼。我们相对愕然，报以一笑，就更复前进。

十二时左右车抵底布卢伽，这是一个中等的印度城市，是一省的省会。一月以前，我曾经来过一次的，小黄则是初到。车停以后，大家分手。他们去买东西，我们则主要是去玩，约好下午在某处会面。

这一下我倒变成了向导。我们先到一家华侨开的饭店里去吃冰、吃饭。这样的店在这个小城里一共有三家，是以做美国兵的生意为主的。门口都有一块“In Bound”的牌子，这就是说美国宪兵准许他们的小兵到这里来吃东西的标志，据老板说，这是有定价的，他花了一千元美金换来了这个“特许”。此外，还要免费供应美国宪兵的“饮料”和“房间”——换句话说，他们可以免费在这里获得酒与女人。

东西倒还算干净，只是不免贵了一些。吃完了饭，就到街上去闲走。

就在饭店门口，站着一些穿了西装的西藏妇女。他们的项颈上悬挂着一个大木盒子，在这里摆着各式各样的“宝石”。那价钱自一卢比到数十卢比不等。在她们面前拥着一大批美国兵。这批家伙主要的目的是寻卖宝石的女人的开心，五六个人你一下，我一下地在盒子里乱捞，弄得她应接不暇了，最后一个家伙在她的屁股上重重地打了一下，等她骂了一声“天杀的”，转过身去追的时候，那家伙已经逃远。另外的人就把“宝石”塞在袋里去了。

西藏女人抓住了一个美国兵，要他赔偿损失。他哪里肯？嬉皮笑脸得像杀猪一样地挣扎，可是没有用。最后只好不情愿地摸出了一个卢比来买了一块“宝石”。

她等这最后一个家伙滚蛋以后就向我说了起来，说这批强盗的滥污行为。她说得很快，说到后来就又背起她的宝石名目来，向另一批喝醉了酒的美国兵打招呼了。

我们又走过了一家百货店，每人买了一罐奶粉，预备在路上吃，这是官价的，每听二卢比，在别的店里就要五卢比。

转了一个弯，又到了一条街上，这里是为中国军人所预备的。好有一比，这正像一个蓄水池，新打开了的中印公路就像一根大水管，这里的货物，就顺了水管一直流到中国去。

在一家西药店里，一个印度老板拿了一张官价的药单给我们看，说明这里的价钱全是官价，同时也是最为中国军人欢迎的货物，六〇六、九一四、硫化剂……而且附带说明，在昆明，这样的货物要卖怎样的价钱。他说得热情洋溢，实在令人不忍拒绝，只好每人买了一瓶阿思比灵，老板的失望是难怪的。我们带了严重的歉意走了出来。

转来转去，时间还是慢慢地不肯过去。办货的朋友还在继续努力，看看车子上面已经有一部分货物放在那里了。我们就只好再回去，再去吃冰。

冰店旁边有一大群美国兵围在那里。远远地就可以听见那尖叫的噪音，我们又挤进去看，原来是一个蛇人在弄蛇。

他的担子放在石阶上。两只竹篮子上面都盖着一块颜色乌黑了的布，那布下面则是不可知的“神秘”。他取出了一根骨头做的管子，“嘟嘟……”地吹起来了。

接着他就把他的“神秘”展览在观众面前了。他拿出了两只竹篓子，还有一个铁丝做的笼子，笼子里面装着一只像黄鼠狼一般的小动物。

“嘟嘟……”管子又吹起来了。

他用另一只手去掀开了竹篓子的盖布，只掀开了一点点，马上就有一只蛇头从里面伸出来了，是一条响尾蛇。用它的三角形的，好像扩音机一般的头向四面的观众转了看，嘴里吐出了两条鲜红的舌头似的东西。这在美国兵里面又引起了一阵骚动。

蛇人向观众介绍了。铁笼子里的“黄鼠狼”和响尾蛇是死对头，一见面就要恶斗的，这样的恶斗是很难得表演的，斗的结果不是蛇被咬死，就是“黄鼠狼”被缠死了。但是如果要看这样的表演，必须向每位观众收取四分之一卢比的费用云。

美国兵们纷纷地摸出了“安那”，扔在那放在地上的竹筐里。斗争开始了，响尾蛇先从竹篮子放了出来，在地上打转，用它的尾巴打得地面发出清脆的响声来。这时，还关在铁丝笼里的“黄鼠狼”也紧张了起来，吱吱地叫着，身上的毛也竖起来了。等那笼门一开，它马上就奔出去，而响尾蛇也马上就卷了过来，把它紧紧地缠起来了。结果只剩下一个头在外面。

美国兵的叫声比“黄鼠狼”的还要尖，而且也更来得持久，起伏不断地一直在叫着。在这样的叫声中，“黄鼠狼”已经咬住了响尾蛇的头颈，过了一会蛇颈上的血已经慢慢地滴下来了。

这时一个美军上士就和另外的一个二等兵打起赌来。他们各将十元美金摸出来放在地上，旁边的人都是见证，胜负的决断是蛇被咬死还是“黄鼠狼”被缠死。

两方面的斗争似乎都已经达到了最高潮。可是蛇人却又拿起了管子，一吹，“黄鼠狼”马上住了口，响尾蛇也松了下来。

这一下使那两个美国兵都跳了起来，向蛇人交涉，非把斗争继续下去不可。蛇人回答说他的蛇与“黄鼠狼”无论哪一样死掉是都要值到一百美金的，没有保证他是不能答应的。

那个下士马上站了起来从袋里摸出了手枪，情况一时够严重的，蛇人却还是不肯让步。最后，他又吹了一下，蛇忽然从地上一卷，卷到那位执枪的上士的腿上，这可使他惊慌失措了，一下从石阶上倒了下来。旁边的勇士们也都散了开去。他又一吹，蛇就回到了笼子里。下士从地上爬起来，没有了继续斗争的勇气。

蛇人又收拾好了担子，悠然地吹着叫子走掉了。

看完了这一幕“好戏”，我们就赶回车去，这时天已将黑，不料车上就又出了事了。

从街上走到停车场，找到了自己的车子，却不料又发生了不曾预料到的事件。

几个勤务兵正在慌急失措，看见我们回去了，就连忙拉住我们想办法。一问，才知道有一个吃醉了酒的美国兵，说要搭便车回去，驾驶兵就让他在车上等。不料过了一会，这位醉兵失了踪，东西也不见了一大批。

没有办法，只好开了车子到美军宪兵司令部去交涉。一位美国少校严重得很地问清了事实，开了两部吉普出来，在街上跑来跑去地“搜索”。车子开得特别快，在街上胡乱绕了一大转，然后就又在宪兵司令部门口煞住了车，两手一摆，说：“没有办法！”“搜索”于是“完成”了。

总算大家对美国兵的军风纪又有了一点新的认识，如此而已。

七点正，开始回去。天已经黑了，急于赶路，碰巧车子的头灯又不亮，天又落起小雨来了。车子在黑黑的路上冲着，小黄不住地用手移动着玻璃车窗上的“雨刮”，刮去窗上的水珠，露出一块扇形的空隙来。从这一块空隙里望出去，斜斜的雨脚就和抽出来的一根根的丝线一样，看看真使人感到疲倦。车到丁苏加时，已经十点钟了。下车吃了点东西，再上车继续开。一小时后到达了一个检查站，在这里我们停了两小时。

五月廿七日

这一段日记应该更起一日，因为这些事件发生的时候，已经是十二点钟以后了。

这个检查站是有名的。因为要防止驻印军大批采办货物回国，所以一定非在这里大为搜索一下不可。我们的车子经过时，就马上给站上的宪兵指挥停在预定的地方。

这等候检查的时间大约有三刻钟。车上诸公都大感惶惑，有的将买来的绒线分开来放在背心里，有的把新买的皮鞋穿在脚上特别下地去踏两脚泥。零件箱、汽油桶都成了隐蔽所。在这三刻钟里，大家十足地忙乱了一阵。

我于是发现了检查为什么还要等候的原因。

好容易开始要检查了。所有的人全都要站在车下，由宪兵手执呈准的购物单，逐一检查。连卡车的水箱盖都要翻起来。一面搜查一面却在抱怨着“没有办法”，眼睛瞄着在后面亭子里的“美国兵”，好像是出于万分不得已似的。

急雨倾注，我好像可以看得出站队的行列钢盔上面冒出来的一阵阵怨气。原来这“检查”也是由美国宪兵监督执行的。刚才那个“吃醉”了酒偷掉了东西的，和事后开车乱搜一通的也就是这批东西。

我们这站队的一群还要施行“人身搜索”。我想这一“搜索”，也许弄得不好就要出事了。可是，这“搜索”也就马马虎虎地完结了，全部检查毕事，已经是早晨一点钟左右。

我们还要赶几十里路，营副的精神已经不行了。他好像吃醉了酒似的胡乱地开着车，脚踏在油门上一动不动，单调的马达声一会就把他的眼帘拉下来了。车子一跳，马达吼的一声，他的眼睛又睁一睁。

疲倦得连生命危险都忘记了的事，这回算是看到了。

在急雨中，一座大铁桥上，铺满了铁轨的当中，吉普一滑几乎下了河，转了两三次方向盘，总算没有出乱子。

赶到第三营营部，已是清晨三时半。这时天黑如墨，大雨倾盆地倒着，我们夹了买来的什物，从竹丛里泥淖中提到团部来。这时广场上已经挤满了待发的车辆，而且也已经有一部分开出团部了。

走进帐篷，里边已经凌乱不堪。我们的东西，据勤务兵说已经被放在了拖车里面。团长和副团长都找不到，真正是糟透了。

在这种慌促的情景下面出发，可真够麻烦的。两天前，团长说过我们应该跟着联络官的车子走，现在跑去一问，却说并不是的。于是就连车子都成了问题。

我永远不能忘记老狐狸的冷冰冰的小胡子，和他那尖刻的语句。这真是一头标准的老狐狸。在昨天早晨我们本来就弄得不愉快，今天的交涉自然更是难得有什么好的结果了。

出发的号声在急雨声中凄厉地吹着，我们的交涉也声音越来越高，我声明，如果没有车子，那我们就留下不走了。最后是老狐狸派伽培特送我们赶上大队去。

伽培特在疾雨中把他的吉普开出来。他好不愿意地来完成这一任务。他的车子没有消声器，马达响起来就和打雷一样，在那狭得仅能容许两部车子并行的山路上，路面被雨水冲得全是稀滑的泥浆。伽培特的超车本领倒不错。我们的吉普一部部地超出。那一排轮胎上装了铁链条，用每小时三公里的速度在路上爬的卡车队，那真像是一只只蠕动着的蜗牛。公路的右边就是那终古无人的山谷，山谷里满生着丛莽，疾雨给它蒙上一层迷雾。

每次超过一部指挥车，我们的吉普必然要在极陡的滑坡上停一停。这样，我们终于找到了宁副团长的车子。在极匆忙的情况下，我们挤了上去。

有名的“鬼门关”已经在这样的情景下过去了。

所谓“鬼门关”，是有两种意义的。其一，是说它的地形险峻，据说最高的纪录，有十部车子走过准会有三部给扔在山沟里去；其二，则是说这里是人缅的第一道检查站，大批的私货，就常常在这里落网。这次全团的车辆通过这鬼地方而没有检查，听说就全是宁副团长的“功劳”。他的老朋友宪兵营长某公曾经向他拍过胸膛的。大家于是都弹冠相庆，同时，也都在叹服着幸而有了这样一位吃得开的长官。

宿南阳，雨已止，月亮出来。伽培特替我弄来的行军床已经被黄鼠狼拿去了。据他说那是他一双象牙筷子的代价。

散步直至夜半。后来就睡在救护车的水箱盖上，倒也不觉得怎样。不过下半夜醒来时，看见四周已经给凉露湿透了。

五月廿八日

今天出发以后，车子经过的是一条比较平坦的路。过去用每小时三里的速度爬着的车子，现在就像放松了缰绳的野马，从容地在跑了。却不料就在这儿，一部全新的卡车翻了下去了。

我们都跳下来看。

平整的路面上，车轮的痕迹还可以清楚地看出来。这是可以从出事的轨痕里清清楚楚地找出驾驶手的过失来的。真是一点都逃不掉。是谁来执行这次检查的呢？就是老狐狸自己。

老狐狸气势汹汹地驾了吉普赶到出事的地点来。跳下车以后，就向周围的士兵们咆哮了一通。那是完全无理的取闹，他开始是说这部车子是为了超车的原因，技巧不佳，却从斜坡的地方滑了下去的。这是调查的本文，我就照样地传达了过去。不料这家伙说滑了嘴，一直说到这样的新车是由美国军火厂造了出来的，全世界的战场都要靠了这些车子来支持，如果再不当心，把车子开坏，就不再补充云云。这样的无耻的“优越感”和那副浅薄的施舍面孔，可就让人受不住了。他说完了一大套，向我看看，好像是在说：“看你的了，把这些骂街的话传达过去吧。”我就向大家说，这家伙在发疯了，不必理他。以后就没有了。老狐狸等了半天，以为还该有下文的吧，不料，没有了。

“完了吗?”

“完了。”

“还有很多话呢?”

“那些都是不必讲给中国士兵听的。”

“为什么?”

“我是在中国战场上走过些地方的。我们没有美国的卡车，也还是能打仗。所以你这些话，他们听了大概不会十分有兴趣的。”

这下子老狐狸可气翻了，马上跟我交涉起来。自然，这样的交涉是不会有什么结果的，吵了一通而已，最后我向他提议，先把车子弄上来再说罢。

车子是在一丈深的路旁沟里。四轮朝天，然而却一些都没有坏，玻璃窗叶子板都没有坏，只是拖车里的几桶汽油却完全翻了出来。有趣的是有人爬进驾驶室里去发动一下引擎，也还是好好的，轮子很好地朝天转了起来。

来了一架救急车，放下了吊索去，费了廿分钟的时间，终于将它吊了上来了。

因为这一片地方比较起来可以算是“平川大道”，所以不久以后我们就到达了一个地方，这里叫作“新平阳”。在这里，全团的车辆又排了起来，听说是又要检查，昨天人们松弛了下来的心境，就又重新紧张起来了。

检查是按了每个单位的次序来的。算了算如果要轮到自己的这部车子，总该要半小时。这样，就安心地下车去看看附近的风景。路侧有一所新开辟的墓园，是阵亡的中国军人的公墓。里面有一个十分拙劣的亭子，涂着令人恶心的红漆，而且也已经在缅甸的雨季中剥落得不堪了。

廿分钟以后回去。检查还在进行。从一部车子里被抽查出来四五十包棉纱，我想这即使带回国去，怕也值不了多少钱，杜团长大发雷霆，将那个小兵大骂了一通。

又半小时，车子继续开出了。

今天宿营的地方是一片沙滩，还有冲积的石子和杂生的丛莽。傍晚时烧水煮饭，炊烟四起，月色颇好，和小黄到树林里坐下来看月。

小黄跟我说，你今天可把老狐狸惹得够瞧的，应该当心。我想了想，这似乎也没有什么可以值得戒备的。有那么一张考绩表在他们手里，据说如果工作得满意可以从少校提升到中校。其实这个我是并没有什么兴趣的。倒是要防备着这些家伙们的阴谋才是。想想也没有什么了不起，不是连一张行军床也没有了吗？还有什么可以剥削的呢？

晚上仍旧睡在水箱盖上，月光照在身上脸上，就好像是蒙上一条清光的被子，不久即入睡。

五月廿九日

早起，洗脸吃早饭。九时许出发。

我们的车位始终不曾弄清楚，跟老狐狸的一吵就更把情况弄坏了。本来是应该和他们同车的，现在索性否认了。他说："宁副团长糊涂，把什么事情都弄拧了！"后来就暂时作了权宜的措置，小黄坐在营副的指挥车后面，我则坐在一部救护车里。这地方可不坏，四面不透风，只有三四个小窗子，小小的地方居然坐了七八个人，每个人分得只能把腿伸直却不能转动的那样一点地方。车厢的四分之三都堆了零物。在五月里缅甸的骄阳黄埃之下，我忽然想起了明朝的一位遗民——徐树丕的自号——活埋庵主人。这倒一些都不假，颠簸之中黄土从窗隙里一阵阵地吹了进来，随便在脸上一摸就是一手泥，虽然有好几次要睡觉，不过一听那怒吼着的引擎，马上就又醒转来了。

救护车是与道奇四分之三吨的车子同型的。规定的载重量是多少已经忘记了。不过照现在的情形，怕超过了三倍都不止。车手经常要用一档二档来爬坡，我想，这些车子等到回国以后，大概也就坏得差不多了。

一路平坦，下午二时许抵密支那。在一个岔路口上我们的车子转到市内去。因为要到一所伤兵医院去接两位士兵。这个战后的小城到处是军车，是营帐，几乎看不见一个老百姓。我们的车子开进了医院，我马上跳下来在水龙头旁边洗了一个脸，白毛巾也就马上变成了淡黄色。

坐在一间茅棚的阅览室内看看国内寄来的报纸，听着破锣一样的无线电广播，热风一阵阵像是从烘炉里吹出来似的，汗透的衬衣晾在椅子背上马上就干了。

在这里又进行了一次极为意外的交际。原来那两位士兵，中间有一位是在前方负伤的，子弹打在大腿上，经过一位美国军医的治疗，伤是好了，不过却失去了性神经。他将这事报告了，那位美国军医却死也不相信。他跳了起来，脸红耳赤地说，他在美国乡下开过三年的刀，却从来没有出过这样的毛病。如果属实，他是情愿赔偿一千美金的。

那位士兵告诉我这故事时说："美国人动不动就抬出美金来，好像什么事只要美金一到就可以解决似的。"说着就苦笑了一下。

是不是出了毛病呢？当然是的。那位军医一口咬定中国小兵是看上了他的美金，他赌咒这是一件"大骗案"。他不能听信这样的"谎言"——他要"实验"。这"实验"是怎样进行的呢？先派了两位缅甸的护士小姐去进行"检查"，报告是无效；他还认为这不可靠，就又请一位美国女护士做同样的工作，结果也还是不成。他这才无话可说。至于一千美金，他自己当然也不提起了。

这就是美国人的"道德"。

四时左右离开了医院，回到了宿营的地方去。

经过了一条铁桥以后，车子左折，又钻进了森林，转了几个小弯以后，忽然有一大片广场在面前出现，看那四周异常整齐的树林，知道这大概是人工开辟的。广场上绿草如茵，车子已经排成了方阵。在车子前面，也已经有人在铺开了行李，搭好了帐篷了。

今天晚上倒解决了床的问题。晚饭后将胶布铺在草地上，睡了上去居然异常地舒服。打开了一盒软糖，嘴里嚼着嚼着地就入睡了。

五月三十日

听说要在这里停留两三天，检查车辆，休息。

和小黄到河边去洗澡，顺便也洗点衣服。顺着小路走去，穿出几层林莽以后就可以看见来时所经过的河桥。桥下面已经有很多小兵在那里洗澡了，一片生野的趣味。

这只是一条小河，河的两旁不是丛莽就是淤泥，里面不少败叶枯枝。我们顺了桥边走下去，把脱下的衣服挂在岸头的树上，走下河去，浅处有两个汽油桶，像是飘浮着的码头。洗了一会就爬到不远地方的一颗树干上去。这是一株从岸上生根的树，向下伸展，树尖离开河面不到一尺，骑在上面，正好把脚放到湍急的溪流里去。

天甚热。岸上有人在烧饭，凑拢了一大堆枯枝在煮水。把一包包“史迪威干粮”里面的印度“红茶”打开来，倒了进去。我们去要了两大碗浓得像琥珀一般的茶来，坐在树上喝。

所谓“史迪威干粮”是由供应总部在印度装好的一盒盒的干粮。据说这是一位美军中将的“设计”，仿照美军的干粮制作，说是特别照顾到中国军人的需要制成的。照我想来，那位美国中将心里的中国军人的需要，大概就是“次货”的意思。这一只纸盒子里有八片饼干，据说是包含了充分的营养的，一吃之下，原来就是一大堆麦麸，要嚼得很细才能下咽，否则是会有刺破喉咙的危险的。这麦麸，据说可以治脚气。此外就是一块干酪，中国士兵对付它的办法就是拿来扔到路边去。此外有一袋奶粉、一袋糖，在炎热的气候下面是都结成了一块块的硬块了的。一根最坏的香烟，几根火柴，还有一粒维生素丸，两张大便纸。

这真是出色的“设计”。不是“天才”是搞不出来的。可惜这位美国中将后来因为利用飞过“驼峰”的运输机大做生意，被撤职拿问了。只剩下了这样“精致”的干粮由大家享受，同时翻译官们也都还穿着他“设计”的号称“海军蓝”其实是黑色的裤子，使人永远留着对他的不能忘却的记忆。

五月三十日

我们寄居在“军需”的车子下面的帐篷里。军需主任是一个老油条，已经进城去脱手带来的货物，顺便找花姑娘去了。杨军需则留在家里，也在整理着他的货物。他说，我们固然已经闯过了一关，可是下面还有更为严重的两次“检查”。所以货色还是以沿路脱手为宜。他从箱子里拿出了二十条美国香烟，在雷多每条七卢比，此地市上可以三十卢比一条售出。

这时伽培特来了。也凑上来看杨军需的“货物”，对这二十条美国香烟的贩卖发表了意见。他说：“这不免太麻烦了。”我是很了解他的意思的。他们的生意是大规模的，由美军供应部大批成堆地将货物运到中国，他们再买了来卖掉，那当然是极为方便的。对这种单帮式的运贩，自然要觉得颇为拙劣了。

最后杨军需从袜筒里摸出了一个小包，里面是半打口红，这倒使伽培特觉得有趣，伸出拇指来喊了一声“顶好”杨的平静的脸上也浮出了“浪漫”的微笑。

宁副团长是被老狐狸称为“能干”的军官的。这样，他就更加“励精图治”起来。每天晚上要开一次行军会议。地点就在团长的帐篷前面。开亮了两部吉普的头灯，将围坐着的一群都照得亮亮的。出席者是全团尉官以上的军官，当然也包括了联络官。今天晚上我们没有去出席，只是远远地在树林旁一片草地上坐了下来远远地望着。在密支那的草原上，天像是一个黑而大的笼子，上面布满了繁星，四面是汽车阵，那灯光开起来真是好看得很。

五月卅一日

天还是那么热。无事可做，我们每人拖了一条胶布，钻进森林里去，捡一块密荫的所在躺了下来。

缅甸的森林。四面都是树，树的年龄也不知道该有多少，总之该是够古了的。在森林里，分不清南北，就连天空也只能从繁密的树枝的隙缝中看到一小块。在这一小块空隙中，有白云也有飞机的影子掠过。

傍晚时杜团长要到河滨去洗他的车子，我们也一起跟了去，顺便洗澡。

这地方比上次的河桥要远，大约在四里外面。这是一条大河，河面之宽大约可以同扬子江相比吧？车子由驾驶兵开到河里去，用水洗着车身、轮盘。轮胎露出了发亮的可爱的黑光来。

河水清澈得很。水面上有快风，身子浸在水里，凉爽得好像使头脑也清明起来了。

密支那附近本来没有什么太好的风景，到处是平原黄埃，单纯得使人闷气。可是这里却不缺乏明澈爽朗。看看那一望无际的水面，和一两笔淡红色的晚霞，心情明净，一时洗净了头脑里杂乱的念头。

口渴。小黄说这里河水不妨事，可以喝的。就用手捧起来喝了两把，心想回去以后不要肚子痛才好。

六月一日

明天要出发了。这两天实在休息得越发疲倦了，所以听见出发的消息也觉得高兴。

昨天杜团长问我们为什么不去参加晚上的行军会议，告诉他无事可做，枯坐在一旁十分无聊，他却好意地说，这是本团平时的决策汇报，总希望所有的官佐都有机会参加，所以还是希望我们出席云云。于是就答应了他，今天晚上去旁听。

黄鼠狼也来催请，说他一向在翻译，吃力得很。希望今天晚上能替换一下，也顺便答应了他。

七点半，号兵吹了集合号，我们走到杜团长的帐篷前面，团团坐了。黄鼠狼坐在旁边，把我推了上去。看看一些人在交头接耳，好像有什么事要发生的样子，可是又不像。

老狐狸带了他的联络组里大大小小六七位军官来了。照例先客气一通，坐在旁边，老狐狸还特地送了一盘自制的肉饺子来，说是刚刚做好，请杜团长赏收了。他们的一捧一接，鞠躬如也，笑容满面，颇有大使呈递国书之致。

汇报开始，照例是一些例行公事。明天几时起床，几时早饭，几时出发，预定走多少路，何处宿营之类的小事。报告以后，联络官们就都抄在了日记本上，并无异议。老狐狸还低声向我称誉宁副团长的办事有法，十分难得，我也就报以会心的微笑，汇报的发展可以说是一帆风顺平静无事的。

下面就是临时动议，问问大家可有临时发生的问题，可以提出来讨论。

沉寂了半晌，只听见吉普里引擎动转的声音轻微地响着。

这似乎是应该结束的时候了。可是就在这一刹那，第×连的连长×少校突然站了起来。

“报告团长，今天下午我因为修理车辆，调换零件，请M联络官签字。他检查了一下以后，蛮不讲理，大骂‘天杀的’。我认为这是最大的侮辱，不能忍受。报告团长，请处置!”

暴风雨毕竟来临了。坐在草地上的M少校的胖胖的脸上已经露出了痉挛，好像马上要站起来解释，可是又不能不暂时忍耐的样子。

杜团长的脸上，好像刮得下霜来。他要我重述一遍之后请老狐狸答复。

老狐狸毕竟是老手，沉着得非常，慢慢地站了起来，轻松地声明了这不过是一件“小事”。随后就又从文法上立论，说他们的这种口语是毫无意义而随时可用的。

“犹之乎中国人嘴里的‘他妈的’，其实并不是专指着什么人而骂出。更何况在‘天杀的’之后又没有加上宾辞的你’字呢！哈……”

这笑是干笑，没有什么感情的干笑，四围静静地只听见他一个人在干笑，阴森得可怕。我忽然想起了多少年前听过的一张外国唱片“洋人大笑”。好像是在听什么鬼叫似的。

杜团长好像并不感到满足，声明这事不能以哈哈了之。

老狐狸又站了起来，“M少校!”

“是，老爷!”跳了起来。

“去向×少校道歉!”老狐狸板了面孔命令。

“是，老爷!”跑过去，×少校也迎了上来，两个人握了一下手。凑趣的人从四周鼓起掌来，好像是看了一出上好的喜剧。

接下去就是宁副团长的应当加强中美感情的宏论，老狐狸他们也鼓了掌。

沉寂片刻。杜团长要勤务兵端出了那盘饺子，分了大家吃。我们都拿了一个，细细吃了。犹有余热，味道也不坏。黄鼠狼向我笑着说：“辛苦了!”

这是密支那的临别之夜的一出“鸿门宴”，走回来以后马上就在卡车头灯下写在日记上。

六月二日

早晨八时出发。汽车阵从森林里面伸展出来，在过桥的时候被阻止了。是有另一批运输队在通过的关系。这两天经中印公路回国的车辆很多，必须预先排好了次序，否则停车的处所与休息宿营的地方都会发生问题的。大约等了半小时之后，我们的车子才开出了森林。

密支那被围在一片黄埃与骄阳之下，公路旁边的树叶子已经变成了灰色，上面盖着厚厚的一层泥，路旁时常可以发现弹坑，有的很小，不十分触目。听陆附员讲攻密支那的故事。指挥作战的那位美军准将是在昆明的学校里早就认识了的，而且还留下了非常深刻的印象。

那是在昆明炮校里的一次集会。翻译官们因为欠饷三个月，已经不能支持，于是就发动了“罢工”。那方式就是“一语不发”，受到最直接影响的是这些“盟军”，发了急，只好请这位准将来开会解释，不料这一次解释，不但没有搞好，反而弄得更糟了。

他那天跳脚、喊叫地说明，美国人拿了军火来“帮助”中国抗战，而现在中国的青年却这样地跟他们捣乱，实在是可气的事。如果再继续捣蛋下去，他预备通知昆明的军警来对付我们云云。我还记得那天听了这一派胡言以后的感想。觉得这真是狗屁，美国的废钢铁不是不久以前还运到日本去的吗？而这样的“合作”也的确太可笑了。只把一些枪炮堆在那里，如果没有中国的农民，谁来打这仗呢？不是我们这几个“知识分子”的“罢工”就能使一个美国准将在台上大跳其脚的吗？至于那最后一点，他——一个美国军人，就可以通知中国的军警去做这个那个，倒并不觉得奇怪，因为当时事实确是如此。不过什么“合作”之类的话头，从那次起在我们当中就已经完全破了产，倒是该准将所收到的最伟大的战果。

就是这位准将，是史迪威攻打密支那七易主将之中的一位。他的不能完成任务，应该是老早就可以预料得到的。

史老将军也的确失了策。据说当时在密支那的日本兵不过只有几百人，如果来一下奇袭，是指日可下的。不料当时的美国指挥官却一定要照“兵法”行事，结果日本人来了援兵，一直支持了三个月。

所谓美国兵的“兵法”，就是先用飞机重炮大轰一阵，好像非要等到把敌人都轰光了以后，才能杀进空城去的一般。

那成绩，不用说就是马路旁边接二连三的弹坑了，颠得我的屁股都痛了起来，在车厢里也戴上了钢盔，因头顶已经和车篷接触了好几次了的缘故。

照例在行军之中中午的一顿午饭是吃干粮的，而我们的干粮则已经被我们的勤务兵给扔在营房里了。这是一位被当壮丁抓了来的朴质的农民，因为太朴质，黄鼠狼不满意，就交给了我们。我们倒处得挺好，因为他到底不会回头来咬你一口的，他的将那一箱干粮当作了废物扔在营房里也是绝对可能的。

这样，我们就只有靠同车的人们“施舍”了。肚皮饿了，也不便就向别人去讨，一定要等别人送上来。今天拿到的一包“史迪威干粮”，打开一看，花生米与奶粉的袋子里爬出了小虫来，马上就顺手扔到车子外面去了。只好吃饼干，吞下半块以后就只好压半壶水下去。

中午车队停在一处地方休息。太阳正好，车篷不但不能阻止热气，反而更把热气吸收了进来，不放出去，车里是像火罐一样的了。只好逃到马路边小小的树下去。沙子软得很，一睡下就能印出一个整个的人的身型来。在这里我睡了一会，塞下了两块饼干。

车再行。天气似乎越发闷热。四周的云集起来了，三时许大雨倾注，车子还是很快地开着。雨点落在篷顶上面，有时飘进来打在身上，有一种清凉的感觉，今天的目的地是八莫，也是一个有名的战场。无例外地看了不少被打得东倒西歪的房子，一些铅皮房顶的房子空落落地没有一个人。雨中经过八莫的市街，很像国内内地的小镇市，有挂了中文招牌的饭店、理发馆。车子不停，一直开出了街，在大约两公里以外的地方停住。

车子停下来时，地面已经有了一个个的小水潭。跳下车的时候就正好跳在这样的一个水潭里。

一身臭汗，遍体泥污，马上去洗澡。就在不远地方的水田里，脱光了衣服站在水里胡乱地洗了一阵。把两套衬衣裤也顺便洗好了。

已经饿得很，等不及刚在弄锅子的伙夫做的饭，就和小黄出去吃一顿。刚刚走出，就看见了两个缅甸少妇挑了香蕉来卖。她们都赤了脚，梳着光亮的发髻，不施脂粉，可是明净得很。这让我想起了江南的卖花少女的那一种类型。有很多小兵围了她们在谈话。她们用两三句不太纯熟的中国话应付着。

伽培特从身后赶来，拍了我的肩部一下，打了一声口哨，说："怎样的一个女人！你知道，这是我两年以来第一次看到有这样白的皮肤的女人！"

我没有回答他。我觉得这简直是对我的感情的一种重大的伤害。我觉得这两位缅甸少妇，简直就和自己的亲人一般。我盯住了伽培特的那一双淫猥的眼睛，他还以为我是对他的话发生了兴趣了，就又说："到那小村里去，那边有数不清的赭石眼睛呢？我们去挑一下。"

"我们要去把肚皮塞饱，对什么赭石眼睛没有什么兴趣。"

"去吃东西！在这些小小的污秽的缅甸的小镇里！苍蝇多得像什么似的！碗里充满了细菌！"他一面说着一面耸耸肩膀，好像是在打摆子了。

我们走了出去，右折不远的地方，就又有一个小市。大概可以和中国内地乡下的小街相比吧？有一家华侨开设的吃食店，地方不大，却还相当干净，并不如伽培特说的那样。我们走了进去，军需主任他们已经早已坐在那里喝茶了。

吃了几碗蛋炒饭，喝了一会茶，就好像是回到了昆明的小石坝，有说不出来的一种亲切之感。

军需主任在喝酒，也在谈女人，谈得眉开眼笑，拉我们也坐下来喝两盅，我们拜谢了。

这时雨已停止，我们就出去散步。看了看缅甸的村落，房子是编竹披棕，很少用瓦。里面暗得很。在街头却发现了一所小学。就走进去。这时已经放学了，寂静无人，学校的名字是“曼坤华侨小学”。房子颇整洁，小巧玲珑，有四五间教室。院子里有秋千，有跷跷板，情不自禁，上去大玩了一通，夕阳照在芭蕉的叶子上面，一片金黄。风静霞明，竹篱外有两三女孩子拖了木板鞋跑过去了，很清楚地听见了她们的笑语声。

回来以后，打听今晚要睡在一间空房里，与杜团长同房。这房子除了上面有铅皮屋顶以外，真是四壁萧然，不，简直就没有了墙，却也十分凉爽。铺板没有，就走到隔壁乘凉的居民那里去借。他是缅甸人，好像很怕我们这些丘八，很客气地说，地上的木板，可以随便取用。就选了两块，道谢而出。

刚刚睡下，杜团长回来了，又要举行晚会。讨厌的例行公事，像上“纪念周”一点屁事也没有。一会也就完了。

蚊子多极，满身都涂了避蚊油，不过这只能支持两小时，不过两小时后，大概也已经睡熟，不要紧了。

六月三日

早晨六时起身，准备出发。从雷多带来的香烟已经吃光了，就又走到那小镇上去买了一条，结果是比了密支那边还要贵了。同时还买了一大包巧克力糖和五色小圈圈的糖。

车子出发后，天气似乎又有大雨的样子，阴得很。开始爬坡。这里是中印公路上工程最最艰巨的一段。几乎完全是从深山绝岭之中开了出来的，车子走了三四个钟头看不见人烟，路边上偶尔可以发现几部开山机器和压路机停在那里，也没有人看守。

在这样险恶的山上，不用说，小轿车是不宜行驶的。可是奇怪的事情来了。在前面的一部两吨半的卡车上就装了一部全新的绿色小包车。听说是“战利品”，要运到昆明送给美军×将军的。这就怪了。检查站几次三番地检查，可真仔细，几乎连天花板都翻过来了。可是这样一部道地的“私货”却公然地运输，没有一个人说一句话。这可以算是在别人眼睛里平常之至的一件怪事。

车到半山，眼看一片片密云从头上飞过。有时云层围在半山腰里，山头看不见了，和天空成了一样颜色。我们的车子正在一步步地穿进那层云里去，好像可以预感到雨要来了。

果然，一阵急雨。

马上将车帘拉了下来，一时却拉不下。就索性把雨衣往身上一披，看雨景了。

一此工程队里的小兵，都穿了普通的军服。他们没有雨衣，只将一张胶布往身上一披，在急雨中是颇为狼狈的。还有一些人则躲在山腰里开出来的泄水沟的洋灰筒中吃饭，那洋灰简倒是个很好的躲雨的所在。

车子停下来。我们也马上下来到那个洋灰简里去看。里面有三四个中国小兵，另外则是两个美国的黑人士兵。

我们在一起谈起来了。他们原来是属于中印公路筑路工程队的。这个工程队有一个连分派在这一段里。宿营的地方在山顶上，就是刚才我们曾经走过的地方。他们每天早晨从宿营地出发，到这里来开始工作，一直到晚上回去。在热带的太阳下面坐在火热的开山机上，开着笨重的家伙和石头斗争，的确是相当艰苦的事，那两个黑人向我说：

“这是最苦的工作，白种人是不肯做的。他们每天开了吉普到这里来巡视一下，就马上回去吃咖啡去了。”

他们一面说着，两只眼睛里露着光焰，那厚而紫红的嘴唇一张一张的，更露出了牙齿之白。我听那语调实在寂寞得很，好像一个工作得过度了的人疲乏得动都不能动了以后的声调。

我又联想起在雷多的时候，常听那些白种的美国兵谈起黑人，就好像是在说着另一批下贱得多也愚蠢得多的动物似的。完全没有拿他们也当作美国人。他们常常“称赞”：“黑人是天才的开车手。”那意思不过是在称赞一种“工具”，这工具颇为精良好用而已。

想不出什么话来好说。我看看他们，都穿了草绿色的工装，上面一片泥污，汗水呢还是雨水浸透了他们的脊背，也没有符号，这样也就不知道他们是什么阶级。我问：

“我怎样称呼你们呢？军曹？”

“不，先生。”他们善意的一笑，露出了雪白的牙齿，“二等兵。我们是很少当到军曹的。”

“你们有没有军官呢？”

“当然有的。”很有点得意的样子，他们说了，带着相当兴奋的口风，“上校。整个美国军队中唯一的黑人上校。他现在欧洲，战场上。”

我忽然记起来了。不错！就是在雷多有一天晚上在电影里看到的。在欧洲有这样一个兵团，整个是黑人。是最能作战的部队之一。他们的首领就是那位唯一的黑人上校了。

他们的故事还没有完。“在美国兵里，不单有黑人，还有红人。”

对了，这就是被“高等”的美国人所视为“生番”，痛加剿杀，就在电影里也都时常可以看到的印第安人。

“红人跟我们黑人一样惨，也不能做官，甚至于有的部队里是拒绝红人参加的。不过，他们在欧洲也有一个全部是红人的兵团。作战的成绩和我们一样好。他们都说印第安话，并不说英文。所以，德国人的无线电收听了去都没有用，他们是通讯最方便的兵团。”

这是说他们随地可以用手提无线电通信，不一定非装军用电话不可，因为不怕敌人收听的缘故。

很可以听出来那样的情感。被当作“低级民族”的人的信心和愤怒。这将是美国军队的一个致命的弱点，它是由多少个不同的种族拼凑起来的，而这些民族中间又存在着那么大的界限。

洞外又是一阵疾雨，雨声压下了谈话的声音。向外一张，两脚下面是一片烟雾，山谷里充满了云层，什么都看不见了。

六月三日

等雨下得小了一点以后，我们就从洞里钻了出来，回到车子上去。这时路更滑了。这种赶修起来的公路也真正不行，经过山水一冲，上面的一层黄泥马上成了泥浆，石子也都露出来了。开了不到五分钟，车子倒滑了六七次。一次，张少校的手紧紧地抓住了方向盘，一个急弯，车子失去了平衡，向右滑去，右面就是万丈深渊，眼看他有些慌了，还好，车子在山边上停下来。向下看看，一片愁云惨雾，罩着一片深深的荆棘槎枒！太危险了。只好在轮胎上加上了防滑链。大家都跳下车来，张骂了一声，又费了不少力气，才把车子开回正路上来。我们这时正是在群山的绝顶上。

过去了这个峰顶以后，就是一片下坡路。车队的速度加快，轻飘飘的像飘风中的一片落叶，荡、荡、荡下山去。回头一望，后面还有几十部卡车，有的已经下来，有的还正向峰顶挣扎。

一连三十多哩都是下山路，走得颇爽快。傍晚了，雨也停了，东方出现了五彩的虹。远远望去，前面是一片平原，南坎到了。

车子先在小桥外面等了一会，等后面跟上来的车子到齐，再开出去。我们都下了车，在路边休息。前面车子的孟营长也下来了，向我们笑着说："看什么，看观音去吗？"原来这里是有名的出产美丽的女人的所在。路边正好有几家人家，少女们都在井合旁边洗衣服。她们都是赤足的，赤脚在水潭里前前后后地摇摆着。看见我们这批陌生的兵站了向她们望，不但不生气而且还用了生野的笑向我们说着听不懂的话。等她们发觉我们实在是外国人，实在听不懂她们是在说些什么的时候，就笑得更厉害了。她们拿水向彼此身上泼去。

等我们重新上车，车子又慢慢地开出去的时候，她们还在那里彼此相对泼水，同时还用手绢向我们摇摆，一直送我们开走，远了，看不见了。不久，就是南坎市。石板路的街市上，虽然是战后，可是还依然相当繁荣。有一座庙宇，似乎经过了相当严重的破坏，金装的大佛，就坐在露天里。身上的金彩，在斜阳里更显得光耀夺目。

一扇黑漆门里露出一个少女的侧影，她穿了水红衫子。刹那间的光彩，留下来的是深深的印象。车子开得太快了，廿分钟以后，又停下来。这里又有一座庙，也同样地败坏了。就在这座庙里宿营。这里的地名是孟友。

晚上照例有汇报，有点名。今天的汇报里发生了一件大事：有三个驾驶兵不见了。老狐狸又大发脾气，指着杜团长的鼻子说："这种现象是不许发生的。这样下去，你这一团兵开到昆明以后，剩不下几个人了。你要知道，美国用了多少钱，多少优秀的教官，训练了两年，才训练出来这样一团人，要是都跑光了的话，哼！史迪威将军是知道怎样办的！"他那尖而黄的牙齿，露了出来，好像就要咬人一口。

杜团长却也无话可说，回过头来，向三个营长大跳一通，把同样意思的话说了一通，不过后来的结论更具体了。"抓回来！抓回来！枪毙！"

决定明天停留一天，搜索逃兵。

散会以后，我才从营副那里得到了真实的情报。原来这三个驾驶兵早就准备好了在缅甸开小差、招驸马了。据说那倒是方便得很的。只要带一张行军床，再加几条军毯，几听罐头食品，就能表示“携家来归”的诚意。缅甸的少女对中国孩子是非常喜欢的。营副说完了故事以后，叹了一口气：“他们都是壮丁，在印度两年，虽然说不上什么好，吃饱穿暖是可以做到的，回国以后，那种小兵的生活，谁又不怕！”话里充满了同情。

“杜团长说要捉回来枪毙，捉得到吗？”

他笑笑，不说话。

“是不是这样下去，到昆明会逃得一个人都没有了呢？”

他还是笑笑，仍旧不说什么。

六月四日

昨天晚上，睡在废寺的一角危楼上。

这分明是一座遭受了无情炮火的废寺。缅甸寺院的格局带着很浓重的日本风，并不像中国寺院那么的有一重重的殿宇。现在我们所能看到的就是这么孤零零的一角危楼。好像是曾经吃过一颗炸弹，后面的一只楼角已经倾圮了。甚至连楼梯都没有。我们把一个空的汽油桶放在楼下踏了上下，虽然是如此的荒凉、颓败，可是那飞檐画柱还多少保留下了一些过去的光辉。我们就睡在楼前左角的地板上。外边不远，在檐前，就有一树开得十分绚烂的紫藤花。缅甸的初夏的天气，正像江南的春天，不时吹来一阵阵的小风，带来了花香鸟语，远处是丛竹幽篁，在那斜下去的山坡上。

在微风中惊醒，睁开眼睛，已经是一片骄阳，眼前的一切，实在是太美丽了。

过了一会，勤务兵来请。走去一问，原来是劳埃，他要我和他一起进城去配汽车零件。正巧黄鼠狼在旁边，他很希望进城去玩，就让了他去。

叫醒了小黄，告诉他今天可以出去玩一天。洗脸以后，灌了两壶水，就一起走了出去。左面不远就是街市。不过那里有哨兵在把守。想想大概是杜团长防备大家去招驸马的措置了。我们就回头从楼后面的山坡上下去。这是一个高高的山脊，大约有廿丈深。下面就是一条小河。山坡上绿草如茵，满生着一丛丛的竹篁。我们穿过了竹丛走下去，地上是一簇簇的笋和青苔。从竹丛里，我们看见山坡上挑着水走上来的女人。这实在是非常吃力的工作，而在缅甸，女人是劳动者，而男人则是在游散着不做事的。

到了河边。河水浅得很，很清楚地可以看见河底的石块、沙堆。我们慢慢地走着，有时在水里踏一下，洗一下鞋子。上了一层高坡，穿过公路，又下去。这里是另外一个天地了。一片水田，远山淡得像一抹浅灰，很清楚地可以听见子规的叫声。也许这是布谷，可惜我不大知道这些鸟，也分不清它们在呼晴还是呼雨。只听见它高兴地叫着。这声音也很圆滑，说它是“不如归去”好像也是可以的。

慢慢地走，好像唯恐辜负了这柔媚的春光。

我真实地感到了和平的可爱。和平将是全世界人民的共同的要求，也是全世界人民一致用了全力保卫着的。就看这里，缅甸的人民，在刚刚经过战火破坏的土地上，已经那么快地又建立起了自己的家园。她们那么辛勤地在自己的土地上劳作，日本帝国主义的侵略的魔爪，刚刚在这里做下了滔天的罪孽，到处都留下了炮火的残毁的遗迹。可是那么一片浓绿，大自然的有生力量，经过人类的劳动的发掘、耕作，已经完全覆盖了破坏的痕迹。在那一片片茂盛的水田里，上面飞着一只只白色的水鸟，这是多么可爱的和平的田庄，你真不会相信不久以前这里是曾经帝国主义的魔手屠掠过的。

“呀，看那边！”小黄喊。远处的山脚下，一方石井栏上，有一个洗衣服的女人。我们突然为她的明倩所惊了。远远望去，她那梳得黑黑亮亮的髻，她那素白而单纯的衣服，她的素朴的眉眼，她的勤快的洗衣的手法。她穿着的一件花布马甲，当胸围着的一块长长的白纱，一直垂到脚腕，她赤着的双足，就踏在那青石板上。

我们就向她站立着的地方走去。

不愉快的光景出现了。在她身后转出了一个美国兵，在向她啰唣了。我们是顺了上坡的竹林里穿出来的，所以那个家伙完全不曾注意到还有人在向这边走。他在向她东问西问，语言不通就更给了这家伙一种方便，他随口乱说着一些下流的无聊的话，声音很高，我们在远处也还是听得非常清楚的。

那个在洗衣服的少妇，镇静得很。她仍旧在做她的事。她有两只桶，一只桶里是已经洗好了的衣服，另一只桶则用来从井里取水。她用两只手很轻易地从井里提起那装满了水的水桶，十分从容，对旁边有人在说些莫名其妙的胡话的事是一些都不在意的。

我们从竹篁里走出来，才看清楚了那个家伙就是格雷少校。他看见了我们，也大吃一惊。马上向我们招呼了一声。我问他："你在这里做什么？"他嗫嚅了半天，居然大谈其正当的大道理了。他说："这种在行军中间的调查工作是不能不注意的。在美国军队中间，凡是经过一个地方，一定要对这地方的地理风土人情……一切都有很详细的调查纪录，那么，你才算真正地征服统制了一个地方……"

正在他这样莫名其妙地大发议论的时候，洗衣服的少妇回首向半山上的茅屋望了一下，就有个女人从那里跑了出来。是一个矮而黑的佣妇，她跑了下来立在女主人旁边，和我们说话了，一开口才知道她是云南人。她告诉我们洗衣服的是她家的主妇，摆夷，就住在上面。这时候，女主人就提了水桶和衣服，轻快地走上山坡去了。

格雷这家伙是个颇为奇特的人物。在老狐狸的手下，是各种角色都齐备的，有技术员，有修械员，有军医，有烧饭的勤务兵，有开汽车的军曹，甚至连做临终祷告的随军牧师也不缺少。这中间，更是包含了各种性格的人物，有性如烈火一动就要吵架的，也有阴沉晦暗一声不响的。格雷就属于这后一路。一路之上，虽然彼此没有多少闲谈的机会，不过这个顾问团里的每一个也都还算熟悉，只有此公是未交一语的，因此，对他也就莫名其妙，觉得神秘得可怪。

这一次是在颇为尴尬的场面下和他碰上了，他没有办法，只好跟我们聊起天来。看那神情，他好像是不得已才应酬一下的。虽然是高谈阔论，可是看得出来，那些话都是不着边际的，说得愈远愈好。

我们很费了一会时间，还穿过了水田。弄得两脚都是泥了。又爬过山脊，最后到了那个小市。回头看看，哨兵已经在我们的后面了。这里有几条纵横乱沓的街，街上全是一些茅草搭起来的房子。在一家小纸烟店中，我们无意间遇见了一位上海人。他是几年前这里飞机场里的工人，日军来了后，就改装华侨。住在这里，开一片小店维持生活。想回国还缺少一笔旅费。小店里卖的是纸烟火柴和糖果。

我们就坐了下来。问主人要两杯茶喝。格雷却作出莫名其妙的神情来，说不要喝，好像以为那茶里有多少微生物似的。

格雷又打开话匣子了。他向我们推荐一册“好书”，一位美国军医所作的，叫作《缅甸军医》的书。他说：“这书在美国是畅销书。写得好极了。”接着就从袋子里掏出了一本，打开来，用手指着一张插画向我们说，“缅甸姑娘好漂亮！”原来那正是一张女护士的照片。

“这就是水摆夷。”他又接着解释下去，“这书里就是充满了关于她们的神秘而浪漫的故事的。”

原来如此。这就是在美国能够成为畅销书的最大的原因了。

格雷口若悬河地向我们转述那些神秘又兼浪漫的故事，还说应该借此机会去试探一下。他要我们不能放弃了这个“好机会”。而且他指定要这位小店的老板给帮忙指引，不幸得很，关于那本书上所说的一些“奇迹”，也许是在格雷嘴里给演讲得过于更为神乎其神的“奇迹”，全被店主人否认了。他证明了这些“神话”全是谎言。

这可使格雷大发雷霆了。他赌咒说他讲的全是千真万确的实事。他特别强调地说“缅甸军医”的作者不但是一位出色的军医，而且也还是一位出色的“组织者”。他在缅甸组织了多少个野战医院，“团结”了那么许多缅甸人替他工作。而且，他还是一位很好的O·S·S的同志，他对缅甸的一切熟悉得很。

“你也是O·S·S了?”我颇吃了一惊以后这样问他。后来马上就觉得这个问题提得不免过于突然了，会使我们的朋友尴尬的。

果然，此公马上变颜变色地露出了一副难看的面孔来，吞吐了好半天，才说了“是的”。随着就又添上了一个颇为勉强的微笑。

这时，我倒放了心。原来是这样一路角色。他那一派阴阳怪气的行径到现在算是完全得到了解释了。他自然是应该对缅甸的地理风土人情大有兴趣的，因为他的责任就是这个。

这就是美军战略情报局的狗腿子。

经过了这一问以后，格雷的谈锋马上减弱了。他好像又犯了“忧郁病”，坐了一会以后就说肚子不舒服回去了。我们也并不挽留，让他去了倒还觉得干净。

我们向店主人致谢以后，又到小街上闲走了。

一家完全日本风味的小屋。用茅草搭成的，前窗支了起来。门外是一条干净的石子甬道。我们顺了甬道走过去。屋子里面坐着一位少妇，还有一个女佣人，手里抱着小孩。她们很亲切地招呼我们进去坐，还很客气地倒了茶来。地上铺着席，就让我们在席上坐下。

她们不懂中国话，可是看得出来，她们对中国人的感情是很好的。坐了一会，实在没有话说，忽然想起，英国两个字她们总是懂得了，就说："大不列颠?"她们摇摇头，笑了笑，说了一句什么，大约是"不好"的意思。"中国?"她们点点头，羞涩地微笑了。

坐了一会以后回去。

晚饭后，和小黄坐在后山的斜坡上面，睡了下来。躺着正好"仰视浮云白"，在夕阳里看山，山作浅碧色。左面有一棵大树，右面是竹丛，里面有缅甸人家。下面那条小河里，有三五个小女孩子汲水挑了上山。

好风。

跑了一天，这时懒得没有了一点精神。

小黄告诉我，岳军需说我们睡觉的那座楼上有鬼，所以日本人才没有把它烧掉的。"笑话。"我真满意这一角危楼。

晚上很早就睡了。雨作，淅沥的雨声，卷来了一阵阵清新的土气。那一架盛开的紫藤花居然飘过来一些淡淡的香气。

半夜起来小解。跳楼。卫兵用手电筒照着，喝问口令。听说到今天为止，逃掉了去做驸马的，已经有十几个人了。

六月五日

早九时出发。十时二十五分抵畹町，检查。

这是最后的一次也是最严重的一次检查。不但有中国宪兵，还有美国宪兵、英国税警。严重的情形从大家的面孔上可以看得出来。

我照例将箱子开了开来，任他们翻了一下就过去了。不料却发现有的东西已经发了霉，然而也顾不了许多，而且也没有整理的兴致。箱子盖上上锁，完事。

好像有点幸灾乐祸的心理。自己的东西检查完了，就站在旁边看别人的检查。黄鼠狼这次尴尬极了，他那一个贴了封条从未打开过的箱子也给打开了，里面一包包的全是些意想不到的东西。最出于“意表之外”的是一个用油纸、皮纸一层层包好了的包。宪兵在打开来看的时候也一定是充满了好奇心的，打开了几层用鼻子一嗅以后就打开得更快了，五层纸里面，原来包的是一包虾米。

于是大家哈哈大笑，而黄鼠狼的面孔也和猪肝色相差不远了。

整个的检查费了两小时，好像也并未查出什么私货。最精彩的一件是一个木箱子。这只木箱放在一部卡车上，经过了五关六卡都没有被查过。这次却被搬了下来。钥匙在宁副团长处，费了半天事，才把宁找到。

“我看你们还是不要查吧！这又不是我的东西，是后勤部的美军上校托我带回国的。”

没有什么效果，宁副团长就又改变了方略。

“如果一定要看，钥匙在这里。请你自己看，东西少了我不负责！”

情势好像还没有改善，宁中校又说道：

“看看也好，如果没收了，送还后勤部，还是回到他的手里。他再托旁人带来就是。”

箱子终于打开了。上面的一层是五色毛线，再下去是旗袍料若干件，印度绸的，纱的，还有我叫不出名字的奇奇怪怪的各种衣料。再下面是各式化妆品和西药瓶子，大大小小足有几十瓶。在一个角落里，又发现了一个用几层纸重重包裹好了的东西。又费了半天事打了开来，这次却并非像虾米那样平凡的物事了，是一块非金非玉尖尖的东西。端详了半天，连海关上的英国人都不知道这是什么。我听见旁边有人在窃窃私语说这大约是角，羚羊角还是犀牛角，他也不清楚。

更出人“意表之外”的是宪兵居然又将这些东西放回去，锁好了搬回车子上去。

检查已毕，车子陆续开出。这里是中缅交界。却并没有什么戒备和明显的标志。

在车上，我们又谈起为什么宪兵会对那只箱子那么大方。又谈到了这箱货物的主人和他馈赠的对象。

这箱子的主人原来是一位后勤部里的美国顾问。名为顾问，其实却是真正执掌大权的人物。他和中国的将军们“合作”得很好，使“后勤”这个机构负担了“军用”与“民用”的双重任务。他经常的“业绩”是表现在空运里的：整飞机的美国香烟，奶粉正在大量地“供应”着昆明与重庆的市场需要。这一只小箱子不过是他送给情妇的礼物。而那情妇就正是一位前国民党××军军长的遗妾，那位军长是因为“擅弃名城”，在前半年被枪毙了的。

六月五日

走入了国界以后，真是使人感慨无限。

虽然没有什么关卡、守兵，就这样将汽车行列开了过来。然而那风景的差异是灼然可见的。在缅甸那面，是一派绿水青山、丛竹幽篁、水田人家，完全是江南的风景。可是这里就不同了。这是我们伟大的祖国的西南的边境，一片高山，都是古铜颜色的童山，没有一点树木，也就没有了一丁点儿绿色的，山下面是沙地，没有开垦过的沙地。那公路就更是奇怪，一进国门就接连着是一片凹凹凸凸的路面，车子又颠了起来。原来在滇缅路断以后，官儿们和商人们再也不能在这条路上运私货发财，于是就再也不想加以整治了。

更使人感慨的是又看到了阔别经年的中国小兵，这些被抓了来的“壮丁”们。

我们的汽车开过的时候，就正看见两位小兵。他们穿得那么褴褛，灰色的棉军服（现在他们还没有换季）已经破得露出了一块块的棉花来，穿着草鞋的赤脚上生了不知名的疮。他们横挑着一枝旧式的步枪，在那枪尖上就有着一只瘦小的鸡。在他们身旁走着一只瘦小的毛驴，驴身上背着稻草。他们用步枪的刺刀对了毛驴的屁股假意刺去，想使它走得快一些，可是，这瘦瘦的毛驴还是慢慢地走着。

他们看了在一旁急速行驶着的各式大大小小的美式军车，好像无动于衷，照样走着他们缓慢的步子，只不时投过一个无表情的淡然的眼光来。

多强烈的对照！一面是卡车、吉普、冲锋枪大炮，和穿了印度卡叽的兵，一面则是步枪、破棉衣、草鞋、毛驴与稻草，他们全是中国人，全是兵。

我们车上的人的反应也各个不同。陆附员的嘴里发出了啧啧的声音，×少校满脸同情，一面孔哀矜而勿喜的神气。而勤务兵呢，则在庆幸着自己未在国内当兵的好运。

下午抵芒市，即宿此处。到达的时候，已经将近黄昏。宿营地有几间破房子，赶紧去占了几个铺位，不知道这是马房呢还是什么，木板上铺了稻草，我们就将行李放在稻草上面。

袋里只剩下了二十个卢比，此外一文不名了。怎么办呢？陆附员说，卖掉点货就行了。于是就带了一听奶粉出去。营地外面，已经围满了乡下人，都带着袋子，里面是一袋袋的钞票。小兵们都在大做生意，肥皂、香烟、牙膏、布匹、袜子、衬衫……都在大批地交易着。收货的人豪爽得很，从袋子里摸出了一打打崭新的关金票，好像你有多少东西都可以收买过去似的。

在这里卖东西，似乎有些难为情，我们就更踱出去。暮色苍茫中我们踽踽独行，那面来了几个人，擦身而过的时候，他们问："有什么东西么？"我也就老实不客气地将奶粉拿了出来。交易马上成功，卖得了七千元法币。心想，这大概很可以应付几天了。

六月六日

晨七时出发，三十八公里抵龙陵，地势颇高，山上多少有点树木，也就多少有了点苍翠之色。这一带是有名的花国，最多的是木本杜鹃，春时花开，满山都是红雾，十分美丽。可惜现在花时已过，看不到什么了。

战后的龙陵是一片荒芜，车子穿城而过，没有停留。房子给烧得一片乌黑，还没有恢复的迹象。

十二时到大坝，停了下来。听说前面的宿营地已经给黑人车队占住了，就只能在这里停下来。这是一个名不见经传的小地方，地图上也找不到的。倒难得的是有一大片平原，可以停几百辆车子。远处有车队宿营处，有几十座帐篷，还有饭堂之类的设备。不过这是黄仁霖之流为毛子们预备的，我们着毋庸议。肚子饿了，就向老太太买了四个生鸡蛋吃了下去。实在并不便宜，这还是回国以后第一次使用钞票，对目前的物价颇有了一点认识。

这是一些乡下农妇，包着头布，缠着小脚，挑着篮子来卖鸡蛋。一百五十元一只的鸡蛋她们还不大高兴卖给我，因为毛子也需要鸡蛋，用香烟来交换，每包美国烟换鸡蛋三枚。

雨作。车上待不住了。就到不远的一座茅草小房子里去吃东西。叫了两碗面。坐下来以后，看见桌上的苍蝇多得可以摆阵。面条细而黄，放在盐水里，每碗二百元。旁座上是驾驶兵们，他们要阔气得多了，在叫了酒菜大吃。我们也喊了一盘炒火腿，一千元，只有十几片薄薄的火腿。

旁边的小套间里面就有着一场赌局。桌上放着一局牌九，赌客们也是驾驶兵。在一盏摇摇的昏黄的油灯光下，他们赌得热闹极了，每人面前各有一大堆钞票，看看那“一掷千金毫无吝色”的情景，觉得自己实在是渺小极了。

老板很年轻，西装灯笼裤，在招呼赌局。老板娘风骚地走来走去，她是管烧菜的，手里抓了一大把黑色的硝盐，加到面汤里去。

出乎意料的是，忽然在人丛里发现了上次所看见的那个美国特务正在那里看赌局，看得颇有兴趣。心里感到非常地厌恶，一转身就出来了。

站在空场上。雨后清明，江山如画，白云在远山顶上飘浮着。正在颇有些悠然意远的时候，那个特务却又跟了出来了。

“好美丽的乡村。”他在我后面说。

“是的，云南的乡村是美丽的。”

“可是这个小店可真脏。”这家伙一脸都是奸笑，“不过这种风味倒挺不错。乡下，酒吧，赌场，还有漂亮的女招待。这跟美国电影的西部乡下是很像的。”

“英雄美人们还都抽着美国香烟。”我加上了一句。真是多么令人厌恶的一套。汽车，驾驶兵，走私，酒，女人，赌……整套的“美国文化”，在这淳朴的云南乡下展开了它的侵略了。在这一些当中，就正好有一个最好的“评判者”——O·S·S派来的特务。

六月七日

晨三时半即醒，天尚昏黑。

在灯火中吃了早饭，整理行装。昧爽即出发。车子在高黎贡山上盘旋，下山的时候全是大旋弯。向上一望，在那古铜色的山上，来来去去地围绕不少土黄色的带子，我们就是在这些黄带子上面爬来爬去爬下山来的。路边不时可以看到一些土黄色的小甲虫似的坦克车，这些都是战利品。不过放在那里似乎已经很久，大概都生锈了吧？

车子下行甚快，九时到惠通桥边，暂停。

骄阳满山，热不可耐。把衣服脱了下来，只穿一件背心。立在凿了出来的山旁公路上看怒江。这真是伟大的祖国的最雄伟的山川，黄水在脚下十几丈的地方流得非常急，发出沉郁的响声来。在这两面高山中间，夹了这样一条江水。几乎没有一点点风，热气好像将江水蒸发了起来，这里充满了郁闷而抑塞的气氛。江水真好像在那里怒流，不过这怒不是暴躁的而是埋在深深的低气压底下的。

惠通桥是一条钢索吊桥，两面都有卫兵在守卫着，桥的两端搭在山脚的岩石上。有水泥的桥座。桥身垂在那里像一条虹。

发生了问题。桥身的载重量是有限制的，“一五五”厘的大炮，如果用原来的“代蒙提”卡车来拖，不免就超过了载重量。于是只有将车上的零件卸了下来，用四分之三吨的车来拖。看那一部部“一五五”大炮过桥，吊桥的钢索的弧线随时都在变动，而且发出响声来的情景，真够紧张的。

费了大约半小时光景，炮车才过完。我们的车子也随后过了桥，又在山腰上慢慢地爬起来了。

下午三时抵宿营地，是距离保山五公里外的一片干了的河床上。满地都是大鹅卵石，地下还有着隐隐的伏流。车子就停在这些石子上，帐篷也搭在这里。我们的铺自然也就摊在这一块块的石头上面。

停车以后的第一件事是设法洗澡。因为实在已经满身臭汗难过已极了。在拖车上把箱子拿了下来。不料同车上打翻了一桶机油，又加上连日下雨，箱子上已经满是油水的痕迹了。打开一看，两条雪白的毛巾也生了斑斑点点的黄霉。

六月六日

广场上有几位在当地驻扎的士兵走拢来谈天。其中有一位还是军官，他们全穿着隔年所发的旧棉袄，汗渍从背上腋下很多地方透了出来，染成了一块块的花纹。他们睁着两只大而无力的眼睛看着我们的印度卡叽的军服，好像是在看毛子一般。

请他们抽烟。把烟卷拿在手里仔细地研究了一下以后才点上了火，嗫嚅着说："这是美国烟，得十几块钱一根的吧?"实际上这已经是七十几块钱一根了。

闲谈之中，知道他们是卫生大队。所谓卫生大队其实不过是抬埋大队的美名。听他们重复说了一次去年打通松山的战役，真像是在听一篇中世纪野蛮时代的神话一般。

据说这是国民党某将军的业绩。因为是属于远征军的，要受美国鬼子的指挥，于是不能不特别“卖力”。于是就把一汽车一汽车的小兵向山上送去，没有睡眠，没有水喝，没有饭吃，只是送上山去。美国头子“震怒”一次，小兵就被送上去一次，送上去就倒下来了……

这结果是他们的两个“卫生大队”，一直在尸臭中间工作了三个整月，才把战场上的遗尸打扫清楚。哪里有什么衣衾，更不必说棺材了。连草席都没有一张，埋在土坑里拉倒。

结果是美国头子的“战术高明”，国民党的将军立了大功。卫生大队抬埋了三个月，夏天还穿着沾满了死去的兵士的血污的棉袄，这就是“中美合作”之下的作战的具体情况。

他们的面色苍白，声音微弱，在述说刚才这种经历的时候，简直就没有一点儿表情。好像一切都是当然的。死的是该死，骑在脖子上的就让他骑着。再想想，好像这也是不足怪的。做了三整月这种工作的人，居然还留下能说话的平静的神经，已经要算是不容易的了。

向他借问松山在哪里，预备明天注意一下。他的手缓缓地抬了起来，向东一指。

“那里，就是那一片淡灰色的山。”他的声音是如此的微弱。我虽然还弄不清这到底是哪一片山，也没有勇气再请他解释下去，我的眼睛已经润湿了。

非常不愉快。所见所闻全都无法使人高兴。晚上没有地方睡，就借宿在军需车的帐篷下面，就睡在地上。

晚饭后和小黄他们一起到保山城里去玩。同行者有军需主任等一批人。

出人意料，这竟是一个了不起的小城。华灯初上，十字路口全是一些木头搭起来的小房子，电石气灯点得雪亮，兑换卢比美金，零售美国香烟口香糖牙膏……总而言之，整个的美国兵的P. X.（供应一切日用品的部门）全搬到这里来了。人多极，毛子更是三五成群地走进一家家的咖啡馆里去。

我们就在街上闲走。天已经黑了。在一个街角的地方，看见了这样的一幕。几个美国兵拖住了一个小孩子，在向他问“姑娘”的所在？那个小孩子面红耳赤地说不出话来，可是又挣不脱毛子的大手。看他急得没有办法，正想走过去干涉一下，事情马上就解决了。

原来那个小孩子用手向一个黑暗的角落里一指以后，就飞也似的逃掉了。那几个喝醉了的毛子就顺了他指的方向走了过去，我们也就随在后面跟了过去。在一堵残坏的墙角里，黑暗之中，看见了已经在那里了的几个毛子，在拼命地抽烟。他们的眼睛在黑暗中闪闪地发着光，就好像是什么潜伏着的野兽似的。他们看见了又来了一批，就大声地笑着说：“顶不好！”

看这情形，那里面一定是不错的了，就跟着一直走了进去。

这是一个旷场，好像是吃过一颗炸弹以后的情景——过去，保山是日寇飞机经常滥炸的目标。到处是垃圾，断瓦颓垣。在黯黑中看见远处有一点微弱的灯光，走近了看，那几个毛子已经挤在那小得立不直的房子里了。在破窗纸里望进去，一张土坑上铺了一张破席，上面睡了一个女人，脸朝里。坑沿坐着一个老太婆，正在和毛子们讲话。

这情景是让人看了气愤无比的。那个瘦弱的被蹂躏得奄奄一息了的女人，睡在那里一动都不能动了，还得要接受这一大群野兽的侮辱。这是什么情况呢？不是一群野兽在血淋淋地吃人的场景吗？毛子中间的一个手里拿着一包香烟，向那个老太婆交涉——他出一包香烟的代价。随后，他又从另一只袋子里摸出另一包香烟来——代价增加了一倍了。老太婆还是不答应，大约那个女人实在已经不行，她实在已经不能为毛子“服务”而换取香烟了。

一会以后，这批家伙一拥而出了。顺便把那扇破门狠狠地一踢，小破房子好像是震了一震似的。老太婆嘴里喃喃地骂着什么，那个睡着的女人，还是一动不动的，好像房子塌下来也不管的情景。

走出巷角的时候，那几个家伙居然还在那里。就又露出了雪白的牙齿来大声地笑着说：“没有告诉你们顶不好吗！”

又回到了街上了。这里的情形大大两样了。刚才看的那一幕可以说是地狱吧，这里相对地就好像是“天堂”。有不少漂亮的女人在陪毛子走路。还有一个穿了印花布西装的女学生似的少女，看样子只有十几岁，被夹在比她高过一倍还不止的毛子手里，好像被抓住的一只小鸡似的。同行的军需官戟指大骂，骂那个小女人没有廉耻！这位先生一向就是反美的，也就连带着反对一切吃洋饭的走“国际路线”的。他骂得颇为起劲，可是无效，那个毛子还是把小女孩子挟进酒吧里去了。

这样“繁荣”的城市的夜景，实在对我们没有什么兴趣，就和小黄先回去了。回去时没有车子，只能一脚高一脚低地在路上摸回去。出了城门以后，沿着公路，越走越走不到，不知道为什么会这样远。小黄一个不当心，跌到路边的沟里，手电筒也给弄坏了。

半小时后，总算已经回到了宿营地。睡在铺满了石块的河床上，十分不舒服。冷风从帐篷角落里吹了进来，吹得头也有些痛了。不过也好，这样蚊子总不会有了。

六月八日

今天休息，也就无事可做。

山洪暴发。我们这一片河滩正当峡口，原来的小小的伏流现在已经成了河。帐篷左近都是纵横的水道。似乎只有我们这一块小小的石子铺成的地方还无碍。看看这“宛在水中央”的孤岛，也很有趣味。

太阳出来，热极。绿帆布的帐篷将所有的热气都集中起来了。

下午杜团长忽然高兴，说要检查车辆了。我就告诉了老狐狸。过了一会，所有的美国军官都来陪同检查了。杜团长是什么也不懂，不过处处要装聪明，遇见机会就来打一下官腔。同时为了表示对联络官的解释发生了兴趣起见，手里拿了一本小本子，一桩桩地记了下来。老狐狸也就卖起力来，自己爬到车身底下去检查齿轮箱。不料却发现了齿轮箱中的油料已经全完“失形”（Loose Body）了。这就是说，原来的黑油已经完全失去了黏性，不能造成薄膜减少齿轮中间的摩擦了，这真是一件严重的事！

杜将军大发脾气，将驾驶兵们大骂一通。据驾驶兵的报告说这是因为节省机油，所以才这样做的。自然这不是正确的理由，杜团长发威如故，驾驶兵带着一脸悻悻之色立正静听。老狐狸则发表了他的“高论”：

“在美国军队中，”他说，“我们是不这样节省的。在行军中间，如果一部车子的引擎发了热燃烧起来，那就将整个的车子，开下山谷里去算数，车上的东西是不管的。不过对于应该经常换用的机油，却不吝惜。”

这种说明是完全没有抓住问题的症结所在的。中国小兵的“节省”机油，那目的并非节省物资。因为这样的油料在昆明每桶可以卖到几十万元的缘故。至于烧坏了齿轮箱，整部车子变成了废物，那倒是不关痛痒的事。

老狐狸兴致好极了。从他那已经留下来有限的几颗牙齿缝露出来的话音，是又快又听不清楚的。可是他仍旧滔滔不绝地讲了下去。杜团长那已很露出了不耐的脸色也一点都看不出来。

检查了两小时后就又回到帐篷里来。

呀，我们的帐篷现在几乎已经成为临时的市场了。乡下人背了一袋袋的钞票来交易。一匣匣的香烟，一打打的衬衫衬裤，口红牙膏，都在极顺利的情况下成了交。有一位勤务兵还带来了几匹花布，也一抢而光了。他坐在行军床上在数钞票，这都是一打打的，崭新的关金，数了又数，最后用手一划，新钞票发出清脆的响声来，他那红红的脸上也露出了得意的笑来。

“到昆明老子去开店去了。孙子王八蛋再当兵!”这就是他的结论。

这样的讨论是很多的。彼此的计划也很有不同。不过要开小差的意图却是一致的。大约可以分这么几种。有人要去开饭馆，有人要去买几部卡车做运输生意，也有的人要回去讨老婆了，整个一团里，想继续当兵的怕就没有几个人。

做运输生意是最好的买卖，一两次来回就可以发财的。一箱箱崭新的钞票，烘出一片虚幻的美丽的光彩，就有如在天上出现的海市蜃楼一般，引诱得每一个人都想爬上去，爬上去!

六月十日

早发保山。这个城颇不小，车队穿城而过，由东郭门出城，马上就又进入人山中。有很好的太阳，可是同时也在下着小雨。在微茫的雨丝风片中看见山峡里挂着的美丽的虹彩双层的。十一时半抵一处，名瓦窑，有一条小街，可是那街上的小香烟摊上卖的全是美国香烟。从这种地方，使人深深地感到侵略力量的无孔不入。街上还有一家理发铺，理发师则穿着笔挺的美军呢制服，顾盼自喜，这在乡下实在可以算是最“华贵”而“时髦”的装束了。

出了小镇以后，车子就又钻进了山丛。山涧里是一条泛着红红颜色的急流，就是有名的澜沧江了。似乎比了怒江不要来得波涛汹涌。在清水河站过昌淦桥。

这一带的风景是标准的云贵高原光景。澜沧江是赤红色的，而两岸的山上则蓊蓊郁郁的一片绿色。山上生满了松柏。这些初生的松柏长在红土的山岗平地上真是好看，尤其是在高处下望，有如看见一个个小而精巧的盆景。在深红的泥上栽着像松菌一般的小小的碧绿花草。同时还可以听见轻微的江水的激荡。坐在车上的我们都为这些美丽的风景所迷惑了。真的，多么美，多么伟大的锦绣山河！

前面的车子有什么东西失落了。是几根钢杆，我也不知道这是什么东西，问问坐在身边的团副，他也不知道。前边车上的人大喊："不要了！"陆附员则批评说："带到昆明，起码可以卖它十万元！"这虽然是一件小事，可是听听这三种不同的评论倒是相当精彩的。

车子又爬上山去。

在一个急弯的地方，遇见一排辎汽六团的运兵车停在路边。车子上坐的都是些面黄肌瘦、衣不蔽体的小兵，是才抓来的壮丁罢？忽然听见有什么人在哀哭，声音忽而细微忽而凄厉，断断续续地判断不出它从何处发出。仔细一看，才发现这是一个小兵，他坐在卡车边上，一条腿弯曲着，膝部的皮碎了，露出了赤红的血肉和雪白的骨头。看看那人，似乎已经失去了知觉，像白痴一样的了。那哭声是否从他的嘴中发出，都似乎有些可疑。

他是在两部车子交车的时候，把膝盖给挤碎了的。

一个年轻的军官，手里提着“盒子”，拦住了我们的车子。他要求我们为那个小兵想想办法，否则他是预备拼了也不肯放我们过去的。

“大家都是国家的人!”他说，“在后方，这个兵是活不了的了！不过也得给他包扎包扎，不能看着他就这样死掉!”

这是怎样的一种情景呢?

我的感情脆弱得使我不能不闭起眼睛来，我不敢再看那红色的血肉和雪白的骨头，还有那个青年军官的脸色。可是没有用，那隐约的哭泣的声音还是断断续续地钻进我的耳朵里来……

夜宿永平。今晚又无处可睡，只好睡在车辆与帐篷中间的那一点空隙里，因为上面到底还可以遮起一块雨布来，还可以从那空隙的地方望见天上的星星。

六月十一日

今晨四时左右雨作，醒来后雨滴已经滴在头上了，身上也满滴了雨水。没有办法，只有用左手举起那一条防雨布来，后来就干脆将它盖在头上。一会以后，忽然觉得脚底下冰凉，原来被褥都已经湿透了。只好起来，和小黄相背而坐，这样一直坐到天亮，真是一路上未有的苦况。

今天路上的风景，比昨天又清秀得多了，下午二时车过漾濞，这一路都是极陡的下山路，车子像随风飘下来似的。远远已经可以望见山丛中间的一个小而秀整的山城，以为马上就可以到了的，其实还离开了三十七公里。这就是下关了。

一路上又是两山夹水的局势。水的颜色已经不再是赤红，而是极为清澈的淡绿色了，使人想起《水经注》上的那种清流激湍乱石淙淙的描写来。在远山间，不时可以看到悬挂着的一两个小小的瀑布。

车子将近下关的时候，看见那夹在两块削壁中间的一丛残破的故垒，已经近倾圮了的青灰色的女墙，那就是下关了。雄壮得可爱。

车子停下来以后就去洗了个澡，然后进城。

这个小城很明显地要比保山更为可爱。黄昏中的下关，街上点着晕黄的灯火。一连串的小吃店和茶馆，对了，下关的沱茶是有名的。这是一种界于绿茶与红茶之间的茶，在滇蜀之间是最通常的饮料。初入口时会觉得太苦了些，可是那甜味是隐藏在后面的。

这些风物对我真是太熟习了，太亲切了，在国外住了一年以后，实在已经十分渴望着这种小城的生活，我们不由自主地踏进了一家茶馆，坐下来喊了两碗沱茶。吃着从点心铺里买来的小月饼，中间有豆沙和核桃仁的。觉得这实在不是什点西洋点心蛋糕之类所能比拟的。

刚坐了一会，就看见从里面走了出来的几位驾驶兵，他们打着四川腔向我们打招呼说："茶钱会了！"虽然只有几百元，可是中间却包含了浓浓的人情味，直感地觉得这真是生活在自己的国土上了。

九点钟回来。仍旧睡在帐篷旁边。心里在想，今天不要再下雨了。觉得微微地有些凉意，紧紧围着毯子，听着从城里带了回来的风，想着云南这地方的种种。

云南是有“风花雪月”四景的。昆明是花都，点苍山头的雪是四时常在的，滇池的月色还没有机会看到。可是下关的风则一天来一直随在身旁。这真给人一种特异的感觉，好像是在一个风洞里生活着似的。耳边经常有一种嗡嗡的响声，它带来了凉意，带来了一种特别的清疏的感觉，好像刮得你身上不剩下一点点尘土。

同时，这风声又是极好的催眠的音色，很快地就睡熟了。

三月十二日

今天从下关出发，到云南驿。

这是一个空运基地，有很大的一个飞机场，常常可以看见有飞机在起飞降落。这里的一带全是红土平原，偌大的一个机场，全是由我国劳动人民的双手建造起来的。在这里。既无美国的开山机，也没有压路机之类，就只凭上千上万的劳动人民，其中也包括了女人与孩子，挑着畚箕，扛着铁锄，就这样一锄一锄地掘平了土山，造成了飞机场。

还可以看到工人在用根粗绳吊住一块石磨，抛起来，压下去！在打地基。还有的则是成群结队的妇女，用桶从远远的地方挑了水来——因为这里是没有水井的，只能从村子里挑来。

我们站在机场旁边看着。那个美国特务也凑过来问话。他看着那些挑水的妇女，她们都是小脚，就装出“怜悯”的样子说，他怀疑她们怎样可以挑了那么重的担子走上那么远的路。我就冷冷回答他："她们正是辛苦地为美国军人服务的。一个美国兵要洗澡，就得由她们挑了六七十斤的水桶来回走十几里路的。"

压迫了中国的人民，无情地剥削了他们的劳动力，自己却站一边发出阴暗的冷笑，这就是抗战中间"中美合作"的真相。这个特务是，随时都随身带着两把枪的，一只手枪，还有一只马枪，他好像随时都在提防着这里会有什么人对他不利。同时，这家伙说起话来也是保留得颇为厉害的，不轻易对一件事发表意见。

我曾经试图问他，到了中国以后，他的任务是怎样的。这，就使他很尴尬。他不愿意说出任何意见来。最后，他笑笑说："你没有看到有一部'不说'的电影吗？军人是应该沉默的。"

这地方附近有一个地窖，是准备储藏汽油桶的，进去看看那里还有不少空桶留在那里。于是就决定晚上睡在这些空桶上面，总要比露天好一些。

出去散步。发现这附近是颇为偏僻的，没有街市，没有商店，只有一些零星的摊头，在卖零碎的东西。在田垄里散步。看见有一种"指路碑"挂在那里，这不过是一块木牌。上面写着通往东南西北各处的地名与里数，前后却写了颇为特别的几句话："弓开弦断，箭来碑当"，"花童董荣值立"，倒是颇有些神秘性的。

搭车到十几公里外的小街上去吃饭。街虽小可是却颇为繁华。到一家叫“上海楼”的饭馆里吃饭，饭后又买了些本地的土制雪茄回来。这是黑黑的卷得细细而长的，是当地人最通行的卷烟。他们是不大吃香烟的，对于美制的土耳其烟也并无兴趣，还不如这种雪茄来得过瘾。

（此篇为黄裳先生旧稿，原稿后半部分已佚失）

后记

右《春回札记》一卷，共八十题，分为四辑。中有过去未曾收集旧文数篇，有些写作背景需要在这里说一说。

我的注意柳如是，实始于一九四六年在南京龙蟠里看到黄荛圃旧藏元刻《阳春白雪》的时候。书前有河东君小像，虽是重摹，但渊源有自，与流传旧本一般无二。书中有校笔，出女子手。又有“牧翁”“钱受之”“女史”“惜玉怜香”诸印，当是绛云楼旧藏无疑。与此同时，泛览明清之际野史，看见说到柳如是的地方不少，深感这是一位值得注意的人物。因辑成一文，为“金陵杂记”之一。当时见书不多，知识有限，错误不免。最严重的是上了钮玉樵的当，他说如是曾以刺投陈卧子，遭陈严拒。当时未见如是《戊寅草》前陈子龙序，遂不能知陈柳之间的密切关系。其所以造作出如此荒谬的物语，大抵由于爱重子龙者的为贤者讳，不愿他与这个“坏女人”有所沾惹的缘故。野史中曾出现大量攻讦如是的传说，正是当时社会舆论正统观点的反映。但我也并不认为这些攻讦之词是彻头彻尾的捏造，其中正有可资追寻的痕迹。而这些正是如是蔑视封建道德、勇敢抗争的表现。这与陈寅恪先生在《柳如是别传》中所采取的处处为如是辩诬的态度是不同的。

后来在嘉业堂遗书中买到管庭芬旧藏旧抄本云间女士柳隐著、袁瑛辑的《我闻室剩稿》得见她的诗作和尺牍，理解较多，遂发兴重写一文，时在六十年代初。她写给汪然明的三十一通尺牍，感情溢露、词句清丽，实为佳作，想为之笺注，而苦于其中今典索解为难，只能就其词彩动人处少作赏析。二十年后得见陈寅恪先生《柳如是别传》，于此三十一通笺札有所论释，但仍未能完全通解。因知此事大难，钩稽索引，仍待努力。又十余年，遂写成《关于柳如是》一文，收入《榆下说书》中，此后遂更无新篇问世矣。

居常有一种理解。历史著作中有特别值得注意的一种体裁，就是传记。如能选取某一历史人物，其社会接触面极广，牵涉政治动态甚多，而自身又具有特立独行的行谊的，取广阔视野加以观察，作细密的排比紬绎，组织成文，这样成就的就不只是个人的传记，而是某一历史阶段全景式的摄取、反映，其功能绝非简单的列传或概括的记述可比。在组织、编写梅兰芳的自述时就听到过这种议论，认为写传主的平居生活，如养鸽、绘画……都不必要，他们要求的是一部梅的表演艺术总结，一部身段谱与工尺谱。这是企图将传主囚束在艺人的圈子里，使之与社会环境剥离，自然，写下绘画、养鸽这些身边琐事，眼界还是过于狭窄了，未能放眼观察传主生活于其中的社会生活、政治环境、交游人物，是使《舞台生活四十年》远远未能达到更丰满生动的境界，这是写作条件局限只能留下的遗憾。

陈寅恪先生选中柳如是作“别传”的传主，确是历史家的卓识。使他感泣不能自已的是体现了“我民族独立之精神，自由之思想”的“婉娈倚门之少女，绸缪鼓瑟之小妇”柳如是，于失明髌足之余，成此巨编，真不能不使人钦服其锲而不舍的精神、毅力。其稿既以释证钱柳因缘为题，“于时地人三者考之较详”，自不能不于牧斋的出处行谊多花些笔墨，因而不能不使读者产生喧宾夺主之感，正如晚近《红楼梦》研究中有“红学”与“曹学”之诮一般。但这正是历史家的高明之处，《别传》全书俨然是一部明清易代之际的别史，举凡历史事变、人物活动、文化氛围都能在书中寻得踪迹。其丰满、生动，远非“南明史略”之类著作可及。自然，“烦琐冗长”也是作者的自道；寻绎诗句作意，有时也不免求之过深，失之迂远，作者自己对此也有清醒的认识。这是一部郑重的历史著作，而非艳史那样委琐下流的小说。作者在考索史事之余，也时作波俏的按语，所谓“忽庄忽谐”，这都在作者卷尾“合掌说偈”中有所交代。在这些地方可以看出在严峻的考订工作中时时迸发的欢愉。他还时时插入自作诗篇，也是一种别致的做法，这些诗都成为全书的有机组成部分，从中可以领会作者的心事的。

总之，《别传》是以人物传记的形式，完成了一代历史整体勾画任务的未之前见的制作。在寅恪先生自己的著作中也是一种突破、创造。

《札记》中收有《一觉》一文，是为《周报》奉命停刊的终刊号而作的。曾得郭绍虞先生注意，在赠作者诗中有“剧怜一觉春婆梦，犹写人间血泪辞”之句。当时所写杂文颇多，都未收集。取此一篇，聊存往迹。

一九四五年顷，卸甲归来，索居重庆江上，曾写数文记军中往事。《热带夜梦抄》所记是在印度兰伽时生活；《乙酉归绍日记》则是归国途中日记，以示重庆《大公报》的罗承勋兄，以触时忌未能发表。一九四七年五月，我工作所在的《文汇报》被封，文汇同人曾有复刊活动，改换招牌，用《国民午报》的名目问世。唐弢受命主编副刊“子午线”，我即以此日记付之，已排成大样，最后还是不能不胎死腹中。解放初《新民报晚刊》出版，日记遂得以《从印度到昆明》为题连载，只登到下关、云南驿即戛然而止，余稿不存，因此只能算是一部残稿。这是我离开学校走入社会所留下的稀奇古怪感受的实录，可以与同时所写《关于美国兵》比观。不忍弃置，因附于卷末。

二〇〇一年二月二十一日

图书在版编目（CIP）数据

掌上的烟云；春回札记：汇编本/黄裳著．-- 济南：山东人民出版社，2022.2
（黄裳集．创作卷．X）
ISBN 978-7-209-13322-7

Ⅰ.①掌… Ⅱ.①黄… Ⅲ.①随笔—作品集—中国—当代 Ⅳ.①I267.1

中国版本图书馆CIP数据核字(2021)第116526号

掌上的烟云　春回札记
ZHANGSHANGDEYANYUN　CHUNHUIZHAJI
黄 裳 著

主管单位　山东出版传媒股份有限公司
出版发行　山东人民出版社
出 版 人　胡长青
社　　址　济南市市中区舜耕路517号
邮　　编　250003
电　　话　总编室（0531）82098914
　　　　　市场部（0531）82098027
网　　址　http://www.sd-book.com.cn
印　　装　天津图文方嘉印刷有限公司
经　　销　新华书店

规　　格　16开（160mm×230mm）
印　　张　51.75
字　　数　513千字
版　　次　2022年1月第1版
印　　次　2022年2月第1次
ISBN 978-7-209-13322-7
定　　价　94.00元